3 x Wicca

Boek der Schaduwen
De heksenkring
Heksenbloed

Cate Tiernan bij Uitgeverij M:

DE WICCA-SERIE

Deel 1 – Boek der Schaduwen
Deel 2 – De heksenkring
Deel 3 – Heksenbloed
Deel 4 – Zwarte magie
Deel 5 – Ontwaken
Deel 6 – Behekst
Deel 7 – Noodkreet
Deel 8 – Erfgoed
Deel 9 – Conflict
Deel 10 – Zoeker
Deel 11 – Oorsprong
Deel 12 – Eclips
Deel 13 – Afrekening
Deel 14 – Lotsbestemming
Deel 15 – Nachtkind

DE VUURBAKEN-SERIE

Deel 1 – Een schaal van wind
Deel 2 – Een cirkel van as
Deel 3 – Een veer van steen
Deel 4 – Een ketting van water

www.mynx.nl

Cate Tiernan

WICCA

3 x Wicca

Boek der Schaduwen
De heksenkring
Heksenbloed

MYNX

Oorspronkelijke titels: Book of Shadows / The Coven / Blood Witch
Vertaling: Gerda Wolfswinkel
Omslagontwerp: Zeno vormgevers

Eerste druk mei 2007

ISBN 978-90-225-4726-7 / NUR 334

Mynx is een imprint van Meulenhoff Boekerij bv, Amsterdam

Inhoud

Boek der schaduwen 7

De heksenkring 209

Heksenbloed 411

Boek der schaduwen

In liefde voor de steunpilaren in mijn leven
Christine en Marielle

1.
Cal Blaire

'Hoed u voor de magiër en behandel hem vriendelijk, want hij heeft een macht die uw verstand te boven gaat.'

– *Heksen, Heksenmeesters en Magiërs,*
Altus Polydarmus, 1618

Over een aantal jaren kijk ik terug en zal ik aan vandaag denken als de dag waarop ik hem ontmoette. Ik zal terugkijken en me het precieze moment herinneren waarop hij in mijn leven kwam. Ik zal het me altijd herinneren.

Ik droeg een groen gebatikt T-shirt en jeans. Mijn beste vriendin, Bree Warren, verscheen in een boerenblouse en een lange zwarte rok tot op haar paarsgelakte teennagels, en natuurlijk zag ze er weer prachtig en geraffineerd uit.

'Hoi, derdejaars.' Ze omhelsde me, ook al had ik haar gisteren nog gezien.

'Tot zo bij wiskunde,' zei ik tegen Janice Yutoh, en haalde Bree halverwege de trap voor de school in. 'Hoi,' zei ik terug. 'Wat is het heet. Het hoort fris te zijn op de eerste schooldag.' Het was nog niet eens halfnegen, maar de vroege septemberzon stond al felwit te branden en het was drukkend en windstil. Ondanks het weer voelde ik me opgewonden en verwachtingsvol. Er begon een heel nieuw schooljaar en we waren eindelijk ouderejaars.

'Misschien in Yukon Territory,' zei Bree. 'Je ziet er fantastisch uit.'

'Dank je,' zei ik, met waardering voor haar tact. 'Jij ook.'

Bree ziet eruit als een model. Ze is lang, één meter vijfenzeventig of meer, en ze heeft een figuur waar de meeste meiden zichzelf voor uithongeren, maar Bree eet alles en vindt een dieet volgen iets voor mensen met doodsdrift. Ze heeft nertskleurig donker haar, dat ze meestal in Manhattan laat stylen, dus valt het in volmaakte, warrige golven tot in haar nek. Overal waar we komen, kijken de mensen naar haar om.

Bree is zo iemand die weet dat ze geweldig is, en ze geniet ervan. Ze wuift complimenten niet weg, ze klaagt niet over haar uiterlijk en ze doet ook niet alsof ze niet weet waar de mensen het over hebben. Maar ze loopt ook niet naast haar schoenen. Ze accepteert gewoon hoe ze eruitziet en vindt het cool.

Bree tuurde over mijn schouder naar Widow's Vale High, met zijn rode bakstenen muren en hoge ramen met zijvensters, die een vorig leven als het plaatselijke gerechtsgebouw verrieden. 'Ze hebben het houtwerk niet geschilderd,' zei ze. 'Nog steeds niet.'

'Nee. O, god, moet je Raven Meltzer zien,' zei ik. 'Ze heeft een tatoeage.'

Raven zit in de hoogste klas en is de heftigste meid van de school. Ze heeft zwartgeverfd haar, zeven piercings (voorzover ik kan zien, althans) en nu heeft ze een ring van vlammen rond haar navel laten tatoeëren. Ze is fantastisch om te zien, vind ik tenminste als saaie meid – met mijn lange, recht afgeknipte, middelbruine haar. Ik heb donkere ogen en een neus die je eufemistisch als 'krachtig' zou kunnen omschrijven. Afgelopen jaar ben ik tien centimeter gegroeid, dus ben ik nu één meter vijfenzestig. Ik heb brede schouders en geen heupen en ik zit nog steeds te wachten tot de borstenfee langskomt.

Raven liep naar de zijkant van het kantinegebouw waar de mensen rondhingen die permanent stoned waren.

'Wat zal haar moeder blij zijn,' zei ik kattig, maar vanbinnen bewonderde ik haar lef. Hoe zou het zijn om je zo weinig aan te trekken van wat andere mensen van je denken?

'Ik vraag me af wat er met die neuspiercing gebeurt als ze niest,' zei Bree, en ik giechelde.

Raven knikte naar Ethan Sharp, die 's morgens om halfnegen al high leek te zijn. Chip Newton, die absoluut briljant is in wiskunde, veel beter dan ik, en de betrouwbaarste dealer van de school, begroette Raven op zijn onderkoelde manier. Robbie Gurevitch, mijn beste vriend op Bree na, keek op en glimlachte naar haar.

'God, wat gek om Mary K. hier te zien,' zei Bree, die rondkeek en haar vingers door haar verwaaide haren haalde.

'Ja, die gaat het hier helemaal maken,' zei ik. Mijn jongere zusje, Mary Kathleen, liep lachend met een paar vriendinnen in de richting van het hoofdgebouw. Vergeleken met de meeste eerstejaars zag Mary K. er volwassen uit, alles erop en eraan, met volgroeide rondingen. Bij Mary K. gaan de dingen vanzelf – haar hippe, maar niet al te hippe kleren, haar van nature knappe gezicht, haar goede, maar niet volmaakte cijfers, haar grote vriendenkring. Ze is echt een leuke meid en iedereen is dol op haar, zelfs ik. Dat kan niet anders bij Mary K.

'Hé schatje,' zei Chris Holly luidkeels, en liep op Bree af. 'Hoi, Morgan,' zei hij tegen mij. Chris boog zich naar Bree toe en gaf haar snel een kus, die ze met haar mond opving.

'Hoi, Chris,' zei ik. 'Klaar voor school?'

'Nu wel,' zei hij, met een begerige glimlach naar Bree.

'Bree! Chris!' wuifde Sharon Goodfine, en haar gouden armbanden rammelden.

Chris greep de hand van Bree vast en trok haar mee naar Sharon en de andere getrouwen: Jenna Ruiz, Matt Adler, Justin Bartlett.

'Kom je?' vroeg Bree, die achter hem aan ging.

Ik trok een zuur gezicht. 'Nee, dank je wel.'

'Morgan, ze mogen je heel graag, hoor,' zei Bree buiten adem, die als zo vaak wist wat ik dacht. Ze had de hand van Chris losgelaten en wachtte op me terwijl hij doorliep.

'Het is wel goed. Ik moet trouwens met Tamara praten.' Bree wist dat ik me niet op mijn gemak voelde bij haar groepje.

Ze wachtte nog even. 'Oké, ik zie je in het huiswerklokaal.'

'Doei.'

Bree wilde zich weer omdraaien, maar stopte, en haar mond viel open als bij iemand op de toneelschool die 'verbijstering' uitbeeldt. Ik draaide me om, volgde haar blik en zag een jongen de trap naar onze school opgaan.

Het was net als in een film, wanneer alles in soft focus overgaat, iedereen stilvalt, en de tijd vertraagt, terwijl jij erachter probeert te komen waar je nou eigenlijk naar kijkt. Precies zo was het, toen we Cal Blaire de brede, uitgesleten treden van Widow's Vale High op zagen komen.

Natuurlijk wist ik toen niet dat het Cal Blaire was.

Bree draaide zich weer naar mij om en haar ogen stonden wijd opengesperd. 'Wie is *dat*?' vormde ze met haar mond.

Ik schudde mijn hoofd. Onbewust greep ik naar mijn borst om mijn hartslag af te remmen.

De jongen kwam naar ons toe met een rustig soort zelfvertrouwen waar ik hem om benijdde. Ik merkte dat er werd omgekeken. Hij glimlachte naar ons en het was alsof de zon door de wolken brak. 'Waar vind ik de kamer van de conrector?' vroeg hij.

Ik heb wel eens eerder knappe jongens gezien. Chris, bijvoorbeeld, het vriendje van Bree, die ziet er heel goed uit. Maar deze gozer was... *adembenemend.* Zwart-bruin haar, dat in ongelijke plukken was geknipt, alsof hij er zelf de schaar in had gezet. Een volmaakte neus, een mooie olijfkleurige huid en opwindende, tijdloze, goudkleurige ogen. Het duurde even voor ik me realiseerde dat hij ons had aangesproken.

Ik bleef hem stompzinnig aanstaren, maar Bree bruiste van geestdrift. 'Rechtdoor naar binnen en dan naar links,' zei ze, wijzend naar de dichtstbijzijnde deur. 'Het komt niet vaak voor dat iemand als ouderejaars overstapt, hè?' vroeg ze, toen ze het papier had gelezen dat hij haar voorhield.

'Nee,' zei de jongen. Hij glimlachte eventjes. 'Ik ben Cal. Cal Blaire. Mijn moeder en ik zijn hier pas komen wonen.'

'Ik ben Bree Warren.' Bree wees naar mij. 'En dit is Morgan Rowlands.'

Ik verroerde me niet. Ik knipperde een paar keer met mijn ogen en probeerde te glimlachen. 'Hai,' zei ik eindelijk; ik fluisterde bijna en voelde me net een kleuter. Ik ben nooit erg goed in het praten met jongens, maar ditmaal voelde ik me zo overdonderd en verlegen, dat ik helemaal niets meer kon. Het leek alsof ik me staande probeerde te houden in een storm.

'Doen jullie dit jaar eindexamen?' vroeg Cal.

'Nee, we zitten in de derde,' verontschuldigde Bree zich.

'Jammer,' zei Cal. 'Dan hebben we geen les samen.'

'Misschien wel met Morgan,' zei Bree, met een lief, zichzelf wegcijferend lachje. 'Zij volgt het eindexamenprogramma van wis- en natuurkunde.'

'Cool,' zei Cal, en glimlachte naar mij. 'Ik moet me maar eens gaan melden. Leuk dat ik jullie heb leren kennen en bedankt voor de hulp.' Hij draaide zich om en liep naar de deur.

'Doei!' zei Bree vrolijk.

Meteen nadat Cal door de houten deuren van het schoolgebouw was verdwenen pakte Bree me bij mijn arm. 'Morgan, die gozer is een god!' gilde ze. 'Hij zit hier op school! Hij blijft hier het hele jaar!'

Voor we het wisten, stonden alle vrienden en vriendinnen van Bree om ons heen.

'Wie was dat?' vroeg Sharon enthousiast, terwijl haar donkere haar langs haar schouders streek. Suzanne Herbert duwde haar weg, in een poging dichter bij Bree te komen.

'Zit hij hier op school?' vroeg Nell Norton.

'Is hij hetero?' vroeg Justin Bartlett zich hardop af. Justin is sinds de zevende klas uit de kast.

Ik keek even naar Chris. Hij trok een kwaad gezicht. Terwijl de vrienden van Bree de summiere info bespraken, maakte ik me los uit de drukte. Ik slenterde in de richting van de ingang, legde mijn hand op de zware koperen klink en ik zou zweren dat ik de warmte van Cals aanraking nog kon voelen.

Er ging een week voorbij. Zoals gewoonlijk voelde ik getintel in mijn hartstreek, toen ik de natuurkundeles binnenliep en Cal daar zag zitten. Hij leek nog steeds een wonderbaarlijke verschijning in de haveloze houten schoolbank. Een god tussen de stervelingen. Vandaag richtte hij zijn stralen op Alessandra Spotford. 'Is dat een soort oogstfeest? Daar in Kinderhook?' hoorde ik hem aan haar vragen.

Alessandra glimlachte en ze leek nogal van haar stuk gebracht. 'Dat is pas in oktober,' legde ze uit. 'Wij halen er elk jaar onze pompoenen.' Ze stak een krul achter haar oor.

Ik ging zitten en opende mijn aantekeningenblok. In een week tijd was Cal de populairste jongen van de school. Wat zeg ik, populair, hij was een ster. Er waren zelfs heel wat jongens die hem mochten. Chris Holly niet, ook de andere jongens met vriendinnen die over Cal zaten te kwijlen niet, maar de meeste andere wel.

'En jij dan, Morgan?' vroeg Cal, en hij keek mij aan. 'Ga jij naar het oogstfeest?'

Ik bladerde nonchalant naar het hoofdstuk in het lesboek dat we bestudeerden en knikte. Ik voelde me een beetje draaierig toen ik hem mijn naam hoorde zeggen. 'Zo'n beetje iedereen gaat. Er valt hier in de buurt niet zoveel te beleven, tenzij je naar New York City gaat, maar dat is twee uur rijden.'

Cal had me de afgelopen week een paar keer aangesproken en het was me elke keer iets gemakkelijker afgegaan antwoord te geven. Wij hadden elke dag samen natuurkunde en wiskunde.

Hij draaide zich om in zijn bank om me recht aan te kunnen kijken en ik stond mezelf toe heel eventjes terug te kijken. Dat is altijd een beetje tricky, tenminste, als ik wil dat er nog geluid uit mijn keel komt.

Wat had die Cal, dat hij me dit gevoel bezorgde? Ja, hij zag er fantastisch uit, dat was duidelijk. Maar dat was het niet alleen. Hij was anders dan de jongens die ik kende. Als hij me aankeek, keek hij me écht aan. Hij keek niet om zich heen of hij zijn maatjes zag, zat niet te hengelen naar mooiere meisjes, hij probeerde niet even snel naar mijn borsten te kijken – niet dat ik die heb, maar toch. Hij was totaal niet verlegen en hij hoefde niet zo nodig haantje-de-voorste te zijn, zoals al die anderen. Hij leek mij of Tamara, die ook in de hoogste klas les had, met dezelfde oprechte concentratie en belangstelling aan te kijken als waarmee hij Alessandra of Bree, of een van de andere plaatselijke godinnen, aankeek.

'En wat vind je verder leuk om te doen?' vroeg hij me.

Ik keek weer in mijn lesboek. Dit was ik niet gewend. Mooie jongens praatten meestal alleen met mij als ze hulp nodig hadden bij hun huiswerk.

'Dat weet ik niet,' zei ik vriendelijk. 'Rondhangen. Met vrienden praten. Naar de film gaan.'

'Van wat voor soort films houd je?' Hij leunde naar voren alsof ik de interessantste persoon ter wereld was en hij met niemand liever wilde praten dan met mij. Hij bleef maar naar mijn gezicht kijken.

Ik aarzelde, voelde me opgelaten en het leek alsof ik mijn tong verloren was. 'Van alles. Ik vind heel veel films leuk.'

'Echt waar? Ik ook. Je moet me een keer zeggen naar welke bioscopen ik het beste kan gaan. Ik weet nog steeds niet waar alles is.'

Voor ik ja of nee kon zeggen glimlachte hij naar me en draaide zich om, omdat meneer Gonzalez binnenkwam, zijn zware aktetas op zijn bureau gooide en de namen begon af te roepen.

Ik was niet de enige die Cal wist te charmeren. Het leek wel of hij iedereen aardig vond. Hij praatte met iedereen, ging bij verschillende mensen zitten en toonde geen voorkeuren. Ik wist dat minstens vier van Brees vriendinnen zaten te smachten om met hem af te spreken, maar ik had tot dusverre nog van niemand gehoord dat ze succes had gehad. Ik wist wel dat Justin Bartlett zijn pogingen had gestaakt.

2.
Ik wil

'Hoedt u voor de heks, want zij zal u binden met zwarte kunst, zij zal u uw thuis, uw geliefden, jazeker, zelfs uw eigen aangezicht doen vergeten.'

– Woorden van wijsheid,
Terrance Hope, 1723

'Je moet toegeven dat hij knap is,' hamerde Bree door. Ze stond tegen mijn aanrecht geleund.

'Natuurlijk geef ik dat toe. Ik ben niet blind,' zei ik, druk bezig met het openmaken van blikjes. Het was mijn beurt om het avondeten klaar te maken. De schoongemaakte, in stukken gesneden kip lag klaar in een grote, vuurvaste schaal. Ik gooide er een blikje artisjokkencrèmesoep, een blikje selderijcrèmesoep en een pot gemarineerde artisjokharten bij en voilà: het eten was klaar.

'Maar het lijkt mij dat hij een spelletje speelt,' ging ik schuchter verder. 'Ik bedoel maar, met hoeveel mensen is hij de afgelopen twee weken uit geweest?'

'Drie,' zei Tamara Pritchett, die haar lange, slanke lijf uitrekte op de bank in onze ontbijthoek. Het was maandagmiddag en de derde schoolweek was begonnen. Ik kan gerust zeggen dat de komst van Cal Blaire in ons ingedutte stadje Widow's Vale de opwindendste gebeurtenis was sinds twee jaar geleden het Millhouse Theater tot de grond toe afbrandde. 'Morgan, wat *is* dat?'

'Kip à la Morgan,' zei ik. 'Heerlijk voedzaam.' Ik pakte een cola light uit de koelkast en maakte hem open. Hè, lekker.

'Doe mij er ook een,' zei Robbie. Ik pakte er een voor hem. 'Hoe komt het dat ze van een jongen die met veel meisjes uitgaat zeggen dat hij een spelletje speelt, maar als een meisje hetzelfde doet, iedereen haar kieskeurig vindt?'

'Dat is helemaal niet waar,' protesteerde Bree.

'Hallo, dames en Robbie,' zei mijn vader, die de keuken binnenkwam. Hij keek een beetje wazig door zijn bril. Hij had zijn gebruikelijke uniform aan: een kaki broek, een overhemd met korte mouwen vanwege het weer, met een wit T-shirt eronder. In de winter draagt hij precies hetzelfde, maar dan met een overhemd met lange mouwen en een gebreid vest eroverheen.

'Dag, meneer R.,' zei Robbie.

'Dag, meneer Rowlands,' zei Tamara. Bree wuifde.

Pap keek warrig rond, alsof hij zich ervan wilde vergewissen of dit echt zijn keuken was. Met een glimlach naar ons liep hij weer weg. Bree en ik grijnsden naar elkaar. Wij wisten dat hij terug zou komen zodra hem te binnenschoot waarom hij hierheen gelopen was. Hij doet research en ontwikkeling bij IBM en daar vinden ze hem een genie. Thuis heeft hij meer weg van een trage kleuter. Zijn schoenveters raken steeds los en hij heeft geen besef van tijd.

Ik roerde door het mengsel in de glazen schaal en dekte het af met folie. Toen pakte ik vier aardappelen en begon ze in de gootsteen af te boenen.

'Ben ik even blij dat mijn moeder kookt,' zei Tamara. 'Trouwens, Cal is met Suzanne Herbert, Raven Meltzer en Janice uitgeweest.' Ze telde hun namen af op haar vingers.

'Janice Yutoh?' gilde ik, terwijl ik de schotel in de oven duwde. 'Daar heeft ze me helemaal niets van gezegd!' Met een frons op mijn gezicht deed ik de aardappelen erbij. 'God zeg, hij zoekt niet bepaald één type, hè? Dit is zoiets als een beetje van dit en een beetje van dat.'

'Wat een dweil,' zei Robbie, die zijn bril hoger op zijn neus duwde.

Robbie en ik waren zo dik bevriend dat ik het haast niet meer merkte, maar hij had ontzettend last van acne. Hij was tot de brugklas een ontzettend leuke jongen geweest, wat het nog veel moeilijker voor hem maakte.

Bree trok rimpels in haar voorhoofd. 'Dat met Janice Yutoh kan ik niet begrijpen. Tenzij ze hem heeft geholpen met zijn huiswerk.'

'Janice is eigenlijk best knap,' zei ik. 'Ze is alleen zo verlegen, dat het niet opvalt. Ik begrijp dat met Suzanne Herbert niet.'

Bree bleef er bijna in. 'Suzanne is prachtig! Ze heeft afgelopen jaar model gestaan voor Hawaian Tropic!'

Ik glimlachte naar Bree. 'Ze ziet eruit als Malibu Barbie, met evenveel hersens.' Ik dook weg, toen Bree een druif naar me toegooide.

'We kunnen niet allemaal zo slim zijn,' zei ze snibbig. Ze zweeg even en zei toen: 'Ik denk dat niemand van ons het gek vindt van Raven. Die heeft echt de een na de ander.'

'O, jíj zeker niet,' plaagde ik haar, met als beloning een volgende druif, die op mijn arm afketste.

'Hallo, Chris en ik zijn al drie maanden bij elkaar, hoor,' zei Bree.

'Ja, en?' hielp Robbie haar verder.

Er kwam een zelfvoldane trek op Brees gezicht en ook een soort quasi-verlegenheid. 'Ik krijg een beetje de zenuwen van hem,' gaf ze toe.

Tam en ik lachten. Robbie snoof.

'Je zult wel gewoon kieskeurig zijn,' zei hij.

Daar kwam mijn vader de keuken weer in, pakte een pen uit het pennenbakje en liep weer weg.

'Oké,' zei Bree en deed de achterdeur open. 'Ik ga maar eens naar huis, voordat Chris uit zijn dak gaat.' Ze trok een gezicht. 'Waar heb *jij* gezeten?' deed ze hem met een zware stem na. Met rollende ogen liep ze weg. Even later hoorden we haar temperamentvolle BMW, Breezy, optrekken en wegdieselen.

'Arme Chris,' zei Tamara. Haar krullende bruine haar ontsnapte aan haar hoofdband. Ze draaide het deskundig om haar vingers en stopte het weer terug.

'Ik denk dat zijn dagen geteld zijn,' zei Robbie met een slok van zijn frisdrank.

Ik haalde een zak salade te voorschijn en trok hem met mijn tanden open. 'Nou, dit heeft anders langer geduurd dan normaal.'

Tam knikte. 'Het zou een record kunnen zijn.'

De achterdeur vloog open en mijn moeder kwam binnen. Ze bezweek haast onder de dossiers, brochures en huizenmakelaarsborden die ze in haar armen had. Haar jasje was gekreukeld en er zat een koffievlek op een van de zakken. Ik pakte de spullen uit haar handen en legde ze op de keukentafel.

'Moeder Maria,' mompelde mam. 'Wat een dag. Hoi, Tamara, schattebout. Hé, Robbie. Hoe is het met jou? Hoe gaat het op school?'

'Goed hoor, mevrouw Rowlands, dank u,' zei Robbie.

'En hoe gaat het met u?' vroeg Tamara. 'U heeft zeker hard gewerkt.'

'Zeg dat wel,' zei mijn moeder met een zucht. Ze hing haar jasje aan een haakje bij de deur en liep naar de kast om een whisky met citroen voor zichzelf in te schenken.

'Nou, laten wij maar eens opstappen,' kondigde Tamara aan en pakte haar rugzak. Ze gaf een schopje tegen Robbies sportschoen. 'Kom, ik geef je een lift. Leuk u weer gezien te hebben, mevrouw Rowlands.'

'Ik kom eraan,' zei Robbie.

'Dag, jongens,' zei mijn moeder. De keukendeur ging achter hen dicht. 'Goh, wat wordt Robbie lang. Hij groeit eindelijk in zijn lichaam.' Ze kwam naar me toe en gaf me een kus. 'Hoi, lieverd. Het ruikt hier heerlijk. Is het kip à la Morgan?'

'Jep. Met gepofte aardappelen en erwten uit de diepvries.'

'Het klinkt heerlijk.' Ze nam een slok uit haar glas. Het rook zoet en citroenig.

'Klein slokje?' vroeg ik.

'Nee, dame!' antwoordde mam als altijd. 'Ik ga me even omkleden en dan dek ik de tafel. Is Mary K. er?'

Ik knikte. 'Boven, met een paar leden van de Mary K. fanclub.'

Mam fronste haar voorhoofd. 'Jongens of meisjes?'

'Allebei, geloof ik.'

Mam knikte en liep naar boven. Ik wist dat ze in ieder geval de jongens eruit ging gooien.

'Hoi, kan ik bij jullie komen zitten?' vroeg Janice de volgende dag tijdens de lunchpauze. Ze wees naar de lege plek op het gras naast Tamara op de binnenplaats van de school.

'Natuurlijk,' zei Tamara, die gebaarde met een handvol Frito's. 'Zo zijn we helemaal multiculti.' Tamara was een van de weinige zwarte scholieren op onze overwegend witte school. Grappen daarover ging ze niet uit de weg, vooral niet als Janice in de buurt was, die zich wel eens onzeker voelde omdat zij een van de weinige Aziaten was.

Janice ging in kleermakershouding zitten en poogde haar dienblad op haar schoot in evenwicht te houden.

'Neem me niet kwalijk,' zei ik recht op de vrouw af. 'Heb je nog enig belangwekkend... nieuws aan ons mee te delen?'

De verwarring was van het gezicht van Janice af te lezen. Ze kauwde op een hap gehaktbrood, althans op iets dat daarvoor door moest gaan, en slikte. 'Wat bedoel je? In de klas?'

'Nee,' zei ik ongeduldig. 'Romantisch nieuws.' Ik trok mijn wenkbrauwen op.

Er kwam een roze blos op het mooie gezichtje van Janice. 'O, bedoel je Cal?'

'Natuurlijk bedoel ik Cal!' ontplofte ik letterlijk. 'Ongelooflijk, dat je er niets van gezegd hebt.'

Janice haalde haar schouders op. 'We hebben maar één keer afgesproken,' zei ze. 'Afgelopen weekend.'

Tamara en ik wachtten.

'Kun je een beetje uitweiden, alsjeblieft?' drong ik na een tijdje aan. 'Ik bedoel maar, we zijn je vriendinnen, hoor. Je bent uitgeweest met de enige echte, allerknapste jongen van deze planeet. Wij hebben het recht het te weten.'

Janice zag er blij en ook opgelaten uit. 'Het was niet echt een date, hoor,' zei ze eindelijk. 'Het is meer zoiets als, nou ja, hij probeert mensen te leren kennen. Een beetje de omgeving verkennen. We hebben wat rondgereden en heel veel gepraat; hij wilde van alles weten over de stad en de mensen...'

Tamara en ik keken elkaar aan.

'Mmm,' zei ik toen maar. 'Jullie hebben dus niet iets samen, of zo?'

Tamara rolde met haar ogen. 'Van dik hout zaagt men planken, hè, Morgan?'

Janice lachte. 'Maakt niet uit, hoor' zei ze. 'Nee, we hebben niets samen. We zijn gewoon bevriend, denk ik.'

'Mmm,' zei ik weer. 'Hij is ook zo aardig, hè?'

'Als je het over de duivel hebt,' zei Tamara zachtjes.

Ik keek op en zag Cal met een glimlach op zijn gezicht naar ons toe komen slenteren.

'Hoi,' zei hij, en hurkte op het gras naast ons. 'Stoor ik?'

Ik schudde mijn hoofd en nam een slok frisdrank om nonchalant te lijken.

'Begin je al een beetje te wennen?' vroeg Tamara. 'Widow's Vale is nogal klein en het zal waarschijnlijk niet zo lang duren voor je alles hebt ontdekt.'

Cal glimlachte naar haar. Ik knipperde met mijn ogen bij zijn goddelijke aanblik. Inmiddels had ik me erop ingesteld dat ik zo zou blijven reageren als hij in de buurt was, dus maakte ik me er maar niet meer druk om.

'Ja, het is hier mooi,' zei Cal. 'Een en al historie. Ik heb het gevoel alsof ik terug ben gegaan in de tijd.' Hij keek naar het gras, pakte afwezig een halmpje tussen zijn vingers en streek eroverheen. Ik probeerde er niet naar te staren, maar merkte dat ik wilde aanraken wat hij aanraakte.

'Ik kwam vragen of jullie zin hebben om aanstaande zaterdagavond naar een feest te komen,' zei Cal.

Wij waren allemaal zo verrast, dat we even stilvielen. Hij

had wel lef zeg, om als betrekkelijk nieuw iemand al zo snel een feest te geven.

'Rowlands!' riep Bree. Ze kwam vanaf de andere kant van het grasveld aanlopen en liet zich bevallig op het gras naast me zakken. Ze schonk Cal een mooie glimlach. 'Hoi, Cal.'

'Hoi. Ik heb net wat mensen uitgenodigd voor een feest, aanstaande zaterdag,' zei Cal.

'Een feest!' Bree keek alsof ze nooit een beter idee had gehoord. 'Wat voor feest? Waar? Wie komen er?'

Cal lachte met zijn hoofd achterover, zodat ik de krachtige zuil van zijn hals met zijn gladde, gebruinde huid kon zien. In de v-hals van zijn T-shirt hing een versleten leren bandje met een zilveren hanger eraan, een vijfpuntige ster in een cirkel. Ik vroeg me af wat voor symbool dat was.

'Als het goed weer is wordt het een openluchtfeest,' zei Cal. 'Ik wil eigenlijk vooral met mensen praten, weet je wel, en nu eens niet op school. Ik vraag de meeste derde- en vierdeklassers –'

'Echt waar?' Bree trok haar beeldschone wenkbrauwen op.

'Ja,' zei Cal. 'Hoe meer zielen hoe meer vreugd. Ik had bedacht dat ik dat feest wel buiten zou kunnen houden. Het is de laatste tijd zulk mooi weer en er is een veldje precies aan de rand van de stad, voorbij de Towermarkt. Ik denk dat we daar kunnen gaan zitten om te praten en naar de sterren te kijken...'

We staarden hem allemaal aan. Jongeren kwamen bij elkaar bij het winkelcentrum. Ze hingen rond bij de bioscoop. Ze kwamen zelfs bij de 7-Eleven bij elkaar, als het echt niet anders kon. Maar niemand ging midden in een leeg veld zitten, verder op, voorbij de Towermarkt.

'Jullie doen dat soort dingen meestal niet, hè?' vroeg hij.

'Niet echt,' zei Bree voorzichtig. 'Maar het klinkt hartstikke leuk.'

'Oké. Goed, dan ga ik wat routebeschrijvingen uitprinten. Ik hoop dat jullie kunnen komen.' Hij kwam soepeltjes overeind, sierlijk, zoals een dier zich verheft.

Ik wou dat hij van mij was.

Het schokte me dat mijn brein die gedachte formuleerde. Iets dergelijks had ik nog bij *niemand* gevoeld. En Cal Blaire was van zo'n totaal ander niveau dan ik dat het te zot leek hem te willen hebben, zielig bijna. Dit had geen zin. Ik moest er snel mee kappen.

Toen hij weg was begonnen mijn vriendinnen opgewonden door elkaar te praten.

'Wat zou dat voor een feest zijn?' vroeg Tamara zich hardop af.

'Ik vraag me af of er een tap is, of iets dergelijks,' zei Bree.

'Ik denk dat ik dit weekend de stad uit ben,' zei Janice. Ze leek deels teleurgesteld, deels opgelucht.

Met ons vieren keken we toe, terwijl Cal naar Brees andere vrienden liep, die op de banken aan de rand van het schoolplein zaten. Nadat hij met hen had gepraat, liep hij naar de blowers bij de deuren van de kantine. Het gekke was, dat hij bij elke groep die hij aansprak leek te passen. Bij slimme breinen als ik, Tamara en Janice, was hij volstrekt geloofwaardig als het type van een briljant en grondig wetenschapper. Toen hij bij het groepje van Brees vrienden stond zag hij er cool, nonchalant en hip uit: een trendsetter. En toen hij naar Raven en Chip ging, zag ik hem helemaal voor me als iemand die elke dag na schooltijd aan de wiet ging en stoned werd. Verbijsterend gewoon, dat gemak waarmee hij met iedereen omging.

In zekere zin benijdde ik hem erom, omdat ik me alleen maar op mijn gemak voel met een kleine groep mensen, mijn beste vrienden. Eigenlijk alleen met mijn twee beste vrienden, Bree en Robbie. Hen ken ik al vanaf onze babytijd, toen we met onze gezinnen in dezelfde straat woonden. Dat was voordat Bree met haar familie naar een groot, modern huis met uitzicht op de rivier verhuisde en lang voordat we ons opsplitsen in verschillende vriendenkringen. Bree en ik waren de enigen op onze school die met elkaar om bleven gaan, ondanks het feit dat we tot verschillende groepen behoorden.

Cal was op een bepaalde manier... universeel. En ook al werd ik er zenuwachtig van, ik wilde naar dat feest.

3. De cirkel

'Dwaal niet rond in de nacht, want tovenaars gebruiken alle fasen van de maan voor hun kunsten. Blijf veilig in huis tot de zon de hemel verlicht en het kwaad terugdrijft naar zijn schuilplaats.'

– *Aantekeningen van een dienaar Gods,*
Broeder Paolo Frederico, 1693

Ik werp mijn net uit en bid dat ik succes mag hebben, dat ik ons aantal mag vergroten en degenen mag vinden die ik zoek.

Het licht van de veranda wierp een schaduw over ons grasveld en een kleinere, donkere ik liep voor mij uit over het knisperende, uitgedroogde herfstgras naar mijn auto.

'Wat is er met Breezy aan de hand?' vroeg ik.

'Ze maakt een vreemd pingelend geluid,' zei Bree.

Ik rolde met mijn ogen en hoopte dat ze het zag. Er was altijd wel wat aan de hand met Brees peperdure, overgevoelige auto. Een fraai staaltje verfijnde techniek.

Ik opende mijn kant van de auto en liet me achter het

stuur op de koele vinylzitting van Das Boot glijden, mijn prachtige, witte Chrysler Valiant uit 1971. Mijn vader zegt bij wijze van grapje dat mijn auto meer weegt dan een onderzeeër, dus hebben we hem Das Boot genoemd, naar mijn vaders favoriete film. Bree stapte aan de andere kant in en zwaaide naar mijn vader, die het vuilnis buiten zette.

'Rij voorzichtig, schat,' riep hij.

Ik startte de motor en keek uit mijn raampje naar de lucht. Het was afnemende maan, een dunne, scherpe sikkel. Een donkere wolkenflard dreef ervoor langs en maakte hem onzichtbaar, waardoor de sterren zich duidelijker aftekenden.

'Vertel eens waar Chris is?' vroeg ik, toen ik Riverdale Drive opreed.

Bree zuchtte. 'Ik heb gezegd dat ik beloofd had met jou mee te gaan,' zei ze.

'Hè, jemig, nee toch,' kreunde ik. 'Je hebt toch niet gezegd dat ik bang ben om alleen in het donker te rijden, hè?'

Bree wreef over haar voorhoofd. 'Sorry,' mompelde ze. 'Hij wordt zo bezitterig. Waarom doen die gozers dat altijd? Je gaat een tijdje met ze om en voor je het weet ben je hun eigendom.' Ze huiverde, hoewel het echt niet zo koud was. 'Rechtsaf naar Westwood.'

Westwood was in noordelijke richting, de stad uit.

Bree zwaaide met het papier met de routebeschrijving. 'Ik vraag me af wat dit wordt. Cal is wel... anders, vind je niet?'

'Hmmm.' Ik nam een teug mineraalwater en liet het gesprek doodbloeden. Ik wilde liever niet met Bree over Cal praten, maar wist ook niet precies waarom.

'Oké, oké!' zei Bree een paar minuten later opgewonden.

‘Hier is het! Stop!’ Ze werkte zich al uit haar veiligheidsriem en pakte haar macramé-tasje.

‘Bree,’ zei ik beleefd, terwijl ik rondkeek. ‘We zitten hier verdorie midden in Nergenshuizen.’

Technisch gezien ben je natuurlijk altijd érgens. Maar op deze verlaten weg aan de rand van de stad leek dat niet zo. Links stonden hectaren maïsvelden, hoog, in afwachting van de oogst. Rechts lag een brede strook ongemaaid grasland, met daarachter dichte bossen, die in een grote, onregelmatige v-vorm terugliepen naar de stad.

‘Hier staat dat je onder die boom moet parkeren,’ instrueerde Bree mij. ‘Kom op.’

Ik stuurde Das Boot van de weg af en kwam moeizaam tot stilstand onder een reusachtige wilgeneik. Op dat moment zag ik het maanlicht weerkaatsen op minstens zeven andere auto’s, die vanaf de weg niet zichtbaar waren geweest.

Robbies opvallende rode Volkswagen Kever stond onder de boom donker te glanzen als een reuzenlieveheersbeest. En ik zag de witte pick-up van Matt Adler, Sharons SUV en de stationcar van Tamara’s vader er netjes naast staan. In een slordige kring daaromheen geparkeerd stonden het gehavende zwarte wrak van Raven Meltzer, een goudkleurige Explorer, die ik herkende als de auto van Cal, en een groene minibestelbus, waarvan ik dacht dat hij van Beth Nielson was, de beste vriendin van Raven. Ik zag helemaal geen mensen, maar er liep een enigszins platgetrapt pad door het hoge, droge gras in de richting van het bos.

‘Ik neem aan dat we daarheen moeten,’ zei Bree, die voor haar doen vreemd onzeker klonk. Ik was blij dat zij hier bij me was, zonder Chris. Als ik alleen had moeten komen, had ik misschien het lef niet gehad.

Wij volgden het pad van platgedrukt gras en de koele avondbries streek door mijn haren. Toen we bij de rand van het bos kwamen, wees Bree. In de duisternis van het bos kon ik haar bleke vinger nauwelijks zien. Toen ik voor me uitkeek, zag ik het: een kleine open plek met schimmige gestalten, die om een laag brandend vuur binnen een kring van stenen stonden. Ik hoorde zacht gelach en kon de heerlijke geur van houtrook ruiken, die in de inmiddels fris geworden lucht omhoog kringelde. Een feest in de open lucht leek ineens een schitterend idee.

Wij stapten voorzichtig door het bos in de richting van het vuur. Ik hoorde Bree binnensmonds vloeken – haar dikke plateausandalen waren niet het meest geschikte schoeisel voor een avondwandeling. Mijn eigen klompen knerpten vrolijk over de takjes onder mijn voeten. Ik schrok van een krakend geluid achter me. Toen zag ik dat het Ethan Sharp en Alessandra Spotford waren, die door het bos achter ons aan kwamen strompelen.

'Kijk uit!' siste Alessandra naar Ethan. 'Die tak sloeg pal in mijn oog.'

Bree en ik kwamen op de open plek aan. Ik zag Tamara en Robbie en zelfs Ben Reggio, die samen met mij Latijn deed, en liep naar die drie toe. Bree ging de andere kant op, naar Sharon, Suzanne, Jenna en Matt. Het licht van het vuur wierp een zachtgouden gloed over alle gezichten, waardoor de meisjes er mooier uitzagen dan anders en de jongens ouder en mysterieus.

'Waar is Cal?' vroeg Bree. Chris Holly kwam overeind uit zijn gehurkte houding bij de koelbox. Hij had een biertje in zijn hand.

'Waarom wil je dat weten?' zei hij onaardig.

Ze streek met haar vingers door haar haar. 'Hij is onze gastheer.'

Cal kwam bijna geruisloos aan de rand van de open plek te voorschijn. Hij droeg een grote rieten mand, die hij bij het vuur neerzette. 'Hoi,' zei hij, en keek ons allemaal aan. Hij glimlachte. 'Bedankt dat jullie gekomen zijn. Ik hoop dat jullie warm blijven bij het vuur.'

Ik stelde me voor dat ik me tegen hem aan nestelde, zijn arm om mijn schouders, en dat ik de warmte van zijn huid voelde, die langzaam door mijn fleece vest heendrong. Ik knipperde snel met mijn ogen en het beeld was weg.

'Ik heb wat eten en drinken meegebracht,' zei Cal, die op zijn knieën ging zitten en de mand openmaakte. 'Hier zit eten in – noten, chips, maïsbrood. In de koelboxen zit drinken.'

'Ik had wijn mee moeten brengen,' zei Bree. Ik knipperde verbaasd met mijn ogen toen ik haar daar opeens zag staan. Cal glimlachte naar haar en ik vroeg me af of hij haar mooi vond.

Het eerste halfuur zaten we bij het vuur met elkaar te praten, al met al ongeveer twintig man. Cal had heerlijke appelcider meegebracht, gekruid met kaneel, voor degenen die geen bier dronken, zoals ik.

Chris zat naast Bree, met zijn arm om haar schouders. Ze keek hem niet aan, maar zond mij van tijd tot tijd geïrriteerde blikken toe. Tamara, Ben en ik zaten met onze knieën tegen elkaar aan. Een van mijn armen werd bijna te heet van het vuur, de andere was aangenaam koel. Af en toe dreef de stem van Cal als de nachtlucht naar me toe.

'Ik ben blij dat jullie vanavond allemaal gekomen zijn,' zei Cal, die naast me knielde. Hij sprak luid genoeg zodat iedereen het kon horen. 'Mijn moeder kende hier al mensen voordat we verhuisden, dus zij heeft al een groep vrienden, maar ik dacht dat ik Mabon in mijn eentje zou moeten vieren.'

Bree glimlachte en boog zich naar voren. 'Wat is Mabon?'

'Vanavond is Mabon,' zei Cal. 'Dat is een van de Wicca-sabbats. Een tamelijk belangrijke dag als je aan Wicca doet. Het is de herfstequinox.'

Je had een speld kunnen horen vallen. We keken allemaal naar hem. Zijn gezicht was door de vlammen goudachtig gekleurd, als een masker. Niemand zei iets.

Cal leek zich bewust te zijn van onze verbazing, maar hij maakte geen verlegen of onzekere indruk. Hij sprak gewoon verder. 'Kijk, meestal maak je met Mabon een speciale cirkel,' vervolgde hij, terwijl hij zijn tanden in een appel zette. 'Je zegt dank voor de oogst. En na Mabon kijk je alweer uit naar Samhain.'

'Sowen?' zei Jenna Ruiz zwakjes.

'S-a-m-h-a-i-n,' legde Cal uit. 'Je spreekt het uit als Sowen. Dat is onze belangrijkste feestdag, het nieuwjaar van de heksen, op 31 oktober. De meeste mensen noemen het Halloween.'

Stilte. Alleen onderbroken door het geknetter van de brandende houtblokken.

Chris was de eerste die iets zei. 'Nou en, man?' zei hij met een zenuwachtig lachje. 'Wil je zeggen dat jij een heks bent?'

'Ja, eigenlijk wel. Ik beoefen een vorm van Wicca,' zei Cal.

'Is dat niet zoiets als duivelsaanbidding?' vroeg Alessandra, met opgetrokken neus.

'Nee, nee. Helemaal niet,' antwoordde Cal op een manier die in het geheel niet defensief was. 'Er komt geen duivel voor bij Wicca. Om je de waarheid te zeggen is het zo ongeveer de minst agressieve en meestomvattende religie die er is. Het draait allemaal om het vieren van de natuur.'

Alessandra keek sceptisch.

'In ieder geval hoopte ik dus vanavond een paar mensen te vinden die met mij een cirkel willen vormen.'

Stilte.

Cal keek rond en nam de verbazing en het onbehagen in zich op dat op bijna ieder gezicht te lezen stond, maar gaf geen blijk van spijt. 'Luister, het is geen probleem. Een cirkel maken wil niet zeggen dat je bij Wicca bent. Het betekent niet dat je ermee tegen je eigen religie ingaat, of wat dan ook. Als je er geen zin in hebt, dan maakt het niet uit. Ik dacht alleen dat sommige mensen het wel cool zouden vinden.'

Ik keek naar Tamara. Haar donkerbruine ogen waren groot geworden. Bree keek mij aan. We wisselden een blik die een heel gesprek omvatte. Natuurlijk waren we allebei verbaasd en een beetje sceptisch, maar we vonden het ook boeiend. Brees blik zei me dat ze geïnteresseerd was en dat ze meer wilde horen. Voor mij gold hetzelfde.

'Wat bedoel je, een cirkel?' Het duurde een paar tellen voor ik die stem als de mijne herkende.

'We gaan allemaal in een kring staan,' legde Cal uit, 'en houden elkaars hand vast. We danken de Godin en de God voor de oogst. We vieren de vruchtbaarheid van het voorjaar en de zomer en kijken uit naar de kaalheid van de winter. En we lopen in een cirkel rond.'

'Je maakt een grapje,' zei Todd Ellsworth, die een slok bier nam.

Cal keek hem kalm aan. 'Nee, dat doe ik niet. Maar als je er geen zin in hebt, dan is dat ook best.'

'Jezus, hij meent het ook nog,' zei Chris tegen niemand in het bijzonder.

Bree schudde met opzet zijn arm van zich af. Hij keek haar chagrijnig aan.

'Hoe dan ook,' zei Cal, die overeind kwam, 'het is bijna tien uur. Iedereen die wil blijven is welkom, maar het is ook goed als je weg wilt gaan. Hartelijk dank voor je komst, wat je ook doet.'

Raven stond op, liep naar Cal toe en keek hem met haar donkere, zwaar omlijnde ogen aan. 'Ik blijf.' Ze trok een minachtend gezicht naar de rest van ons, alsof ze wilde zeggen: 'Wat een watjes'.

'Ik denk dat ik naar huis ga,' fluisterde Tamara tegen mij, en ze stond op.

'Ik blijf nog even,' zei ik zachtjes. Ze knikte, wuifde Cal gedag en liep weg.

'Ik ben weg,' zei Chris luid. Hij gooide zijn bierflesje tussen de bomen. Hij kwam overeind. 'Bree? Kom op.'

'Ik ben met Morgan gekomen,' zei Bree, die dichter naar mij toeschoof. 'Ik ga met haar mee naar huis.'

'Kom op nou, ga met mij mee,' drong Chris aan.

'Nee, dank je,' zei Bree. Ze keek mij aan en ik schonk haar een flauw glimlachje ter aanmoediging.

Chris vloekte en daarna stampte hij met veel gekraak en gemopper tussen de bomen weg. Ik kneep eventjes in haar arm.

Ik keek even naar Cal. Hij zat op zijn hurken, met zijn ellebogen op zijn knieën geleund. Zijn lichaam vertoonde geen enkele spanning. Hij keek alleen.

Raven, Bree en ik bleven. Ben Reggio ging weg. Jenna bleef, dus bleef Matt natuurlijk ook. Robbie bleef, mooi. Beth Nielson bleef, Sharon Goodfine en Ethan Sharp ook.

Alessandra aarzelde, maar bleef wel, Suzanne en Todd ook.

Toen het ernaar uitzag dat iedereen die weg wilde ook weg was, waren we nog met ons dertienen.

'Cool,' zei Cal, die opstond. 'Bedankt dat jullie gebleven zijn. Laten we beginnen.'

4.
Het banritueel

'Ze dansen naakt onder de bloedmaan in hun onzalige riten, en wee degene die hen gadeslaat, want hij verandert ter plaatse in een steen.'

– *Heksen, Heksenmeesters en Magiërs,*
Altus Polydarmus, 1618

Terwijl wij wat onzeker ronddrentelden pakte Cal een stok en trok een wijde, volmaakte cirkel in de grond rond het vuur. Voordat hij de cirkel sloot, wenkte hij dat we erbinnen moesten komen staan. Daarna sloot hij hem, alsof hij een deur vergrendelde. Ik voelde me een beetje als een schaap in een schaapskooi.

Toen pakte Cal een bakje zout en sprenkelde dat helemaal rond de getrokken cirkel. 'Met dit zout zuiver ik onze cirkel,' zei hij.

Bree en ik keken elkaar aan en glimlachten weifelend.

'Oké, nu pakken we elkaar bij de hand,' zei Cal, die zijn handen uitstak. Een golf van verlegenheid spoelde over me heen toen ik merkte dat ik het dichtst bij zijn linkerhand stond. Hij pakte mijn hand vast. Raven liep naar Cals andere kant en pakte vastberaden zijn rechterhand.

Bree stond links van me, daarna kwamen Jenna en Matt, Beth, Alessandra, Todd en Suzanne. Sharon, Ethan en Robbie stonden aan de andere kant van de kring. Robbie hield Ravens hand vast.

Cal tilde mijn hand op en we hieven onze armen naar het kleine stukje heldere hemel boven ons. 'Dank aan de Godin,' zei Cal met een krachtige stem. Hij keek de cirkel rond naar de rest van ons. 'Nu zeggen jullie het na.'

'Dank aan de Godin,' zeiden we, maar mijn stem was zo zacht, dat ik betwijfel of ik iets bijdroeg. Ik vroeg me af wie de Godin was.

'Dank aan de God,' zei Cal, en ook dat herhaalden we.

'Vandaag is de dag- en nachtevening,' vervolgde Cal. 'Vandaag gaat de zon het teken Libra, de Weegschaal, in.'

Todd grinnikte en Cal keek hem even van opzij aan.

Ik leek wel miljarden extra zenuwuiteinden in mijn rechterhand te krijgen. Ik probeerde niet steeds te denken of ik Cals hand te stevig of te losjes vasthield, en of mijn hand klam van de zenuwen was.

'Vandaag begint de heerschappij van de duisternis over het licht,' zei Cal. 'Vandaag is de herfstequinox. Het is de tijd van de oogst, wanneer de opbrengst van het land wordt verzameld. Wij danken de Aardmoeder, die ons voedt.' Hij keek weer de cirkel rond. 'Nu zeggen jullie "wees gezegend".'

'Wees gezegend,' zeiden we. Ik bad dat mijn hand niet zou gaan zweten in die van Cal. Zijn hand was ruw en sterk en had de mijne zo stevig mogelijk vast zonder me pijn te doen. Voelde mijn hand op zijn beurt zielig slap?

'Het is de tijd om de zaden te vergaren,' zei Cal met zijn kalme stem. 'Wij verzamelen de zaden om onze oogsten voor het volgend jaar te vernieuwen. De cyclus van het leven gaat voort met ons te voeden.' Hij keek de cirkel rond.

'Nu zeggen we allemaal "wees gezegend".'
'Wees gezegend,' zeiden we.
'Wij danken de God, die zichzelf zal offeren teneinde opnieuw geboren te worden,' zei Cal. Ik fronste mijn voorhoofd, want ik hield niet van het woord *offeren*. Hij knikte naar ons.
'Wees gezegend.'
'Laten we nu ademhalen,' zei Cal. Hij boog zijn hoofd en sloot zijn ogen en een voor een deden we hem na.
Ik hoorde Suzanne overdreven inademgeluiden maken. Ik opende mijn ogen tot een spleetje en zag Todd aanstellerig lachen. Hun manier van doen irriteerde me.
'Oké,' vervolgde Cal, die na een paar minuten zijn ogen opende. Hij scheen zich niet bewust te zijn van Todd en Suzanne, of hij negeerde ze met opzet. 'Nu gaan we een banritueel doen. We lopen *widdershins* – dat betekent tegen de klok in. Jullie merken het wel.'
Cal duwde me zachtjes tegen de klok in en twee tellen later deden we met ons allen een Wicca-versie van zakdoekje leggen. Cal zei de woorden op en herhaalde ze steeds, zodat wij ze allemaal leerden en mee konden doen:

'Gezegend zij de Moeder van Alle Dingen,
De Godin van het Leven.
Gezegend zij de Vader van Alle Dingen,
De God van het Leven.
Heb dank voor alles wat we bezitten.
Heb dank voor ons nieuwe leven.
Wees gezegend.'

Na een paar minuten voelde het wat minder vreemd en kreeg ik een wonderlijk blij gevoel terwijl we letterlijk hand in hand in een kring onder de maan rondholden. Bree zag er zo gelukkig en stralend uit, dat ik wel om haar moest glimlachen.

Even later – het hadden twee minuten of een halfuur kunnen zijn – begon ik me draaierig en eigenaardig te voelen. Ik ben zo iemand die nooit in een draaimolen kan, of in een omgekeerde achtbaan, of wat dan ook dat in kringetjes ronddraait. Het heeft iets met het binnenoor te maken, maar in feite betekent het gewoon dat ik ga overgeven. Dus werd ik een beetje onzeker, maar ik had ook het gevoel dat ik niet echt kon stoppen.

Net toen ik me afvroeg wat we gingen uitbannen, zei Cal: 'Raven? Wat zou jij kwijt willen zijn als dat kon? Wat ban jij uit?'

Raven glimlachte. Eventjes was ze bijna mooi, gewoon een meisje. 'Ik ban kleingeestigheid uit!' riep ze blij.

'Jenna?' vroeg Cal, terwijl we in onze kring bleven rondlopen.

'Ik ban haat uit,' zei Jenna na een tijdje.

Ze keek Matt aan. 'Ik ban de jaloezie uit,' zei hij.

Ik hield de handen van Cal en Bree stevig vast en rende rond het vuur, een beetje tussen rennen en dansen in. Ik duwde en werd geduwd tegelijkertijd. Ik begon me te voelen als een stuk zeep op de bodem van een badkuip die leegloopt, rond en rond, ongecontroleerd. Maar ik werd niet naar het putje toegezogen. In plaats daarvan rees ik op uit de rimpelige kring van water, helemaal naar boven, op mijn plaats gehouden door de centrifugale kracht. Ik voelde me licht in het hoofd en ongewoon blij.

'Ik ban boosheid uit,' riep Robbie uit.

'Ik ban, eh, school uit,' zei Todd.

Wat een idioot, dacht ik.

‘Ik ban geruite golfbroeken uit!’ zei Alessandra. Suzanne giechelde.

‘Ik ban magere hotdogs uit,’ droeg Suzanne bij. Ik voelde de hand van Cal een beetje strakker om mijn hand knijpen.

Tot mijn verbazing vervolgde Sharon met: ‘Ik ban *stompzinnigheid* uit.’

‘Ik ban mijn stiefmoeder uit!’ schreeuwde Ethan lachend.

‘Ik ban machteloosheid uit,’ riep Beth.

Naast me schreeuwde Bree: ‘Ik ban vrees uit!’

Is het nu mijn beurt? dacht ik duizelig.

Cal kneep hard in mijn hand. Waar was ik bang voor? Op dat moment kon ik me geen enkele angst van me herinneren. Ik bedoel, ik ben bang voor allerlei dingen: zakken voor een proefwerk, spreken in het openbaar, dat mijn ouders doodgaan, ongesteld worden op school als ik iets wits aanheb, maar ik kon niet bedenken hoe ik die angsten kon verwoorden in ons banritueel in de cirkel.

‘Eh,’ zei ik.

‘Kom op!’ riep Raven. Haar stem ging verloren in de wervelende cirkel.

‘Kom op,’ zei Bree, haar donkere ogen op me gevestigd.

‘Kom op,’ fluisterde Cal, alsof hij me verleidde samen met hem naar een intieme plaats te gaan.

‘Ik ban de beperkingen uit!’ floepte eruit. Ik wist niet zeker waar die woorden vandaan kwamen en waarom ze precies goed voelden.

Toen gebeurde het. Alsof we gehoorzaamden aan het signaal van een regisseur, gooiden we onze handen los van elkaar omhoog in de lucht en bleven we staan waar we stonden. Het volgende moment voelde ik een doordringende pijn in mijn borst, alsof mijn huid letterlijk openscheurde.

Ik hapte naar adem, greep naar mijn borst en wankelde.

'Wat is er met *haar* aan de hand?' hoorde ik Raven zeggen. Ik viel op mijn knieën en drukte hard op het midden van mijn borst. Ik voelde me duizelig, misselijk en ik geneerde me.

'Te veel gezopen,' meende Todd.

Bree legde haar hand op mijn schouder. Ik zoog lucht naar binnen en ging onvast weer op mijn benen staan. Het klamme zweet brak me uit, ik haalde moeilijk adem en had het gevoel alsof ik op het punt stond flauw te vallen.

'Gaat het wel met je? Wat is er aan de hand?' Bree sloeg haar arm om me heen en schermde me af met haar lichaam. Dankbaar leunde ik tegen haar aan. Er dreef een mistige wolk voor mijn ogen, die alles om me heen onwerkelijk maakte. Ik knipperde, slikte en wilde, heel kinderachtig, gaan huilen. Met iedere ademteug nam de pijn in mijn borst af. Ik werd me ervan bewust dat de leden van de cirkel om me heen stonden. Ik voelde hun blikken op me gericht.

'Het gaat alweer,' zei ik, mijn stem klonk zacht en schor. Brees lange, slanke lichaam gaf hete golven af en haar donkere haar plakte tegen haar voorhoofd. Mijn eigen haar hing in lange, slappe slierten om me heen. Hoewel ik zweette was ik koud en kil tot op het bot.

'Misschien heb ik iets opgelopen,' zei ik, en probeerde mijn stem wat flinker te laten klinken.

'Wiccatitis, misschien,' zei Suzanne sarcastisch. Haar gebruinde gezicht leek van plastic in het maanlicht.

Ik rechtte mijn rug en realiseerde me dat de pijn bijna weg was. 'Ik weet niet wat dat was – een soort kramp, lijkt het wel.' Ik maakte me van Bree los en probeerde beverig een stap te zetten. En dat was het moment waarop ik in de gaten kreeg dat er iets met mijn ogen aan de hand was.

Ik knipperde verscheidene keren en keek omhoog naar de lucht. Alles was lichter, alsof de maan helemaal vol geworden was, maar die was nog steeds een scherpgerande, roomkleurige sikkel aan de hemel. Ik keek naar het bos en voelde me daar naar binnen getrokken worden, als in een 3-D foto. Ik zag elke dennennaald, elk eikeltje en elk afgevallen twijgje scherp afgetekend. Ik sloot mijn ogen en merkte dat ik elk afzonderlijk nachtelijk geluid hoorde: insecten, dieren, vogels, het ademhalen van mijn vrienden, het zachte suizen van mijn bloed door mijn aderen. Het monotone getsjirp van de krekels spatte uiteen in wel duizend stukjes – de muziek van duizend afzonderlijke diertjes.

Ik knipperde opnieuw en keek naar de gezichten om me heen, schemerig, maar ontzettend duidelijk bij het licht van het vuur. Robbie en Bree keken bezorgd, maar het was het gezicht van Cal dat mijn blik vasthield. Cal keek me aandachtig aan en leek met zijn gouden ogen mijn huid af te pellen, tot op de botten eronder.

Ik ging abrupt op de grond zitten. De aarde was ietwat vochtig en bedekt met een dunne laag bladeren. Ze kraakten ongelooflijk luid in mijn oren toen ik mijn benen onder me trok. Ik voelde me onmiddellijk beter, alsof de grond zelf mijn gevoelens van zwakte absorbeerde. Ik keek diep in het vuur, en de tijdloze, eeuwige dans van kleuren die ik daar zag was zo mooi, dat ik wilde huilen.

Cals diepe stem zweefde naar me toe, duidelijk als gefluister in een tunnel en alsof zijn woorden alleen voor mij bedoeld waren en ze mij feilloos wisten te vinden, ook al begon de groep onderling met elkaar te praten.

Met zijn ogen op mijn gezicht gefixeerd sprak hij binnensmonds de woorden: 'Ik ban de eenzaamheid uit.'

5. Hoofdpijn

'Een heks kan een vrouw of een man zijn. De vrouwelijke kracht is even verschrikkelijk en angstaanjagend als de mannelijke kracht. Beiden moeten gevreesd worden.'

– *De heksen zijn onder ons,*
Susanna Gregg, 1917

Gisteravond heb ik iets gezien – een flits van macht uit een onverwachte hoek. Ik kan er niet meteen conclusies aan verbinden – ik heb te lang gezocht, gewacht en gekeken om me te vergissen. Maar in mijn binnenste voel ik dat ze hier is. Ze is hier en ze heeft macht. Ik moet nader tot haar komen.

Toen ik op zondagochtend wakker werd voelde mijn hoofd aan alsof het volgepropt zat met nat zand. Mary K. stak haar hoofd om de deur.

'Je moet opstaan. De kerk.'

Mijn moeder liep haar straal voorbij, mijn kamer binnen. 'Kom er eens uit, luiwammes,' zei ze. Ze gooide mijn gordijnen open, waardoor mijn kamer werd overstroomd met het felle licht van de herfstzon. Het drong door mijn oogbollen heen en stak in mijn achterhoofd.

'Oef,' kreunde ik, en bedekte mijn gezicht.

'Kom op, we komen nog te laat,' zei mam. 'Wil je wafels?'

Ik dacht even na. 'Ja, doe maar.'

'Ik zal ze voor je roosteren.'

Ik ging rechtop in bed zitten en vroeg me af, of je je nu zo voelde als je een kater had. Alles kwam weer bij me boven, alles wat gisteravond gebeurd was, en er ging een gevoel van opwinding door me heen. Wicca. Het was vreemd en verbazingwekkend. Ik voelde me vandaag weliswaar fysiek beroerd en mijn hoofd was wazig en deed pijn, maar toch was gisteravond een van de opwindendste momenten in mijn hele leven geweest. En Cal. Hij was... ongelooflijk. Heel bijzonder.

Ik dacht terug aan dat moment waarop hij zo intens naar me keek. Op dat ogenblik dacht ik dat hij alleen tot mij had gesproken, maar later merkte ik dat het niet zo was. Robbie had hem ook de eenzaamheid horen uitbannen en Bree ook. Onderweg naar huis had Bree zich hardop zitten afvragen hoe iemand als Cal eenzaam kon zijn.

Ik zette met een zwaai mijn voeten op de koude vloer. Het was eindelijk echt herfst. Mijn favoriete jaargetijde. Dan tintelt de lucht, de bladeren verkleuren, de hitte en de uitputting van de zomer zijn voorbij. Het is knusser.

Toen ik ging staan wankelde ik een beetje. Ik liep naar de douche en moest me overal aan vastgrijpen. Ik ging onder het dunne straaltje uit de waterbesparende douchekop staan en zette hem goed heet. Terwijl het water over mijn hoofd stroomde sloot ik mijn ogen en leunde tegen de douchewand, huiverend van hoofdpijnachtig genot. Haast onmerkbaar veranderde er iets. Ik kon opeens elke afzonderlijke waterdruppel horen, elk afzonderlijk stroompje water op mijn huid voelen en elk haartje op mijn armen, dat werd platgelegd onder het gewicht van het water. Ik opende mijn ogen, ademde de stoom in en voelde de hoofdpijn wegspoelen. Ik bleef zo staan en zag het universum in mijn douche, tot ik Mary K. op de deur hoorde bonzen.

'Ik ben zo klaar!' zei ik ongeduldig.

Vijftien minuten later liet ik me op de achterbank van mijn vaders Volvo glijden. Mijn natte vlecht maakte een vochtige plek op de rug van mijn jurk. Ik wurmde me in mijn jasje.

'Hoe laat ben je naar bed gegaan, Morgan? Heb je vannacht niet genoeg slaap gehad?' vroeg mam opgewekt. In ons gezin is iedereen, behalve ik, weerzinwekkend opgeruimd op de vroege morgen.

'Ik heb nooit genoeg slaap,' kreunde ik.

'Wat een prachtige ochtend is het, hè?' zei mijn vader. 'Toen ik opstond was het nog nauwelijks licht. Ik heb op de veranda achter het huis koffie zitten drinken en de zon zien opkomen.'

Ik maakte een blikje cola light open en nam een verfrissende slok. Mam draaide zich om en trok een typisch moedersgezicht. 'Schat, ik heb liever dat je 's morgens sinaasappelsap drinkt.'

Pap grinnikte. 'Zo is onze uil nou eenmaal.'

Ik ben een nachtuil, zij zijn leeuweriken. Ik dronk mijn frisdrank en probeerde het op te hebben voor we bij de kerk aankwamen. Ik bedacht hoe gelukkig mijn ouders zijn dat ze Mary K. hebben, want anders zou het net lijken alsof allebei hun kinderen volstrekte *aliens* waren. En toen bedacht ik hoe gelukkig ze waren dat ze míj hadden, zodat ze

Mary K. ten volle konden waarderen. En toen bedacht ik hoe gelukkig ik ben dat ik hén heb, omdat ik weet dat ze van me houden, ook al ben ik heel anders dan zij drieën.

Onze kerk is mooi en bijna 250 jaar oud. Het was een van de eerste katholieke kerken in dit gebied. De organiste, mevrouw Lavender, zat al te spelen toen wij binnenkwamen en de geur van de wierook was even vertrouwd en geruststellend als de geur van ons wasmiddel.

Toen ik door de enorme houten deuren liep kwamen de getallen 117, 45 en 89 in mijn hoofd op, alsof iemand ze aan de binnenkant van mijn voorhoofd had geschreven. Wat raar, dacht ik. Wij gingen in onze gebruikelijke bank zitten, met mijn moeder tussen Mary K. en mij in, zodat we geen grappen konden uithalen, al zijn we nu oud genoeg om niet meer te klieren. Wij kennen ongeveer iedereen die in onze kerk komt en ik vond het prettig hen iedere week te zien, te merken hoe ze veranderden, en het gevoel te hebben dat ik deel uitmaakte van iets groters dan alleen ons gezin.

Mevrouw Lavender begon het eerste gezang te spelen en we gingen staan toen de processie binnenkwam, de misdienaars en het koor, Vader Hotchkiss en diaken Benes, en Joey Markovich, die het zware gouden kruis droeg.

Mam sloeg haar gezangenboek open en begon de bladzijden om te slaan. Ik keek naar het bord voor in de kerk om te zien welk lied we zouden zingen. Het eerste gezang was nummer 117. Ik keek naar het volgende getal – 45. Gevolgd door nummer 89. Dezelfde drie getallen die in mijn hoofd waren opgekomen toen ik de kerk binnenkwam. Ik bladerde naar de juiste pagina en vroeg me onder het zingen af hoe het kwam dat die getallen in mij opgekomen waren.

Deze zondag hield Vader Hotchkiss een preek waarin hij

de spirituele worsteling van de mens vergeleek met een voetbalwedstrijd. Vader Hotchkiss is gek op voetbal.

Toen we na de kerk weer buitenkwamen in het felle zonlicht, knipperde ik met mijn ogen.

'Lunch bij de Widow's Diner?' zei pap als altijd, en wij zeiden ja, zoals altijd. Het was een heel gewone zondag, behalve dat ik om een of andere reden de nummers van de drie gezangen die we zouden zingen, van tevoren al had gezien.

6.

'Practical Magick'

'Zij houden verslagen bij van hun handelingen en schrijven ze op in hun "Boek der Schaduwen". Een gewone sterveling kan hun abnormale codes niet lezen, want hun woorden zijn alleen voor hun eigen soort bestemd.'

– *Verborgen kwaad*, Andrej Kwertowski, 1708

Ik ben niet paranormaal. Het leven is vol vreemde, kleine toevalligheden. Dit blijf ik mezelf voorhouden tot ik het geloof.

'Waar gaan we naartoe?' vroeg ik. Ik had mijn zondagse jurk verruild voor jeans en een sweatshirt. Mijn hoofdpijn was weg en ik voelde me prima.

'Naar een occulte boekhandel,' zei Bree, die haar achteruitkijkspiegel in de goede stand zette. 'Gisteravond vertelde Cal erover en het klonk ontzettend interessant.'

‘O, over occult gesproken. Moet je horen, dit is zo gek!’ zei ik. ‘Vandaag in de kerk wist ik de nummers van de gezangen, nog voordat ik ze op het bord had zien staan. Vind je dat niet bizar?’

‘Hoe bedoel je, dat je ze wist?’ vroeg Bree. Ze reed het stadje uit in de richting van Westwood.

‘Die getallen kwamen zomaar in mijn hoofd op en toen we de kerk binnengingen stonden ze op het bord. Het waren de nummers van de gezangen,’ zei ik.

‘Dat is zeker gek.’ Bree glimlachte. ‘Misschien had je ze van je moeder gehoord of zo.’

Mijn moeder zit in het damescomité van de kerk. Soms wijzigt ze de gezangen en ze poetst de kandelaars en schikt de bloemen op het altaar.

Met een frons op mijn voorhoofd dacht ik eraan terug. ‘Het zou kunnen.’

Een paar minuten later waren we in Red Kill, het eerstvolgende stadje ten noorden van dat van ons. Toen ik klein was vond ik het eng om naar Red Kill te gaan. De naam zelf leek een waarschuwing in te houden voor iets vreselijks dat daar was gebeurd of zou gaan gebeuren. Maar het blijkt dat er in de Hudson Vallei een heleboel stadjes zijn met het woord *kill* erin. Het is een oud Nederlands woord dat ‘rivier’ betekent. *Red Kill* betekent dus gewoon ‘rode rivier’, waarschijnlijk omdat het water rood wordt door het ijzer in de bodem.

‘Ik wist niet dat er in Red Kill een occulte boekhandel was. Denk je dat ze daar iets over Wicca hebben?’ vroeg ik.

‘Ja, Cal zegt dat ze tamelijk goedgesorteerd zijn,’ antwoordde Bree. ‘Ik wil gewoon eens gaan kijken. Na gisteravond ben ik heel nieuwsgierig geworden naar Wicca. Ik had na afloop zo’n fantastisch gevoel, alsof ik yoga had gedaan of een massage had gehad.’

'Het wás ook heel intens,' was ik het met haar eens. 'Maar heb je je vanochtend niet een beetje naar gevoeld?'

'Nee.' Bree keek me aan. 'Jij hebt vast iets onder je leden. Gisteravond toen we terugreden van de bijeenkomst zag je er beroerd uit.'

'Dank je wel, dat is een hele troost,' zei ik toonloos.

Bree duwde plagerig tegen mijn elleboog. 'Je weet wel wat ik bedoel.'

We zwegen een tijdje.

'Zeg, heb je plannen voor vanavond?' vroeg ik toen. 'Tante Eileen komt eten.'

'O ja? Met haar nieuwe vriendin?'

'Ik geloof het wel.'

Bree en ik keken elkaar aan en trokken veelbetekenend met onze wenkbrauwen. Tante Eileen, de jongste zus van mijn moeder, is lesbisch. Twee jaar geleden waren zij en haar vorige partner, met wie ze heel lang verkering had gehad, uit elkaar gegaan. Dus waren we allemaal blij dat ze eindelijk weer iemand had gevonden.

'In dat geval kom ik zeker eten,' zei Bree. 'Kijk, we zijn er.' Ze parkeerde Breezy schuin tegen het trottoir. We stapten uit en liepen langs de 'Sit 'n Knit', Meyer's drogist, Goodstall's kinderschoenenwinkel en een Baskin-Robbins. Aan het eind van de rij winkels keek Bree omhoog en zei: 'Hier moet het zijn.' Ze duwde de zware deur met dubbele beglazing open.

Toen ik omlaag keek, zag ik dat op de straat voor de deur een paarse vijfpuntige ster in een cirkel was geschilderd – net zo een als de zilveren hanger van Cal. Op de glazen deur stond in gouden letters 'Practical Magick, een Levensbehoefte'. Ik verbaasde me over de vreemde spelling van het woord magie – *magick*.

Ik voelde me net Alice die het konijnenhol binnengaat, in het besef dat ik alleen al door deze winkel binnen te gaan aan een of andere reis begon, waarvan ik het einde niet kon voorspellen. En dat idee was onweerstaanbaar. Ik haalde diep adem en liep achter Bree aan de winkel in.

Het was er klein en schemerig. Bree liep meteen door en bekeek de spullen die op de planken stonden. Ik bleef bij de deur staan om even aan het donker te wennen na het felle zonlicht buiten. Er hing een zware wierooklucht die ik niet kende en het was alsof ik de omhoog kringelende rook tegen me aan voelde strijken en om mijn benen voelde draaien.

Nadat ik een paar keer met mijn ogen had geknipperd, zag ik dat de winkel lang en smal was, met een heel hoog plafond. Houten planken, zelfgemaakt leek het, bestreken de wanden en verdeelden de winkel in twee helften. De helft die ik kon zien stond vol boeken, van de grond tot aan het plafond. Dikke, oude, in leer gebonden boeken, moderne paperbacks met kleurige omslagen, goedkoop gedrukte pamfletten die bij Kinko's gefotokopieerd leken en met de hand geniet waren. Ik las een paar handgeschreven etiketten met onderwerpen: Magie, Tarot, Geschiedenis, Vrouwenwijsheid, Healing, Kruiden, Rituelen, Schouwen... en al die categorieën waren op hun beurt weer onderverdeeld. Alles was keurig geordend, hoewel je die indruk in eerste instantie niet had.

Door alleen maar naar de ruggen van die boeken te kijken leek mijn geest al open te gaan. Ik had nooit geweten dat er zulke boeken bestonden – oeroude boeken, met beschrijvingen van magie en rituelen. Er ging een totaal nieuwe wereld voor me open.

Bree zag ik niet meer, dus liep ik door het middenpad

naar de andere kant van de winkel. Ze stond kaarsen te bekijken. Eén grote plank leek wel een orgie van kaarsen. Er stonden enorme altaarkaarsen en piepkleine verjaardagskaarsjes; kaarsen in de vorm van menselijke gestalten, mannen en vrouwen; prachtige dinerkaarsen; stervormige votiefkaarsen; je kon het zo gek niet bedenken of ze hadden het hier.

'O, hemeltje.' Ik wees naar een kaars in de vorm van een levensgrote penis. Althans, ik nam aan dat hij levensgroot was. Ik had er nooit meer een gezien sinds Robbie die van hem in de eerste klas te voorschijn had gehaald.

'Laten we er een paar kopen voor vanavond. Ter opluistering van het diner,' giechelde Bree

Ik lachte. 'Mam valt steil achterover.'

De meeste andere kaarsen waren heel mooi, handgemaakt en in opvolgende kleurtinten, sommige in aardekleuren, sommige in de kleuren van de regenboog. Er kwam een versje in mijn hoofd op: 'Vuurvlammetje, verlicht mijn ziel.' Ik wist niet waar het vandaan kwam – waarschijnlijk uit een sprookjesboek van Moeder de Gans uit mijn kindertijd. Ik moest denken aan het gevoel dat ik gisteravond had, toen ik in het vuur keek na het lopen in de cirkel.

'Zoek jij iets bijzonders?' vroeg ik. Bree was naar de planken met glazen potjes gelopen, waar kruiden of poeders inzaten. Eén afdeling heette 'etherische oliën', met rijen donkerbruine glazen flesjes. De lucht was hier bezwangerd van geuren: jasmijn, sinaasappel, patchouli, kruidnagel, kaneel, rozen.

'Nee hoor,' zei Bree, die de etiketjes las. 'Ik kijk alleen maar.'

'We moeten misschien een boek over de geschiedenis

van Wicca kopen,' stelde ik voor. 'Voor beginners dan, hè?'

Bree keek me aan. 'Je krijgt er zin in, hè?'

Ik knikte verlegen. 'Ik vind het cool. Ik wil er dolgraag meer over te weten komen.'

Bree keek me met een glimlach aan. 'Weet je zeker dat je niet gewoon smoor bent op Cal?'

Voor ik antwoord kon geven stond ze alweer een flesje te bekijken. Ze maakte het open en een geur van rozen na een zomerse regenbui vulde de lucht.

Ik stond op het punt te zeggen dat het daar helemaal niet door kwam, maar in plaats daarvan bleef ik naar mijn klompen staan staren. Ik wás smoor op Cal. Hoewel ik beter dan wie ook wist dat ik niet aan hem kon tippen, voelde ik me tot hem aangetrokken. Wat een stel zouden wij zijn: Cal, de mooiste jongen ter wereld, met Morgan, het meisje dat nog nooit mee uitgevraagd was.

Ik stond roerloos op de middenpad van 'Practical Magick', overweldigd door een eigenaardig gevoel van verlangen. Ik verlangde naar Cal en ik verlangde naar... dit. Naar deze boeken, deze geuren, al deze dingen. Nieuwe gevoelens – hartstocht, verlangen, een knagend gevoel en een onverklaarbare nieuwsgierigheid – ontwaakten in me en dat was opwindend en bedreigend tegelijk. Eén deel van me wenste dat ze weer in slaap zouden sukkelen.

Ik keek naar Bree en wilde een poging doen om het uit te leggen, maar nu stond ze alweer aandachtig voorovergebogen bij de vitrine met sieraden en ik had geen idee hoe ik mijn gevoelens onder woorden moest brengen.

Terwijl ik onwezenlijk naar de etiketjes op de pakjes met wierook stond te staren, voelde ik een licht geprikkel achter in mijn nek. Ik keek op en schrok van de intense blik waarmee de winkelbediende naar me stond te kijken.

Hij was een wat oudere vent, voor in de dertig misschien, met kort grijs haar, dat hem ouder maakte dan hij waarschijnlijk was. En hij keek naar me met zo'n directe, onbeweeglijke blik, alsof ik een zeldzaam soort reptiel was en ontzettend interessant.

De meeste kerels kijken niet op zo'n manier naar mij. Ook omdat ik altijd ergens met Bree of Mary K. kom. Bree is in één woord een schoonheid en Mary K. is een schatje om te zien. Ik had gehoord dat een jongen uit mijn klas, Bakker Blackburn, haar mee uit wilde vragen. Pap en mam waren al regels aan het opstellen voor het stappen en verkering hebben en zo – regels waar ze zich in mijn geval niet druk om hoefden te maken.

Ik draaide de bediende mijn rug toe. Misschien meende hij me te herkennen en vergiste hij zich. Eindelijk kwam Bree naar me toe en tikte op mijn schouder.

'Zie je iets interessants?'

'Ja, dit.' Ik wees op een pakje wierook dat 'Love me Tonight' heette.

Bree glimlachte. 'O jee!'

Lachend liepen we naar de boekenplanken en begonnen de titels te lezen. Er was een hele plank met boeken, die 'Boeken der Schaduwen' heetten. Ik sloeg ze een voor een open, maar ze waren allemaal leeg, zoals dagboeken. Sommige zagen eruit als goedkope notitieboekjes; sommige waren mooier, met gemarmerde kaften en bladzijden van geschept papier; sommige waren groot en zwaar, in leer gebonden en met een gouden opdruk. Opeens voelde ik een weerzin tegen die meisjesachtige, in roze vinyl gebonden dagboeken die ik vanaf de derde klas bijhield.

Een kwartier later hadden Bree en ik een paar boeken uitgezocht die betrekking hadden op Wicca. Ik koos er een over een vrouw die, toen ze in de dertig was, plotseling Wicca had ontdekt en hoe dat haar leven had veranderd. Het leek een heel persoonlijke uitleg over Wicca te zijn. De boeken waren nogal duur en omdat ik niet kan beschikken over de bankrekening van mijn ouders, zoals Bree, kocht ik er maar één.

Wij gingen naar de toonbank.

'Neem jij deze?' vroeg de winkelbediende aan Bree.

'Hmm.' Bree zocht in haar tas naar haar portemonnee. 'We kunnen de boeken ruilen als we ze uit hebben,' zei ze tegen mij.

'Goed idee,' zei ik.

'Hebben jullie alles wat je nodig hebt voor Samhain?' vroeg de verkoper.

'Samhain?' Bree keek hem aan.

'Het is een van de grootste Wicca-feestdagen,' zei de man. Hij wees naar een poster die met roestige punaises aan de muur was geprikt. Er stond een enorm paars wiel op. Boven aan stond: DE HEKSENSABBATS. Op acht punten rond het wiel stonden de namen van de Wicca-feesten en de bijbehorende datums. Mabon stond op negen uur op het wiel, op ongeveer half elf het woord Samhain, 31 oktober. Ik keek het hele wiel rond. Het boeide me. Yule, Imbolc, Ostara, Beltane, Litha, Lammas, Mabon, Samhain. Die woorden kwamen me vreemd en toch ook bekend voor, en ik vond ze heel poëtisch klinken.

De winkelbediende tikte er met zijn vinger tegen en zei: 'Je moet ervoor zorgen dat je nu je zwarte en oranje kaarsen in huis haalt.'

'O, best,' zei Bree.

'Mocht je behoefte hebt aan meer informatie, er bestaan een paar heel goede boeken over onze feesten, de sabbats en de *esbats*,' zei hij. Hij zei het tegen Bree, maar hij keek mij aan. Ik stond te hunkeren naar die boeken, maar ik had niet genoeg geld bij me.

'Wacht maar – ik neem ze wel.' Bree liep achter hem aan naar de planken, om de boeken te halen die hij aanbevolen had.

Boven me hoorde ik een lamp flikkeren en ik voelde de wierookkolom die uit het houdertje omhoog kringelde. Toen ik daar zo stond, leek alles om me heen als het ware te vibreren; alsof het een en al energie was, net als in een bijenkorf. Ik knipperde met mijn ogen en schudde mijn hoofd. Opeens voelde mijn haar zwaar aan. Was Cal maar hier.

De bediende kwam terug en Bree bleef zoeken. Hij staarde me weer aan. Ik voelde me zo opgelaten in die stilte, dat ik hem verbrak. 'Waarom spellen jullie magick met een k?' hoorde ik mezelf vragen.

'Om onderscheid te maken met de goochelarij van illusionisten,' antwoordde hij, op een toon alsof het heel vreemd was dat ik dat niet wist.

Hij keerde meteen terug tot zijn stilzwijgend gestaar. 'Hoe heet je?' vroeg hij ten slotte met een zachte stem.

Ik keek hem aan. 'Eh, Morgan. Hoezo?'

'Ik bedoel, wie ben je?' En hoewel zacht, klonk zijn stem kalm indringend.

Wie ben ik? Ik fronste mijn voorhoofd. Wat wilde hij dat ik zei? 'Ik zit in de derde klas van Widow's Vale,' probeerde ik onbeholpen.

De verkoper keek verward, alsof hij een vraag in het Engels had gesteld en ik hardnekkig in het Spaans antwoord bleef geven.

Bree kwam terug met een boek, getiteld *Sabbats: van vroeger tot nu*, door Sarah Morningstar.

'Dit neem ik ook,' zei ze, en liet het op de toonbank glijden. Zwijgend sloeg de verkoper het bedrag aan.

Toen zei hij tegen mij, terwijl Bree haar papieren zak aanpakte: 'Jij bent misschien wel geïnteresseerd in een van onze geschiedenisboeken.' Hij reikte ernaar onder de versleten houten toonbank.

Het is zwart, dacht ik. Hij haalde een paperback te voorschijn met een zwarte omslag. De titel luidde: *De Zeven Grote Clans: de oorsprong van hekserij.*

Ik staarde naar het boek en bijna liet ik me ontvallen: 'Dat is van mij!' Maar natuurlijk was het niet van mij – ik had het nooit eerder gezien. Ik vroeg me af waarom het me zo bekend voorkwam.

'Dit is eigenlijk verplicht leesvoer,' zei de verkoper, terwijl hij me aankeek. 'Het is van belang dat je iets van bloedheksen afweet,' vervolgde hij. 'Je weet maar nooit wanneer je er een tegenkomt.'

Ik knikte snel. 'Ik neem het,' zei ik, en viste mijn portemonnee op. Nu was ik volkomen blut.

Nadat ik mijn boeken had afgerekend pakten we onze tassen en liepen het zonnige daglicht weer in. Bree zette haar zonnebril op en zag er onmiddellijk uit als een gevierde ster die incognito is.

'Wat een coole tent, hè?'

'Ontzettend cool,' zei ik, maar dat drukte nog geen fractie uit van de gevoelens die mijn gemoed bestormden.

7.
Metamorfose

'In veel dorpen roepen argeloze mensen de plaatselijke heks te hulp bij ziekte, als vroedvrouw en tovenares. Ik zeg, dat men zich beter aan de wil van God kan onderwerpen, want mettertijd komt toch voor iedereen de dood.'

– Moeder Clare Michael,
in een brief aan haar nicht, 1824

Ik moet steeds aan 'Practical Magick' denken en die vreemde mengeling van vrees en vertrouwdheid die ik daar voelde. Waarom vond ik de namen van de esbats en de feesten zo bekend klinken, alsof het ver weggestopte herinneringen waren? Ik heb niet vaak over de mogelijkheid van vorige levens nagedacht, maar wie weet?

'Morgan! Mary K.!' riep mijn moeder van beneden. 'Eileen is er!'

Ik liet me van mijn bed rollen, deed een papiertje tussen de bladzijden van mijn boek zodat ik wist waar ik gebleven was en legde het op mijn bureau naast mijn dagboek. Ik probeerde mezelf terug te sleuren in de normale wereld. Ik was volslagen ondersteboven van wat ik over de oorsprong van Wicca had gelezen. Het bestond al in voorchristelijke tijden in Europa, duizenden jaren geleden.

Het duizelde me nog steeds, toen ik op kousenvoeten de trap afliep. Net op dat moment kwam pap de voordeur binnen met tassen van Kebob Palace, het enige restaurant in Widow's Vale met eten uit het Midden-Oosten. De lucht van falafel en hoemoes bracht me weer bij mijn positieven.

Ik ging de huiskamer binnen. De rest van het gezelschap zat er al.

'Hallo, tante Eileen,' zei ik, en omhelsde haar.

'Hoi, lieverd,' zei ze. 'Mag ik je voorstellen aan mijn vriendin Paula Steen.'

Paula stond op. Ik keerde me naar haar om en glimlachte al, maar bleef toen stokstijf staan en knipperde met mijn ogen. Mijn eerste indruk was er een van dieren, alsof Paula helemaal onder de dieren zat. Ik bedoel, ik zag *Paula* wel, ze was een beetje langer dan ik, met zandkleurig haar tot op haar schouders en grote lichtgroene ogen, maar ik zag ook katten en honden en vogels en konijnen, overal om haar heen. Het was idioot en eng en ik raakte even in paniek.

'Hallo, Morgan,' zei Paula vriendelijk, 'eh, gaat het wel?'

'Ik zie allemaal dieren,' zei ik zwakjes. Ik vroeg me af of ik moest gaan zitten en mijn hoofd tussen mijn knieën steken.

Paula lachte. 'Die haren zal ik wel nooit helemaal van me afkrijgen,' verklaarde ze nuchter. 'Ik ben dierenarts en ik heb een zondagsdienst gedraaid.' Ze keek naar haar rok en haar jasje. 'En ik dacht nog wel dat ik me kon vertonen als ik er vaak genoeg met afplaktape overheen gegaan was.'

'O, maar dat kun je ook!' Ik kon me wel voor mijn kop

slaan. 'Je ziet er heel goed uit.' Ik schudde mijn hoofd, knipperde een paar keer en alle rare beelden waren verdwenen. 'Ik weet niet wat ik heb.'

'Misschien ben je wel helderziende,' meende Paula, even luchtig alsof ze zei dat ik vegetariër was of democraat.

'Misschien is ze wel gestoord,' zei Mary K. vrolijk. Ik trapte naar haar been.

De deurbel ging en ik rende erheen om open te doen.

'Hoe is ze?' fluisterde Bree, die de hal binnenkwam.

'Zíj is te gek, ík ben gek,' fluisterde ik terug. Bree hing haar jas aan een haakje.

'Leg dat straks maar uit.' Ze volgde me naar de zitkamer om kennis te maken met Paula.

'Goed,' kondigde mam even later aan, 'zullen we aan tafel gaan? Het eten is klaar.'

Eenmaal aan tafel, met mijn bord voor mijn neus, dacht ik terug aan wat ik had gezegd. Waarom had ik die beelden van dieren gezien? En waarom zei ik er iets van?

Ondanks mijn gekte was het avondeten heerlijk. Ik vond Paula meteen aardig. Ze was een hartelijk, humoristisch mens en je zag duidelijk dat ze stapel was op tante Eileen. Ik was blij dat Bree erbij was. Zij praatte met iedereen en ze zat Mary K. te plagen. Ze voelde zich thuis bij ons, hoorde bij de familie. Ze heeft me eens verteld dat ze het heerlijk vond om bij ons te eten, omdat het voelt als een echt gezin. Bij haar thuis is ze alleen met haar vader, of ze eet in haar eentje.

Terwijl ik mezelf nog wat *tabouli* opschepte, keek ik afwezig op en zei: 'O mam – dat is mevrouw Fiorello.'

'Wat?' vroeg mam, die haar pitabrood in de hoemoes doopte. Precies op dat moment ging de telefoon. Mam stond op om hem aan te nemen. Ze praatte even in de keuken en hing toen op. Toen ze terugkwam keek ze mij aan.

'Dat was Betty Fiorello,' zei ze. 'Heeft ze jou gezegd dat ze zou bellen?'

Ik schudde mijn hoofd en wijdde me aan de tabouli.

Bree en Mary K. begonnen het thema van de *X-Files* te neuriën.

'Ze is echt helderziend!' lachte tante Eileen. 'Snel, wie gaan de play-offs van de World Series winnen?'

Ik lachte verlegen. 'Sorry, er komt niets bij me boven.'

We aten verder en Mary K. plaagde me met mijn bovennatuurlijke hersencapaciteiten. Af en toe voelde ik mijn moeders ogen op me gericht.

Misschien was er iets in me opengegaan nadat ik in de kring de beperkingen had uitgebannen. Ik wist niet of ik dat fijn of doodeng moest vinden. Ik wilde er met Bree over praten, maar zij moest na het eten meteen weer naar huis.

'Dag, meneer en mevrouw Rowlands,' zei Bree. Ze trok haar jas aan. 'Bedankt voor het eten – het was heerlijk. Leuk je ontmoet te hebben, Paula.'

Later, toen tante Eileen en Paula weg waren, ging ik naar boven en maakte mijn wiskundehuiswerk. Ik belde Bree, maar die zat met haar vader naar football te kijken. Ze zou morgen wel met me praten.

Tegen elven kreeg ik de vreemde behoefte om Cal op te bellen en hem te vertellen wat er met me aan de hand was. Gelukkig drong het tot me door hoe volslagen krankzinnig dat was en ik liet het maar voorbijgaan. Ik viel in slaap met mijn gezicht op de bladzijden van *De Zeven Grote Clans*.

'Welkom bij Rowlands Airlines,' intoneerde ik die maandagmorgen, toen Mary K. zich in de auto liet glijden. Ze balanceerde met haar kartonnen bord, opdat de roereieren niet in haar schoot zouden belanden. 'Maak uw riemen vast, zet uw stoel rechtop en vergrendel hem.'

Mary K. giechelde en nam een hap van haar worstbroodje. 'Het is regenachtig,' zei ze met haar mond vol.

'Ik hoop dat het gaat regenen, dan hoeft meneer Herndon die stomme dakgoten van hem niet schoon te maken.' Ik stuurde met mijn knieën, om een flesje mineraalwater open te kunnen maken.

Mary K. zweeg en kneep haar ogen tot spleetjes. 'Eh, okééé,' zei ze op overdreven sussende toon. 'Dat hoop ík ook.' Ze kauwde verder en keek me van opzij aan. 'Zitten we weer bij de *X-Files*?'

Ik probeerde erom te lachen, maar ik stond versteld van mijn eigen woorden. De Herndons waren een oud echtpaar, dat drie huizen verderop woonde. Ik dacht zelden aan ze.

'Misschien transformeer je wel tot een hoger wezen,' opperde mijn zus, terwijl ze een pakje sinaasappelsap openmaakte. Ze nam een flinke slok en veegde haar mond af met de rug van haar hand. Haar rechte, glanzende, roodbruine haar viel als een perfecte klok op haar schouders. Ze zag er mooi en vrouwelijk uit, net als mam.

'Ik ben al een superieur wezen,' hielp ik haar herinneren.

'Ik zei hoger, niet superieur,' zei Mary K.

Ik nam weer een slok en zuchtte. Mijn hersencellen werden wakker. Nog zo'n slok en ik kon de dag weer aan. Cal zou op school zijn. Alleen al de gedachte dat ik Cal straks zou zien en met hem kon praten gaf me zo'n lekker spannend gevoel, dat ik het stuurwiel steviger vastgreep.

'Eh, Morgan?' zei Mary K. aarzelend.

'Ja?'

'Je vindt me misschien ouderwets, maar het is de gewoonte om voor rood licht te stoppen.'

Ik was er meteen met mijn aandacht bij en zat klaar om te remmen. Toen ik achteromkeek zag ik dat ik zo-even door het rode licht op het kruispunt van St. Mary en Dimson was gezoefd. Op dit tijdstip in de ochtend was er altijd verkeer. Het was verbazend dat we geen brokken hadden gemaakt – er had zelfs niemand getoeterd.

'Jemig, Mary, sorry hoor,' zei ik met mijn handen om het stuur geklemd. 'Ik zat te dromen. Het spijt me, ik zal beter opletten.'

'Dat zou fijn zijn,' zei ze bedaard. Ze nam de laatste hap van haar roereieren en stopte haar bord in de vuilniszak van mijn auto.

We slaagden erin levend en wel de school te bereiken. Ik vond een goede parkeerplaats, praktisch recht voor het gebouw. Mary K. was meteen omringd door een groep snaterende vriendinnen, die kwamen aanrennen om haar te begroeten. Mary K. was er: het feest kon beginnen.

Ik zag Bree en Robbie. Ze hingen niet rond bij de blowers, ook niet bij de nerds of de cool kids, maar op een heel andere plek, namelijk bij de oude cementen banken, die tegenover elkaar aan weerskanten van het stenen pad stonden, bij de oostelijke ingang. Raven was er, Jenna en Matt, Beth, Ethan, Alessandra, Todd, Suzanne, Sharon en Cal. Iedereen die zaterdagavond bij de cirkel was geweest. Mijn hart begon traag en dof te bonzen.

Voordat ik bij hen was kwam Chris aanlopen. Hij sprak Bree aan. Met een gefronste blik liep ze met hem mee en ik zag dat ze gespannen met elkaar praatten.

'Hé, Morgan,' zei Tamara, die naar me toekwam. Ik keek even naar Cal. Hij zat met Ethan te praten.

'Hoi,' zei ik. 'Prettig weekend gehad?'

'Ja hoor. Ik heb je zondag nog gebeld, maar je was zeker naar de kerk. Hoe was de cirkel? Wat is er gebeurd nadat ik weggegaan ben?'

Ik grijnsde. 'Het was heel leuk,' zei ik. 'We zijn gewoon in een kring gaan staan en hebben rond het vuur gelopen. We hebben gepraat over dingen die we wilden kwijtraken.'

'Zoals... milieuvervuiling en zo?' vroeg Tamara.

'Milieuvervuiling!' zei ik. 'Ja, dat zou een goeie zijn geweest. Ik wou dat ik daaraan had gedacht. Nee, dingen als boosheid en angst. Ethan probeerde zijn stiefmoeder uit te bannen.'

Tamara lachte. Janice kwam bij ons staan.

'Hoi,' zei ze, en duwde haar bril omhoog op haar sierlijke neus. 'Hoor eens, Tam, ik moet een wiskundig bewijs leveren op het bord bij meneer Gonzalez. Loop je even met me mee?'

'Best,' zei Tamara. 'Kom je ook, Morgan?'

'Nee, ga maar,' zei ik. Ze liepen weg en ik ging naar de banken aan de oostkant.

'Hé, Morgan,' zei Jenna vriendelijk.

'Hoi,' zei ik.

'We hebben het over onze volgende cirkel,' zei Raven. 'Als je weer bijgekomen bent, tenminste.' Raven droeg vandaag een kastanjebruin korset met baleinen, een zwarte rok, zwarte enkellaarsjes en een zwartfluwelen jasje. Erg in het oog springend.

Mijn wangen begonnen te gloeien. 'Ik ben bijgekomen, hoor.' Ik speelde met de rits van mijn sweatshirt met capuchon.

'Het is niet ongewoon dat een gevoelig iemand in het begin sterk reageert in de cirkel,' zei Cal met zijn zachte stem.

Het timbre ervan maakte dat mijn hart oversloeg. 'Dat heb ik ook gehad.'

'Ach, die gevoelige Morgan toch,' zei Todd.

'En wanneer is de volgende cirkel?' vroeg Suzanne. Ze gooide haar blonde surfmeisjeshaar naar achteren.

Cal keek haar rustig aan. 'Ik ben bang dat je niet bent uitgenodigd voor onze volgende cirkel,' zei hij.

Suzanne keek geschokt. 'Wat?' zei ze met een geforceerd lachje.

'Nee,' zei Cal. 'Jij niet, Todd niet en Alessandra ook niet.'

Het drietal staarde hem aan en ik was ontzettend blij. Ik herinnerde me hoe schamper ze zaterdagavond hadden gedaan. Ze hoorden bij Brees groepje en het was ondenkbaar dat iemand hen ooit op hun nummer zette of ergens van uitsloot. Ik genoot ervan.

'Waar heb je het over?' vroeg Todd. 'Hebben we het niet goed gedaan?' Het klonk strijdlustig, alsof hij zich geneerde en het probeerde te verbergen.

'Nee,' zei Cal bedaard, 'je hebt het niet goed gedaan.' Hij gaf geen verdere uitleg en daar stonden we, te wachten op wat komen ging.

'Hier kan ik niet bij,' zei Alessandra.

'Dat weet ik,' zei Cal. Het klonk bijna medelijdend.

Todd, Alessandra en Suzanne keken elkaar aan, daarna Cal en vervolgens de rest van ons. Niemand zei iets of vroeg hen te blijven. Het was heel eigenaardig.

'Hm,' zei Todd. 'Wij weten heus wel wanneer we niet gewenst zijn. Kom, dames.' Hij bood Alessandra en Suzanne ieder een arm en ze hadden geen andere keus dan hem te pakken. Ze keken vernederd en boos, maar ze hadden het aan zichzelf te wijten.

Nogal gewaagd voor mijn doen keek ik Cal dankbaar

aan. Hij hield een paar tellen lang mijn blik vast en ik kon me er niet van losmaken.

Opeens zette Cal zich af van de bank waar hij tegen aanleunde en kwam voor me staan. 'Wat heb ik achter mijn rug?' vroeg hij.

Ik trok een rimpel in mijn voorhoofd en zei toen: 'Een appel. Groen met rood.' Het was alsof ik hem in zijn hand had gezien.

Hij glimlachte en er kwamen rimpeltjes rond zijn sprekende, goudkleurige ogen. Hij haalde zijn hand te voorschijn en gaf me een harde, groenrode appel, nog met een blaadje aan de steel.

Ik voelde me opgelaten en verlegen onder al die ogen die op mij gericht waren. Ik pakte de appel aan en beet erin en ik hoopte dat het sap niet langs mijn kin zou lopen.

'Goeie gok,' zei Raven. Het klonk geïrriteerd. Waarschijnlijk was ze druk bezig Cal in te palmen.

'Ze gokte niet,' zei Cal zachtjes, met zijn ogen op mij gericht.

Toen Mary K. en ik die middag thuiskwamen, hoorden we dat meneer Herndon van verderop van een ladder was gevallen, terwijl hij bezig was zijn dakgoten schoon te maken. Hij had zijn been gebroken. Mary K. begon me Phoebe te noemen, naar een van die paranormale heksen uit *Charmed.* Ik was zo geschrokken, dat ik Bree belde, om te vragen of ik na het eten langs kon komen.

8.
Cal en Bree

'In de hekserij bestaan er Zeven Huizen. Ze blijven op zichzelf en ze trouwen binnen hun eigen clan. Hun kinderen zijn buitengewoon abnormaal. Ze hebben ogen waarmee ze 's nachts kunnen zien en ze bezitten bovenmenselijke krachten.'

– *Witches, Mages and Warlocks*,
Altus Polydarmus, 1618

Er is een vonk. Ik heb me niet vergist. Ik heb het vandaag opnieuw gezien. Maar ze heeft het nog niet herkend. Ik moet wachten. Ze moet erop gewezen worden, maar heel voorzichtig.

Bree deed open. Het was fris die avond, maar ik had een behaaglijk warme trui aan.

'Kom erin,' zei ze. 'Wil je iets drinken? Ik heb koffie.'

'Heerlijk,' zei ik, en liep achter haar aan, de enorm grote, ultramodern ingerichte keuken van de Warrens binnen. Bree schonk koffie in twee hoge mokken en deed er melk en suiker bij.

'Is je vader thuis?' vroeg ik.

'Ja. Hij zit te werken,' zei ze, terwijl ze roerde. 'Voor de verandering.'

Meneer Warren is advocaat. Ik snap nog steeds niet helemaal wat hij precies doet, maar het is zoiets waarbij hij en een stel andere advocaten grote bedrijven verdedigen als ze worden aangeklaagd. Hij verdient tonnen, maar hij is er bijna nooit, zeker niet nu Bree ouder is.

Vijf jaar geleden, toen Bree twaalf was en haar broer Ty achttien, is haar moeder weggelopen en van haar vader gescheiden. Het was een enorm schandaal hier in Widow's Vale – mevrouw Warren verhuisde zomaar naar Europa, om bij haar veel jongere vriend te gaan wonen. Sindsdien heeft Bree haar moeder maar één keer gezien en ze praat bijna nooit over haar.

Boven, in Brees ruime slaapkamer, viel ik met de deur in huis: 'Ik geloof dat ik gek word. Zou die cirkel gevaarlijk zijn of zo?' Ik zat kaarsrecht van de zenuwen in haar bruinsuède zitzak.

'Waar heb je het over?' vroeg Bree, die achterover tegen de kussens van haar tweepersoonsbed leunde. 'We hebben alleen maar in een kring gedanst. Hoe kan dat nou gevaarlijk zijn?'

Toen vertelde ik Bree van mijn pas ontdekte zesde zintuig en dat het na zaterdagavond was begonnen. In één adem vertelde ik haar, dat ik die zondag misselijk was geweest en dieren om Paula heen had gezien. Hoe ik dat van Cals appel wist en van meneer Herndon. Ik herinnerde haar ook aan het telefoontje van mijn moeder.

Bree wuifde het weg. 'Ach, als zulke dingen mij zouden overkomen zou ik me ook een beetje raar voelen. Maar moet je horen – als ik zo naar je luister, krijg ik de indruk dat je wat overdreven reageert,' zei ze vriendelijk. 'Ik bedoel maar, het kan best zijn dat je je moeder de nummers van die gezangen hebt horen noemen. Daar hebben we het al over gehad. En dan dat telefoontje – mevrouw Fiorello belt je moeder toch constant op? God, ze belt altijd als ik bij jullie ben! Dat je die dieren hebt gezien kan ik niet verklaren – maar misschien heb je op een of andere manier onbewust de lucht van zo'n dierenartsenpraktijk opgepikt. En die andere dingen – het zijn misschien gewoon allemaal vreemde toevalligheden op hetzelfde moment. Als je dat bij elkaar optelt kun je ervan uit je bol gaan. Maar ik denk niet dat je gek wordt.' Ze grijnsde. 'Nog niet althans.'

Ik voelde me een beetje gerustgesteld.

'Het komt gewoon doordat het allemaal tegelijk gebeurt,' legde ik uit, 'en dan met al dat Wicca-gedoe. Heb je er al wat over gelezen?'

'Mmm. Ik vind het tot nog toe leuk. Het gaat heel erg over vrouwen.' Bree lachte. 'Geen wonder dat Cal er zo mee bezig is.'

Ik glimlachte zuur. 'Jammer voor Justin Bartlett.'

'O, Justin scharrelt met iemand van Seven Oaks,' zei Bree laatdunkend. 'Hij kan Cal niet ook nog inpikken. Zeg, weet je nog, al die Boeken der Schaduwen die we bij "Practical Magick" hebben gezien?'

'H-hm.'

'Die zijn voor heksen,' zei Bree blij. 'Heksen schrijven dingen op in hun Boek der Schaduwen. Zoals in een dagboek. Ze noteren bezweringsformules en dingen die ze hebben uitgeprobeerd. Cool, hè?'

'Nou,' zei ik. 'Zou je denken dat de heksen die hier wonen ze daar gaan kopen?'

'Vast wel,' zei Bree.

Ik dronk van de koffie. Hopelijk zou die me niet wakker houden. 'Denk je dat Cal een Boek der Schaduwen bijhoudt? Met aantekeningen over onze cirkels?' Het was een aanloopje om Bree over mijn gevoelens voor Cal te vertellen, maar ik voelde me niet op mijn gemak. Dit was groter, en moeilijker uit te leggen dan de oppervlakkige verliefdheden die ik ooit had gehad. En ook al had Bree het bij 'Practical Magick' terloops aangeroerd, ze wist niet hoe graag ik Cal mocht en hoe diep mijn gevoelens gingen.

'O ja, ik wed van wel,' zei Bree vol interesse. 'Dat zou ik heel graag willen zien. Ik kan niet wachten tot de volgende cirkel – ik weet al wat ik aantrek.'

Ik lachte. 'En wat vindt Chris ervan?'

Even kwam er een ernstige trek op Brees gezicht. 'Dat doet er eigenlijk niet toe. Ik ga het uitmaken.'

'Echt waar? Wat jammer. Jullie hadden de afgelopen zomer zoveel lol samen.' Ik voelde een nerveus gefladder in mijn maag en schoof een beetje naar achteren in de zitzak.

'Ja, dat wel, maar ten eerste begint hij zo'n bazige zak te worden. Ik bedoel maar, donder op zeg.'

Ik knikte instemmend. 'En ten tweede?'

'Hij heeft een hekel aan alle dingen die met Wicca te maken hebben en ik vind het cool. Als hij me niet steunt in de dingen die mij interesseren, wat heb ik dan aan hem?'

'Absoluut,' zei ik, en ik zag er al naar uit dat ik haar vaker zou zien en met haar kon gaan stappen. Tot ze een vervanging voor hem had gevonden, tenminste.

'En ten derde...' zei ze, terwijl ze haar korte haar om een vinger zat te winden.

'Wat?' glimlachte ik, en dronk de rest van mijn koffie op.

'Ik ben helemaal, maar dan ook helemaal weg van Cal Blaire,' verkondigde Bree.

Ik bleef een hele tijd roerloos zitten, omsloten door de zitzak. Mijn gezicht verstarde en mijn adem stokte. Phoebe, ja ja. Waarom had ik dit dan niet zien aankomen?

Langzaam, heel langzaam blies ik mijn adem uit en heel langzaam ademde ik weer in. 'Cal?' Ik deed mijn best om mijn stem rustig te laten klinken. 'Is dat de reden waarom je het met Chris uitmaakt?'

'Nee – ik zei net al dat Chris zich zo lullig gedraagt. Ik zou het toch uitgemaakt hebben,' zei Bree. Haar ogen glansden in haar mooie gezicht.

In mijn hoofd ging een spervuur van ongerichte gedachten af, maar toch slaagde ik erin een samenhangende zin te formuleren. 'Is dat de reden waarom jíj Wicca leuk vindt?' vroeg ik. 'Vanwege Cal?'

'Nee, niet echt,' zei Bree. Ze keek nadenkend naar het paisley-motief op haar hemelbed. 'Ik denk dat ik Wicca zonder Cal ook leuk zou vinden. Maar – ik val gewoon ontzettend op hem. Ik wil bij hem zijn. En als we zoiets enorms gemeenschappelijk hebben...' Ze haalde haar schouders op, 'dan helpt dat ons misschien om tot elkaar te komen.'

Ik deed mijn mond open en was bang dat er wel duizend gemene, kwade, jaloerse, hatelijke woorden naar buiten zouden vliegen. Ik deed hem met een klap weer dicht. Er tolden zo veel pijnlijke gedachten door mijn hoofd, dat ik niet wist waar ik moest beginnen. Was ik gekwetst? Kwaad? Wrokkig? Dit was *Bree*. Mijn beste vriendin, al bijna mijn hele leven lang. In de vierde klas hadden we allebei jongens gehaat. In de zesde waren we allebei voor het eerst ongesteld geworden. In de tweede van de middelbare school waren we allebei verliefd geweest op Hanson. In de derde hadden we gezworen dat we die verliefdheid voor eeuwig geheim zouden houden. En nu vertelde Bree me dat ze gek was op de enige jongen voor wie ik ooit serieuze gevoelens had gehad. De enige jongen die ik ooit had gewild, ook al wist ik dat ik hem niet kon krijgen.

Dit had ik moeten voorzien. Mijn eigen gevoelens hadden me verblind. Cal was geweldig, dat was onmiskenbaar, en Bree werd om de haverklap verliefd. Natuurlijk zou Bree hem aantrekkelijk vinden. En natuurlijk was Chris geen partij voor iemand als Cal.

Bree was zo volmaakt. Cal ook. Samen zouden ze een fantastisch stel zijn. Ik had het gevoel dat ik moest overgeven.

'Hmm,' murmelde ik, met een hoofd dat hysterisch tekeerging. Ik probeerde een slok uit mijn lege mok te nemen. Cal en Bree. Cal en *Bree.*

'Vind je dat niet goed?' vroeg ze met opgetrokken wenkbrauwen.

'Maakt het wat uit of ik het goedvind of niet?' zei ik. Ik deed mijn best om mijn gezicht een beetje in de plooi te houden. 'Hij schijnt al met een aantal verschillende meiden te zijn wezen stappen. En ik denk dat Raven ook probeert haar klauwen naar hem uit te slaan. Ik wil niet dat je gekwetst wordt,' hoorde ik mezelf zwammen.

Bree glimlachte naar me. 'Maak je over mij maar niet druk. Ik denk dat ik hem wel aankan. In feite wíl ik hem ook aankunnen,' grapte ze, 'van top tot teen.'

Mijn geforceerde glimlach bevroor totaal. 'Nou, ik wens je veel geluk.'

'Dank je,' zei Bree. 'Ik laat je wel horen hoe het loopt.'

'Mmm. Eh, bedankt dat je naar me hebt willen luisteren.' Ik stond op. 'Ik moet weer eens naar huis. Tot morgen.'

Stijfjes en heel voorzichtig liep ik de kamer en het huis van Bree uit, alsof ik moest oppassen om een wond niet opnieuw open te rijten.

Ik startte de motor van Das Boot en merkte toen opeens dat er kille tranen over mijn wangen biggelden. Bree en Cal! O, god. Nooit, nooit zou ik met hem samenzijn en zíj wel. Mijn hart deed letterlijk pijn en onderweg naar huis moest ik de hele tijd huilen.

9.
Dorst

'Elk van de Zeven Huizen heeft een naam en een eigen kennisgebied. Een gewoon mens is kansloos tegenover deze heksen. Je kunt je beter bij God aanbevelen, dan je in de strijd te begeven met de Zeven Clans.'

– *De Zeven Grote Clans*, Thomas Mack, 1845

Begin ik mijn verstand te verliezen? Ik verander. Ik verander vanbinnen. Mijn geest verruimt zich. Ik zie nu in kleuren, in plaats van in zwart-wit. Mijn universum dijt uit met de snelheid van het licht. Ik ben bang.

De dag daarop werd ik vroeg wakker. Ik had de hele nacht verdrietig liggen woelen en afschuwelijk levendige en realistische dromen gehad die voornamelijk om Cal draaiden – en Bree. Ik had mijn dekbed van me afgetrapt en nu had ik het koud, dus pakte ik het en begroef me eronder, bang om weer in slaap te vallen.

Vanuit mijn bed keek ik naar mijn ramen, waar het geleidelijk lichter werd. Ik zag dit vroege ochtendlicht bijna nooit en mijn ouders hadden gelijk, het had inderdaad iets magisch. Tegen halfzeven waren mijn ouders op. Het was troostend hen in de keuken te horen koffiezetten en tafeldekken. Om zeven uur stond Mary K. onder de douche.

Ik ging op mijn zij liggen en dacht na. Mijn gezonde verstand zei me dat Bree veel meer kans had bij Cal dan ik. Ik had geen enkele kans. Ik was niet van Cals kaliber. Bree wel. Wilde ik dat Bree gelukkig werd? Kon ik op een of andere manier via Bree plaatsvervangend verkering hebben met Cal?

Ik kreunde. Dat is wel *heel erg ziek*, dacht ik bij mezelf.

Kon ik ermee leven dat Bree en Cal met elkaar gingen? Nee. Ik ging nog liever dood. Maar als ik er níét mee kon leven, en ze gingen wél met elkaar (en er was geen reden om aan te nemen dat het niet zo was), dan zou ik Brees vriendschap verliezen. En waarschijnlijk ook mijn gezicht.

Tegen de tijd dat mijn wekker afging om op tijd op school te zijn, had ik besloten een uiterste daad van zelfopoffering te plegen en Bree nooit te laten merken wat ik voor Cal voelde, wat er ook gebeurde.

'Zaterdagavond komen er een paar mensen bij mij thuis,' zei Cal. 'Ik dacht dat we wel weer een kring konden houden. Het is geen feestdag of zo, maar het is wel cool om weer bij elkaar te komen.'

Hij zat op zijn hurken voor me en er stak een gebruinde knie door een scheur in zijn gebleekte spijkerbroek. Ik had een koude kont gekregen van het zitten op de betonnen stoep voor de school. Ik zat er te wachten tot het klaslokaal openging voor de bijeenkomst van de wiskundeclub. Alsof de atmosfeer zich herinnerde dat het vorige week Mabon, de herfstequinox, was geweest, was het opeens vinnig koud geworden.

Ik liet me meetrekken in zijn ogen. 'O,' zei ik, gehypnotiseerd door de goud met bruine streepjes rond zijn pupillen.

Op dinsdag had Bree het uitgemaakt met Chris en hij had het niet sportief opgevat. Op woensdag kwam Bree vroeg op school om met Cal te praten, ging tijdens de lunch naast hem zitten en ze hing zo vaak als ze maar kon om hem heen. Ze vertelde dat ze elkaar nog niet hadden gezoend of iets dergelijks, maar dat ze goede hoop had. Meestal deed zij daar niet zo lang over.

Het was inmiddels donderdag en Cal zat met mij te praten.

'Kom, alsjeblieft,' zei hij. Ik kreeg het gevoel alsof hij me iets gevaarlijks aanbood, iets clandestiens. De andere leerlingen, die in het ijle middaglicht voorbijkwamen, keken nieuwsgierig naar ons.

'Hm.' Wat was ik toch verbijsterend welbespraakt. Eerlijk gezegd verlangde ik er heel erg naar weer een cirkel te doen en Wicca zelf te verkennen, in plaats van er alleen maar over te lezen. Ik hunkerde ernaar, en op een manier die ik niet van mezelf kende.

Aan de andere kant, áls ik ging, zou ik voor mijn neus zien hoe Bree achter Cal aanzat. Wat was erger, me *inbeelden* dat ze het deed, of het haar *feitelijk zien doen*?

'Eh, ik geloof dat ik wel kan,' zei ik.

Hij glimlachte en ik voelde *letterlijk* mijn hart beven. 'Doe niet zo enthousiast,' zei hij. Ik zag tot mijn totale verbijstering hoe hij een lok van mijn haar, die langs mijn elleboog viel, oppakte en er zachtjes aan trok. Ik weet heus wel dat er in haren geen zenuwuiteinden zitten, maar op dat moment zaten ze er wel. Er schoot een hevige blos van mijn hals naar mijn voorhoofd. Ach jezus, wat een troela ben ik toch, dacht ik hulpeloos.

'Ik ben over Wicca aan het lezen,' flapte ik eruit. 'Ik... het boeit me echt.'

'Ja?' zei hij.

'Ja. Ik voel gewoon... dat het klopt... op een of andere manier,' aarzelde ik.

'Echt waar? Ik ben blij dat je dat zegt. Ik was al bang dat je afgeschrikt zou zijn na de vorige kring.' Cal ging naast me op de trap zitten.

'Nee, hoor,' zei ik gretig. Ik wilde niet dat het gesprek zou ophouden. 'Ik bedoel, naderhand voelde ik me heel rot, maar ook... heel erg levend. Het was... een soort openbaring voor me.' Ik keek naar hem op. 'Ik kan het niet uitleggen.'

'Dat hoeft ook niet,' zei hij zacht. 'Ik weet wat je bedoelt.'

'Zit jij – zit jij bij een heksenkring?'

'Niet meer,' zei hij. 'Die moest ik achterlaten toen ik verhuisde. Ik hoop dat we hier een nieuwe kunnen vormen met een paar mensen die er belangstelling voor hebben.'

Ik hield mijn adem in. 'Bedoel je dat we dat zomaar... kunnen doen?'

Heb je ooit een god zien lachen? Dan houd je je adem in en je bent hoopvol en huiverig en opgewonden tegelijk. Zo was het als je naar Cal keek.

'Nou, niet meteen,' verduidelijkte hij glimlachend. 'Normaal moet je een jaar en een dag studeren voor je kunt vragen in een *coven* ingewijd te worden.'

'Een jaar en een dag,' herhaalde ik. 'En wat ben je dan... Een heks? Of een heksenmeester?' Die woorden klonken veel te theatraal, als een karikatuur. Het leek wel een samenzwering, zoals we met onze hoofden bij elkaar gestoken zachtjes zaten te praten. Zijn zilveren hanger – ik wist nu dat het een pentagram was, het symbool van het geloof van de heksen – bungelde in de open v-hals van zijn shirt tegen zijn huid. Achter Cal zag ik Robbie de klas binnengaan waar de wiskundeclub bij elkaar kwam. Over een minuutje moest ik weg.

'Een heks,' zei Cal eenvoudig, 'mannen ook.'

'Heb jij het al gedaan?' vroeg ik, 'zo'n inwijding?' De woorden leken dubbelzinnig en ik bad dat ik niet weer zou gaan blozen.

Hij knikte. 'Toen ik veertien was.'

'Echt waar?'

'Ja. Onder leiding van mijn moeder. Ze is hogepriesteres van een kring, de Kring van de Ster. Ik had dus al jarenlang geleerd en gestudeerd. Toen ik veertien was heb ik gevraagd of ik ingewijd mocht worden. Dat is bijna vier jaar geleden – volgende maand word ik achttien.'

'Is jouw moeder hogepriesteres? Heeft ze hier een nieuwe coven?' Hierbuiten begon het donker te worden en de temperatuur daalde. Binnen was de wiskundeclub al van start gegaan en het was er warm en goed verlicht. Maar hier was Cal.

'Ja,' zei Cal. 'Ze is tamelijk beroemd in Wicca-kringen, dus toen we verhuisden kende ze hier al een heleboel mensen. Ik ga soms naar haar cirkels, maar dat zijn voornamelijk oudere mensen. Trouwens, een onderdeel van het heks-zijn is dat je anderen leert wat je weet.'

'Dus eigenlijk ben jij – een heks,' zei ik langzaam en liet het op me inwerken.

'Ja,' zei Cal. Glimlachend stond hij op en stak zijn hand uit. Ik liet me een beetje onbeholpen door hem overeind trekken. 'Wie weet,' zei hij, 'misschien ben jij dat over een jaar om deze tijd ook. En Raven en Robbie ook en wie dan ook, als ze dat willen.'

Hij glimlachte nog eens en toen was hij verdwenen. Nu was het echt donker buiten.

[illegible]

10. Vuur

'Als een vrouw neerligt met een heks van de Zeven Huizen, zal zij geen kind dragen, tenzij hij dat wil. Als een man neerligt met een heks van de Zeven Huizen, zal zij geen kind dragen.'

– *De Weg van de Heksen*, Gunnar Thorvildsen, 1740

Ik heb vanavond een boodschap gestuurd. Zul je van me dromen? Zul je tot me komen?

'Het schijnt een fantastische film te zijn. Wil je hem niet zien? En Bakker gaat ook,' zei Mary K. Ze kwam binnen via de badkamer die onze twee kamers verbond, en trok haar shirt aan. Voor mijn levensgrote spiegel draaide ze zich om en bekeek zichzelf van alle kanten. Ze glimlachte breed naar haar spiegelbeeld.

'Ik kan niet,' zei ik. Ik vroeg me af hoe het kwam dat mijn zusje van veertien niet alleen háár deel van de familieboezem had geërfd, maar klaarblijkelijk ook het mijne. 'Ik ga naar een feestje. Waar hebben jullie afgesproken?'

'Bij de bioscoop,' zei ze. 'Jaycees moeder rijdt ons. Vind je Bakker aardig? Hij zit in jouw klas.'

'Hij is oké,' zei ik. 'Hij lijkt me een aardige jongen. Ziet er leuk uit.' Er schoot me iets te binnen. 'Ik hoorde dat hij smoor op je is. Hij is toch niet al te – opdringerig, hè?'

'Mm,' zei Mary K. vol zelfvertrouwen. 'Hij is echt heel lief.' Ze draaide zich om en keek naar me, terwijl ik in mijn ondergoed voor mijn geopende kast stond. 'Waar is dat feest? Wat doe je aan?'

'Bij Cal Blaire thuis en ik weet het niet,' gaf ik toe.

'O! Die nieuwe ouderejaars,' zei Mary K. Ze kwam naar me toe en begon tussen mijn kleren te zoeken. 'Die is hot. Iedereen die ik ken wil met hem uit. God, Morgan, die kleren van jou, daar moet echt iets aan gedaan worden.'

'Dank je wel,' zei ik. Ze lachte.

'Hier, dit is mooi.' Ze haalde een topje te voorschijn. 'Dit draag je nooit.'

Het was een dun, donker olijfgroen stretchtopje, dat ik van mijn andere tante, Margaret, had gekregen. Tante Margaret is mijn moeders oudste zus. Ik houd van haar, maar sinds tante Eileen uit de kast is gekomen praat ze al jaren niet meer met haar. En omdat ik dat truitje van tante Margaret heb gekregen, voel ik me niet loyaal tegenover tante Eileen als ik het draag. Over hypergevoelig gesproken.

'Ik heb een hekel aan die kleur,' zei ik.

'Néé,' zei Mary K. met nadruk. 'Hij staat schitterend bij je ogen. Doe aan. Met je zwarte legging.'

Ik wurmde me in het topje. Beneden ging de bel en ik hoorde de stem van Bree. 'O, dat doe ik niet,' protesteerde ik. Het shirtje kwam nauwelijks tot aan mijn middel. 'Dit is niet lang genoeg. Dan valt mijn kont veel te veel op.'

‘Laat maar opvallen dan,’ vond Mary K. ‘Je hebt een prima kont.’

‘Wat?’ Bree kwam binnen. ‘Dat heb ik gehoord. Wat een mooi topje is dat. Laten we gaan.’

Bree zag er weer geweldig uit, net een gloeiende topaas. Haar perfecte, luchtige kapsel accentueerde haar ogen en maakte ze opvallend. Ze had haar brede mond zachtbruin aangezet en ze zinderde van energie en opwinding. Ze droeg een strak, bruin fluwelen topje dat haar borsten en haar heupbroek met trekkoord goed deed uitkomen. Ruim zeven centimeter strakke, platte buik was te zien. Rond haar perfecte navel had ze een tijdelijke tatoeage van zonnestralen aangebracht.

Bij haar vergeleken voelde ik me net een kabouter.

Mary K. stak me de legging toe en ik trok hem aan. Ik was inmiddels helemaal niet meer bezig met hoe ik eruitzag. Een flanellen ruitjesoverhemd van pap completeerde mijn ensemble en bedekte mijn kont. Ik borstelde mijn haar, terwijl Bree ongeduldig met haar voet stond te tikken.

‘We kunnen met Breezy gaan,’ zei ze. ‘Ze doet het weer.’

Een paar minuten later zat ik op de voorverwarmde leren zitting, terwijl Bree op het gas trapte en mijn straat uitvloog.

‘Hoe laat moet je weer thuis zijn?’ vroeg ze. ‘Het kan een latertje worden.’ Het was nog geen negen uur.

‘Mijn avondklok is één uur,’ zei ik. ‘Maar dan slapen mijn ouders waarschijnlijk al en merken ze het niet als het een beetje later wordt. Ik kan ze ook bellen, of zo.’ Bree hoeft nooit naar huis te bellen en afspraken met haar vader te maken. Soms leken ze eerder huisgenoten dan vader en dochter.

‘Cool.’ Bree tikte met haar bruingelakte vingernagels tegen het stuurwiel, nam de bocht een beetje te snel en reed Gallows Street af naar een van de oudere buurten in Widow's Vale. De buurt waar Cal woonde. Ze wist de weg al.

Het huis van Cal was ontzaglijk groot en gebouwd van steen. Het brede portiek ondersteunde het balkon erboven en groenblijvende klimplanten overdekten de steunpilaren naar de eerste verdieping. De voortuin was weelderig en prachtig aangelegd, net op het randje van verwilderd. Ik moest aan mijn vader denken, die in de herfst neuriënd zijn rododendrons stond te snoeien. Het maakte me bijna treurig.

Nadat we hadden geklopt ging de brede houten deur open en daar stond een vrouw in een lange linnen jurk, donker paarsblauw als de nachthemel. Hij was elegant en eenvoudig en had vermoedelijk een fortuin gekost.

'Welkom, meisjes,' zei de vrouw met een glimlach. 'Ik ben de moeder van Cal, Selene Belltower.'

Haar stem was krachtig en melodieus en ik voelde me tintelen van verwachting. Toen ik dichter bij haar kwam, zag ik dat Cal haar teint had. Haar donkerbruine haar was achteloos naar achteren geborsteld en ze had grote goudkleurige ogen die een beetje schuin stonden boven haar hoge jukbeenderen. Ze had een welgevormde mond en een gladde huid, zonder rimpels. Ik vroeg me af of ze model was geweest toen ze jong was.

'Laat me eens raden – jij bent zeker Bree,' zei ze, en gaf Bree een hand. 'En jíj moet Morgan zijn.' Ze keek me met haar heldere ogen aan die dwars door mijn hoofd en de achterkant van mijn schedel leken te priemen. Ik knipperde met mijn ogen en wreef over mijn voorhoofd. Ik voelde het letterlijk pijn doen. Toen glimlachte ze weer en de pijn verdween. Ze liet ons binnen. 'Ik ben zo blij dat hij nieuwe vrienden heeft gevonden. Het was niet leuk dat we moesten verhuizen, maar het bedrijf waar ik werk bood me een promotie aan waar ik geen nee tegen kon zeggen.'

Ik wilde vragen wat voor werk ze deed en wat er met Cals vader was gebeurd, maar dat kon absoluut niet zonder grof te zijn.

'Cal is in zijn kamer. Tweede verdieping, boven aan de trap,' zei mevrouw Belltower. Ze wees naar het indrukwekkende, met houtsnijwerk versierde trappenhuis. 'Er zijn al een paar anderen boven.'

'Dank u,' zeiden we allebei een beetje ongemakkelijk. We gingen de donkere houten trap op. Onze voetstappen werden gedempt door een dik gebloemd tapijt.

'Vindt ze het niet vreemd zomaar een heel stel meiden op de kamer van haar tienerzoon te laten?' fluisterde ik. Ik moest aan mijn moeder denken, die de jongens de kamer van Mary K. uitschopt.

Bree glimlachte naar me en haar ogen straalden van opwinding. 'Ik vind haar cool,' fluisterde ze terug. 'Overigens, we zijn met een heleboel.'

De kamer van Cal bleek de hele zolderverdieping van het huis te beslaan. Hij liep van voor naar achter over de hele breedte van het huis. Overal zaten raampjes, sommige vierkant, andere rond, sommige met helder glas en andere met gebrandschilderd glas. Het plafond liep schuin op, tot bijna drie meter hoog in het midden en ongeveer een meter aan de zijkanten. De vloer bestond uit donker ongepolijst hout, de wanden uit ongeschilderde dakspanen. In een van de gevelpunten stond een antiek bureau met schoolboeken erop.

We lieten onze jasjes op een lange houten bank vallen en in navolging van Bree schopte ik mijn klompen uit.

In één muur was een kleine open haard. De eenvoudige schoorsteenmantel was overdekt met misschien wel dertig crèmekleurige kaarsen van verschillende grootte. Overal in die gigantische kamer stonden zuilen van kaarsen; op zwarte smeedijzeren standaards, sommige op de vloer, andere op blokken van glas en zelfs boven op stapels oud uitziende boeken. De kamer werd alleen door kaarsen verlicht, wat bewegende schaduwen gaf op alle muren. Het was mooi en werkte hypnotiserend.

Mijn blik werd naar Cals bed getrokken, dat apart, in een wat grotere nis stond. Ik kon het niet helpen, maar ik bleef er als aan de grond genageld naar staren. Het was een breed, laag bed van donker hout, mahonie of misschien wel ebbenhout, met vier korte bedstijlen. De matras bestond uit een futon. Het beddengoed was van simpel, crèmekleurig linnen en het bed was niet opgemaakt. Alsof hij pas was opgestaan. Aan weerskanten ervan stonden lage tafeltjes met helder brandende kaarsen erop.

In de verste nis aan de achterkant van het huis zat de rest van de groep in schaduwen gehuld. Toen Cal ons zag kwam hij naar ons toe.

'Morgan, fijn dat je gekomen bent,' zei hij op zijn zelfverzekerde, intieme manier. 'Bree, leuk dat je er weer bent.'

Bree was dus in zijn slaapkamer geweest.

'Bedankt voor de uitnodiging,' zei ik stijfjes, en trok mijn flanellen hemd dichter om me heen. Cal glimlachte, pakte ons allebei bij de hand en trok ons mee naar de anderen. Robbie wuifde toen hij ons zag. Hij dronk rood druivensap uit een wijnbokaal. Beth Nielsen stond naast hem met haar pasgebleekte, lichtblonde haar. Zij had een tamelijk bruine huid, groene ogen en een kortgeknipt afro-kapsel, dat al naar gelang haar stemming van kleur veranderde. Soms moest ik aan een leeuwin denken als ik haar zag, terwijl Raven iets van een panter had. Het was een boeiend stel zoals ze naast elkaar stonden.

'Prettige esbat,' zei Robbie, die zijn glas hief.

'Prettige esbat,' zei Bree. Uit mijn lectuur wist ik dat esbat een ander woord was voor een bijeenkomst waar magie werd bedreven.

Matt zat op een lage fluwelen bank, met Jenna opgerold op zijn schoot. Ze zaten met Sharon Goodfine te praten, die stijfjes op de grond zat, met haar armen om haar knieën geslagen. Zat ze hier alleen voor Cal of sprak Wicca haar op een of andere manier aan? Ik had haar altijd als iemand beschouwd die het makkelijk had met een vader die orthodontist was en haar weg door het leven voor haar plaveide. Ze had een stevig figuur, ze was knap en ze leek ouder dan ze was.

'Hier.' Cal gaf Bree en mij een wijnglas met druivensap en ik nam een slokje.

Er spoelde een golf van patchouli de kamer binnen; Raven was gearriveerd, gevolgd door Ethan. Deze avond zag Raven eruit als een in SM gespecialiseerde prostituee. Ze had een zwartleren hondenband om haar nek, die met leren bandjes aan een zwartleren korset was bevestigd. Haar broek zag eruit alsof iemand die in een vat vol glimmend zwarte spandex had gedoopt en zo had laten opdrogen. In New York City zou ze niet opvallen, maar hier in Widow's Vale zou ik er iets voor overhebben om haar de supermarkt binnen te zien gaan. Vond Cal dit aantrekkelijk?

Ethan zag eruit als altijd: slordig, met lang krullend haar en stoned. De eerste keer dat we een cirkel deden, had ik het niet vreemd gevonden dat er mensen waren gebleven – een heleboel kids willen alles wel een keer uitproberen. Maar het was interessant dat iedereen, behalve Todd, Alessandra en Suzanne, terugkwam en daardoor ging ik ook wat beter naar ze kijken, alsof ik ze allemaal voor de eerste keer zag.

De groep had op school een paar keer bij elkaar gehangen in deze nieuwe samenstelling – ze zaten immers in verschillende groepjes – maar hier zonderden we ons af volgens het oude patroon: Robbie en ik; Jenna, Matt en Sharon, met Bree tussen mij en hen in; Beth, Raven en Ethan samen bij de drankjes.

'Goed. Ik geloof dat iedereen er is,' zei Cal. 'Vorige week hebben we Mabon gevierd en een banritueel gedaan. Ik vind dat we deze week gewoon een informele kring zouden kunnen vormen, om elkaar wat beter te leren kennen. Laten we maar beginnen.'

Cal pakte een stukje krijt en trok een grote cirkel, die bijna het hele uiteinde van de zolder, waar we zaten, omvatte. Jenna en Matt stonden op en duwden de bank uit de weg.

'Je kunt zo'n cirkel van allerlei dingen maken,' zei Cal op een normale gesprekstoon, terwijl hij de cirkel verder trok. Op de grond waren de uitgeveegde, vage omtrekken van andere cirkels te zien. Ik merkte, dat ondanks het feit dat hij de cirkel uit de vrije hand tekende, het eindresultaat bijna perfect rond en symmetrisch was, net als in het bos toen hij met een stok een cirkel in de aarde trok. 'Het kan een stuk touw zijn, of een cirkel van voorwerpen, zoals schelpen of tarotkaarten, zelfs bloemen. Hij vertegenwoordigt de begrenzing van onze magische energie.'

Wij stapten allemaal in de krijtcirkel. Cal trok de cirkel dicht, net als vorige week. Wat zou er gebeuren als iemand erbuiten stapte?

Cal pakte een kleine koperen schaal gevuld met iets wits. Ik was heel even bang dat het cocaïne was of iets dergelijks, maar hij nam er iets van tussen zijn vingers en sprenkelde het helemaal de cirkel rond.

'Met dit zout zuiver ik onze cirkel,' zei hij. Ik herinnerde me dat hij de vorige keer ook zout had gesprenkeld. Cal zette de kom op de lijn van de cirkel. 'Ik zet deze kom hier neer, in het noorden. Het staat voor een van de vier elementen: aarde. Aarde is vrouwelijk en voedend.'

De afgelopen dagen had ik wat dingen op internet opgezocht. Ik had ontdekt dat er binnen Wicca veel verschillende sekten waren, zoals er in bijna elke religie verschillende sekten zijn. Ik had me geconcentreerd op de sekte waarvan Cal had gezegd dat hij er deel van uitmaakte en ik had meer dan duizend websites gevonden.

Vervolgens zette Cal een identiek koperen schaaltje aan de oostkant neer. Dit was gevuld met zand en er stond een brandend wierookstokje in.

'Deze wierook symboliseert lucht, een van de andere elementen,' zei Cal aandachtig, maar volkomen ontspannen. 'Lucht staat voor het verstand, het intellect. Communicatie.'

In het zuiden zette hij een crèmekleurige altaarkaars neer van wel vijfenveertig centimeter hoog. 'Deze kaars vertegenwoordigt het vuur, het derde element,' legde Cal uit, en hij keek mij aan. 'Vuur staat voor transformatie, succes en hartstocht. Het is een zeer sterk element.'

Ik voelde me niet op mijn gemak bij die blik en keek strak naar de kaars. Vuurvlammetje, verlicht mijn ziel, dacht ik.

In het westen, ten slotte, zette Cal een koperen schaal met water neer. 'Water is het laatste van de vier elementen,' zei hij. 'Water staat voor emotie. Voor liefde, schoonheid en genezing. Elk van de vier elementen correspondeert met astrologische tekens,' legde Cal uit. 'Tweelingen, Weegschaal en Waterman zijn luchttekens. De watertekens zijn Kreeft, Schorpioen en Vissen. De aardetekens zijn Stier, Maagd en Steenbok. Ram, Leeuw en Boogschutter zijn de vuurtekens.' Cal keek me weer aan.

Kon hij zien dat ik een vuurteken was – Boogschutter?

'Laten we elkaar nu bij de hand pakken,' zei hij.

Ik stond het dichtst bij Robbie en Matt, dus pakte ik hun handen. Robbies hand was warm en geruststellend. Het voelde vreemd de hand van Matt vast te houden. Hij was glad en koel. Ik herinnerde me hoe Cals hand had gevoeld en ik wilde dat ik weer naast hem stond. Maar hij zat in een sandwich tussen Bree en Raven. Ik zuchtte.

'Laten we onze ogen sluiten en onze gedachten concentreren,' zei Cal, die zijn hoofd boog. 'Adem langzaam in en uit, vier tellen lang. Laat iedere gedachte stil worden en elke zorg wegvloeien. Er is geen verleden, geen toekomst, alleen het hier en nu en wij met ons tienen.' Zijn stem klonk kalm en bedaard. Ik boog mijn hoofd en sloot mijn ogen. Ik ademde in en uit en dacht aan kaarslicht en wierook. Dat werkte heel ontspannend. Eén deel van me was zich bewust van alle anderen in de kamer, hun rustige ademhaling en af en toe het verschuiven van hun voeten, een ander deel voelde heel puur en ver weg, alsof ik boven deze kring zweefde en hem van boven af zag.

'Vanavond doen we een zuiverings- en concentratieritueel,' legde Cal uit. 'Samhain, ons nieuwjaar, nadert en de meeste heksen verzetten een heleboel spiritueel werk, om zich daarop voor te bereiden.'

Opnieuw liepen we hand in hand in een kring rond, maar nu heel langzaam met de klok mee – *deasil*, noemde Cal het, in tegenstelling tot widdershins, tegen de klok in.

Even werd ik nerveus over de afloop van het ritueel. De vorige keer dat ik dit deed, had ik het gevoel gehad alsof iemand een bijl in mijn borst had gezet en daarna had ik me nog twee dagen als een natte krant gevoeld. Zou dat nu weer gebeuren? Ik besloot dat het niet uitmaakte en dat ik dit wilde proberen. Toen begon Cal te reciteren.

'Water, reinig ons.
Lucht, zuiver ons.
Vuur, louter ons en maak ons heel.
Aarde, centreer ons.'

Wij begonnen zijn woorden te herhalen. Verscheidene minuten, misschien zelfs langer, liepen we in de cirkel en zeiden we de woorden op. Toen ik de kring rondkeek zag ik dat ze zich begonnen te ontspannen, alsof ze zich licht van hart en gelukkig voelden. Zelfs Ethan en Raven leken lichter, jonger en minder donker. Bree keek naar Cal. Robbie hield zijn ogen gesloten.

We begonnen sneller te lopen en luider te zingen. Het was precies hierna dat ik me bewust werd van een tastbare energie, die zich om me heen opbouwde, binnen in de cirkel. Ik keek even geschrokken rond. Cal, aan de andere kant van de kring, ontmoette mijn blik en glimlachte. Raven had nu haar ogen gesloten terwijl ze de woorden opzegde en volgde ons feilloos. De anderen zagen er intens, maar niet angstig uit.

Ik had het gevoel alsof er iets op en tegen me aan drukte. Alsof een grote zachte bubbel tegen me aanduwde, helemaal om me heen. Mijn haar leek wel te leven en te knetteren van energie en toen ik opkeek snakte ik naar adem, want ik kon Cals aura zien, dat flauwtjes om zijn hoofd gloeide.

Het was ontzagwekkend. Een nevelige band van bleek

rood licht gloeide om hem heen en glinsterde in het kaarslicht. Toen ik de kring rondkeek zag ik dat ze er allemaal een hadden. Die van Jenna was zilver. Die van Matt groen. Bij Raven was hij oranje en Robbie was omringd door wit. Bree had een bleek oranje licht, Beth een zwarte en Ethan een bruine aura en die van Sharon was roze, als haar blozende wangen. Had ik ook een aura? Wat voor kleur had hij? Wat had dit te betekenen? Ik bleef er, een en al verwondering, vreugde en verbazing, naar staren.

Net als de vorige keer stopte de kring abrupt en gooiden we allemaal onze handen in de lucht, met de armen gestrekt. Mijn hart bonkte en mijn hoofd ook, maar ik wankelde niet en verloor ook mijn evenwicht niet. Ik haalde gewoon even snel adem, trok een grimas en wreef over mijn slapen, in de hoop dat niemand het had gezien.

'Stuur de zuiverende energie bij jezelf naar binnen!' zei Cal ferm. Hij maakte een vuist en bonkte ermee tegen zijn borst. Iedereen deed het na en toen ik het deed, voelde ik een enorme warmte naar binnen stromen, die zich in mijn buik vestigde. Ik voelde me kalm, vredig en alert. Direct daarop werd ik ontzettend misselijk. O help, dacht ik.

Cal stak onmiddellijk de cirkel over en kwam op me af. Ik stond moeilijk en met mijn ogen opengesperd te slikken, en hoopte dat ik niet ter plekke zou gaan overgeven. Ik wilde alleen maar huilen.

'Ga zitten,' zei Cal zachtjes en duwde op mijn schouders. 'Ga onmiddellijk zitten.'

Draaierig en hondsberoerd ging ik op de houten vloer zitten.

'Wat heeft ze nou weer?' zei Raven. Niemand gaf antwoord.

'Voorover gaan zitten,' zei Cal. Ik zat met gekruiste benen

en hij duwde zachtjes tegen mijn nek. 'Raak met je voorhoofd de vloer aan,' instrueerde hij. Ik maakte mijn nek rond en legde mijn handpalmen op de grond. Zodra mijn voorhoofd het koele hout raakte, ging het beter met me. Terwijl ik op mijn handen aan weerskanten van me leunde, ebden de golven van misselijkheid weg en hield ik op met naar adem te snakken.

'Gaat het?' vroeg Bree, die naast me knielde en over mijn rug wreef. Ik voelde dat Cal haar hand wegschoof.

'Wacht,' zei Cal, 'wacht tot ze geaard is.'

'Wat is er met haar?' vroeg Jenna bezorgd.

'Ze heeft te veel energie gechanneld,' zei Cal, die zijn hand op mijn nek hield. 'Net als tijdens Mabon. Ze is heel, heel erg gevoelig; een echte energiegeleider.'

Na een minuut of wat vroeg hij: 'Gaat het al wat beter?'

'Mmm,' zei ik, en tilde heel langzaam mijn hoofd op. Ik keek rond en voelde me gegeneerd en kwetsbaar. Maar fysiek was alles in orde, ik was niet meer misselijk of gedesoriënteerd.

'Wil je ons vertellen wat er gebeurd is?' vroeg Cal vriendelijk. 'Wat je gezien hebt?'

Het idee de aura's van iedereen te moeten beschrijven schrikte me af – dat was te persoonlijk. Trouwens, hadden zij ze dan niet gezien? Ik wist het niet zeker. 'Nee,' zei ik.

'Oké,' zei Cal. Hij stond op en glimlachte. 'Jullie waren geweldig allemaal. Dank je wel. Laten we nu gaan zwemmen.'

11. Water

'Vooral de nachten met vollemaan of nieuwe maan zijn bijzonder krachtig voor het bedrijven van magie.'

- *Praktische maanrituelen,*
Marek Hawksight, 1978

'Já!' zei Bree enthousiast, 'zwemmen!'

'Achter het huis is een zwembad,' zei Cal. Hij liep de kamer door en maakte een houten deur open die achter in een nis was ingebouwd. De frisse avondlucht stroomde de kamer binnen, waardoor een paar kaarsen uitgingen en andere begonnen te flakkeren.

'Goed,' zei Jenna, 'dat lijkt me heerlijk.'

Ethan zag er verhit uit, zijn voorhoofd was vochtig onder zijn dichte krulletjes. Hij veegde zijn gezicht af aan de mouw van zijn legeroverhemd. 'Wat cool zeg, zwemmen.'

Raven en Beth glimlachten naar elkaar als de twee Siamese katten in *Lady en de Vagebond* en ze liepen naar de deur. Robbie knikte naar mij en volgde hen. Bree was de deur al uit.

'Eh, is dat zwembad buiten?' vroeg ik.

Cal glimlachte naar me. 'Het is verwarmd water. Het is lekker.'

Het levensgrote probleem dat door mijn hoofd schoot was natuurlijk dat ik mijn zwempak niet bij me had, maar ik voelde wel aan dat iedereen me zou uitlachen als ik daarover begon. Ik liep achter Sharon aan de deur uit, gevolgd door Cal. Buiten was een wenteltrap, die helemaal doorliep naar de patio van zachte baksteen op de begane grond. Ik pakte de leuning stevig vast en daalde af. Ik hoopte dat ik mijn evenwicht niet zou verliezen.

Achter me voelde ik de hand van Cal op mijn schouder. 'Alles oké?' vroeg hij.

Ik knikte. 'Hmm.'

Op de patio stonden tuinmeubelen met waterdichte bekleding. In het bleke maanlicht zagen ze eruit als plompe spoken. Verder naar achteren stond een rij hoge struiken, die in een keurige, rechthoekige vorm waren gesnoeid en de patio scheidden van de tuin erachter. Er was een poort in de struiken geknipt en Cal wees ernaar.

Ik keek omhoog naar de lucht en rilde zonder jasje en schoenen aan. Het licht van de wassende maan, die net een koekje leek waar een hap uit was genomen, scheen op het pad.

Door de poort in de heg kwam je op een ongerept gazon van zacht, glad gras dat nog niet bruin was geworden. Het voelde aan als fluwelig mos onder mijn blote voeten.

Aan de andere kant van het gazon lag het zwembad. Het was klassiek aangelegd en deed bijna Grieks aan, rechthoekig van vorm en eenvoudig, zonder een duikplank of metalen reling. Aan beide uiteinden stond een rij hoge stenen kolommen, overdekt met bladverliezende klimplanten. Aan één kant stond een soort strandhuisje met een aantal deuren en ik hoopte al dat de familie hier misschien allerlei soorten badkleding had liggen, die de gasten konden lenen.

Maar toen zag ik dat Jenna en Matt zich al uit de kleren werkten en ik sperde mijn ogen wijdopen. O nee, dacht ik, absoluut niet. Ik keek rond om Bree te zoeken, maar die stond al in haar beha en onderbroek achter me en liet haar kleren netjes op een ligstoel vallen.

'Bree!' siste ik, terwijl ze haar beha losmaakte. Ze trok haar slipje uit en leek op een prachtig marmeren standbeeld in het maanlicht. Raven en Beth stonden lachend haakjes en knoopjes bij elkaar los te maken. Hun tanden schitterden. Naakt, op hun vrolijk rinkelende sieraden na, holden ze naar het zwembad en sprongen erin.

Vervolgens lieten Jenna en Matt zich in het water glijden. Matt ging Jenna achterna, die het donkere wateroppervlak overzwom. Jenna ging lachend kopje onder en kwam weer boven. Ze streek haar natte haren glad naar achteren. Ze leek tijdloos, heidens bijna. Het zweet brak me uit. Laat het alsjeblieft geen orgie worden of zoiets, smeekte ik tot wie dan ook die wellicht mijn gedachten kon horen. Ik ben hier absoluut niet klaar voor.

'Relax,' zei Cal achter me. Ik hoorde zijn kleren ritselen en dwong mezelf niet flauw te vallen. Nog even en ik zou hem naakt zien. Cal naakt. Helemaal. O, mijn god. Ik wilde hem zien, maar innerlijk sidderde ik van onzekerheid. Hij legde zijn hand op mijn schouder en ik sprong haast een meter in de lucht.

'Relax,' zei hij opnieuw. Hij draaide me om en keek me aan. Hij had zijn shirt uitgetrokken, maar zijn broek nog aan. 'Het wordt heus geen orgie.'

Ik schrok ervan hoe nauwkeurig hij mijn gedachten had gelezen.

'Dat is het punt niet,' zei ik, en hoorde tot mijn afschuw dat mijn stem een beetje trilde. 'Ik... ik vat alleen zo snel kou.'

Lachend maakte hij zijn jeans los. Mijn adem stokte in mijn keel. 'Jij vat geen kou,' zei hij.

Hij trok zijn broek naar beneden. Ik draaide me om naar het zwembad en werd beloond met de aanblik van een spiernaakte Robbie die de brede treden afliep, het water in. Wat nu?

Ethan zat op een ligstoel zijn sokken uit te trekken. Hij had zijn shirt uit en er hing een brandende sigaret in zijn mond. Zijn werkbroek was al losgeknoopt en gedeeltelijk opengeritst. Hij nam een laatste trekje van zijn sigaret en maakte hem uit op de grond. Toen stond hij op en liet zijn broek zakken. Op dat moment liepen Bree en Sharon langs hem heen naar het zwembad. Hij trok zijn ogen tot smalle spleetjes en bleef naar hun lichamen kijken, schopte toen zijn broek uit en ging hen achterna. Aan de diepe kant sprong hij netjes in het water en ik bad dat hij kon zwemmen en niet zo stoned was dat hij zou verzuipen.

Raven en Beth waren elkaar aan het natspatten. Beth slaakte een gil en nam een sprong. Haar donkere lichaam was slank en glinsterde van de waterdruppels. Ethan kwam dicht bij haar boven water en grijnsde als een vos. Nu zijn haar nat en uit zijn gezicht was, en zonder zijn slordige kleren, zag hij er veel leuker uit. Sharon keek verbaasd naar hem, alsof ze zich afvroeg wie hij was.

Cal liep langs me heen. 'Kom op, Morgan,' zei hij, en stak zijn hand naar me uit. Hij was poedelnaakt en mijn wangen stonden in vuur en vlam. Ik probeerde er maar niet naar te kijken.

'Ik kan het niet,' fluisterde ik, en hoopte dat niemand anders het kon horen. Ik voelde me toch zo'n stomme trut. Ik keek naar het zwembad en zag Bree naar ons kijken. Ik glimlachte flauwtjes naar haar en zij glimlachte terug, met haar ogen op Cal gericht.

Hij wachtte. Als hij en ik alleen waren geweest had ik mezelf misschien kunnen overwinnen. Misschien had ik dan mijn kleren kunnen uittrekken en een gebedje kunnen doen dat hij geen borstenfetisjist was. Maar alle meisjes hier waren mooier dan ik en hadden een mooier lichaam. Ze hadden allemaal grotere borsten dan ik. Die van Sharon waren kolossaal.

Ik had een uitvlucht nodig. Ik was sowieso al overweldigd en dit werd me gewoon te veel.

'Kom ook zwemmen, alsjeblieft,' zei Cal. 'Niemand zal je iets doen, dat beloof ik je.'

'Dat is het niet,' mompelde ik. Ik wilde hem aankijken, maar dat kon ik niet als hij mij ook aankeek. Een storm van verlegenheid raasde in mijn binnenste.

'Water heeft een heleboel aspecten,' zei Cal geduldig. 'Helemaal omsloten zijn door water kan heel magisch zijn. Het heeft een heel speciaal soort energie, vooral bij maanlicht. Ik wil dat je dat voelt. Hou je beha en je onderbroek maar aan.'

'Ik draag geen beha,' zei ik. Ik kon mezelf wel voor mijn kop slaan.

Hij grijnsde. 'Je meent het.'

'Ik heb dat niet echt nodig,' mompelde ik ongelukkig.

Hij hield zijn hoofd schuin en grijnsde nog steeds. 'Het is niet waar.'

Ik raakte in paniek en stond op het punt in te storten.

'Ik moet naar huis. Bedankt voor de cirkel,' zei ik, en draaide me om. Ik bedacht dat ik met Brees auto was gekomen en dus een lange koude wandeling voor de boeg had. De overgang van die wonderbaarlijke en verbijsterende cirkel naar deze pijnlijke, vernederende situatie was te veel voor me. Ik wilde thuis zijn, in mijn eigen bed, nu.

Toen gleed Cals hand als een slang naar me toe en pakte me bij de rug van mijn overhemd. Met een rukje trok hij me naar zich toe. Mijn ademhaling stokte en ik dacht niet meer. Hij bukte, sloeg een arm onder mijn knieën en tilde me op. Ik herinner me dat ik me vreemd genoeg niet zwaar en lomp, maar juist licht en klein voelde in zijn armen. Het normale registreren van gewaarwordingen hield op en ook het besef van de anderen om me heen.

Heel bedaard liep hij de treden in het ondiepe gedeelte van het zwembad af. Ik protesteerde niet; ik zei helemaal niets. Ik weet niet of ik dat had gekund. Toen werden we omringd door het water dat de precieze temperatuur van mijn bloed had, tegen elkaar aangedrukt onder de maan.

Het was angstaanjagend, vreemd, mysterieus, opwindend en verpletterend.

En magisch.

12.
Wie kaatst...

'Mocht je ooit tussen twee oorlogvoerende clans terechtkomen, ga dan plat op de grond liggen en doe een schietgebedje.'

– Een oud Schots gezegde

Toen ik de volgende dag thuiskwam uit de kerk, zat Bree bij ons op de stoep. Ze keek koel en nijdig.

Ik had de vorige avond van Beth een lift naar huis gekregen, omdat ik om een bepaalde tijd thuis moest zijn en Bree niet. Maar aan de ijzige blik die ze me toewierp toen ik haastig het huis van Cal verliet, kon ik weten dat dit eraan zat te komen.

We gingen naar binnen en rechtdoor naar mijn kamer.

'Ik dacht dat je mijn vriendin was,' siste ze, zodra de deur achter ons dicht was.

Ik ging niet net doen alsof ik niet wist waar ze het over had. 'Natuurlijk ben ik je vriendin,' zei ik, terwijl ik mijn jurk die ik naar de kerk had gedragen, losknoopte.

'Leg dat van gisteravond dan maar eens uit,' zei ze. Ze trok haar donkere ogen tot smalle spleetjes, sloeg haar armen over elkaar en liet zich op de rand van mijn bed vallen. 'Van jou en Cal, in het zwembad.'

Ik trok een shirt over mijn hoofd en pakte een paar sokken uit mijn la. 'Ik zou niet weten hóé ik dat moet uitleggen,' zei ik. 'Ik bedoel maar, ik weet dat je Cal graag mag. Ik weet ook dat ik geen partij voor je ben. Ik deed helemaal niks. God zeg, zo gauw ik in het water kon staan, zette hij me neer.' Ik trok mijn sokken aan en glipte in mijn oudste spijkerbroek die me het lekkerst zat en sloeg automatisch de pijpen een paar centimeter om.

'En hoe zit het dan met die zogenaamd verlegen act van je, even daarvoor? Speelde je het moeilijk te versieren meisje? Hoopte je soms dat hij je de kleren van het lijf zou scheuren?' De hatelijke toon in haar stem stak me en ik voelde de eerste tekenen van kwaadheid in me naar boven komen.

'Natuurlijk niet!' snauwde ik. 'Als hij de kleren van mijn lijf had gescheurd was ik gillend naar huis gerend en had ik de politie gebeld. Doe niet zo idioot!'

Bree stond op en stak haar vinger naar me uit. 'Jíj doet idioot!' zei ze. Zo had ik haar nog nooit meegemaakt. 'Je weet heel goed dat ik verliefd op hem ben!' zei Bree met een furieus gezicht. 'Ik mág hem niet alleen maar graag! Ik hóúd van hem! En ik wil hem hebben. En ik wil dat jíj van hem afblijft!'

'Prima!' Ik stond praktisch te schreeuwen. Ik bleef staan en spreidde mijn armen. 'Maar ik deed helemaal niks en ik bepaal niet wat híj doet! Misschien besteedt hij alleen maar aandacht aan me omdat hij wil dat ik een heks word.' Zodra ik dat gezegd had staarden Bree en ik elkaar aan. In mijn hart wist ik opeens dat het inderdaad zo was. Bree trok haar voorhoofd in rimpels en dacht terug aan de vorige avond.

'Moet je horen,' zei ik wat kalmer, 'ik weet niet wat hij

doet. Weet ik veel, misschien heeft hij ergens anders een vriendin, of misschien heeft Raven hem al ingepalmd. Maar ik weet wel dat ík niet naar hém toega. Dat is alles wat ik je kan zeggen. En daar zul je het mee moeten doen.' Ik trok mijn haar over mijn schouder en begon het met snelle, geoefende bewegingen te vlechten.

Bree keek me een paar tellen woest aan. Toen betrok haar gezicht en zakte ze op mijn bed. 'Oké,' zei ze, en het klonk alsof ze probeerde niet te gaan huilen. 'Je hebt gelijk. Het spijt me. Je deed niks. Ik was gewoon jaloers, dat is alles.' Ze sloeg haar handen voor haar gezicht en leunde achterover tegen mijn kussens. 'Toen ik zag dat hij jou vasthield, werd ik razend gewoon. Ik heb nog nooit zó naar iemand verlangd en ik ben al de hele week bezig hem te bewerken, maar hij schijnt me niet op te merken.'

Ik was nog altijd kwaad, maar ik had, heel pervers, ook met haar te doen. 'Bree,' zei ik, terwijl ik op mijn bureaustoel ging zitten, 'Cal heeft zijn coven moeten achterlaten toen hij verhuisde. En hij hoopt dat een aantal van ons hem willen helpen een nieuwe te beginnen. Hij weet dat ik belangstelling voor Wicca heb en ik vermoed dat hij denkt dat het interessant is of zoiets, ik weet het niet hoor, dat ik zulke sterke reacties heb in de cirkel. Misschien denkt hij wel dat ik een goede heks zou zijn en is dat wat hij wil.'

Bree keek op met haar ogen vol tranen. 'Reageer je echt zo heftig op de cirkel, of is het alleen maar gespeeld?' zei ze met een trillende stem.

Mijn ogen puilden bijna uit mijn hoofd. 'Godallemachtig, Bree! Waarom zou ik dat doen? Het is heel gênant en naar.' Ik schudde mijn hoofd. 'Het lijkt alsof je me helemaal niet ként of zo. Maar om antwoord te geven op je vraag,' zei ik kortaf, 'nee, die sterke reacties zijn niet gespeeld.'

Bree bedekte haar gezicht met haar handen en begon te huilen. 'Het spijt me,' snikte ze. 'Zo bedoel ik het niet. Ik weet dat je dat niet speelt. Ik weet ook niet waar ik mee bezig ben.' Ze stond op, pakte een tissue en kwam naar me toe. Ze sloeg haar armen om me heen. Ik had er moeite mee mijn armen om haar heen te slaan, maar uiteindelijk deed ik dat natuurlijk toch. 'Het spijt me,' zei ze opnieuw, tegen me aanhuilend. 'Het spijt me, Morgan.'

Zo stonden we een paar minuten. Zij huilde en ik kon zelf ook wel grienen. Ben je wel eens bang geweest om te gaan huilen, omdat je niet wist of je nog wel kon ophouden? Zo voelde ik me nu. Dat ik ruzie had met Bree was afschuwelijk. Dat ik naar Cal verlangde en hem nooit zou krijgen, maakte me wanhopig. Dat mijn vriendin en ik dezelfde jongen wilden was een nachtmerrie. En dat ik de complexe wereld van Wicca ontdekte en me ertoe aangetrokken voelde was verwarrend en bijna angstaanjagend.

Toen Bree eindelijk uitgehuild was en me losliet, veegde ze haar neus en haar ogen af. 'Het spijt me zo,' fluisterde ze. 'Vergeef je me?'

Ik aarzelde even, maar knikte toen. Ik bedoel maar, ik houd van Bree. Na mijn familie houd ik van haar het meest. Ik zuchtte en we liepen naar mijn smalle bed en gingen erop zitten.

'Luister eens,' zei ik. 'Ik wilde gisteravond mijn kleren niet uittrekken, omdat ik – heel verlegen ben. Oké? Dat geef ik toe. Ik durf het echt niet. Ik zou voor geen goud in mijn blootje naast jou en de andere meiden gaan staan.'

Bree snufte en keek naar me om. 'Waar heb je het over?'

'Bree, alsjeblieft,' zei ik. 'Ik weet best hoe ik eruitzie. Ik heb ook een spiegel. Oké, nog net geen spook, maar ik ben jou niet. Ik ben Jenna niet. Ik ben zelfs Mary K. niet.'

'Je ziet er prima uit,' zei Bree met een gefronst gezicht.

Ik rolde met mijn ogen. 'Bree, ik ben nogal gewoontjes. En je hebt vast wel opgemerkt dat Moeder Natuur mij heeft overgeslagen toen ze de voorgevels aan het uitdelen was.'

Brees donkere ogen gingen snel naar mijn borstkas en ik sloeg mijn armen over elkaar.

'Nee, je bent gewoon, weet je wel,' zei Bree weinig overtuigend.

'Ik ben gewoon zo plat als een dubbeltje,' zei ik. 'Dus als jij denkt dat ik in mijn nakie naast jou, maat 70-C, Jenna, Raven, Beth en mevrouw Vanessa Sharon Goodfine ga rondhuppelen, dan ben je behoorlijk gestoord. En dan met jongens erbij, zeg, jongens met wie we in de klas zitten! Doe me een lol! Alsof ik wil dat Ethan Sharp precies weet hoe ik er naakt uitzie. Jezus! Nee dus!'

'Gij zult de naam van de Heer niet ijdel gebruiken,' zei Mary K., die haar hoofd om de deur van de badkamer stak. 'Met wie liep jij bloot rond te huppelen?'

'Ach, donder op, Mary K.!' zei ik. 'Ik wist niet dat je daar was.'

Ze trok een zelfgenoegzame grijns. 'Blijkbaar. Nou, vertel op, met wie heb je bloot rondgehuppeld? Mag ik de volgende keer ook mee? Ik ben wel tevreden met mijn lijf.'

Ik begon te lachen en gooide een kussen naar haar toe. Bree lachte mee. Ik was opgelucht dat onze ruzie voorbij leek te zijn.

'Jij gaat helemaal nergens bloot naartoe.' Ik probeerde streng te klinken. 'Je bent pas veertien, wat Bakker Blackburn ook mag denken.'

'Ga jij met Bakker?' vroeg Bree. 'Ik ben ook een tijdje met hem gegaan.'

'Echt waar?' zei Mary K.

‘O ja, dat is waar ook,’ zei ik. ‘Dat was ik vergeten.’

‘In het eerste jaar zijn we een paar keer samen uitgeweest,’ zei Bree. Ze ging rechtop zitten, strekte haar armen en boog haar rug achterover.

‘Wat is er gebeurd?’ vroeg Mary K.

‘Ik heb het uitgemaakt,’ zei Bree zonder wroeging. ‘Ranjit vroeg me mee uit en ik heb ja gezegd. Ranjit heeft prachtige ogen.’

‘En toen maakte Ranjit het uit met jou, omdat hij verkering met Leslie Raines wilde,’ zei ik. Het hele verhaal kwam weer boven. ‘Ze gaan nog steeds met elkaar.’

Bree haalde haar schouders op. ‘Wie kaatst, moet de bal verwachten.’

En dat is natuurlijk een van de meest fundamentele principes van Wicca.

13.
Beroering

'Als je goed kijkt kun je het merkteken van een Huis op het nageslacht zien. Deze tekens kunnen vele vormen aannemen, maar een geoefende heksenjager weet het altijd te vinden!'

– Aantekeningen van een dienaar Gods, Broeder Paolo Frederico, 1693

Ik begrijp niets van mijn moeder. Ik heb helemaal niets verkeerds gedaan. Ik hoop dat ze een beetje bedaart. Ze moet wel, ze moet gewoon wel.

Maandagmiddag sloeg ik de schaakclub over en reed naar Red Kill, naar 'Practical Magick'. Onder het rijden zoog ik al mijn geliefde tekenen van de herfst in me op: de bomen, een en al levendige kleuren alsof ze protesteerden tegen de kleine dood van de winter. De hoge grassoorten in de berm waren vederzacht en bruin verkleurd. De boeren verkochten op kleine kraampjes pompoenen, late maïs, vruchtensappen, appels en appeltaart.

In Red Kill vond ik een parkeerplaats precies voor de

winkel. Binnen was het licht weer gedempt en rijk aan kruidige geuren van oliën en wierook. Ik haalde diep adem en liet mijn ogen wennen aan het licht. Ditmaal waren er meer klanten dan de vorige keer.

Ik werkte de rijen boeken af, op zoek naar een algemene geschiedenis van Wicca. Gisteravond had ik mijn boek over de Zeven Grote Clans uitgelezen en ik hunkerde naar meer informatie.

De eerste die ik tegen het lijf liep was Paula Steen, de nieuwe vriendin van mijn tante. Ze zat gehurkt op de grond voor de onderste rij boeken te kijken. Paula keek op en herkende me. Ze glimlachte. 'Morgan!' zei ze, en ze stond op. 'Wat leuk dat ik je hier tegenkom. Hoe gaat het ermee?'

'O, best.' Ik dwong mezelf terug te lachen. 'En met jou?'

Ik vond Paula heel aardig, maar dit was een rare plek om haar tegen te komen. Het maakte me een tikje nerveus. Ze zou het tegen tante Eileen zeggen en tante Eileen zou het weer aan mijn moeder vertellen. Het was niet zo dat ik geheimen voor mijn ouders had, maar ik had ze ook niet uitgebreid verteld over de kring, of over Cal of Wicca.

'Goed,' zei ze. 'Overwerkt, zoals gewoonlijk. Een van mijn patiënten belde vandaag af en nu spijbel ik dus.' Ze keek de winkel rond. 'Ik vind het hier zalig. Ze hebben zoveel goeie spullen.'

'Ja,' zei ik. 'Houd jij je bezig met... Wicca?'

'Nee, ik niet.' Paula lachte. 'Maar ik ken heel wat mensen die er wel aan doen. Het is erg pro-vrouw en dat spreekt lesbiennes vaak wel aan. Maar ik ben nu eenmaal joods. Ik zoek boeken over homeopathische diergeneeskunde. Laatst was ik op een conferentie waar een cursus werd gegeven over massage bij huisdieren en nu wil ik daar wat meer informatie over hebben.'

‘Heus?’ grijnsde ik. ‘Zodat je je Duitse herder eens even flink onder handen kunt nemen?’

Paula lachte. ‘Zoiets,’ zei ze. ‘Er valt veel te zeggen voor genezende aanrakingsmethoden, net als bij mensen.’

‘Cool zeg,’ zei ik.

‘En jij, interesseer jij je voor Wicca?’

‘Nou ja... ik ben er nieuwsgierig naar,’ zei ik terughoudend, want ik wilde niet al die warrige gevoelens er uitgooien. ‘Ik ben katholiek en zo, net als mijn ouders,’ ging ik snel verder, ‘maar Wicca is wel... boeiend, vind ik.’

‘Het is maar net wat je er zelf inlegt, zoals met alles,’ zei Paula.

‘Ja, dat is waar,’ zei ik instemmend.

‘Oké, ik moet er weer vandoor, Morgan. Leuk je gesproken te hebben.’

‘Vond ik ook. Doe de groetjes aan tante Elieen.’

Paula nam haar boeken mee en betaalde. Ik keerde terug naar de planken. Ik zag een boek dat een breed, algemeen historisch overzicht gaf en ook de verschillen tussen sommige vertakkingen binnen Wicca verklaarde: Pecti-Wita, de Caledonians, Keltische en Teutoonse Wicca, Strega en andere, die ik via internet had ontdekt. Ik stopte het onder mijn arm en bekeek de dingen aan de andere kant: de wierook, de vijzels, de kaarsen die op kleur gerangschikt lagen. Ik zag één kaars die gemaakt was in de vorm van een verenigde man en vrouw en die deed me meteen aan mij en Cal denken. Toen schoot mijn brein naar Bree en Cal. Als ik die kaars zou branden, zou Cal dan de mijne worden? Wat zou Bree doen?

Stom zeg, dat ik daar zelfs maar over nadacht.

Ik ging in de rij staan. De geur van kaneel en nootmuskaat hing om me heen.

'Kijk nu eens, Morgan, ben jij het?'

Ik draaide me bliksemsnel om en keek recht in het gezicht van mevrouw Petrie, iemand van de kerk. 'Dag, mevrouw Petrie,' zei ik een beetje stijfjes. Wat een vreemde loop van het lot. Eigenlijk had ik vanmiddag een beetje meer privacy verwacht tijdens mijn uitstapje.

Ik was inmiddels groter dan mevrouw Petrie, maar uiterlijk was ze, voor zover ik me kon herinneren, niets veranderd. Ze droeg altijd een keurig deux-pièces, kousen en bijpassende schoenen. In de kerk droeg ze er ook een bijpassende hoed bij.

Nu stond ze de titel van mijn boek te lezen. 'Je bent zeker bezig met een onderzoek voor een schoolproject,' glimlachte ze.

'Ja,' zei ik. 'We bestuderen de verschillende religies van de wereld.'

'Wat interessant.' Ze kwam dichter bij me staan en dempte haar stem. 'Dit is een unieke boekhandel. Sommige dingen hier zijn afschuwelijk, maar de mensen die de zaak drijven zijn erg aardig.'

'O,' zei ik. 'En eh, waarom bent u hier?'

Mevrouw Petrie wees naar de wand met kruiden. 'Je weet dat ik beroemd ben om mijn kruidentuin,' zei ze trots. 'Ik ben een van hun leveranciers. Ik kweek ook kruiden voor sommige restaurants in de stad en voor Nature's Way, de reformwinkel aan Main.'

'O, echt waar? Dat wist ik niet,' zei ik wezenloos.

'Ja,' zei ze. 'Ik kom net wat gedroogde tijm en wat van het laatste karwijzaad van deze zomer brengen. Ik moet er weer vandoor. Leuk dat ik je gesproken heb, lieverd. Doe de groeten aan je vader en moeder.'

'Doe ik,' zei ik. 'Tot zondag.' Ja ja. Ik was blij dat ik haar door de deur zag verdwijnen.

Ik werd zo in beslag genomen door die onverwachte ontmoetingen, dat ik was vergeten hoe vreemd de winkelbediende zich de vorige keer had gedragen. Maar toen ik mijn boeken over de toonbank schoof, voelde ik zijn ogen weer op me gericht.

Zwijgend pakte ik mijn portemonnee en telde het geld uit.

'Ik dacht al dat je terug zou komen,' zei hij zacht, terwijl hij de bedragen aansloeg.

Ik vertrok geen spier en keek hem niet aan.

'Je hebt het teken van de Godin op je,' zei hij. 'Weet je bij welke clan je hoort?'

Geschrokken schoten mijn ogen naar die van hem. 'Ik hoor niet bij een clan,' zei ik.

De man hield zijn hoofd nadenkend scheef. 'Weet je het zeker?'

Hij overhandigde me het wisselgeld en ik pakte het aan. Toen griste ik mijn boeken mee en maakte dat ik wegkwam. Terwijl ik de enorme V-8 motor van Das Boot startte, dacht ik na over de Zeven Grote Clans. In de afgelopen paar eeuwen waren ze ontbonden en bestonden ze nauwelijks meer. Ik schudde mijn hoofd. De enige clan waar ik bijhoorde was de Rowlands-clan, wat die vent ook mocht denken.

Ik nam de binnenweggetjes naar huis. De vuurrood gekleurde bladeren verdwenen wazig naar de achtergrond, terwijl ik me in een dagdroom liet wegglijden. Ik gaf me daar steeds vaker aan over: het gekoesterde moment in het maanlicht, toen Cal me het water indroeg. Fantasie en herinnering liepen door elkaar en ik wist niet eens meer zeker of het wel gebeurd was.

Mary K. kookte die avond en was het mijn beurt om af te ruimen en de vaat te doen. Ik stond bij de gootsteen de borden af te spoelen en droomde weg over Cal. Ik vroeg me af of Bree en Cal vandaag na school bij elkaar waren geweest. Hadden ze elkaar al gekust? Het gaf me een beklemmend gevoel op de borst en ik beval mijn hersens me niet meer zo te martelen.

Ik kon het niet helpen dat ik me bleef afvragen waarom Cal in mijn leven was gekomen; het leek wel alsof hij hier met een doel was. Hopelijk niet een of andere wrede karmische vereffening.

Hoofdschuddend liet ik het zeepsop door mijn vingers glijden. Doe even normaal, dacht ik, en begon de borden in de vaatwasser te zetten.

'Bij welke clan hoor je?' had de winkelbediende gevraagd. Hij had me net zo goed kunnen vragen 'van welke planeet kom je'. Ik behoorde echt niet tot een van de Zeven Clans, hoewel het interessant was om erover na te denken. Het was net zoiets als ontdekken dat je echte vader een beroemdheid was die je bij zich terug wilde hebben. De Zeven Grote Clans waren de beroemdheden bij Wicca, van wie werd aangenomen dat ze bovennatuurlijke krachten bezaten en duizenden jaren geschiedenis gemeenschappelijk hadden.

Ik herschikte de glazen in de bovenste etage van de vaatwasser. In mijn boek stond, dat de Zeven Clans zich zo lang van de rest van de mensheid hadden afgezonderd, dat ze zelfs genetisch anders in elkaar zaten. Mijn ouders... ons gezin – wij waren zo normaal als ieder ander. Die vent in de winkel maakte me alleen maar in de war.

Opeens liet ik de afwasborstel uit mijn hand vallen en ging rechtop staan. Ik keek met een frons uit het raam. Het was donker. Ik keek om me heen en kreeg ik een sterk gevoel van... ik wist niet zeker wat. Was er een storm op komst? Er hing een vaag gevoel van gevaar in de lucht.

Ik had net de klep van de vaatwasser dichtgedaan, toen de keukendeur werd opengegooid. Daar stonden mijn ouders. Mijn vader zag er opgejaagd uit, mijn moeder had haar lippen op elkaar geperst en leek overstuur te zijn.

'Wat is er aan de hand?' zei ik, en draaide de kraan dicht. Ik voelde dat mijn hart begon te bonzen.

Mijn moeder streek met haar hand door haar rechte, roodbruine haar, dat zoveel op dat van Mary K. leek. 'Zijn die van jou?' vroeg ze. 'Die boeken over heksen?' Ze hield de boeken die ik bij 'Practical Magick' had gekocht, omhoog.

'H-hm,' zei ik, 'wat is daarmee?'

'Waarom heb je die?' vroeg mijn moeder. Ze had haar werkkleding nog aan en ze zag er verfomfaaid en moe uit.

'Het is interessant,' zei ik, stomverbaasd over haar toon.

Mijn ouders keken elkaar aan. De plafondlamp glom op mijn vaders kalende plekje.

'Zijn de kinderen op school hiermee bezig, of alleen jij?' vroeg mam.

'Mary Grace,' zei pap, maar ze negeerde hem.

Ik merkte dat ik rimpels in mijn voorhoofd trok. 'Wat bedoel je? Het is toch niet zo erg, of wel?' Ik schudde mijn hoofd. 'Het is... gewoon boeiend. Ik wilde er meer van weten.'

'Morgan,' begon mijn moeder. Ze leek ontzettend van streek te zijn. Meestal bleef ze heel bedaard tegen mij en Mary K., hoe jachtig haar leven soms was.

'Wat je moeder probeert te zeggen,' begon mijn vader, 'is dat die boeken over hekserij niet het soort lectuur zijn, waarvan wij willen dat je het leest.' Hij schraapte zijn keel en trok aan de v-hals van zijn vest. Hij leek het er ongelooflijk moeilijk mee te hebben.

Mijn mond viel open. 'Hoezo?' vroeg ik.

'Hoezo!' snauwde mijn moeder. Ik schrok me dood van de toon in haar stem. 'Omdat het hekserij is!'

Ik staarde haar aan. 'Maar het is geen... zwarte magie of iets dergelijks,' probeerde ik uit te leggen. 'Ik bedoel, er steekt echt geen kwaad in en het is ook niet eng. Het zijn gewoon mensen die bij elkaar komen om contact te maken met de natuur. Wat geeft het nou dat ze vollemaan vieren?' Ik had het maar niet over peniskaarsen, energiescheuten of naaktzwemmen.

'Het is meer dan dat,' hield mijn moeder vol. Haar bruine ogen stonden groot en ze leek zo gespannen als een pianosnaar. Ze keek mijn vader aan. 'Sean, help me.'

'Luister, Morgan,' zei mijn vader wat rustiger. 'Wij maken ons hier ongerust over. Ik denk dat wij best ruimdenkend zijn, maar we zijn katholiek. Dat is onze religie. Wij behoren tot de katholieke kerk. De katholieke kerk keurt hekserij niet goed, ook mensen die hekserij bestuderen niet.'

'Niet te geloven, zeg,' zei ik. Ik begon ongeduldig te worden. 'Jullie doen alsof het enorm bedreigend is of zoiets.' De herinnering aan hoe beroerd ik me na de twee cirkels had gevoeld, flitste door mijn hoofd. 'Ik bedoel maar, dit is Wicca. Mensen die vinden dat ze moeten protesteren tegen dierproeven, of die om de meiboom willen dansen.' Er kwamen een paar feiten over Wicca bij me op, die ik in mijn boek had gelezen. 'Weet je dat de katholieke kerk een heleboel tradities heeft overgenomen, die bij Wicca zijn begonnen? Zoals het gebruik van mistletoe met Kerstmis en eieren met Pasen? Dat zijn allebei oeroude symbolen, uit een religie die allang bestond voor het christendom of het jodendom er waren.'

Mijn moeder staarde me aan. 'Hoor eens, juffie,' zei ze, en ik besefte dat ze echt boos was, 'ik zeg jou, dat wij geen hekserij in dit huis willen hebben. Ik zeg je ook, dat de katholieke kerk dit niet tolereert. Wij geloven in één God. En dus wil ik dat die boeken het huis uitgaan!'

Het was alsof er, in plaats van mijn moeder, een alien stond die haar had overgenomen. Dit was helemaal niets voor haar, dus bleef ik met open mond staan staren. Mijn vader stond naast haar met zijn hand op haar schouder en deed duidelijk zijn best om haar tot bedaren te brengen, maar ze bleef me gewoon woedend staan aankijken. Ze had diepe lijnen om haar mond en haar ogen stonden kwaad en koud en... ongerust?

Ik wist niet wat ik zeggen moest. Mam was altijd zo ontzettend redelijk.

'Ik dacht dat wij geloofden in de Vader, de Zoon en de Heilige Geest. Dat zijn er dus drie,' zei ik.

Het leek alsof ze een beroerte kreeg, de aderen in haar nek zwollen op. Opeens realiseerde ik me dat ik inmiddels langer was dan zij. 'Ga naar je kamer!' schreeuwde ze, en opnieuw schrok ik me rot. Stemverheffingen kwamen bij ons thuis nooit voor.

'Mary Grace,' bromde mijn vader.

'Wegwezen!' schreeuwde mijn moeder nog harder. Ze stak met een ruk haar arm uit en wees naar de keukendeur. Het leek wel alsof ze me wilde slaan. Ik was zwaar geschokt.

Pap stak zijn hand uit en raakte onzeker en tevergeefs mijn moeders schouder aan. Zijn gezicht stond strak en zijn ogen keken zorgelijk achter zijn bril met het ijzeren montuur.

'Ik ben al weg,' mompelde ik, en liep met een wijde boog om haar heen. Ik ging stampend de trap op naar mijn kamer en sloeg de deur achter me dicht. Ik sloot hem zelfs af, wat eigenlijk niet mag. Ik ging als een opgejaagd dier op mijn bed zitten en probeerde niet te gaan huilen.

Telkens opnieuw kwam dezelfde gedachte bij me boven: Waar is mam zo bang voor?

14.
Dieper

'De koning en koningin verlangden al jaren naar een kind en adopteerden ten slotte een klein meisje. Maar onfortuinlijk genoeg was het kind voorbestemd een reuzin te worden en het verslond hen met haar stalen tanden.'

– Uit een Russisch sprookje

'Zeg, waarom ben jij de bruid?' vroeg Mary K. de volgende ochtend.

Ik reed Das Boot achteruit de oprit af, met twee tussendoortjes met aardbeiensmaak tussen mijn tanden.

Toen Mary K. klein was had ze een keer iets stouts gedaan en mijn moeder had streng tegen haar gezegd dat ze het 'verbruid' had. Zij had 'de bruid' verstaan en dat blijkbaar niet onlogisch gevonden. Sindsdien zeggen wij het allemaal.

'Ik had dingen gelezen waarvan ze niet wilden dat ik die las,' bromde ik onverschillig en deed mijn best geen kruimeltjes over mijn dashboard te sproeien.

Mary K. zette grote ogen op. 'Porno of zo?' vroeg ze opgewonden. 'Waar had je dat vandaan?'

‘Het was geen porno,’ legde ik vol ergernis uit. ‘Het was helemaal niet belangrijk. Ik weet niet waar ze zich zo druk over maken.’

‘Nou wat was het dan?’ hield ze vol.

Ik rolde met mijn ogen en schakelde over in een andere versnelling. ‘Het waren boeken over Wicca,’ zei ik. ‘Dat is een oeroude, vrouwelijk georiënteerde religie, die al bestond voordat het christendom en het jodendom er waren.’ Ik leek wel een lesboek.

Mijn zusje dacht hier even over na. ‘Nou zeg, dát is saai,’ zei ze ten slotte. ‘Waarom lees je geen porno, of iets leuks, zodat ik het van je kan lenen?’

Ik lachte. ‘Later misschien.’

‘Je meent het niet,’ zei Bree met grote ogen. ‘Niet te geloven. Dat is afschuwelijk.’

‘Het is zo stom,’ zei ik. ‘Ze zeiden dat ze de boeken het huis uit wilden hebben.’ De bank waar we op zaten voordat de school openging was koud en de oktoberzon leek met de dag in kracht af te nemen.

Robbie knikte meelevend. Zijn ouders waren nog veel strenger katholiek dan de mijne. Ik betwijfelde of hij hen had verteld over zijn belangstelling voor Wicca.

‘Je kunt ze bij mij thuis bewaren,’ zei Bree. ‘Mijn vader kan het niks schelen.’

Ik dook helemaal in mijn parka en ritste hem tot aan mijn kin dicht. We hadden maar een paar minuten voordat de les begon en onze nieuw samengestelde groep stond bij de oostelijke deur van de school bij elkaar. Ik kon Tamara en Janice aan zien komen. Ze liepen met gebogen hoofd te praten. Ik miste ze. Ik had ze de laatste tijd niet veel gezien.

Cal zat op de bank tegenover ons, naast Beth. Hij had

oude cowboylaarzen aan, die bij de hakken waren afgesleten. Hij zweeg en keek ons niet aan, maar ik had de indruk dat hij ieder woord van ons gesprek hoorde.

'Laat ze het heen en weer krijgen,' zei Raven. 'Ze kunnen je niet dicteren wat je wel en niet mag lezen. Het is geen politiestaat.'

Bree snoof. 'Ja. Ik wil erbij zijn als jij tegen Sean en Mary Grace zegt dat ze het heen en weer kunnen krijgen.'

Ik moest er wel om lachen.

'Het zijn je ouders,' verbrak Cal plotseling zijn stilzwijgen. 'Natuurlijk houd je van ze en wil je hun opvattingen respecteren. Ik zou me in jouw plaats ook ellendig voelen.'

Op dat moment werd ik nog verliefder op Cal. Ik had in zekere zin van hem verwacht dat hij smalend zou zeggen dat mijn vader en moeder dom en hysterisch waren, net als alle anderen. En omdat hij de vurigste aanhanger van Wicca was, ging ik ervan uit dat de reactie van mijn ouders hem het meest zou storen.

Bree keek me aan en ik bad dat mijn gevoelens niet van mijn gezicht af te lezen waren. In sprookjes is er altijd één iemand die voor één ander iemand is geschapen. Die vinden elkaar en ze leven nog lang en gelukkig. Cal was diegene voor mij. Ik kon me niet voorstellen dat iemand nog volmaakter kon zijn. Maar wat een misselijk sprookje zou dat zijn, als hij wel voor mij bestemd was, maar ik niet voor hem!

'Het is een moeilijk besluit om te nemen,' vervolgde Cal. Onze groep begon naar hem te luisteren alsof hij een apostel was die ons onderwees. 'Ik heb geluk, omdat Wicca de religie van mijn familie is.' Hij dacht er even over na, met zijn hand tegen zijn wang. 'Als ik tegen mijn moeder zou zeggen dat ik katholiek wilde worden, zou ze volkomen over de rooie gaan. Ik weet niet of ik dat aan zou kunnen.' Hij glimlachte naar me.

Robbie en Beth lachten.

'Trouwens,' zei Cal, nu weer ernstig, 'iedereen moet zijn of haar pad zelf kiezen. Jij moet beslissen wat je doet. Ik hoop dat je desondanks doorgaat met Wicca te onderzoeken, Morgan. Ik denk dat je er een gave voor hebt. Maar als je het niet kunt, dan begrijp ik dat.'

De schooldeur zwaaide met een klap open en Chris Holly kwam naar buiten, gevolgd door Trey Heywood.

'O,' zei Chris luidkeels, 'sorry hoor. Ik wilde de *heksen* niet storen.'

'Ach, rot toch op,' zei Raven op verveelde toon.

Chris negeerde haar. 'Zitten jullie hier bezweringen uit te spreken? Mag dat wel op het terrein van de school?'

'Chris, alsjeblieft,' zei Bree, die over haar slapen wreef. 'Doe dat nou niet.'

Hij keek haar aan. 'Je kunt mij niet vertellen wat ik wel en wat ik niet mag,' zei hij. 'Je bent mijn vriendinnetje niet meer. Begrepen?'

'Inderdaad,' zei Bree met een kwaad gezicht. 'En dit is een van de redenen waarom niet.'

'Nou, ja –' begon Chris, maar hij werd onderbroken door de bel en coach Ambrose, die aan kwam benen.

'Naar de klas, jongens,' zei hij automatisch, terwijl hij de deuren opendeed. Chris vuurde een hatelijke blik op Bree af en liep toen achter de coach aan naar binnen.

Ik pakte mijn rugzak op en ging naar de deur, gevolgd door Robbie. Bree bleef achter en toen ik omkeek, zag ik haar met Cal praten. Ze had haar hand op zijn arm liggen. Raven keek er met toegeknepen ogen naar.

Suf vond ik mijn weg naar het huiswerklokaal, als een

koe die terugkeert naar de stal. Mijn leven zat wel heel erg ingewikkeld in elkaar.

Die middag stopte ik mijn Wicca-boeken in een papieren tas en bracht ze naar het huis van Bree. Ze had beloofd dat ik naar haar toe kon komen om erin te lezen wanneer ik maar wilde.

'Ik berg ze hier veilig voor je op,' zei ze.

'Dank je.' Ik duwde mijn haar over mijn schouder en leunde met mijn hoofd tegen haar deur. 'Kan ik misschien vanavond na het eten komen? Ik ben halverwege het boek over de geschiedenis van de hekserij en het is tamelijk boeiend.'

'Natuurlijk,' zei ze meelevend. 'Arme meid.' Ze klopte op mijn schouder. 'Moet je horen, hou je een tijdje koest, laat het overwaaien. En je weet dat je altijd kunt komen om te lezen of gewoon om rond te hangen. Oké?'

'Oké,' zei ik, en gaf haar een zoen. 'Hoe gaat het met Cal?' Het deed me pijn om het te vragen, maar ik wist dat ze daar graag over wilde praten.

Bree trok een gezicht. 'Twee dagen geleden zat hij nog een uur lang opgewekt met me door de telefoon te praten, maar toen ik hem gisteren vroeg om samen met me naar Wingott's Farm te rijden, zei hij nee. Als hij niet gauw toegeeft, zal ik moeten gaan stalken.'

'Hij geeft wel toe,' voorspelde ik. 'Dat doen ze altijd.'

'Dat is zo,' was Bree het met me eens. Haar ogen stonden droevig.

'Zeg, ik bel je straks nog wel,' zei ik. Opeens wilde ik dolgraag een eind aan het gesprek maken.

'Hou je taai, hè!' riep ze me na toen ik wegvluchtte.

De week daarna zocht ik vaker het gezelschap van Tamara, Janice en Ben op. Ik ging naar de wiskundeclub en probeerde me echt heel erg te verdiepen in de functies, maar ik verlangde ernaar dingen over Wicca te leren en vooral om bij Cal in de buurt te zijn.

Toen ik tegen mijn moeder zei dat ik de boeken weg had gedaan, deed ze lichtelijk gegeneerd, maar voornamelijk opgelucht. Ik voelde me heel even schuldig dat ik haar er niet bij vertelde dat de boeken gewoon bij Bree thuis lagen en dat ik ze in de avonden nog steeds las, maar ik verjoeg dat schuldgevoel. Ik respecteerde mijn ouders, maar ik was het niet met ze eens.

'Dank je wel,' zei ze zacht. Het leek alsof ze nog iets wilde zeggen, maar dat deed ze niet. Ik betrapte haar er deze week verscheidene keren op dat ze me gadesloeg en het gekke was, dat het me deed denken aan die griezelige winkelbediende bij 'Practical Magick'. Ze hield me in de gaten met een houding alsof ze verwachtte dat er ieder moment horentjes op mijn hoofd konden groeien, of zoiets.

De herfst deed die week langzaam, via de rivier de Hudson, zijn intrede in Widow's Vale. De dagen werden merkbaar korter en de wind werd venijniger. Overal om me heen hing een gevoel van anticipatie, in de bladeren, in de wind en in het zonlicht. Ik had het gevoel dat er iets enorms aan zat te komen, maar ik wist niet wat.

Toen ik op zaterdagmiddag bezig was met mijn huiswerk, ging de telefoon. Cal, dacht ik, voordat ik het toestel boven opnam.

'Hoi,' zei hij. De klank van zijn stem benam me een beetje de adem.

'Hoi,' antwoordde ik.

'Kom je vanavond naar de cirkel?' vroeg hij zonder omwegen. 'Het is bij Matt thuis.'

Ik worstelde al dagen met deze kwestie. Natuurlijk negeerde ik het verbod van mijn ouders door in mijn Wiccaboeken te lezen, maar naar een cirkel gaan leek me een veel groter vergrijp. Wicca bestuderen was één ding; het beoefenen was iets heel anders. 'Ik kan niet,' zei ik uiteindelijk. Ik kon wel janken.

Cal zweeg een tijdje. 'Ik beloof je dat iedereen zijn kleren aanhoudt.' Ik kon de humor in zijn stem horen en ik glimlachte erom. Hij zweeg opnieuw. 'Ik beloof je dat ik je niet het water in zal dragen,' voegde hij er zó zachtjes aan toe, dat ik niet zeker wist of ik het goed had gehoord. Ik wist niet wat ik zeggen moest. Ik kon het bloed door mijn aderen voelen razen.

'Tenzij je wilt dat ik dat doe,' voegde hij er even zacht aan toe.

Je beste vriendin Bree is verliefd op hem, vermaande ik mezelf, genoodzaakt de betovering verbreken. Zij heeft een kans. Jij niet.

'Het is gewoon, dat ik... ik k-kan niet,' hoorde ik mezelf zwakjes stamelen. Ik hoorde mijn moeder beneden rondlopen en liep naar mijn kamer. Ik deed de deur dicht.

'Oké,' zei hij alleen maar, en liet de stilte, een intieme stilte, tussen ons groeien. Ik lag op mijn bed en keek naar de vlammende kleuren van de boombladeren voor mijn raam. Ik besefte dat ik de rest van mijn leven zou willen opgeven om Cal op dit moment hier bij me te kunnen hebben. Ik sloot mijn ogen en de tranen begonnen van opzij uit mijn ooghoeken langs mijn gezicht te druppelen.

'Misschien de volgende keer,' zei hij vriendelijk.

'Misschien,' zei ik, en probeerde mijn stem niet te laten trillen. Maar misschien ook niet, dacht ik smartelijk.

'Morgan –'

‘Ja?’

Stilte.

‘Niets. Ik zie je maandag op school wel weer. We zullen je missen, vanavond.’

We zullen je missen. Niet: ik zal je missen.

‘Dank je,’ zei ik. Ik hing op, draaide mijn gezicht in mijn kussen en huilde.

15. Killburn Abbey

'Er zit kracht in de planten van de aarde en in de dieren, in elk levend wezen, in het weer, in de tijd, in beweging. Als je afstemt op het universum, kun je die kracht aanboren.'

– *Mijn Leven als Heks,* Sarah Morningstar, 1982

Samhain nadert. Gisteravond was de cirkel dun en bleek zonder haar. Ik heb haar nodig. Ik denk dat zij degene is.

'Weet je, er zijn meiden die op hun zestiende al in verwachting raken,' mopperde ik die zondagmiddag tegen Mary K. Niet te geloven, zoals mijn leven was afgegleden: ik zat in een schoolbus, volgepakt met een stelletje uitgelaten, godvruchtige katholieken, op weg naar Killburn Abbey. 'Er zijn er die drugsproblemen hebben, ze rijden de auto van hun ouders aan gort of ze worden van school getrapt. En het enige dat ik heb gedaan was een paar bóéken mee naar huis nemen.'

Met een zucht legde ik mijn hoofd tegen het raam van de bus en pijnigde mezelf met wat er gisteravond tijdens de cirkel gebeurd zou kunnen zijn.

Als je nog nooit, het was maar een uurtje, in een schoolbus hebt gezeten met een stel volwassenen van de kerk, dan heb je geen idee hoe lang een uur kan duren. Mijn ouders zaten zich een paar rijen achter ons gewoon te verkneukelen. En maar praten en lachen met hun vrienden. Melinda Johnson van vijf werd wagenziek en we moesten aldoor stoppen om haar uit de bus te laten hangen.

'We zijn er!' jubelde juffrouw Hotchkiss eindelijk. Ze stond voorin de bus op toen deze puffend en met een ruk tot stilstand kwam voor een gebouw dat wel een gevangenis leek. Juffrouw Hotchkiss is de zuster en huishoudster van Vader Hotchkiss.

Mary K. keek argwanend uit het raam. 'Is dit een gevangenis?' fluisterde ze. 'Willen ze ons de stuipen op het lijf jagen of zo?'

Kreunend volgde ik de groep die de bus uitstroomde. Het was kil en vochtig, dikke grijze wolken joegen langs de hemel. Ik rook regen in de lucht en merkte dat er geen vogels floten.

We stonden voor cementen muren van tegen de drie meter hoog, die door de jaren heen verweerd waren. Er groeiden kriskras klimplanten tegen op. In de muur zaten twee grote zwarte deuren met zware klinknagels en massieve scharnieren.

'Oké, mensen!' riep Vader Hotchkiss vrolijk. Hij beende naar de poort en belde aan. Na een paar tellen werd er opengedaan door een vrouw met een badge, waarop Karen Breems stond.

'Hallo! Jullie zijn zeker de groep van St. Michael's!' zei ze enthousiast. 'Welkom in Killburn Abbey, een van de oudste kloosters van de staat New York. Er wonen hier geen nonnen meer – Zuster Clementia overleed in 1987. Het is nu een museum en recreatieoord.'

Wij gingen de poort door en kwamen op een binnenplaats zonder beplanting. Het fijne grind knarste onder onze voeten. Ik keek rond en merkte dat ik glimlachte, waarom wist ik niet. Killburn Abbey was levenloos, grijs en verlaten. Maar toen ik naar binnen liep, daalde een diepe, allesdoordringende rust op me neer. Mijn zorgen smolten weg op die kale binnenplaats tussen de dikke stenen muren en getraliede vensters.

'Ik vind dit net een gevangenis,' zei Mary K., die haar neus optrok. 'Arme nonnen.'

'Nee, geen gevangenis,' zei ik, met een blik op de smalle raampjes hoog in de muren. 'Eerder een toevluchtsoord.'

We zagen de kleine stenen cellen, waar de nonnen op harde houten britsen hadden geslapen, bedekt met stro. Er was een grote, primitieve keuken met een gigantische eikenhouten werktafel en enorm grote, gedeukte pannen en potten. Als ik door mijn oogharen keek, kon ik een non in een zwarte habijt kruiden zien roeren in kokend water, om medicinale thee te trekken voor zieke zusters. Een heks, dacht ik.

'Het klooster voorzag bijna geheel in de eigen behoeften,' zei mevrouw Breems, die ons via een smalle houten deur de keuken uitleidde. We kwamen buiten in een ommuurde tuin, die er nu verwilderd en troosteloos uitzag.

'Ze kweekten hun eigen groenten en fruit en maakten in wat ze nodig hadden om de winter in New York door te komen,' vervolgde mevrouw Breems. 'Toen het klooster voor het eerst openging, hielden ze zelfs schapen en geiten, voor melk, vlees en wol. Dit gedeelte was hun moestuin en hij was ommuurd, om konijnen en herten buiten te houden.

De kruidentuin is naar Europees voorbeeld aangelegd in een kleine cirkelvorm.'

Het jaarwiel, dacht ik. Ik telde acht hoofdspaken, inmiddels verwaarloosd en niet altijd goed te onderscheiden. Eentje voor Samhain, één voor Yule, voor Imbolc, voor Ostara, Beltane, Litha, Lammas en Mabon.

Ik besefte natuurlijk, dat de nonnen nooit de bedoeling hadden gehad hun tuin als een Wicca-wiel aan te leggen. Ze zouden ervan hebben gegruwd. Maar zo zat Wicca in elkaar: het was zo oer, dat het heel subtiel doordrong in de vele facetten van een mensenleven, zonder dat men zich ervan bewust was.

Toen we over die afgebrokkelde stenen paden liepen, gladgeslepen door voeten in sandalen die er eeuwenlang overheen hadden gelopen, raakte mevrouw Petrie, het kruidenvrouwtje, letterlijk in extase. Ik liep achter haar en hoorde haar mompelen. 'Dille, ja, en kijk eens wat een forse kamille. O, en daar staat boerenwormkruid; hemeltje, ik haat boerenwormkruid, dat overwoekert alles...'

Ik bleef haar volgen en ik zou zweren dat er een golf van magie over me heen spoelde. Het verhief mijn geest en het leek alsof de zon op mijn gezicht scheen. Elk plantenbed, weliswaar niet onderhouden, was een openbaring voor me.

Ik kende de namen van de meeste planten niet, maar ik kreeg indrukken van ze. Ik bukte me een paar keer om hun verdroogde bruine kopjes aan te raken, hun opengebarsten zaadpeulen, hun verwelkte bladeren. En al doende vormden zich schimmige beelden in mijn hoofd: arnica, moederkruid, ogentroost, spirea, rozemarijn, paardebloem, ze kwamen voortdurend terug.

Hier stonden de schaarse herfstoverblijfselen van planten met genezende, magische kracht, die het eten smaak gaven, waarvan wierook werd gemaakt, zeep, verf... Mijn hoofd duizelde van al die mogelijkheden.

Ik knielde en streek met mijn vingers langs een verbleekte aloë, die iedereen gebruikt bij brandwonden en zonnebrand. Mijn moeder gebruikte het altijd en ze maakte zich niet druk of het hekserij was. Er stond een laurierstruik in de buurt; hij was oud en de stam was mettertijd kromgegroeid. Toen ik hem aanraakte, voelde hij heel zuiver en krachtig aan. Er stonden struiken met tijm; een enorme, afstervende struik kattekruid; karwijzaad, klein en bruin op broze stengeltjes. Hier ging een wereld voor me open om te verkennen en om mezelf in te verliezen. Teder raakte ik een grillige, groene muntplant aan.

'Munt gaat nooit dood,' zei mevrouw Petrie, die me bezig zag. 'Die komt altijd weer terug. Hij is eigenlijk nogal opdringerig – ik kweek die van mij in potten.'

Ik knikte en glimlachte naar haar en voelde helemaal niet meer hoe koud het was. Ik bezichtigde elk pad en zag lege plekken waar planten hadden gestaan, of waar hun stelen nog stonden, in afwachting van hun wedergeboorte in het voorjaar. Ik las aandachtig de namen van de planten op de metalen naamplaatjes, die geschreven waren in een vrouwelijk, schuin handschrift.

Mijn moeder kwam bij me staan. 'Wat interessant, hè?' Ik voelde dat ze het goed probeerde te maken.

'Het is fantastisch,' zei ik uit de grond van mijn hart. 'Ik houd van al die kruiden. Denk je dat pap me een stukje van de tuin zou willen geven waar we onze eigen kruiden kunnen kweken?'

Mijn moeder keek me recht in mijn ogen, bruin in bruin. 'Vind je dat echt zo interessant?' zei ze, neerkijkend op een taaie, houtige bos rozemarijn.

‘Nou en of,’ zei ik. ‘Het is hier zo prachtig. En het is toch cool als je kunt koken met je eigen peterselie en rozemarijn?’

‘Ja,’ zei mam, ‘dat is zo. Misschien volgend voorjaar. We gaan er met papa over praten.’ Ze draaide zich om en liep naar juffrouw Hotchkiss toe, die stond te praten over de geschiedenis van het klooster.

Toen het tijd was om terug te gaan naar de bus, moest ik me losscheuren. Ik wilde in het klooster blijven, door de zalen lopen, de geuren opsnuiven en de gedroogde bladeren van de planten tussen mijn vingers voelen brokkelen. De planten riepen me met de magie van de levenskracht in hun dunne stengeltjes en daar, buiten de poorten van Killburn Abbey, werd het me duidelijk.

In weerwil van de bezwaren van mijn ouders, in weerwil van alles, was het niet voldoende voor me om alleen maar over heksen te leren. Ik wilde er een zijn.

16. Bloedheks

'Heks zijn is geen keus. Je bent er een of niet. Het zit je in het bloed.'

- Tim McClellan, alias Feargus de Snuggere

Ik kan wel janken van frustratie. Ze komt niet naar me toe. Ik weet dat ik haar niet kan pushen. Godin, geef me een teken, alsjeblieft.

Op maandag na schooltijd sloegen Robbie en ik de schaakclub over en gingen naar 'Practical Magick'. Het begon echt een gewoonte van me te worden. Ik kocht een boek over het magische gebruik van kruiden en andere planten en ook een prachtig blanco boek met een gemarmerde omslag en zware, crèmekleurige badzijden. Dit zou mijn Boek der Schaduwen worden. Ik was van plan al mijn gevoelens over Wicca op te schrijven, aantekeningen te maken over onze cirkels en alles waar ik over nadacht.

Robbie kocht een zwarte peniskaars die hij hilarisch vond.

'Heel leuk,' zei ik. 'Dit gaat je nog erg populair maken bij de meiden.'

Robbie grinnikte.

We reden naar het huis van Bree en hingen wat in haar kamer. Ik lag op haar bed in mijn kruidenboek te lezen, Robbie rommelde met Brees stereo om haar laatste cd's te horen, Bree zat op de grond haar teennagels te lakken en las onderwijl mijn boek over de Zeven Grote Clans.

'Dit is wel heel cool. Moet je horen,' zei ze. De deurbel ging. Even later hoorden we de stemmen van Jenna en Matt op de trap.

'Hoi!' zei Jenna vrolijk. Haar lichtblonde haren zwierden over haar schouders. 'Goh, wat is het koud buiten. Waar blijft de Indian Summer?'

'Kom erin,' zei Bree. Ze keek rond in haar slaapkamer. 'Misschien kunnen we naar de zitkamer gaan.'

'Ik blijf liever hier,' zei Robbie.

'Ja, dat is knusser,' vond ik ook. Ik ging overeind zitten.

'Luister, jongens,' zei Bree. 'Ik zit net in dit boek te lezen over de Zeven Grote Clans van Wicca.'

'Oe-oeh,' deed Jenna, alsof ze huiverde.

'"Na eeuwenlang magie te hebben beoefend, begon elk van de Zeven Grote Clans binnen een afzonderlijk terrein van magie te werken. Aan de ene kant van het spectrum stond de Woodbane-clan, die bekend kwam te staan om hun duistere werk en hun vermogen kwaad te doen."'

Er liep echt een rilling over mijn rug, maar Matt trok zijn wenkbrauwen op en Robbie liet een duivels lachje horen.

'Dit lijkt niet op Wicca,' zei Jenna, die haar jack uittrok. 'Weet je nog? Alles wat je doet komt drievoudig bij je terug. Al die dingen die Cal afgelopen weekend heeft voorgelezen. Bree, die kleur is fantastisch. Hoe heet die?'

Bree bekeek het flesje nagellak. 'Hemelsblauw.'

'Ontzettend cool,' zei Jenna.

'Dank je,' zei Bree. 'Moet je horen – dit is echt boeiend. "Aan de andere kant van het magische spectrum stond de Rowanwand-clan. Ze deden altijd goed, ze waren altijd vreedzaam en kwamen bekend te staan als de bewaarders van veel magische kennis. Zij schreven het eerste Boek der Schaduwen. Ze verzamelden formules en onderzochten de magische eigenschappen van de wereld om hen heen."'

'Cool, zeg,' zei Robbie. 'Wat is er met hen gebeurd?'

Bree scande de pagina. 'Eh, even kijken...'

'Ze gingen dood,' klonk Cals krachtige stem uit Brees open deur.

We schrokken ons dood – niemand van ons had de bel gehoord en we hadden hem ook niet de trap op horen komen.

Na een momentje van verrassing schonk Bree hem haar schitterendste glimlach. 'Kom erin,' zei ze, en borg haar nagellak en de rest van haar spullen op.

'Hé, Cal,' zei Jenna met een glimlach.

'Hoi,' zei hij, en hij hing zijn jack aan de deurknop.

'Wat bedoel je, ze gingen dood?' vroeg Robbie.

Cal kwam naast me op het bed zitten. Bree draaide zich om en zag ons daar samen zitten. Haar ogen flitsten even op.

'Nou, er waren Zeven Grote Clans,' herhaalde Cal. 'De Woodbanes, die als slecht werden beschouwd, de Rowanwands, die goed werden genoemd en de vijf andere clans ertussenin, met verschillende gradaties van goed en kwaad in zich.'

'Is dat echt waar?' vroeg Jenna. Ze gooide haar kauwgom in de prullenbak.

Cal knikte. 'Voor zover wij weten wel. In feite voerden de Woodbanes en de Rowanwands duizenden jaren lang oorlog tegen elkaar. De andere vijf clans sloten zich in die tijd soms bij de ene clan, soms bij de andere aan.'

'Wie waren de vijf andere clans?' vroeg Robbie.

'Wacht even, dat heb ik daarnet zien staan,' zei Bree, en gleed met haar vinger langs een bladzij.

'De Woodbanes, de Rowanwands, de Vikroths, de Brightendales, de Burnhides, de Wyndenkells en de Leapvaughns,' noemde ik uit het hoofd op. Iedereen keek me verbaasd aan, behalve Cal, die eventjes glimlachte.

'Ik heb dat boek net uit,' zei ik.

Bree knikte langzaam. 'Ja, Morgan heeft gelijk. Hier staat dat de Vikroths de krijgers waren. De Brightendales werkten voornamelijk met planten en waren een soort dokters. De Burnhides waren gespecialiseerd in edelstenen, kristallen en de magie van het metaal. De Wyndenkells waren deskundig in het schrijven van magische formules. De Leapvaughns hadden ondeugende streken en veel humor, soms waren het echte onruststokers.'

'De Vikroths waren verwant aan de Vikingen,' zei Cal, 'en het woord voor kabouter, *leprechaun*, is verwant aan Leapvaughn.'

'Cool,' zei Matt. Jenna ging voor hem op de grond zitten, zodat ze achterover tegen zijn benen kon leunen. Hij speelde verstrooid met haar haar.

'En hoe zijn ze gestorven?' vroeg Robbie.

'Ze hebben elkaar duizenden jaren bevochten,' herhaalde Cal. Een lok van zijn haar wierp een schaduw over zijn gezicht. 'Langzamerhand slonken hun aantallen. De Woodbanes en hun bondgenoten moordden hun vijanden gewoon uit, óf in een openlijke oorlog, óf met zwarte magie. De Rowanwands brachten hun vijanden ook schade toe, niet zozeer door zwarte magie, maar door hun kennis op te potten en geheim te houden. Ze lieten de overgeleverde kennis van de andere clans doodbloeden en weigerden hun schat aan kennis met de anderen te delen. Als er bijvoorbeeld leden van de Vikroths ziek waren en de Rowanwands hen met een formule hadden kunnen genezen, dan deden ze dat niet. En dus stierven hun vijanden.'

'Wat een klootzakken,' zei Robbie. Bree giechelde. Een lichte irritatie maakte dat ik mijn voorhoofd fronste.

Cal wierp een spottende blik op Robbie.

'Ga door, Cal,' zei Bree, 'let maar niet op hem.'

Buiten was het al een tijdje donker. Een koude en gestage regen begon tegen de ramen te spetteren. Ik had helemaal geen zin om naar huis te gaan, naar de hamburgers en frietjes van Mary K.

'Ongeveer driehonderd jaar geleden,' vervolgde Cal, 'tot aan de heksenprocessen van Salem in dit land, werden de stammen getroffen door een groot onheil. Niemand weet precies waarom het juist in die tijd gebeurde, maar plotseling werden de heksen over de hele wereld, en de clans hadden zich flink verspreid, op grote schaal gedecimeerd. De historici schatten dat in de loop van honderd jaar negentig tot vijfennegentig procent van alle heksen zijn gedood – hetzij door elkaar, hetzij door de menselijke autoriteiten, die in het conflict betrokken waren geraakt.'

'Wil je zeggen dat de heksenprocessen van Salem georganiseerd waren door andere heksen om hun rivalen uit te roeien?' vroeg Bree ongelovig.

'Ik zeg dat het niet duidelijk is,' zei Cal. 'Het is een mogelijkheid.'

Aan de buitenkant voelde mijn lichaam warm aan en werden mijn zintuigen gestreeld door de aanwezigheid en de stem van Cal. Vanbinnen was ik koud tot op het bot. Ik vond het afschuwelijk om aan te horen hoe heksen stierven en vervolgd werden.

'Daarna,' ging Cal verder, 'braken er over de hele wereld donkere tijden aan voor de heksen. Dat duurde meer dan tweehonderd jaar. De clans verloren hun samenhang; heksen van verschillende clans trouwden onderling met elkaar en kregen kinderen die nergens bij hoorden, of ze trouwden met mensen en konden geen kinderen krijgen.'

Ik herinnerde me gelezen te hebben, dat men meende dat de Zeven Clans, doordat ze zich zolang hadden afgezonderd, anders waren geworden dan gewone mensen en met hen geen nageslacht konden verwekken.

'Wat weet jij veel van die dingen af,' zei Jenna.

'Ik heb er heel lang op gestudeerd,' legde Cal uit.

Bree stak haar hand uit en raakte Cals knie aan. 'Wat gebeurde er daarna? Daar ben ik nog niet aan toe gekomen.'

'De oude gebruiken en rancunes werden vergeten,' zei Cal. 'En de menselijke kennis van de magie ging bijna voor altijd verloren. Maar ongeveer honderd jaar geleden slaagde een kleine groep heksen die alle zeven clans vertegenwoordigden, althans dat wat ervan over was, erin die duisternis te boven te komen en een wedergeboorte van de Wicca-cultuur te starten.' Hij ging verzitten en de hand van Bree viel van zijn knie. Matt zat een vlechtje in Jenna's haar te maken en Robbie lag languit op het tapijt met één hand onder zijn hoofd.

'In het boek staat dat ze inzagen dat het voornamelijk het clangedoe was geweest, dat meehielp die ramp te veroorzaken,' merkte ik op. 'Dus besloten ze gewoon één grote clan te vormen en geen onderscheid meer te maken.'

'Eenheid in verscheidenheid,' viel Cal me bij. 'Ze stelden voor dat er tussen de clans onderling werd getrouwd en dat de relatie tussen heksen en mensen werd verbeterd. Die kleine groep verlichte heksen noemde zichzelf de Hoge Raad en die bestaat nog steeds. Bijna alle covens van nu ontlenen hun bestaan en hun leerstellingen hieraan. Wicca groeit tegenwoordig snel, maar de oude clans bestaan alleen nog in de herinnering. De meeste mensen nemen ze niet meer serieus.'

Ik dacht terug aan de winkelbediende bij 'Practical Magick', die mij vroeg wat mijn clan was, en ik herinnerde me nog iets dat hij had gezegd. 'Wat is een bloedheks?' vroeg ik. 'In tegenstelling tot een gewone heks?'

Cal keek me recht in mijn ogen en ik voelde een enorme golf in me oprijzen. 'Ze zeggen dat iemand een bloedheks is, als deze zijn of haar afkomst duidelijk aantoonbaar kan herleiden tot een van de zeven clans,' legde hij uit. 'Gewone heksen beoefenen Wicca en houden zich aan de regels. Zij ontlenen hun magische energie aan de levenskrachten die overal om hen heen zijn. Een bloedheks is vaak een veel sterkere energiegeleider en bezit veel grotere macht.'

'Wij zijn vast allemaal gewone heksen,' zei Jenna glimlachend. Ze trok haar knieën op en sloeg haar armen eromheen. Ze zag er heel katachtig en vrouwelijk uit.

Robbie knikte. 'En we hebben bijna een heel jaar te gaan,' zei hij. Hij duwde zijn bril verder op zijn neus. Zijn gezicht leek rauw en vuurrood, alsof het pijn deed.

'Behalve ik,' zei Cal. 'Ik ben een bloedheks.'

'Ben jij een bloedheks?' vroeg Bree met grote ogen.

'Ja.' Cal haalde zijn schouders op. 'Mijn moeder is er een en mijn vader ook, dus ben ik het ook. Er zijn er meer van ons dan je zou denken. Mijn moeder kent er heel wat.'

'Wow,' zei Matt, die even ophield met vlechten, terwijl hij Cal aanstaarde. 'Van welke clan stam jij dan af?'

Cal grijnsde. 'Dat weet ik niet. De familiedocumenten zijn verloren gegaan toen de families van mijn ouders naar Amerika emigreerden. Mijn moeders familie komt uit Ierland en mijn vaders familie uit Schotland; ze kunnen dus van heel verschillende clans afstammen. Misschien wel van de Woodbanes,' zei hij lachend.

'Indrukwekkend,' zei Jenna. 'En dat maakt het allemaal veel realistischer.'

'Ik heb niet zoveel kracht als een heleboel andere heksen,' zei Cal nuchter.

In gedachten trok ik de rand van zijn profiel na – glad voorhoofd, rechte neus, gewelfde lippen – en de rest van de kamer verdween uit mijn zicht. Het is zes uur, dacht ik vaag, en meteen daarop hoorde ik de klok beneden gedempt zes uur slaan.

'Ik moet naar huis,' hoorde ik mezelf als van een grote afstand zeggen. Ik stopte mijn kruidenboek onder mijn trui. Toen maakte ik mijn blik los van het gezicht van Cal en liep de kamer uit, met het gevoel alsof ik bij iedere stap tot aan mijn knieën in een spons wegzakte.

Op weg naar beneden pakte ik de trapleuning stevig vast. Buiten sloeg de regen me tegemoet. Ik liep snel en met mijn ogen knipperend naar Das Boot. In de auto was het ijskoud, met die kille vinylzittingen en het koude stuurwiel. Met natte, koude handen draaide ik het startsleuteltje om.

En in mijn hoofd bleven die woorden maar hameren. *Bloedheks. Bloedheks. Bloedheks.*

17. Gevangen

'In 1217 namen heksenjagers een Vikraut-heks gevangen. Maar de volgende morgen was de cel leeg. Vandaar het gezegde: "Het is beter een heks drie keer te doden, dan haar één keer op te sluiten," want een heks is niet te bedwingen.'

– Heksen, Heksenmeesters en Magiërs,
Altus Polydarmus, 1618

Oktober. Ik heb mijn oude dagboek opgeborgen. Dit is mijn eerste aantekening in mijn Boek der Schaduwen. Ik weet niet of ik dit goed doe. Ik heb nooit een ander Boek der Schaduwen gezien. Maar ik wil vastleggen hoe ik in de herfst van dit jaar tot leven ben gekomen. Ik kom tot leven als heks en dat is het gelukkigste en het griezeligste wat ik ooit gedaan heb.

'En dat was toch zo geweldig,' zei ik, terwijl ik het deksel van mijn yoghurtbeker haalde. 'De hele tuin was aangelegd met acht spaken, als het sabbatwiel. Al die geneeskrachtige en culinaire planten. En dat waren allemaal nonnen! Katholieke nonnen nog wel!' Ik nam een hap yoghurt en keek de lunchtafel rond.

We zaten in de schoolkantine en Robbie had de fout gemaakt terloops aan me te vragen hoe het uitstapje met de kerk van afgelopen zondag was geweest. Zijn familie zit ook bij onze kerk. En nu wist ik van geen ophouden.

'Hou die nonnen in de gaten,' zei Robbie, met een slok van zijn milkshake.

'Jemig, het is gewoon overal.' Jenna schudde haar hoofd. Ze veegde haar mond af met een papieren servetje en schudde haar haren naar achteren, over haar schouders. 'Nu ik dit weet, lijkt het alsof overal waar ik kijk sporen van Wicca zijn. Mijn moeder had het erover dat ze naar Red Kill ging om een pompoen voor Halloween te kopen en opeens realiseerde ik me waar die traditie eigenlijk vandaan komt.'

'Hoi,' zei Ethan slaperig, en liet zich in een stoel naast Sharon zakken. 'Waar hebben jullie het over?' Zijn ogen waren rood en zijn lange krulletjes zaten in de knoop boven zijn kraag.

Sharon keek vol walging naar hem en schoof bij hem vandaan, alsof hij haar smetteloze Schotse rok en witte schooloverhemd vies zou maken. 'Ben jij ooit wel eens *niet* stoned?' vroeg ze.

'Ik ben *nu* niet stoned,' zei Ethan. 'Ik ben verkouden.'

Ik keek naar hem en voelde de dofheid in zijn hoofd en zijn verstopte neus.

'Ethan blowt niet meer,' zei Cal zacht. 'Toch, Ethan?'

Ethan keek geïrriteerd en maakte een blikje cranberrysap uit de schoolautomaat open. 'Dat klopt, man. Ik word high van het leven zelf.'

Cal lachte.

'Straks ga je me nog vertellen dat ik zo'n klotevegetariër moet worden of zoiets.'

'Je gaat nog liever dood,' zei Robbie sarcastisch.

Sharon trok een nuffig gezicht en probeerde bij Ethan uit de buurt te komen. De gouden armbanden aan haar pols rinkelden toen ze een stukje kip-teriyaki aan haar eetstokje prikte.

'Pas op, ze heeft luizen,' fluisterde Beth tegen Ethan. Vandaag had ze een diamant in haar neus en ook een diamanten bindi op haar voorhoofd. Ze zag er exotisch uit, met die groene ogen van haar, die katachtig leken te gloeien tegen haar donkere huid.

Sharon trok een gezicht naar haar, toen Ethan begon te lachen en zich in zijn sap verslikte.

Bree en ik wisselden blikken van verstandhouding, waarna Bree haar ogen op Cal vestigde. Ik keerde vastberaden terug naar mijn yoghurt. Daar zaten we, met een hele groep aan een tafel die geschikt was voor acht mensen: ik en Bree; Raven en Beth met hun neusringen, geverfde haren en tatoeages; Jenna en Matt, het volmaakte stel; Ethan en Robbie, slordig en ruw; Sharon Goodfine, de bekakte prinses; en Cal, degene die ons verbond en ons iets gemeenschappelijks gaf. Hij keek de tafel rond en scheen zich gelukkig te voelen hier bij ons. Wij waren de negen bevoorrechten, zijn nieuwe heksenkring. Als wij dat wilden.

Ik wilde.

'Morgan! Wacht even!' riep Jenna, toen ik naar mijn auto liep. Het was vrijdagmiddag. Alweer een week voorbij. Ik wachtte tot ze me had ingehaald en hing mijn rugzak over mijn andere schouder.

'Kom jij morgenavond naar de cirkel?' vroeg Jenna. 'Het

is bij mij thuis. Ik denk erover om sushi's te maken.'

Ik voelde me net een alcoholiste die een lekker sterk drankje aangeboden krijgt. De gedachte om weer naar een cirkel te gaan, de magie door mijn aderen te voelen stromen, de magische intimiteit met Cal; ik kon het wel uitjammeren.

'Ik zou echt heel graag willen,' zei ik aarzelend.

'Waarom zou je het niet doen?' vroeg ze, met een blik in haar ogen alsof ze het niet kon bevatten. 'Je lijkt zo geïnteresseerd te zijn in Wicca. En Cal zegt dat je er een gave voor hebt.'

'Mijn ouders zijn radicaal tegen,' verzuchtte ik. 'Ik wil ontzettend graag, maar ik moet er niet aan denken wat voor scènes ik thuis krijg, als ik dat doe.'

'Zeg dan dat je een feestje hebt,' zei Jenna. 'Of dat je bij mij logeert. We hebben je de vorige week gemist. Het is veel leuker als jij erbij bent.'

Ik grijnsde zuur. 'Je bedoelt zeker dat er niemand onderuitging en naar haar hart greep?'

Ze lachte. 'Nee,' zei ze, 'maar Cal zei dat je gewoon extra gevoelig bent, ja toch?'

Matt kwam erbij en sloeg zijn arm om Jenna's middel. Ze glimlachte naar hem op. Ik vroeg me af of ze ooit ruzie maakten of hun liefde ter discussie stelden.

'Dat ben ik,' zei ik, 'gevoelige Morgan.'

'Nou, probeer gewoon te komen als je kunt,' zei Jenna.

'Oké,' zei ik, 'ik zal het proberen. Bedankt.'

Ik stapte in mijn auto en bedacht hoe lief Jenna was en dat ik dat nooit had geweten, omdat we voorheen altijd bij verschillende groepjes hadden gehoord.

'We hebben gewoon met elkaar afgesproken. Heb je ook

zin?' vroeg Mary K. zaterdagavond. 'Jaycee heeft een of andere suffe film gehuurd en we gaan popcorn eten en lol maken.'

Ik glimlachte. 'Ik kan het aanbod bijna niet weerstaan. Maar ik probeer het toch. Bree en ik willen misschien naar de bioscoop. Komt Bakker ook naar Jaycee?'

Mary K. schudde haar hoofd. 'Nee. Hij is met zijn vader naar een wedstrijd van de Giants in New Jersey.'

'Heb je het leuk met hem?' vroeg ik.

'Mm.' Mary K. borstelde haar haren tot ze glansden en maakte toen een paardenstaart met een lus. Ze zag er beeldig en ontspannen uit, perfect voor een avondje bij een vriendin thuis.

Vlak nadat Mary K. op de fiets in de koude avondlucht was weggereden naar het huis van Jaycee, een kleine kilometer verder op, kwamen mijn vader en moeder helemaal opgedoft de huiskamer binnen.

'Waar doen ze dat stuk?' vroeg ik, terwijl ik mijn kousenvoeten onder me op de bank trok.

'Waar wordt het stuk gespeeld,' verbeterde mijn moeder me.

'Dat ook,' glimlachte ik. Ze trok een quasi-afkeurend gezicht.

'In Burdocksville.' Ze maakte een parelkettinkje om haar hals vast. 'In het dorpshuis. We zijn rond elf uur terug en we hebben tegen Mary K. gezegd dat we haar op de terugweg ophalen. Laat even een briefje achter als jij en Bree van plan zijn uit te gaan.'

'Oké,' zei ik.

'Kom, Mary Grace, we zijn laat,' zei pap.

'Dag schat,' riep mam. Toen waren ze weg en ik bleef alleen achter in het huis. Ik rende naar boven en kleedde me om in een topje met Indiase opdruk en een grijze broek. Ik borstelde flink mijn haar en besloot het los te laten hangen. Ik maakte zelfs de la van de badkamer open om te kijken naar de enorme verzameling oogschaduw, blushers en camouflagestiften van Mary K. Van het merendeel van dat spul had ik geen idee waar het voor was en ik had ook geen tijd om het uit te vinden, dus deed ik alleen een laagje lipgloss op en ging naar de deur.

Jenna woonde in Hudson Estates, een tamelijk nieuwe wijk met eengezinswoningen. Ik graaide mijn sleutels en mijn jack mee en stak mijn voeten in mijn klompen. Cirkel, cirkel, cirkel, dacht ik, en mijn hoofd tolde van opwinding. Toen ik de deur opendeed ging de telefoon.

Opnemen of niet? Ik greep de hoorn toen hij vier keer was overgegaan, want ik dacht dat het misschien Jenna was met een wijziging in de plannen, maar nog voor ik de hoorn bij mijn oor had wist ik opeens dat het mevrouw Fiorello was, mijn moeders collega. 'Hallo?' zei ik ongeduldig.

'Morgan? Met Betty Fiorello.'

'Hallo,' zei ik. Wist ik al, wist ik al, dacht ik.

'Hallo, liefje,' zei ze. 'Luister eens, ik sprak net je moeder op haar mobiele telefoon. Ze zei dat jij misschien thuis was.'

'Hmm?' Mijn hart ging tekeer, mijn bloed raasde. Ik wilde alleen maar Cal zien, de magie weer door me heen voelen gaan.

'Luister, ik moet even bij je langs om wat borden op te halen. Je moeder zei dat ze in de garage liggen. Ik heb twee nieuwe inschrijvingen en morgen doe ik drie open huizen, geloof het of niet, en ik heb geen borden meer.'

Mevrouw Fiorello heeft een ontzettend irritante stem. Ik had zin om te gaan gillen.

'Oké...' zei ik beleefd.

'Is het goed als ik, zeg maar over drie kwartier, even bij je aanwip?' vroeg mevrouw Fiorello.

Ik keek helemaal over mijn toeren op de klok. 'K-kunt u iets eerder komen?' vroeg ik. 'Ik eh, wilde naar de film gaan.'

'O, wat naar nou. Ik zal het proberen. Maar ik moet wachten tot meneer Fiorello terug is met de auto,' zei ze.

Shit, dacht ik. 'Ik kan die borden wel buiten leggen,' stelde ik voor. 'Vóór de garage.'

'O jee,' ging mevrouw Fiorello onverstoorbaar voort mijn leven te vergallen. 'Ik geloof dat ik ze toch zelf even moet uitzoeken, snap je. Ik weet niet welke ik nodig heb, dus moet ik ze even zien.'

Mam had wel ongeveer honderd verkoopborden in de garage liggen. Ik kon ze niet *allemaal* buitenleggen. Er flitste van alles door mijn hoofd, maar ik kon niets bedenken om er onderuit te komen. Verdomme nog aan toe. 'Nou ja, ik hóéf natuurlijk niet naar die film te gaan,' zei ik nogal bot, in de hoop dat ze de hint oppikte.

Nee hoor. 'Het spijt me heel erg, kindje. Was het een afspraakje?' vroeg ze.

'Nee,' zei ik pissig. Als ik nu niet gauw ophing, zou ik tegen haar gaan krijsen. 'Tot over drie kwartier,' zei ik kortaf en hing op. Ik kon wel janken. Even vroeg ik me verbitterd af of mijn moeder mevrouw Fiorello had aangezet om me te controleren. Maar dat was erg onwaarschijnlijk.

Terwijl ik op mevrouw Fiorello wachtte, maakte ik de keuken aan kant en zette de vaatwasser aan. Assepoester, die te laat komt op het bal. Ik stopte een lading kleren van me in de wasmachine. Toen zette ik heel harde muziek op en zong een tijdje luidkeels mee. Ik deed mijn natte kleren in de wasdroger en zette de timer op vijfenveertig minuten.

Eindelijk, meer dan een úúr later, kwam mevrouw Fiorello opdagen. Ik liet haar in de garage, waar ze tussen mijn moeders borden begon te neuzen. Het leek wel eeuwen te duren. Ik zat op de stoep voor de garage te balen, met mijn hoofd in mijn handen. Ze pikte er ongeveer acht tussenuit en bedankte me toen opgewekt.

'Geen punt,' loog ik beleefd en liet haar uit. 'Dag, mevrouw Fiorello.'

'Dag, lieverd,' zei ze.

Tegen de tijd dat ze wegreed was het bijna tien uur. Het had geen zin meer om nog twintig minuten naar Jenna's huis te rijden, want de cirkel zou dan allang begonnen zijn. Ik kon niet halverwege binnen komen vallen.

Ik stortte in op de bank in de huiskamer. Mijn ellende nog versterkt door de vrees dat ik te ver achterop zou raken bij de Wicca-groep om nog mee te kunnen doen. Stel je voor dat Cal het opgaf met mij. Als ze me nu niet meer mee lieten doen met de volgende cirkels, wat dan?

Ik was de wanhoop nabij. Opeens kreeg ik een idee dat al een tijdje door mijn hoofd had gespeeld. Als ik niet in de groep met Wicca bezig kon zijn, dan kon ik nog wel zelf een beetje aan de slag gaan. Dan zou ik Cal en de rest in ieder geval kunnen bewijzen dat ik het echt serieus meende. Ik zou proberen een magische bezwering te doen. Ik had zelfs al een idee dat ik kon uitproberen. Morgen zou ik naar 'Practical Magick' rijden om de ingrediënten te kopen.

18. De gevolgen

'Onthoud dat we heksen als buren kunnen hebben en dat ze hun kunsten in het geheim uitvoeren, zoals wij ons leven leiden als oprechte, godvrezende mensen.'

– *Heksen, Heksenmeesters en Magiërs,*
Altus Polydarmus, 1618

Op zondag gingen we met ons hele gezin naar de kerk en vervolgens naar de Widow's Diner om te brunchen. Zodra ik thuis was belde ik Jenna. Ze was er niet, dus sprak ik een boodschap op het antwoordapparaat in, om uit te leggen wat er gisteravond was gebeurd en om mijn excuses te maken dat ik niet naar de cirkel was gekomen. Toen belde ik Bree, maar die was ook niet thuis. Ik sprak voor haar ook een boodschap in en probeerde me niet voor te stellen dat ze bij Cal op de kamer was. Daarna ging ik urenlang aan de eettafel mijn huiswerk zitten maken. Ik verloor me in ingewikkelde en zuivere wiskundige vergelijkingen; ze waren zo bevredigend in hun heldere oplossingen, dat dat op zich al magisch leek.

Ik stopte om vijf uur die middag, vlak voor sluitingstijd, bij

'Practical Magick'. Ik kocht er alle ingrediënten die ik nodig had, maar wachtte tot laat in de avond, tot mijn ouders en mijn zuster naar bed waren, voordat ik aan mijn ritueel begon.

Ik zette de deur van mijn kamer op een kier, zodat ik het kon horen als mijn moeder of mijn vader of Mary K. plotseling opstonden. Cal had gezegd dat ik gevoelig was – dat ik een gave had voor magie. Ik moest weten of dat zo was. Ik pakte mijn boek *Kruidenrituelen voor Beginners* en bladerde naar 'Zuivering van de Huid'.

Ik liep mijn lijstje na. Was het afnemende maan? Dat was het. Tijdens het lezen had ik geleerd dat bezweringen voor verzamelen, oproepen, toename, welvaart en dergelijke uitgesproken werden als de maan wassend of tegen vol aan was. Rituelen om uit te bannen, voor afname en beperking, enzovoorts, deed je als het afnemende maan was. Eigenlijk wel logisch, als je erover nadacht.

De bezwering die ik had gekozen omvatte kattekruid voor schoonheid, komkommer en engelwortel om de genezing te bevorderen, kamille en rozemarijn voor zuivering.

Er ligt tapijt in mijn kamer, maar ik merkte dat ik evengoed een krijtcirkel kon trekken. Voordat ik de cirkel sloot, legde ik mijn boek en alles wat ik nodig had, erbinnen. Drie kaarsen gaven genoeg licht om bij te lezen. Vervolgens sprenkelde ik een lijntje met zout rond mijn cirkel en zei: 'Met dit zout zuiver ik mijn cirkel.'

De rest van de formule bestond uit het vermalen van dingen in een vijzel, het opgieten van kokend water (uit een thermoskan) op de kruiden in een maatbeker en het schrijven van iemands naam op een stukje papier, dat je boven een kaars verbrandt. Exact om middernacht las ik hardop fluisterend de woorden van de bezwering voor:

‘Schoonheid in is schoonheid uit,
Deze drank geneest je huid.
Dit helend water maakt je rein,
Zo zal je schoonheid duurzaam zijn.’

Ik las het snel op, terwijl de klok beneden middernacht sloeg. Bij de allerlaatste slag sprak ik het laatste woord uit – en het volgende moment stonden alle haartjes op mijn armen recht overeind. De drie kaarsen gingen uit en een enorme bliksemflits zette mijn kamer in fel wit licht. Een tel later klonk er een *donderslag*, zo luid, dat hij nagalmde in mijn borstkas.

Ik deed het bijna in mijn broek. Verwilderd staarde ik uit het raam om te zien of het huis in brand stond, toen kwam ik overeind en knipte mijn lamp aan. De elektriciteit deed het nog.

Mijn hart bonkte tegen mijn ribbenkast. Enerzijds leek het zo vergezocht en theatraal dat het exact op het moment dat ik een bezwering deed gebeurde, dat het bijna komisch was. Anderzijds was het alsof God had gezien wat ik deed en een woedende schicht had afgevuurd om me te waarschuwen. Je weet heel goed dat dat waanzin is, zei ik tegen mezelf. Ik haalde een paar keer heel diep adem om mijn hart tot bedaren te brengen.

Snel ruimde ik al mijn bezweringsspullen op. Ik schonk mijn tinctuur in een klein, schoon Tupperware-bakje en stopte het in mijn rugzak. Na een paar minuten lag ik in bed en waren de lichten uit.

Buiten woedde de hevigste herfststorm tot dusver, met veel regen en onweer. Mijn hart bonkte nog steeds.

‘Hier, probeer dit eens,’ zei ik op maandagochtend heel terloops tegen Robbie en duwde hem het bakje in handen.

'Wat is dat?' vroeg hij. 'Saladedressing? Wat moet ik daarmee?'

'Het is gezichtswater. Ik heb het van mijn moeder gekregen,' verklaarde ik. 'Het werkt heel goed.'

Hij keek me aan en ik keek een paar tellen terug, voordat ik mijn blik afwendde en me afvroeg of ik er net zo schuldig uitzag als ik me voelde, omdat ik hem de waarheid niet vertelde. In zekere zin was ik op hem aan het experimenteren.

'Ja, oké,' zei hij, en stopte het gesloten bakje in zijn rugzak.

'Hoe was de cirkel zaterdag?' fluisterde ik tegen Bree in het huiswerklokaal. 'Het spijt me echt dat ik het heb gemist. Ik heb geprobeerd je te bellen om te horen hoe het gegaan was.'

'O, ik heb je boodschap gehoord,' zei ze spijtig. 'Pap en ik waren gisteren de stad in en ik was pas laat terug, sorry. Maar ik heb mijn haar laten knippen.'

Het zag er hetzelfde uit, een centimetertje korter misschien.

'Het staat geweldig. Trouwens, hoe loopt het met Cal?'

Ze trok een beetje met haar klassieke wenkbrauwen. 'Cal is... ongrijpbaar,' zei ze ten slotte. 'Hij speelt de ongenaakbare. Ik heb geprobeerd alleen met hem te zijn, maar dat is onmogelijk.'

Ik knikte en hoopte dat mijn uitdrukking van medeleven het won van mijn gevoelens van opluchting.

'Ja. Ik begin er echt van te balen,' zei ze mistroostig.

Ik dacht erover haar te vertellen dat ik een bezweringsritueel voor Robbie had gedaan en dat ik popelde om te zien wat er gebeurde. Maar ik kon de woorden niet vinden en dat was, samen met mijn gevoelens voor Cal, het tweede geheim dat ik voor mijn hartsvriendin verborgen hield.

Op woensdagochtend zaten Bree en een paar anderen van de kring zoals gewoonlijk op de banken. Toen ik aan kwam lopen wierp Raven me een hatelijke blik toe, maar Cal leek volkomen oprecht toen hij me uitnodigde te gaan zitten.

'Het spijt me echt van zaterdag,' zei ik, eigenlijk voornamelijk tegen Cal. 'Ik stond op het punt om naar Jenna toe te rijden, toen dat mens met wie mijn moeder werkt opbelde en absoluut langs wilde komen om spullen op te halen. Dat duurde eeuwen en ik was zó gefrustreerd...'

'Dat excuus heb ik al gehoord en ik vind het nogal slap,' onderbrak Raven me.

Ik hoopte dat Bree solidair zou zijn en het, als mijn beste vriendin, traditiegetrouw voor me op zou nemen, maar ze bleef zwijgen.

'Maak je er niet druk om, Morgan,' zei Cal bedaard, en haalde daarmee het onbehagen uit de lucht.

Op dat moment verscheen Robbie en we staarden allemaal naar hem. Zijn huid zag er beter uit dan ooit sinds de zevende klas.

Bree keek hem met haar donkere ogen onderzoekend aan en liet tot zich doordringen wat ze zag. 'Robbie,' zei ze, 'wat zie je er fantastisch uit.'

Robbie haalde nonchalant zijn schouders op en liet zijn rugzak op de grond vallen. Ik bekeek hem aandachtig. Hij zat nog steeds onder de uitslag, maar als je een cijfer moest geven voor zijn huid daarvoor, was dat een twee geweest en was het nu een zeven.

Ik zag Cal nadenkend naar hem kijken. Toen keek hij naar mij, alsof hij inschatte in hoeverre ik er iets mee te maken had. Het was alsof hij alles wist. Maar hij kon het niet weten en ik hield mijn mond.

Hou het voor je, droeg ik Robbie zwijgend op. Vertel aan niemand wat ik je gegeven heb. Ik was innerlijk opgetogen en kreeg het warm van ontzag. Had mijn toverdrank echt gewerkt? Wat kon het anders zijn? Robbie liep al jaren bij een dermatoloog, zonder zichtbare verbetering. En nu kwam hij, nadat hij twee dagen mijn tinctuur had gebruikt, aanzetten en zag hij er uitstekend uit. Betekende dit nu dat ik echt een heks was? Nee, dat kon het niet zijn, zei ik bij mezelf. Mijn ouders waren geen bloedheksen. Daar was ik van gevrijwaard. Maar wellicht had ik toch een zekere gave voor magie.

Jenna en Matt kwamen naar ons toe slenteren.

'Hé, jongens,' zei Jenna. De oktoberwind zwiepte haar lichtblonde haren om haar gezicht. Ze huiverde en drukte haar boeken dichter tegen zich aan. 'Hoi, Robbie,' zei ze, en ze keek hem aan alsof ze erachter probeerde te komen wat er toch zo anders was.

'Zeg, heeft iemand van jullie een exemplaar van *The Sound and the Fury*?' vroeg Matt, die zijn handen in de zakken van zijn zwartleren jack stak. 'Ik kan dat van mij nergens vinden en ik moet het lezen voor Engels.'

'Je kunt dat van mij wel lenen,' zei Raven.

'Fijn, dank je,' zei Matt.

Niemand had het meer over het uiterlijk van Robbie, maar hij keek me voortdurend aan. Toen ik hem eindelijk recht aankeek, wendde hij zijn blik af.

Toen het vrijdag was en Robbies gezicht helemaal glad en nieuw was en volkomen puistjesvrij, toen praktisch elke leerling op school in de gaten kreeg dat hij geen pizzahoofd meer had, toen de meisjes in zijn klas zich opeens realiseerden dat hij, hé, helemaal niet lelijk was, besloot hij aan iedereen te vertellen hoe het was gekomen.

Die vrijdagmiddag was ik in de achtertuin bezig bladeren aan te harken, liever gezegd, ik harkte af en toe, maar zag hoofdzakelijk het ene na het andere schitterende esdoornblad. Ik pakte ze een voor een op om ze uitgebreid te bekijken. Ik bewonderde de hartstochtelijke kleurvlekken en vegen op hun fijn dooraderde bladhuid. Sommige waren nog halfgroen en ik stelde me voor hoe verbaasd ze waren dat ze al zo gauw op de grond lagen. Sommige waren bijna volkomen verdroogd en bruin, maar toch met een opstandig rood randje of bloedrode punten, alsof ze op hun weg naar beneden langs de bast waren geschuurd. Anderen hadden vurige herfsttinten, zoals geel, oranje, felrood, en sommige waren nog zo klein, te jong om te sterven en toch te laat geboren om te leven.

Ik drukte mijn handpalm tegen een knisperend blad, zo groot als mijn hand. De kleuren voelden warm op mijn huid en met mijn ogen dicht kreeg ik indrukken van warme zomerdagen, het blije wapperen in de wind, het hardnekkige vastklampen en dan de angstaanjagende en extatische bevrijding van de herfst. Zweven, voltooid, naar de grond. De geur van de aarde, de verbondenheid met de aarde.

Plotseling knipperde ik met mijn ogen en voelde Cal.

'Wat zegt het je?' Zijn stem kwam naar me toe zweven vanaf de trap bij de achterdeur. Ik schrok me lam en viel achterover. Ik keek op en zag Mary K. bij de achterdeur staan. Ze wees Cal, Bree en Robbie de weg naar de achtertuin, waar ik was.

Ik zag ze staan in de invallende middagschemering. Ik keek even rond naar mijn blad, maar het was weg. Ik stond op en veegde mijn handen en mijn zitvlak af.

'Wat is er?' vroeg ik, terwijl ik hen een voor een aankeek.

'Wij moeten met je praten,' zei Bree. Ze keek afstandelijk, gekrenkt zelfs en ze kneep haar volle mond tot een streep samen.

'Ik heb het verteld,' zei Robbie plompverloren. 'Ik heb ze verteld dat jij me een zelfgemaakt drankje in een bakje hebt gegeven en dat het mijn huid heeft genezen. En ik... ik wil weten wat erin zat.'

Ik sperde mijn ogen open van afschuw. Ik kreeg het gevoel dat ik werd veroordeeld. Er zat niets anders op dan de waarheid te vertellen. 'Kattekruid,' zei ik schoorvoetend. 'Kattekruid en kamille en engelwortel, en eh, rozemarijn, en komkommer. Kokend water. Wat andere dingen.'

'Het oog van een salamander en de huid van een pad?' plaagde Cal.

'Was het een bezwering?' vroeg Bree, met rimpels in haar voorhoofd.

Ik knikte, staarde even naar mijn voeten en schopte met mijn klompen door de bladeren. 'Ja, gewoon een bezweringsformule voor beginners. Uit een boek.' Ik keek op naar Robbie. 'Ik heb ervoor gezorgd dat het geen schadelijke effecten kon hebben,' zei ik. 'Ik zou het je nooit gegeven hebben als ik had gedacht dat het je kwaad kon doen. Eigenlijk was ik er tamelijk zeker van dat het helemaal niets zou doen.'

Hij keek terug. Ik realiseerde me dat hij er heel goed uit zou kunnen zien, ondanks zijn dikke brillenglazen en die stomme haarcoupe. Zijn gezicht was schuilgegaan onder die afschuwelijke acne. Zijn huid, die nu bijna volmaakt glad was, vertoonde op sommige plaatsen heel fijne, witte lijntjes, alsof hij nog aan het genezen was. Ik staarde er gefascineerd naar. Klaarblijkelijk had ik dit gedaan.

'Vertel er eens wat over,' nodigde Cal me uit.

De hordeur ging weer open en mijn moeder stak haar hoofd naar buiten. 'Hé, schat. Over een kwartier gaan we eten,' riep ze.

'Oké,' riep ik terug. Ze ging weer naar binnen, ongetwijfeld nieuwsgierig wie die onbekende jongen was.

'Morgan,' zei Bree.

'Ik weet niet hoe ik het moet verklaren,' zei ik langzaam. 'Ik heb jullie verteld over het klooster met die kruidentuin in het noorden. Die tuin... ik had het gevoel dat hij tot me sprak.' Ik kreeg een kleur bij die gezwollen taal. 'Ik had het gevoel... dat ik de kruiden beter wilde bestuderen, er meer van wilde weten.'

'Wat, precies?' vroeg Bree.

'Ik heb heel veel zitten lezen over de medicinale en magische eigenschappen van kruiden. Cal zei dat ik... een energiegeleider was. Ik wilde gewoon zien wat er zou gebeuren.'

'En ik was je proefkonijn,' zei Robbie toonloos.

Ik keek hem aan. Deze Robbie herkende ik bijna niet. 'Ik voelde me echt zo rot dat ik twee cirkels achtereen heb moeten missen. Ik wilde in mijn eentje aan de slag gaan en ik besloot een simpele bezwering te proberen,' zei ik. 'Ik bedoel maar, ik wilde niks wereldschokkends doen. Niet iets groots of iets engs. Het moest klein en positief zijn, iets waarvan ik de resultaten redelijk snel zou kunnen evalueren.'

'Een soort wetenschappelijk project,' zei Robbie.

'Ik wist dat het je geen kwaad zou doen,' hield ik vol. 'Het waren maar gewone kruiden en water.'

'En een bezwering,' zei Cal.

Ik knikte.

'Wanneer heb je het gedaan?' vroeg Bree.

'Zondag, om middernacht,' zei ik. 'Ik baalde zo ontzettend dat ik zaterdagavond tijdens de cirkel thuis moest zitten.'

'Gebeurde er nog iets toen je de bezwering deed?' vroeg Cal, die me belangstellend aankeek. Ik kon de woede van Bree voelen.

Ik haalde mijn schouders op. 'Het onweerde.' Ik wilde liever niet vertellen dat de kaarsen uitgingen, of dat er zo'n oorverdovend harde donderslag had geklonken.

'O, dus nu beheers je ook het weer?' zei Bree. Haar stem klonk gekwetst.

Ik huiverde. 'Dat heb ik niet gezegd.'

'Het is duidelijk gewoon een vreemde toevalligheid,' zei Bree. 'Je kunt Robbies gezicht helemaal niet genezen hebben. Cal, zeg het haar in godsnaam. Niemand van ons kan zoiets. Jíj zou zoiets ook niet kunnen.'

'Ja, dat kan ik wel,' sprak Cal haar kalm tegen. 'Een heleboel mensen zouden het kunnen als ze voldoende geoefend zijn. Zelfs als ze geen bloedheksen zijn.'

'Maar Morgan heeft geen énkele oefening,' zei Bree. Haar stem klonk heel gespannen. 'Of wel?' vroeg ze aan mij.

'Nee, natuurlijk niet,' zei ik zacht.

'We hebben hier met een ongewoon begaafde amateur te doen,' zei Cal nadenkend. 'Ik ben eigenlijk wel blij dat het gebeurd is, want we moeten over dit soort dingen praten.' Hij legde zijn hand op mijn schouder. 'Het is niet toegestaan een bezweringsritueel voor iemand te houden, zonder zijn of haar medeweten,' zei hij. 'Dat is niet goed en het is niet veilig. En het is ook niet eerlijk.'

Hij keek voor zijn doen heel ernstig en ik knikte beschaamd.

'Het spijt me echt, Robbie,' zei ik. 'Ik weet niet eens hoe ik het ongedaan kan maken. Het was stom.'

'Jezus, ik wil niet dat je het ongedaan maakt,' zei Robbie geschrokken. 'Ik had het alleen graag van tevoren willen weten. Ik werd er nogal nerveus van.'

'Morgan, ik vind dat je eerst meer moet studeren voordat je aan bezweringen begint,' vervolgde Cal. 'Het is beter als je het grote geheel ziet, in plaats van alleen de kleine details. Alles houdt verband met elkaar, weet je, alles is met elkaar verbonden, en alles wat je doet heeft invloed op al het andere, dus je moet goed weten wat je doet.'

Ik knikte opnieuw en voelde me heel akelig. Ik was zo onder de indruk van het feit dat mijn bezwering had gewerkt, dat ik absoluut niet doorgedacht had over alle vérstrekkende gevolgen.

'Ik ben geen hogepriester,' zei Cal, 'maar ik kan je leren wat ik weet, daarna kun je verdergaan om van iemand anders nog meer te leren. Als je dat wilt.'

'Ja, dat wil ik graag,' zei ik meteen. Ik zag het gezicht van Bree en wenste dat ik de snelheid en gedecideerdheid van mijn woorden kon terugnemen.

'Samhain, Halloween, is over acht dagen,' zei Cal. Hij haalde zijn hand van mijn schouder. 'Probeer van nu af aan naar de cirkel te komen. Denk er in ieder geval over na.'

'Heftig, Rowlands.' Robbie schudde zijn hoofd. 'Je bent de Tiger Woods van Wicca.'

Ik moest wel grijnzen. Brees gezicht stond strak.

Mijn moeder tikte tegen het raam om te zeggen dat het eten klaar was. Ik knikte en wuifde.

'Het spijt me, Robbie,' zei ik opnieuw. 'Ik zal zoiets nooit meer doen.'

'Vraag het me gewoon van tevoren,' zei Robbie, zonder boosheid.

We liepen de tuin door en ik ging mijn drie vrienden voor door het huis, om ze via de voordeur uit te laten. 'Tot kijk,' riep ik, toen Cal me nog eens aankeek.

Over acht dagen was het Halloween.

19. Een droom

'Heksen kunnen vliegen op hun magische bezems, die niet alleen gemaakt zijn om te vegen.'

– *Heksen en Demonen*, Jean-Luc Bellefleur, 1817

De tekenen zijn er. Ze moet een bloedheks zijn. Haar huid splijt en er lekt wit licht doorheen. Het is mooi en angstaanjagend in zijn macht. Ik zweer op dit Boek der Schaduwen dat ik haar heb gevonden. Ik had gelijk. Wees gezegend.

Die avond kwam tante Eileen onverwacht eten. Daarna hielp ze me in de keuken met afruimen.

Zomaar uit het niets, ik stond boven de afvalbak de restjes van de borden te schrapen, hoorde ik mezelf eruit flappen: 'Hoe wist je dat je lesbisch was?'

Ze keek net zo verbaasd als ik me voelde. 'Neem me niet kwalijk,' voegde ik er gauw aan toe. 'Vergeet maar dat ik het gevraagd heb. Het gaat me niet aan.'

'Nee, het is goed,' zei ze nadenkend. 'Je mag het best vragen.' Ze dacht even na over het antwoord. 'Ik heb me, toen ik groter werd, altijd een beetje ánders gevoeld, denk ik. Niet dat ik me een jongen voelde, hoor. Ik wist dat ik een meisje was, en dat vond ik best. Maar het werd me niet duidelijk waar jongens goed voor waren.' Ze trok haar neus op en ik moest lachen.

'Maar dat ik lesbisch was had ik pas in de gaten toen in de tweede van de middelbare school zat,' vervolgde ze, 'toen ik verliefd op iemand werd.'

Ik keek op. 'Op een meisje?'

'Ja. Dat meisje voelde natuurlijk niet voor mij wat ik voor haar voelde – ik heb het haar nooit verteld en deed er ook niets mee. Ik schaamde me te veel. Ik dacht dat ik een freak was. Ik dacht dat er iets helemaal mis met me was en dat ik professionele hulp moest hebben; medicijnen zelfs.'

'Wat erg,' zei ik.

'Op de universiteit heb ik het pas leren accepteren en kwam ik er eindelijk voor uit, tegenover mezelf en andere mensen, dat ik lesbisch was. Ik liep bij een therapeut en die heeft me geholpen in te zien dat er echt helemaal niets mis met me was. Ik zat gewoon zo in elkaar.'

Tante Eileen trok een zuur gezicht. 'Het was niet makkelijk. Mijn ouders – je opa en oma – schrokken heel erg en ze waren er ondersteboven van. Ze konden er gewoon niet mee omgaan. Ze waren zo teleurgesteld in me. Weet je, het is heel erg als je eigen ouders volkomen van streek raken en zich schamen voor hoe je bent en hoe je geboren bent.'

Ik zei het niet, maar ik voelde wel iets van herkenning bij wat ze zei.

'In ieder geval maakten ze het me erg moeilijk. Niet om gemeen te zijn of omdat ze niet van me hielden, maar omdat ze niet wisten hoe ze anders moesten reageren. Het gaat nu een stuk beter, maar ze hebben nog steeds niet geaccepteerd dat ik ben zoals ik ben. Ze willen er absoluut niet over praten dat ik lesbisch ben, en ook niet over de mensen met wie ik omga. Ze verdringen het.' Ze haalde haar schouders op. 'Daar kan ik niets aan doen. Ik merk wel dat naarmate ik dat en mezelf accepteer, ik steeds minder wrijving en stress in de rest van mijn leven heb en minder ongelukkig ben.'

Ik keek haar vol bewondering aan. 'Je hebt een zware tijd gehad, tantetje,' zei ik. Ze lachte, sloeg haar arm om mijn schouder en kneep erin.

'Goddank heb ik jouw vader en moeder en jou en Mary K.,' zei ze gevoelvol. 'Ik weet niet wat ik zonder jullie zou moeten.'

De rest van de avond zat ik in mijn kamer op de grond na te denken. Ik was dan niet lesbisch, maar ik begreep hoe mijn tante zich had gevoeld. Ik begon me ook anders te voelen dan mijn familie, anders dan mijn vrienden zelfs, omdat ik me aangetrokken voelde tot iets dat zij niet accepteerden.

Ik besefte enerzijds, dat ik relaxter, natuurlijker, krachtiger en zelfverzekerder zou zijn dan ooit als ik mezelf toestond een heks te worden. Anderzijds wist ik ook, dat ik dan degenen van wie ik het meeste hield, verdriet zou doen.

Die nacht had ik een akelige droom.

Het was nacht. De lucht was gestreept met brede stroken maanlicht dat de wolken kleurde in auberginеachtige tinten, duifgrijs en indigo. De lucht was koud en ik voelde de kille wind op mijn gezicht en blote armen, terwijl ik over Widow's Vale vloog. Het was prachtig hierboven, kalm, vredig, de wind ruiste in mijn oren en mijn lange haren wapperden achter me aan. Mijn jurk zwiepte om mijn benen en voegde zich naar de omtrek van mijn lichaam.

Geleidelijk werd ik me bewust van een stem die me riep, een angstige stem. Ik draaide rond boven het stadje, steeds lager en lager, zoals een havik, die cirkelt en duikt en op en neer deint op de sterke stromingen in de lucht. In de bossen ten noorden van het stadje was de stem luider. Ik daalde nog meer, tot mijn huid praktisch langs de boomtoppen scheerden. Bij een open plek midden in het bos liet ik me zakken en landde bevallig op één voet.

Het was de stem van Bree. Ik volgde die het bos in, tot ik bij een drassig gedeelte kwam, een plek waar een onderaardse bron langzaam naar boven welde. Deze had niet genoeg kracht om een beekje te vormen, maar hij droogde ook niet op. Hij voorzag de grond van net genoeg vocht, om muggen, zwammen en zachte, groene schimmels te laten ontstaan, die door de maan smaragdkleurig oplichtten.

Bree zat met haar enkel vast in een grillige wortel in het moeras. Ze werd langzaam, centimeter voor centimeter, naar beneden gezogen. Tegen de tijd dat de zon opkwam zou ze verdronken zijn.

Ik stak haar mijn hand toe. Mijn arm zag er sterk en glad uit, met afgetekende spieren en een huid die zilverkleurig glansde door de maan. Ik greep haar uitgestrekte hand vast, die glibberig was van naar rotting stinkende modder, en ik hoorde hoe het moeras zuigende geluiden om haar enkel maakte.

Bree hapte naar adem van pijn, toen de wortel zich om haar enkel sloot. 'Het gaat niet!' schreeuwde ze. 'Het doet pijn!'

Ik maakte wuivende gebaren met mijn vrije hand en mijn voorhoofd was gerimpeld van concentratie. Ik voelde de pijn in mijn borst die een teken was van magische activiteit. Ik begon zwaar te ademen en mijn zweet voelde koud aan in de nachtlucht. Bree huilde en vroeg me haar los te laten.

Ik wuifde met mijn hand naar het moeras en met mijn wil dwong ik de wortel Bree los te laten, zijn windsels te openen en te ontspannen. Al die tijd trok ik aan één stuk door aan Brees hand en verloste haar, alsof ik een vroedvrouw was die haar hielp uit het moeras geboren te worden.

Toen gaf ze een kreet, haar gezicht straalde en sierlijk stegen we moeiteloos op in de lucht. Haar jurk en haar benen waren overdekt met donker slijm en via het contact van onze handen voelde ik hoe haar enkel pijnlijk klopte. Maar ze was vrij. Ik vloog met haar naar de rand van het bos en zette haar neer. Ik steeg weer op en liet haar huilend van opluchting achter. Ze keek me na terwijl ik hoger en hoger steeg, tot ik nog maar een stipje was en de ochtend aanbrak.

Daarna was ik in een donkere, ruwe ruimte, een soort schuur. Ik was een baby. Baby Morgan. Een vrouw zat op een baal stro en hield me in haar armen. Het was mam niet, maar ze wiegde me en zei de hele tijd 'mijn kindje, mijn kindje'. Ik keek haar aan met mijn ronde baby-oogjes en ik hield van haar en voelde hoeveel ze van mij hield.

Rillend en uitgeput werd ik wakker. Het leek alsof ik aan het vechten was tegen een griep, alsof ik kon gaan liggen en wel honderd jaar slapen.

'Voel je je al wat beter?' vroeg Mary K. die middag. Ik was opgestaan, had me tegen twaalf uur aangekleed en hing wat in de huiskamer rond. Ik had de was gedaan en het kringloopafval buitengezet.

Ik dacht aan Cal en Bree en iedereen die vanavond naar de cirkel ging en ik verlangde er hevig naar om ook te gaan. Cal verwachtte waarschijnlijk dat ik zou komen na wat er gisteren was gebeurd. Eigenlijk *moest* ik wel gaan.

'Jawel,' antwoordde ik. Ik pakte de telefoon om Bree te bellen. 'Ik heb gewoon niet goed geslapen en ben met hoofdpijn opgestaan.'

Mary K. maakte chocolademelk voor zichzelf en zette hem in de magnetron. 'O ja? Alles kits dus?'

'Ja hoor. Hoezo?'

Ze leunde tegen het aanrechtblad en nam kleine slokjes van haar hete chocolademelk. 'Ik heb het gevoel dat er de laatste tijd iets aan de hand is,' zei ze.

Ik legde de nog niet ingetoetste telefoon tussen mijn schouder en kin. 'Zoals?'

'Nou, ik krijg bijvoorbeeld opeens het gevoel dat je van alles doet zonder dat ik het weet,' zei Mary K.. 'Niet dat ik alles van je hoef te weten, hoor,' voegde ze er haastig aan toe. 'Jij bent ouder en je hebt altijd al andere dingen gedaan. Ik bedoel alleen –' ze stopte en wreef over haar voorhoofd. 'Je bent toch niet aan de drugs, hè?' liet ze zich ontvallen.

Plotseling zag ik hoe het er vanuit haar perspectief van een veertienjarige uitzag. Ze was dan wel een bijdehante veertienjarige, maar toch. Ik was haar grote zus, ze pikte mijn spanning op en maakte zich ongerust.

'Ach jeetje, Mary K.,' zei ik, en gaf haar een kus. 'Nee, ik ben niet aan de drugs. En ik doe niet aan seks en ik ben ook geen winkeldief of zoiets. Echt niet.'

Ze trok zich terug. 'Wat waren dat voor boeken waar mama zo van over haar toeren raakte?' zei ze recht voor zijn raap.

‘Ik heb je over Wicca verteld, die oubollige lui die bomen omhelzen,’ zei ik.

‘Waarom was ze dan zo van streek?’ hield Mary K. vol.

Ik haalde diep adem, draaide me om en keek haar aan. ‘Wicca is de religie van de heksen,’ legde ik uit.

Ze sperde haar mooie bruine ogen, die zoveel op die van mam leken, open. ‘Echt?’

‘Het is gewoon zoiets als, zeg maar, leven in het ritme van de natuur. Je afstemmen op de dingen die al om je heen bestaan. De kracht van de natuur. Levenskracht.’

‘Morgan, is hekserij dan geen satanaanbidding?’ vroeg Mary K., vol afschuw.

‘Echt niet, écht niet,’ zei ik dringend, en ik keek haar recht in de ogen. ‘Bij Wicca is geen sprake van Satan. En het is volstrekt verboden om zwarte magie te bedrijven of te proberen iemand kwaad te berokkenen. Alles wat je uitzendt komt drievoudig bij je terug, dus iedereen probeert altijd het goede te doen.’

Mary K. keek nog steeds bezorgd, maar ze luisterde aandachtig.

‘Hoor eens, bij Wicca probeer je in feite juist een goed mens te zijn en in harmonie met de natuur en met andere mensen te leven,’ zei ik.

‘En naakt rond te dansen,’ zei ze, en kneep haar ogen tot spleetjes.

Ik rolde met mijn ogen. ‘Dat doet niet iedereen en als je het echt graag wilt weten: ik laat me nog liever door wilde beesten verscheuren. Het gaat er bij Wicca alleen om dat je meedoet aan de dingen waar je je prettig bij voelt. Er worden geen dieren geofferd, er wordt geen duivel aanbeden en er wordt niet naakt gedanst als je dat niet wilt. Er worden geen drugs gebruikt en er worden geen spelden in voodoopoppetjes gestoken.’

'Maar waarom sloeg mam dan zo op tilt?' sprak ze tegen.

Ik dacht even na. 'Ik denk dat dat voor een deel komt doordat ze er gewoon niet zoveel vanaf weet. En voor een deel ook omdat we katholiek zijn en ze niet wil dat ik van religie verander. Verder zou ik het ook niet weten. Ze reageerde wel veel heftiger dan ik had kunnen denken. Ik drukte kennelijk precies op de verkeerde knopjes.'

'Arme mam,' mompelde Mary K.

Ik fronste mijn voorhoofd. 'Hoor eens, ik probeer respect te hebben voor haar gevoelens, maar hoe meer ik over Wicca te weten kom, hoe meer ik besef dat het niet slecht is. Het is niet iets om bang voor te zijn. Mam zal me gewoon moeten geloven.'

'Wat een ellende,' zei Mary K. 'Wat moet ik doen als ze het aan mij vragen?'

'Wat jij vindt dat je zeggen moet,' zei ik. 'Ik vraag je heus niet te liegen.'

'Shit,' zei ze. Ze schudde haar hoofd, spoelde haar mok om en zette hem in de gootsteen. 'Weet je dat we bij tante Margaret gaan eten? Ze belde vanochtend voordat je wakker werd.'

'O, nee, ik denk dat ik niet kan.' Ik dacht aan de cirkel van die avond. Ik kon er niet nog een missen.

'Hoi, moppie. Hoe voel je je nu?' vroeg mijn moeder, die de keuken binnenkwam met een mand vol was op haar heup.

'Veel beter. Luister eens, mam, ik kan niet naar dat etentje bij tante Margaret, vanavond,' zei ik. 'Ik heb Bree beloofd dat ik naar haar toe zou gaan.' Het liegen ging me gemakkelijk af.

'O,' zei mam. 'Kun je Bree niet bellen om af te zeggen? Ik weet dat tante Margaret je heel graag wil zien.'

‘Ik haar ook,’ zei ik. ‘Maar ik had Bree al gezegd dat ik haar zou helpen met wiskunde.’ Bij twijfel, sleep de school erbij.

‘O. Nou ja.’ Ze leek het moeilijk te vinden om toch door te zetten. ‘Dat zal dan wel goed zijn. Je bent per slot van rekening zestien. Je kunt ook niet op alle familiedingen komen, denk ik.’

Nu voelde ik me echt klote.

‘Ik heb het Bree gewoon beloofd,’ zei ik slapjes. ‘Ze had een vijf voor haar vorige repetitie en ze baalde als een stekker.’ Ik was me er zeer van bewust dat Mary K. dit gesprek aanhoorde. Was ze er maar niet bij geweest.

‘Goed dan,’ zei mam opnieuw. ‘De volgende keer dan maar.’

‘Oké,’ zei ik. Met de ogen van Mary K. in mijn rug liep ik de kamer uit en liet me boven op bed vallen, waar ik met mijn kussen heen en weer begon te wiegen.

20.
Gebroken

'Mannen zijn krijgers van nature, maar een vrouw op oorlogspad is waarlijk bloeddorstig.'
– Oud Schots gezegde

Bree en ik zaten in het behaaglijke interieur van haar auto. Rondom ons was het donker. Het huis van Matt, waar de kring gehouden zou worden, lag ongeveer vijftien kilometer buiten het stadje. Toen Bree me oppikte, voelde ik meteen dat ze heel wat op het hart had. Ik ook. Na mijn droom van vannacht was ik eigenlijk opgelucht dat ze gezond en wel was en afgezien van haar zwijgzaamheid, gewoon zichzelf.

Ik dacht terug aan de honderden uren die we samen in een auto hadden doorgebracht, eerst met onze ouders of met Brees oudere broer Ty als hij ons reed, en het afgelopen jaar achter het stuur van onze eigen auto's. Onze beste gesprekken voerden we in de auto, als we alleen met ons tweeën waren. Vanavond voelde het anders.

'Waarom heb je me niet verteld dat je een bezwering over Robbie had uitgesproken?' vroeg Bree.

'Ik heb een bezwering over het drankje uitgesproken,

niet over Robbie,' verduidelijkte ik. 'En ik heb het aan niemand verteld. Dat vond ik zinloos, want ik ging ervan uit dat het niet zou werken en ik wilde mezelf niet in verlegenheid brengen.'

'Geloof je echt dat het heeft gewerkt?' vroeg ze. Haar donkere ogen waren op de weg voor haar gericht en de hoge koplampen van Breezy sneden door de nacht.

'Ik... ik denk het wel,' zei ik. 'Ik bedoel, vooral doordat ik niet kan bedenken wat het anders geweest zou kunnen zijn. Maandag had hij nog een vreselijke huid en nu ziet hij er geweldig uit. Ik weet niet wat ik anders moet denken.'

'Denk je dat je een bloedheks bent?' vroeg ze. Ik begon het gevoel te krijgen dat ik aan een verhoor werd onderworpen.

Ik lachte om de spanning op te heffen. 'Alsjeblieft, zeg. Ja hoor, dat moet het zijn. Ik ben een bloedheks. Heb jij Sean en Mary Grace pas nog gezien? Ze hebben een pentagram gekocht voor boven de schoorsteen in de zitkamer.'

Bree zweeg. Woeste golven van spanning en boosheid kwamen van haar af, maar ik kon de bron ervan niet achterhalen.

'Wat is er, Bree?' zei ik. 'Waar denk je aan?'

'Ik weet niet wat ik ervan moet denken,' zei ze. Ik merkte op dat haar knokkels wit waren op het met leer beklede stuurwiel. Tot mijn verbazing zette ze de auto stil in de brede berm van Wheeler Road. Ze zette de motor af, draaide zich om in haar stoel en keek me aan.

'Die twee gezichten van jou vind ik zo ongelooflijk.'

Ik staarde haar aan.

'Je zegt dat je Cal niet mag. Dat je het prima vindt als ik achter Cal aanga. Maar jullie zitten altijd met elkaar te praten en elkaar aan te staren alsof er niemand anders in de buurt is.'

Ik deed mijn mond open om iets terug te zeggen, maar ze ging door.

'Zo kijkt hij mij nooit aan,' voegde ze er zachtjes aan toe, en het was duidelijk aan haar gezicht te zien dat ze verdrietig was. 'Ik snap je gewoon niet,' vervolgde ze. 'Je wilt niet naar de cirkels komen, maar je doet wel bezweringen achter ieders rug om! Denk je soms dat je beter bent dan wij? Denk je echt dat je zo bijzonder bent?'

De schok verlamde mijn tong. 'Ik kom vanávond toch naar de cirkel?' zei ik. 'En je weet heel goed waarom ik een paar weken niet ben geweest – je weet hoe mijn ouders over hun toeren zijn geraakt. Die bezwering was maar een experiment, gewoon een spel. Ik had geen benul hoe het zou aflopen.'

'Je hebt geëxperimenteerd door iets met Robbie te doen?'

'Ja, dat heb ik gedaan! En dat was verkeerd!' schreeuwde ik letterlijk. 'Maar daardoor ziet hij er wel honderd keer beter uit dan daarvoor. Is dat soms een misdaad? Waarom is dat niet iets gunstigs?'

We zaten daar in stilte en de woede straalde van Bree af.

'Luister,' zei ik na een poosje. 'Ook al is het goed voor hem afgelopen, ik weet ook wel dat ik geen bezwering op Robbie had mogen toepassen. Cal zegt dat zoiets niet is toegestaan en ik begrijp ook waarom. Het was een stomme vergissing.' Ik ging door. 'Ik was in de war en ik was overstuur en ik heb gewoon... ik wilde het gewoon... wéten.'

'Wat weten?' zei ze fel.

'Of ik... zo bijzonder ben. Of ik die bijzondere gave heb.'

Ze keek zwijgend uit het raam.

‘Ik bedoel maar, ik zie de aura’s van mensen. Jezus, Bree, ik heb Robbies huid genezen! Vind je dat niet grandioos dan?’

Ze schudde haar hoofd en klemde haar tanden op elkaar. ‘Je bent knettergek,’ bromde ze.

Zo kende ik Bree niet. ‘Wat is er toch, Bree?’ vroeg ik, en deed mijn best om niet in tranen uit te barsten van boosheid. ‘Waarom ben je zo kwaad op me?’

Ze haalde met een ruk haar schouders op. ‘Ik heb het gevoel dat je niet eerlijk tegen me bent,’ zei ze, en keek weer uit het raam. ‘Het is alsof ik je niet meer ken.’

Ik wist niet wat ik moest zeggen. ‘Bree, ik heb je al eerder gezegd dat ik vind dat jij en Cal een mooi stel zouden zijn. Ik flirt niet met hem. Ik bel hem nooit. Ik ga nooit naast hem zitten.’

‘Dat hoef je niet te doen, dat doet hij wel bij jou,’ zei ze. ‘Maar waarom?’

‘Omdat hij wil dat ik een heks word.’

‘En waarom is dat?’ vroeg Bree. ‘Het zal hem worst wezen of Robbie of ik heksen worden. Waarom geeft hij jou raadseltjes op, draagt hij jou een zwembad in en zegt hij dat je er een gave voor hebt? Waarom doe je bezweringen? Je bent niet eens officieel ingewijd, laat staan een heks.’

‘Ik weet het niet,’ antwoordde ik, een en al frustratie. ‘Het is alsof er iets... in me wakker wordt. Iets waarvan ik niet wist dat het er was. En ik wil begrijpen wat het is... wat ik ben.’

Bree hield een hele tijd haar mond. In het donker drongen kleine geluidjes tot me door: het flauwe getik van mijn horloge, Brees ademhaling, het klikken van het metaal van Breezy, die afkoelde. Er kwam een zwarte schaduw op me afrollen, in de richting van de auto. Intuïtief zette ik me schrap.

'Ik wil niet dat je vanavond gaat,' zei Bree.

Ik voelde hoe mijn keel dichtgeklemd werd.

Bree plukte een pluisje van haar zijdeachtige blauwe broek en bekeek haar vingernagels. 'Ik dacht dat ik dit samen met jou wilde doen,' zei ze. 'Maar ik heb me vergist. Eigenlijk wil ik dat Wicca iets is dat ík doe. Ik ben degene die naar elke cirkel is gegaan. Ik ben degene die 'Practical Magick' heb gevonden. Ik wil dat Wicca iets van mij en Cal is. Met jou erbij raakt hij afgeleid. Vooral nu jij de indruk hebt gewekt dat je bezweringen kunt doen. Ik weet niet hoe je het hebt gedaan, maar Cal kan nergens anders over praten.'

'Ik kan het niet geloven,' fluisterde ik. 'Jezus, Bree! Kies je voor Cal boven míj? Boven onze vriendschap?' Hete tranen welden op in mijn ogen. Kwaad veegde ik ze weg; ik weigerde te huilen in haar bijzijn.

Bree leek minder van streek te zijn dan ik. 'Jij zou hetzelfde doen als je van Cal hield,' deelde ze me mee.

'Gelul!' schreeuwde ik, toen ze de auto opnieuw startte. 'Dat is gelul! Dat zou ik niet!'

Bree keerde midden op Wheeler Road.

'Je zult nog wel merken hoe stom het is wat je nu doet, weet je dat,' zei ik verbitterd. 'Als het op jongens aankomt heb je het concentratievermogen van een múg. Cal is gewoon één in een hele lange rij. Als je hem zat bent en hem gedumpt hebt zul je me missen. En dan zal ik er niet zijn.'

Bij dat idee leek Bree even stil te staan. Toen knikte ze beslist. 'Je komt er wel overheen,' zei ze. 'Als Cal en ik eenmaal een relatie hebben en het stof is opgetrokken, ziet alles er heel anders uit.'

Ik staarde haar aan. 'Je misleidt jezelf,' zei ik verhit. 'Waar gaan we heen?'

'Ik breng je naar huis.'

'Krijg de kolere,' zei ik, en gooide mijn portier open. Bree schrok, ging op de rem staan en ik schoot naar voren, waarbij ik bijna met mijn hoofd tegen het dashboard knalde. Ik maakte snel mijn veiligheidsriem los en sprong uit de auto. 'Bedankt voor de lift, Bree.' Ik sloeg het portier met een zo hard mogelijke klap dicht. Bree reed met een loeiende motor verder, maakte twintig meter verder een scherpe bocht en scheurde toen plankgas weer langs me heen, op weg naar het huis van Matt. Ik stond alleen langs de kant van de weg, trillend van woede en verdriet.

In de elf jaar dat Bree en ik hartsvriendinnen waren, hadden we onze ups en downs gekend. In groep drie had zij drie chocoladekoekjes in haar lunchdoosje en ik twee Fig Newtons. Ze wilde haar chocoladekoekjes niet ruilen voor mijn Fig Newtons, dus had ik ze gewoon weggegrist en in mijn mond gepropt. Ik weet niet wie het afschuwelijker vond, ik of zij. Het was een akelige week waarin we niet met elkaar spraken, maar ik maakte het uiteindelijk goed met zes vellen zelfgemaakt briefpapier, waarop ik met kleurpotloden haar monogram – *B* – had getekend.

In groep acht weigerde ik haar te laten spieken tijdens een wiskundeproefwerk. We praatten twee dagen niet met elkaar. Ze spiekte bij Robbie en daarmee was de kous af.

Vorig jaar, in klas tien, hadden we onze ergste ruzie ooit. Het ging erom of fotografie gold als een volwaardige kunstvorm, of dat elke idioot met een camera af en toe een verbijsterend mooi plaatje kon schieten. Ik zal niet zeggen wie welke mening was toegedaan, in ieder geval ontaardde het in een hooglopende, knallende ruzie bij mij in de achtertuin, tot mijn moeder naar buiten kwam en tegen ons schreeuwde dat we op moesten houden.

Toen hebben we twee en een halve week niet tegen elkaar

gepraat, tot we uiteindelijk ieder een document ondertekenden waarin we overeenkwamen dat we het op dit punt niet met elkaar eens waren. Ik heb mijn exemplaar nog steeds.

Het was koud. Ik ritste mijn jack tot aan mijn kin dicht en zette mijn capuchon op. Ik begon naar Matts huis te lopen, maar realiseerde me toen dat het te ver was. De tranen begonnen over mijn gezicht te stromen en ik kon ze niet stoppen. Waarom deed Bree me dit aan? Teleurgesteld draaide ik me om en begon aan de lange wandeling naar huis.

De scherpomrande maan was zo dichtbij, dat ik de kraters kon zien. Ik luisterde naar de avondgeluiden van insecten, dieren en vogels. Ik stemde mijn ogen en oren nog beter af en kon de insecten in de bomen drie meter verder op in het donker horen. Ik zag vogelnestjes hoog in de takken en zachte, ronde kopjes van slapende vogels zichtbaar aan de rand. Ik werd me bewust van de snelkloppende hartjes van de babyvogels en hun ritme viel samen met het veel langzamere, zwaardere kloppen van mijn eigen hart.

Ik zette het volume van mijn zintuigen wat lager. Ik kneep mijn ogen dicht, maar de tranen bleven komen. Ik kon niet inzien hoe Bree en ik hier ooit overheen zouden komen en daar moest ik om huilen. Ik huilde ook, omdat het betekende dat het echt aan zou zijn tussen haar en Cal; daar zou ze wel voor zorgen. En nog het ergst huilde ik, mijn maag deed er pijn van, omdat ik meende dat dit inhield dat ik alle deuren in mijn innerlijk, die kortgeleden opengegaan waren, moest sluiten.

21. Een dun lijntje

'Telkens wanneer je liefde voor iets voelt, of het nu een steen, een boom, een minnaar of een kind is, word je aangeraakt door de magie van de Godin.'

– Sabina Valkenvleugel, in een koffieshop in San Francisco, 1980

De volgende ochtend vroeg ging de telefoon. Het was Robbie.

'Wat is er aan de hand?' vroeg hij. 'Bree zei gisteravond dat je niet meer naar de cirkel komt.'

Dat Bree ervan uitging dat ik zo gemakkelijk zou zwichten, maakte me furieus. Ik slikte het weg en zei: 'Dat is niet zo. Dat is wat zij wil. Niet wat ik wil. Volgende week zaterdag is Samhain en dan ben ik erbij.'

Robbie zweeg een paar tellen. 'Wat is er aan de hand met jullie? Jullie zijn hartsvriendinnen.'

'Dat wil je niet weten,' zei ik kortaf.

'Inderdaad,' zei hij. 'Ik denk ook dat ik dat niet wil weten. We komen trouwens bij elkaar in de maïsvelden, ten noorden van de stad aan de andere kant van de weg waar Mabon was. We hebben daar om halftwaalf afgesproken en als we besluiten ingewijd te willen worden als leerlingen in een nieuwe heksenkring, dan gebeurt dat om middernacht.'

'Wow, oké. En jij... ben jij van plan het te doen?'

'Eigenlijk horen we daar niet over te praten of het al te beslissen,' legde Robbie uit. 'Cal zei dat we er op een heel persoonlijke manier over moesten nadenken. O ja, en iedereen moet iets meebrengen. Ik heb jou opgegeven voor bloemen en appels.'

'Dank je wel, Robbie,' zei ik hartgrondig. 'Moeten we nog iets speciaals aantrekken?'

'Zwart of oranje,' zei hij. 'Tot morgen dan maar.'

'Oké, bedankt.'

In de kerk was alles als vanouds. Vader Hotchkiss zei in zijn preek dat je maar het beste een verdedigingslinie zonder openingen kon hebben, zodat het kwaad geen gaatjes zou vinden om toegang te krijgen tot je ziel.

Ik boog me voor mijn moeder langs naar Mary K. toe. 'Knoop het in je oren,' fluisterde ik, 'geen gaatjes voor het kwaad.'

Ze verborg haar grijns achter haar programma.

Ik was hypergevoelig tijdens de dienst, ondanks Vader Hotchkiss. Ik vroeg me af of ik helemaal nooit meer naar de kerk kon gaan als ik me zou richten op Wicca. Ik vond dat het dat niet betekende. Ik wist dat ik de kerk zou missen als ik niet meer kwam en ook dat mijn ouders me zouden vermoorden. Later, als ik zou moeten kiezen tussen het ene en het andere, dan kon ik dat doen. Ik dacht aan wat Paula Steen had gezegd, dat het vooral van belang was wat je er zelf inlegde.

Ik luisterde naar de gezangen en naar het enorme Europese orgel, dat bespeeld werd door mevrouw Lavender. Zo was het al geweest toen mam nog klein was. Ik hield van de kaarsen en de wierook en de plechtige processie van de priesters in gouden gewaden en de witgeklede jongens en meisjes van het koor. Ik had zelf een paar jaar in het koor gezeten en Mary K. ook. Het was allemaal zo behaaglijk en vertrouwd.

Na de kerk en de brunch in de Widow's Diner ging ik naar de supermarkt met het boodschappenlijstje van die week. Onderweg wipte ik even bij 'Practical Magick' in Red Kill binnen. Ik was niet van plan om iets te kopen en ik zag niemand die ik kende. Ik ging naar de boekenafdeling en bleef er een tijdje staan lezen over Samhain. Ik besloot aanstaande zaterdag een zwarte kaars mee te nemen, aangezien zwart de kleur is die helpt negativiteit af te weren. Ik kwam heel vals in de verleiding om voor Bree een kamervol zwarte kaarsen te kopen.

Ik was nog altijd witheet op haar. Ongelooflijk gewoon, dat ze het arrogante lef had te denken dat ze me uit de cirkel kon schoppen. Maar het maakte wel keihard duidelijk hoe de verhoudingen lagen. Zij had altijd het voortouw genomen en ik was te volgzaam geweest. Dat zag ik in en het maakte me ook kwaad op mezelf.

Ik had absoluut geen zin om naar school te gaan, morgen.

'Kan ik je helpen?' Een wat oudere vrouw, met een prettige uitstraling en een stuk kleiner dan ik, glimlachte naar me, terwijl ik bij de kaarsen stond te kijken.

Ik besloot met de deur in huis te vallen. 'Eh, ja, ik heb een zwarte kaars nodig voor Samhain,' zei ik.

'Jazeker.' Ze reikte naar de zwarte kaarsen. 'Je hebt geluk dat we er nog een paar hebben. Er zijn er deze week al heel wat van verkocht.' Ze hield twee verschillende zwarte kaarsen omhoog: eentje was een dikke, ongeveer dertig centimeter lange altaarkaars, de andere een lange dunne, van iets meer dan vijfendertig centimeter.

'Deze zijn allebei geschikt,' zei ze. 'Die grote brandt langer, maar de dunne is erg sierlijk.'

De grote kaars was veel duurder.

'Ik, eh, denk dat ik die... grote kaars neem,' zei ik. Ik bedoelde eigenlijk te zeggen 'de smalle kaars', maar zo kwam het mijn mond niet uit. De vrouw knikte alsof ze het wist.

'Ik denk dat die altaarkaars met jou mee naar huis wil,' zei ze, alsof het heel normaal was dat kaarsen hun eigenaars kozen. 'Nog iets anders van je dienst?'

'Nee, hoor.' Ik volgde haar naar de kassa en vond dat zij helemaal geen griezel was, veel aardiger dan die andere winkelbediende.

'Als ik met Samhain bloemen meebreng, aan wat voor soort bloemen moet ik dan denken?' vroeg ik een beetje verlegen.

Ze sloeg ze mijn aankoop aan. 'De bloemen die willen dat je ze koopt,' zei ze met een opgeruimde glimlach. Toen keek ze me recht en onderzoekend aan.

'Ben jij –' begon ze. 'Jij moet dat meisje zijn waar David me over verteld heeft,' zei ze nadenkend.

'Wie is David?'

'De andere winkelbediende,' zei ze. 'Hij zegt dat hier een jonge heks komt, die doet alsof ze geen heks is. Dat ben jij, hè? Je bent een vriendin van Cal.'

Ik was stomverbaasd. 'Eh...'

Ze glimlachte breed. 'Jaja, je bent het, absoluut. Wat leuk dat ik je ontmoet. Mijn naam is Alyce. Als je ooit iets nodig hebt, laat het me weten. Je zult het een tijdlang heel erg moeilijk krijgen.'

‘Hoe weet u dat?’ flapte ik eruit.

Met een verbaasd gezicht deed ze mijn kaars in een zak. ‘Dat weet ik gewoon,’ zei ze. ‘Net zoals jíj de dingen weet. Je begrijpt wel wat ik bedoel.’

Ik zei helemaal niets. Ik pakte mijn tas en vloog als het ware de winkel uit, gefascineerd en totaal van mijn stuk gebracht.

Op maandagochtend liep ik uitdagend naar de banken waar de Wicca-groep bij elkaar kwam. Ik ging zitten en gooide mijn rugzak voor mijn voeten. Afgezien van de verbaasde blik dat ze me zag, negeerde Bree me.

‘We hebben je zaterdagavond gemist,’ zei Jenna.

‘Bree zei dat je niet meer kwam,’ voegde Ethan eraan toe.

Kijk eens aan, het was openlijk gezegd. Ik voelde de ogen van Cal op me gericht.

‘Nee hoor. Ik kom wel. Ik wil een heks worden,’ zei ik duidelijk. ‘Ik denk dat ik niet anders kan.’

Jenna giechelde nerveus. Cal glimlachte en ik glimlachte terug, me zeer bewust van het feit dat Bree haar kaken op elkaar klemde.

‘Dat is cool,’ zei Ethan. ‘Hier, schuif eens op,’ zei hij tegen Sharon. Hij gaf haar een duwtje met zijn knie.

Met een opgelegde verzuchting maakte Sharon plaats. Ethan grijnsde. Toen ik naar ze keek, merkte ik plotseling een bepaalde verstandhouding tussen hen op. Verbijsterend gewoon. Sharon en Ethan? Hadden die twee wat met elkaar?

‘Ó-oo! Een vreemdeling,’ bromde Matt voor de grap. Raven trok een grimas. Tamara kwam aanlopen.

‘Hoi,’ zei ik, oprecht blij haar te zien.

‘Hoi,’ zei Tamara, die de groep rondkeek. ‘Hé, Morgan,

heb jij het afgelopen weekend je huiswerk gemaakt? Ik ben blijven steken bij nummer drie.'

Ik dacht na. 'Ja, ik heb het helemaal gedaan. Wil je het overnemen?'

'Graag,' zei ze.

'Doen we. Tot straks allemaal.' Ik pakte mijn rugzak en volgde Tamara naar de schoolbieb. In de daaropvolgende tien minuten werkten we aan de opgave, Tamara en ik, en dat was zo heerlijk. Het was bijna normaal.

'Ik ben blij dat je naar Samhain komt,' zei Cal.

Ik keek om en zag dat hij achter me aanliep toen we de wiskundeles verlieten. Mijn kastje was naast het lunchlokaal en ik moest andere boeken pakken voor het scheikundelab van komende woensdag.

Ik knikte en draaide aan de code van mijn kastje om het openen. 'Ik heb me ingelezen. Ik kijk er erg naar uit.'

'Je denkt dat je ingewijd wilt worden als leerling,' zei hij. 'Dan moet je erover nadenken of je deel wilt uitmaken van deze nieuwe coven.' Er kwamen kleine rimpeltjes bij zijn ogen toen hij glimlachte. Hij leunde tegen het kastje naast het mijne. 'Ik weet dat het ingewikkeld voor je is, in verband met thuis.'

Ik droeg mezelf op diep in zijn ogen te kijken. Er was daar was een onderstroom, die sterk aan me trok.

'Ja, ik wil een leerling worden,' zei ik. 'Ook al ben jij geen hogepriester. En ik wil ook bij je nieuwe coven komen. Ik heb er ontzettend over lopen piekeren. Mijn ouders zijn als de dood voor Wicca. Zij willen niet dat ik het doe, maar ik kan hen die beslissing niet langer voor me laten nemen. Ik voel me met de dag zekerder wat dat betreft.'

'Geef jezelf de kans om er goed over na te denken,' adviseerde hij.

'Ik denk nauwelijks aan iets anders,' gaf ik toe.

Hij hield mijn blik vast en knikte. 'Tot straks bij natuurkunde.' Hij zette zich af tegen het kastje en liet me achter met vlinders in mijn buik.

Bree was mijn vriendin niet meer en dat verschafte me de ruimte om die hele simpele vraag te stellen waar ik doodsbenauwd voor was geweest. Kon Cal van mij houden zoals ik van hem hield? Zouden wij een relatie kunnen hebben?

'Snel, snel! Geef hier dat plakband!' zei Mary K. Ze stond boven op een trap in de eetkamer met haar handen te wapperen. Mam kon zo thuiskomen en we waren de kamer aan het versieren voor haar verjaardag.

'Even wachten,' zei ik, terwijl ik de slingers om elkaar wond. 'Hier.'

'Pap haalt toch Thais?' vroeg Mary K., die de slingers op hun plaats plakte.

'Ja. En tante Eileen brengt de ijstaart mee.'

'Jammie.'

Ik deed een stapje achteruit. De eetkamer zag er heel feestelijk uit.

'Wat is dit allemaal?' vroeg mijn moeder vanuit de deuropening.

Mary K. en ik gaven allebei een gil.

'Wat doe jij al thuis?' schreeuwde ik. 'We zijn nog niet klaar!'

Mary K. gebaarde haar de deur uit. 'Weg-weg! Naar boven jij! Ga je omkleden! We hebben nog tien minuten nodig!'

Mijn moeder keek lachend om zich heen. 'Een mooi stel zijn jullie!' Toen liep ze weg om zich om te kleden.

De verjaardag van mam was heel gezellig en alles liep op rolletjes. Ze maakte haar cadeautjes open en slaakte enthousiaste kreten bij de broche in de vorm van een Keltische knoop die ik voor haar had gekocht, de cd van Mary K., de oorbellen van mijn vader en twee boeken van Eileen. Ze was een heel ander mens dan de vrouw die twee weken geleden zo tegen me had staan schreeuwen. Ik glimlachte toen ze haar taart aansneed, maar er lag een gevoel van doem overheen met het oog op wat aanstaande zaterdag te gebeuren stond. Maar vanavond waren we allemaal heel blij.

Die donderdag zat ik tijdens het studie-uur onderuitgezakt in de schoolbibliotheek het hoofdstuk over Samhain in een van mijn boeken te lezen. Tamara kwam bij me staan en klapte het boek om, om de titel te kunnen lezen.

'Doe je dit nog steeds?' vroeg ze zachtjes. Haar gezicht stond vriendelijk belangstellend.

Ik knikte. 'Het is cool,' zei ik. Het klonk nogal slap, helemaal niet zoals het was. 'We hebben iedere week een kring gehouden, hoewel ik er niet veel heb kunnen bezoeken.'

'Waar gaat het eigenlijk over,' vroeg ze. 'Wat probeert Cal te bereiken?'

Ik aarzelde. 'Hij probeert mensen te vinden die belangstelling hebben om een nieuwe heksenkring te vormen,' zei ik.

Tamara zette grote ogen op. '*Heksenkring* klinkt behoorlijk eng.'

'Een beetje wel,' gaf ik toe. 'Maar dat komt gewoon... doordat er zoveel negatieve publiciteit over is.' Ik zei maar wat. 'Het is totaal niet eng. Zijn kring wordt meer een soort... studiegroep.'

Tamara knikte. Ze scheen niet te weten wat ze moest zeggen.

'Heb je zin om morgenavond naar een film te gaan?' vroeg ik plotseling.

Haar gezicht klaarde helemaal op. 'Ja, leuk. Vind je het goed als ik Janice ook vraag?'

'Ja hoor. Laten we kijken wat er in de Meadowlark draait,' stelde ik voor.

'Cool,' zei Tamara. 'Tot kijk. Lees lekker door.'

Ik grijnsde en voelde me licht vanbinnen toen ze aan de andere kant van de zaal ging zitten.

Een tel later, zonder waarschuwing, liet Bree zich in de stoel naast me vallen. Ik verstijfde. 'Relax,' zei ze. 'Ik wil alleen maar tegen je zeggen dat fase één van Bree en Cal voltooid is. Ik heb nog iets meer tijd nodig en dan kun je naar de cirkel komen zo vaak als je wilt.'

Ik staarde haar aan. 'Waar heb je het over?'

'Hij is over de streep,' zei ze blij. 'Ik heb hem. Geef me nog een paar weken om het wat hechter te maken, dan kunnen we dit achter ons laten.'

'Je maakt zeker een geintje.' Ik ging rechtzitten. 'Dit laten wij nooit achter ons. Snap je dat niet? Jij vindt een gozer belangrijker dan onze vriendschap. Ik begrijp eigenlijk niet waarom je nog met me praat.' Ik keek in dat mooie gezicht van haar, dat ooit even vertrouwd was als dat van mijzelf.

'Ik praat met je, om je te zeggen dat je een keer moet ophouden met dat overdreven gedoe.' Ze stak haar gelaarsde voet uit en tikte zachtjes tegen mijn knie. 'We hebben allebei dingen gezegd die we niet menen, maar daar komen we wel overheen. Dat is altijd zo geweest. Ik heb alleen wat meer tijd nodig met Cal.'

Ik schudde mijn hoofd. Ik wilde alleen maar dat ze wegging.

'Je weet wel wat ik bedoel,' zei ze zachtjes en sloeg mijn gezicht gade. 'Cal en ik zijn eindelijk met elkaar naar bed geweest. We hebben dus een relatie. Over een paar weken zijn we een echt stel en dan kun jij weer naar de cirkel komen.'

Ik schrok van de stekende pijn in mijn hart. Ik slikte en veegde over mijn shirt tussen mijn nauwelijks aanwezige borsten. Er flitsten allemaal beelden van Cal en Bree, verstrengeld op zijn bed, met brandende kaarsen eromheen, door mijn brein en sloegen er open wonden. Godallemachtig.

'Wat fijn voor je,' kon ik nog net uitbrengen, blij dat mijn stem niet wankel klonk. 'Maar voor mijn part neuk je iedereen in de cirkel. Je kunt mij niet zeggen wat ik wel en wat ik niet mag doen. Ik kom naar Samhain.' Boos ging ik verder: 'Kijk eens, Bree. Het verschil tussen jou en mij is, dat ik er echt belang in stel een heks te worden. Niet voor de schijn, om een mooie jongen te versieren.'

'Sinds wanneer ben jij een kreng?' vroeg ze.

Ik haalde mijn schouders op. 'Ik ben vermoedelijk te lang met jou omgegaan.'

Ze richtte zich in haar volle lengte op uit haar stoel en vertrok met zoveel vrouwelijke gratie, dat ik me een onbehouwen steenklomp voelde in mijn stoel.

Het klopt wat ze zeggen. Er zit maar een dun lijntje tussen liefde en haat.

22. Wat ik ben

'Hoed u voor het nieuwjaar van de heksen, hun nacht van onzalige riten. Het valt voor Allerheiligen. Op die dag is de grens tussen deze en de andere wereld zeer dun en makkelijk te doorbreken.'

– *Heksen, Heksenmeesters en Magiërs,*
Altus Polydarmus, 1618

Vanavond ga ik naar een cirkel en niets houdt me daarvan tegen. Ik zal aangeven dat ik een leerling wil zijn in de kring van Cal. Vanaf vanavond zal mijn leven veranderen, dat weet ik. Ik voel het in alles wat ik zie en hoor.

'Waar is Bree?' vroeg mam, toen Mary K. en ik onze kostuums aantrokken. Wij gingen naar het Halloweenfeest van school, nu we onszelf eindelijk te oud voelden om langs de deuren te gaan en mensen aan het schrikken te maken. Het was nog geen zeven uur of onze voordeur werd al belegerd door kleine zeerovers, duiveltjes, prinsesjes, bruidjes, monsters en ja hoor, heksen.

'Ja,' zei Mary K., terwijl ze een Frankenstein-litteken op

haar wang tekende. 'Ik heb haar al een week niet gezien.'

'Ze heeft het druk,' zei ik, terwijl ik mijn haar stond te borstelen, 'met een nieuw vriendje.'

Mijn moeder grinnikte. 'Bree is toch zo'n vlinder.'

Zo kun je het ook zien, dacht ik sarcastisch.

Mary K. keek kritisch naar mijn outfit. 'Is dat alles?'

'Ik kan niet beslissen.' Ik ging verkleed als mezelf. Wel helemaal in het zwart, maar toch mezelf.

'Laten we dan in hemelsnaam je gezicht wel schminken,' klakte mam met haar tong.

Ze beschilderden mijn gezicht als een madeliefje. Aangezien ik zwarte jeans en een zwart topje aanhad, zag ik eruit als een madeliefje op een verwelkte steel, maar ach. Mary K. en ik gingen naar school en we dansten bij een ontzettend slechte band uit de buurt, de Ruffians. Iemand had een flinke scheut alcohol in de punch gedaan, maar dat hadden de leraren natuurlijk onmiddellijk ontdekt en het op de parkeerplaats omgekieperd. Er was niemand van de cirkel, maar ik zag Tamara en Janice wel. Ik danste met Mary K., Bakker en een paar jongens uit mijn verschillende wis- en natuurkundeklassen. Het was leuk. Niet om van uit je bol te gaan, maar best geinig.

We waren om kwart over elf thuis. Pa, ma en Mary K. gingen naar bed.

Ik legde een paar kussens in de bekende lengterichting onder mijn dekbed, voordat ik mijn gezicht ging wassen en naar buiten glipte, de kille duisternis in.

Bree en ik waren wel eens vaker het huis uitgeslopen om gekke dingen te doen, zoals donuts halen bij de nachtwinkel. Dat had altijd zo onschuldig stout geleken, een puberale rite die makkelijk door de vingers gezien wordt.

Deze avond scheen de maan fel als een schijnwerper en de oktoberwind drong door tot op het bot. Ik voelde me heel alleen en onzeker. Terwijl ik naar de donkere uitrit sloop, stond onze halloweenlantaarn op de veranda voor het huis te sputteren. Zonder die vrolijke kaarslichtgrijns had hij iets sinisters, iets fels. Heidens, oeroud en veel machtiger dan je van een uitgeholde pompoen zou denken.

Even ademde ik de nachtlucht in en keek om me heen of er mensen op waren. Het kwam in me op om iets te proberen – om mijn zintuigen als een soort netwerk uit te gooien, de wereld in. Zodat ze dan signalen zouden opvangen, net als een tv-antenne of een satellietschotel. Ik sloot een tijdje mijn ogen en luisterde. Ik hoorde – voelde bijna – de droge, verschrompelde bladeren naar de grond zweven. Ik hoorde het drukke gescharrel van de eekhoorns. Ik voelde hoe de wind mist van de rivier aandroeg. Maar mijn zintuigen vernamen geen tekenen van ouders of buren die op waren. Het was volkomen stil in mijn straat. Voorlopig was ik veilig.

Mijn auto weegt wel een ton en het kostte me veel moeite om hem helemaal alleen de uitrit af te duwen, tegelijkertijd te sturen en erin te moeten springen om op de rem te trappen. Ik bad dat er niet een stel halloween-joyriders de hoek om zou komen scheuren en mijn auto zouden rammen. Ik sloot weer even mijn ogen, dacht aan mijn huis en voelde mensen die rustig lagen te slapen, diep ademhaalden, onkundig van mijn vertrek.

Eindelijk stond mijn auto met zijn neus in de goede richting op de straat. Daar was hij gemakkelijker aan te duwen en onder controle te houden. Ik duwde hem helemaal tot aan het huis van de Herndons, met de nieuwe, schuin oplopende stoep voor de rolstoel van meneer Herndon. Ik stapte in, startte de motor en dacht aan de stoelverwarming van Breezy. Das Boot leek wel een levend beest dat snorrend tot leven kwam en vol genot de kilometers onder zijn banden opvrat, de duisternis in.

Ik parkeerde onder de reusachtige wilgeneik tegenover de maïsvelden. Robbies rode Kever stond er ook en de pick-up van Matt. Ik had de auto's van Bree en Raven al aan de overkant van de weg zien staan. Met een zenuwachtig gevoel stapte ik uit Das Boot en liep eromheen naar de kofferbak. Ik keek voortdurend om, alsof ik verwachtte dat Bree achter me stond – erger nog – dat ze me zou bespringen vanuit de donkere, fluwelen schaduwen. Snel pakte ik de bloemen, het fruit en de kaars die ik had meegebracht en ging op weg naar de maïsvelden aan de overkant van de weg.

Zelfs op dit allerlaatste moment voelde ik me nog ietwat onzeker, ondanks het feit dat ik tegen Bree en de anderen had gezegd dat ik een heks wilde worden. Ik wilde me met mijn hele hart in Wicca storten, maar mijn hoofd was nog informatie aan het verzamelen. En mijn hart was breekbaarder dan het had hoeven zijn, gekneusd als het was door de ruzie met Bree, het gepieker over haar en Cal en doordat ik alles voor mijn ouders verborgen moest houden. Ik voelde me werkelijk zo verscheurd, dat ik bij de rand van het maïsveld bijna alles liet vallen om rechtsomkeert te maken en naar Das Boot te rennen.

Toen hoorde ik de muziek. Keltische muziek. Heel ijl dreef het op de wind naar me toe, als een strelend lint van geluid, dat vrede, rust en gastvrijheid leek te beloven. Ik dook het hoge maïs in, dat bestemd was voor het vee en dat men had laten staan om aan de stengel te drogen. Het kwam niet in me op om me af te vragen waar ik heenging of hoe ik moest lopen om de anderen te vinden. Ik liep gewoon door en toen ik door die ritselende gouden zee was gedrongen, zag ik dat er een open plek was, waar de kring op me wachtte.

'Morgan!' zei Jenna blij. Ze stak haar handen naar me uit. Ze straalde en haar toch al knappe gezichtje was mooi in het heldere maanlicht.

'Hoi,' zei ik verlegen. Daar stonden we dan met ons negenen naar elkaar te staren. Ik had het gevoel alsof we bij elkaar kwamen om aan een gezamenlijke reis te beginnen, alsof we de Everest gingen beklimmen. Dat sommigen het niet de hele weg zouden volhouden, maar dat we aan het begin gezamenlijk vertrokken. Opeens kwamen deze mensen me volslagen vreemd voor. Robbie was ver weg, weer een knappe jongen geworden en niet die malle wiskundeknobbel die ik zolang had gekend. Bree was een beeldschoon maar koud afgietsel van de beste vriendin die ik ooit had gehad. Met de anderen was ik nooit close geweest. Waar begon ik aan?

Mijn beenspieren spanden zich aan, klaar om te vluchten, maar toen kwam Cal aanlopen en ik bleef als aan de grond genageld staan.

Ik glimlachte hulpeloos naar Jenna, Robbie en Matt.

'Waar moet ik dit neerleggen?' Ik hield mijn spullen omhoog.

'Op het altaar,' zei Cal, die naar me toekwam. De tijd bleef even stilstaan toen zijn ogen de mijne ontmoetten. 'Ik ben blij dat je er bent.'

In een flits van een seconde herinnerde ik me wat Bree me over hun beiden had verteld en ik staarde hem stompzinnig aan. Toen knikte ik abrupt. 'Waar is het altaar?'

'Deze kant op. En een gelukkig Samhain, allemaal,' zei Cal. Hij wenkte ons hem door het maïsveld te volgen. Toen het maanlicht op zijn glanzende haar viel, straalde het en zag hij er inderdaad uit als de heidense god van het woud, over wie ik had gelezen. Behoor je nu Bree toe? vroeg ik hem zwijgend.

Nadat we het maïsveld achter ons hadden gelaten, lag er een grote, gemaaide weide voor ons, die licht heuvelafwaarts glooide. In de lente zou het hier bezaaid zijn met bloemen. Nu was hij bruin en zacht onder de voeten. Onder aan de wei liep een smal, ijskoud beekje, dat snel en helder als regenwater over gladde grijze en groene keien stroomde. We stapten er gemakkelijk overheen, Cal voorop, die vervolgens de anderen hielp. Zijn hand voelde warm en betrouwbaar aan.

Na mijn aankomst had ik Cal en Bree vanuit mijn ooghoeken gadegeslagen. Er viel niet te ontsnappen aan de wetenschap dat ze met elkaar naar bed waren geweest. Maar toch leek hij helemaal dezelfde, althans vanavond. Enigszins koel en afstandelijk, en zonder speciale aandacht voor Bree. Ze zagen er niet uit als een stel, zoals Jenna en Matt. Bree leek nogal nerveus, maar nog erger, ze leek vriendelijker te doen tegen Raven en Beth.

Na het beekje liep de bodem weer omhoog en werd hij opgeslokt door een rij dikke bomen. Het waren oude bomen, met verweerde basten en enorme, wijd uitlopende wortels en takken, die rondom zo dik waren als een vat. Onder de bomen hing een haast ondoordringbare duisternis; toch kon ik duidelijk zien en had ik er geen moeite mee mijn weg door het kreupelhout te vinden.

Toen we eenmaal tussen de bomen door waren, stonden we op een oude begraafplaats.

Ik zag Robbie met zijn ogen knipperen. Raven en Beth wisselden een geamuseerde glimlach uit en Jenna liet haar hand in die van Matt glijden. Ethan snoof, maar ging dichter bij Sharon staan, die een beetje onzeker leek. Ik wist dat Bree uit haar doen was, gewoon omdat ik bijna elke nuance van haar gezichtsuitdrukking kan ontcijferen.

'Dit is een oude methodistenbegraafplaats,' vertelde Cal ons. Hij legde zijn hand nonchalant op een hoge grafzerk, gehouwen in de vorm van een kruis. 'Begraafplaatsen zijn een goede plek om Samhain te vieren. Vanavond eren wij degenen die ons zijn voorgegaan in de dood en erkennen wij, dat ook wij op een dag tot stof zullen weerkeren om wedergeboren te worden.'

Cal draaide zich om en ging ons voor langs een rij graven, naar iets dat leek op een grote, verhoogde sarcofaag. Een reusachtige, oude steen, overdekt met korstmos en gevlekt door honderden jaren van regen, sneeuw en wind, bedekte een verhoogde granieten kist. Het was onmogelijk om de ingegraveerde letters te onderscheiden, zelfs bij het heldere licht van de maan.

'Dit is ons altaar voor vanavond,' zei Cal, die zich bukte en een plunjezak openmaakte. Hij overhandigde Sharon een laken. 'Wil jij dit uitspreiden, alsjeblieft?'

Sharon pakte het aan en spreidde het heel omzichtig uit over de sarcofaag. Cal gaf Ethan twee grote koperen kandelaars en Ethan zette ze op het altaar.

'Jenna? Robbie? Willen jullie al het fruit en dergelijke arrangeren?' vroeg Cal.

Ze verzamelden de offergaven die we hadden meegebracht en Jenna legde ze kunstig op het altaar neer in de vorm van een hoorn des overvloeds. Er waren appels, kleine pompoenen, een grote oranje pompoen en een schaal met noten, die Bree had meegenomen.

Ik pakte mijn bloemen en die van Jenna en Sharon, en zette ze in vazen aan beide zijden van het altaar. Beth verzamelde wat gedroogde herfstbladeren en legde ze achter het voedsel op het altaar neer. Raven nam de andere kaarsen die waren meegebracht, waaronder mijn dikke zwarte kaars, en zette ze vast op de sarcofaag door de was te laten smelten en ze erop te drukken. Matt stak op zijn beurt alle kaarsen aan. Er stond hier bijna geen wind en ze flakkerden nauwelijks. Toen de kaarsen brandden leek de plek op een of andere manier dreigender. Ik vond het een prettig idee me in het donker te kunnen schuilhouden en nu het kaarslicht op mijn gezicht scheen, voelde ik me overgeleverd en kwetsbaar.

'Nu gaat iedereen in het midden staan,' droeg Cal ons op. 'Jenna? Raven? Willen jullie onze cirkel trekken en hem zuiveren?'

Ik was jaloers dat hij hen uitkoos – waarschijnlijk waren we dat allemaal. Cal keek geduldig toe, klaar om de meisjes te helpen als dat nodig was. Maar ze werkten nauwgezet samen en weldra was de cirkel gesloten en gezuiverd met water, lucht, vuur en aarde.

Nu ik weer een cirkel meemaakte, voelde ik me dolgelukkig en vol verwachting. Het enige wat mijn stemming bedierf was het sombere getob van Bree en Ravens superieure manier van doen. Ik probeerde er niet op te letten en me alleen op de magie te concentreren, mijn magie, en me open te stellen voor waarnemingen vanuit welke bron dan ook die mijn vijf zintuigen te boven ging.

'Onze cirkel is nu gesloten,' zei Jenna, met iets van ontzag in haar stem. Wij gingen allemaal uiteen en bleven net binnen de grens ervan staan. Ik zorgde ervoor dat ik tussen

Matt en Robbie stond, twee positieve krachten, die me niet zouden afleiden of van streek maken.

Cal pakte een kleine fles en ontkurkte hem. Deasil, met de klok mee dus, ging hij de cirkel rond, doopte zijn vinger erin en trok een pentagram, een vijfpuntige ster in een cirkel, op onze voorhoofden.

'Wat doe je?' sprak ik als enige.

Cal glimlachte even. 'Zout water.' Hij trok een pentagram op mijn voorhoofd met een zachte, natte vinger en ik voelde die plek warm worden, alsof hij gloeide van kracht.

Toen hij klaar was nam hij zijn plaats in de kring in. 'Vanavond zijn we hier om een nieuwe heksenkring te vormen,' zei hij. 'We komen bijeen om de Godin en de God te eren en de natuur te vieren, om magie te onderzoeken, te creëren en te aanbidden, en om de magische krachten in en buiten onszelf te leren kennen.'

In het daaropvolgende stiltemoment hoorde ik mezelf zeggen: 'Wees gezegend,' en de anderen zeiden het me na. Cal glimlachte.

'Eenieder die niet tot deze kring wil behoren, verbreek alsjeblieft nu de cirkel,' zei Cal.

Niemand verroerde zich.

'Welkom,' zei Cal. 'Een prettige samenkomst en gezegend allemaal. Zoals we nu verzameld zijn, zo zal het zijn. Wij met ons tienen hebben onze toevlucht gevonden binnen de Cirrus Coven.'

Cirrus? dacht ik. Dat is een leuke naam.

'Jullie worden nu alle negen ingewijd als novicen, leerlingen van deze kring,' verklaarde Cal. 'Ik zal jullie leren wat ik weet, daarna kunnen wij samen op zoek gaan naar nieuwe leraren, die ons verder begeleiden op onze reis.'

De enige keer dat ik het woord *novice* had horen gebruiken was met betrekking tot priesters of nonnen. Ik verschoof mijn voeten en voelde de dichte, zachte grond onder me. Hoog boven mijn hoofd stond de maan, groot en wit. Af en toe hoorde we het geknal van vuurwerk of het geluid van een auto. Maar op deze plek, binnen onze cirkel, hing een diepe, verwachtingsvolle stilte, slechts verbroken door het nachtelijke roepen van dieren, het gefladder van vleermuisvleugels en uilen en zo nu en dan het geklater van het beekje.

Ook in mezelf voelde ik een diepe stilte, alsof mijn angsten en onzekerheden een voor een in slaap werden gesust. Mijn zintuigen waren heel alert en ik voelde me ongelooflijk bezield. De kaarsen, de ademhaling van de mensen om me heen, de geur van de bloemen en vruchten die we hadden meegebracht, alles bij elkaar creëerde een wonderbaarlijk diepe verbondenheid met de Natuur, met de Godin die overal om ons heen is.

In de schaal van de aarde, die in het noorden stond, stak Cal een wierookstokje aan en algauw werden we omringd door de verkwikkende geur van nootmuskaat en kaneel. We pakten elkaar bij de hand. In tegenstelling tot de andere twee keren dat ik had deelgenomen aan een cirkel, observeerde ik niet en was ik ook niet bang voor wat er zou kunnen gebeuren. Ik hield mijn geest open.

De handen van Matt en Robbie waren groter dan die van mij; Matts hand was zacht en slank, de hand van Robbie was zwaarder dan die van Cal destijds. Mijn ogen flitsten naar Robbies gezicht. Het was glad en zonder lijntjes. Dat had ik gedaan. In mijn innerlijk voelde ik de erkenning van en trots op mijn eigen kracht.

Cal zette het gezang in en we begonnen deasil in de kring rond te lopen.

'Vanavond zeggen we de God vaarwel.
Onder de grond rust hij,
Tot de lentezon hem weer tot leven wekt.
Maar tot dan is zijn leven voorbij.

We dansen in het schijnsel van de Bloedmaan,
Dit lied zingen wij voor nummer negen.
Al dansend laten we de liefde van ons hart uitgaan,
Om de rouwende Godin bij te staan.'

Ik telde mee, terwijl we in de kring liepen. We zongen negen keer. Hoe meer ik Wicca bestudeerde, hoe meer ik in de gaten kreeg dat heksen zo ongeveer overal symboliek in verweven: planten, getallen, weekdagen, kleuren, jaargetijden, zelfs in weefsels, voedsel en bloemen. Alles heeft een betekenis. Als leerling was het mijn taak deze symboliek te leren kennen, om zo veel mogelijk te leren over de natuur om me heen en om mijzelf mee te weven in het patroon en de magie ervan.

Onder het zingen dacht ik aan het slot, wanneer we onze armen in de lucht zouden gooien om onze energie los te laten. Ik maakte me alweer zorgen, want ik herinnerde me de pijn en de misselijkheid die ik eerder had gevoeld. Mijn zelfverzekerde façade begon te barsten, waardoor de angst zijn tentakels naar me kon uitslaan. Ik was bang voor mijn eigen macht.

En terwijl we zo rondwervelden en we onze stemmen in het steeds terugkerende lied bij elkaar voegden, realiseerde ik me even plotseling dat mijn angst me pijn zou bezorgen als ik die niet nu meteen losliet. Ik haalde diep adem, voelde het lied uit mijn keel stromen en omringd door de coven probeerde ik de angst en de beperkingen uit te bannen.

De gezichten werden wazig. Ik voelde dat de controle me ontglipte. Ik ban de angst uit! De woorden van het lied liepen in elkaar over, totdat het alleen nog maar een prachtig ritme van klanken was geworden dat rees en daalde en om me heen wervelde. Ik kreeg moeite met ademhalen en mijn gezicht was verhit en vochtig van het zweet. Ik wilde mijn jack en mijn schoenen uitgooien. Ik moest stoppen. Ik moest de angst uitbannen.

Met een laatste uitbarsting van geluid stopte de cirkel en wierpen we onze armen in de lucht. Ik merkte dat er een toevloed van energie om me heen draaide. Ik greep met mijn handen in de lucht en duwde mijn vuist tegen mijn borst om wat energie voor mezelf te nemen. Ik ban de angst uit, dacht ik dromerig. Toen barstte de nacht om me heen open.

Ik danste in de sferen tussen de sterren en ik zag de energiedeeltjes als microscopisch kleine komeetjes langs me schieten. Ik zag het hele universum; alles tegelijk, elk deeltje, elke glimlach, elke vlieg, elke zandkorrel werd me onthuld en alles was van een oneindige schoonheid.

Toen ik inademde, ademde ik de essentie van het leven zelf in en ik ademde wit licht uit. Het was mooi, veel meer dan mooi, maar ik zou niet weten hoe ik het in woorden zou moeten uitdrukken, ook niet voor mezelf. Ik begreep alles; ik begreep mijn plaats in het universum; ik begreep het pad dat ik moest volgen.

Toen glimlachte ik, knipperde met mijn ogen en ademde weer uit en ik was terug op de donkere begraafplaats, met negen vrienden van de middelbare school. De tranen liepen over mijn gezicht.

'Gaat het?' vroeg Robbie bezorgd. Hij kwam naar me toe.

Het leek eerst alsof hij onzin uitkraamde, maar toen drong het tot me door wat hij had gezegd. Ik knikte.

'Het was zo mooi,' was mijn armzalige commentaar. Mijn stem liet het afweten. Na het visioen was ik ondraaglijk klein geworden. Ik stak mijn vinger uit om Robbies wang aan te raken. Hij trok een zachtroze lijntje op de plek waar ik hem aanraakte en Robbie wreef met een beduusd gezicht over zijn wang.

Ik liep naar de vazen met bloemen op het altaar, gehypnotiseerd door hun schoonheid en ook door een enorme treurigheid om de dood van de bloemen. Ik raakte een knop aan en deze opende zich onder mijn hand. Hij bloeide in de dood, zoals het hem in het leven niet vergund was geweest. Ik hoorde Raven naar adem snakken en ik wist dat Bree, Beth en Matt op dat moment van me terugdeinsden.

Toen stond Cal naast me. 'Stop nu met dingen aan te raken,' zei hij zacht en met een glimlach. 'Ga liggen om jezelf te aarden.'

Hij leidde me naar een open plek binnen de cirkel en ik ging op mijn rug liggen. Ik voelde hoe het pulserende leven van de aarde me weer in mijn eigen middelpunt bracht en zachtjes de energie van me overnam, waardoor ik me normaler ging voelen. Ik kon weer gericht waarnemen en zag de kring, de kaarsen, de sterren en de vruchten duidelijk in hun gewone gedaante, niet meer als louter pulserende energiebellen.

'Wat gebeurt er met me?' fluisterde ik. Cal ging met gekruiste benen achter me zitten en tilde mijn hoofd in zijn schoot. Hij streelde mijn haar dat over zijn benen hing. Robbie knielde naast hem. Ethan, Beth en Sharon kwamen om ons heen staan en keken over zijn schouder mee, alsof ik een museumstuk was. Jenna hield Matt om zijn middel vast alsof ze bang was. Raven en Bree bleven op een afstand staan en Bree keek toe met grote, ernstige ogen.

'Je hebt een magische handeling verricht,' zei Cal. Hij staarde me aan met die eindeloze, donkergouden ogen. 'Je bent een bloedheks.'

Ik sperde mijn ogen wijdopen toen zijn gezicht langzaam voor de maan boven me schoof en terwijl hij me diep in mijn ogen keek, raakte hij mijn mond met de zijne aan. Met een schok realiseerde ik me dat hij me kuste. Mijn armen voelden zwaar, toen ik ze optilde om ze om zijn nek te slaan en toen kuste ik hem terug. Wij waren samengekomen en de magie knetterde van ons af.

Op dat moment van puur geluk stelde ik geen vragen bij wat het behelsde een bloedheks te zijn, of wat het voor mijn familie betekende, of wat het voor Bree of Raven, of wie dan ook betekende dat Cal en ik tot elkaar waren gekomen. Het was mijn eerste les in magie, en het zou een zware les worden om het hele beeld te overzien, niet slechts een deel ervan.

De heksenkring

Voor N. en P.,
die zoveel magie in mijn leven hebben gebracht.

Proloog

Ik danste tussen de sterren en ik zag de energiedeeltjes als microscopisch kleine komeetjes langs me heen schieten. Ik zag het hele universum; alles tegelijk, elk deeltje, elke glimlach, elke vlieg, elke zandkorrel werd me onthuld en alles was van een oneindige schoonheid.

Toen ik inademde, ademde ik de essentie van het leven zelf in en ik ademde wit licht uit. Het was mooi, mooier nog dan mooi, maar ik zou niet weten hoe ik het in woorden zou moeten uitdrukken, ook niet voor mezelf. Ik begreep alles; ik begreep mijn plaats in het universum; ik begreep het pad dat ik moest volgen.

Toen glimlachte ik, knipperde met mijn ogen en ademde weer uit en ik was terug op de donkere begraafplaats, met negen vrienden van de middelbare school. De tranen liepen over mijn gezicht.

'Alles in orde?' vroeg Robbie bezorgd. Hij kwam naar me toe.

Het leek eerst alsof hij onzin uitkraamde, maar toen drong het tot me door wat hij had gezegd. Ik knikte.

'Het was zo mooi,' was mijn armzalige commentaar. Mijn stem liet het afweten. Na het visioen was ik ondraaglijk klein geworden. Ik stak mijn vinger uit om Robbies wang aan te raken. Hij trok een zachtroze lijn waar ik hem aanraakte en Robbie wreef met een beduusd gezicht over zijn wang.

Ik liep naar de vazen met bloemen op het altaar, gehypnotiseerd door hun schoonheid en ook door een enorme treurigheid om de dood van de bloemen. Ik raakte een knop aan en deze opende zich onder mijn hand. Hij bloeide in de dood, zoals het hem in het leven niet vergund was geweest. Ik hoorde Raven naar adem snakken en ik wist dat Bree, Beth en Matt op dat moment voor me terugdeinsden.

Toen stond Cal naast me. 'Stop nu met dingen aan te raken,' zei hij zacht en met een glimlach. 'Ga liggen om jezelf te aarden.'

Hij leidde me naar een open plek binnen de cirkel en ik ging op mijn rug liggen. Ik voelde hoe het pulserende leven van de aarde me weer in mijn centrum bracht en zachtjes de energie van me overnam, waardoor ik me normaler ging voelen. Ik kon weer gericht waarnemen en zag de kring, de kaarsen, de sterren en de vruchten duidelijk in hun gewone gedaante, niet meer als pulserende energiebellen.

'Wat gebeurt er met me?' fluisterde ik. Cal ging met gekruiste benen achter me zitten en tilde mijn hoofd in zijn schoot. Hij streelde mijn haar dat over zijn benen hing. Robbie knielde naast hem. Ethan, Beth en Sharon kwamen om ons heen staan en keken over zijn schouder mee, alsof ik een museumstuk was. Jenna hield Matt om zijn middel vast alsof ze bang was. Raven en Bree bleven op een afstand staan en Bree keek toe met grote, ernstige ogen.

'Je hebt een magische handeling verricht,' zei Cal. Hij staarde me aan met die eindeloze, donkergouden ogen. 'Je bent een bloedheks.'

Ik sperde mijn ogen wijdopen toen zijn gezicht langzaam voor de maan boven me schoof en terwijl hij me diep in mijn ogen keek, raakte hij mijn mond met de zijne aan. Met een schok realiseerde ik me dat hij me kuste. Mijn armen voelden zwaar toen ik ze optilde om ze om zijn nek te slaan, en toen kuste ik hem terug. Wij waren samengekomen en de magie knetterde van ons af.

Op dat moment van puur geluk stelde ik geen vragen bij wat het behelsde een bloedheks te zijn, of wat het voor mijn familie betekende, of wat het voor Bree of Raven, of wie dan ook betekende dat Cal en ik tot elkaar waren gekomen. Het was mijn eerste les in magie, en het zou een zware les worden om alles te overzien, niet slechts een deel ervan.

1.
Na Samhain

Dit boek geef ik aan mijn stralendlichte vuurfee, Bradhadair, voor haar veertiende verjaardag. Welkom bij De Nauwe Poort. In liefde, van Mathair.

Dit boek is privé-eigendom. Afblijven.

Imbolc, 1976

Als inwijding van mijn Boek der Schaduwen volgt hier een eenvoudige bezwering. Ik heb hem van Betts Towson gekregen, maar ik gebruik zwarte kaarsen in plaats van blauwe, zoals zij.

Om van een slechte gewoonte af te komen

1. Steek altaarkaarsen aan
2. Steek de zwarte kaars aan. Zeg: 'Dit houdt me tegen. Ik zal dit niet meer doen. Het is geen deel meer van mij.'
3. Steek de witte kaars aan. Zeg: 'Dit is mijn macht, mijn moed en mijn overwinning. De strijd is reeds gewonnen.'
4. Stel je in de geest voor met welke slechte gewoonte je wilt breken. Zie jezelf ervan bevrijd. Nadat je je overwinning een paar minuten lang hebt gevisualiseerd, doe je de zwarte kaars uit en daarna de witte.

5. Herhaal het zo nodig na een week nog eens. Je kunt het het beste doen bij afnemende maan.

6. Ik heb dit afgelopen donderdag gedaan als onderdeel van mijn inwijding. Sindsdien bijt ik geen nagels meer.

— Bradhadair

De dag na Samhain werd ik heel langzaam wakker. Ik probeerde me te verzetten tegen het licht achter mijn ogen, maar tevergeefs. Al gauw was ik klaarwakker.

In mijn kamer was het nog nauwelijks licht. Het was de eerste dag van november en de warmte van de herfst was weggesijpeld. Toen ik me uitrekte, werd ik overspoeld door herinneringen en dusdanig sterke gewaarwordingen, dat ik rechtop in bed ging zitten.

Ik huiverde, toen ik Cal weer over me heen gebogen zag zitten om me te kussen. En mijzelf, hoe ik hem terugkuste, met mijn armen om zijn nek geslagen en zijn haren, die zacht waren onder mijn vingers. De verbinding die tot stand kwam, onze magie, de elektriciteit, de vonken, de manier waarop het universum om ons heen wervelde... Ik ben een bloedheks, dacht ik. Ik ben een bloedheks, en Cal houdt van me en ik houd van Cal. En het is zoals het is.

De vorige avond was ik voor het eerst gekust en had ik mijn eerste liefde gevonden. Ik had ook mijn beste vriendin verraden, een kloof veroorzaakt in mijn nieuwe heksenkring, en ik was tot het besef gekomen dat mijn ouders mijn leven lang tegen me hadden gelogen.

Dat was allemaal gebeurd op Samhain, 31 oktober, het nieuwjaar van de heksen. *Mijn* nieuwjaar, mijn nieuwe leven.

Ik ging weer achterover liggen in de geruststellende knusheid van mijn flanellen lakens en gewatteerde deken. Gisteravond had ik mijn dromen zien uitkomen. En nu wist ik met een koud gevoel in mijn binnenste dat ik de prijs ervoor zou betalen. Ik voelde me veel ouder dan zestien.

Een bloedheks, dacht ik. Cal zegt dat ik dat ben. En hoe kan ik daar na gisteravond, na wat ik heb gedaan, nog aan twijfelen? Het moet wel waar zijn. Ik ben een bloedheks. Er stroomt bloed door mijn aderen dat na duizenden jaren van magiebeoefening is overgeërfd; duizenden jaren, waarin heksen onderling met elkaar trouwden. Ik ben een van *hen*, ik stam af van een van de Zeven Grote Clans: Rowanwand, Wyndenkell, Leapvaughn, Vikroth, Brightendale, Burnhide en Woodbane.

Maar van welke? De Rowanwands, de leraren en behoeders van kennis? De Wyndenkells, de schrijvers van bezweringen? De Vikroths? Dat waren magische krijgers, later verwant aan de Vikingen. Ik glimlachte. Zo krijgshaftig voelde ik me niet.

De Leapvaughns waren ondeugend en haalden grappen uit. De Burnhide-clan richtte zich op het magische werk met edelstenen, kristallen en metalen, en Brightendale was de clan van de genezers, die de magie van planten gebruikten om te genezen. Of... je had ook nog de Woodbanes. Ik rilde. Ik behoorde zeker niet tot de duistere clan, degenen die ten koste van alles macht wilden hebben, degenen die hun medeclans bestreden en verraad pleegden ter wille van macht over het land, macht over de magie en de kennis.

Ik nam ze in overweging. *Als* ik al van de zeven clans afstamde, voelde ik me het meest verwant met de Brightendales, de genezers. Ik had ontdekt dat ik van planten hield, dat ze tot me spraken en dat het gebruik van hun magische krachten me van nature goed afging. Ik voelde me zeer met mezelf ingenomen en glimlachte. Een Brightendale. Een echte bloedheks.

Dat houdt in dat mijn ouders ook bloedheksen moeten zijn, dacht ik. Dat idee verbijsterde me, en ik vroeg me dan ook af waarom wij elke zondag, zolang ik me kon heugen, naar de kerk gingen. Ik bedoel, ik hield wel van mijn kerk. Ik ging graag naar de mis. Die waren mooi en traditioneel en troostrijk. Maar Wicca leek natuurlijker.

Ik ging weer rechtop in bed zitten. Er kwamen steeds twee beelden bij me naar boven: Cal, die zich over me heen boog, zijn gouden ogen die de mijne vasthielden, en Bree, mijn beste vriendin; de schok en de gekwetstheid op haar gezicht, toen ze Cal en mij zag. De beschuldiging, de gekrenktheid, de begeerte. De razernij.

Wat heb ik gedaan? vroeg ik me af.

Ik hoorde mijn ouders beneden in de keuken. Ze zetten koffie en haalden de vaatwasser leeg. Ik liet me achterover vallen en luisterde naar die vertrouwde geluiden. Niet elk ding in mijn leven was afgelopen nacht veranderd.

Iemand ging naar de voordeur om de krant te pakken. Het was zondag vandaag, en dat hield in: naar de kerk, gevolgd door de brunch in de Widow's Diner. Zou ik Cal later op de dag nog zien? Zou ik met hem praten? Hadden we nu een relatie, waren we een stel? Hij had me ten overstaan van iedereen gekust – wat had dat te betekenen? Vond Cal Blaire, de mooie Cal Blaire, mij, Morgan Rowlands, werkelijk aantrekkelijk? Mij, met mijn platte boezem en mijn 'krachtige' neus? Mij, waar de jongens nooit voor een tweede keer naar omkeken?

Ik staarde naar mijn plafond, alsof het antwoord op het gebarsten stucwerk geschreven stond. Ik schrok me wild, toen de deur van mijn kamer opengeknald werd.

'Kun je dit uitleggen?' vroeg mijn moeder. Ze sperde haar bruine ogen wijdopen en haar mond stond strak, met diepe groeven eromheen. Ze hield een stapeltje boeken omhoog, dat met een touwtje bij elkaar gehouden werd. Het waren de boeken die ik bij Bree thuis had achtergelaten, omdat mijn ouders niet wilden dat ik ze had. Mijn boeken over Wicca, de Zeven Grote Clans en de geschiedenis van de hekserij. Op een briefje dat aan de boeken bevestigd was, stond in grote letters: *Morgan – deze heb je bij mij thuis laten liggen. Ik denk dat je ze wel nodig zult hebben.* Ik kwam overeind en besefte dat dit Brees wraak was.

'Ik dacht dat wij iets hadden afgesproken,' zei mijn moeder met stemverheffing. Ze leunde uit mijn slaapkamerdeur en schreeuwde naar beneden: 'Sean!'

Ik zwaaide mijn benen uit bed. De vloer was koud en ik duwde mijn voeten in mijn sloffen.

'Nou?' De stem van mijn moeder werd nog een decibel luider. Mijn vader kwam met een gealarmeerd gezicht binnen.

'Mary Grace?' zei hij. 'Wat is er aan de hand?'

Mam hield de boeken omhoog alsof het een dode rat was. 'Deze lagen op de veranda bij de voordeur!' zei ze. 'Lees het briefje maar!'

Ze keek me weer aan. 'Waar ben jij eigenlijk mee bezig?' wilde ze vol ongeloof weten. 'Toen ik zei dat ik die boeken niet in huis wilde hebben, betekende dat niet dat ik wilde dat je ze ergens anders las! Je weet heel goed wat ik bedoelde, Morgan!'

'Mary Grace,' zei mijn vader sussend, en pakte de boeken uit haar handen. Zwijgend las hij de titels.

Mijn jongere zusje, Mary K., kwam op blote voeten en in haar geruite pyjama de kamer binnen. 'Wat is er aan de hand?' zei ze, terwijl ze haar haren uit haar ogen streek. Niemand gaf antwoord.

Ik probeerde snel te denken. 'Die boeken zijn niet gevaarlijk of onwettig. En ik wilde ze lezen. Ik ben geen kind – ik ben zestien. Trouwens, ik heb je wensen gerespecteerd door ze niet in huis te houden.'

'Morgan,' zei pap ongewoon streng. 'Het gaat er niet alleen om dat je die boeken in huis hebt, dat weet je best. We hebben je uitgelegd dat wij als katholieken vinden dat hekserij verkeerd is. Het is dan misschien niet onwettig, maar het is wel godslasterlijk.'

'Je bent *zestien*,' begon mam, 'geen achttien. Dat houdt in dat je nog *steeds* een kind bent.' Haar gezicht was rood aangelopen, haar haren niet geborsteld. Ik kon zilveren strepen tussen het rood zien. Met een schok drong het tot me door dat ze over vier jaar vijftig werd. Plotseling leek dat oud.

'Je woont onder *ons* dak,' vervolgde mam gespannen. 'We ondersteunen jou. Zodra je achttien bent en het huis uitgaat en een baan krijgt, kun je alle boeken hebben die je wilt en lezen wat je maar wilt. Maar zolang je in dit huis woont, doe je wat wij zeggen.'

Ik begon kwaad te worden. Waarom deden ze zo?

Maar voordat ik iets zei, kwam er een spreuk in mijn hoofd op. *Beteugel mijn woede, kalmeer mijn woorden. Spreek in liefde en doe geen kwaad.*

Waar komt dat nou vandaan? vroeg ik me vaag af. Maar wat de oorsprong er ook van mocht zijn, het voelde goed. Ik zei het drie keer bij mezelf en voelde mijn emoties snel terugzakken.

'Ik begrijp het,' zei ik. Ik voelde me opeens machtig en zelfverzekerd. Ik keek mijn ouders en mijn zuster aan. 'Maar mam, zo gemakkelijk is dat niet,' legde ik zachtmoedig uit. 'En jullie weten wel waarom; ik weet dat jullie het weten. Ik ben een heks. Ik ben een geboren heks. En als ik een geboren heks ben, dan zijn jullie het ook.'

2. Anders

14 december 1976

Gisteravond een cirkel bij de currachdag op de westelijke rotsen. Alles bij elkaar vijftien van ons, waaronder ikzelf, Angus, Mannannan, de rest van 'De Nauwe Poort' en twee leerlingen, Tara en Cliff. Het was koud en er viel motregen. We deden een genezingsritueel rond de grote turfhoop, voor de oude mevrouw Paxham in het dorp, die ziek is. Ik voelde de cumhachd, de kracht, in mijn vingers en in mijn armen. Ik was gelukkig en ik heb urenlang gedanst.

— Bradhadair

Het leek alsof mijn moeder een beroerte kreeg. Mijn vaders mond viel open en Mary K. staarde me met haar grote bruine ogen aan.

Mam bewoog haar mond alsof ze probeerde te praten, maar geen woorden kon vormen. Haar gezicht was bleek geworden en ik wilde tegen haar zeggen dat ze moest gaan zitten en kalm blijven. Maar ik hield mijn mond. We stonden op een keerpunt en ik kon niet terug.

'Wat zei je daar?' Haar stem was een rauw gefluister.

'Ik zei dat ik een heks ben,' herhaalde ik kalm, maar vanbinnen was ik op van de zenuwen. 'Ik ben een bloedheks, een heks door overerving. En als ik dat ben, dan moeten jullie dat allebei ook zijn.'

'Waar *gaat* dit over?' zei Mary K. 'Er bestaat niet zoiets als een overgeërfde heks! God, straks ga je ons nog wijsmaken dat er vampiers en weerwolven bestaan.' Ze keek me vol ongeloof aan, zo jong en onschuldig in haar geruite pyjama. Opeens voelde ik me schuldig, alsof ik het kwaad in huis had gehaald. Maar dat was toch niet zo? Het enige dat ik in huis meebracht was mezelf, een deel van mijzelf.

Ik stak mijn hand op, maar liet hem ook weer vallen, ik wist niet wat ik zeggen moest.

'Het is ongelooflijk, wat jij doet,' zei Mary K. 'Waar ben je mee bezig?' Ze maakte een gebaar naar onze ouders.

Mam lette er niet op en zei zwakjes: 'Je bent geen heks.'

Ik snoof verachtelijk. 'Mam, toe nou. Dat is alsof je zegt dat ik geen meisje ben, of geen menselijk wezen. Natuurlijk ben ik een heks en dat weet je best. Je hebt het altijd geweten.'

'Morgan, hou op!' smeekte Mary K. 'Hier ga ik van freaken, hoor. Wil jij heksenboeken lezen? Ga je gang. Lees je heksenboeken, steek kaarsen op, weet ik veel. Maar hou op met te zeggen dat je écht een heks bent. Dat is lulkoek!'

Mam keek even geschrokken naar Mary K.

'Het spijt me,' bromde Mary K.

'Het spijt mij, Mary K.,' zei ik. 'Dit heb ik niet gewild. Maar het is wel waar.' Opeens bedacht ik iets. 'Dan moet jij er ook één zijn,' zei ik. Wat fascinerend. Opgewonden keek ik naar haar op. 'Mary K., dan moet jij ook een heks zijn!'

'Zij is geen heks!' gilde mijn moeder en ik hield mijn mond, verstijfd door de toon in haar stem. Ze leek door het dolle te zijn, de aderen in haar nek puilden uit en haar

gezicht was rood. 'Laat haar erbuiten!'

'Maar...,' begon ik.

'Mary K. is geen heks, Morgan,' zei mijn vader scherp.

Ik schudde mijn hoofd. 'Maar dat moet ze wel zijn,' zei ik. 'Ik bedoel maar, het is *genetisch* bepaald. En als *ik* er een ben, en *jullie* ook, dan...'

'Niemand is een heks,' zei mijn moeder kortaf. Ze keek me niet aan. 'Zeker Mary Kathleen niet.'

Ze ontkenden alles. Maar waarom?

'Mam, het is oké. Echt waar. Volkomen oké, zelfs. Het is heel mooi om een heks te zijn.' Ik dacht terug aan de gevoelens die ik gisteravond had. 'Het is alsof je...'

'Hou je nou een keer óp!' barstte mijn moeder uit. 'Waarom doe je dit? Kun je niet gewoon naar ons luisteren?' Het klonk alsof ze op het punt stond in tranen uit te barsten en ik begon weer kwaad te worden.

'Ik kan niet luisteren, omdat jullie ongelijk hebben!' zei ik luidkeels. 'Waarom ontkennen jullie alles?'

'*Wij zijn geen heksen!*' krijste mam, en mijn ruiten rinkelden bijna letterlijk.

Woest keek ze me aan. Mijn vader stond met open mond te kijken en Mary K. leek heel verdrietig. Voor het eerst voelde ik een glimp van angst.

'O,' beet ik hen toe. '*Ik* ben dus wel een heks, en jullie zeker *niet*?' snoof ik, furieus om die halsstarrigheid en dat gelieg van ze. 'Hoe zit het dan?' Ik sloeg mijn armen over elkaar en keek hen aan. 'Ben ik soms geadopteerd?'

Stilte. Langzaam tikten de seconden op de klok weg. De takjes van de iep krasten zachtjes over mijn raamkozijnen. Mijn hartslag leek te vertragen. Mam greep op de tast naar mijn bureaustoel en liet zich erin vallen. Mijn vader wiebelde van de ene voet op de andere en keek over mijn linkerschouder heen in het luchtledige. Mary K. staarde ons allemaal aan.

'Wat?' Ik probeerde te glimlachen. 'Wat? Wat zeggen jullie? Dat ik *geadopteerd* ben?'

'Natuurlijk ben je niet geadopteerd!' zei Mary K. Ze keek naar mam en pap voor bevestiging.

Stilte.

Binnen in me stortte een muur om, en ik zag wat erachter lag: een wereld, waarvan ik nooit had kunnen dromen, een wereld waarin ik geadopteerd was, niet biologisch verwant aan mijn familie. Mijn keel ging dicht, mijn maag kneep samen en ik was bang dat ik ging overgeven. Maar ik moest het weten.

Ik drong me langs Mary K. de gang in, denderde met twee treden tegelijk de trap af en scheurde de hoek om. Achter me hoorde ik de voetstappen van mijn ouders op de trap. In de werkkamer rukte ik de dossierkast van mijn vader open, waarin hij mappen bewaart met dingen als verzekeringspapieren, de paspoorten, hun trouwboekje en... de geboortebewijzen.

Hijgend zocht ik tussen de mappen met de autoverzekering, het aircosysteem van het huis, de nieuwe verwarmingsketel. Mijn map heette *Morgan.* Ik haalde hem eruit op het moment dat mijn ouders binnenkwamen.

'Morgan! Hou daarmee op!' zei pap.

Ik negeerde hem en bladerde snel door mijn vaccinatiebewijzen, schoolrapporten, mijn sofi-nummer.

Daar was het. Mijn geboorteakte. Ik pakte hem en las hem snel door. *Geboortedatum, 23 november.* Correct. *Gewicht, acht pond, tien ons.*

Mijn moeder reikte om me heen en griste het geboortebewijs uit mijn hand. Als in een slapstick griste ik het terug. Ze hield het met beide handen vast en het papier scheurde doormidden.

Ik liet me op mijn knieën vallen en ging over mijn helft heen op de grond zitten om het te beschermen, zodat ik het kon lezen. *Leeftijd moeder: 23.* Nee. Dat was fout, want mam was dertig toen ze mij kreeg.

En toen werden de randen van het papier wazig, want mijn ogen bleven hangen bij vier woorden: *Naam moeder: Maeve Riordan.*

Ik knipperde met mijn ogen en las het bliksemsnel nog eens en nog eens: *Maeve Riordan. Naam moeder: Maeve Riordan.*

Mechanisch las ik door tot onder aan de afgescheurde helft en verwachtte mijn moeders echte naam, Mary Grace Rowlands, ergens te zien staan. Waar dan ook.

Geschokt keek ik naar mijn moeder op. In het afgelopen halfuur leek ze tien jaar ouder te zijn geworden. Mijn vader stond achter haar. Zijn mond stond strak en hij zweeg.

Ik hield het papier omhoog. Er schoot van alles door mijn hoofd. 'Wat betekent dit?' vroeg ik dom.

Mijn ouders gaven geen antwoord en ik bleef ze aanstaren. Hoge golven van angst kwamen over me heen donderen. Plotseling hield ik het niet meer uit met ze. Ik moest weg. Ik krabbelde overeind en rende de kamer uit. Daar botste ik tegen Mary K. aan en liep haar bijna omver. Het gescheurde papier wapperde uit mijn vingers toen ik de keukendeur openduwde en de sleuteltjes van mijn auto meegriste. Ik vloog naar buiten, alsof de duivel me op de hielen zat.

3. Vind mij

14 mei 1977

Er is op dit moment niets vervelenders dan naar school te gaan. Het is lente en alles staat in bloei. Ik ben buiten luibh – planten – aan het verzamelen voor mijn bezweringen, maar dan moet ik weer naar school om Engels te leren. Waarvoor? Ik woon in Ierland. Trouwens, ik ben inmiddels vijftien, oud genoeg om ermee op te houden. Het is vanavond volle maan, dus ga ik een ritueel doen om in de toekomst te kunnen kijken. Hopelijk zie ik dan of ik op school moet blijven of niet. Maar dat schouwen is moeilijk te controleren.

En er is nog iets waarom ik in de toekomst wil kijken: Angus. Is hij mijn mùirn beatha dàn? Met Beltane trok hij me achter de stropop, kuste me en zei dat hij van me houdt. Ik weet niet wat ik voor hem voel. Ik dacht dat ik David O'Hearn aardig vond. Maar hij is niet een van ons – geen bloedheks – en Angus wel. Er is voor ons allebei maar één ander bij wie we horen: onze mùirn beatha dàn. Voor ma was het pa. Wie is mijn ene? Angus zegt dat hij het is. Als hij het is, dan heb ik geen keus, nietwaar?

Ik gebruik niet vaak water om te schouwen – water is het gemakkelijkst, maar ook het minst betrouwbaar. Je weet wel, je neemt een ondiepe schaal met helder water, je zet hem onder de blote hemel of bij een raam en je staart erin. Je ziet al gauw dingen, maar die zijn zo vaak niet correct. Het is vragen om moeilijkheden, denk ik.

De beste manier van schouwen is met een gewijde edelsteen, een bloedsteen of hematiet, of een kristal, maar daar is moeilijk de hand op te leggen. Die zijn het betrouwbaarst, maar zet je schrap voor de dingen die je misschien niet wilt zien of weten. Schouwen met behulp van een steen is goed om dingen te zien die ergens anders plaatsvinden, bijvoorbeeld het controleren van een geliefde, of een vijand in de strijd.

Ik kijk meestal in het vuur. Vuur is onvoorspelbaar. Maar ik ben gemaakt van vuur, we zijn één, dus spreekt het tot mij. Tijdens het vuurschouwen kan ik het verleden, het heden of de toekomst zien. Die toekomst is natuurlijk slechts een van de mogelijke toekomsten. Maar wat ik in het vuur zie is waar, zo waar als het maar zijn kan.

Ik houd van het vuur.

— Bradhadair

Het hardbevroren gras knerpte zachtjes onder mijn sloffen. Achter me ging de voordeur open, maar ik gleed al op de ijskoude vinylzitting van Das Boot, mijn witte Valiant '71, en zwengelde de motor aan.

'Morgan!' schreeuwde mijn vader nog, toen ik met gierende banden van de oprit wegscheurde. De wagen slingerde als een boot op ruwe zee. Terwijl ik vooruitschoot, zag ik in mijn achteruitkijkspiegel mijn ouders op het gazon in de voortuin staan. Mam zakte door haar knieën en pap probeerde haar overeind te houden. Ik barstte in tranen uit en nam een veel te krappe bocht naar Riverdale.

Snikkend veegde ik met één hand mijn tranen weg en

vervolgens veegde ik mijn neus af aan mijn mouw. Ik zette de verwarming van Das Boot aan, maar het duurde natuurlijk eeuwen voor de motor warm werd.

Ik was al in de straat van Bree, toen ik me herinnerde dat we geen vriendinnen meer waren. Als zij die boeken niet op mijn veranda had gedropt, zou ik niet hebben geweten dat ik geadopteerd was en als Cal niet tussen ons was gekomen, zou ze die boeken niet op mijn veranda hebben achtergelaten.

Ik huilde nog harder en schokte van het snikken. Voordat ik bij haar oprit was, keerde ik slordig en gaf gas. Ik kon maar één ding doen en dat was wegwezen, wegwezen.

Toen mijn blik helder werd, slaagde ik erin een gedeukte doos met tissues onder de voorste stoel vandaan te halen. De zitplaats naast me en de vloer waren bezaaid met vochtige, verkreukelde zakdoekjes. Ten slotte reed ik naar het noorden, het stadje uit. De weg liep door een laag dal en er hing een zware ochtendmist boven het asfalt. Das Boot ploegde erdoorheen, als een baksteen die uit de wolken kwam vallen. Verderop, in het land naast de weg, zag ik een grote, donkere schaduw. Het was de treureik, waar we gisteravond onze auto's hadden geparkeerd voor Samhain en waar ik een paar weken geleden mijn auto had neergezet, toen ik voor het eerst deelnam aan een cirkel van Cal. Toen de magie haar intrede in mijn leven deed.

Zonder erbij na te denken stuurde ik de auto van de weg en hobbelde over het veld, tot ik onder de laaghangende takken van de eik stond. Hier stond ik verscholen in de mist onder de boom. Ik zette de motor af, leunde over het stuur en probeerde op te houden met huilen.

Geadopteerd. Elk moment en elk voorbeeld van mijn

anderszijn dan de familie kwam me vol hoon voor de geest. Gisteren waren het nog familiegrapjes – de andere drie waren de leeuweriken en ik was de nachtuil; zij waren geforceerd vrolijk en ik was een mopperkont. Mam en Mary K. hadden een goed figuur en zagen er leuk uit, ik was dun en emotioneel. Nu veroorzaakten de herinneringen aan die grapjes stuk voor stuk golven van verdriet.

'Verdomme! Verdomme! Verdomme nog aan toe!' schreeuwde ik, en beukte met mijn vuisten op het harde metaal van het stuur. 'Verdómme!' Ik sloeg op het stuur tot er geen gevoel meer in mijn handen zat en tot ik elke vloek die ik kende had uitgekraamd en mijn keel rauw was.

Toen begon ik opnieuw te huilen en ging languit op de voorbank liggen. Ik weet niet hoe lang ik in mijn autococon in de mist heb gelegen. Van tijd tot tijd zette ik de verwarming aan om het niet koud te krijgen. De ruiten besloegen van mijn tranen.

Heel geleidelijk zakte het snikken af tot een bibberig gehik en af en toe een rilling. O, Cal, dacht ik. Cal, ik heb je nodig. En meteen toen ik dat dacht, kwam er een spreuk in mijn hoofd op: *In mijn geest zie ik je hier. In mijn nood roep ik je hier. Zoek mij, vind mij waar ik ben. Kom nu, kom nu, hier bij mij.*

Ik wist niet waar het vandaan kwam, maar ik begon er inmiddels aan te wennen dat er vreemde gedachten bij me opkwamen. Toen ik de woorden hoorde, merkte ik dat ik er rustig van werd, dus bleef ik ze herhalen. Ik legde mijn arm over mijn ogen en bad wanhopig dat ik thuis in bed wakker zou worden en zou blijken dat het allemaal een nachtmerrie was geweest.

Een paar minuten later schrok ik op. Er tikte iemand op het raampje aan de andere kant van de auto. Ik deed met een ruk mijn ogen open en kwam overeind. Ik veegde het raampje een beetje schoon en zag Cal staan, slaperig en verfomfaaid, en verbijsterend knap.

'Riep je?' zei hij. Mijn hart vulde zich met zonlicht. 'Laat me erin, het is ijskoud hierbuiten.'

Het werkt, dacht ik vol ontzag. Ik heb hem geroepen met *gedachtekracht*. Magie.

Ik opende het portier en schoof op. Hij liet zich naast me op de voorbank glijden en gek genoeg was het heel normaal dat ik mijn armen naar hem uitstak en hij de zijne om me heen sloeg.

'Wat is er aan de hand?' hoorde ik zijn gesmoorde stem in mijn haar. 'Wat is er gebeurd?' Hij hield me van zich af en keek onderzoekend in mijn behuilde gezicht.

'Ik ben geadopteerd!' rolde het er meteen uit. 'Vanmorgen vertelde ik mijn moeder dat ik een bloedheks was en dat zij, mijn vader en mijn zusje dat dus ook moesten zijn. Zij zeiden, nee, dat was niet waar. Toen ben ik naar beneden gerend om mijn geboorteakte te bekijken en daar stond de naam van een andere vrouw op – niet die van mijn moeder.'

Ik begon weer te huilen, al geneerde ik me ervoor dat hij me zo zag. Hij trok me dichter tegen zich aan en hield mijn hoofd tegen zijn schouder. Dat was zo troostend, dat ik bijna meteen ophield met huilen.

'Dat is wel een heel ruwe manier om erachter te komen.' Hij kuste mijn slaap en er liep een rillinkje van genot langs mijn ruggengraat. Wat een wonder, dacht ik: hij houdt nog steeds van me, ook vandaag nog. Het was geen droom.

Hij liet me los en we keken elkaar aan in het nevelige licht. Ik kon maar niet bevatten hoe mooi hij was. Zelfs in november was zijn huid glad en gebruind. Zijn donkere haar was dik onder mijn vingers en er liep een warme, walnootbruine tint doorheen. Zijn ogen waren omringd door korte zwarte wimpers en zijn irissen hadden zo'n vurig gouden kleur, dat ze bijna hitte leken af te geven.

Ik werd verlegen toen ik merkte dat hij mij net zo zat te bekijken als ik hem. Een glimlachje speelde in zijn mondhoek. 'Je bent zeker halsoverkop de deur uitgerend, hè?'

Toen drong het pas tot me door dat ik mijn oversized football shirt nog aanhad en de oude lange onderbroek van pap, compleet met flap van voren. Aan mijn voeten zaten enorme bruine donspantoffels in de vorm van berenpoten. Cal stak zijn hand uit en kietelde onder hun klauwen. Ik dacht aan de onberispelijke zijden nachtensembles waar Bree in slaapt. Met een schok die me de adem benam, herinnerde ik me dat ze had verteld dat zij en Cal met elkaar naar bed waren geweest. Ik keek hem onderzoekend aan en vroeg me af of dat waar was, en of ik het kon verdragen om het zeker te weten.

Maar nu was hij hier bij mij.

'Jij bent het mooiste dat ik vanochtend heb gezien,' zei Cal zachtjes, en hij streelde mijn arm. 'Ik ben blij dat je me geroepen hebt. Ik heb je gemist nadat ik vannacht thuiskwam.'

Ik sloeg mijn ogen neer en dacht aan hoe hij in zijn grote romantische bed lag, met gordijnen, die zachtjes bewogen en kaarsen, die overal flakkerden. Hij had aan mij gedacht toen hij daar lag.

'Zeg, hoe weet jij hoe je me moet roepen? Heb je dat in een boek gelezen?'

'Nee.' Ik dacht terug. 'Dat geloof ik niet. Ik zat hier en voelde me zo ellendig. Ik dacht dat ik me beter zou voelen als jij er was. Toen kwam dat rijmpje in mijn hoofd op en ik heb het opgezegd.'

‘Hm,’ zei Cal peinzend.

‘Had ik dat niet mogen doen?’ vroeg ik verward. ‘Soms komen er zomaar dingen in mijn hoofd op.’

‘Nee, het is in orde,’ zei Cal. ‘Het betekent alleen dat je sterke vermogens hebt. Je hebt overgeërfde herinneringen aan bezweringsformules. Dat heeft niet iedere heks.’ Hij knikte nadenkend.

‘Vertel eens wat meer,’ zei hij. ‘Hebben je ouders je nooit verteld dat je geadopteerd was?’ Hij zat met zijn arm op de leuning van de bank en streek mijn haren glad en wreef mijn nek.

‘Nee.’ Ik schudde mijn hoofd. ‘Nooit. Je zou denken dat ze dat wel hadden kunnen doen – ik ben zo anders dan zij.’

Cal keek me aan en hield zijn hoofd schuin. ‘Ik heb je ouders nooit ontmoet,’ zei hij. ‘Maar je lijkt niet erg op je zus, dat is waar. Mary K. ziet er lief uit.’ Hij glimlachte. ‘Ze is een knap meisje.’

Vanbinnen laaide een hete vlaag van jaloezie op.

‘Jij ziet er *niet* lief uit,’ ging Cal door. ‘Jij ziet er ernstig uit. Diepzinnig. Alsof je nadenkt. En je bent eerder markant dan knap. Jij bent het type meisje waarvan je niet ziet dat ze mooi is, tot je haar van heel dichtbij ziet.’ Zijn stem viel weg en hij bracht zijn gezicht dichter bij het mijne. ‘En opeens dringt het met een schok tot je door,’ fluisterde hij, ‘en je denkt, Godin, maak haar tot de mijne.’

Zijn lippen raakten die van mij weer aan en mijn hoofd begon te tollen. Ik sloeg mijn armen om zijn schouders en kuste hem zo diep als mijn kennis van zaken reikte, en trok hem dicht naar me toe. Het enige dat ik wilde was bij hem zijn en hem nooit meer loslaten.

Minuten verstreken, waarin ik alleen onze ademhaling hoorde, onze lippen die samenkwamen en weer van elkaar gingen, en het geknars van de vinylbekleding, toen we ons nog dichter tegen elkaar aandrukten. Weldra lag Cal boven op me. Zijn gewicht drukte me in de voorbank. Hij streelde met zijn hand heen en weer over mijn zij, over mijn ribben en om mijn heup heen. Toen gleed hij onder de zoom van mijn shirt, warm op mijn borst. Er gingen schokgolven door me heen.

'Stop!' zei ik, bijna angstig. 'Wacht!'

Mijn stem leek te weergalmen in de stilte van de auto. Onmiddellijk haalde Cal zijn hand weg en kwam overeind. Hij keek me aan en leunde toen achterover tegen het portier. Hij ademde snel.

Ik schaamde me kapot. Idioot, dacht ik. Hij is bijna achttien! Natuurlijk heeft hij al seks gehad. Misschien zelfs wel met Bree, voegde een stemmetje eraan toe.

Ik schudde mijn hoofd. 'Sorry.' Ik probeerde luchtig te klinken. 'Het kwam alleen maar als een verrassing.'

'Nee, nee, *ik* moet sorry zeggen,' zei hij. Hij pakte mijn hand en ik werd gehypnotiseerd door de warmte en de kracht erin. 'Je roept me hiernaartoe en ik bespring je. Dat hoort niet. Het spijt me.' Hij bracht mijn vingers naar zijn mond en kuste ze. 'Het punt is dat ik je al wil kussen vanaf het moment dat ik je zag.' Hij glimlachte even.

Ik kalmeerde. 'Ik wilde jou ook kussen,' gaf ik toe.

Hij glimlachte. 'Heksje van me,' zei hij, en hij streek met een vinger langs mijn wang en liet er een dun spoor van hitte op achter. 'Zeg eens, hoe heb je je moeder verteld dat je een bloedheks bent?'

Ik zuchtte. 'Vanochtend vond ze mijn stapeltje Wiccaboeken op de veranda bij de voordeur. Ze kwam mijn kamer binnenstormen en schreeuwde tegen me dat ze godslasterlijk waren.' Het klonk samenhangender dan ik me voelde bij de herinnering aan die afschuwelijke scène. 'Ik vond haar zo hypocriet – ik bedoel maar, als ik een bloedheks ben, dan zijn zij en pa dat toch ook, nietwaar?'

'Jazeker,' zei Cal. 'Helemaal bij iemand die over zulke krachten beschikt als jij, dan zouden allebei je ouders het moeten zijn.'

Ik fronste mijn voorhoofd. 'En hoe zit het met alleen maar één ouder?'

'Een gewone man en een vrouwelijke heks kunnen geen kind verwekken,' legde Cal uit. 'Een mannelijke heks kan een gewone vrouw zwanger maken, maar dat moet hij dan bewust willen. En hun kind zou op zijn hoogst wat zwakke vermogens bezitten, maar mogelijk helemaal geen. Niet zoals jij.'

Ik had het gevoel alsof ik iets tot stand had gebracht: ik was een machtige heks.

'Oké,' zei Cal. 'En hoe komt het dat je boeken op de veranda lagen? Had je ze verstopt?'

'Ja,' zei ik verbitterd. 'In het huis van Bree. Vanmorgen heeft ze ze op mijn veranda gelegd. Omdat wij elkaar gisteravond hebben gekust.'

'Wat?' zei Cal, en er kwam een kwade trek op zijn gezicht.

Ik haalde mijn schouders op. 'Eigenlijk... wilde Bree jou. Ze wil jou. En toen je mij gisteravond kuste, voelde zij dat als verraad van mijn kant, dat weet ik.' Ik slikte en keek uit het raam. 'En dat is ook zo,' zei ik zachtjes. 'Ik wist wat ze voor je voelde.'

Cal sloeg zijn ogen neer. Hij pakte een lange lok van mijn haar en vlocht hem om zijn hand, steeds weer. 'En wat voel *jij* voor mij?' vroeg hij na een poosje.

Gisteravond had hij tegen me gezegd dat hij van me

hield. Ik keek langs hem heen naar het ijle novemberzonnetje dat door de mist heen brandde. Ik haalde diep adem en probeerde mijn op hol geslagen hart te bedaren. 'Ik houd van je,' zei ik. Mijn stem was een hees gefluister.

Cal keek op en ving mijn blik. Zijn ogen stonden heel helder. 'Ik houd ook van jou. Het spijt me dat Bree beledigd is, maar dat zij iets voor mij voelt, wil niet zeggen dat wij iets met elkaar hebben.'

Heeft het je er ook van weerhouden om met haar naar bed te gaan? vroeg ik bijna, maar ik kon het niet opbrengen. Ik wist niet of ik het wilde weten.

'En ik vind het jammer dat Bree daarom wraak op je neemt,' zei hij. Hij zweeg even. 'Dus je moeder vond de boeken en begon te schreeuwen. Je dacht zeker dat ze verzweeg dat ze zelf een heks was?'

'Ja. En niet alleen zijzelf, mijn vader en mijn zusje ook,' zei ik. 'Maar mijn ouders gingen door het lint toen ik dat zei. Ik heb ze nog nooit zo overstuur gezien. En toen zei ik, en, ben ik dan soms *geadopteerd*? En toen kregen ze zo'n afschuwelijke uitdrukking op hun gezicht. Ze wilden geen antwoord geven. En opeens moest ik het weten. Dus ben ik naar beneden gerend om naar mijn geboorteakte te kijken.'

'En daar stond een andere naam op.'

'Ja. Maeve Riordan.'

Cal ging alert rechtop zitten. 'Echt waar?'

Ik staarde hem aan. 'Wat? Ken je die naam?'

'Hij klinkt bekend.'

Hij keek nadenkend uit het raam, fronste zijn wenkbrauwen en schudde toen zijn hoofd. 'Nee, misschien ook niet. Ik kan het niet plaatsen.'

'O.' Ik slikte mijn teleurstelling weg.

'Wat ga je doen? Heb je zin om met mij mee naar huis te gaan?' hij glimlachte. 'We zouden kunnen gaan zwemmen.'

'Nee, dank je wel.' Ik dacht terug aan hoe de hele kring poedelnaakt in zijn zwembad was gesprongen. Ik was de enige die mijn kleren had aangehouden.

Cal lachte. 'Ik was teleurgesteld, die avond, weet je dat?' Hij keek me aan.

'Nee, dat was je niet,' antwoordde ik, en sloeg mijn armen voor mijn borst. Hij grinnikte zachtjes.

'Nee, ik meen het. Wil je met me meegaan? Of wil je dat ik met jou meega naar huis, om je te helpen tijdens een gesprek met je ouders?'

'Dank je,' zei ik, geroerd door zijn aanbod. 'Maar ik denk dat ik gewoon alleen naar huis moet gaan. Met een beetje mazzel zijn ze toch allemaal naar de kerk. Het is Allerheiligen.'

'Wat is dat?' vroeg Cal.

Ik dacht eraan dat hij niet katholiek was – niet eens christen. 'Allerheiligen,' zei ik, 'is de dag na Allerzielen, Halloween. Dat is voor katholieken een heel belangrijke, plechtige feestdag. Dan gaan we de familiegraven bezoeken en verzorgen. Het gras knippen en verse bloemen neerzetten.'

'Dat is cool,' zei Cal. 'Wat een mooie traditie. Boeiend dat het op de dag na Samhain valt. Maar het schijnt dat een heleboel christelijke feestdagen voortgevloeid zijn uit Wicca-feesten van lang geleden.'

Ik knikte. 'Dat weet ik. Maar doe me een lol en zeg dat nooit tegen mijn ouders,' zei ik. 'Trouwens, ik kan maar beter naar huis gaan.'

'Oké. Zal ik vandaag nog contact opnemen?'

'Ja.' Ik moest even glimlachen.

'Ik denk wel dat ik het via de telefoon doe,' zei hij met een grijns.

Ik dacht eraan dat hij was gekomen toen ik mijn versje had opgezegd. Ik stond er nog altijd versteld van dat het had gewerkt.

Hij stapte uit Das Boot, de vinnig koude novemberlucht in. Hij liep naar zijn auto en reed weg. Ik wuifde hem na.

Mijn wereld was overspoeld door zonlicht. Cal hield van me.

4. Maeve

7 februari 1978

Eergisteren heeft iemand 's nachts 'vuile heks' op de zijkant van Morag Sheehans winkel gespoten. We hebben onze heksenkringen verplaatst naar de rotsen, een eindje verderop aan de kust.

Gisteravond laat zijn Mathair en ik naar Morag toegegaan. Het was gelukkig nieuwe maan – geen licht en een goed moment voor een bezweringsritueel.

Een ritueel voor genezing, bescherming tegen het kwaad en reiniging

1. Trek een cirkel helemaal rond datgene dat je wilt beschermen. (Ik moest de snoepwinkel van de oude Burdock er ook bijnemen, omdat die twee huizen aan elkaar vastzitten.)
2. Zuiver de cirkel met zout. We gebruikten geen licht of wierook, maar zout, water en aarde.
3. Roep de Godin aan. Ik droeg mijn koperen armbanden en hield een brok zwavel, een brok marmer uit de tuin, een stuk versteend hout en een stukje schelp in mijn hand.

Toen zeiden Ma en ik (zachtjes): 'Godin, wij staan hier voor u, hoor ons aan. Leg uw beschermende hand over Morags land. Zij dient u waar en oprecht, behoed haar voor degenen die kwaad zijn en slecht.' Toen riepen we de Godin en de God aan en liepen drie keer om de winkel heen.

Volgens mij heeft niemand ons gezien. Ma en ik zijn naar huis gegaan en we voelden ons krachtig. Dit moet helpen om Morag te beschermen.

— Bradhadair

Ik reed langzaam door de straat waar ik woon en keek gespannen voor me uit, alsof mijn ouders nog op het grasveld voor het huis zouden staan. Toen ik naderbij kwam, zag ik dat de auto van pap weg was. Ze waren zeker naar de kerk.

Het was heel stil in huis, hoewel ik voelde hoe de schokkende gebeurtenissen van die ochtend nog in de lucht natrilden.

'Mam? Pap? Mary K.?' riep ik. Geen antwoord. Ik liep langzaam het huis door. Het ontbijt stond onaangeroerd op de keukentafel. Ik zette het koffiezetapparaat uit. De krant lag er nog, keurig opgevouwen, klaarblijkelijk ongelezen. Dit was niet normaal voor een zondagochtend.

Ik realiseerde me dat dit mijn kans was en ik ging snel naar de werkkamer. Maar het gescheurde geboortebewijs was verdwenen en de dossierkast van pap zat voor de eerste keer dat ik me kan heugen op slot.

Snel doorzocht ik de rest van de werkkamer en luisterde onderwijl of ik ze thuis hoorde komen. Ik vond niets en ging een ogenblik op mijn hurken zitten om na te denken.

De kamer van mijn ouders. Ik holde de trap op, naar

hun volgepropte kamer. Ik voelde me net een dief toen ik de bovenste la van de toilettafel opentrok. Sieraden, manchetknopen, pennen, boekenleggers, oude verjaardagskaarten – geen enkele aanwijzing, niets dat me vertelde wat ik moest weten.

Ik tikte met mijn vinger tegen mijn lip en keek rond. Op de toilettafel stonden ingelijste babyfoto's van mij en Mary K. Ik bekeek ze aandachtig. Op de ene hielden mijn ouders me trots op de arm: mollige, negen maanden oude Morgan, die lachte en in haar handjes klapte. Op de andere lag mam in een ziekenhuisbed, met de pasgeboren Mary K. in haar armen, die eruitzag als een kaal aapje. Het drong tot me door dat ik nooit een foto van vlak na mijn geboorte had gezien. Geen enkele in het ziekenhuis, of waarop ik er heel piepklein uitzie, of rechtop leer zitten. De foto's van mij begonnen vanaf, zeg maar, acht maanden? Negen maanden? Was ik zo oud toen ik werd geadopteerd?

Geadopteerd. Dat was nog steeds zo'n bizar idee, maar toch was ik er op een griezelige manier al aan gewend. In zekere zin verklaarde het alles. Maar aan de andere kant wierp het alleen nog maar meer vragen op.

Ik keek mijn babyboek door en vergeleek het met dat van Mary K. In het mijne stonden mijn geboortegewicht en mijn geboortedatum correct ingeschreven. Onder Eerste Indrukken had mam geschreven: 'Ze is zo ongelooflijk mooi. Ze is alles waar ik zo lang op heb gehoopt en van heb gedroomd.'

Ik sloot het boek. Hoe kon het dat ze al die tijd tegen me hadden gelogen? Hoe konden ze me laten geloven dat ik echt hun dochter was? Ik voelde me nu heel wankel, zonder een basis. Alles waar ik in had geloofd scheen een leugen te zijn. Hoe kon ik het ze ooit vergeven?

Ze moesten me antwoord geven. Ik had er recht op het te weten. Ik liet mijn hoofd in mijn handen vallen en voelde me oud, moe en emotioneel op.

Het was middag. Zouden ze allemaal bij de Widow's Diner zitten na de kerk? Zouden ze daarna naar de begraafplaats gaan om bloemen op de graven van de Rowlandsen en de Donovans, de familie van mijn moeder, te leggen?

Misschien wel. Waarschijnlijk zelfs. Ik bedacht dat ik zelf moest lunchen en ging terug naar de keuken. Ik had niets gegeten. Maar ik was te overstuur om al aan eten te denken. In plaats daarvan nam ik een cola light uit de koelkast. Toen liep ik de studeerkamer weer in, waar de computer stond.

Ik besloot te gaan zoeken. Ik tuurde aandachtig naar het scherm. Hoe was haar naam ook weer precies gespeld? Maive? Mave? Maeve? Haar achternaam was Riordan, herinnerde ik me.

Ik typte *Maeve Riordan* in. Er verschenen zevenentwintig listings. Met een zucht begon ik te scrollen. Een paardenfarm in Massachusetts. Een dokter in Dublin, gespecialiseerd in gehoorproblemen. Ik bekeek ze een voor een, las een paar regels en sloot hun vensters. Ik wist niet wanneer mijn familie thuis zou komen en wat me te wachten stond als ze kwamen. Emotioneel voelde ik me alsof ik een pak slaag had gehad, maar toch leek het ver weg, alsof het allemaal een ander overkwam.

Klik. Maeve Riordan. Schrijfster van romantische bestsellers presenteert *My Highland Love.*

Klik. 'Maeve Riordan' als onderdeel van een HTML. Met een frons klikte ik het aan. Dit was een stamboom-site, met links naar andere stamboom-sites. Cool. De naam Maeve Riordan scheen op drie sites voor te komen. Ik klikte op de eerste. Er verscheen een magere familiestamboom. Na een paar minuten vond ik de naam Maeve Riordan. Helaas was deze Maeve Riordan al in 1874 overleden.

Ik ging terug naar de startpagina. De volgende Maeve waar ik op klikte, bracht me naar een site waar helemaal geen gegevens waren, alsof ze nog bezig waren met het invoeren van de data. Ik knarsetandde van frustratie.

Drie keer is scheepsrecht, dacht ik, en klikte op de laatste site. De woorden 'Nauwe Poort' en *Ballynigel* verschenen boven aan het scherm in mooie, Iers aandoende letters. Dit was een andere stamboom, maar met veel afzonderlijke takken. Het had eerder weg van een familiebos, of men had de gemeenschappelijke verbinding tussen deze families niet gevonden.

Snel zocht ik naar Maeve Riordan. Er waren heel veel Riordans. En toen zag ik het: *Maeve Riordan. Geboren Imbolc, 1962, Ballynigel, Ierland. Gestorven Litha, 1986, Meshomah Falls, New York, Verenigde Staten.*

Mijn mond viel open toen ik naar het scherm keek. Imbolc. Litha. Dat waren Wicca-sabbats. Deze Maeve Riordan was een heks geweest.

Plotseling ging er een hittegolf door mijn hoofd, zodat mijn wangen ervan prikten. Ik schudde mijn hoofd en probeerde na te denken. 1986. Ze overleed in het jaar na mijn geboorte. Ze was geboren in 1962. Dat betekende dat ze dezelfde leeftijd had als de vrouw die op mijn geboorteakte stond.

Zij is het, dacht ik. Dat moet wel.

Ik klikte over het hele scherm om links te vinden. Ik merkte dat ik bijna over mijn toeren raakte. Ik moest meer informatie hebben. Meer. Maar in plaats daarvan verscheen er een boodschap: *Verbinding verbroken.* URL *reageert niet.*

Teleurgesteld zette ik de computer af. Ik bleef met een pen tegen mijn lip zitten tikken en de gedachten raasden door mijn hoofd. Meshomah Falls, New York. Die naam kende ik. Dat plaatsje lag niet zo heel ver hiervandaan, misschien twee uur rijden. Ik moest er in het bevolkingsregister zoeken. Ik moest hun... kranten inzien.

Twee minuten later had ik mijn jack gepakt en zat ik in Das Boot, op weg naar de bibliotheek. Van de drie bibliotheekfilialen in Widow's Vale was alleen de grootste, die in het centrum, op zondag open. Ik ging door de glazen deur naar binnen en liep meteen door naar beneden, het souterrain in.

Er was verder niemand. Het souterrain was leeg, op rijen boeken, verlopen periodieken, stapels boeken die gerepareerd moesten worden en vier lelijke zwarte leesapparaten met imitatiehout voor microfiches, na.

Kom op, kom op, dacht ik, terwijl ik hectisch in de archieven met microfiches begon te zoeken. Het duurde twintig minuten om de la met vroegere edities van de *Meshomah Falls Herald* te vinden. Daarna was het nog een kwartier moeizaam zoeken naar de datums vanaf mijn geboortedatum, tot ongeveer acht maanden daarna. Eindelijk pakte ik er een envelop tussenuit, zette een apparaat aan en ging zitten.

Ik liet de kleine filmkaart onder het licht glijden en begon aan de knop te draaien.

Drie kwartier later wreef ik over de achterkant van mijn nek. Ik wist meer van Meshomah Falls, New York, af, dan een mens ooit zou willen weten. Het was een agrarische gemeenschap, kleiner, en nóg saaier dan Widow's Vale.

Ik had niets over Maeve Riordan gevonden. Geen overlijdensbericht, niets. Nou ja, dat hoefde me eigenlijk niet te verbazen. Ik zou er waarschijnlijk aan moeten wennen dat ik nooit iets over mijn verleden te weten zou komen.

Er lagen nog twee microfilmkaarten. Met een zucht ging ik weer zitten. Ik haatte dat leesapparaat.

Deze keer vond ik het artikel bijna onmiddellijk. De haartjes in mijn nek prikten. Daar stond het: Maeve Riordan. Ik zat als versteend in mijn stoel, rolde de pagina terug, centreerde hem en tuurde in de viewer. *Een haast onherkenbaar verbrand lichaam is geïdentificeerd als dat van Maeve Riordan, afkomstig uit Ballynigel, Ierland...*

De adem stokte in mijn keel en ik bleef naar het scherm staren. Was zij dat? vroeg ik me opnieuw af. Mijn echte moeder? Ik was nooit in Meshomah Falls geweest. Ik had mijn ouders er nooit over horen praten. Maar Maeve Riordan had er gewoond. En Maeve Riordan was op een of andere manier in Meshomah Falls bij een brand om het leven gekomen.

Tot mijn eigen verbazing zat ik onbeheersbaar te bibberen en staarde wezenloos naar het scherm. Snel scande ik het knipsel met het korte nieuws.

Op 21 juni 1986 werd tussen de verkoolde en nog nasmeulende resten van een schuur bij een verlaten boerderij in Meshomah Falls, het lijk aangetroffen van een nog ongeïdentificeerde, jonge vrouw. Na onderzoek de van röntgenfoto's van het gebit werd het lijk geïdentificeerd als dat van ene Maeve Riordan, die in een klein huurhuis in Meshomah Falls woonde en in het plaatselijke café in het centrum werkte. Maeve Riordan was drieëntwintig jaar oud, kwam uit Ballynigel in Ierland en was niet erg bekend in het stadje. Een tweede lijk dat in het vuur was gevonden, werd geïdentificeerd als Angus Bramson, vijfentwintig jaar oud, eveneens afkomstig uit Ballynigel. Waarom ze zich in de schuur bevonden was niet bekend. De oorzaak van de brand scheen onduidelijk te zijn.

De 21ste juni van dat jaar kon Litha zijn geweest – dat varieerde, afhankelijk van de precieze datum van de equinox. Maar hoe zat het met een baby? Er stond niets over een baby.

Mijn hart bonkte pijnlijk in mijn borst. De beelden van een droom van kort geleden, waarin ik in een soort ruwe kamer was, bij een vrouw die me vasthield en me haar kindje noemde, flitsten door mijn hoofd. Wat betekende dat allemaal?

Ik zette abrupt het leesapparaat af. Ik stond zo snel op, dat ik er duizelig van werd en me aan mijn stoelleuning moest vastgrijpen.

Ik was er bijna zeker van dat Maeve Riordan mij ter wereld had gebracht. Waarom had ze me laten adopteren? Of was ik pas geadopteerd nadat ze was gestorven? Was Angus Bramson mijn vader? Hoe was die schuur in brand gevlogen?

Heel traag borg ik alle microfiches weer op waar ik ze gevonden had. Toen liep ik met mijn handen tegen mijn slapen gedrukt naar boven, de bibliotheek uit. Het was grijs en bewolkt buiten en het gazon voor de bibliotheek was bedekt met felgele esdoornbladeren. Het was herfst, de winter was onderweg.

De seizoenen veranderden met zoveel vriendelijke geleidelijkheid, ze schoven je gewoon zachtjes van het ene naar het volgende. Maar mijn leven, mijn hele leven, was in één enkel ogenblik veranderd.

5.
Redenen

Samhain, 31 oktober 1978

Pa en ma hebben dit Boek der Schaduwen gelezen en zeiden dat het erg povertjes was. Ik moet vaker schrijven; ik moet de bezweringsformules beter uitwerken; ik moet de werking van de maan, de zon, de getijden en de sterren uitleggen. Ik zei, waarom? Die dingen weet iedereen. Ma zegt dat het voor mijn kinderen is, de heksen die na mij komen. Net als zij en pa mij hun boeken laten zien – zij hebben er nu vijf, die grote, dikke zwarte boeken bij de haard. Toen ik klein was dacht ik dat het fotoalbums waren. Daar moet ik nu om lachen – foto's van heksen.

Maar weet je, mijn formules en zo, die zitten in mijn hoofd. Er is nog tijd genoeg om ze op te schrijven. Meer dan genoeg. Ik wil het liefst over mijn gevoelens en gedachten schrijven. Maar ik wil ook weer niet dat mijn ouwelui dat lezen – toen ze bij het gedeelte kwamen waar ik Angus kuste, ontploften ze! Maar ze kennen Angus en ze mogen hem graag. Ze zien hem best vaak en ze weten dat ik vaste verkering met hem heb. Angus deugt, en wie is er verder nog geschikt voor mij? Ik kan niet zomaar met iedereen gaan, niet als ik mijn leven wil leiden en kinderen krijgen en zo. Ik heb geluk dat Angus zo lief is.

Hier volgt een goede formule om de liefde te laten uitdoven: Tijdens afnemende maan moet je vier haren van een zwarte kat nemen, eentje die nergens een wit plekje heeft. Neem een witte kaars, de gedroogde blaadjes van drie rode rozen en een stukje touw. Schrijf je naam en de naam van de persoon die je kwijt wilt op een stukje papier en knoop ze aan de twee uiteinden van het touwtje.

Ga naar buiten. (Dit werkt het beste bij nieuwe maan of op de dag vóór nieuwe maan.) Zet je altaar op, zuiver je cirkel en roep de Godin aan. Zet je witte kaars neer. Sprenkel de rozenblaadjes rondom de kaars. Neem elke afzonderlijke kattenhaar en leg ze op de vier punten van het kompas, N, Z, O en W. (Leg er stenen op als het die avond winderig is.) Steek de kaars aan en houd het midden van het touwtje strak boven de vlam, ongeveer twaalf en een halve centimeter erboven. Dan zeg je:

Zoals de maan slinkt, zo slinkt onze liefde;
Ik ben vrij, niet meer je geliefde.
Een nieuw gezicht, mooier dan dat van mij
Zal zeker je liefde winnen bij een ander tij.

Blijf dat herhalen tot het touwtje is doorgebrand en de twee namen voor altijd gescheiden zijn. Doe dit niet in boosheid, want je geliefde zal echt niet langer de jouwe zijn. Je moet werkelijk oprecht voor altijd van iemand af willen zijn.

P.S. De kattenharen hebben geen enkel effect. Ik heb ze er gewoon ingedaan om het geheimzinnig te laten lijken.

— Bradhadair

Ik zat in de keuken wat opgewarmde lasagne te eten, toen mijn ouders en Mary K. die middag laat thuiskwamen. Ze staarden alledrie naar me alsof ze bij thuiskomst een vreemde in hun keuken aantroffen.

'Morgan.' Pap schraapte zijn keel. Zijn ogen zagen roodomrand en zijn gezicht stond tobberig, ouder dan vanochtend. Hij had zijn dun wordende zwarte haar plat over zijn schedel gekamd. Het was te lang aan de uiteinden. De dikke brillenglazen met het metalen montuur gaven hem het uiterlijk van een uil.

'Ja?' zei ik, verbaasd hoe koel en vast mijn stem klonk. Ik nam een slok mineraalwater.

'Is alles goed met je?'

Het was zo'n bespottelijke vraag, maar typisch iets voor mijn vader.

'Nou, kijk eens,' zei ik koeltjes, zonder hem aan te kijken. 'Ik heb zojuist ontdekt dat ik geadopteerd ben. Ik heb hier zitten nadenken en me gerealiseerd dat jullie mijn hele leven tegen me gelogen hebben.' Ik haalde mijn schouders op. 'Maar afgezien daarvan is alles in orde.'

Mary K. zag eruit alsof ze zo in huilen kon uitbarsten. Het leek zelfs alsof ze de hele ochtend had gehuild.

'Morgan,' zei mam. 'Het is misschien een verkeerd besluit geweest dat we het je niet hebben verteld. Maar daar hadden we onze redenen voor. We houden van je en we blijven je ouders.'

Ik kon me niet meer inhouden. 'Jullie redenen?' riep ik uit. 'Jullie hadden er goede redenen voor om me de belangrijkste feiten van mijn leven niet te vertellen? Daar *bestaan* geen goede redenen voor!'

'Houd op, Morgan,' zei Mary K. met trillende stem. 'Wij zijn een gezin. Ik wil gewoon dat je mijn zusje bent.' Ze begon te huilen en ik voelde dat mijn eigen keel ook dicht ging zitten.

'Ik wil ook dat je mijn zusje bent.' Ik stond op. 'Maar ik weet niet meer hoe het zit – wat wel echt is en wat niet.'

Mary K. begon nu echt te snikken en wierp zich aan paps schouder.

Mam probeerde mij in haar armen te nemen, maar ik deinsde terug. Ik kon het op dat moment niet verdragen dat ze me aanraakte. Ze keek gekwetst.

'Hoor eens, laten we nu niets meer zeggen,' zei pap. 'We hebben een beetje tijd nodig. We hebben allemaal een schok gehad. Alsjeblieft, Morgan, luister. Ik wil je één ding zeggen: je moeder en ik hebben twee dochters, van wie we meer houden dan van wie ook ter wereld. *Twee* dochters.'

'Mary K. is jullie dochter.' O, wat erg, mijn stem begaf het. 'Biologisch. Maar ik ben niemand!'

'Dat moet je niet zeggen!' Mam leek verpletterd.

'Jullie zijn allebei onze dochters,' zei pap. 'En dat zullen jullie altijd blijven.'

Troostender woorden had hij niet kunnen zeggen en ik barstte dan ook in tranen uit. Ik was lichamelijk en emotioneel zo uitgeput dat ik de trap naar mijn kamer opstrompelde, waar ik op bed ging liggen en in slaap dommelde.

Ik was tussen slapen en waken in, toen mijn moeder binnenkwam en naast me op bed ging zitten. Ze streelde mijn haar en haalde zachtjes de knopen uit de war. Het deed me denken aan die andere droom, met mijn andere moeder. Misschien was dat geen droom, dacht ik. Misschien was het een herinnering.

'Mam,' zei ik.

'Sst, liefje, ga maar slapen,' fluisterde ze. 'Ik wil alleen maar zeggen dat ik van je houd en dat ik je moeder ben, en dat jij mijn dochter was, vanaf het eerste moment dat ik je zag.'

Ik schudde mijn hoofd. Ik wilde protesteren, dat was niet waar, maar ik was al te ver weg. Terwijl ik wegzakte in een diepe, gezegende verdoving, merkte ik dat mijn kussen doorweekt raakte van warme tranen. Ik weet niet of ze van mij of van haar waren.

Het was bizar hoe normaal alles de volgende ochtend verliep. Net als anders stonden mam en pap op en gingen ze vroeg naar hun werk, nog voor ik zelfs maar wakker was. Net als anders riep Mary K. dat ik moest opschieten toen ik onder de douche stond, waar ik me schrap probeerde te zetten voor de dag.

Mary K. zag bleek en gespannen en ze was ongewoon stil toen ik mijn cola light naar binnen slokte en mijn boeken in mijn rugzak gooide.

'Ik wil dat je ophoudt met wat je aan het doen bent,' zei ze, zo zacht, dat ik het nauwelijks kon verstaan. 'Ik wil dat we terugkeren naar hoe het was.'

Ik zuchtte. Ik was nooit jaloers geweest en had Mary K. nooit als een rivale gezien. Ik had altijd voor haar willen zorgen. Ik vroeg me af of het nu anders zou worden. Ik had geen idee. Maar ik wist wel, dat ik het nog steeds heel erg vond dat ze verdrietig was.

'Daar is het te laat voor,' zei ik rustig. 'En ik moet de waarheid weten. Er zijn te lang te veel geheimen geweest.'

Mary K. probeerde iets te bedenken om te zeggen, maar hief haar handen op en wapperde er even mee in de lucht. Er viel niets te zeggen. Ten slotte pakten we gewoon onze rugzakken en liepen naar buiten, naar Das Boot.

Cal stond me bij school op te wachten. Terwijl ik parkeerde kwam hij naar de auto toe en begroette me toen ik het portier opendeed. Mary K. keek hem aan, alsof ze zijn betrokkenheid bij dit alles probeerde in te schatten. Hij keek kalm en vriendelijk terug.

'Ik ben Cal,' zei hij, en stak zijn hand uit. 'Cal Blaire. Ik geloof dat we niet echt hebben kennisgemaakt.'

'Ik weet wie je bent,' zei Mary K. Ze nam zijn hand niet aan. 'Doe jij met Morgan aan hekserij?'

'Mary K.!' begon ik, maar Cal hief zijn hand op.

'Het is oké,' zei hij. 'Ja, ik doe met Morgan aan hekserij. Maar wij doen niets verkeerds.'

'Verkeerd voor wie?' Mary K. klonk ouder dan veertien. Ze glipte langs Cal heen en stapte uit. Ze werd onmiddellijk door haar vriendinnen omringd, maar ze zag er ongelukkig en weggetrokken uit. Ik vroeg me af wat ze tegen hen zou zeggen. Toen kwam Bakker Blackburn, haar vriendje, aanlopen. Samen met hem liep ze verder.

'Hoe gaat het met je?' Cal gaf me een kus op mijn voorhoofd. 'Ik heb aan je gedacht. Ik heb gisteravond nog gebeld, maar je moeder zei dat je lag te slapen.'

Ik zag dat er naar ons gekeken werd. Alessandra Spotford, Nell Norton en Justin Bartlett. Natuurlijk waren ze verbaasd Cal Blaire, God in Mensengedaante, samen te zien met Morgan Rowlands, Muurbloempje Aller Tijden.

'Ja, ik denk dat mijn brein de luiken heeft laten zakken. Maar bedankt dat je gebeld hebt. Ik vertel het je later allemaal wel.' Hij kneep in mijn schouder en samen liepen we naar de plek waar de heksenkring – want we waren inmiddels een heksenkring, niet zomaar een groepje vrienden – bij elkaar kwam, op de cementen banken bij de oostvleugel van de school. Het rode bakstenen gebouw zag er geruststellend vertrouwd en onveranderd uit, maar dat was vandaag ongeveer het enige in mijn leven dat nog hetzelfde was.

Zeven paar ogen waren op ons gericht toen we over het afbrokkelende stenen pad kwamen aanlopen. Ik zocht het gezicht van Bree. Zij stond aandachtig haar bruine suède laarzen te bestuderen. Ze was mooi en afstandelijk, gereserveerd koel. Twee weken geleden was ze mijn beste vriendin van de wereld, degene van wie ik, afgezien van mijn familie, het meeste hield en degene die mij het beste kende.

In mijn hart gaf ik nog om haar en was er nog steeds iets dat vertrouwelijk wilde zijn, hoewel dat onmogelijk was. Ik dacht erover mijn problemen aan een van mijn andere vriendinnen te vertellen, aan Tamara Pritchett of Janice Yutoh, maar besefte dat ik dat niet kon.

'Hoi, Morgan, Cal,' zei Jenna Ruiz. Haar gezicht was even open en vriendelijk als altijd. Haar glimlach was oprecht en ik glimlachte terug. Matt Adler zat naast haar, met zijn arm om haar schouders. Jenna hoestte en hield haar hand voor haar mond. Matt keek haar even bezorgd aan. Ze schudde haar hoofd en glimlachte naar hem.

'Hoi, Jenna. Allemaal,' zei ik.

Raven keek me met openlijke antipathie aan. Haar donkere ogen, zwaar aangezet met kohl en besprenkeld met glitter, gloeiden van innerlijke woede. Zij had Cal zelf willen hebben, net als Bree. Net als ik.

'Samhain was fantastisch,' zei Sharon Goodfine. Ze sloeg haar armen over haar volle boezem alsof ze het koud had. Ze sprak het woord correct uit: Sowen. 'Ik voel me zo anders. Ik heb me het hele weekend anders gevoeld.' De trek op haar zorgvuldig opgemaakte gezicht was eerder ernstig dan snobistisch.

Zonder erbij na te denken, zette ik mijn bovenzintuiglijke voelsprieten uit en tastte zachtjes, heel voorzichtig, de emoties van de mensen om me heen af. Het was precies als wat ik had ervaren in de kring op de begraafplaats, maar deze keer richtte ik echt. Deze keer deed ik het opzettelijk.

Heel even kwam het bij me op dat de gevoelens van mijn vrienden wellicht privé waren en alleen aan hen toebehoorden.

Jenna was precies zoals ze zich liet zien, open en goed van aard. Matt leek hetzelfde, maar diep binnen in hem voelde ik een donkere ruimte die hij voor zichzelf hield. Cal keek me snel en verrast aan, toen mijn net van gewaarwordingen zich naar zijn geest uitstrekte. Terwijl ik hem aan het scannen was, voelde ik plotseling een hete golf van begeerte van hem afstralen en ik bloosde en trok me snel terug. Hij keek me aan alsof hij wilde zeggen, ja, je vroeg erom...

Ethan Sharp was boeiend – een kleurrijk mozaïek van gedachten en gevoelens, een hardnekkig wantrouwen, dichterlijkheid en teleurstelling. Sharon had iets verstilds over zich, een kalm centrum, dat nieuw scheen te zijn. Er was ook een aarzelende, haast verlegen tederheid – voor wie? Voor Ethan?

Beth Nielsen, de beste vriendin van Raven, leek zich voornamelijk te vervelen en wilde hier helemaal niet zijn. Robbie Gurevich, mijn beste vriend op Bree na, schokte me: een mengeling van boosheid, begeerte en onderdrukte emoties, die je helemaal niet aan zijn gezicht kon zien. Op wie was dat gericht? Ik kon het niet zeggen.

Maar van Bree en Raven sloeg ik steil achterover. Ze straalden golven van diepe, intense razernij en jaloezie uit, die tegen mij gericht waren en in iets mindere mate tegen

Cal. Bij Raven waren het net scherpe, gekartelde messen van woede, frustratie en honger. Ondanks haar reputatie dat ze gemakkelijk te versieren was, had ze eigenlijk nooit serieus iets met iemand gehad. Misschien had ze gewild dat Cal diegene zou zijn.

Waren de gevoelens van Raven net als prikkeldraad, die van Bree waren smeulende kolen. Ik wist meteen dat ze, hoeveel ze twee weken geleden nog van me hield, me inmiddels even sterk haatte. Ze had wanhopig naar Cal gesmacht. Het was misschien geen echte liefde, maar wel een hevig verlangen, dat was duidelijk. En ze had nog nooit meegemaakt dat een jongen die zij wilde haar afwees. Cal had haar diep beledigd toen hij mij boven haar verkoos.

Al deze indrukken waren in één oogwenk duidelijk. Eén hartslag, en de kennis was bij me binnen.

Het schoot door mijn hoofd dat niemand van deze mensen, de mensen van mijn coven, van mijn adoptie afwist, behalve Cal. Het was zoiets enorms, zo'n omwenteling in mijn leven en doodeng, en toch was het allemaal in één dag gebeurd. Gisteren. Maar voor hen was gisteren een doodgewone zondag geweest. Het maakte dat ik me gedesoriënteerd en vreemd voelde.

'En,' verbrak Bree de stilte. Ze keek me niet aan. 'Hebben je ouders nog genoten van hun nieuwe lectuur?'

Ik knipperde met mijn ogen. Als ze eens wist wat ze met haar wraak had aangericht. Ik kon alleen maar met mijn hoofd schudden en gaan zitten. Ik durfde het niet aan iets terug te zeggen.

Bree trok een grijns en bleef naar haar laarzen kijken.

Cal pakte mijn hand en hield hem stevig vast.

'Waar heb je het over, Bree?' vroeg Robbie. Hij nam zijn dikke bril van zijn neus en wreef in zijn ogen. Zonder bril leek hij een heel ander mens. De bezwering die ik twee weken geleden had gedaan, werkte beter dan ik ooit voor mogelijk had gehouden. Zijn huid, die ooit vol putjes had gezeten van de acne-littekens, was nu glad en fijn van structuur en vertoonde een vage omtrek van een donkere baard. Zijn neus was klassiek recht, terwijl hij ooit rood en opgezet was geweest. Zelfs zijn lippen leken strakker en aantrekkelijker te zijn, hoewel ik me niet kon herinneren hoe ze daarvoor waren geweest.

'Niks,' zei Bree. 'Niet belangrijk.'

Nee, alleen maar de verwoesting van mijn leven, dacht ik.

'Nou ja,' mompelde Robbie. Hij wreef nog steeds in zijn ogen. 'Verdorie. Heeft iemand een aspirientje? Ik heb ontzettende hoofdpijn.'

'Ik heb wel wat,' zei Sharon, en ze pakte haar handtas.

'Altijd op alles voorbereid,' zei Ethan. Hij glimlachte. 'Zoals het een goede padvindster betaamt.' Sharon keek hem fel aan en gaf Robbie twee tabletjes, die hij zonder water innam.

In onze heksenkring waren de cool kids en de losers, de bollebozen, de malloten, de wietrokers en de prinsessen samengekomen. Het was boeiend om de interactie te zien tussen mensen die zoveel van elkaar verschilden.

'Ik heb het zaterdagavond heel fijn gevonden,' zei Cal na een stilte. 'Ik ben blij dat jullie allemaal geweest zijn. Het was een prima manier om het belangrijkste Wicca-feest te vieren.'

'Ik vond het zo cool,' zei Jenna. 'En Morgan was fantastisch!'

Ik werd er verlegen van en glimlachte maar eventjes naar mijn voeten.

'Het was echt onwijs gaaf,' zei Matt. 'Ik heb gisteren voornamelijk op internet gezeten om Wicca-sites te bekijken. Het zijn er ontiegelijk veel en sommige zijn tamelijk heftig.'

Jenna lachte. 'Sommige zijn ook heel maf! Er zitten rare snuiters tussen! En ze hebben van die stomme muziek.'

'Ik vind die chatrooms vet,' zei Ethan. 'Als je er eentje hebt waar de mensen weten waar ze over praten, wordt het heel interessant. Soms kun je bezweringen en zo van ze downloaden.'

'Er staat ook veel over Yule, dat over een paar maanden komt,' zei Sharon.

'Misschien kunnen we een Yule-feest houden,' zei ik, opgaand in hun gesprek. Toen zag ik hoe Raven en Bree naar me keken – minachtend en hatelijk, alsof ik maar een irritant klein zusje was, in plaats van de meest getalenteerde leerling van de kring. Ik klemde mijn kaken op elkaar en op dat moment zag ik een groot, omgekruld esdoornblad, dat lui naar de grond zweefde. Zonder erbij na te denken tilde ik het met mijn geest op en liet het boven Ravens hoofd zweven.

Ik bleef ernaar kijken en hield het op zijn plaats, boven haar glanzend zwarte haar. Toen liet ik het zachtjes op haar hoofd neerdalen, zodat het net een belachelijk hoedje leek.

Ik lachte openlijk, heel tevreden over mezelf, en Raven kneep haar ogen samen. Ze begreep het niet. Ze kon het grote blad dat daar als een platte, bruine pannenkoek lag, niet voelen, maar het zag er krankzinnig uit.

Toen zag Jenna het en vervolgens stond de hele kring te kijken en te grijnzen, behalve Cal.

'Wat is er?' snauwde Raven. 'Waar kijken jullie naar?'

Zelfs Bree verbeet een glimlach, terwijl ze het blad van

Ravens hoofd veegde. 'Het was maar een blad,' zei ze.

Raven pakte verward haar zwarte tas, net op het moment dat de bel voor de huiswerkklas ging.

We gingen allemaal naar onze klassen. Ik grijnsde nog steeds. Toen boog Cal zich naar me toe en fluisterde: 'Denk aan de wet van drievoudigheid.' Zachtjes raakte hij mijn wang aan en liep weg naar de andere schoolingang, voor zijn eerste lesuur.

Ik slikte. De wet van drievoudigheid was een van de belangrijkste basisregels bij Wicca. Het komt er eigenlijk op neer dat alles wat je zaait, goed of kwaad, in drievoud bij je terugkeert, en dat je dus altijd het goede moet uitzenden. Niet het kwaad. Daarmee zei Cal dus (1) dat hij wist dat ik het blad onder controle had, en (2) dat hij wist dat ik vals bezig was toen ik het deed. En dat het niet cool was.

Ik haalde diep adem en trok het hengsel van mijn rugzak over mijn schouder.

Zodra Cal buiten gehoorsafstand was, zei Raven hatelijk: 'Oké, hij is van jou – voorlopig. Maar hoe lang denk je dat het duurt?'

'Ja,' mompelde Bree. 'Wacht maar, tot hij ontdekt dat je nog maagd bent. Dat zal hij wel heel komisch vinden.'

Ik werd vuurrood. Plotseling zag ik zijn hand weer onder mijn shirt gisterochtend, en hoe ik daarvan geschrokken was.

Raven trok haar wenkbrauwen op. 'Nee toch, is ze nog *maagd*?'

'Ach, Raven, laat toch zitten,' zei Beth, die snel langs haar heenliep. Raven keek haar even verbaasd na en vestigde toen haar aandacht weer op mij.

Bree en Raven begonnen samen te lachen en ik staarde Bree aan. Hoe kon ze zulke persoonlijke dingen van me openbaren? Ik hield mijn mond stijf dicht en liep gewoon door naar het huiswerklokaal – dat ik samen met Bree deelde, uiteraard.

'Ach, kom op, Raven,' zei Bree achter me. 'Iedereen die haar ziet, weet toch dat dát de reden niet kan zijn waarom hij haar wil hebben.'

Ik geloofde mijn oren niet. Bree, die altijd had gezegd dat ik niet zo negatief moest zijn over mijn uiterlijk, die volhield dat mijn platte boezem er niet toe deed, die jaren haar best had gedaan om me een aantrekkelijk zelfbeeld te geven, dezelfde Bree keerde zich totaal tegen me.

'Je weet wel waarom, hè?' ging Raven giftig door. Zou een van hen eigenlijk in de gaten hebben dat ik in staat was ze allebei te vermoorden? vroeg ik me af. 'Cal zag haar en het was *heks* op het eerste gezicht.'

Ik rende naar de klas en hun gelach galmde achter me aan. Wat een *krengen* zijn jullie, grauwde ik bij mezelf. In de klas had ik tien minuten nodig om te proberen mezelf tot bedaren te brengen, rustig te ademen en mijn woede los te laten.

Even was ik blij dat ik gemeen tegen Raven was geweest. Ik had tien keer zo gemeen moeten zijn. Ik kon het niet helpen. Ik wilde Raven en Bree wegvagen. Ik wilde dat ze zich ellendig voelden.

6.
Zoeken

9 januari 1980

Gisteravond is het lichaam van Morag Sheehan gevonden. Aan de voet van de rotsen, bij de boerderij van de oude Towson. Het was laagtij vanwege de maan, anders zou ze door de vloed zijn meegenomen, zonder dat wij het ooit hadden geweten. En nu is ze dus gevonden, door de jonge Billy Martin en Hugh Beecham. Eerst dachten ze nog dat het een verkoolde, verrotte scheepsmast was. Maar dat was het niet. Het was alleen maar een verbrande heks.

Natuurlijk kwam 'De Nauwe Poort' voor zonsopgang bijeen. We hebben dekens aan de binnenkant van de luiken gehangen en vergaderden aan de keukentafel bij mijn ouders. Het punt is, dat ma en ik vorig jaar nog zo'n heel krachtige bescherming om Morag hadden heen gelegd. Daarna was er niets misgegaan met haar. Alles was prima in orde.

'Jullie weten wat dit betekent,' zei Paddy McTavish. 'Geen mens had haar kunnen genaken, niet met die bescherming om haar heen en alle banrituelen die ze zelf deed.'

'Wat wil je daarmee zeggen?' vroeg ma.

'Ik zeg dat ze gedood is door een heks,' antwoordde Paddy.

Toen hij dat gezegd had, leek het natuurlijk voor de hand te liggen. Morag was gedood door een heks. Iemand van ons? Beslist niet. Is er dan iemand in de buurt, iemand van wie we niets weten? Iemand van een andere heksenkring?

Ik krijg het koud als ik aan een dergelijk kwaad denk.

Tijdens de volgende cirkel gaan we schouwen. Tot die tijd houd ik mijn ogen wijdopen bij alles en iedereen.

— Bradhadair

De eerste kans die ik kreeg om Cal te vertellen over mijn onderzoek was na school. Hij liep met me mee naar Das Boot en we bleven bij mijn auto staan praten. 'Ik heb iets over Maeve Riordan ontdekt,' zei ik plompverloren. 'Een beetje althans.'

'Vertel,' zei hij, maar ik zag hem op zijn horloge kijken.

'Moet je weg?' vroeg ik.

'Over een minuutje,' verontschuldigde hij zich. 'Ik moet mijn moeder vanmiddag helpen. Iemand uit haar coven is ziek en we gaan een healing doen.'

'Kunnen jullie dat?' Het leek wel alsof ik iedere dag nieuwe magische mogelijkheden leerde.

'Jazeker,' zei Cal. 'Ik zal niet zeggen dat we hem helemaal kunnen genezen, maar het zal absoluut een stuk beter met hem gaan. Maar vertel wat je hebt ontdekt.'

'Ik heb via de computer gezocht,' zei ik, 'en ik stuitte op een heleboel losse eindjes. Maar ik heb haar naam op een stamboom-site gevonden en dat leidde me naar een artikeltje in de *Meshomah Falls Herald*. Dus toen ben ik in de bibliotheek gaan zoeken.'

'Waar ligt Meshomah Falls?' vroeg Cal.

‘Maar een paar uur hiervandaan. Maar goed, in het artikel stond dat ze een verbrand lijk hadden geïdentificeerd als Maeve Riordan, afkomstig uit Ballynigel in Ierland. Ze was drieëntwintig.’

Cal trok rimpels in zijn voorhoofd. ‘Denk je dat zij het is?’

Ik knikte. ‘Ze moet het wel zijn. Ik bedoel, er waren wel andere Maeve Riordans, maar deze woonde heel dichtbij en de tijd klopt... Ik zou zeven maanden oud zijn geweest toen zij stierf.’

‘Werd er in het artikel iets over een baby gezegd?’ vroeg Cal.

Ik schudde mijn hoofd.

Hij streek over mijn haar. ‘Ik vraag me af of we ergens anders meer informatie vandaan kunnen halen. Laat me er even over nadenken. Red je het wel? Ik wil niet gaan, maar ik moet eigenlijk wel.’

‘Met mij gaat het best.’ Ik keek op naar zijn gezicht en genoot van de wetenschap dat hij om me gaf. En heus niet alleen omdat ik een bloedheks was, zoals hij. Raven en Bree waren gewoon jaloers – ze wisten niet waar ze over spraken.

We gaven elkaar een tedere kus en Cal liep naar zijn auto. Ik keek hem na toen hij wegreed.

In mijn ooghoek zag ik iets bewegen. Het waren Tamara en Janice, die op het punt stonden in Tamara’s auto te stappen. Ze trokken een veelbetekenende grijns naar me en wiebelden met hun wenkbrauwen. Tamara stak twee duimen op. Ik grijnsde een beetje opgelaten terug, maar ik was ook heel blij. Toen ze wegreden schoot het door mijn hoofd dat wij drieën binnenkort een keer naar de bios zouden gaan.

‘Ga je niet naar de schaakclub?’ hoorde ik Robbies stem achter me. Ik keek om en zag hem met grote stappen aankomen. Het zonlicht flitste in zijn brillenglazen. Zijn onregelmatig geknipte bruine haar, dat een maand geleden nog zo vreselijk stond, gaf hem nu een ondeugend en trendy uiterlijk.

Ik dacht even na. ‘Nee, ik ga niet,’ zei ik. ‘Ik weet het niet – ik vind schaken op dit moment een beetje zinloos.’

‘Niet het schaken zelf,’ zei Robbie. Zijn blauwgrijze ogen stonden ernstig achter die lelijke bril. ‘Het schaken zelf is nog steeds ontzaglijk mooi en kristalhelder.’

Ik zette me al schrap voor een van Robbies schaaktirades. Hij is bijna verliefd op dat spel. Maar hij zei enkel: ‘Het is alleen het clubgebeuren dat zinloos is geworden. Het schoolse ervan.’ Hij keek me aan. ‘Als je hebt gezien dat een vriendin van je bloemen kan laten bloeien, lijken de school en de clubjes op een of andere manier... stom.’

Ik voelde me trots en verlegen tegelijk. Ik vond het heerlijk dat ik zo begaafd was en dat mijn erfenis terug te zien was in mijn vermogens. Maar ik was eraan gewend om deel van het meubilair te zijn, geen deining te veroorzaken en tevreden in de schaduw van Bree te staan, en dus kon ik maar moeilijk wennen aan zoveel aandacht.

‘Ga je naar huis?’ vroeg Robbie.

‘Ik weet het niet. Ik heb niet zoveel zin,’ zei ik, maar eigenlijk draaide mijn maag al om bij de gedachte dat ik mijn ouders weer onder ogen moest komen. Toen kreeg ik een beter idee. ‘Hé, heb jij zin om naar “Practical Magick” te gaan?’ Ik voelde me lekker en schuldig tegelijk, toen ik dat voorstel deed. Mijn moeder zou het beslist niet goedvinden dat ik naar een winkel van Wicca ging. Maar wat dan nog? Dat was niet mijn probleem.

'Cool,' zei Robbie. 'Dan gaan we ook naar Baskin-Robbins. Laat je wagen maar staan, dan breng ik je hier wel weer terug.'

'Goed, dat doen we.' Op weg naar de auto van Robbie ving ik een glimp op van het rechte, kastanjebruine haar van Mary K. Mijn ogen bleven hangen bij Mary K. en Bakker, die tegen elkaar aangeplakt aan de zijkant van het natuurkundegebouw hingen. Ik kneep mijn ogen tot spleetjes. Het was een heel bizar gevoel om je veertienjarige zus met iemand te zien zoenen.

'Zet 'm op, Bakker,' bromde Robbie. Ik gaf hem een stomp tegen zijn arm.

Ik kon nergens anders naar kijken toen we naar Robbies donkerrode Kever liepen. Ik zag Mary K. lachen. Ze wurmde zich uit de armen van Bakker. Hij ging haar achterna en ving haar weer.

'Bakker!' gilde Mary K. Haar haren wapperden.

'Mary K!' riep ik opeens, zonder te weten waarom.

Ze keek op, nog steeds gevangen in zijn armen. 'Hoi!'

'Ik rijd met Robbie mee,' zei ik, en wees naar hem.

Ze knikte en gebaarde naar Bakker. 'Bakker brengt me wel thuis. Oké?' vroeg ze aan hem.

Hij snuffelde in haar hals. 'Wat je maar wilt.'

Ik onderdrukte een gevoel van onbehagen en stapte in Robbies auto.

Het ritje naar het noordelijker gelegen Red Kill duurde maar vijfentwintig minuten. Vergeleken met Das Boot was de auto van Robbie klein en knus. Ik merkte dat Robbie met zijn ogen kneep en erin wreef.

'Dat doe je vaak, de laatste tijd,' zei ik.

'Ik word gek van die ogen. Ik moet een nieuwe bril hebben,' zei hij. 'Mijn moeder heeft een afspraak gemaakt voor morgen.'

'Mooi.'

'Waar had Bree het vanochtend over?' vroeg hij. 'Die nieuwe lectuur van je ouders?'

Ik trok mijn neus op en zuchtte. 'Nou ja, Bree is heel erg kwaad op me.' Dat was een open deur. 'Het gaat allemaal om Cal – ze wilde verkering met hem en hij wilde verkering met mij. Dus haat ze me, vermoed ik. In ieder geval – je wist toch dat ik mijn Wicca-boeken bij haar thuis verstopt had?'

Robbie knikte, maar bleef op de weg kijken.

'Ze heeft ze gisterochtend allemaal bij mijn voordeur gedumpt,' legde ik uit. 'Mijn moeder ging helemaal over de rooie. Het is een ontzettende puinhoop,' vatte ik de zaak nogal ruw samen.

'O,' zei Robbie.

'Ja.'

'Ik wist dat Bree Cal leuk vond,' zei Robbie. 'Ik vond ze niet bij elkaar passen.'

Ik glimlachte geamuseerd naar hem. 'Bree zorgt er wel voor dat iedereen bij haar past. Maar goed, laten we het daar niet over hebben. Het is allemaal nogal... akelig verlopen. Het enige goede eraan is dat Cal en ik elkaar hebben gevonden en dat is echt hartstikke fijn.'

Robbie keek even opzij naar me en knikte. 'Hmm,' zei hij.

'Hmm, wat?' vroeg ik. 'Bedoel je, hmm, wat geweldig, of hmm, dat weet ik nog zo net niet?'

'Meer, hmm, wat gecompliceerd, denk ik,' zei Robbie. 'Je weet wel, vanwege Bree en zo.'

Ik keek naar hem, maar hij lette weer op de weg en ik kon aan zijn profiel niets aflezen.

Ik keek uit het raampje. Ik wilde het hebben over iets dat we nog niet helemaal hadden uitgepraat. 'Robbie, het spijt me echt hoor, van die bezwering. Je weet wel, dat met je huid.'

Hij schakelde zonder iets te zeggen.

'Ik zal het nooit meer doen,' beloofde ik nog eens.

'Dat moet je niet zeggen. Beloof me alleen dat je het nooit meer doet zonder het me te vertellen,' zei hij en vond een kleine ruimte om zijn Kever te parkeren. Hij draaide zich naar me om. 'Ik was kwaad omdat je het had gedaan zonder het te zeggen,' zei hij. 'Maar ik bedoel, jezus, moet je kijken.' Hij wees op zijn gladde gezicht. 'Ik had nooit gedacht dat ik er zo uit kon zien. Ik dacht dat ik eeuwig met een pizzakop zou rondlopen. En mijn hele leven vreselijke littekens zou overhouden.' Hij keek voor zich uit over het stuur. 'Als ik nu in de spiegel kijk, ben ik gelukkig. Meisjes kijken naar me – meisjes die me altijd negeerden of medelijden met me hadden.' Hij haalde zijn schouders op. 'Hoe kan ik daar nou kwaad om zijn?'

Ik stak mijn hand uit en raakte zijn arm aan. 'Dank je.'

Hij grijnsde terug en zwaaide zijn portier open. 'Laten we contact gaan maken met de heks in ons.'

Zoals altijd was het schemerig in 'Practical Magick' en rook het er naar kruiden, olie en wierook. Na het kille novemberzonnetje voelde de winkel warm en gastvrij. Het interieur van de zaak was in twee afdelingen onderverdeeld. De ene helft bestond uit boekenplanken van de vloer tot aan het plafond en de andere helft werd in beslag genomen door planken met kaarsen, kruiden, essentiële oliën, altaarvoorwerpen en magische symbolen, rituele dolken die athames genoemd werden, gewaden, posters zelfs Wicca-koelkastmagneten.

Ik liet Robbie bij de boeken achter en liep naar de kruidenafdeling. Het zou mijn hele leven en nog langer in beslag kunnen nemen om ermee te leren werken, dacht ik. Dat was een gedachte om moedeloos van te worden, maar ook opwindend. Ik had kruiden gebruikt in de bezwering waardoor Robbie van zijn acne was genezen en ik was in extase geraakt in de kruidentuin van het klooster van Killburn, tijdens een uitstapje van de kerk.

Ik bladerde in een gids voor magische planten in het noordoosten van het land, toen ik iets voelde prikkelen. Toen ik opkeek zag ik David, een van de winkelbedienden, staan. Ik werd altijd gespannen en nerveus van hem en ik kon er nooit precies de vinger opleggen waarom.

Ik herinnerde me dat hij me had gevraagd bij welke clan ik hoorde en dat hij tegen Alyce, zijn collega die hier werkte, had gezegd dat ik een heks was die pretendeerde dat niet te zijn.

Ik was op mijn hoede toen ik hem aan zag komen. Zijn korte, grijze haar leek wel van zilver in het fluorescerende licht van de winkel.

'Er is iets aan je veranderd,' zei hij met zijn zachte stem. Zijn bruine ogen waren op me gevestigd.

Ik dacht aan Samhain, toen de nacht uiteengespat was en aan zondag, toen mijn familie uiteengespat was. Ik zei niets.

'Je bent een bloedheks,' zei hij, alsof hij alleen maar bevestigde wat ik gezegd had, 'en je weet het nu.'

Hoe kan hij dat zien? vroeg ik me met een zweem van angst af.

'Verbaasde het je echt?' vroeg hij.

Ik keek rond of ik Robbie zag. Hij stond verderop bij de boeken.

'Ja, ik was wel een beetje verbaasd,' gaf ik toe.

'Heb je een Boek der Schaduwen?' vroeg hij.

'Ik ben eraan begonnen.' Ik dacht aan het prachtige lege boek met het gemarmerde papier dat ik een paar weken geleden had gekocht. Ik had de bezweringsformule erin opgeschreven die ik voor Robbie had gedaan en ook mijn ervaring tijdens Samhain. Maar waarom wilde David dat weten?

'Heb je dat van je clan, of van je coven?' vroeg hij. 'Of dat van je moeder?'

'Nee,' zei ik kortaf. 'Daar is geen kans op.'

'Wat jammer,' zei hij na een stilte. Toen rinkelde de bel en ging hij weg om een andere klant te helpen bij het uitzoeken van een sieraad.

Toen ik langs het middenpad keek, zag ik dat de andere winkelbediende, Alyce, helemaal aan de andere kant bezig was kaarsenhouders op een lage plank te rangschikken. Ze was ouder dan David, een ronde, moederlijke vrouw, met prachtig grijs haar in een losse knot boven op haar hoofd. Ik mocht haar op het eerste gezicht. Met het kruidenboek nog in mijn hand, slenterde ik door het gangpad naar haar toe.

Ze keek op en glimlachte even, alsof ze op me had gewacht. 'Hoe gaat het met je, kindje?' Er lag een wereld van betekenis in haar woorden, en even dacht ik dat ze precies wist wat er gebeurd was sinds ze me een week voor Samhain had geholpen een kaars uit te zoeken.

Ik wist niet wat ik zeggen moest. 'Afschuwelijk,' flapte ik eruit. 'Ik ben er pas achtergekomen dat ik een bloedheks ben. Mijn ouders hebben mijn hele leven tegen me gelogen.'

Alyce knikte alsof ze het wist. 'Dan had David dus gelijk.' Haar stem was alleen voor mij hoorbaar. 'Ik heb het ook gedacht.'

'Hoe weten jullie dat?'

'We kunnen ze herkennen,' zei ze nuchter. 'We zijn zelf bloedheksen, hoewel we niet weten bij welke clan we horen.'

Ik staarde haar aan.

'Vooral David heeft sterke vermogens,' vervolgde Alyce. Met haar mollige handen zette ze kaarsenhouders in de vorm van sterren, manen en pentagrammen netjes op een rij.

'Hebben jullie een coven?' fluisterde ik.

'De Kring van de Ster,' zei Alyce. 'Bij Selene Belltower.'

De moeder van Cal.

Robbie kwam aan de andere kant van het pad, een meter of tien verderop, te voorschijn. Hij stond met een jonge vrouw te praten, die op een flirterige manier naar hem glimlachte. Robbie duwde zijn bril opzij, wreef in zijn ogen en gaf haar toen antwoord. Ze lachte en ze slenterden samen terug naar de boekenafdeling. Ik hoorde het gemompel van hun stemmen. Even wilde ik me uit nieuwsgierigheid concentreren op wat er gezegd werd, maar realiseerde me dat het feit dat ik het kon doen, nog niet betekende dat ik het moest doen.

Opeens schoot er iets door mijn hoofd. 'Alyce, weet jij iets van Meshomah Falls?' vroeg ik.

Het was alsof ze door een slang werd gebeten. Ze deinsde letterlijk terug en er trok een uitdrukking van smart over haar ronde gezicht. Langzaam en met een gefronst gezicht, alsof ze onder een zware last gebukt ging, kwam ze overeind.

Ze keek me recht in mijn ogen. 'Waarom vraag je dat?' zei ze.

‘Ik wil meer weten... over een vrouw die Maeve Riordan heette,’ zei ik. ‘Ik moet daar meer over weten.’

Alyce hield mijn blik een hele tijd vast.

‘Die naam ken ik,’ zei ze.

7. Verbrand

8 mei 1980

Angus heeft me met Beltane ten huwelijk gevraagd. Ik heb nee gezegd. Ik ben pas achttien en nauwelijks uit Ballynigel weg geweest. Weet je, ik dacht erover een rondreis te gaan maken, een maand met een bus door Europa. Ik houd best wel van Angus. En ik weet dat hij goed is. Hij zou zelfs mijn mùirn beatha dàn, mijn zielsverwant kunnen zijn, wie weet? Maar misschien ook niet! Soms heb ik het gevoel dat hij het is, soms niet. Het punt is: hoe kan ik dat weten? Ik heb maar verdomd weinig heksen in mijn leven ontmoet die geen familie van me zijn. Ik moet het zeker weten. Ik moet meer weten voordat ik kan besluiten voor altijd bij hem te blijven.

'Wat ga je doen?' vraagt hij. 'En met wie? Met iemand die niet van jouw soort is, zoals David O'Hearn? Een mens?'

Natuurlijk niet. Als ik kinderen wil kan ik niet met een mens omgaan. Maar misschien wil ik geen kinderen. Ik weet het niet. Van onze clan zijn er niet zoveel, en om onze clan te verlaten voor een andere, zou ontrouw zijn. Maar om mijn lot met achttien al te bezegelen lijkt me ook ontrouw – ontrouw jegens mezelf.

En na alles wat er gebeurd is – de moord op Morag, de noodlotsbezweringen, de behekste runen (Mathair noemt het sigils) die we hebben gevonden – ik weet het gewoon niet. Ik wil weg. Nog maar drie weken, dan doe ik eindexamen en ben ik klaar met school. Ik kan haast niet wachten.

Het is al laat en ik moet een beschermingsformule doen voor ik ga slapen, om het kwaad bij me weg te houden. Dat doen we de laatste tijd allemaal.

– Bradhadair

Ik wachtte terwijl Alyce in haar geheugen zocht. Er stond een hoge, haveloze kruk in de buurt, vol verfvlekken in allerlei kleuren. Ik ging erop zitten en keek Alyce aandachtig aan.

'Ik heb Maeve Riordan nooit gekend,' zei Alyce eindelijk. 'Ik heb haar nooit ontmoet. Ik woonde in Manhattan toen al die dingen gebeurden. Ik hoorde het eigenlijk jaren later pas, toen ik hiernaartoe verhuisde. Maar het was groot nieuws in de Wicca-gemeenschap en de meeste heksen die hier wonen, weten ervan.'

Ik vond het schokkend dat veel mensen het verhaal over wat er met mijn moeder was gebeurd, kenden, terwijl ik praktisch niets wist. Ik wachtte, want ik wilde Alyce niet storen bij het nadenken.

'Dit is de versie van het verhaal zoals ik het heb gehoord,' zei Alyce. Het leek alsof haar stem over grote afstand tot me kwam. 'Maeve Riordan was een bloedheks uit een van de Zeven Grote Clans, maar we weten niet precies welke. De heksenkring waar ze vandaan kwam heette "De Nauwe Poort", en ze kwam uit Ballynigel in Ierland.'

Ik knikte. Ik had de woorden *Nauwe Poort* en *Ballynigel* op Maeves stamboom-site zien staan, de site die afgesloten was.

'"De Nauwe Poort" stond erg op zichzelf en had weinig interactie met andere clans of heksenkringen,' vervolgde Alyce. 'Ze deden erg aan geheimhouding en daar hadden ze misschien ook redenen voor. In ieder geval werd "De Nauwe Poort" in de late jaren zeventig en vroege jaren tachtig vervolgd, naar ik heb begrepen. De leden werden op straat door de mensen uit het dorp beschimpt en hun kinderen werden op school buitengesloten. Je moet bedenken dat Ballynigel een klein dorp was, dicht bij de westkust van Ierland. De mensen daar waren voornamelijk boeren of vissers. Niet erg werelds en niet hoogopgeleid. Heel conservatief,' verklaarde Alyce. Ze zweeg en dacht na.

Voor mijn geestesoog zag ik glooiende heuvels, diepgroen als door zon beschenen mos. De zilte lucht leek mijn huid te strelen. Ik rook de scherpe geur van zeewier en brak water, vis en een bijna onaangename, maar toch bekende lucht, die mijn brein identificeerde als grauwveenturf, wat dat ook moge zijn.

'De dorpelingen hadden waarschijnlijk altijd vreedzaam met de heksen samengeleefd, maar zo nu en dan komt zo'n dorp om een of andere reden in beroering en worden de mensen bang. Na maanden van vervolging werd er een plaatselijke heks vermoord. Ze was verbrand en van een rots gegooid.'

Ik slikte moeilijk. Ik wist uit de boeken dat verbranding de traditionele methode was om heksen te doden.

'Men fluisterde, dat het een andere heks was geweest, geen mens, die het had gedaan,' vervolgde Alyce.

'En hoe zat het met Maeve Riordan?' vroeg ik.

'Zij was de dochter van de plaatselijke hogepriesteres, een vrouw die Mackenna Riordan heette. Op haar veertiende werd Maeve bij "De Nauwe Poort" ingewijd en kreeg ze de naam Bradhadair: Vuurmaakster. Ze schijnt erg machtig te zijn geweest. Heel erg machtig.'

Mijn moeder.

'Maar goed, in Ballynigel werd de toestand voor de heksen steeds onhoudbaarder. Ze moesten in andere plaatsen boodschappen doen, pachtcontracten liepen af en werden niet verlengd, maar op een of andere manier konden ze ermee omgaan.'

'Waarom zijn ze niet weggegaan?' vroeg ik.

'Ballynigel was een krachtcentrum,' verklaarde Alyce. 'Althans, dat was het voor de heksenkring. Er was iets in dat gebied – misschien omdat er al eeuwenlang aan magie was gedaan – maar het was een heel goede plek voor heksen. De meesten van "De Nauwe Poort" hadden in dat land wortels, die ontelbare generaties terugreikten. Hun mensen hadden er altijd gewoond. Ik kan me indenken dat ze zich nauwelijks konden voorstellen ergens anders te moeten wonen.'

Het was voor een Amerikaan met familiewortels die maar honderd jaar teruggingen al onvoorstelbaar. Ik haalde diep adem en keek rond of ik Robbie zag. Ik kon hem nog steeds horen praten met het meisje aan de andere kant van de winkel. Ik keek op mijn horloge. Halfzes. Ik moest gauw naar huis. Maar ik hoorde eindelijk iets over mijn verleden, mijn geschiedenis, en ik kon me er niet van losmaken.

'Hoe weet je dit allemaal?' vroeg ik.

'Er is door de jaren heen over gepraat,' zei Alyce. 'Het kan net zo goed iemand van ons overkomen, snap je.'

Ik kreeg er koude rillingen van en ik staarde haar aan. Voor mij was magie prachtig, één en al blijheid. Zij herinnerde me eraan dat talloze mannen en vrouwen ervoor gestorven zijn.

'Uiteindelijk vertrok Maeve Riordan toch,' vervolgde Alyce met een triest gezicht. 'Op een nacht vond er een enorme... uitroeiing plaats; ik weet geen beter woord.'

Ik huiverde. Een ijzige wind woei over me heen en bleef bij mijn voeten hangen.

'"De Nauwe Poort" werd praktisch gedecimeerd,' ging Alyce verder. Het klonk alsof ze de woorden maar moeilijk over haar lippen kon krijgen. 'Het is niet duidelijk of het de mensen van het dorp zijn geweest, of dat het afkomstig was van een machtige, zwartmagische krachtbron die de coven wegvaagde, maar die nacht werden de huizen platgebrand, auto's gingen in vlammen op, oogstvelden werden verwoest, boten tot zinken gebracht... en drieëntwintig mannen, vrouwen en kinderen werden gedood.'

Ik merkte dat ik hijgde en mijn maag verkrampte. Ik voelde me ziek, duizelig en paniekerig. Het was ondraaglijk om aan te horen.

'Maar Maeve niet,' fluisterde Alyce, die haar ogen afwendde alsof ze in de verte dingen zag. 'Maeve wist die avond te ontsnappen en ook haar geliefde, de jonge Angus Bramson. Maeve was twintig, Angus tweeëntwintig, en samen zijn ze gevlucht. Ze namen de bus naar Dublin en een vliegtuig naar Engeland. Van daaruit zijn ze naar New York gegaan, en uit New York City zijn ze naar Meshomah Falls gekomen.'

'Zijn ze getrouwd?' zei ik hees.

'Daar is niets over terug te vinden,' antwoordde Alyce. 'Ze vestigden zich in Meshomah Falls, namen allebei een baan en zwoeren de hekserij volledig af. Naar het schijnt hebben ze twee jaar lang niets aan Wicca gedaan, geen machten aangeroepen en geen magie bedreven.' Ze schudde treurig haar hoofd. 'Dat moet een gevoel zijn alsof je in een dwangbuis leeft. Alsof je in een kist gesmoord wordt. En toen kregen ze een baby in het plaatselijke ziekenhuis. Wij denken dat de vervolging meteen daarna is begonnen.'

Ik had het gevoel alsof mijn keel dichtgeknepen werd en trok mijn trui bij mijn keel weg, omdat ik leek te stikken.

'Eerst waren het kleine dingen – runen die op gevaar duidden, die op de zijkant van hun huisje waren geschilderd. Er waren kwade sigils, behekste runen voor een of ander zwartmagisch doel, in de portieren van hun auto gekrast. Op een dag hing er een dode kat aan hun veranda. Als ze naar de plaatselijke heksenkring waren gegaan, hadden ze geholpen kunnen worden. Maar ze wilden niets meer met hekserij van doen hebben. Nadat "De Nauwe Poort" was vernietigd, wilde Maeve er niets meer mee te maken hebben. Hoewel het natuurlijk in haar bloed zat. Het heeft geen zin te ontkennen wat je bent.'

Een grote angst dreigde me te overweldigen en ik had wel gillend de winkel uit willen rennen.

Alyce keek me aan. 'Na de brand werd het Boek der Schaduwen van Maeve gevonden. Het werd gelezen en men vertelde de verhalen die ze had opgeschreven, door.'

'Waar is het nu?' wilde ik weten. Alyce schudde haar hoofd.

'Ik weet het niet,' zei ze zacht. 'Het verhaal van Maeve eindigt ermee, dat zij en Angus in een schuur zijn verbrand.'

Traag biggelden de tranen over mijn wangen.

'Wat is er met de baby gebeurd?' vroeg ik gesmoord.

Alyce keek me meelevend aan. Jaren van wijsheid stonden op haar gezicht te lezen. Ze hief haar naar bloemen geurende hand op en raakte mijn wang aan. 'Ook dat weet ik niet, lieve kind,' zei ze zo zachtjes, dat ik haar haast niet kon verstaan. ‘Ja, wat is er met de baby gebeurd?’

Er dreef een mist voor mijn ogen. Ik moest gaan liggen, anders zou ik omvallen of krijsend de straat oprennen.

‘Hé, Morgan!’ drong de stem van Robbie tot me door. ‘Ben je zover? Ik moet naar huis.’

‘Het beste,’ fluisterde ik. Ik draaide me om en rende de deur uit, met Robbie achter me aan, die golven van ongerustheid uitzond.

Achter me voelde ik de woorden van Alyce eerder dan dat ik ze hoorde: ‘Niet vaarwel, lieve kind. Je komt weer terug.’

8. Woede

1 november 1980

Wat een schitterend Samhain hebben we gisteravond gehad! Nadat we een machtige cirkel hadden gehouden, die ik van ma mocht leiden, hebben we gedanst en muziek gemaakt en naar de sterren gekeken. Het was een nacht vol cider, gelach en hoop op betere tijden. Het is de laatste tijd erg rustig geweest – is het kwaad voorbijgetrokken? Heeft het zich ergens anders genesteld? Godin, ik bid van niet, want ik wil ook niet dat anderen lijden zoals wij geleden hebben. Maar ik ben dankbaar dat we niet bij ieder geluidje hoeven te schrikken.

Angus heeft me een schattige kitten gegeven – een wit katertje, dat ik Dagda heb genoemd. Dat is wel een heel machtige naam om hoog te houden! Hij is zo'n dotje. Ik ben dol op hem; echt iets voor Angus om op dat idee te komen. Vandaag is mijn wereld gezegend en een en al vrede.

Gezegend zij de Godin dat ze ons weer een jaar veilig heeft behoed.

Gezegend zij Moeder Aarde dat ze ons laat delen in haar overvloed, hier en ver weg.

Gezegend zij de magie, waaruit alle zegeningen voortvloeien.

Gezegend zij mijn hart, want ik zal het volgen waar het gaat.

— Bradhadair

Dagda staat nu te miauwen om naar buiten te mogen!

'Wat is er aan de hand?' wilde Robbie weten, toen we in de auto zaten.

Ik snufte en veegde met mijn hand over mijn gezicht. 'O, Alyce heeft me een treurig verhaal verteld over heksen die doodgegaan zijn.'

Hij kneep zijn ogen samen. 'En jij huilt, omdat...' hielp hij me verder.

'Het heeft me gewoon aangegrepen. Ik ben zó teerhartig.' Ik probeerde het luchtig te laten klinken.

'Goed, zeg het dan maar niet.' Het klonk geïrriteerd. Hij startte de auto en begon aan de terugrit naar Widow's Vale.

'Het is gewoon... ik kan er nog niet over praten, Robbie, oké?' Ik fluisterde bijna.

Hij zweeg een paar tellen en knikte toen. 'Goed. Maar als je ooit een schouder nodig hebt, moet je het zeggen.' Wat lief van hem. Een golf van warmte spoelde over me heen. Ik klopte hem op zijn schouder. 'Dank je. Dat helpt echt.'

Onderweg werd het donker en tegen de tijd dat we bij school waren, brandden de straatlantaarns. In gedachten was ik voortdurend met het lot van mijn biologische moeder bezig geweest en ik keek dan ook verrast op toen Robbie stopte en ik het schoolgebouw en mijn auto herkende, die daar in zijn eentje op straat stond.

'Bedankt voor de lift,' zei ik. In het donker waaiden de bladeren van de bomen en vlogen snel door de lucht. Eentje raakte me en ik deinsde achteruit.

'Gaat het wel?' vroeg hij.

'Ik denk het wel. Nogmaals bedankt. Tot morgen,' zei ik, en stapte in Das Boot.

Het leek wel alsof ik de geschiedenis van mijn biologische moeder had herbeleefd. Zij moest dezelfde Maeve Riordan zijn degene die op mijn geboortebewijs stond. Het kon niet anders. Ik probeerde me te herinneren of ik mijn geboorteplaats had zien staan – of het Meshomah Falls was, of Widow's Vale. Ik kon het me niet herinneren. Zouden mijn ouders iets van dit verhaal afweten? Hoe hadden ze me gevonden? Hoe was ik geadopteerd? Dezelfde oude vragen.

Ik startte mijn auto en merkte dat ik alweer kwaad werd. Zij hadden de antwoorden en die zouden ze me geven ook. Vanavond nog. Ik kon geen dag langer leven zonder het te weten.

Ik parkeerde bij het huis en stormde het pad op. Onderwijl formuleerde ik in mijn hoofd al wat ik zou gaan zeggen en de vragen die ik zou stellen. Ik gooide de voordeur open – en zag tante Eileen en haar vriendin, Paula Steen, op de bank zitten.

'Morgan!' zei tante Eileen en stak haar armen naar me uit. 'Hoe gaat het met mijn lievelingsnicht?'

Ik gaf haar een kus. Mary K. zei: 'Tegen mij zei ze precies hetzelfde.'

Tante Eileen lachte. 'Jullie zijn allebei mijn lievelingsnichten.'

Ik glimlachte en probeerde een schakelaar in mijn hoofd om te zetten. Voorlopig geen confrontatie met mijn ouders dus. En toen – *toen pas* – realiseerde ik me, dat tante Eileen wist dat ik geadopteerd was. Natuurlijk wist ze het. Ze is mijn moeders zuster. Alle vrienden van mijn ouders moesten het in feite weten. Ze hadden altijd hier in Widow's Vale gewoond, en tenzij mijn moeder een zwangerschap had gefaket, wat ik haar niet zag doen, wisten ze allemaal dat ik zomaar uit het niets was verschenen. En toen had ze twee jaar later echt een baby gekregen, Mary K. O, god, dacht ik vol walging. Ik voelde me totaal, maar dan ook totaal vernederd en voor schut staan.

'Luister, we hebben Chinees gehaald,' zei tante Eileen. Ze stond op.

'Het eten staat klaar!' riep mam vanuit de eetkamer. Ik had er alles voor over om daar niet naar binnen te hoeven, maar ik kon er absoluut niet onderuit. Met z'n allen dromden we erheen. Midden op de tafel stonden witte kartonnen dozen en bakjes van schuimplastic.

'Hoi,' zei mam, die naar mijn gezicht keek. 'Je bent net op tijd.'

'Hmm,' zei ik zonder haar aan te kijken. 'Ik was bij Robbie.'

'Robbie ziet er de laatste tijd fantastisch uit,' zei Mary K., terwijl ze babi pangang opschepte. 'Heeft hij een nieuwe huidarts?'

'Eh, dat weet ik niet,' zei ik vaag. 'Zijn huid is inderdaad heel erg vooruitgegaan.'

'Misschien is hij er gewoon overheen gegroeid,' opperde mam. Ongelooflijk, dat ze gewoon over koetjes en kalfjes kon praten. Ik begon te koken van frustratie en probeerde intussen mijn eten door mijn keel te wurgen.

'Kun je de babi pangang doorgeven?' vroeg mijn vader.

Een tijdlang aten we allemaal. Als tante Eileen en Paula al in de gaten hadden dat het er een beetje eigenaardig aan toe ging, vormelijk en minder spraakzaam, dan lieten ze het niet merken. Maar zelfs Mary K., die altijd heel druk was, hield zich in.

'O ja, Morgan, Janice heeft gebeld,' zei pap. Ik kon zien dat hij zijn best deed een normale toon aan te slaan. 'Ze vroeg of je haar terugbelt. Ik heb gezegd dat je dat na het eten doet.'

'Oké, bedankt,' zei ik. Ik propte een grote hap pannenkoek met sjalotjes in mijn mond, dan viel het niet zo op dat ik stil was.

Na het eten stond tante Eileen op en liep naar de keuken. Ze kwam terug met een fles cider en een dienblad met glazen.

'Wat krijgen we nou?' zei mam met een verbaasde glimlach.

'Nou,' zei tante Eileen verlegen, toen Paula opstond en naast haar ging staan. 'We hebben heel goed nieuws.'

Mary K. en ik keken elkaar aan.

'We gaan samenwonen,' kondigde Eileen met een dolgelukkig gezicht aan. Ze lachte naar Paula, die haar een zoen gaf.

'Ik heb mijn appartement al te koop aangeboden, we zijn op zoek naar een huis,' zei Paula.

'O, wat geweldig,' zei Mary K., die opstond om tante Eileen en Paula te omhelzen. Ze straalden. Ik stond ook op om ze te omhelzen en mam ook. Pap gaf Eileen een zoen en Paula een hand.

'Dat is fantastisch,' zei mam, hoewel je aan haar gezicht kon zien dat ze het beter had gevonden als ze elkaar wat langer hadden gekend.

Eileen liet de kurk van de bruisende cider knallen en schonk in. Paula deelde de glazen rond. Mary K. en ik namen meteen een slok.

‘Zoeken jullie een koophuis of een huurhuis met z’n tweeën?’ vroeg mam.

‘We zoeken iets om te kopen,’ zei Eileen. ‘We hebben nu allebei een flat, maar we willen een hond, dus hebben we buitenruimte nodig.’

‘En ik moet ruimte hebben voor een tuin,’ zei Paula.

‘Het zou ook kunnen dat een hond en een tuin elkaar uitsluiten,’ zei pap. Ze lachten. Ik glimlachte ook, maar het was allemaal zo onwerkelijk, alsof ik op de televisie naar andermans familie zat te kijken.

‘Ik hoopte eigenlijk dat jij ons zou kunnen helpen met de huizenjacht,’ zei Eileen tegen mam.

Mam glimlachte en ik realiseerde me dat dat sinds gisteren voor het eerst was. ‘Ik zat al aan mogelijkheden te denken,’ gaf ze toe. ‘Kom binnenkort maar even op kantoor. Dan kunnen we een paar afspraken noteren.’

‘Dat zou geweldig zijn,’ zei Eileen. Paula kneep in haar schouder. Ze keken elkaar aan alsof er verder niemand in de kamer was.

‘De verhuizing wordt een krankzinnige chaos,’ zei Paula. ‘Mijn spullen staan overal verspreid. Bij mijn moeder, bij mijn vader, bij mijn zuster. Mijn flatje was gewoon te klein voor alles.’

‘Gelukkig heb ik een nicht die niet alleen sterk is, maar ook in een gigantische kar rijdt,’ opperde Eileen vrolijk, en ze keek mij aan.

Ik staarde terug. Maar ik was haar nicht toch eigenlijk niet? Zelfs Eileen had aan die komedie, die mijn leven was, meegedaan. Zelfs zij, mijn favoriete tante, had zestien jaar gelogen en dingen voor me achtergehouden.

Toen gooide ik de knuppel in het hoenderhok. ‘Tante Eileen, weet jij waarom pap en mam me nooit hebben verteld dat ik geadopteerd ben?' Het leek alsof de pleuris uitbrak.

Iedereen staarde me aan, behalve Mary K., die verslagen naar haar bord keek. En Paula keek met een zorgelijk hoofd naar tante Eileen.

'Wat?' zei ze, met grote ogen en een gezicht alsof ze een kikker had ingeslikt. Snel vuurde ze een blik naar mijn vader en moeder af.

'Ik bedoel maar, vind je niet dat *iemand* het me had moeten vertellen? Misschien gewoon terloops? *Jij* had het kunnen zeggen. Of dacht je misschien dat het niet zo belangrijk was?' dramde ik door. Ik wist best dat dit niet eerlijk was. Maar op een of andere manier kon ik mezelf niet meer stoppen. 'Niemand schijnt dat te vinden. Het gaat per slot van rekening alleen maar om mijn leven.'

'Morgan toch,' zei mam met een verslagen stem.

'Eh...' zei tante Eileen, die voor één keer met haar mond vol tanden zat.

Iedereen was net zo verlegen met de toestand als ikzelf en de feeststemming aan tafel was verdwenen.

'Laat maar zitten.' Ik stond abrupt op. 'We kunnen het er later wel eens over hebben, waarom niet. Wat maken uiteindelijk een paar dagen op zestien jaar uit.'

'Morgan, ik heb altijd gevonden dat je ouders degenen waren die het je moesten vertellen,' zei tante Eileen. Haar stem klonk verdrietig.

'Ja, dat is zo,' zei ik bot. 'En wanneer zouden ze dát hebben gedaan?'

Mary K. hapte naar adem en ik duwde woest mijn haar naar achteren. Ik kon er niet tegen hier nog een tel langer te blijven. Ik kon die hypocrisie niet meer verdragen. Ik zou ontploffen.

Ditmaal dacht ik er wel aan mijn jasje te pakken, alvorens naar mijn auto te rennen en in het donker weg te scheuren.

9.
Genezend licht

De dag van St. Patrick, 1981

O, Jezus, Maria en Jozef. Wat ben ik dronken. Ik kan nauwelijks schrijven. We hebben vandaag in Ballynigel een St. Paddy's feest gehouden – de moeder aller feesten! Alle mensen uit het dorp zijn gekomen om het mee te vieren. Mens en heks, iedereen viert de dag van St. Paddy en gaat in het groen gekleed.

Pat O'Hearn had zijn bier groen gekleurd en het werd overal ingegoten, in mokken, in emmers, in schoenen, wat dan ook. De oude Towson gaf zijn ezel er wat van te drinken, en dat beest is nog nooit zó mak en goedaardig geweest! Ik heb zo gelachen, dat ik er pijn in mijn zij van kreeg.

De Irish Cowboys hebben de hele middag muziek gemaakt op het dorpsplein, en we hebben gedanst en elkaar geknepen en de kinderen gooiden met kolen en aardappelen. Het was een prachtige dag en de duistere tijden lijken helemaal voorbij te zijn.

Nu zit ik thuis en ik heb drie groene kaarsen opgestoken voor de Godin, voor voorspoed en geluk. Het is vanavond volle maan dus moet ik nuchter worden en me warm aankleden om mijn luibh te verzamelen. Het groot hoefblad beneden bij de vijver is klaar om geplukt te worden, de eerste viooltjes bloeien, er zijn paardebloemen en ook al kattenstaart. Tot die tijd moet ik geen bier meer drinken, anders vinden ze me straks nog languit in het moeras, té dronken om zelf overeind te komen! Wat een dag!

— Bradhadair

Onder het rijden realiseerde ik me dat ik in Widow's Vale, New York, op maandagavond om acht uur nergens terecht kon. Ik zag mezelf al met een behuild gezicht bij de snackbar van Schweikhardt in Main Street aankomen. Of bij Janice binnenvallen. Nee, Janice had geen idee hoe ingewikkeld mijn leven was geworden. Robbie? Ik dacht er even over na, maar schudde mijn hoofd. Ik vond het heel vervelend om bij hem thuis te komen, met een vader die bierdrinkend voor de tv hing en een verzuurde, kwaaiige moeder. En er was natuurlijk geen sprake van dat ik naar Bree kon gaan – god, wat een secreet was ze vandaag geweest.

Cal dan? Ik keerde en reed met een gevoel van wanhoop en lef, vrees en moed naar de wijk waar hij woonde. Was het vrijpostig van me als ik ongevraagd bij hem aankwam? Er spookte zoveel door mijn hoofd: het verhaal van mijn biologische ouders, mijn andere ouders die weigerden me de waarheid over mijn verleden te vertellen, Bree – het was allemaal te veel om over na te denken. Ik had het gevoel dat ik geen enkel besluit meer kon nemen – zelfs niet of het wel netjes was dat ik onaangekondigd bij Cal kwam aanzetten.

Tegen de tijd dat ik de lange oprit met kasseien van Cals grote stenen huis op draaide, voelde ik me één groot warhoofd. Waar was ik mee bezig? Het liefst wilde ik gewoon wegrijden, de nacht in, voor altijd. Ver weg van iedereen die ik kende. Een heel ander mens zijn. Ongelooflijk, wat er van mijn leven was geworden.

Ik doofde de lichten, zette de motor af en bleef letterlijk verlamd van onzekerheid over mijn stuur hangen. Ik kon zelfs de auto niet meer starten om weg te rijden.

Wie weet hoe lang ik daarbuiten in het donker bij Cals huis heb gestaan. Ten slotte keek ik op, toen het felle licht van koplampen mijn auto binnenstroomde en via mijn achteruitkijkspiegel pal in mijn ogen scheen. Er reed een duur uitziende SUV om mijn auto heen en werd zorgvuldig, vlak voor het huis geparkeerd. Het portier ging open en er stapte een lange, slanke vrouw uit. Haar haar was in het donker bijna niet te zien. De buitenlichten van het huis gingen aan en de oprit baadde in warm geel licht. De vrouw kwam naar mijn auto toe.

Toen Selene Belltower naderde, draaide ik het raampje omlaag. Ik voelde me een debiel. Ze keek me lang aan, alsof ze me taxeerde. We glimlachten allebei niet en we spraken ook niet.

Ten slotte zei ze: 'Wil je niet binnenkomen, Morgan? Je zult wel door en door verkleumd zijn. Ik maak warme chocolade voor je.' Alsof het heel normaal was dat er in het donker een meisje in een auto voor je huis stond.

Ik stapte uit Das Boot en sloeg het portier dicht. Cals moeder en ik liepen samen de brede stenen stoep op en de massiefhouten voordeur binnen. Ze ging me voor door de hal en door een gang, naar een enorme keuken in Franse boerenstijl, die ik tijdens mijn vorige bezoek niet had gezien.

'Ga zitten, Morgan,' zei ze, en wees naar een hoge kruk bij het kookgedeelte.

Ik ging zitten en hoopte dat Cal thuis was. Ik had zijn

auto niet zien staan, maar misschien stond hij in de garage.

Ik stemde mijn zesde zintuig af, maar voelde zijn aanwezigheid niet in de buurt. Selene Belltower keek met een ruk op, terwijl ze melk in een pannetje schonk. Ze fronste haar wenkbrauwen en keek me aan met een schattende blik.

'Je hebt zeer krachtige vermogens,' merkte ze op. 'Ik leerde pas mijn zintuigen af te stemmen toen ik in de twintig was. Cal is er niet, trouwens.'

'Het spijt me,' zei ik opgelaten. 'Ik moet weggaan. Ik wil u niet lastigvallen...'

'Je valt me niet lastig,' zei ze, en schepte wat cacaopoeder in de melk. Ze roerde het op de kookplaat tegenover me door. 'Ik ben nieuwsgierig geworden. Cal heeft een paar heel interessante dingen over je verteld.'

Praatte Cal over mij tegen zijn moeder?

Ze lachte toen ze de uitdrukking op mijn gezicht zag. Het was een hartelijke, diepe lach. 'Cal en ik zijn tamelijk close, hoor,' zei ze. 'We zijn al heel lang met ons tweetjes. Zijn vader ging bij ons weg toen Cal een jaar of vier was.'

'O, het spijt me,' zei ik opnieuw. Ze praatte tegen me alsof ik een volwassene was, en op een of andere manier gaf dat me het gevoel dat ik jonger was dan zestien.

Selene Belltower haalde haar schouders op. 'Het speet mij ook. Cal miste zijn vader heel erg, maar die woont inmiddels in Europa en ze zien elkaar niet zo vaak. In ieder geval – je moet er niet van schrikken dat mijn zoon me in vertrouwen neemt. Het zou per slot van rekening heel naïef van hem zijn om iets voor me te verbergen.'

Ik haalde adem en probeerde me te ontspannen. Zo ging dat dus in een heksenhuishouden. Geen geheimen.

Cals moeder schonk de chocolademelk in twee felgekleurde, handbeschilderde mokken en gaf er een aan mij. Het was te heet om te drinken, dus zette ik hem neer en wachtte. Selene wuifde twee keer over haar mok en nam toen een slok.

'Probeer maar eens,' zei ze, terwijl ze me aankeek. 'Draai twee keer met je linkerhand widdershins over je mok. Zeg: "Koel het vuur".'

Verbaasd deed ik het. Ik voelde warmte in mijn linkerhand komen.

'Proef de chocola nu maar eens,' zei ze, en keek toe.

Ik nam een slok. Het was merkbaar afgekoeld, perfect drinkbaar. Ik trok een verrukte grijns.

'Linkerhand neemt weg,' verklaarde ze, 'rechterhand geeft. Deasil voor toename, widdershins voor afname. En eenvoudige woorden werken het best.'

Ik knikte en dronk van mijn chocola. Dit kleine dingetje alleen al vond ik zó fascinerend. Het idee dat je woorden kon uitspreken en bewegingen kon maken om een hete drank af te laten koelen tot de juiste temperatuur!

Selene glimlachte en vestigde vol medeleven haar ogen op de mijne. 'Ik krijg de indruk dat je een woelige periode hebt doorgemaakt.'

Dat was wel heel zacht uitgedrukt, maar ik knikte. 'Heeft Cal... u iets... verteld?'

Ze zette haar mok neer. 'Hij heeft me verteld dat je pas hebt ontdekt dat je geadopteerd bent,' zei ze. 'Dat je biologische ouders bloedheksen moeten zijn geweest. En vanmiddag vertelde hij dat je denkt dat je waarschijnlijk de dochter bent van twee Ierse heksen die hier zestien jaar geleden zijn gestorven.'

Ik knikte opnieuw. 'Niet hier exact – in Meshomah Falls. Ongeveer twee uur rijden hier vandaan. Ik denk dat mijn moeders naam Maeve Riordan was.'

Selenes gezicht werd ernstig. 'Dat verhaal heb ik gehoord,' zei ze. 'Ik herinner me nog wanneer het gebeurd is. Ik was veertig; Cal was nog geen twee. Ik weet nog dat ik dacht dat zoiets mij nooit kon overkomen, of mijn man, of ons kind.' Ze speelde met haar lange vingers over de rand van haar mok. 'Inmiddels weet ik wel beter.' Ze keek me weer aan. 'Ik vind het heel erg dat het jou is overkomen. Het is altijd al een beetje moeilijk om anders te zijn, zelfs als je een heleboel steun hebt. Je blijft een buitenbeentje. Maar ik begrijp dat je het nu wel bijzonder moeilijk hebt.'

Ik kreeg weer een brok in mijn keel en ik dronk van mijn chocola. Ik durfde het niet aan haar gelijk te geven en leidde mezelf af met onzinnige details: als ze zestien jaar geleden veertig was, moest ze nu zesenvijftig zijn. Ze leek wel vijfendertig.

'Als je wilt,' Selene leek te aarzelen, 'kan ik je helpen om je wat beter te voelen.'

'Wat bedoelt u?' vroeg ik. In een wilde opwelling dacht ik: bied ze me soms drugs aan?

'Nou ja, ik vang trillingen van verwarring, onenigheid, ongelukkigheid en woede op,' zei ze. 'We kunnen een cirkel van twee personen houden en proberen je gemoedsgesteldheid wat te verbeteren.'

Ik hield mijn adem in. Ik had alleen maar cirkels met Cal en onze eigen heksenkring meegemaakt. Hoe zou het zijn om het te doen met iemand die nog machtiger was dan hij? Ik hoorde mezelf zeggen: 'Ja, graag, als u wilt.'

Selene glimlachte en ze leek heel erg op Cal. 'Kom dan maar mee.'

Het huis was in een U-vorm gebouwd, met een middengedeelte en twee vleugels. Ze ging me voor naar de achterkant van de linkervleugel, door een heel grote kamer, waarvan ik het idee had dat ze die voor de cirkels van haar coven gebruikte. Ze opende een deur die in de wandpanelen was ingebouwd, zodat je hem nauwelijks zag. Ik huiverde van pure, kinderlijke verrukking. Geheime deuren!

We gingen een veel kleinere, intiemere kamer binnen, met alleen een smalle tafel en wat boekenplanken en kandelaars aan de muren. Selene stak de kaarsen aan.

'Dit is mijn privé-heiligdom.' Ze streek met haar vingers over de deurstijl en in een heel vluchtig moment zag ik daar sigils opflikkeren. Die waren vast voor privacy of bescherming bedoeld. Maar ik had geen idee hoe ik ze moest interpreteren. Wat had ik nog veel te leren. Ik was een volslagen beginneling.

Selene had al een kleine cirkel op de houten vloer getrokken. Ze gebruikte daarvoor een roodachtig poeder, dat een sterke, kruidige geur afgaf. Ze gebaarde me in de cirkel te gaan staan en sloot hem toen achter ons.

'Laten we gaan zitten,' zei ze. We gingen met gekruiste benen tegenover elkaar op de grond zitten. Er was maar weinig plaats in de cirkel.

We sprenkelden ieder wat zout rond onze helft van de cirkel en zeiden: 'Met dit zout zuiver ik mijn cirkel.'

Toen sloot Selene haar ogen en liet haar hoofd hangen. Haar handen rustten op haar knieën alsof ze yoga deed. 'Elke keer als je uitademt, laat je een negatieve emotie los. Bij elke inademing haal je wit licht naar binnen, licht dat geneest, vertroost en kalmeert. Voel hoe het je vingers binnengaat, je tenen, in je buik gaat zitten en naar boven komt, helemaal door je kruin heen.'

Terwijl ze sprak werd haar stem trager, dieper en hypnotischer. Mijn ogen waren gesloten, mijn kin lag praktisch op mijn borst. Ik ademde uit en drong de lucht helemaal uit mijn longen. Toen ademde ik weer in en luisterde naar haar kalmerende woorden.

'Ik laat spanning los,' mompelde ze. Ik herhaalde het zonder te aarzelen.

'Ik laat angst en boosheid los,' zei ze. Haar woorden zweefden naar me toe op een zee van kalmte. Ik herhaalde het en voelde letterlijk hoe de knopen in mijn maag en de stijfheid in mijn armen en mijn kuiten loskwamen.

'Ik laat onzekerheid los,' zei ze, en ik zei haar na.

We ademden een aantal keren diep en zwegen minutenlang. Mijn hoofdpijn loste op, mijn slapen bonsden niet meer, mijn borst werd ruimer en ik kon gemakkelijker ademhalen.

'Ik voel me kalm,' zei Selene.

'Ik ook,' was ik het dromerig met haar eens. Ik voelde haar glimlach eerder dan dat ik hem zag.

'Nee, zeg het na,' zei ze, met humor in haar stem.

'O ja, ik voel me kalm,' zei ik.

'Open je ogen. Maak dit symbool met je rechterhand,' zei ze, terwijl ze met twee vingers in de lucht tekende. 'Dit is de rune voor troost.'

Ik keek goed en tekende toen nauwkeurig één rechte, verticale lijn in de lucht en vervolgens een kleine driehoek bovenaan, als een vlaggetje.

'Ik voel me vredig,' zei ze, en tekende dezelfde rune op mijn voorhoofd.

'Ik voel me vredig,' zei ik, en ik voelde dat haar vinger een spoor van hitte op mijn huid achterliet. De herinnering aan wat er met mijn biologische ouders was gebeurd verdween in de verte. Ik was het me wel bewust, maar het had minder macht om me pijn te doen.

'Ik ben liefde. Ik ben vrede. Ik ben kracht.'

Ik zei de woorden na en voelde een heerlijke warmte over me heen vloeien.

'Ik roep de kracht van de Godin en de God aan. Ik roep de kracht van de Aardmoeder aan,' zei Selene, en tekende een andere rune op mijn voorhoofd. Deze voelde als de helft van een scheve rechthoek en terwijl hij in mijn huid zonk, dacht ik, *Kracht.*

Selene en ik waren een geworden. Ik kon haar kracht in mijn hoofd voelen, waar ze elke rimpel in mijn emoties gladstreek en elke knoop van angst, elke verwarde klit van boosheid opzocht. Ze peilde dieper en dieper en heel loom liet ik dat toe. Ze suste alle pijn, tot ik bijna in trance was.

Het leek eeuwen later toen ik weer wakker werd. Zonder een teken te hebben gekregen opende ik mijn ogen, net op tijd om te zien dat zij haar hoofd oprichtte en haar ogen opendeed. Ik voelde me een beetje verdoofd en zoveel beter, dat ik alleen maar kon glimlachen. Ze glimlachte terug.

'Gaat het nu beter?' zei ze zachtjes.

'O, jazeker.' Ik was niet in staat mijn gevoelens onder woorden te brengen.

'Hier heb je er nog één,' zei ze, en ze trok twee driehoeken die elkaar raakten, op de rug van mijn beide handen. 'Dit staat voor een nieuw begin.'

'Dank u,' zei ik, vol ontzag over haar macht. 'Ik voel me veel beter.'

'Goed zo.' We stonden op. Zij ontbond de cirkel en blies de kaarsen in de kleine kamer uit. Toen we door de ruimte van de grotere coven liepen, zag ik het gezicht van Selene in een grote, goudomlijste wandspiegel. Ze glimlachte. Haar gezicht stond stralend, triomfantelijk bijna, toen ze voor me uitliep naar de hal. Toen was het weg en ik dacht dat ik het me zeker had verbeeld.

Bij de voordeur gaf ze een klopje op mijn arm en ik bedankte haar opnieuw. Daarna zweefde ik als het ware naar mijn auto. Ik voelde niets van de gure novemberwind en de kou. Ik voelde me absoluut perfect tijdens de rit naar huis. Ik vroeg me niet eens af waar Cal had gezeten.

10. Breuk

14 augustus 1981

De coven in Much Bencham heeft drie nieuwe leerlingen, zeggen ze. Wij hebben er geen. Tara en Cliff waren de laatsten die als leerlingen bij 'De Nauwe Poort' kwamen en dat was drie jaar geleden. Lizzie Sims wordt pas over vier jaar veertien en tot die tijd hebben we niemand. In Much Bencham nemen ze wel bijna iedereen aan die wil studeren.

Ik vind dat wij dat ook zouden moeten doen – als we iemand maar zover konden krijgen zich bij ons aan te sluiten. 'De Nauwe Poort' heeft lang geleden zijn eigen weg gekozen, en die weg is niet voor iedereen. Maar we moeten ons uitbreiden. Als we alleen heksen naar het bloed accepteren, heksen die binnen de clan geboren zijn, sterven we beslist uit. Wij moeten anderen van onze soort opzoeken en ons vermengen met andere clans. Maar ma en de oudsten willen daar niets van horen. Ze willen dat we zuiver blijven. Ze weigeren buitenstaanders toe te laten.

Misschien gaan sommigen van 'De Nauwe Poort' nog liever dood.

– Bradhadair

Toen ik die avond thuiskwam hadden mijn ouders het licht al uitgedaan. Als ze wakker geworden waren van het geronk van mijn auto, dan lieten ze het niet merken. Mary K. had wel op me gewacht. Ze zat in haar kamer naar muziek te luisteren. Toen ik mijn hoofd om de hoek van haar deur stak, keek ze op en zette haar hoofdtelefoon af.

'Hoi,' zei ik, en ik liep over van liefde voor haar. Ze was per slot van rekening altijd mijn zusje geweest, dan niet naar het bloed, maar wel door omstandigheden. Het speet me dat ik haar verdriet deed.

'Waar ben je geweest?' vroeg ze.

'Bij Cal. Hij was niet thuis, maar ik heb met zijn moeder zitten praten.'

Na een paar tellen zei Mary K.: 'Het was afschuwelijk nadat je weg was gegaan. Ik dacht dat mam in tranen zou uitbarsten. Ze wisten niet hoe ze kijken moesten.'

'Het spijt me.' Ik meende het echt. 'Het komt alleen doordat het me verbijstert dat mam en pap dit mijn hele leven voor zich hebben gehouden. Ze hebben tegen me gelogen.' Ik schudde mijn hoofd. 'Vanavond drong het tot me door dat tante Eileen, de rest van de familie en de vrienden van pap en mam *allemaal* weten dat ik geadopteerd ben. Ik voelde me zo'n sukkel dat ik het zelf niet wist. Ik was furieus gewoon... ze hebben het me nooit verteld, terwijl al die anderen het wel weten.'

'Ja, daar heb ik niet bij stilgestaan.' Mary K. fronste even haar voorhoofd. 'Je hebt wel gelijk. Ze moeten het allemaal geweten hebben.' Ze keek me aan. 'Ik wist het niet. Geloof je dat?'

Ik knikte. '*Jij* bent wel de laatste die zoiets geheim kan houden.' Ik lachte, toen ze met een kussen naar me mikte.

Ik voelde me nog steeds gekoesterd in die behaaglijke

cocon van vrede, vergiffenis en liefde, waar Selene Belltower me in had gehuld. 'Luister, het zal hier een tijdje behoorlijk beroerd worden. Pap en mam moeten me vertellen over mijn verleden en hoe ik geadopteerd ben. Ik stop niet voordat ik het weet. Maar dat betekent niet dat ik niet van jou of van hen houd. Op een of andere manier komen we er wel doorheen,' zei ik.

Er ging een trek van onzekerheid over het knappe gezicht van Mary K. 'Oké dan.' Ze accepteerde wat ik gezegd had.

Ik stapte op een ander onderwerp over. 'Ik ben blij voor tante Eileen en Paula.'

'Ik ook. Ik wilde niet dat tante Eileen zo lang alleen was,' zei Mary K. 'Denk je dat ze kinderen zullen nemen?'

Ik lachte. 'Alles op zijn tijd. Ze moeten eerst maar eens een poosje samenwonen.'

'Ja. Best. Ik ben moe.' Mary K. liet haar hoofdtelefoon op de grond vallen.

'Kom, laat me dit even voor je doen.' Ik stak mijn hand uit en trok zachtjes de rune voor troost op haar voorhoofd, precies zoals Selene het me had laten zien. Ik voelde warmte uit mijn vingertoppen stromen en deed een stapje terug. Toen zag ik dat Mary K. me ongelukkig aankeek.

'Doe dat alsjeblieft niet bij mij,' fluisterde ze. 'Ik wil er niets mee te maken hebben.'

Dat kwam aan. Ik knipperde met mijn ogen en knikte. 'Ja, natuurlijk,' mompelde ik, en vluchtte met een gevoel van ontzetting naar mijn eigen kamer. Datgene dat mij gelukkig maakte, maakte mijn zusje alleen maar van streek. Dit gaf duidelijk aan hoe verschillend we waren en hoe we steeds verder uit elkaar dreven.

Die nacht sliep ik diep en droomloos en werd ik met een

heerlijk gevoel wakker. Ik legde mijn handen in elkaar en het was alsof ik nog steeds het sigil kon zien dat daar getrokken was: Daeg. Een nieuwe dageraad. Een ontwaken.

'Morgan?' riep Mary K. vanuit de gang. 'Kom op. School.'

Ik glipte al in mijn pantoffels. Ik was ongetwijfeld weer aan de late kant, zoals gewoonlijk. Ik haastte me naar de douche, schoot een paar kleren aan en bonkte de trap af, bijna gewurgd door mijn natte haar. In de keuken pakte ik een ontbijtreep, klaar om de deur uit te vliegen. Mary K. keek kalmpjes op van haar sinaasappelsap.

'Haast je niet,' zei ze. 'Ik heb je een keertje vroeg je bed uit gekregen. De afgelopen maand ben ik twee keer te laat geweest.'

Met open mond keek ik naar de klok. De school begon pas over drie kwartier! Ik liet me op een stoel vallen en gebaarde warrig naar de koelkast.

Mijn zus kreeg medelijden met me en pakte een cola light voor me. Die sloeg ik achterover en bonkte de trap weer op, om mijn haren te ontwarren.

Op een of andere manier kwamen we evengoed te laat bij school aan. Ik parkeerde de auto met geoefende efficiëntie achteruit in. Toen zag ik Bakker aankomen om Mary K. te begroeten. Mijn stemming sloeg om.

'Kijk, daar heb je hem, op de loer als een spin in zijn web.'

'Hou eens op.' Mary K. gaf een stomp tegen mijn been. 'Ik dacht dat je hem wel mocht.'

'Hij is oké,' zei ik. Even chillen, dacht ik. Ik zou ook de pest in krijgen als iemand de grote zus tegenover *mij* zou uithangen. Maar ik kon het toch niet laten te vragen: 'Weet hij eigenlijk dat je pas veertien bent?'

Mary K. rolde met haar ogen. 'Nee, hij denkt dat ik in het voorlaatste jaar zit,' zei ze sarcastisch, 'maak hem niet wijzer zeg.' Ze stapte uit. Toen zij en Bakker elkaar zoenden, knalde ik mijn portier achter me dicht en hees mijn rugzak over mijn schouder. Toen liep ik naar de oostelijke deur.

'O, Morgan, wacht!' riep iemand. Ik draaide me om en kreeg Janice Yutoh in het oog, die met dansende haren naar me toe kwam hollen. Oeps – helemaal vergeten haar te bellen, gisteravond.

'Het spijt me dat ik niet teruggebeld heb,' zei ik, toen ze bij me was.

Ze wuifde met een hand in de lucht. 'Geeft niet. Ik wilde gewoon even hallo zeggen,' zei ze een beetje buiten adem. 'Ik heb je de laatste tijd niet meer gesproken, behalve in de klas.'

'Ik weet het,' zei ik spijtig. 'Er is heel veel gebeurd.' Dit was wel zo'n slap aftreksel van de waarheid dat ik bijna moest lachen. 'Mijn tante Eileen gaat samenwonen met haar vriendin,' bedacht ik één lichtpuntje.

'Wat goed! Feliciteer haar maar van me,' zei Janice.

'Zal ik doen. Zeg, wat had jij voor je opstel bij Fishman?'

'Ik heb op een of andere manier een goed cijfer uit mijn hoge hoed getoverd,' zei ze. We liepen naar het hoofdgebouw.

'Goed zeg. Ik had ruim voldoende. Wat haat ik opstellen. Veel te veel woorden,' klaagde ik. Janice lachte. De bel ging en we zagen Tamara en Ben Reggio de deur binnengaan.

'Ik moet Ben hebben,' zei Janice, 'hij heeft mijn aantekeningen van Latijn,' en ging ervandoor.

'Tot zo in de klas.' Ik ging via de oostelijke deur naar

binnen, waar 's ochtends de heksenkring bij elkaar kwam, maar de banken waren leeg. Cal was zeker al naar binnen. De teleurstelling evenaarde haast de opluchting Bree niet tegen te hoeven komen.

Tijdens lunchtijd motregende het buiten. Het liep in trage stroompjes langs de ramen. Ik ging bij de kantine in de rij staan en was voor één keer dankbaar dat het er zo dampend warm was. Toen ik eenmaal een dienblad had en om me heenkeek, zag ik de rest van de coven aan de tafel zitten die het dichtst bij de ramen stond. Ik kikkerde ervan op toen ik merkte dat Raven en Bree er niet bij waren. Ook Beth Nielsen was er niet.

Ik baande me een weg naar hen toe en ging naast Cal zitten. Toen hij glimlachte leek het alsof de zon doorbrak.

'Hoi,' zei hij, en maakte ruimte voor me op tafel. 'Was je te laat vanochtend?'

Ik knikte en maakte mijn frisdrank open. 'Tegelijk met de bel.'

'Mag ik een frietje van je?' Hij pakte er een zonder op mijn antwoord te wachten. Ik gloeide warm bij zoveel vertrouwelijkheid.

'Mam zei dat je gisteravond langs bent geweest,' zei hij. 'Jammer, dat ik je misgelopen ben.' Hij kneep onder de tafel in mijn knie. 'Gaat het een beetje?' vroeg hij zachtjes.

'Ja hoor. Je moeder was erg aardig voor me. Ze heeft me wat runemagie laten zien,' zei ik met gedempte stem.

'Cool,' zei Jenna. Ze boog zich over de tafel. 'Wat bijvoorbeeld?'

'Verschillende runen voor verschillende dingen,' zei ik. 'Bijvoorbeeld een rune voor geluk, een voor opnieuw beginnen en een voor vrede en kalmte.'

‘Werkte het?’ vroeg Ethan.

‘Ja!’ lachte ik. Alsof de magie van een Selene Belltower niet zou werken. ‘Het lijkt me fantastisch om alles over de runen te leren.’

Cal knikte. ‘Runen zijn heel machtig. Ze worden al duizenden jaren gebruikt. Ik heb er een paar boeken over. Als je ze wilt lenen.’

‘Ik zou ze ook graag willen lezen,’ zei Sharon. Ze roerde met haar rietje in haar melkpakje.

‘Ik heb wel een rune voor jullie, jongens,’ zei Cal. Hij maakte ruimte op een hoek van de tafel en trok met zijn vinger een figuur, die eruitzag als twee parallelle lijnen, met elkaar verbonden door twee diagonale lijnen die elkaar kruisen. Cal tekende hem een aantal keren, totdat we het beeld allemaal voor ons zagen.

‘Wat betekent het?’ vroeg Matt.

‘De basisbetekenis is onderlinge afhankelijkheid,’ legde Cal uit. ‘Gemeenschappelijkheid. Welwillendheid jegens familie en geestverwanten. Zoals wij ons voelen jegens elkaar, onze heksenkring. Cirrus.’

We keken elkaar een tijdje aan om het te laten bezinken.

‘God, wat valt er toch veel te leren,’ zei Sharon. ‘Ik heb het idee dat ik dat nooit allemaal bij elkaar kan brengen – kruiden, formules, runen, elixers.’

‘Kan ik even met je praten?’ Beth Nielsen was aan komen lopen en bij Cal blijven staan. Ze droeg een kleurig gehaakt mutsje op haar korte haar.

‘Natuurlijk,’ zei Cal. Hij keek haar aandachtiger aan. Ze keek ernstig. ‘Wil je ergens naartoe waar we onder vier ogen kunnen praten?’

‘Nee.’ Beth schudde haar hoofd en keek hem niet aan. ‘Het maakt niet uit. Zij mogen het ook horen.’

'Wat scheelt eraan, Beth?' vroeg Cal zacht. Op een of andere manier konden we hem allemaal horen, zelfs boven het kabaal in de kantine uit.

Beth haalde haar schouders op en keek weg. Haar oogleden waren opgemaakt met glinsterende aqua-oogschaduw, die fel afstak tegen haar mokkabruine huid. Ze snufte alsof ze verkouden was.

Ik keek naar Jenna aan de andere kant van de tafel. Ze trok haar wenkbrauwen op.

'Het is gewoon – nou ja, ik heb er geen goed gevoel over,' zei Beth. 'Ik had gedacht dat het cool zou zijn, weet je. Maar het gaat me allemaal te ver. De cirkels, Morgan die bloemen laat bloeien,' zei ze met een gebaar naar mij. 'Het is me te vreemd.' Ze haalde haar schouders op en liet ze weer vallen. Haar bruinleren jasje bewoog mee. 'Ik wil er niets meer mee te maken hebben. Ik houd er niet van. Het voelt verkeerd.' Haar neusring glinsterde in het licht van de tl-buizen.

'Wat jammer is dat,' zei Cal. 'Het is niet de bedoeling dat iemand zich onprettig voelt bij Wicca. Het is bedoeld om de schoonheid en de kracht van de aarde te eren.'

Beth keek hem aan met een blik alsof ze wilde zeggen, ach, hou toch op.

'Je wilt dus uit de kring stappen. Weet je het heel zeker?' vroeg Cal. 'Misschien heb je meer tijd nodig om eraan te wennen.'

Beth schudde haar hoofd. 'Nee, ik wil niet meer.'

'Tja, als Wicca niets voor jou is, dan is dat jouw keuze. Dank je dat je zo eerlijk bent geweest,' zei Cal.

'Hmm.' Beth wiebelde van haar ene Doc Marten op de andere.

'Eén ding, Beth,' zei Cal. 'Respecteer onze privacy, alsjeblieft.' Er lag een ernstige toon in zijn stem, die maakte dat Beth aandachtig keek.

'Je bent bij onze cirkels geweest, je hebt de kracht van de magie gevoeld,' vervolgde Cal. 'Houd die ervaringen voor je, oké? Daar heeft niemand anders iets mee te maken.'

'Ja, oké,' zei Beth. Ze keek Cal aan.

'Goed,' zei Cal. 'Het is jouw besluit om weg te gaan. Maar onthoud wel dat de kring niet meer voor je opengaat als je je bedenkt. Dat spijt me, maar zo werkt het.'

'Ik bedenk me niet,' zei Beth. Ze liep weg zonder om te kijken.

Een paar tellen lang keken we elkaar aan.

'Wat krijgen we nou?' vroeg ik.

Jenna hoestte. 'Ja, dit is behoorlijk idioot.'

'Ik weet het niet,' zei Cal. Er gleed een wolk over zijn gezicht. Toen leek hij het van zich af te zetten. 'Maar zoals ik al zei, Wicca is niet voor iedereen weggelegd.' Hij boog zich naar ons toe. 'Ik denk dat ik jullie tijdens de volgende kring een paar runen laat zien en misschien een kleine bezwering.'

'Te gek,' zei Ethan, 'cool.' Hij leunde naar Sharon toe. 'Eet jij die brownie nog op?'

Ze trok een gekweld gezicht, maar ik zag dat het een grapje was. 'Jawel.'

'De helft dan?' vroeg hij. Ethan, voormalig hasjgebruiker en nu alleen nog maar een haveloze underdog, grijnsde quasi-verlegen naar Sharon. Het was alsof je een straathond zag flirten met een getrimde poedel.

'Je krijgt een hapje.' Sharon brak een stukje af. Haar wangen bloosden een beetje.

Ethans grijns werd nog wat breder en hij stopte het stuk brownie in zijn mond.

Om ons heen liepen honderden leerlingen af en aan bij de tafels. Ze zaten te eten, met elkaar te praten en met hun dienbladen te spelen. Wij vormden een microkosmos apart binnen de school. Mij scheen het toe dat wij de enigen waren die over dingen praatten die er echt toe deden – dingen die veel belangrijker en interessanter waren dan de laatste peptalk-bijeenkomst of het thema van het schoolfeest. Ik stond te trappelen om de middelbare school af te maken en verder te gaan met de rest van mijn leven. Ik zag mezelf helemaal toegewijd zijn aan Wicca, nog altijd met Cal, en een leven leiden vol betekenis, en één en al vreugde en magie.

Robbie stootte mijn elleboog aan. Ik kwam met een schok uit mijn dagdroom.

'Sorry.' Hij wreef over zijn slapen. 'Heb jij een aspirientje?'

'Nee, helaas. Je moet vandaag naar de oogarts, hè?' vroeg ik, terwijl ik een hap van mijn hamburger nam.

'Ja.'

'Hier, neem dit maar.' Jenna wroette in haar tas en pakte twee tabletjes.

Robbie keek er met een schuin oog naar en gooide ze toen achterover, samen met de rest van zijn mineraalwater. 'Wat is het?'

'Cyaankali,' zei Sharon. We lachten allemaal.

'Het is Midol,' zei Jenna. Ze wendde zich af, omdat ze weer moest hoesten. Ik vroeg me af of ze ziek werd.

Matt bulkte van het lachen toen Robbie haar vol afschuw aangaapte.

'Het helpt echt,' hield Jenna vol. 'Ik neem het altijd als ik hoofdpijn heb.'

'O, man.' Robbie schudde zijn hoofd. Ik lag bijna dubbel van het lachen.

'Je moet maar zo denken,' zei Cal vrolijk, 'weg met dat nare opgeblazen gevoel!'

'Je kunt de hele dag weer aan,' meende Matt, die zo hard lachte dat hij zijn ogen moest afvegen.

'O, man,' zei Robbie nog eens, terwijl wij zaten te schateren.

'Nou, nou, wat hebben ze een lol,' klonk de hatelijke stem van Raven. 'Iedereen is reuze blij. Wat gezellig, hè Bree?'

'Ontzettend gezellig,' zei Bree.

Ik stopte met lachen en keek op. Daar stonden ze bij onze lunchtafel. Er dromden mensen achter hen langs en drukten Bree dichter tegen me aan. Dankzij Selene voelde ik me nog steeds diep ontspannen en toen ik mijn vroegere vriendin aankeek, kon ik niet anders dan haar vreselijk missen. Ze was zo vertrouwd – ik kende haar al voordat ze mooi was, toen ze nog gewoon een leuk meisje was. Zij had nooit een ontzettend moeilijke fase gekend, zoals de meeste jongeren, maar toen ze twaalf was had ze een beugel en een lelijk kapsel. Ik had haar al gekend voordat ze achter de jongens aanging, toen haar moeder en haar broer nog thuis woonden.

Wat was er veel veranderd.

'Hoi, Raven, Bree,' zei Cal, die nog steeds lachte. 'Pak een paar stoelen – we schuiven wel op.'

Raven pakte een van haar stinkende Gauloises en tikte ermee tegen haar pols. 'Nee, dank je wel. Heeft Beth jullie verteld dat ze uit de kring stapt?' vroeg ze op een onvriendelijke, ruwe toon. Ik keek even naar Bree, die haar ogen op Raven gevestigd hield.

'Ja, dat heeft ze.' Cal haalde zijn schouders op. 'Hoezo?'

Raven en Bree keken elkaar aan. Een maand geleden

maakten Bree en ik nog grapjes over Raven, nu deden ze alsof ze hartsvriendinnen waren. Ik deed erg mijn best om mijn gevoelens van kalmte en vrede vast te houden.

Bree gaf Raven een knikje. Deze trok met haar mond op een manier die als een glimlachje kon worden opgevat.

'Wij stappen er ook uit,' kondigde ze aan.

Ik wist dat mijn verbazing op mijn gezicht te lezen stond, en toen ik snel de tafel rondkeek was het duidelijk dat iedereen dat gevoel deelde. Cal, die naast me zat, was opeens heel alert en keek hen aan met een bedenkelijk gezicht.

'Nee,' zei Robbie, 'kom op nou.'

'Waarom?' zei Jenna. 'Ik dacht dat jullie zo enthousiast waren.'

'We *zijn* ook enthousiast,' zei Raven scherp. 'Maar wat minder over *jullie*.' Ze tikte nog harder met haar sigaret. Ik kon praktisch voelen hoe graag ze hem wilde opsteken.

'Wij hebben ons bij een andere coven aangesloten,' verkondigde Bree. De uitdrukking op haar gezicht deed me denken aan een kind bij wie ik een keer had opgepast. Hij had tijdens het eten een levende hagedis op de tafel in de eetkamer gegooid, gewoon om te zien wat er zou gebeuren.

'Een andere coven!' riep Sharon uit. Ze trok haar korte suède rok omlaag en haar armbanden rinkelden. 'Welke andere coven?'

'Een andere,' zei Raven op verveelde toon. Ze trok één schouder op en liet hem weer zakken.

'Bree, doe niet zo stom,' zei Robbie. Zijn woorden leken haar te kwetsen.

'Wij zijn een eigen groep gestart,' zei Bree tegen Robbie.

Raven keek haar scherp aan. Ik vroeg me af of Bree dat eigenlijk geheim had moeten houden.

'Jullie eigen groep gestart?' Cal wreef over zijn kin. 'Wat is er niet goed aan Cirrus?'

'Om je de waarheid te zeggen, Cal,' zei Bree koud, 'heb ik geen zin om in een coven te zitten met achterbakse verraders. Ik wil de mensen met wie ik magie beoefen kunnen vertrouwen.'

Dat sloeg op mij en misschien ook op Cal. Ik voelde de hitte naar mijn wangen stijgen.

Cal trok zijn wenkbrauwen op. 'Ja, vertrouwen is inderdaad heel belangrijk,' zei hij langzaam. 'Dat ben ik volkomen met je eens. Weet je zeker dat je de mensen in je nieuwe coven wél kunt vertrouwen?'

'Ja,' zei Raven, een beetje te hard. 'Jij bent heus niet de enige heks in het dorp, weet je wel.'

'Nee, nee, dat ben ik zeker niet,' was Cal het met haar eens. Ik hoorde een tikje irritatie in zijn stem, Hij legde zijn arm om mijn schouders. 'We hebben Morgan bijvoorbeeld. Zitten er ook bloedheksen in jullie nieuwe coven?'

Alle ogen waren op mij gericht.

'Een bloedheks?' hoonde Bree.

'Dat zei je met Samhain,' herinnerde Raven zich. 'Dat was alleen maar een lokkertje.'

'Nee, dat is niet zo,' zei Cal. Ik slikte en sloeg mijn blik neer. Ik hoopte dat het gesprek afgelopen zou zijn voordat iemand tot de logische conclusie kwam.

'Als zij een bloedheks is,' snauwde Bree, 'dan zijn haar ouders dat toch ook? Dat vertelde je toch? Ik bedoel maar, moet ik soms geloven dat Sean en Mary Grace Rowlands bloedheksen zijn?' Cal werd stil, alsof het op dat moment pas tot hem doordrong waar dit toe kon leiden. 'Zie maar,' zei hij. Ik leunde tegen hem aan, in de wetenschap dat hij me probeerde te beschermen.

'Trouwens, laten we bij het onderwerp blijven. Jullie willen dus echt uit de coven stappen?'

'We gaan en staan waar we willen, knul.' Raven stak haar onopgestoken sigaret in haar mond.

'Bree, denk goed na wat je doet,' drong Robbie aan. Ik was erg blij dat hij haar op andere gedachten probeerde te brengen, want ik kon dat niet.

'Ik heb nagedacht,' zei Bree. 'Ik stap op.'

'Nou, wees dan heel voorzichtig.' Cal stond op. Ik stond ook op en pakte mijn tas en mijn dienblad. 'Denk eraan, de meeste heksen zijn goed, maar niet allemaal. Zorg ervoor dat je niet met vuur speelt.'

Raven bulderde even van het lachen. 'Kernachtig gezegd, hoor. Bedankt voor je advies.'

Ze keek Cal nog een keer onderzoekend aan en knikte toen naar mij. We liepen bij de groep vandaan. Ik gooide mijn dienblad leeg bij de afvalbak en we verlieten de kantine, op weg naar het hoofdgebouw.

Cal liep met me mee naar mijn kluisje. Ik draaide aan het combinatieslot en opende mijn deurtje. Hij wachtte.

'Is het op een of andere manier van invloed op ons, als zij een nieuwe heksenkring vormen?' vroeg ik heel zachtjes.

Cal streek zijn donkere haar naar achteren en haalde zijn schouders op. 'Ik denk het niet,' zei hij. 'Alleen...' Hij kneep met twee vingers nadenkend in zijn lip.

'Wat?'

'Nou ja, ik vraag me af met wie ze werken,' zei hij. 'Ze doen dit beslist niet in hun eentje. Ik hoop maar dat ze voorzichtig zijn. Niet elke heks is... goedaardig.'

Mijn vrede was kortstondig geweest. Ik voelde spanning bij me binnendringen en keek Cal aan. Hij kuste me en zijn gouden ogen stonden warm.

'Tot straks.' Een flitsende grijns, en weg was hij.

11. Verbonden

3 januari 1982

De oude Towson heeft afgelopen nacht nog drie schapen verloren. En dat na alle banrituelen die we de afgelopen maand hebben gedaan. Hij is nu al het grootste deel van zijn kudde kwijt en hij is niet de enige. Vandaag zei hij in de Arend en de Haas dat hij geruïneerd is – hij heeft niet genoeg geld om opnieuw te beginnen. Het enige dat hem rest is alles te verkopen.

Ik heb het gevoel dat ik niets anders meer doe dan banrituelen. Iedereen is paranoïde, we leven onder een duistere schaduw. De hele vorige week heb ik genezingsrituelen gedaan voor het been van ma. Ze had het gebroken toen ze naar het dorp fietste. Maar ondanks mijn bezweringen zegt ze dat het pijn doet en niet goed geneest.

Ik wil hier weg. Het doet momenteel meer kwaad dan goed om een heks te zijn. Het lijkt wel alsof er een soort vlies over ons heen ligt dat onze vermogens verzwakt. Ik weet niet wat ik moet doen. Angus weet het ook niet. Ook hij maakt zich zorgen, maar hij probeert het niet te laten merken.

Vervloekt! Ik dacht dat het kwaad achter ons lag! Nu ziet het ernaaruit dat het alleen maar te midden van ons heeft

gesluimerd, in ons eigen bed. De winter heeft het weer gewekt.
— Bradhadair

Woensdagochtend, toen ik twee Pop Tarts in het broodrooster deed, hoorde ik voetstappen boven mijn hoofd.

'Mary K.!' zei ik. 'Wie is er boven?'

Mary K. keek even op van haar stripverhaal. 'Mam,' zei ze. 'Ze blijft vandaag thuis. Ze is ziek.' Ze las weer verder.

Ik keek naar de kruin van mijn zusters hoofd. Mam bleef nooit thuis van haar werk. Ze ging nog huizen tonen tijdens een sneeuwstorm als ze griep had.

'Wat heeft ze dan?' vroeg ik. 'Gisteravond was er toch nog niets aan de hand?' Zij en mijn vader waren samen uit eten geweest, iets dat ze bijna nooit deden. Ik had gemerkt dat ze me meden en ik was opgebleven om op ze te wachten, maar om halftwaalf had ik het opgegeven en was ik naar bed gegaan.

'Ik weet het niet. Misschien heeft ze gewoon een baaldag.'

'Mm.' Ik rook mijn kans: ik kon naar boven gaan en een antwoord eisen op al mijn vragen.

Aan de andere kant zou ik dan te laat op school komen en Cal was op school. Bovendien, als ze me al iets had willen vertellen, zou ze het inmiddels wel gedaan hebben. Nietwaar?

Ik zuchtte. Misschien was het wel zo dat nu ik de kans als het ware voor het grijpen had, ik hem niet durfde aangrijpen, bang voor wat ik te horen zou krijgen.

De Pop Tarts sprongen opgewekt uit het broodrooster en braken kapot op het aanrecht. Ik veegde de stukken bij elkaar in een papieren servetje en gaf mijn zusje zachtjes een schop.

'Laten we gaan,' zei ik. 'De geleerdheid wacht ons.' Mam zou thuis zijn als ik uit school kwam. Dan kon ik ook nog met haar praten.

Mary K. knikte en trok haar jas aan.

Toen ik thuiskwam van school bleek de grote confrontatie die ik had gepland niet door te gaan. Helemaal opgefokt voor een echte ruzie liep ik de trap op, naar de slaapkamer van mam. Ik gooide de deur open... en daar lag ze, diep in slaap. Haar rode haar lag over het kussen en opnieuw vielen me de zilveren draden erin op. Verbeeldde ik het me, of waren het er meer dan een paar dagen geleden?

Wat zag ze er moe uit. Ik had het hart niet om haar wakker te maken.

Op mijn tenen sloop ik weg. Toen belde Tamara om te vragen of ik bij haar kon komen studeren voor een wiskundeproefwerk. Dus ging ik; als ik maar weg kon.

Ik bleef bij Tamara eten. Toen ik thuiskwam waren pap en mam al naar bed.

Ik ging de werkkamer in en zette de computer aan. Ik wilde een van de Wicca-sites bezoeken en kijken of ik de betekenis van Selene Belltowers runentekens op haar deurpost kon achterhalen. Vijf ervan kon ik me zeker nog voor de geest halen. Ik wilde ook de stamboom van Maeve Riordan weer bekijken. Misschien zag ik een link die ik eerst niet had opgemerkt, of andere informatie die ik had gemist.

Terwijl de computer opstartte, beet ik op de nagel van mijn duim en dacht na. Deels raakte ik steeds opgefokter naarmate mijn ouders het beantwoorden van mijn vragen langer uit de weg gingen. Maar ik moest ook bekennen dat ik voor een deel bijna blij was met het uitstel. Eerlijk gezegd was ik bang dat het een heel pijnlijke, akelige scène kon worden.

Ik logde in en klikte op het HTML-adres dat ik me herinnerde van de vorige keer. Maar in plaats van Maeves stamboom verscheen er een boodschap op het scherm:

Deze pagina kan niet getoond worden. De pagina die u zoekt is momenteel niet beschikbaar. Er kan een technisch probleem zijn opgetreden, of u moet uw zoekopties wijzigen.

Ik trok een frons. Had ik het adres verkeerd ingevoerd? Ik typte in *Maeve Riordan* en liet de zoekmachine zijn werk doen. Er verschenen zesentwintig zoekresultaten.

De vorige keer waren het er zevenentwintig geweest.

Ik liep snel de lijst door. Geen HTML. Was de genealogiesite verdwenen?

Ik zocht onder *Ballynigel.* Ik kreeg een site met kaarten en opende de map met Ierland. Ballynigel was een stipje aan de westkust. Inzoomen kon niet.

Ik typte in: 'De Nauwe Poort' en klikte op zoeken. Helemaal niets.

Ik sloeg op het toetsenbord van teleurstelling. De site was weg. Gewoon weg. Alsof hij er nooit was geweest.

Ik zei tegen mezelf dat ik me niet moest opwinden. Misschien werd hij bijgewerkt of zo. Als ik het over een paar dagen opnieuw probeerde, was hij er misschien wel weer.

Ik sloot even mijn ogen, knikte mijn hoofd achterover en ademde diep in. Toen ik wat gekalmeerd was, ging ik naar een adres dat ik van Ethan had gekregen – een site over runenmagie.

Na een ogenblik verscheen de homepage en zag ik mysterieuze symbolen voor mijn ogen oplichten. Ik boog me aandachtig naar het scherm en toen ik begon te lezen verdwenen mijn zorgen naar de achtergrond.

Er was bijna een uur verstreken toen ik eindelijk de computer uitzette. Ik sloot mijn ogen en de runen bleven aan de binnenkant van mijn oogleden dansen. Ik had vanavond veel geleerd.

Ik pakte een pen en tekende mijn nieuwe favoriete rune op een stukje papier dat bij het toetsenbord lag. Kan: Hij zag eruit als een V op zijn kant. Hij stond voor vuur, en vervolgens voor inspiratie en vurigheid van geest. Zo eenvoudig en toch zo machtig.

Daaronder zette ik mijn tweede favoriete rune, Ur, kracht.

Ik zuchtte. Daarvan had ik op dit moment heel veel nodig.

Op donderdagmiddag liet mam me schrikken toen ze de zitkamer binnenkwam. Ik zat naar *Oprah* te kijken en mijn huiswerk voor Amerikaanse geschiedenis te maken.

'Hoi, Morgan,' zei ze een beetje aarzelend. Ze had haar haren achterovergeborsteld en met twee kammetjes uit haar gezicht vastgezet. Ze had zich niet opgemaakt en droeg een joggingpak met een opgestikt bladermotief. 'Waar is Mary K.?'

'Die heb ik bij Jaycee afgezet,' antwoordde ik.

'O, dat is goed.' Mam drentelde naar de verste wand en pakte een kleipotje dat ik in de derde klas had gemaakt had. Toen zette ze het weer neer. 'Zeg, hoe komt het dat ik Bree deze week helemaal niet heb gezien?'

Ik moest even slikken. De scène van gisteren in de kantine speelde weer door mijn hoofd, toen Bree en Raven aankondigden dat ze hun eigen heksenkring waren begonnen. Bree zou waarschijnlijk niet veel meer met mij omgaan.

Maar ik kon het nu niet opbrengen om er tegen mam over te beginnen, daarom zei ik enkel: 'Ze zal het wel erg druk hebben.'

'Mm.' Tot mijn verbazing liet ze het daarbij. Ze bleef door de kamer snuffelen en dingetjes oppakken en weer neerzetten. Toen zei ze abrupt: 'Mary K. zegt dat je een vriendje hebt.'

'Hè? O, ja,' zei ik verbaasd, en besefte dat ze niet op de hoogte was van de hele situatie met Cal. Nee, natuurlijk niet. Hoe had dat ook gekund? Cal en de ontdekking van mijn geboorte waren min of meer tegelijkertijd gebeurd.

'Hij heet Cal Blaire,' verklaarde ik met een opgelaten gevoel. Ten eerste hadden wij nooit over jongens gepraat. Er was nooit iets te bepraten geweest. Ten tweede, waarom zou ik me verplicht voelen haar iets te vertellen? Zij had er blijkbaar geen problemen mee dingen voor mij te verzwijgen.

Desondanks had ik haar zestien jaar lang als mijn moeder beschouwd. En die gewoonte was moeilijk te doorbreken. 'Hij is met zijn moeder in september hiernaartoe verhuisd,' voegde ik eraan toe.

Mam leunde tegen de deurpost. 'Wat vindt hij van hekserij?'

Ik knipperde met mijn ogen en zette de tv uit. 'Eh, hij houdt ervan,' zei ik stijfjes.

Mam knikte.

'Waarom hebben jullie me nooit verteld dat ik geadopteerd was?' zei ik. Nu ik de kans had, spoelden de woorden mijn mond uit.

Ik zag haar slikken en naar een antwoord zoeken. 'Daar waren destijds een paar heel goede redenen voor,' zei ze eindelijk. De stilte in huis leek haar woorden te onderstrepen.

‘Iedereen zegt dat je er openhartig over moet te zijn,’ zei ik. Ik kon mijn keel alweer dicht voelen klappen en mijn zenuwen voelden opeens aan als doornen.

‘Dat weet ik,’ zei mam rustig. ‘Ik weet dat je antwoorden wilt hebben, nodig hebt zelfs.’

‘Ik verdien die antwoorden!’ zei ik met stemverheffing. ‘Jij en pap hebben zestien jaar lang tegen me gelogen! Jullie hebben tegen Mary K. gelogen! En alle anderen waren ervan op de hoogte!’

Ze schudde haar hoofd en ze had een vreemde uitdrukking op haar gezicht. ‘Niemand kent de hele waarheid,’ zei ze. ‘Zelfs je vader en ik niet.’

‘Wat bedoel je daarmee?’ Ik sloeg mijn armen over elkaar. Ik probeerde me aan mijn kwaadheid vast te klampen, zodat ik niet zou gaan huilen.

‘Je vader en ik hebben met elkaar gepraat,’ zei ze. ‘Wij beseffen dat je het wilt weten. En we zullen het je ook vertellen. Binnenkort.’

‘Wanneer?’ snauwde ik.

Mam trok een eigenaardige glimlach, alsof ze een binnenpretje had. Ze was zo kalm en zag er desondanks zo broos uit, dat ik maar moeilijk kwaad kon blijven. Hier viel niet tegenop te boksen en dat maakte me nog veel pissiger.

‘Het duurt nu al zestien jaar,’ zei ze vriendelijk. ‘Geef ons nog een paar dagen. Ik heb tijd nodig om na te denken.’

Ik staarde haar vol ongeloof aan, maar met diezelfde vreemde glimlach streek ze zachtjes met haar hand over mijn wang en liep daarna de kamer uit.

Om de een of andere reden kwam er een herinnering boven aan toen ik nog klein was, aan de keren dat ik ’s nachts bij mijn ouders in bed kroop. Dan wurmde ik me tussen hen in en viel meteen in slaap. Niets had me zo’n veilig en geborgen gevoel gegeven. Nu leek het heel vreemd. De herinneringen aan mijn kindertijd veranderden met de dag.

De telefoon ging en ik greep hem als een reddingsboei. Ik wist dat het Cal was.

'Hoi,' zei Cal, nog voor ik iets kon zeggen. Er kwam een warm gevoel van troost over me. 'Ik mis je. Mag ik komen?'

Binnen een tel schoot ik van opperste wanhoop naar pure blijdschap. 'Zeg, zou ik naar jou toe kunnen komen?' vroeg ik.

'Vind je dat niet vervelend?'

'O god, nee. Ik kom eraan, oké?'

'Fantastisch,' zei hij.

Ik vloog het huis uit, het geluk tegemoet.

Cal deed zelf open. Het was al bijna donker en de lucht was zwaar en vochtig, alsof het dit jaar wel eens vroeg zou kunnen gaan sneeuwen.

'Ik kan maar eventjes blijven,' zei ik een beetje puffend.

'Fijn dat je gekomen bent,' zei hij, en ging me voor naar binnen. 'Ik had ook naar jou toe kunnen komen.'

Ik schudde mijn hoofd en deed mijn jas uit. 'Hier is meer privacy. Is je moeder thuis?'

'Nee,' zei Cal. We liepen de trap op naar zijn kamer. 'Ze is in het ziekenhuis bij iemand van haar kring. Ik moet er straks ook heen om haar te helpen.' Het drong tot me door dat we alleen thuis waren. Ik voelde een rillinkje van anticipatie.

'Ik heb het Robbie vandaag vergeten te vragen,' zei Cal, terwijl hij de deur naar zijn zolderkamer opendeed. 'Krijgt hij een nieuwe bril?'

'Dat weet ik niet. Ze gaan nog meer tests afnemen.' Ik wreef over mijn armen toen we Cals kamer binnengingen, hoewel het er om te roosteren was. Ik voelde me hier op mijn gemak met Cal. De rest van mijn leven mocht dan in beroering zijn, maar hier had ik kracht, wist ik. En ik wist ook dat Cal me begreep. Dat gaf me een geweldig gevoel van opluchting.

Toen ik de kamer van Cal rondkeek, herinnerde ik me de avond dat we hier een cirkel hadden gehouden en dat ik de aura's van iedereen had gezien. Het was zo verleidelijk, door de magie te zijn aangeraakt. Hoe kon je geen zin hebben om daarmee bezig te zijn?

Cal raakte van achteren mijn arm aan en ik draaide me om. Hij glimlachte naar me. 'Ik vind het fijn dat ik je hier heb,' zei hij, 'en ik ben blij dat je gekomen bent. Ik wil je iets geven.'

Ik keek hem vragend aan.

'Hier.' Hij maakte de knoop in het leren bandje om zijn hals los. Het zilveren pentagram dat eraan bungelde ving het licht van de lamp en glinsterde. Deze ketting was een van de eerste dingen geweest die ik aan hem had opgemerkt en ik herinnerde me hoe mooi ik hem vond. Ik deed een stap naderbij en Cal maakte hem vast om mijn nek. De hanger viel in een punt op mijn borstbeen en Cal trok hem na over mijn shirt.

'Dank je wel,' fluisterde ik. 'Het is heel mooi.' Ik legde mijn hand om zijn nek heen en trok hem naar me toe. Hij kwam mijn kus halverwege tegemoet.

'Hoe gaat het thuis?' vroeg Cal even later. Hij hield me nog altijd vast.

Ik had het gevoel dat ik hem alles kon vertellen. 'Vreemd,' zei ik. Ik maakte me los uit zijn armen en liep zijn kamer rond. 'Ik heb mijn ouders nauwelijks gezien. Mam was vandaag thuis en ik vroeg haar naar mijn adoptie. Ze zei dat ze meer tijd nodig had.' Ik schudde mijn hoofd en keek naar Cals hoge boekenkast met de rijen boeken over hekserij, rituelen, kruiden en runen... Ik wilde gaan zitten lezen en een tijdlang niet meer overeind komen.

'Als ik erover nadenk hoe ze tegen me gelogen hebben, voel ik me elke keer weer heel kwaad worden,' zei ik tegen Cal. Ik balde mijn vuisten en liet mijn adem wegstromen. 'Maar vandaag zag mijn moeder er – ik weet het niet, ouder uit, op een of andere manier fragiel.'

Ik bleef naast het bed van Cal staan. Hij kwam naar me toe en wreef over mijn rug. Ik pakte zijn hand en bracht hem naar mijn wang.

'Voor een deel heb ik het gevoel dat ze mijn echte familie niet zijn,' zei ik. 'En aan de andere kant denk ik, natuurlijk zijn ze mijn echte familie. Ze voelen als echte familie.'

Hij knikte en streek met zijn hand over mijn arm. 'Het is heel gek als mensen die je goed denkt te kennen, opeens heel anders blijken te zijn.'

Het klonk alsof hij uit ervaring sprak. Ik keek naar hem op.

'Zoals mijn vader,' zei hij. 'Toen zij trouwden was hij hogepriester in de coven van mijn moeder. Hij leerde in die coven een andere vrouw, een andere heks, kennen. Mam en ik maakten er altijd gemene grapjes over dat ze een liefdesbezwering over hem had uitgesproken, maar uiteindelijk denk ik dat hij in feite gewoon... meer van haar hield.'

Ik hoorde het verdriet in zijn stem en legde mijn hoofd tegen zijn borst. Ik liet mijn armen om zijn middel glijden.

'Ze wonen nu in het noorden van Engeland,' vervolgde

Cal. Zijn borst trilde tegen mijn oor toen hij praatte. 'Zij had een zoon van mijn leeftijd uit haar eerste huwelijk en samen hebben ze geloof nog twee kinderen gekregen.'

'Dat is heel vreselijk,' zei ik.

Hij ademde langzaam in en uit. 'Dat weet ik niet. Het kan zijn dat ik er nu gewoon aan gewend ben. Maar ik denk dat het zo gaat. Niets is blijvend; de dingen veranderen altijd. Je kunt maar het beste mee veranderen en roeien met de riemen die je hebt.'

Ik zweeg en dacht aan mijn eigen situatie.

'Ik denk dat het belangrijkste is, dat je door je boosheid en je negatieve gevoelens heen komt, want die staan de magie in de weg,' zei Cal. 'Het is moeilijk, maar soms moet je gewoon het besluit nemen die gevoelens los te laten.'

Zijn stem zakte weg en we bleven zo een tijdje behaaglijk tegen elkaar aan staan. Toen keek ik eindelijk, tegen mijn zin, op mijn horloge.

'Over loslaten gesproken. Ik moet weg,' zei ik.

'Nu al?' Cal boog zijn hoofd om me te kussen. Hij murmelde iets bij mijn lippen.

Ik glimlachte en wurmde me uit zijn greep. 'Wat zei je?'

'Niets.' Hij schudde zijn hoofd. 'Ik had het niet moeten zeggen.'

'Wat dan?' zei ik, inmiddels bezorgd. 'Wat is er dan?'

'Er is niets,' zei hij. 'Het is alleen... opeens dacht ik, mùirn beatha dàn. Je weet wel.'

Ik keek hem aan. 'Wat? Waar heb je het over?'

'Je weet wel,' zei hij weer, nu bijna schuchter. 'Mùirn beatha dàn. Daar heb je toch wel over gelezen?'

Ik schudde mijn hoofd. 'Wat is dat?'

'Eh, zielsverwant,' zei Cal. 'Levenspartner. De geliefde die voor je bestemd is.'

Mijn hart stond bijna stil en de adem stokte in mijn keel. Ik kon niet spreken.

'In de tak van Wicca die ik beoefen,' legde Cal uit, 'geloven we dat er bij elke heks één ware zielsverwant past die ook een bloedheks is; mannelijk of vrouwelijk, dat maakt niet uit. Ze zijn met die persoon verbonden, ze horen bij elkaar. In feite kunnen ze ook alleen maar met die ene gelukkig zijn.' Hij haalde zijn schouders op. 'Het kwam gewoon... nu net in mijn hoofd op, toen we elkaar kusten.'

'Ik heb er nog nooit van gehoord,' fluisterde ik. 'Hoe weet je dat, als het gebeurt?'

Cal lachte wrang. 'Dat is juist zo verraderlijk. Het ligt soms niet zo simpel. En mensen hebben uiteraard een sterke wil: ze kunnen ervoor kiezen bij iemand te blijven en volhouden dat diegene hun mùirn beatha dàn is, maar ze kunnen zich ook vergissen en het gewoon niet toegeven.'

Ik vroeg me af of hij het over zijn vader en moeder had.

'Is er een waterdichte manier om erachter te komen?' vroeg ik.

'Ik heb gehoord dat je er rituelen voor kunt doen, heel ingewikkelde. Maar meestal gaan heksen op hun gevoel af, op hun dromen en hun intuïtie. Ze *voelen* gewoon dat deze of gene het is, en dat gevoel volgen ze.'

Ik was opgetogen, alsof ik op het punt stond op te stijgen en weg te vliegen. 'En jij denkt... dat wij... op die manier verbonden zijn?' vroeg ik ademloos.

Hij raakte mijn wang aan. 'Ja, ik denk dat het inderdaad zo zou kunnen zijn,' zei hij met een hese stem.

Mijn ogen voelden aan als stuiters. 'En wat nu dan?' liet ik me ontvallen. Hij lachte.

'Afwachten, we blijven bij elkaar. We groeien samen verder op.'

Dit was zo fantastisch, wonderbaarlijk en verleidelijk, dat ik wel kon schreeuwen: Ik hou van je! We blijven altijd bij elkaar! Ik ben die ene voor jou en jij bent die ene voor mij!

'Hoe zeg je het ook alweer?' vroeg ik.

'Mùirn beatha dàn,' zei hij langzaam. De woorden klonken oeroud en lieflijk en mysterieus.

Ik herhaalde ze zachtjes. 'Ja,' zei ik, en we ontmoetten elkaar weer in een kus.

Minuten later maakte ik me van hem los. 'O jee, ik moet echt weg! Ik kom te laat!'

'Oké,' zei hij. We gingen zijn kamer uit. Wat was het moeilijk om weg te gaan van deze plek waar het zo fijn was. Vooral in de wetenschap dat ik naar huis moest.

Ik dacht opnieuw aan de eerste keer dat ik in Cals kamer was, voor de bijeenkomst van de kring. 'Vind je het heel erg dat Beth en Raven en Bree eruit zijn gestapt?' vroeg ik, toen we de trap afliepen.

Hij dacht even na. 'Ja en nee,' zei hij. 'Nee, omdat ik vind dat je iemand niet tegen zijn wil in een coven moet vasthouden, zelfs niet, als ze het niet zeker weten. Dat geeft alleen maar negatieve energie. En ja, omdat ze alledrie nogal uitgesproken persoonlijkheden waren, die iets toevoegden aan het geheel. En dat was goed voor de coven.' Hij haalde zijn schouders op. 'Ik vind dat we gewoon moeten afwachten en kijken wat er gebeurt.'

Ik trok mijn jas aan en wenste dat ik de kou niet in hoefde. Buiten waren de bomen bijna kaal en de achtergebleven bladeren waren vaalbruin, overal waar ik keek.

'Gadver,' zei ik, toen ik Das Boot zag.

'De herfst probeert over te gaan in de winter,' zei Cal. Zijn adem maakte wolkjes in de koude lucht.

Ik zag zijn borst op- en neergaan en er ging een schok van verlangen door me heen. O, wat wilde ik hem graag aanraken, met mijn handen door zijn haren en over zijn rug strijken, zijn hals en zijn borst kussen. Ik wilde dicht bij hem zijn. Ik wilde zijn mùirn beatha dàn zijn.

Maar in plaats daarvan scheurde ik me los. Ik zocht in mijn jaszak naar mijn sleuteltjes en liet Cal achter in het licht van de voordeur. Mijn hart liep over van verlangen en ik voelde me vol van magie.

12. Schoonheid uit

Imbolc, 1982

O, Godin, Godin, help me. Alsjeblieft, help me. Mathair. Haar zwartgeblakerde hand stak uit de rokende as. Mijn kleine Dagda. Mijn eigen pa.

O, Godin. Ik word er beroerd van; mijn ziel gaat kapot. Ik kan deze smart niet verdragen.

— Bradhadair

Die avond probeerden mijn ouders normaal te doen tijdens het eten, maar ik bleef ze met ogen vol vragen aankijken. Tegen de tijd dat we aan het toetje zaten, staarden we allemaal naar ons bord. Mary K. kon de stilte blijkbaar niet aan; toen de maaltijd voorbij was ging ze meteen naar haar kamer en begon keihard muziek te draaien. Uit het gebonk kon je opmaken dat ze probeerde haar stress weg te dansen.

Ik hield het hier niet uit. Was Cal nou maar niet bezig zijn moeder te helpen. In een impuls belde ik Janice en ging met haar, Ben Reggio en Tamara naar de goedkope bioscoop in Red Kill. Daar zagen we een of andere stompzinnige actiefilm met veel achtervolgingen op de motor. In die donkere bioscoop zat ik de hele tijd te denken, mùirn beatha dàn, telkens opnieuw.

Op zaterdagochtend ging pap naar buiten om bladeren aan te harken en de struiken en bomen te snoeien, zodat ze tijdens een winterse ijsstorm niet zouden breken. Mam ging na het ontbijt naar de vrouwenvereniging van de kerk.

Ik trok mijn jack aan en liep naar buiten, naar mijn vader. Het knerpte onder mijn voeten.

'Wanneer gaan jullie het me een keer vertellen?' zei ik plompverloren. 'Gaan jullie net doen alsof er niets gebeurd is?'

Hij hield even op en leunde op zijn hark. 'Nee, Morgan,' zei hij eindelijk. 'Dat zouden we niet kunnen, hoe graag we dat ook zouden willen.' Zijn stem klonk mild en alweer voelde ik mijn boosheid wegsijpelen. Ik was vastbesloten niet los te laten en schopte tegen een hoopje bladeren.

'Nou?' zei ik dwingend. 'Waar hebben jullie me vandaan gehaald? Wie waren mijn ouders? Hebben jullie ze gekend? Wat is er met hen gebeurd?'

Pap kromp ineen, alsof mijn woorden hem fysiek indeden.

'Ik weet dat we erover moeten praten,' zei hij, met een stem die dun en krakerig klonk. 'Maar... ik heb er meer tijd voor nodig.'

'Waarom?' ontplofte ik, terwijl ik mijn armen wijd uitspreidde. 'Waar wachten jullie op?'

'Het spijt me, lieveling.' Hij keek naar de grond. 'Ik weet dat we de afgelopen zestien jaar een heleboel fouten hebben gemaakt. We hebben geprobeerd ons best te doen. Maar Morgan,' hij keek me aan, 'wij hebben dit zestien jaar lang begraven. Het is niet eenvoudig om het weer naar boven te halen. Ik besef dat je antwoorden wilt hebben en ik hoop dat we je die kunnen geven. Maar het is niet eenvoudig. En het zou ook nog kunnen zijn dat je het uiteindelijk helemaal niet had willen weten.'

Ik keek hem met open mond aan, schudde toen vol ongeloof mijn hoofd en beende terug naar het huis. Wat moest ik nu doen?

Op zaterdagavond zette ik Mary K. af bij haar vriendin Jaycee. Zij waren van plan om met Bakker en een stel anderen naar de film te gaan. Ik reed verder naar het huis van Matt voor de bijeenkomst van de kring.

'Waar is de auto van Bakker?' vroeg ik, toen ik voor het huis van Jaycee stopte.

Mary K. trok een grimas. 'Hij mag er van zijn ouders een week niet in rijden, omdat hij voor een geschiedenisrepetitie is gezakt.'

'O, wat jammer,' zei ik. 'Nou, veel plezier en doe geen dingen die ik ook niet zou doen.'

Mary K. rolde met haar ogen. 'Oké, oké. Goed onthouden: niet bloot ronddansen en niet aan hekserij doen,' zei ze droogjes. 'En bedankt voor de lift.' Ze stapte uit en sloeg het portier met een klap dicht. Ik keek haar na toen ze in Jaycees huis verdween.

Met een zucht reed ik door naar Matts huis. Ik volgde zijn routebeschrijving naar de uiterste buitenwijk van het stadje. Tien minuten later parkeerde ik voor een laag, modern, bakstenen huis. Jenna liet me binnen.

'Hé!' zei ze vrolijk. 'Kom erin. We zitten in de woonkamer. Ik weet het eigenlijk niet – ben je hier ooit eerder geweest?'

'Nee,' zei ik, terwijl ik mijn jas aan een metalen haakje ophing. 'Zijn de ouders van Matt thuis?'

Jenna schudde haar hoofd. 'Zijn vader heeft een artsenconferentie in Florida en zijn moeder is meegegaan. We hebben het hele huis voor onszelf.'

'Wat lief,' zei ik, en liep achter haar aan. We gingen naar rechts een grote woonkamer binnen, een witte rechthoek met een glazen pui die een hele wand besloeg. Ik nam aan dat je daar uitkeek op de achtertuin, maar het was nu donker en het enige dat ik kon zien was ons eigen spiegelbeeld.

'Hoi, Morgan,' zei Matt. Hij droeg een oud rugbyshirt en een spijkerbroek. 'Welkom in het Adelaarsnest.'

We lachten allebei. Sharon kwam binnen. 'Hoi, Morgan. Zeg, Matt, wat is dit voor bizar meubilair?'

'Mijn moeder is dol op de jaren zestig,' verklaarde Matt.

Ethan stak zijn hoofd omhoog vanuit een rode pluche bank. Die was zo diep, dat het leek alsof hij erdoor werd opgeslokt. Een witte booglamp, in de vorm van een bol met één platte kant, scheen op zijn hoofd. 'Ik heb het gevoel dat ik terugga in de tijd,' zei hij. 'Alleen de leefkuil ontbreekt nog.'

'Die hebben we in de studeerkamer,' grijnsde Matt.

De deurbel ging en ik voelde een warme vibratie van herkenning, nog voordat Jenna ging opendoen. Cal, dacht ik blij. Er tintelde iets langs mijn ruggengraat. Mùirn beatha dàn. Een paar tellen later hoorde ik hem Jenna begroeten. Al mijn zenuwcellen kwamen tot leven bij dat geluid en de herinnering aan gisteren in zijn kamer.

'Wil iemand thee, mineraalwater of gewoon water?' vroeg Matt, toen Cal de kamer binnenkwam met een grote, aftandse leren tas in zijn hand. 'We hebben geen alcohol in huis, omdat mijn vader bij de AA zit.'

Ik stond versteld van deze openhartige opmerking. 'Water graag.' Ik liep naar Cal toe en gaf hem snel een kus, verwonderd over mijn eigen vrijmoedigheid.

De bel ging weer. Even later kwam Matt binnen met een paar flessen spa blauw, op de voet gevolgd door Robbie. 'Hoi,' zei hij.

Ik staarde hem aan. Ik meende dat ik er nu wel aan gewend zou zijn, maar nee. Het leek alsof Robbies persoonlijkheid en gebrekkige sociale vaardigheden overgestapt waren in het lichaam van een tieneridool. 'Waar is je bril?' vroeg ik.

Robbie pakte en fles mineraalwater van Matt en maakte hem open. 'Dat is het nou juist het gekke,' zei hij, 'ik heb geen bril meer nodig.'

'Hoe kan dat nou, dat je geen bril meer nodig hebt?' wilde ik weten. 'Heb je een laserbehandeling gehad zonder het te vertellen?'

'Nee,' zei Robbie. 'Daar zijn al die tests van afgelopen week voor geweest. Klaarblijkelijk is mijn gezichtsvermogen beter geworden. Ik had hoofdpijn omdat ik geen bril meer hoefde te dragen. De glazen veroorzaakten spanning op mijn ogen.'

Dit klonk niet zo blij en het duurde even, voor ik me realiseerde dat zo langzamerhand ieders aandacht op mij gevestigd was.

'O, nee!' zei ik resoluut. 'Ik heb absoluut geen bezwering gedaan! Echt waar niet – ik zweer het! Ik heb Robbie en alle anderen beloofd dat ik het niet meer zou doen. En dat heb ik ook niet gedaan! Ik heb helemaal geen bezweringen gedaan!'

Robbie keek me met zijn heldere, grijsblauwe ogen aan,

niet langer verborgen achter die dikke, vervormende glazen. 'Morgan,' zei hij.

'Ik zweer het je! Absoluut, ik zweer het je.' Ik hield mijn rechterhand omhoog. Robbie keek niet erg overtuigd. 'Robbie! *Geloof* me!'

De innerlijke tweestrijd stond op zijn gezicht te lezen. 'Wat kan het dan zijn geweest?' vroeg hij. 'Ogen worden niet zomaar beter. Ik bedoel maar, de vorm van mijn *oogbollen* is zelfs veranderd. Ze hebben een MRI gedaan om te kijken of er misschien een tumor op mijn hersens drukte.'

'Jezus,' bromde Matt.

'Ik weet het niet,' zei ik hulpeloos. 'Maar ik ben het niet geweest.'

'Dit is ongelooflijk,' zei Jenna, die kortademig klonk. 'Zou iemand anders een bezwering over hem uitgesproken kunnen hebben?'

'Ik had dat gekund,' zei Cal nadenkend. 'Maar ik heb het niet gedaan. Morgan, herinner jij je de exacte bewoordingen van je bezweringsritueel?'

'Ja,' zei ik. 'Maar ik heb de bezwering uitgesproken over de *vloeistof* die ik hem gegeven heb, niet over hemzelf.'

'Dat is zo,' peinsde Cal. 'Maar als de vloeistof bedoeld was om een *uitwerking* op hem te hebben, op een of andere manier... wat waren de woorden?'

Ik slikte en dacht terug. 'Eh, "schoonheid in is schoonheid uit,"' zei ik zachtjes, '"Deze drank geneest je huid. Dit helend water maakt je rein, zo zal je schoonheid duurzaam zijn."'

'Was dat het?' vroeg Sharon. 'God, waarom heb je dat niet eerder gedaan?'

'Sharon,' zei Robbie geïrriteerd.

'Oké, oké,' zei Cal. 'We hebben een aantal mogelijkheden. Eén daarvan is, dat Robbies ogen spontaan uit zichzelf zijn genezen, op basis van een niet te doorgronden wonder.'

Ethan snoof. Sharon keek hem fel aan.

'De tweede mogelijkheid,' vervolgde Cal, 'is dat Morgans bezwering niet specifiek genoeg is geweest en niet beperkt bleef tot Robbies huid alleen. Het was een bezwering die onreinheden en onvolmaaktheden elimineerde. Zijn ogen waren niet volmaakt; nu zijn ze dat wel. Net als zijn huid.'

De omvang van die gedachte was nog aan het bezinken, toen Ethan opgeruimd zei: 'Geweldig! Ik sta te trappelen om te zien wat het voor zijn persoonlijkheid gaat doen!'

Jenna kon het niet nalaten te grinniken. Ik liet me in een stoel in de vorm van een reusachtige handpalm zakken.

'De derde mogelijkheid is,' zei Cal, 'dat iemand die we niet kennen een bezwering over Robbie heeft uitgesproken. Dat lijkt erg onwaarschijnlijk – waarom zou een vreemde dat willen doen? Nee, ik vind dat het waarschijnlijker dat Morgans bezwering gewoon is voortgegaan met het repareren van dingen.'

'Dat vind ik wel eng.' Ik kreeg het koud. Had ik echt zoveel macht?

'Het is nogal ongewoon. En dat is ook de reden waarom je geen bezweringen mag doen voordat je meer hebt geleerd,' zei Cal. Ik voelde me afschuwelijk. 'Wanneer we beginnen met het leren van bezweringen, zal ik laten zien hoe je die moet begrenzen. Begrenzingen aanbrengen is ongeveer het allerbelangrijkste wat je moet weten, samen met het kanaliseren van krachten. Als je een bezwering doet, moet je hem begrenzen wat betreft tijd, uitwerking en doel, de duurzaamheid en de bestemming.'

‘O nee toch.’ Ik liet mijn hoofd in mijn handen zinken. ‘Dat heb ik allemaal niet gedaan.’

‘En bovendien, nu ik er goed over nadenk, heb je bij de allereerste cirkel de beperkingen *uitgebannen.* Weet je dat nog?’ zei Cal. ‘Dat kan er ook nog mee te maken hebben.’

‘En wat nu?’ wilde Robbie weten. ‘Wat gaat er nog meer veranderen?’

‘Waarschijnlijk niet veel,’ zei Cal. ‘Eén ding, ondanks het feit dat Morgan veel macht heeft, is ze nog maar een beginner. Ze heeft haar volledige potentieel nog niet bereikt.’

Ik was blij dat hij er niet weer over begon dat ik een bloedheks was. Ik wilde dat ze dat voorlopig vergaten.

‘Daarnaast beperkt dit soort bezweringen zichzelf meestal,’ zei Cal. ‘Ik bedoel maar, het water was voor je gezicht. Je hebt het toch alleen op je gezicht gedaan, hè? Je hebt er niet van gedronken of zo?’

‘God, nee,’ zei Robbie.

Cal haalde zijn schouders op. ‘Dan geneest het alleen op die plek in het algemeen, je ogen inbegrepen. Het is ongebruikelijk, maar ik neem aan dat het niet onmogelijk is.’

‘Ik kan het niet geloven.’ Kreunend verborg ik mijn gezicht. ‘Wat een idioot ben ik. Ik kan me niet voorstellen dat ik dat gedaan heb. Het spijt me zo ontzettend, Robbie.’

‘Waarom zou je spijt moeten hebben?’ vroeg Ethan. ‘Nu kan hij piloot worden.’

Sharon smoorde een giecheltje.

‘Dus jij denkt dat het verder niets meer zal doen?’ vroeg Robbie aan Cal.

‘Ik weet het niet.’ Cal grinnikte. ‘Ben je de laatste tijd buitengewoon hoogbegaafd? Dan kan het zijn dat het ook op je hersens inwerkt.’

Ik kreunde opnieuw.

Cal gaf me een por. 'Geintje. Het is waarschijnlijk voorbij. Maak je er nu maar niet meer druk om.'

Hij klapte een keer in zijn handen. 'Goed, ik geloof dat het tijd is om over bezweringen te praten en hoe je ze moet inperken!'

Ik kon er niet om lachen, maar een paar anderen wel.

'Dit is onze eerste cirkel zonder Bree, Raven en Beth,' zei Cal.

'Ik zal ze missen,' zei Jenna zacht. Haar ogen flitsten naar mij, en ik vroeg me af of zij vond dat het mijn schuld was dat ze weggegaan waren.

Cal knikte. 'Ja. Ik ook. Maar misschien kunnen we ons zonder hen beter concentreren. We merken het wel.'

We gingen in een kring op de grond zitten, om Cal heen. 'Eerst gaan we het over de clans hebben,' zei hij. 'Jullie weten dat ze allemaal geassocieerd werden met eigenschappen. De Brightendales waren genezers. De Woodbanes – de "duistere" clan – vocht naar men aanneemt voor macht ten koste van alles.'

'Oei,' zei Robbie. Hij keek me quasi-bevreesd aan. Maar ik huiverde. De gedachte aan de Woodbanes alleen al maakte dat ik het koud kreeg. Ik vond het niet iets om over te lachen.

'De Burnhides waren bekend om hun magie met kristallen en edelstenen,' vervolgde Cal. 'De Leapvaughns waren onruststokers. De Vikroths waren krijgers, enzovoort.' Hij keek de kring rond. 'Nou, zoals elke clan zijn eigen kwaliteiten bezat, zo had ook elke clan bepaalde runen die ze meestal gebruikten. Dus – ik denk dat we maar eens naar de runen moeten gaan kijken.'

Cal opende zijn grote leren tas en haalde er een pakje kaarten uit, die op indexkaartjes leken. Hij hield ze omhoog en ik zag dat er op elke kaart een rune getekend was, heel groot.

'Systeemkaarten met runen erop!' zei ik. Cal knikte.

'Zoiets, ja,' zei hij. 'Het gebruik van runen is een snelle manier om in contact te komen met een diepe, oude bron van kracht. Ik laat ze jullie vanavond alleen zien, zodat jullie je op elke rune kunnen concentreren. Elk symbool heeft vele betekenissen, die je allemaal kunt leren kennen als je je ervoor openstelt.'

We keken gefascineerd, toen hij de witte kaarten een voor een omhooghield, de namen van de runen noemde en ons vertelde waar ze volgens de traditie voor stonden.

'Er zijn verschillende namen voor elk symbool. Die namen hangen af van het systeem dat je gebruikt, de Scandinavische, de Duitse of de Keltische traditie,' legde Cal uit. 'Later bespreken we welke runen met welke clans geassocieerd worden.'

'Wat is dat mooi,' zei Sharon. 'Ik vind het geweldig dat mensen ze al duizenden jaren hebben gebruikt.'

Ethan draaide zich naar haar om en knikte instemmend. Ik zag hoe hun ogen elkaar ontmoetten en vasthielden.

Wie had ooit kunnen denken dat Sharon Goodfine Wicca mooi zou vinden? Of dat Ethan het zou aandurven haar aardig te vinden? De heksenkring onthulde ons niet alleen dingen van onszelf, maar ook van elkaar.

'Laten we een kring vormen,' zei Cal.

13. Sterrenlicht

17 maart 1982

St. Paddy's Day in New York City. Beneden ons viert de stad een feestdag die vanuit mijn vaderland is ingevoerd, maar ik kan niet meedoen. Angus is weg, op zoek naar werk. Ik zit hier bij het raam te huilen, hoewel de Godin weet dat ik haast geen tranen meer overheb.

Alles wat ik heb gekend en bemind is weg. Mijn dorp is tot de grond toe afgebrand. Mijn pa en ma zijn dood, maar ik kan het nog steeds niet geloven. Mijn katje Dagda ook. Mijn vrienden. 'De Nauwe Poort' is weggevaagd, onze schalen zijn gebroken, onze bezemstelen zijn verbrand, onze kruiden zijn boven ons hoofd in as opgegaan.

Hoe heeft dit kunnen gebeuren? Waarom ben ik niet ten slachtoffer gevallen, zoals zovele anderen? Waarom hebben Angus en ik het overleefd?

Ik haat New York. Ik haat alles eraan. Het lawaai stompt mijn oren af. Ik kan geen levend ding meer ruiken. Ik kan de zee niet ruiken of hem op de achtergrond horen, als een wiegelied. Overal zijn mensen, opeengepakt als sardientjes in een blik. De stad is smerig; de mensen zijn ruw en ordinair. Ik smacht naar thuis.

Op deze plek is geen magie.

Maar als er geen magie is, dan is er ook geen werkelijk kwaad, nietwaar?

– M.R.

Wij zuiverden onze cirkel met zout en riepen toen aarde, lucht, water en vuur aan, met een schaaltje zout, een wierookstokje, een schaal water en een kaars. Cal liet ons de runensymbolen zien die met deze elementen te maken hebben en we prentten ze in ons geheugen.

'Laten we proberen energie op te roepen en die te richten,' zei Cal. 'We proberen die bij onszelf naar binnen te richten en we gaan de resultaten ervan beperken tot een goede nachtrust en algeheel welzijn. En heeft iemand een bepaald probleem waarbij hij geholpen wil worden?' Hij keek mij aan. Ik wilde wedden dat we allebei aan mijn ouders dachten. Maar Cal liet het aan mij over hulp te vragen waar iedereen bij was. Ik zei niets.

'Dingen als, help mijn stiefzusje op te houden met zo ontzettend vervelend te zijn?' vroeg Sharon. Ik wist niet dat ze een stiefzusje had. Ik zat tussen Jenna en Sharon in. Hun handen voelden klein en zacht in de mijne.

Cal lachte. 'Je kunt niet vragen iemand anders te veranderen. Maar je zou wél kunnen vragen om het *jou* gemakkelijker te maken met *haar* om te gaan.'

'Sinds het kouder wordt speelt mijn astma weer zo op,' zei Jenna. Ik herinnerde me dat ze hoestte, maar wist niet dat ze astma had. Mensen als Jenna, Sharon en Bree – ze domineerden op school. Ik had nooit echt overwogen dat zij problemen en moeilijkheden konden hebben. Niet voordat Wicca zijn intrede in ons leven had gedaan.

'Oké, de astma van Jenna,' stemde Cal in. 'Nog iets?'

Niemand van ons zci icts.

Cal boog zijn hoofd en sloot zijn ogen. Wij volgden zijn voorbeeld. De kamer was vervuld van onze diepe, regelmatige ademhaling en heel geleidelijk, terwijl de minuten verstreken, merkte ik dat onze ademhalingen op elkaar afgestemd raakten. We kwamen in één ritme en ademden tegelijk in en uit.

Toen klonk Cals stem, vol en een beetje ruw:

'Gezegend de dieren, de planten en alle levende wezens.
Gezegend de aarde, de hemel, de wolken en de regen.
Gezegend alle mensen,
Zij die bij Wicca zijn en daarbuiten.
Gezegend de Godin en de God,
En alle geesten die ons helpen.
Wees gezegend. Wij heffen ons hart,
onze stem en onze geest op naar de Godin en de God.'

Terwijl we deasil begonnen te lopen, zwollen de woorden aan en ebden ze weer weg in een patroon, waardoor het een lied werd. We sprongen en dansten min of meer rond in de kring. Het lied werd een vreugdekreet die de ruimte en de lucht om ons heen vulde. Ik lachte, buiten adem, voelde me gelukkig en gewichtloos en veilig in deze cirkel. Ethan glimlachte, maar was heel aandachtig, zijn gezicht bloosde en zijn pijpenkrullen sprongen om zijn hoofd. Sharons zijdeachtige haren wapperden en ze zag er mooi en onbezorgd uit. Jenna leek een blonde fee en Matt was donker en vastberaden. Robbie bewoog met een nieuwe elegantie en coördinatie, terwijl we sneller en sneller ronddraaiden. Het enige dat ik in de kring miste, was het gezicht van Bree.

Ik voelde de energie oprijzen. Ze wervelde om ons heen, bouwde zich op en verdichtte zich en ging als een draaikolk in onze cirkel rond. De grond in de woonkamer was warm en glad onder mijn kousenvoeten en ik had het gevoel, dat als ik de handen van Jenna en Sharon losliet, ik door het plafond heen de lucht in zou vliegen. Toen ik onder het zingen naar boven keek, zag ik het witte plafond beven en oplossen, en werd me de diep indigoblauwe nachthemel met de witte en gele sterren getoond, die zo helder aan de hemel stonden. Vol ontzag staarde ik naar boven en zag ik de oneindige mogelijkheden van het universum waar voordien alleen maar een plafond was geweest. Ik wilde mijn handen uitstrekken en de sterren aanraken, en zonder te aarzelen maakte ik mijn handen vrij en strekte ik mijn armen boven mijn hoofd.

Op hetzelfde moment liet iedereen los en gooide zijn armen omhoog. De kring stopte waar hij was, maar de energie ging door met zich om ons heen te winden, sterker en sterker. Ik reikte naar de sterren en voelde de energie tegen mijn ruggengraat drukken.

'Haal de energie bij je naar binnen!' riep Cal, en automatisch drukte ik mijn gebalde vuist tegen mijn borst. Ik ademde warmte en wit licht in en voelde mijn zorgen wegsmelten. Ik zwaaide op mijn benen en probeerde nog een keer de sterren aan te raken. Ik reikte boven mijn hoofd en raakte een klein, prikkend vuurlichtje aan, dat heet en scherp aan mijn vingers was. Het voelde als een ster en ik haalde mijn hand naar beneden.

Met het licht in mijn hand staarde ik de anderen aan, en vroeg me af of zij het ook zagen. Toen stond Cal naast me, omdat ik *altijd* te veel energie kanaliseerde en mezelf daarna moest aarden. Maar deze keer voelde ik me prima – niet té duizelig, niet te misselijk, gewoon blij en licht van hart en een en al verwondering.

'Wow,' fluisterde Ethan met zijn ogen op mij gericht.

'Wat is dat?' vroeg Sharon.

'Morgan!' zei Jenna vol ontzag. Haar ademhaling klonk beklemd en gespannen, en ze ademde snel en oppervlakkig. Ik draaide me naar haar om met het gevoel dat ik alles kon.

Ik stak mijn hand uit en drukte het licht tegen haar borst. 'Ah!' snakte ze eventjes naar adem. Ik trok een lijn onder haar sleutelbeenderen door, van de ene kant naar de andere. Ik sloot mijn ogen, opende mijn hand op haar borstbeen en voelde het sterrenlicht bij haar naar binnen gaan. Zij hapte opnieuw naar adem en wankelde op haar benen. Cal stak zijn hand uit, maar raakte me niet aan. Onder mijn vingers voelde ik Jenna's longen opzwellen toen ze de adem naar binnen zoog. Ik voelde hoe de microscopisch kleine alveolen opengingen om zuurstof op te nemen, hoe kleine haarvaten de zuurstof absorbeerden; het was alsof de vastzittende spieren van haar bronchiën uitzetten, van de kleinste adertjes tot de grootste, in een soort domino-effect. Ze kwamen los, ontspanden zich en namen de zuurstof op.

Jenna hijgde.

Ik opende mijn ogen en glimlachte.

'Ik kan ademen,' zei Jenna langzaam, en raakte haar borst aan. 'Ik begon het weer benauwd te krijgen. Na de kring zou ik mijn inhaler weer nodig hebben en dat wilde ik niet waar iedereen bij was.' Jenna's ogen zochten die van Matt. Hij kwam bij haar staan en sloeg zijn armen om haar heen. 'Ze heeft mijn longen opengemaakt en er zuurstof ingebracht met dat licht,' zei Jenna. Ze klonk verbouwereerd.

'Goed, nu ophouden,' zei Cal, en pakte zacht mijn handen. 'Niets meer aanraken. Net als met Samhain moet je even gaan liggen om jezelf te aarden.'

Ik schudde zijn handen af. 'Ik wil niet aarden,' zei ik glashelder. 'Ik wil het houden.' Ik kromde mijn vingers en wilde iets anders aanraken, om te zien wat het deed.

Cal keek me aan en er flikkerde iets in zijn ogen.

'Ik wil dit gevoel gewoon houden,' legde ik uit.

'Het kan niet blijven,' zei hij. 'Energie blijft niet hangen – het moet ergens heen. Je kunt niet overal waar je komt gaan lopen zappen.'

'O nee?' lachte ik.

'Nee, echt niet,' verzekerde hij me. Toen bracht hij me naar een lege plek op de gepolijste houten vloer en ik ging liggen. Ik voelde de kracht van de aarde onder mijn rug. De energie zoefde niet langer door me heen, maar werd geabsorbeerd in de oeroude omhelzing van de aarde. Binnen enkele minuten voelde ik me een stuk normaler, minder licht in mijn hoofd en... minder dronken, denk ik. Althans, zo stelde ik me voor hoe het was om dronken te zijn. Daar had ik weinig praktijkervaring mee.

'Waarom kan zij dit?' Matt hield nog steeds zijn armen beschermend om Jenna heen. Jenna zelf haalde diep adem, alsof ze aan het experimenteren was. 'Wat gaat dat makkelijk,' zei ze verbaasd. 'Ik voel me niet meer zo... zo bekneld.'

Cal grinnikte een beetje wrang. 'Ik sta er af en toe ook versteld van. Morgan doet dingen die voor een hogepriesteres al verbluffend zijn – iemand met jarenlange training en ervaring. Ze heeft gewoon een enorme macht, dat is alles.'

'Je hebt haar een bloedheks genoemd,' herinnerde Ethan zich. 'Ze is een bloedheks, net als jij. Maar hoe zit dat?'

'Daar wil ik niet over praten.' Ik kwam overeind. 'Het spijt me als ik alweer iets gedaan heb dat ik niet had mogen doen. Maar ik heb niet de bedoeling iets verkeerds te doen. Ik wilde alleen Jenna's ademhaling verbeteren. Ik wil er niet over praten dat ik een bloedheks ben. Oké?'

Zes paar ogen keken me aan. De leden van mijn heksenkring knikten of zeiden oké. Alleen op het gezicht van Cal las ik de boodschap dat wij er op een later moment beslist wel over moesten praten.

'Ik heb honger,' zei Ethan. 'Heb je iets te smikkelen?'

'Natuurlijk,' zei Matt, en hij liep naar de keuken.

'Wat jammer dat we niet weer kunnen gaan zwemmen,' zei Jenna spijtig.

'O nee?' zei Cal, met een vals lachje naar mij. 'Waarom niet? Zover is het niet naar mijn huis.'

Ik dook ineen en kruiste mijn armen voor mijn borst.

'Ik peins er niet over,' hoonde Sharon tot mijn opluchting. 'Het water mag dan verwarmd zijn, de lucht is veel te koud. Daar heb ik geen zin in.'

'Ach, laat maar zitten,' zei Cal. Matt kwam binnen met een schaal popcorn en nam zelf een handvol. 'Misschien een andere keer.'

Zonder dat iemand het zag trok ik een lange neus naar hem. Hij lachte geluidloos.

Ik ging tegen hem aanzitten en voelde me warm en gelukkig. Het was een enorm stimulerende cirkel geweest, ook zonder Bree.

Mijn glimlach verdween, toen ik me afvroeg waar zij en Raven vanavond zaten, en met wie.

14. Les

7 mei 1982

We vertrekken uit deze zielloze stad. Ik heb achter de kassa in een cafetaria gezeten en Angus werkte in de vleesverwerking. Daar moest hij enorme Amerikaanse koeien uitladen en hun karkassen aan vleeshaken ophangen. Ik voel mijn ziel doodgaan en Angus voelt dat ook. We leggen iedere cent opzij om weg te kunnen gaan, waar dan ook heen.

Niet veel nieuws van thuis. Er is niemand van 'De Nauwe Poort' overgebleven die ons kan vertellen wat er gebeurd is, en het kleine beetje dat we horen, is niet genoeg om er een vinger achter te krijgen. Ik weet eigenlijk niet waarom ik nog in dit boek schrijf, behalve dan als dagboek. Het is geen Boek der Schaduwen meer. Dat is het al niet meer sinds mijn verjaardag, de dag waarop mijn wereld verging. Sinds we hier zijn heb ik niets meer aan magie gedaan, Angus ook niet. Ik doe het ook niet meer. Het heeft ons niets dan ellende gebracht.

Ik ben pas twintig, maar ik voel me nu al gereed voor de omhelzing van de dood.

— M.R.

De volgende ochtend kreeg ik in de kerk opeens een idee toen ik naar de donkere biechtstoelen keek. Na de dienst zei ik tegen mijn ouders dat ik wilde biechten. Ze keken een beetje bevreemd, maar wat konden ze daarop zeggen?

'Ik wil vandaag niet naar het restaurant om te brunchen,' voegde ik eraan toe. 'Ik zie jullie straks thuis wel.'

Mam en pap keken elkaar aan. Pap knikte.

Mam legde haar hand op mijn schouder: 'Morgan...,' begon ze, maar schudde toen haar hoofd. 'Niets. Ik zie je thuis wel.'

Mary K. keek me aan, maar zei niets. Met een tobberig gezicht ging ze met mijn ouders mee.

Ik ging ongeduldig in de rij staan wachten, terwijl de parochianen naar binnen gingen om de biecht te laten afnemen. Ineens bedacht ik dat ik me waarschijnlijk kon afstemmen op wat ze zeiden, maar ik deed daar geen poging toe. Dat zou heel verkeerd zijn. De oren van Vader Hotchkiss zouden af en toe behoorlijk tuiten van wat hij te horen kreeg, nam ik aan. En er waren vast ook heel saaie en banale dingen bij.

Eindelijk was ik aan de beurt. Ik knielde in het hokje en wachtte tot het getraliede raampje openging. Toen sloeg ik een kruis en zei: 'Vergeef mij, Vader, want ik heb gezondigd. Het is al eh,' ik dacht snel terug, 'vier maanden geleden dat ik voor het laatst heb gebiecht.'

'Toe maar, kind,' zei Vader Hotchkiss, zoals hij mijn hele leven al had gezegd wanneer ik kwam biechten.

'Eh...' Ik had niet verder vooruitgedacht dan nu en had geen rijtje met zonden klaar. Ik wilde echt niet gaan uitweiden over sommige dingen die ik had gedaan en die ik toch al niet als zondig beschouwde. 'Ik ben de laatste tijd heel erg kwaad op mijn ouders,' begon ik zonder omwegen. 'Ik bedoel, ik houd van mijn ouders en ik probeer hen te eren, maar ik ben er pas geleden achtergekomen dat ik... geadopteerd ben.' Zo, dat was eruit. Ik zag Vader Hotchkiss aan de andere kant even opkijken toen mijn woorden tot hem doordrongen. 'Ik ben verdrietig en boos dat ze het mij niet eerder hebben verteld en dat ze er ook nu nog niet over willen praten,' vervolgde ik. 'Ik wil meer weten over mijn biologische ouders. Ik wil weten waar ik vandaan kom.'

Het bleef lang stil, terwijl Vader Hotchkiss zat te verwerken wat ik had gezegd. 'Je ouders hebben gedaan wat zij het beste achtten,' zei hij eindelijk. Hij ontkende niet dat ik was geadopteerd en ik voelde me weer vernederd dat praktisch iedereen het wist, behalve ik.

'Mijn moeder is dood,' ging ik verder. Ik slikte en voelde me niet op mijn gemak, nerveus zelfs, nu ik hierover praatte. 'Ik wil meer over haar weten.'

'Mijn kind,' zei Vader Hotchkiss vriendelijk, 'ik begrijp die wensen. Ik zal niet zeggen dat ik niet hetzelfde zou voelen als ik in jouw schoenen stond. Maar ik zeg je, en ik spreek uit jarenlange ervaring, dat het soms beter is om het verleden te laten rusten.'

De tranen prikten in mijn ogen, maar ik had eigenlijk niets anders verwacht. 'Ik begrijp het,' fluisterde ik, en probeerde niet te huilen.

'Lieve kind, Gods wegen zijn ondoorgrondelijk,' zei de geestelijke. Niet te geloven, zeg, dat hij met die gemeenplaats kwam aanzetten. Hij vervolgde: 'Om een of andere reden heeft God je bij jouw ouders gebracht, en ik weet dat er geen liefhebbender ouders bestaan dan zij. Hij heeft hen voor jou uitgekozen, en hij koos jou uit voor hen. Het is wijs Zijn besluit te eerbiedigen.'

Ik bleef dit zitten overdenken, verbaasd over hoe waar dit was. Toen werd ik me ervan bewust dat er nog meer mensen stonden te wachten en dat het tijd was om weg te gaan. 'Dank u, Vader,' zei ik.

'Bid om leiding, mijn kind. En ik zal voor jou bidden.'

'Oké.' Ik glipte het biechthokje uit, trok mijn jas aan en liep door de enorme dubbele deuren de heldere novemberzon in. Ik moest nadenken.

Na zoveel grijze dagen was het fijn om in de zon te lopen en door de bruine, vochtige bladeren onder mijn voeten te schoppen. Zo nu en dan dwarrelde een gouden blad om me heen naar de grond en elk blad dat viel was als een volgende seconde op de klok die de herfst in de winter liet overgaan.

Ik liep door het centrum van Widow's Vale en bekeek de etalages. Ons stadje is oud, het stadhuis stamt uit 1692. Af en toe valt het me weer op hoe aardig en schilderachtig het is. Een koel windje tilde mijn haren op en ik rook de geur van de rivier de Hudson, die langs het stadje stroomt.

Tegen de tijd dat ik thuiskwam had ik nagedacht over wat Vader Hotchkiss had gezegd. Er zat wel enige wijsheid in zijn woorden, maar dat betekende niet dat ik kon accepteren dat ik de hele waarheid niet kende. Ik wist niet wat ik moest doen. Misschien kon ik tijdens de volgende cirkel om leiding vragen.

Ik was lekker warm geworden van die wandeling van drie kilometer en ik gooide mijn jack over een stoel in de keuken. Ik keek naar de klok. Als ik ervan uitging dat mijn familie zoals gewoonlijk ging brunchen in het eethuis, zouden ze pas over een uur of zo terug zijn. Fijn, dat ik het huis even voor mezelf had.

Een bons boven mijn hoofd deed me verstijven. Gek genoeg was de eerste gedachte die bij me opkwam dat Bree in huis was, mogelijk samen met Raven, en dat ze een ritueel deden op mijn kamer, of iets dergelijks. Ik weet niet waarom ik niet aan inbrekers dacht, of aan een verdwaalde eekhoorn, die op een of andere manier binnengekomen was – ik dacht gewoon meteen aan Bree.

Ik hoorde geschuifel en een luid geschraap van een meubelstuk dat van zijn plaats werd getrokken. Heel stilletjes deed ik de rommelkast open en pakte mijn honkbalknuppel. Toen schopte ik mijn schoenen uit en ging op kousenvoeten de trap op.

Toen ik op de overloop kwam, kon ik horen dat de geluiden uit de kamer van Mary K. kwamen. Toen hoorde ik haar stem: 'Au! Verdomme, Bakker, hou op!'

Ik stopte, onzeker over wat ik moest doen.

'Ga van me áf!' zei Mary K. kwaad.

'Hè, kom op, Mary K.,' was de reactie van Bakker. 'Je zei dat je van me hield! Ik dacht dat dat betekende...'

'Ik heb je gezegd dat ik dít niet wil!' riep Mary K.

Ik gooide de deur open en zag Bakker Blackburn omstrengeld met mijn zusje op haar eenpersoonsbed. Ze schopte met haar benen.

'Hé daar!' zei ik hard. Ze schrokken allebei en draaiden hun hoofd om. Ik zag opluchting in de ogen van Mary K. 'Je hoort het,' zei ik luid. 'Ga van haar af!'

'We zijn alleen maar aan het praten,' zei Bakker.

Mary K. duwde met haar handen tegen zijn borst en hij stribbelde tegen. Ik werd furieus en hief de knuppel op.

Wap! Ik gaf Bakker een flinke tik op zijn schouder om zijn aandacht te trekken. Zo woest was ik niet meer geweest sinds de laatste ruzie met Bree.

'Au!' schreeuwde Bakker. 'Wat doe je? Ben jij gek?'

'Bakker, ga van me af!' zei Mary K. opnieuw en ze duwde tegen hem aan.

Ik kwam met mijn gezicht heel dicht bij dat van Bakker en tussen mijn opeengeklemde kaken door zei ik, zo dreigend als ik maar kon: 'Ga als de sodemieter van haar af!'

Bakkers gezicht verstrakte en hij kwam snel van het bed af. Hij keek beschaamd en kwaad, en zijn ogen stonden dreigend. Toen sloeg hij met zijn hand de knuppel uit mijn greep. Mijn mond viel open, toen het houten ding door de kamer vloog.

'Hou je erbuiten, Morgan,' zei hij. 'Je weet niet wat er aan de hand is. Mary K. en ik praten gewoon maar wat.'

'Ha!' zei Mary K. Ze sprong van het bed en trok haar shirt met een ruk naar beneden. 'Je bent een klootzak. En nu oprotten!'

'Vertel eerst maar wat dit te betekenen heeft,' zei Bakker. 'Je zei zelf, kom hiernaartoe!' Hij schreeuwde haast. Zijn stem vulde de hele kamer. 'Jij zei, ga maar mee naar boven! Wat moet ik daarvan denken? We gaan al bijna twee maanden met elkaar!'

Mary K. huilde inmiddels. 'Dat was de bedoeling niet,' zei ze, terwijl ze haar kussen voor haar buik hield. 'Ik wilde gewoon een keertje alleen met je zijn.'

'En wat denk jij dan dat dat inhoudt, alleen met mij zijn?' Hij spreidde armen wijdopen en deed een stap naar haar toe.

'Kijk uit, Bakker,' waarschuwde ik, maar hij lette er niet op.

'Ik bedoelde *dat* er niet mee,' herhaalde Mary K. huilend.

'Jezus!' Hij boog zich over haar heen. Ik klemde mijn

tanden op elkaar en begon langzaam naar de knuppel te lopen. 'Jij weet niet wat je wilt.'

'Houd je kop, Bakker,' snauwde ik. 'Ze is pas veertien, goddomme.'

Mary K. huilde in haar kussen.

'Ze is mijn vriendinnetje!' riep Bakker. 'Ik houd van haar en zij van mij, dus hou je erbuiten! Jij hebt hier niks mee te maken!'

'Niks mee te maken?' Ik kon mijn oren niet geloven. 'Je hebt het over mijn jongere zusje hoor!'

Zonder iets van plan te zijn, schoot mijn arm uit en wees ik naar Bakker. En voor mijn ogen schoot er een knetterend blauw lichtballetje uit, naar hem toe, en het raakte hem in zijn zij. Het was als het licht dat ik gisteravond aan Jenna had gegeven, maar dan anders. Bakker jankte en wankelde, greep naar zijn zij en sloeg zijn hand in de beddensprei. Ik schrok me wezenloos en staarde hem aan. Hij staarde naar mij terug, alsof er plotseling vleugels en klauwen uit me groeiden.

'Godverdegodver–' snakte hij naar adem. Hij hield zijn zij vast. Ik bad dat er geen bloed tussen zijn vingers door zou komen. Toen hij zijn hand weghaalde was er geen spoortje op zijn shirt te zien en geen bloed. Opgelucht ademde ik uit.

'Ik ben weg,' zei hij gesmoord, en sprong overeind. Hij keek nog een keer om naar Mary K. Zij zat met haar gezicht in haar kussen begraven en keek niet op. Met een laatste woedende blik op mij, stormde Bakker de slaapkamer door en bonkte de trap af. Even later ging de voordeur met een klap dicht. Ik gluurde door het trappenhuis, om te zien of hij echt weg was. Via het zijraam naast de voordeur zag ik hem haastig de straat doorbenen en over zijn zij wrijven. Zijn mond bewoog, alsof hij liep te vloeken.

Toen ik terugkwam in de kamer van Mary K., zat ze op bed te snuffen met een tissue bij haar ogen.

'Jezusmina, Mary K.' Ik ging naast haar op bed zitten. 'Wat was dat allemaal? Waarom was je niet in het restaurant?'

Ze begon opnieuw te huilen en leunde tegen me aan. Ik sloeg mijn armen om haar heen en hield haar vast. Ik was zo dankbaar, dat ik op tijd thuisgekomen was en dat haar niets ergs was overkomen. Voor het eerst deze week voelde ik onze verbondenheid weer, zoals het altijd was geweest. Nabij. Op ons gemak bij elkaar. Vertrouwd met elkaar. Dat had ik zo gemist.

'Zeg je het niet tegen pap en mam?' zei ze, haar wangen waren nat van tranen. 'Ik wilde gewoon met Bakker alleen zijn. Ik heb gezegd dat ik moest studeren, en ik heb me hier af laten zetten, terwijl zij gingen lunchen. 'Het komt – er zijn altijd andere mensen bij. Ik wist niet dat hij dacht, dat...'

'Ach, Mary K.,' probeerde ik haar te sussen. 'Het was een groot misverstand, maar dat is jouw schuld niet. Dat je zei dat je hem alleen wilde zien, wil nog niet zeggen dat je verplicht bent om met hem naar bed te gaan. Jij bedoelde het ene en hij begreep het andere. Ik vond wel dat hij zich walgelijk misdroeg. Ik had de politie moeten bellen.'

Mary K. snufte en maakte zich los. 'Ik denk niet dat hij me echt... pijn wilde doen,' zei ze. 'Ik denk eigenlijk dat het erger leek dan het was.'

'Niet te geloven, je verdedigt hem ook nog!'

'Dat doe ik niet,' zei mijn zusje. 'Ik verdedig hem niet, ik ga het zeker uitmaken!'

'Mooi zo,' zei ik resoluut.

‘Maar ik moet zeggen dat dit niets voor hem is,’ vervolgde Mary K. ‘Hij is nog nooit te ver gegaan, hij luisterde altijd als ik nee zei. Ik weet zeker dat het hem morgen heel erg zal spijten.’

Ik keek haar door mijn oogharen aan. ‘Mary Kathleen Rowlands, spijt is niet genoeg. Waag het niet hem verontschuldigen. Toen ik hier binnenkwam had hij je in de houdgreep!’

Ze trok rimpels in haar voorhoofd. ‘Ja,’ zei ze.

‘En hij sloeg de knuppel uit mijn handen,’ zei ik. ‘En hij schreeuwde naar ons.’

‘Ik weet het,’ zei Mary K. met een kwaad gezicht. ‘Ik vind het ongelooflijk.’

‘Zo mag ik het horen.’ Ik stond op. ‘Zeg dat je het uitmaakt.’

‘Ik maak het uit,’ herhaalde mijn zusje.

‘Oké. Ik ga me omkleden. Je moet je gezicht maar eens gaan wassen en je kamer in orde maken, voordat pap en mam thuiskomen.’

‘Oké,’ zei Mary K. Ze stond op met een waterig glimlachje. ‘Bedankt dat je me hebt gered.’ Ze stak haar armen naar me uit en omhelsde me.

‘Graag gedaan.’ Ik draaide me om en wilde weggaan.

‘Hoe heb je hem trouwens gestopt? Hij zei “au!” en toen viel hij tegen het bed aan. Wat deed je?’

Ik dacht even na. ‘Ik gaf hem een trap tegen zijn knie, zodat hij doorknikte en zijn evenwicht verloor.’

Mary K. lachte. ‘Wat zal hij verbaasd zijn geweest.’

‘Dat waren we allebei, denk ik,’ zei ik waarheidsgetrouw. Toen liep ik een beetje bibberig naar beneden. Ik had een bliksemstraal naar iemand toegegooid. Dat was wel vreemd, zelfs voor een heks.

15. Wie ik ben

1 september 1982

Vandaag verhuizen we uit dit helse oord, naar een stadje dat ongeveer drie uur rijden ten noorden van hier ligt. Het heet Meshomah Falls. Ik denk dat Meshomah een indiaans woord is. Ze hebben hier overal indiaanse namen. Het is een klein plaatsje, erg aardig om te zien, een beetje zoals thuis.

We hebben al een baan – ik ga als serveerster werken in het kleine café in het dorp, Angus gaat werken bij de plaatselijke timmerman. We hebben er de vorige week mensen gezien die eigenaardige, ouderwetse kleren dragen. Ik vroeg aan een man daar wie dat zijn, en hij vertelde me dat het Amish waren.

Vorige week is Angus uit Ierland teruggekomen. Ik wilde niet dat hij ging en kon er tot nog toe ook niet over schrijven. Hij is naar Ierland gegaan en naar Ballynigel. Er is niet veel meer van het dorp over. Elk huis waar een heks heeft gewoond is afgebrand en alles is nu vlakgemaakt, om er nieuwe huizen op te bouwen. Hij zegt dat niemand van onze soort is overgebleven, hij heeft niemand kunnen vinden. In Much Bencham kreeg hij een verhaal te horen, dat de mensen vertellen over een reusachtige golf van duisternis, die het dorp heeft weggevaagd. Niet een golf met water. Ik weet niet wat zoiets groots en machtigs heeft kunnen creëren of veroorzaken. Misschien vele heksenkringen die hebben samengewerkt.

Ik was ontzettend bang toen hij ging en dacht dat ik hem nooit meer terug zou zien. Hij wilde trouwen voordat hij vertrok, en ik heb nee gezegd. Ik kan met niemand trouwen. Niets is blijvend en ik wil mezelf niet voor de gek houden. In ieder geval heeft hij het geld genomen, is naar huis gegaan en trof er een stel verkoolde, braakliggende velden aan.

Nu is hij weer hier en gaan we verhuizen. Ik hoop dat we in dit nieuwe stadje een nieuw leven kunnen beginnen.

— M.R.

Laat in de middag besloot ik op jacht te gaan naar mijn Wicca-boeken. Ik lag op mijn bed en zette mijn antennes uit, een soort op de tast het hele huis doorzoeken. Lange tijd kwam er niets door en ik begon al te denken dat ik mijn tijd lag te verdoen. Maar toen, na ongeveer vijfenveertig minuten, voelde ik dat de boeken helemaal achter in de kast van mam, in een koffer lagen. Ik ging kijken, en ja hoor, daar waren ze. Ik nam ze mee naar mijn kamer en legde ze op mijn bureau. Als mam en pap er een punt van wilden maken, jammer dan. Ik was het zwijgen meer dan beu.

Zondagavond zat ik aan mijn bureau huiswerk te maken en werkte mijn wiskundeopgaven uit, toen mijn ouders op de deur klopten.

'Kom binnen,' zei ik.

De deur ging open, waardoor ik de muziek van Mary K. luider uit haar kamer hoorde komen. Ik kromp in elkaar. Op het gebied van muziek verschillen we volkomen van smaak.

Ik zag mijn ouders in de deuropening staan. 'Ja?' zei ik koeltjes.

'Mogen we binnenkomen?' vroeg mam.

Ik haalde mijn schouders op.

Mam en pap kwamen binnen en gingen op mijn bed zitten. Ik probeerde de Wicca-boeken op mijn bureau te negeren.

Pap schraapte zijn keel en mam pakte zijn hand.

'We hebben het de afgelopen week allemaal... erg moeilijk gehad,' zei mam. Ze leek te aarzelen en voelde zich niet op haar gemak. 'Jij had vragen en wij waren nog niet zover om ze te beantwoorden.'

Ik wachtte.

Ze zuchtte. 'Als je het zelf niet had ontdekt, had ik je waarschijnlijk nooit over je adoptie willen vertellen.' Haar stem eindigde in gefluister. 'Dat wordt niet aanbevolen, dat weet ik. Ze zeggen dat je er openhartig en eerlijk in moet zijn.' Ze schudde haar hoofd. 'Maar het leek ons niet verstandig om het je vertellen.' Ze sloeg haar ogen naar pap op en hij knikte.

'Nu weet je het,' zei mam, 'in ieder geval voor een deel. Misschien is het beter voor je als je weet wat wij weten. Ik ben er niet zeker van. Ik weet niet meer zo goed wat het beste is. Maar we schijnen geen keus te hebben.'

'Ik heb het recht om het te weten,' zei ik. 'Het is mijn leven. Ik kan aan niets anders meer denken. Het is er iedere dag.'

Mam knikte. 'Ja, dat snap ik. Nou,' ze haalde diep adem en keek even in haar schoot, 'je weet dat papa en ik trouwden toen ik tweeëntwintig was en hij vierentwintig.'

'Hmm.'

'We wilden meteen een gezin stichten,' zei mam. 'We

hebben het acht jaar lang tevergeefs geprobeerd. De dokters ontdekten het ene na het andere dat mis met me was. Hormonale disbalans, endometriose... Het werd zo erg, dat ik elke maand als ik ongesteld werd drie dagen huilde, omdat ik niet zwanger was.'

Mijn vader bleef naar haar kijken. Hij maakte zijn hand los uit de hare en sloeg zijn arm om haar heen.

'Ik bad tot God om me een kindje te sturen,' zei mam. 'Ik brandde kaarsen en zond gebeden op. Uiteindelijk schreven we ons in bij een adoptiebureau. Daar werd ons verteld dat het wel drie of vier jaar kon duren. Maar we schreven ons toch in. Toen...'

'Toen belde op een avond een kennis van ons op, een advocaat,' ging pap verder.

'Het regende,' vulde mam aan, terwijl ik nadacht over hun vrienden en of ik me een advocaat kon herinneren.

'Hij zei dat hij een baby had,' zei pap. Hij ging verzitten en stopte zijn handen onder zijn knieën. 'Een meisje dat een adoptie nodig had. Een particuliere adoptie.'

'Wij dachten er niet eens bij na,' zei mam. 'We zeiden gewoon ja! En hij kwam die avond naar ons toe met een baby, die hij aan mij gaf. En met één oogopslag wist ik dat dit *mijn* baby was, de baby waar ik zo lang om had gebeden.' De stem van mam brak en ze veegde over haar ogen.

'Dat was jij,' vulde pap ten overvloede aan. Hij glimlachte bij de herinnering. 'Je was zeven maanden en wel zo...'

'Zo perfect,' onderbrak mam hem. Haar gezicht klaarde helemaal op. 'Je was mollig en gezond, met krulletjes en grote ogen en je keek me aan... ik wist dat jij het wás. Op dat moment was je mijn kind. Ik zou iedereen vermoord hebben, die probeerde je bij me weg te halen. De advocaat zei dat je ouders te jong waren om een baby groot te brengen en hem hadden gevraagd een goed tehuis voor je te zoeken.' Ze schudde haar hoofd bij de herinnering. 'We dachten er zelfs niet over na, we vroegen hem niet naar verdere informatie. Ik wist alleen maar dat ik mijn baby had, en eerlijk gezegd kon het me niet schelen waar je vandaan kwam of de reden ervan.'

Ik klemde mijn kaken op elkaar toen ik merkte dat mijn keel pijn begon te doen. Hadden mijn biologische ouders me aan iemand weggegeven om me te beschermen, in de wetenschap dat ze op een of andere manier gevaar liepen? Had die advocaat de waarheid gesproken? Of was ik gewoon gevonden nadat ze dood waren?

'Met jou gingen al onze wensen in vervulling,' zei pap. 'Die avond heb je tussen ons in geslapen en de volgende dag zijn we eropuit gegaan om alles te kopen wat je voor een baby maar kunt bedenken. Het was als duizend kerstmissen tegelijk, al onze dromen kwamen uit met jou.'

'Een week later,' snufte mam, 'hoorden we dat er in Meshomah Falls een brand was geweest. Dat er twee lichamen waren gevonden in een schuur, die tot de grond toe was afgebrand. Toen de lijken waren geïdentificeerd klopten ze met de namen op jouw geboortebewijs.'

'Wij wilden meer te weten komen, maar we wilden ook niets doen wat de adoptie in gevaar kon brengen,' zei mijn vader. Hij schudde zijn hoofd. 'Tot mijn schande moet ik erkennen dat wij je gewoon wilden houden, hoe dan ook.'

'Maar maanden daarna, toen de adoptie definitief was – dat ging echt heel snel en ten slotte was alles wettelijk geregeld en kon niemand je meer van ons afnemen – hebben we geprobeerd meer dingen aan de weet te komen,' vervolgde mam.

'Hoe?' vroeg ik.

'We probeerden die advocaat te bellen, maar hij had een baan aangenomen in een andere staat. We lieten boodschappen voor hem achter, maar hij heeft onze telefoontjes nooit beantwoord. Dat was heel vreemd,' voegde pap eraan toe. 'Het leek alsof hij ons meed. Ten slotte hebben we hem maar opgegeven en begon ik de kranten door te lezen,' ging pap verder. 'Ik ben gaan praten met de journalist die het verslag van de brand had geschreven, en hij bracht me in contact met de politie van Meshomah Falls. Daarna ben ik op onderzoek uit gegaan in Ierland, toen ik daar op zakenreis was. Jij was toen ongeveer twee jaar oud en je moeder was in verwachting van Mary K.'

'Wat heb je ontdekt?' vroeg ik met een iel stemmetje.

'Weet je zeker dat je dat wilt weten?'

Ik knikte en greep me aan mijn bureaustoel vast. 'Ik wil het weten,' zei ik. Mijn stem klonk wat vaster. Ik wist wat Alyce me had verteld en wat ik in de bibliotheek had ontdekt. Ik moest meer weten. Ik moest alles weten.

'Maeve Riordan en Angus Bramson kwamen om in een brand in die schuur,' zei mijn vader. Hij keek naar zijn schoenen, alsof hij daar de woorden vanaf las. 'Het was brandstichting – moord,' verklaarde hij. 'De schuurdeuren waren van buitenaf op slot gedaan en er was benzine om het gebouw heen gegoten.'

Ik beefde en zat pap met grote ogen aan te kijken. Ik had nergens gelezen dat het vaststond dat het een moord was geweest.

'Men had symbolen gevonden op een paar verkoolde stukken hout,' zei mam. 'Die werden als runen geïdentificeerd, maar niemand wist waarom die daar neergeschreven waren en waarom Maeve en Angus vermoord waren. Zij waren erg op zichzelf, ze hadden geen schulden en gingen op zondag naar de kerk. De misdaad is nooit opgehelderd.'

'En hoe ging het in Ierland?'

Pap knikte en verschoof weer. 'Zoals ik al zei, ik was er voor zaken en ik had niet veel tijd. Ik wist niet eens waar ik naar op zoek moest gaan. Maar ik ben één dag naar dat dorp gegaan, waarvan de politie in Meshomah had gezegd dat Maeve Riordan er vandaan kwam: Ballynigel. Toen ik daar kwam was er weinig van een dorp te zien. Een paar winkels aan een hoofdstraat en een of twee lelijke nieuwbouwflats. In mijn reisgids stond dat het een schilderachtig, oud vissersdorp was, maar daar was nauwelijks iets van te zien, of van hoe het was geweest.'

'Ben je erachter gekomen wat er gebeurd is?'

'Niet echt.' Pap spreidde zijn handen. 'Er was een krantenkiosk, een winkeltje. Toen ik ernaar vroeg, schopte de oude dame me eruit en sloeg de deur dicht.'

'Schopte ze je eruit?' vroeg ik verbaasd.

Pap grinnikte droogjes. 'Ja. Nadat ik wat rondgewandeld had en niets had gevonden, ging ik naar het volgende dorp – Much Bencham heette het, geloof ik – en lunchte daar in de pub. Er zaten een paar oude kerels aan de bar, die een praatje met me aanknoopten. Ze vroegen waar ik vandaan kwam. Ik begon te vertellen, maar zodra ik de naam Ballynigel noemde, werden ze zwijgzaam. "Waarom wilt u dat weten?" vroegen ze achterdochtig. Ik zei dat ik onderzoek deed voor een verhaal in de krant bij ons thuis, over Ierse dorpjes. Voor het reiskatern.'

Ik keek pap met grote ogen aan. Ik kon me niet voorstellen dat hij glashard tegen die vreemde mensen had zitten liegen op zijn zoektocht naar mijn afkomst. Hij had dit allemaal geweten, zij allebei, bijna mijn hele leven lang. En ze hadden er tegen mij met geen woord over gerept.

'Om een lang verhaal kort te maken,' vervolgde pap, 'eindelijk kwam eruit, dat Ballynigel tot vier jaar daarvoor wel degelijk een klein, welvarend dorp was geweest, maar dat het in 1982 plotseling was verwoest. Verwoest door het kwaad, zeiden ze.'

Ik kon nauwelijks ademhalen. Dit was hetzelfde als wat Alyce had gezegd. Mam beet zenuwachtig op haar onderlip en keek me niet aan.

'Ze zeiden dat Ballynigel een heksendorp was geweest en dat de meeste mensen daar al sinds duizenden jaren van heksen afstamden. De "oude clans" noemden ze dat. Ze zeiden dat het kwaad was verrezen en de heksen had vernietigd. Waarom wisten ze niet, maar met heksen kon je het nooit weten.' Pap kuchte en schraapte zijn keel. 'Ik moest erom lachen, en ik zei dat ik niet in heksen geloofde. "Arme sukkel", zeiden ze toen. Ze vertelden dat heksen echt bestaan en dat er in Ballynigel een machtige heksenkring was geweest, tot aan die nacht, waarin ze werden uitgeroeid en het hele dorp met hen. Toen kreeg ik een idee. Ik vroeg: "Was er nog iemand ontsnapt?"

"Alleen een paar mensen," zeiden ze. Ze noemden dat "mensen", alsof er een verschil bestond.

Ik zei: "En heksen dan?"

Ze schudden hun hoofd en zeiden dat áls er heksen waren ontsnapt, zij nooit veilig zouden zijn, waar ze ook naartoe gingen. Dat ze vroeg of laat toch vervolgd en gedood zouden worden.'

Maar twee heksen waren wel ontsnapt en naar Amerika gekomen. En daar werden ze drie jaar later vermoord.

Mam snufte niet meer en keek nu naar mijn vader, alsof ze dit verhaal al jaren niet meer had gehoord.

'Toen ik thuiskwam heb ik het aan je moeder verteld. En om je de waarheid te zeggen, wij werden allebei behoorlijk bang. Wij dachten eraan hoe je biologische ouders vermoord waren. Echt hoor, we waren doodsbenauwd. We dachten dat er een of ander psychopaat rondliep die deze mensen vervolgde, en dat je niet veilig zou zijn als hij van je bestaan wist. Daarom hebben we besloten gewoon door te gaan met ons eigen leven en spraken nooit meer over je verleden.'

Daar zat ik en paste het verhaal dat Alyce me had verteld in dit verhaal. Voor het eerst kon ik bijna begrijpen waarom mijn ouders dit allemaal voor zich hadden gehouden. Ze hadden geprobeerd me te beschermen tegen datgene dat mijn biologische ouders had omgebracht.

'We wilden je voornaam veranderen,' zei mam, 'maar voor de wet heette je Morgan. Dus gaven we je een roepnaam.'

Het daagde me. 'Molly,' zei ik. Tot de vierde klas had ik Molly geheten. Toen zei ik dat ik dat een vreselijke naam vond, en Morgan genoemd wilde worden.

'Ja. En tegen de tijd dat je Morgan wilde heten, ach, toen voelden we ons wel veilig,' zei mam. 'Er was zoveel veranderd. We hoorden nooit meer iets over Meshomah Falls, of Ballynigel, of heksen. We dachten dat het achter ons lag.'

'Toen vonden we je Wicca-boeken,' zei pap, 'en alles kwam weer boven, alle herinneringen, de gruwelijke verhalen en de angst. Ik dacht dat iemand je had gevonden en je die boeken met een bepaalde reden had gegeven.'

Ik schudde mijn hoofd. 'Ik heb ze zelf gekocht.'

'We zijn misschien onredelijk geweest,' zei mam langzaam. 'Maar je weet niet hoe het is om bang te zijn dat je kind je afgenomen kan worden, of dat iemand het kwaad wil doen. Het is misschien onschuldig wat je doet, en bedoelen de mensen met wie je het doet het ook niet slecht.'

'Natuurlijk is dat zo.' Ik dacht aan Cal en zijn moeder en mijn vrienden.

'Maar wij kunnen het niet helpen dat we bang waren,' zei mijn vader. 'Ik heb gezien hoe een heel dorp was weggevaagd. Ik heb gelezen over die verbrande schuur. Ik heb met die mannen in Ierland gesproken. Als dat is wat hekserij met zich meebrengt, dan willen wij niet dat je eraan meedoet.'

We bleven een tijdlang zwijgend zitten, terwijl ik probeerde het verhaal tot me door te laten dringen. Ik werd overspoeld door emoties, maar mijn boosheid jegens hen was voor het merendeel weggesmolten.

'Ik weet niet wat ik zeggen moet.' Ik haalde diep adem. 'Ik ben blij dat jullie het me allemaal verteld hebben. En misschien zou ik het niet begrepen hebben toen ik jonger was. Maar toch denk ik dat jullie me eerder hadden moeten vertellen dat ik geadopteerd was. Ik had het moeten weten.'

Mijn ouders knikten. Mam zuchtte diep.

'En ik kan het niet helpen, maar ik heb het gevoel dat er geen verband is tussen Wicca en die – ramp daar in Ierland. Dat is gewoon – een noodlottige samenloop van omstandigheden. Ik bedoel maar, Wicca is een deel van me en ik weet dat ik een heks ben. Maar wat we doen is niet van dien aard dat het iets zou kunnen veroorzaken als wat jullie net beschreven hebben.'

Mam keek alsof ze meer wilde vragen, maar de antwoorden niet wilde horen. Ze hield haar mond.

'Hoe komt het dat jullie toch nog Mary K. hebben gekregen?' vroeg ik.

'Ik weet het niet,' zei mam met zachte stem. 'Het is gewoon gebeurd. En na Mary K. ben ik nooit meer zwanger geworden. God wilde dat ik twee dochters kreeg, en jullie hebben ontzaglijk veel blijdschap in ons leven gebracht. Ik geef zoveel om jullie, dat ik er niet aan moet denken dat jullie gevaarlopen. Dat is de reden waarom ik wil dat je de hekserij met rust laat. Ik sméék je de hekserij met rust te laten.'

Ze begon te huilen en ik natuurlijk ook. Het was allemaal te veel om te verwerken.

'Maar dat kan ik niet!' jammerde ik, en snoot mijn neus. 'Het is een deel van me. Het zit in mijn aard. Het is zoiets als bruin haar of grote voeten hebben. Het is gewoon – zoals ik ben.'

'Je hebt geen grote voeten,' wierp mijn vader tegen.

Ondanks alles moest ik lachen, door mijn tranen heen.

'Ik weet dat jullie van me houden en het beste met me voorhebben.' Ik veegde mijn tranen af. 'En ik houd van jullie en ik wil jullie geen pijn doen of teleurstellen. Maar het is alsof jullie me vragen niet meer Morgan te zijn.' Ik keek op.

'Wij willen dat je veilig bent!' zei mam met nadruk. Ze keek me recht aan. 'We willen dat je gelukkig bent.'

'Ik ben gelukkig,' zei ik. 'En ik probeer voortdurend veilig te zijn.'

Aan de andere kant van de gang ging de muziek uit. We hoorden Mary K. naar de badkamer gaan, die haar kamer met de mijne verbond. Het water liep en we hoorden dat ze haar tanden poetste. Toen ging de deur weer dicht en werd het stil.

Ik keek mijn ouders aan. 'Dank jullie wel dat je het me verteld hebt,' zei ik. 'Ik besef dat het moeilijk was, maar ik ben blij dat jullie het gedaan hebben. Ik moest het weten. En ik zal nadenken over wat jullie gezegd hebben. Dat beloof ik.'

Mam zuchtte. Zij en pap keken elkaar aan. Ze stonden op en we omhelsden elkaar voor het eerst in een week tijd.

'We houden van je,' zei mam in mijn haar.

'Ik ook van jullie,' zei ik.

16. Vijandigheid

15 december 1982

We treffen voor de allereerste keer voorbereidingen voor het kerstfeest. We gaan naar de katholieke kerk in het dorp. De mensen zijn erg aardig. Grappig, al die kerstspullen — het komt zo dicht bij het Yulefeest. Het Yuleblok, de kleuren rood en groen, maretak. Die dingen hebben altijd deel van mijn leven uitgemaakt. Het is gek om katholiek te zijn, in plaats van wat we waren.

Dit is een leuk stadje, veel groener dan New York. Hier kan ik de natuur zien; ik kan de regen ruiken. Dit is geen massa lelijke, grauwe blokken vol ongelukkige mensen, die jachtig rondhollen.

Ik merk elke keer weer dat ik een spreukje voor dit of voor dat wil opzeggen — om van de slakken in de tuin af te komen, om meer zonneschijn te krijgen en om mijn broden te helpen rijzen. Maar ik doe het niet. Mijn hele leven is zwart-wit en dat zal het moeten blijven. Geen bezweringen, geen magie, geen rituelen en geen spreuken. Hier niet. Nooit.

Trouwens, ik ben dol op ons huisje. Het is mooi en gemakkelijk schoon te houden. We sparen voor een eigen wasmachine. Stel je voor! Iedereen in Amerika heeft een eigen wasmachine.

Ik kan de gruwelen van dit jaar niet vergeten. Het staat voor altijd in mijn ziel gebrandmerkt. Maar ik ben blij dat ik op deze nieuwe plek ben, veilig, samen met Angus.

— M.R.

'Ga jij vrijdag naar de wedstrijd?' vroeg Tamara aan mij.

Ik schopte mijn klompen uit en duwde ze naar binnen, op de bodem van mijn kleedkastje. Zoals gewoonlijk rook het in de meisjeskleedkamer naar een mengeling van zweet, babypoeder en shampoo. Tamara trok haar gymbroek aan en ging zitten om haar sokken aan te trekken.

'Ik weet het nog niet,' antwoordde ik, en trok mijn shirt over mijn hoofd. Snel wurmde ik me in mijn gymkleren en zag Tamara even naar het kleine pentagram om mijn hals kijken. Ze wendde haar blik af. Ik wist niet zeker of ze de betekenis ervan kende: het symbool van mijn inwijding bij Wicca en dat ik bij Cal hoorde. Ik boog me voorover om mijn gymschoenen aan te doen en hield mijn mond erover.

Aan de andere kant van de kleedkamer stond Bree zich bij haar eigen kastje om te kleden. Aangezien Raven in de hoogste klas zat, had ze een andere les. Het kwam niet vaak voor dat je Bree alleen zag.

Brees ogen ontmoetten heel even die van mij en de koude blik erin schokte me. Het was moeilijk te geloven dat ik het enorme nieuws van mijn adoptie niet met haar kon delen en ook het verhaal van mijn biologische ouders niet. Wij hadden altijd beloofd dat we elkaar alles zouden vertellen en tot dit schooljaar hadden we dat ook gedaan. Zij had het me verteld toen ze ontmaagd was en voor het eerst wiet had geprobeerd en hoe ze de affaire van haar moeder had ontdekt. Mijn eigen confidenties waren veel alledaagser geweest.

'Raad eens wie me mee uit heeft gevraagd,' zei Tamara, die haar dichte krullen in een dikke paardenstaart bond.

'Wie dan?' Ik maakte twee lange vlechten in mijn haar, zodat ik net een Ierse Pocahontas leek.

Tamara dempte haar stem. 'Chris Holly.'

Ik zette grote ogen op. 'Ach, ga weg! En wat heb jij gezegd?' fluisterde ik.

'Ik heb nee gezegd. Ten eerste weet ik dat hij het alleen maar vraagt omdat hij gaat zakken voor meetkunde en geholpen moet worden, ten tweede heb ik gezien hoe lullig hij tegen Bree deed.' Ze keek me aan met haar donkerbruine ogen. 'Praten jullie alweer met elkaar?'

Ik schudde mijn hoofd.

Tamara ook. Ik knoopte mijn gympen dicht.

'En, ben jij achter Cal aan gegaan?' vroeg ze.

'Nee,' zei ik eerlijk. 'Ik bedoel maar, ik was helemaal weg van hem, maar ik wist dat Bree van hem hield. Ik ging er gewoon vanuit dat zij ten slotte een relatie zouden krijgen. Maar toen... koos hij mij uit.' Ik haalde mijn schouders op en stak mijn vlechten achter in mijn T-shirt, zodat ik er niemand mee in zijn gezicht kon zwiepen. Toen blies mevrouw Lew, de gymlerares, op haar fluitje. Mevrouw Lew is dol op dat fluitje.

'Meisjes, het regent buiten!' riep ze met haar heldere stem. 'Dus wil ik vijf rondjes om de gymzaal zien!'

Zoals te verwachten was kreunden we allemaal en begonnen toen de kleedkamer uit te joggen. Tamara en ik liepen snel Bree voorbij, die zo langzaam ging als ze maar kon.

'Heks!' hoorde ik Bree mompelen, toen ik langsliep. Mijn wangen brandden en ik deed alsof ik haar niet hoorde.

'Ze zei "bitch" tegen je,' fluisterde Tamara kwaad, terwijl ze naast me mee jogde. 'Ongelooflijk zeg, wat kan zij slecht tegen haar verlies. Ik bedoel maar, ze zijn niet eens samen wezen stappen. Bovendien kan ze iedere *andere* gozer krijgen die ze wil. Moet ze ze echt allemaal hebben?'

Gejoel en gefluit overspoelden onze oren, toen alle jongens van de op één na hoogste klas hun kleedkamer uitkwamen en in tegenovergestelde richting begonnen te joggen. Ik kon de regen tegen de raampjes horen tikken, die hoog in de gymzaal waren ingebouwd.

'Hoi, schatje!'

'Wat zie je er lekker uit!'

Ik rolde met mijn ogen toen de jongens voorbijkwamen. Robbie trok een gezicht naar me en ik lachte.

'Bree zegt dat ze één keer zijn wezen stappen,' zei ik hijgend. In feite had ze gezegd dat zij en Cal seks hadden gehad. Dat was niet precies hetzelfde.

Tamara haalde haar schouders op. 'Kan zijn, maar daar heb ik nooit iets van gehoord. Het zal wel niet veel te betekenen hebben gehad. O, en raad eens met wie Janice een afspraakje heeft? Je bent helemaal niet meer op de hoogte van de roddels.'

'Wie dan?'

'Ben Reggio,' zei Tamara. 'Ze hebben twee studieafspraken gemaakt.'

'O, wat leuk,' zei ik. 'Volgens mij passen ze perfect bij elkaar. Ik hoop dat het wat wordt.'

Het voelde zo normaal, met Tamara kletsen over de gewone middelbare-schooldingen. Hoe opwindend en machtig de ervaringen met Wicca ook waren, ik voelde me er wel een beetje geïsoleerd door. En het putte me uit. Het was prettig om even niet over diepgaande dingen te hoeven nadenken, of over dingen die je hele leven overhoop haalden.

Na de rondjes splitsten we ons op in twee teams voor volleybal. De meisjes stonden aan de ene kant van de zaal met mevrouw Lew, de jongens aan de andere kant met de coach.

Bree en ik kwamen in verschillende teams terecht.

'Goh, moet je Robbie zien,' fluisterde een meisje achter me. Ik keek om en zag Bettina Kretts met Paula Arroyo praten. 'Die is hot.'

Ik keek naar Robbie. Zijn huid was fantastisch, hij had geen bril meer en hij bewoog zich met een heel nieuw zelfvertrouwen over het volleybalveld.

'Ik hoorde die hoogsteklasser, Anu Radtha, vragen wanneer hij op school was gekomen,' zei Paula zacht.

Ik trok één wenkbrauw op. Anu was de oudere zus van een van Brees vroegere vriendjes, Ranjit. Dus Anu dacht echt dat Robbie een nieuwe leerling was, en bovendien de aandacht van een oudstejaars waardig.

'Heeft hij al een vriendin?' vroeg Bettina.

'Ik geloof het niet,' antwoordde Paula. Hun gesprek werd onderbroken, toen de bal in ons veld kwam. We sloegen hem rond en ik tikte hem over het net. Ik wilde dolgraag horen wat ze nog meer zeiden.

'Hij hangt rond bij de heksen,' zei Bettina. Ik was geschokt. Ze stond voorbij een paar anderen opgesteld en sprak zachtjes. Alleen door me te concentreren kon ik verstaan wat ze zei. Ik had er geen idee van gehad dat de mensen van school onze groep 'de heksen' noemden.

'Ja, ik heb hem met Cal en de rest gezien,' zei Paula. 'Hé, als hij geen vriendin heeft, waarom vraag jij hem dan niet mee naar de wedstrijd?'

Bettina giechelde. 'Misschien doe ik dat wel.'

Tjongejonge, dacht ik, terwijl ik de bal naar Sarah Fields tikte. Zij sloeg hem over het net naar Janice en Janice retourneerde met een snelle, precieze klap, midden tussen Bettina en Alessandra Spotford, wat ons een punt en de service kostte.

Bree was aan service in het andere team. Terwijl ze de bal vasthield, floot iemand aan de andere kant van de zaal naar haar. Ze keek op en haar ogen schoten van de ene jongen naar de andere, tot ze Seth Moore had gevonden, die breeduit en verlekkerd naar haar grijnsde. Seth was op een punky manier knap. Zijn haar zat warrig plat, links droeg hij twee zilveren oorringetjes en hij had mooie, lichtbruine ogen.

Bree grijnsde terug en wiebelde met haar schouders naar hem.

Ik keek automatisch of ik Chris Holly zag, Brees meest recente ex. Hij bekeek het allemaal met een soort onderkoelde animositeit, maar hij zei niets en deed niets.

'Schiet eens op, juffrouw Warren,' zei mevrouw Lew streng.

'Jij en ik, baby!' schreeuwde Seth.

Bree lachte, en toen kruisten onze blikken elkaar. Zij keek met zo'n elegante, superieure glimlach, alsof ze zeggen wou: Zie je wel? Jongens zouden dat bij *jou* nooit doen. Ik probeerde verveeld te kijken, maar het was natuurlijk waar. Cal was de enige die ooit aandacht aan me had besteed. Die kapsones van Bree kwetste me en dat was de bedoeling ook.

'Zeg maar wanneer!' riep Bree naar Seth en maakte zich op om te serveren. Een aantal teamgenoten van hem maakten er een heel toneelstuk van om hem tegen te houden. Nu lachte iedereen, behalve ik, Chris Holly – en nog iemand. Toen ik de blik in Robbies ogen zag, viel mijn mond bijna open. Die goeie ouwe Robbie, mijn maatje, stond met nauwelijks verholen jaloezie naar Bree en Seth te kijken. Hij hield zijn vuisten gebald langs zijn zijden en zijn lichaam was een en al spanning.

Hè? dacht ik verwonderd. Hij had er nooit over gerept dat hij gek was op Bree.

Toen voelde ik een steek van schuld. Natuurlijk niet. Ik had het hem nooit gevraagd.

'Nou, vooruit Bree,' zei mevrouw Lew met een geïrriteerde stem.

Bree wierp me nog eens zo'n superieure glimlach toe, alsof deze show alleen voor mij werd opgevoerd en om me te laten zien hoe hot zij was, en wat een volstrekte nul ik was. Vanbinnen schoot een vonk van kwaadheid op en terwijl ik haar aankeek, trok ik in een impuls met mijn vinger de hals van mijn T-shirt naar beneden en toonde haar het zilveren pentagram dat Cal ooit had gedragen en dat nu van mij was.

Bree verbleekte zichtbaar en haalde snel adem. Toen trok ze haar arm terug, maakte een vuist en sloeg de bal uit alle macht recht op mij af. In een snelle reflex trok ik mijn hand voor mijn gezicht, een fractie van een seconde eerder dan de bal. Ik werd omver gekegeld en de hele klas zag hoe ik met mijn hoofd keihard tegen de houten vloer knalde. Een zoutige, koperachtige smaak maakte me alert, net op het moment voordat mijn neus en mijn mond volliepen met bloed. Ik sloeg mijn handen voor mijn gezicht en probeerde overeind te gaan zitten, voordat ik verdronk. Het bloed liep tussen mijn vingers door en over mijn shirt.

Iedereen hield de adem in en begon toen snel te praten. Mevrouw Lews stem klonk dringend en beheerst, toen ze zei: 'Laat eens kijken, kindje.' Haar handen trokken die van mij weg en op dat moment zag ik dat Bree met een geschrokken gezicht en vol afschuw over me heen gebogen stond en naar me tuurde.

Ik keek haar aan en probeerde geen bloed in te slikken. Ze opende haar mond en zei zonder geluid: 'Het spijt me.' Een minuutlang leek ze zoveel op haar oude zelf, dat ik bijna blij was. Toen was opeens de shock voorbij en begon mijn gezicht ontzettend pijn te doen.

'Gaat het?' vroeg iemand.

'Hng,' mompelde ik, en bracht mijn handen naar mijn neus. 'Pijn.'

'Oké, Morgan,' zei mevrouw Lew. 'Kun je opstaan? Dan gaan we naar mijn kamer, zodat we er ijs op kunnen leggen. Ik denk dat we je moeder moeten bellen.' Ze hielp me overeind en riep: 'Speel maar door, meisjes. Bettina, ga jij even papieren handdoekjes halen en veeg dat bloed weg, voordat iemand erop uitglijdt. Juffrouw Warren, in mijn kamer, na de les.'

Toen ik wegliep, wierp ik nog een laatste blik op Bree. Zij keek terug, maar elke rest van vriendschap of gevoel was ineens verdwenen en had plaatsgemaakt voor berekening. Het maakte me moedeloos en de tranen sprongen me in de ogen.

Toen mam me kwam ophalen, was ze nog in haar werkkleding. Met bezorgd klokkende geluidjes bracht ze me naar de EHBO, waar röntgenfoto's van mijn gezicht werden gemaakt. Mijn neus was gebroken en mijn lip moest een keer gehecht worden. Alles was opgezet en ik zag eruit als een Halloweenmasker.

Zover was het gekomen tussen mij en Bree.

17.
De nieuwe heksenkring

14 april 1983

Mijn erwten komen al aardig op – en ik dacht nog wel dat ik ze misschien te vroeg in de grond had gezet. Ze zijn een symbool voor mijn nieuwe leven: ik vind het ongelooflijk dat ze vanuit zichzelf zo goed groeien, zonder magische hulp. Soms is mijn behoefte om met de Godin in contact te treden zo sterk, dat ik er bijna naar smacht – het is als een pijn, iets dat naar buiten wil. Maar dat deel van mijn leven is voorbij; alles wat ik nog heb uit die tijd is mijn naam. En Angus.

Wij hebben een nieuwe aanwinst in huis: een grijs met wit poesje. Ik heb haar Bridget genoemd. Het is een leuk beestje, met aan elke poot een teen extra, en ze spint luider dan ik ooit heb gehoord. Ik ben blij met haar.

– M.R.

Toen ik die middag met een pak ijs op mijn gezicht in bed lag, ging de bel.

Ik voelde onmiddellijk dat het Cal was. Mijn hart bonkte pijnlijk. Ik luisterde toen hij met mijn moeder sprak en concentreerde mijn aandacht erop, maar kon desondanks hun woorden nauwelijks verstaan.

'Nou, dat weet ik zo niet,' hoorde ik mam zeggen.

'Allemensen, mam, ik blijf er de hele tijd bij om te chaperonneren,' zei Mary K. veel luider. Ze stond zeker onder aan de trap. Toen hoorde ik voetstappen de trap opkomen. Ik werd nerveus toen ik mijn deur zag opengaan.

Mam kwam eerst binnen, zeker om te zien of ik wel netjes gekleed was en niet in een, laten we zeggen, doorzichtige, sexy negligé. Maar ik droeg een opgerekte grijze joggingbroek, een onderhemd van pap en een wit sweatshirt. Mam had me geholpen het bloed uit mijn haren te wassen, maar ik had het niet gedroogd of iets dergelijks. Het hing los, in lange, vochtige slierten. Kortom, ik had er van mijn levensdagen niet verschrikkelijker uit kunnen zien.

Cal kwam mijn kamer binnen. Door zijn aanwezigheid leek die klein en jongemeisjesachtig. Knoop in je oren: kamer opknappen.

Hij schonk me een brede glimlach en zei: 'Lieve schat!'

Ik kon het niet helpen dat ik moest lachen, hoewel dat pijn deed, en ik wees met mijn hand naar mijn gezicht. Ik zei: 'Oef – lamenielachen.'

Toen mam zag dat ik er fatsoenlijk bijlag, ging ze weg, al had ze er zichtbaar moeite mee dat er een jongen op mijn kamer was.

'Ziet ze er niet geweldig uit?' zei Mary. K. 'Jammer dat we Halloween al gehad hebben. Ik wed dat donderdag alles groen en geel is.' Ik zag dat ze een witte teddybeer met een hartvormig befje vasthield.

'Is dat voor mij?' vroeg ik.

Mary K. schudde haar hoofd en keek gegeneerd. 'Het is van Bakker.'

Ik knikte. Bakker had bloemen gestuurd en briefjes bij de voordeur afgegeven. Hij belde verscheidene keren op, en toen ik de telefoon aannam, maakte hij zijn excuses tegenover mij. Ik merkte dat Mary K. zwak werd.

Ze ging in mijn bureaustoel zitten en ik keek haar aan. 'Heb jij geen huiswerk?'

'Ik heb beloofd dat ik zou chaperonneren,' sprak ze tegen. Maar toen ze mijn gezicht zag, stak ze haar handen omhoog. 'Oké, oké, ik ga al.'

Toen de deur achter haar dicht was, keek ik Cal aan. 'Ik wil eigenlijk niet dat je me zo ziet.' Vanwege de zwelling in mijn neus, klonk mijn stem verstopt en heel ver weg.

Hij trok een ernstig gezicht. 'Tamara heeft me verteld wat er gebeurd is. Denk je dat ze het met opzet deed?'

Ik dacht aan het gezicht van Bree en de schrik in haar ogen, toen ze zag wat ze gedaan had.

'Het was een ongeluk,' zei ik. Hij knikte.

'Ik heb wat voor je meegenomen.' Hij hield een zakje omhoog.

'Wat is het?' zei ik benieuwd.

'Dit, om te beginnen,' zei Cal. Hij haalde er een potplantje uit. Het was zilvergrijs, met ingekeepte, vederachtige bladeren.

'Artemisia,' zei ik. Ik herkende het uit mijn kruidenboeken. 'Mooi.'

Cal knikte. 'Bijvoet. Een nuttige plant. En dit.' Hij gaf me een flesje.

Ik las het etiket. '*Arnica montana*.'

'Dit is een homeopathisch medicijn,' legde Cal uit. 'Ik heb het bij de gezondheidswinkel gekocht. Het werkt bij verwondingen en kneuzingen als deze.' Hij kwam dichter bij. 'Ik heb er een bezwering over uitgesproken om je sneller te laten genezen,' fluisterde hij. 'Het is precies wat je nodig hebt.'

'Ik liet me dankbaar in mijn kussen zakken. 'Te gek.'

'Nog iets,' zei Cal. Hij pakte een flesje Yoo-Hoo. 'Ik neem aan dat je niet veel kunt eten, maar Yoo-Hoo kun je met een rietje opzuigen. En alle belangrijke voedingsbestanddelen zitten erin – zuivel, vet, chocola. Je zou kunnen zeggen dat het de voedselvervanger bij uitstek is.'

Ik lachte en probeerde daarbij mijn gezicht niet te bewegen. 'Dank je wel. Je hebt echt aan alles gedacht.'

Mam riep naar boven: 'Over vijf minuten gaan we aan tafel.'

Ik rolde met mijn ogen. Cal zei: 'Ik heb de hint begrepen.' Hij ging voorzichtig op de rand van mijn bed zitten en pakte met twee handen de mijne vast. Ik slikte en voelde me verlaten. Ik wilde hem tegen me aanhouden. Mùirn beatha dàn, dacht ik.

'Kan ik nog iets voor je doen?' vroeg hij. Die vraag had een dubbele bodem. Hij bedoelde: wil je dat ik Bree aanpak?

Ik schudde mijn hoofd en merkte dat het pijn deed aan mijn gezicht. 'Doe maar niet,' fluisterde ik. 'Laat maar gaan.'

Hij keek me kalm aan: 'Tot hier en niet verder dan,' waarschuwde hij. 'Hier word ik niet goed van.'

Ik knikte. Ik was erg moe.

'Oké, ik ga ervandoor. Bel me later nog maar als je wilt praten.'

Hij stond op. Toen legde hij heel zachtjes zijn handen op mijn gezicht, maar raakte me haast niet aan met zijn vingertoppen. Hij sloot zijn ogen en mompelde woorden die ik niet verstond. Terwijl ik mijn ogen sloot, voelde ik hitte uit zijn vingers komen en mijn gezicht verwarmen. Toen ik inademde zakte de pijn een beetje weg.

Het duurde nog geen minuut, toen opende hij zijn ogen en deed een stap achteruit. Ik voelde me veel beter.

'Dank je wel,' zei ik. 'Fijn dat je geweest bent.'

'Ik spreek je later nog wel,' zei hij. Toen draaide hij zich om en ging mijn kamer uit.

Toen ik achterover in bed ging liggen, voelde mijn gezicht lichter aan, minder opgezet en de hoofdpijn was minder geworden. Ik maakte de arnica open en liet vier van de kleine zoete pilletjes onder mijn tong glijden. Toen ging ik heel rustig liggen en voelde de pijn uit me wegspoelen.

Die avond, voor ik ging slapen, waren mijn ogen niet meer zo blauw en de zwellingen waren heel erg geslonken. Ik merkte dat ik weer door mijn neus kon ademen.

De volgende dag bleef ik thuis van school, hoewel ik er stukken beter uitzag, afgezien van de lelijke zwarte hechting op mijn lip.

Om halfdrie die middag belde ik mam op haar werk en zei dat ik naar Tamara ging om huiswerkopdrachten te halen.

'Weet je zeker dat je dat al kunt?' vroeg ze.

'Ja, ik ben bijna weer in orde,' zei ik. 'Ik ben voor het eten terug.'

'Goed dan. Rijd voorzichtig.'

'Doe ik.'

Ik hing op, pakte mijn sleuteltjes en mijn jas, trok mijn klompen aan en ging op weg naar school. Het is zo goed als onmogelijk om een enorme witte walvis als Das Boot ergens te verstoppen, maar ik parkeerde in een zijstraat, twee blokken verder, waar ik Bree in haar auto voorbij kon zien komen als ze uit school kwam. Ik had haar thuis kunnen opwachten, maar ik wist niet zeker of ze rechtstreeks naar huis zou gaan.

Niet dat ik een weldoordacht plan had. Het kwam erop neer dat ik hoopte een eerlijk gesprek met Bree te kunnen hebben en alles uit te praten. In het beste geval kon het positief uitpakken. Nu ik het gevoel had dat ik met mijn ouders een doorbraak had bereikt en dat Mary K. en ik na dat akkefietje met Bakker de banden weer hadden aangetrokken, wilde ik de kwestie met Bree rechtzetten. Je veegt de patronen van een heel leven niet zo makkelijk uit. Ik dacht nog steeds aan haar als mijn beste vriendin. Haat was iets onverdraaglijks. Die scène in de gymzaal toonde aan hoe noodzakelijk het was deze zaak uit de wereld te helpen.

Maar dat was het niet alleen. Ik had nog andere redenen om de situatie tussen ons in orde te willen brengen. In de magie gaat het om zuiverheid. Volgens mijn boeken werkt magie het beste, als je blik zo helder mogelijk is. Als ik met een langdurige vete in mijn leven rondliep, kon dat mijn magische vermogens ernstig belemmeren.

Ik miste de auto van Bree bijna, toen deze aan het eind van de straat de hoek voorbijreed. Snel startte ik die van mij en begon langzaam achter haar aan te rijden. Ik hield zo veel mogelijk afstand.

Gelukkig ging Bree rechtstreeks naar huis. Ik kende de weg goed genoeg, zodat ik ver achter haar kon blijven hangen, met een paar auto's ertussen. Toen ze haar oprit indraaide en geparkeerd had, stopte ik ook. Ik bleef helemaal aan het einde van de straat, achter een grote, roodbruine bestelbus staan en zette de motor af.

Maar net op het moment dat ik wilde uitstappen, kwam Raven in haar haveloze, zwarte Peugeot aanrijden. Bree holde het huis weer uit.

Ik wachtte. De twee meisjes bleven even op de stoep staan praten, liepen toen naar de auto van Raven en stapten in. Raven scheurde weg en liet een wolk van uitlaatgassen achter.

Ik stond perplex. Dit kwam niet in mijn plan voor. Ik had op dit moment met Bree moeten zitten praten, mogelijk zelfs ruziemaken. Daar kwam Raven niet in voor. Waar zouden ze naartoe gaan?

Ik werd opeens gegrepen door een hevige nieuwsgierigheid. Ik startte de auto weer. Na vier straten kreeg ik ze in het oog.

Ze reden naar het noorden, het stadje uit, richting Westwood. Ik volgde hen en vermoedde al waar ze heengingen.

Bij de maïsvelden ten noorden van het stadje, waar onze heksenkring voor het eerst bijeen was gekomen, stopte Raven en parkeerde haar auto in de berm.

Ik hield in en wachtte tot ze in het pasgeoogste maïsveld waren verdwenen. Toen reed ik naar de andere kant van de weg en verschool Das Boot onder de enorme treureik. Hoewel de takken bijna kaal waren, was de stam dik genoeg, en bovendien liep de grond een beetje af, zodat niemand die even deze kant opkeek, mijn auto kon zien staan.

Toen stak ik haastig de weg over en begon me een weg te banen door de verschrompelde overblijfselen van wat een veld met hoog, goudkleurig voedermaïs was geweest.

Ik kon Raven en Bree niet voor me zien, maar ik wist waar ze naartoe gingen: naar de oude methodistenbegraafplaats, waar we tien dagen geleden nog maar, Samhain hadden gevierd. Tien dagen geleden had Cal me voor de ogen van de coven mijn eerste kus gegeven, waardoor de vijandschap tussen Bree en mij ontstond.

Het leek veel langer geleden.

Ik stapte over het kabbelende beekje heen en liep de heuvel op, naar een groepje oude hardhoutbomen. Ik ging langzamer lopen, zette mijn antennes uit en luisterde of ik hun stemmen hoorde. Ik wist eigenlijk niet zo goed wat ik deed en voelde me een soort stalker. Maar ik had lopen nadenken over hun nieuwe heksenkring en voelde een onweerstaanbare drang uit te vinden waar ze mee bezig waren.

Toen ik bij de rand van de begraafplaats kwam, zag ik ze. Ze stonden met z'n tweeën bij de stenen sarcofaag, die tijdens Samhain als altaar had gediend. Ze zeiden niets en het drong tot me door dat ze op iemand stonden te wachten.

Ik liet me op de vochtigkoude aarde naast een heel oude grafzerk zakken. Mijn gezicht deed een beetje pijn en de hechting in mijn lip jeukte. Had ik er nu maar aan gedacht nog wat arnica of een aspirientje in te nemen, voordat ik van huis ging.

Bree wreef met haar handen over haar armen. Raven hield maar niet op haar zwartgeverfde haren achterover te strijken. Ze maakten allebei een nerveuze en opgewonden indruk.

Toen draaide Bree zich om en tuurde naar de schaduwen. Raven werd heel stil. Mijn hart bonkte luid in de stilte.

Degene met wie ze hadden afgesproken, was een vrouw. Liever gezegd, een meisje, dat een paar jaar of misschien maar een jaar ouder was dan Raven. Hoe langer ik naar haar keek, hoe jonger ze werd.

Ze was mooi, maar op een ongewone manier, niet van deze wereld. Haar fijne, bijna witblonde haar met korte pony, stak scherp af tegen haar zwartleren motorjack Ze had hoge, noordse jukbeenderen en een volle, té brede mond voor haar gezicht. Maar het waren haar ogen die het meest leken te fascineren, zelfs van veraf. Groot en diepliggend, en zó zwart, dat ze eruitzagen als zwarte gaten, die het licht in zich opzogen en niet meer loslieten.

Ze begroette Bree en Raven zo stilletjes, dat ik het gemompel van haar stem niet kon horen. Ze leek hen iets te vragen en haar donkere ogen schoten heen en weer als negatieve schijnwerpers, die het hele gebied uitkamden.

'Nee, niemand is ons gevolgd,' hoorde ik Bree zeggen.

'Absoluut niet.' Raven lachte. 'Hier komt geen mens.'

Toch bleef het meisje rondkijken en haar ogen flitsten telkens weer naar de grafzerk waarachter ik verscholen zat. Als ze een heks was, kon ze mijn aanwezigheid misschien oppikken. Snel sloot ik mijn ogen en trachtte alles af te sluiten en me erop te concentreren dat ik onzichtbaar werd en zo min mogelijk rimpelingen veroorzaakte in het web van de realiteit. Ik ben er niet, zond ik uit. Ik ben er niet. Hier is niets. Je ziet niets, je hoort niets en je voelt niets. Heel kalm bleef ik dit herhalen en eindelijk begonnen de drie meisjes weer te praten.

Centimeter voor centimeter draaide ik me om en keek ik weer.

'Wraak?' vroeg het meisje. Haar stem klonk vol en muzikaal.

'Ja,' zei Raven. 'Weet je, er is...'

Net op dat moment ritselde de wind door de bomen en gingen haar woorden verloren. Ze spraken zo zachtjes, dat ik alleen door me tot het uiterste te concentreren, iets kon opvangen.

‘Zwarte magie,’ zei Raven, en Bree keek haar met ongeruste ogen aan.

‘...om de liefde te laten wegkwijnen,’ waren de volgende woorden die op de wind naar me toedreven. Dat zei het meisje. Ik keek naar haar aura. Naast de duisternis van Bree en Raven bestond die van haar uit puur licht, dat glansde als een zwaard in de toenemende duisternis op de begraafplaats.

‘Hun cirkel... onze nieuwe kring... een meisje met macht... Cal... op de zaterdagavonden, in verschillende huizen...’

Ze praatten verder en ik raakte steeds gefrustreerder, omdat ik niet in staat was meer te verstaan. De zon ging snel onder, alsof een lamp werd gedimd, en ik begon het behoorlijk koud te krijgen.

Ik leunde tegen de grafzerk. Wat had dit te betekenen? Ze noemden de naam van Cal. Het ‘meisje met de macht’ was ik, bedacht ik. Wat waren ze van plan? Ik moest het aan Cal vertellen.

Maar ik kon met geen mogelijkheid weggaan, zonder dat ze me zouden zien. Dus daar zat ik, op die vochtige grond. Mijn billen en mijn benen sliepen en mijn gekneusde gezicht ging steeds meer pijn doen.

Er leek geen einde aan te komen. Na ongeveer veertig minuten ging het meisje ten slotte even stilletjes weg als ze gekomen was. Alleen haar witte haar was nog zichtbaar toen ze in de duisternis onder de bomen verdween. Bree en Raven passeerden me op drie meter afstand, toen ze via de begraafplaats naar het maïsveld terugliepen. Even later hoorde ik de wagen van Raven rochelen en wegscheuren. Twee minuten daarna bereikten de uitlaatgassen mij op de avondbries.

Ik stond op en veegde mezelf af. Ik verlangde naar huis en naar een heel hete douche. Het was nu volslagen donker in het maïsveld en ik was volkomen uit mijn doen door het griezelige tafereel waarvan ik zojuist getuige was geweest. Op een gegeven moment was ik ervan overtuigd dat ik iemands geconcentreerde blik op de achterkant van mijn hoofd voelde, maar toen ik me omdraaide was er niets. Ik rende terug naar mijn auto, sprong erin, knalde het portier dicht en deed het op slot.

Mijn handen waren zo verkleumd en stijf dat het even duurde voor ik het sleuteltje in het contactslot had. Toen zette ik mijn koplampen aan en keerde snel om op Westwood. Ik was bang en geïrriteerd, en mijn eerdere ideeën over het zuiveren van de lucht tussen Bree en mij kwamen me nu naïef en belachelijk voor.

Wat waren ze van plan? Waren ze werkelijk zó kwaad op Cal en mij dat ze zich tot de zwarte magie wendden? Ze brachten zichzelf in gevaar met hun domme, kortzichtige keuzes.

Ik draaide mijn eigen oprit op en beefde, verkleumd tot op het bot. Binnen liep ik snel de trap op en trok mijn natte kleren uit. Terwijl het hete water de kou uit me verdreef, dacht ik diep, diep na.

Na het eten belde ik Cal en vroeg hem of hij de volgende dag na school naar de treureik kon komen.

18. Verlangen

20 september 1983

Angus en ik waren somber vanavond. We dachten aan hoe het zou zijn als we thuis waren, wat we zouden doen, als alles was zoals het was geweest. Het is voor mij onbegrijpelijk, dat geen mens hier de oogst, de rijkdom van de herfst, viert. Thanksgiving, in november, komt er nog het dichtste bij, maar dat schijnt meer te maken te hebben met de Pilgrims, de indianen en kalkoen.

De zomer was gezegend: warm, kalm, met lange, trage dagen en nachten, vervuld van het geluid van kikkers en krekels. Mijn tuin is schitterend opgekomen en ik was er zo trots op. De zon, de aarde en de regen hebben hun magie laten zien, zonder dat ik erbij hielp of om gevraagd had.

Bridget maakt het goed en is lekker rond. Ze is een kampioen muizenvanger. Ze neemt zelfs krekels te grazen.

Mijn baan is saai, maar ik vind het best. Angus leert heel mooi hout te bewerken. We hebben weinig geld, maar we zijn hier veilig.

— M.R.

'Je vraagt je zeker af waarom ik je gevraagd heb hier te komen,' zei ik, toen Cal zich die woensdagmiddag op de voorbank van mijn auto liet glijden.

'Omdat je naar mijn lichaam verlangt?' raadde hij. Toen moest ik lachen en pakte hem stevig vast. Hij probeerde een plekje te vinden waar hij me kon kussen, zonder dat het pijn deed. Ik voelde me voor negentig procent beter, maar mijn gezicht was nog heel erg gevoelig.

'Probeer hier maar.' Ik tikte zachtjes op mijn lippen.

Langzaam en voorzichtig liet hij zijn mond op die van mij zakken, met maar heel weinig druk.

'Mmm,' zei ik. Cal liet los en keek me aan.

'Laten we op de achterbank gaan zitten,' zei hij.

Dat leek me een goed idee. De achterbank van de Valiant was groot en ruim en we zaten er behaaglijk en ongestoord, terwijl de novemberwind fluitend tegen de ramen en onder de wagen doorblies.

'Hoe voel je je?' vroeg hij, toen we lekker knus zaten. 'Heeft de arnica geholpen?'

Ik knikte. 'Ik denk het wel. De bloeduitstortingen lijken snel verdwenen te zijn.'

Hij glimlachte en streek zachtjes over mijn slaap. 'Bijna.'

Ik was van plan hem te vertellen wat ik gisteren gezien had, maar nu we samen waren, vlogen de woorden mijn hoofd uit. Ik lag tevreden tegen hem aan en voelde zijn handen over mijn huid strelen en wilde er niet over nadenken dat ik Bree was gevolgd en haar had bespioneerd.

'Is dat lekker?' Cal klonk bijna slaperig, toen hij over mijn rug streelde. Hij had zijn ogen gesloten en zat met gebogen knieën onderuit, zijn voeten op de hendel van de zijdeur.

'H-hm' zei ik. Ik liet mijn hand op- en neerdwalen over

zijn sterke borstkas. Toen maakte ik de bovenkant van zijn hemd open en liet mijn hand eronder glijden.

'Mmm,' fluisterde Cal, en draaide een beetje, zodat we dicht tegen elkaar aan kwamen te zitten. Hij kuste me zo zachtjes, dat het helemaal geen pijn deed.

Toen voelde ik de hete, schokkende sensatie van mijn huid tegen de zijne. Ik besefte dat onze shirts op een of andere manier omhoog gekropen waren, en we met onze blote buiken tegen elkaar aan zaten. Dat voelde verrukkelijk en ik sloeg mijn been om zijn heup heen. Door mijn legging heen kon ik de ribbeltjes van zijn corduroy broek tegen mijn dijbeen voelen.

Terwijl ik me dichter tegen hem aandrukte, dacht ik voortdurend: Hij is het, de ene, die ene. Mijn enige. Mùirn beatha dàn. De ene, die voor mij bestemd is. Het heeft zo moeten zijn.

Cal trok zich een beetje terug en zei toen bij mijn wang: 'Ben ik de eerste met wie je zo intiem bent?'

'Ja,' fluisterde ik. Ik voelde de glimlach op zijn lippen tegen mijn huid en hij hield me nog steviger vast.

'Ik ben niet jouw eerste,' trapte ik een open deur in.

'Nee,' zei hij na een ogenblikje. 'Stoort het je?'

'Ben je met Bree naar bed geweest?' Dat rolde er zomaar uit, en ik kromp in elkaar. Ik wilde dat ik die woorden kon uitwissen.

Cal keek verbaasd. 'Bree? Waarom...' Hij schudde zijn hoofd. 'Hoe kom je daarbij?'

'Ze heeft tegen me gezegd dat het zo is.' Ik probeerde me voor te bereiden op het antwoord, zodat ik net kon doen alsof het me niet kon schelen. Ik staarde naar mijn vingers op zijn borst en wachtte op wat hij zou zeggen.

'Heeft Bree tegen jou gezegd dat ze met mij naar bed is geweest?' vroeg hij.

Ik knikte.

'En geloof je dat?'

Ik haalde mijn schouders op en probeerde het paniekerige gevoel dat op kwam zetten, te onderdrukken. 'Ik wist het niet. Bree is ontzettend mooi en ze krijgt meestal wat ze wil. Het zou me niet verbazen.'

'Dat soort dingen vertel ik niet.' Cal dacht na over zijn woorden. 'Ik vind dat die dingen privé behoren te blijven.'

Mijn hart dreigde te ontploffen.

'Maar ik zal je dit vertellen, omdat ik niet wil dat het tussen ons in staat. Ja, Bree heeft duidelijk laten merken dat ze er wel zin in had. Maar het is niet gebeurd, omdat ik op dat moment niet beschikbaar was.'

Ik fronste mijn wenkbrauwen. 'Waarom was je niet beschikbaar?'

Hij streek lachend mijn haar naar achteren. 'Omdat ik jou al had gezien...'

'En toen was het heks op het eerste gezicht.' Ik rilde even nadat het ontglipt was. Ik wilde dat ik het niet had gezegd.

Verward schudde Cal zijn hoofd. 'Wat bedoel je?'

'Raven en Bree zeiden... dat je mij alleen maar wilt omdat ik een heks ben, een krachtige heks.'

'Is dat ook wat jij denkt?' vroeg Cal. Zijn stem klonk wat bekoeld.

'Ik weet het niet.' Ik begon een heel akelig gevoel te krijgen. Waarom was ik ooit aan dit gesprek begonnen?

Cal zweeg een paar minuten en hij verroerde zich niet. 'Ik weet niet wat ik daarop moet antwoorden. Ja, natuurlijk vind ik jouw vermogens als heks heel opwindend. Het is een heel... aanlokkelijk idee om samen te werken en jou te leren wat ik weet. En wat de rest aangaat, ik... ik vind je gewoon mooi. Je bent knap en sexy, ik voel me tot je aangetrokken. Ik begrijp eigenlijk niet waarom we dit gesprek hebben, sinds ik je heb verteld over de mùirn beatha dàn.' Hij schudde zijn hoofd.

Ik hield mijn mond met het gevoel dat ik me in een gat had ingegraven.

'Wil je me een plezier doen?' vroeg hij.

'Wat dan?' vroeg ik, bang voor wat hij zou gaan zeggen.

'Zou je willen doen alsof je niet hoort wat de mensen zeggen?'

'Ik zal het proberen,' zei ik zachtjes.

'Kun je me nog een plezier doen?'

Ik keek hem aan.

'Zou je me nog eens willen kussen? Het begon net zo leuk te worden.'

Ik lachte, maar ik kon wel janken. Ik boog me naar hem toe en kuste hem. Hij hield me stevig vast en drukte me tegen zijn lichaam aan, van borst tot knieën. Hij liet zijn handen over mijn rug en mijn zijden glijden en tastte over mijn huid onder mijn shirt. Ik voelde dat zijn vingers over het moedervlekje onder mijn rechterarm gingen en dat hij de verhoogde randjes ervan betastte.

'Dat heb ik altijd gehad,' fluisterde ik. Hij had het niet gezien, maar het was een roze moedervlek van ongeveer drie centimeter lang. Ik vond altijd dat het op een kleine dolk leek. Ik glimlachte nu ik eraan dacht: je zou kunnen zeggen dat het eruitzag als een athame.

'Ik houd ervan,' mompelde Cal, en hij voelde er opnieuw aan. 'Het hoort bij je.' Toen kuste hij me weer en voerde me mee op een golf van emotie.

'Denk aan magie,' fluisterde Cal. Mijn verstrooide gedachten konden niet bevatten wat hij bedoelde. Hij bleef me aanraken en zei: 'Magie is een sterk gevoel, en dit is ook een sterk gevoel. Verbind ze met elkaar.'

Als ik op dat moment had geprobeerd te praten, zou het wartaal zijn geweest. Maar binnen in mijn geest kwamen zijn woorden samen en vormden ze een of andere vage logica. Ik dacht aan hoe ik me voelde als ik aan magie deed of magische kracht oplaadde: dat gevoel van macht, compleet zijn, verbonden zijn met de dingen, deel uitmaken van de wereld. Met Cals handen op mij voelde ik hetzelfde en toch was het een heel andere gewaarwording: ook dit was macht, een soort bijeenbrengen van kracht, maar het was ook een deur, die naar iets anders leidde.

En toen snapte ik het. Het kwam allemaal samen. Onze monden op elkaar, onze ademhaling die zich met elkaar vermengde, onze geesten die zich op elkaar afstemden, mijn handen op zijn huid en die van hem op de mijne, het was alsof we een cirkel hielden, wanneer de energie overal om je heen is, zomaar voor het grijpen.

Er wás energie om ons heen, die ons beiden omhulde. Mijn shirt was omhooggeschoven en mijn borsten raakten de warme huid van zijn borst. We hielden elkaar heel stevig vast en kusten elkaar en de magie ontvlamde. Elk woord dat ik zou uitspreken zou een bezwering zijn. Iedere gedachte die ik had zou een magisch doel vervolgen. Alles wat ik riep zou tot me komen.

De extase ging boven alles uit.

Toen we stopten en ik mijn ogen opende, was het donker buiten. Ik had geen idee hoe laat het was. Ik keek op mijn horloge en zag dat ik te laat zou komen voor het eten.

Kreunend trok ik mijn shirt naar beneden.

'Hoe laat is het?' murmelde Cal. Hij stak zijn hand al uit naar zijn knoopjes.

'Halfzeven,' zei ik. 'Ik moet weg.'

'Oké.'

Toen ik mijn hand uitstak naar het portier trok hij me weer tegen zich aan, zodat ik op zijn schoot kwam te zitten.

'Dat was ongelooflijk,' fluisterde hij, en kuste mijn wang. Hij trok een brede grijns. 'Ik bedoel: het was *echt ongelooflijk!*'

Ik lachte en voelde me nog steeds oppermachtig, toen hij het portier van de auto opende. 'Tot morgen,' zei hij. 'Ik denk aan je, vanavond.'

Hij liep terug naar zijn auto. Bijna overweldigd door emotie ging ik voor in Das Boot zitten en startte de motor.

Laat op de avond, toen ik in bed lag, herinnerde ik me pas dat ik hem helemaal niets had verteld over de blonde heks.

Op donderdagochtend was er maar een parkeerplaats, precies achter Breezy, de slanke BMW van Bree. Ik bedacht hoe makkelijk ik haar auto zou kunnen rammen met die van mij. Toen glimlachte ik zuur om een dergelijk laaghartige, onmagische gedachte.

'Je ziet er anders uit,' zei Mary K., terwijl ik voorzichtig mijn auto op die plek manoeuvreerde. Ze tuurde in de make-upspiegel van de passagierszitplaats en bracht opnieuw lipgloss op.

Ik keek haar geschrokken aan. Had ze me gisteren in de auto gezien met Cal? 'Hoe bedoel je?'

'Het gaat een stuk beter met je beurse gezicht,' zei Mary K. Ze keek uit haar autoraampje. 'O, god, daar heb je hem.'

Ik kneep mijn ogen tot smalle spleetjes, toen ik Bakker Blackburn rond het gebouw van natuurwetenschappen zag rondsluipen. Hij wachtte zeker op Mary K.

'Mary K., hij probeerde je te beschadigen,' hielp ik haar herinneren.

Ze beet op haar lip en keek naar hem. 'Hij heeft er zo'n spijt van,' mompelde ze.

'Je kunt hem niet vertrouwen.' Ik pakte mijn rugzak en we openden onze portieren.

'Ik weet het,' zei mijn zusje. Ze keek weer naar hem. 'Ik weet het.' Ze liep naar een paar van haar vriendinnen toe en ik ging op weg naar de ontmoetingsplaats van de coven.

'Morgan.' De stem van Raven klonk ongeveer een halve meter bij me vandaan. Ik keek om en zag haar en Bree met me meelopen.

Ik zei niets.

'Je gezicht ziet er al veel normaler uit,' zei Raven hatelijk. 'Heb je een magische formule gebruikt om het te genezen? O, wacht eens, nee, dat mag niet, hè?'

Ik bleef gewoon doorlopen. En zij ook. Ik begreep dat Raven en Bree helemaal met me mee zouden lopen tot aan de oostelijke deur.

Jenna en Matt zagen ons het eerst. Toen kruiste Cal mijn blik. Hij glimlachte me vertrouwelijk toe, en ik glimlachte net zo terug. Zijn blik verkilde, toen hij Bree en Raven achter me aan zag lopen.

'Hoi, jongens,' zei Jenna, vriendelijk als altijd. 'Bree, hoe gaat het met je?'

'Hartstikke goed,' zei Bree sarcastisch. 'Ontzettend tof. En met jou?'

'Prima,' zei Jenna. 'Ik heb al de hele week geen aanvallen van astma meer gehad.' Haar ogen schoten naar mij en ik sloeg mijn blik neer.

'Echt waar?' zei Raven.

'Hé, Bree,' riep Seth Moore. Hij kwam met grote passen op ons af in zijn lange, baggy skatebroek, ver tot over zijn enkels.

'Hoi.' Bree liet dat ene woordje klinken als een belofte. 'Waarom heb je gisteravond niet gebeld?'

'Ik wist niet of dat wel mocht,' zei hij. 'Weet je wat – ik bel je vanavond twee keer.' Hij keek dolblij bij dit duidelijke teken van goedkeuring en schuifelde met zijn voeten, terwijl hij Bree aankeek.

'Dat is een afspraak,' zei ze met een flikflooierige pak-me-dan-stem, waar iedereen met de hersens van een garnaal dwars doorheen kon zien.

'Kap daarmee, Bree,' zei Robbie opeens. Alle anderen keken verbaasd, maar ik dacht weer aan die blik, die ik die dag in de gymzaal op zijn gezicht had gezien.

'Wáát?' Bree keek hem met grote ogen aan.

'Kap ermee.' Hij klonk verveeld en boos. 'Het is geen afspraakje, Seth. Donder op. Jij belt haar niet op.'

We staarden Robbie allemaal aan. Zijn gezicht stond strak van afschuw.

Seth keek terug. 'Wie ben jij in godsnaam?' vroeg hij strijdlustig. 'Haar pa?'

Robbie haalde zijn schouders op. Ik realiseerde me hoe lang en hoe fors hij was. Hij zag er behoorlijk potig uit, waardoor Seth het aanzien had van een tenger broekie. 'Zie maar,' zei hij. 'Zet haar uit je hoofd.'

'Robbie!' zei Bree vinnig, en ze zette haar handen in haar heupen. 'Wie denk je wel dat je bent? Ik spreek af met wie ik wil! God, je bent nog erger dan Chris!'

Robbie keek op haar neer. 'Houd daarmee op, Bree,' zei hij wat zachter. 'Je wilt hem helemaal niet.' Hij bleef haar lange tijd aankijken. Ik keek Jenna aan, die één wenkbrauw optrok.

Bree deed haar mond open alsof ze iets ging zeggen, maar er kwam niets uit. Ze leek wel onder hypnose.

‘Kom zeg!’ zei Seth. ‘Ze is je eigendom niet! Je kunt haar niet voorschrijven wie ze wel en niet wil!’

Langzaam sloeg Robbie zijn ogen op en keek naar Seth alsof hij een insect was. ‘Zie maar,’ zei hij weer. Toen ging de bel. Hij draaide zich om en liep de school in.

Bree keek hem even geschrokken na, daarna keek ze snel mij aan en het was weer net als vanouds, toen we een wereld van informatie in één tel konden overseinen. Toen draaide ze zich om en Raven hinnikte. Samen liepen ze weg. Seth stond met zijn mond vol tanden en draaide zich ten slotte om. Binnensmonds mopperend ging hij weg.

‘Ze heeft ze zo voor het oprapen,’ zei Sharon opgeruimd.

Cal pakte mijn hand.

‘Ja,’ zei ik, en vroeg me af waarvan we nu eigenlijk getuige waren geweest. ‘En ze ligt zelf ook voor het oprapen.’

19. Sky en Hunter

11 maart 1983

We krijgen een kind. We hebben er niet op aangestuurd, maar het is toch gebeurd. De afgelopen twee weken heb ik geprobeerd de kracht op te brengen voor een abortus, zodat dit kind nooit het leed zal overkomen dat wij in ons leven hebben meegemaakt. Maar ik kan het niet. Ik ben niet sterk genoeg. Dus rust het kind nu in mijn schoot. Het komt ergens in november ter wereld.

Het zal een meisje zijn, een heks, maar ik zal haar die kennis niet onderwijzen. Het speelt geen rol meer in mijn leven en het zal ook in het leven van mijn kind geen rol spelen. Wij zullen haar Morgan noemen, naar de moeder van Angus. Het is een krachtige naam.

— M.R.

Cal en ik zouden die vrijdagavond naar de bioscoop gaan met Jenna en Matt, Sharon en Ethan.

Sharon haalde me af – we hadden bij Cal thuis afgesproken. Om zeven uur stond ze met haar Mercedes bij mij voor de deur en toeterde.

'Doeg!' riep ik, en sloeg de deur achter me dicht.

Toen ik bij de auto kwam, zag ik dat Ethan naast haar zat, dus stapte ik achterin. Sharon scheurde de oprit af en nam een snelle bocht linksaf, Riverdale op.

'Vind je het nodig om als een krankzinnige te rijden?' zei Ethan, die een sigaret opstak.

'Waag het niet mijn auto onder de sigarettenrook te jagen!' zei Sharon, die het stuur omgooide en op het gas trapte.

Ethan opende het raam en blies de rook deskundig naar buiten.

'Eh, Ethan?' zei ik. 'Het wordt hier achterin ijskoud.'

Met een zucht gooide Ethan zijn sigaret uit het raampje, waar het met duizend oranje vonkjes op de straat viel.

'Nou maak je daar weer zooi van,' zei Sharon. 'Geweldig.'

'Morgan heeft het koud,' zei Ethan, en rolde zijn raampje omhoog. 'Zet de automatische kontverwarming eens aan voor haar.'

'Morgan?' Sharon keek in haar achteruitkijkspiegeltje. 'Wil je de stoelverwarming aan?'

'Nee, dank je, hoor.' Ik probeerde niet te lachen.

'De vibrator dan, misschien?' vroeg Ethan. 'Hé, kijk uit! Je zat maar vijf centimeter van die vrachtwagen af!'

'Ik heb hem heus wel gezien, hoor.' Sharon rolde met haar ogen. 'En er is in deze auto geen vibrator.'

'Heb je hem thuisgelaten, dan?' vroeg Ethan onschuldig. Ik viel om van het lachen, toen Sharon Ethan heel hard een stomp probeerde te geven, zonder een ongeluk te veroorzaken. Ik zou willen dat ze een relatie met elkaar begonnen, maar ik wist niet zeker of Sharon zich al realiseerde hoe dol ze op Ethan was.

Wonder boven wonder kwamen we heelhuids bij Cal

aan. We zagen de jeep van Matt al op de oprit staan en nog minstens twaalf andere auto's.

'De moeder van Cal houdt zeker een cirkel,' zei Sharon.

Ik had Selene Belltower niet meer gezien sinds de avond dat ze me had geholpen mijn angsten tot bedaren te brengen en ik wilde haar nogmaals bedanken. Cal liet ons binnen, gaf me een welkomstkus en ging ons voor naar de keuken. Daar zat Matt mineraalwater te drinken en Jenna was de bioscoop aan het bellen.

'Hoe laat?' vroeg ze, en schreef iets op.

Cal leunde tegen het aanrecht en trok me tegen zich aan.

Jenna hing op. 'Oké. Het begint om kwart over acht, dus moeten we hier om kwart voor de deur uit.'

'Heel goed,' zei Matt.

'Dan hebben we nog even de tijd. Willen jullie iets drinken?' vroeg Cal met een verontschuldigende blik. 'We moeten ons een beetje koest houden, want mam begint straks met een cirkel.'

'Om welke tijd beginnen ze meestal?' vroeg ik.

'Niet voor tienen of zo,' antwoordde hij. 'Maar de mensen komen al vroeg om met elkaar bij te praten over de afgelopen week.'

'Ik had je moeder nog een keer willen bedanken,' zei ik.

'O, nou, kom dan maar even mee.' Hij pakte mijn hand. 'Je kunt haar wel spreken. We zijn zo terug,' zei hij tegen de anderen.

'Heb jij de laatste cola gepakt?' beschuldigde Sharon Ethan, toen we de keuken uitliepen.

'Ik deel hem wel met je,' was zijn omfloerste antwoord.

In de hal keken Cal en ik elkaar met een grijns aan. We kwamen door de officiële zitkamer en vervolgens door de wat minder officiële grote kamer. 'Er is beslist iets gaande tussen die twee,' zei hij.

Ik knikte. 'Het zou leuk zijn als het iets wordt. Dan spatten de vonken ervanaf.'

Cal tikte twee keer snel op de hoge houten deur, die naar de enorme kamer leidde waar Selene haar cirkels hield. Toen deed hij de deur open en we gingen naar binnen. Het zag er vanavond heel anders uit dan die keer, dat ik hier alleen en volkomen overstuur binnenkwam. Nu werd de kamer verlicht door minstens honderd kaarsen. Het geurde er naar wierook en er waren mensen, mannen en vrouwen, die met elkaar stonden te praten.

'Morgan, kindje, wat leuk om je te zien.' Ik draaide me om en zag Alyce van 'Practical Magick' staan. Ze droeg een lang, paars, gebatikt gewaad en haar zilverkleurige haar hing los om haar schouders.

'Hoi,' zei ik. Ik was vergeten dat ze bij de 'Kring van de Ster' hoorde. Snel zocht ik David, de winkelbediende, die me zo op mijn zenuwen werkte. Hij zag me en glimlachte. Ik glimlachte onzeker terug.

'Hoe gaat het met je?' vroeg Alyce. Het klonk als meer dan een beleefdheidsfrase.

Ik dacht na. 'Op en neer,' zei ik direct.

Ze knikte alsof ze het begreep.

Cal was even bij me weggelopen en kwam nu terug met zijn moeder. Zij droeg ook een lang, loshangend gewaad, maar dat van haar was schitterend rood en bezaaid met gouden manen, sterren en zonnen; verbluffend mooi.

'Hallo, Morgan,' zei ze met haar diepe, welluidende stem. Ze pakte mijn beide handen in de hare en kuste me op beide wangen, op de Europese manier. Ik voelde me bijna koninklijk. Ze keek in mijn ogen en legde toen een hand op mijn wang. Na een paar ogenblikken knikte ze. 'Het is moeilijk geweest,' mompelde ze, 'en ik vrees dat het nog moeilijker zal worden. Maar je bent erg sterk...'

'Ja,' zei ik, en tot mijn eigen verbazing zei ik glashelder: 'Ik *ben* ook erg sterk.'

Selene Belltower taxeerde me even en glimlachte toen goedkeurend naar mij en Cal. Hij grijnsde terug naar zijn moeder en pakte mijn hand.

Toen dwaalden haar ogen door de kamer en ze vestigde haar blik op iemand.

'Cal, ik wil je aan iemand voorstellen,' zei ze, met een ondertoon in haar stem die ik niet begreep.

Ik volgde haar blik en kreeg een reuzenschok toen ik hetzelfde lichtblonde meisje zag dat Bree en Raven op de begraafplaats hadden ontmoet. Ik opende mijn mond om iets te zeggen, maar voelde hoe de hand van Cal zich spande, en ik keek naar hem op.

Hij had een bijzonder vreemde uitdrukking op zijn gezicht. Het was nog het best te omschrijven als... roofdierachtig. Ik onderdrukte met moeite een huivering. Opeens kreeg ik het gevoel dat ik hem helemaal niet kende.

Ik merkte dat ik achter hem aan de kamer doorliep.

'Sky, dit is mijn zoon, Cal Blaire,' stelde Selene hen aan elkaar voor. 'Cal, dit is Sky Eventide.'

Zonder iets te zeggen trok Cal zijn hand uit de mijne en stak hem naar haar uit. Sky nam hem aan en haar ogen, donker als de nacht, lieten zijn gezicht niet los. Ik haatte haar. Mijn maag verkrampte, toen ik zag hoe ze elkaar stonden op te nemen. Ik wilde haar wel krabben, verscheuren en mijn adem beefde.

Toen keek Cal mij aan. 'Dit is mijn vriendin, Morgan Rowlands,' zei hij. Hij noemde me zijn vriendin, en dat stelde me enigszins gerust. Toen keek ze me met haar donkere ogen als kolen aan en ik schudde haar de hand. Ik voelde de kracht erin.

'Morgan,' zei Sky. Ze was Engelse en had een ongelooflijk muzikale, zangerige stem, een stem die onmiddellijk maakte dat ik wilde horen hoe ze een lied, een bezwering of een ritueel aanhief. Waardoor ik haar nog meer haatte.

'Selene heeft het over je gehad,' zei Sky. 'Ik wil je graag leren kennen.'

Over mijn lijk, dacht ik, maar ik vertrok mijn mond tot een rekbeweging die voor een glimlach door moest gaan. Ik voelde de spanning in Cals lichaam naast me, toen hij naar haar keek en haar praktisch met zijn ogen indronk. Sky Eventide keek Cal kalm aan, alsof ze de uitdaging zag en hem aannam.

'Hunter ken je al, geloof ik.' Ze maakte een gebaar naar iemand achter haar, die met zijn rug naar ons toestond. Deze draaide zich om en ik hapte bijna naar adem. Was Sky het daglicht, Hunter was het zonlicht. Zijn haar was licht goudkleurig, hij had een fijne, lichte huid met een paar sproeten op zijn wangen en neus. Zijn ogen waren groot en heldergroen, zonder een zweempje blauw of bruin of grijs. Hij was verbijsterend knap, maar mijn maag draaide om in mijn lijf. Net als Sky haatte ik hem op het eerste gezicht, op een primitieve, onverklaarbare manier.

'Ja, Hunter ken ik,' zei Cal vlak. Hij stak zijn hand niet uit.

'Cal,' zei Hunter. Hij keek Cal aan en wendde zich toen tot mij. Ik glimlachte niet. 'En wie ben jij?'

Ik zei niets.

'Morgan Rowlands,' vulde Sky de stilte op. 'De vriendin van Cal. Morgan, dit is Hunter Niall.'

Ik zei nog steeds niets en Hunter keek me aandachtig aan, alsof hij probeerde door mijn skelet heen te kijken. Het deed me denken aan de manier waarop Selene Belltower de eerste keer had gekeken, maar het deed geen pijn. Ik had alleen een heel sterke aandrang om bij deze mensen weg te komen. Ik voelde me hol en bibberig vanbinnen en ik wilde opeens ontzettend graag terug naar de keuken en gewoon een meisje zijn, dat wachtte om met vrienden naar de bioscoop te gaan.

'Hallo, Morgan,' zei Hunter eindelijk. Het viel me op dat ook hij een Engelsman was.

'Cal,' zei ik, en probeerde niet te stuntelen, 'we moeten weg. De film.' Dat was niet waar – we hadden bijna een halfuur voordat we de deur uit moesten – maar ik kon hier geen minuut langer blijven.

'Ja,' zei hij, op me neerkijkend. 'Ja.' Hij keek Sky weer aan. 'Een goede cirkel gewenst.'

'Dat zal wel lukken,' zei ze.

Ik wilde wegrennen. Er kwamen me wilde beelden voor de geest, van Sky en Cal, die elkaar zoenden en ineengestrengeld op zijn bed lagen te kronkelen. Ik verafschuwde de jaloezie die ik voelde; ik wist maar al te goed hoe destructief jaloezie was. Maar ik kon niet anders.

'Cal?' vroeg Selene, toen we bijna bij de deur waren. 'Heb je nog even?'

Hij knikte en kneep toen in mijn hand. 'Ik ben zo terug,' zei hij, en liep naar zijn moeder toe. Ik liep door, de deur uit, de grote kamer en de zitkamer door, de hal in. Zo verhit en klam als ik me voelde, kon ik Jenna, Matt, Sharon en Ethan niet onder ogen komen. Er was een toilet verder op in de gang die uit de hal kwam en daar sloot ik mezelf op. Ik plensde koud water tegen mijn gezicht en dronk uit mijn handen.

Wat was er met me aan de hand? Langzaam kwam mijn ademhaling tot rust en mijn gezicht zag er, ondanks de lichte verkleuringen die er nog waren, tamelijk normaal uit. Ik had nog nooit van mijn leven zo sterk op iemand gereageerd. Sinds Cal in Widow's Vale was komen wonen, was mijn leven radicaal en met enorme klappen veranderd.

Eindelijk voelde ik me in staat om naar de anderen toe te gaan. Ik deed de deur open en liep de gang door naar de keuken.

Maar toen begon mijn huid te prikken en het volgende moment hoorde ik stemmen in de gang, een zacht gemompel. Het waren onmiskenbaar Sky en Hunter. En ze kwamen mijn kant op.

Ik drukte me tegen de wand en probeerde op te gaan in het houtwerk. Opeens hoorde ik een klik en tuimelde ik achterover. Ik herstelde mijn evenwicht en viel niet, maar mijn mond ging wagenwijd open van verbazing, toen het tot me doordrong dat er een verborgen deur in die gang was.

Zonder erbij na te denken en met de stemmen die ik dichterbij hoorde komen, glipte ik verder de kamer in en deed de deur met een klikje dicht. Met bonkend hart leunde ik ertegen en luisterde, toen de stemmen in de gang voorbijkwamen. Ik spande me in om me te concentreren, maar kon geen woord verstaan. Waarom hadden Sky en Hunter die invloed op mij? Waarom vervulden ze me met doodsangst?

Toen waren ze voorbij, hun stemmen ebden weg en stilte vulde mijn oren.

Ik knipperde met mijn ogen en keek om me heen. Hoewel ik de deur vanaf de gang helemaal niet had opgemerkt, was de omtrek ervan hierbinnen duidelijk te zien. Aan een kleine, ingezette grendel zag ik dat ik er weer uit kon.

Het was een studeerkamer, Selenes studeerkamer, kreeg ik al snel in de gaten. Een grote leestafel voor een raam was bedekt met een kleed en er stonden verschillende vijzels en stampers, en ketels ter grootte van een halve liter, op uitgestald. Er stond een robuuste leren bank, een antiek bureau met een computer en een printer en hoge, eikenhouten boekenkasten, met duizenden boeken.

De bureaulamp was aan en gaf een intiem licht, en ik merkte dat ik naar de boekenkasten dwaalde. Even vergat ik dat mijn vrienden op me wachtten, dat Cal waarschijnlijk naar hen was teruggegaan en dat we zo meteen naar de bioscoop moesten. Dat verdween allemaal uit mijn hoofd, toen ik de titels begon te lezen.

20.
Kennis

9 september 1984

Het kind in me beweegt nu voortdurend. Dat is zoiets magisch. Ik voel haar leven en groeien en het is heel anders dan welk gevoel dan ook. Ik voel dat ze krachtige vermogens zal bezitten.

Angus zit me achter mijn vodden om te trouwen, zodat het kind zijn naam zal dragen, maar iets in me aarzelt. Ik houd van Angus, maar ik voel me afgezonderd van hem. De mensen hier denken dat we al getrouwd zijn, en dat vind ik best.

— M.R.

Angus kwam zojuist binnen. Hij heeft een runenteken gevonden op de schuttingpaal bij onze oprit. Godin, welk kwaad is ons hier naartoe gevolgd?

Selene Belltower had een fantastische bibliotheek en ik zou hier graag de rest van mijn leven opgesloten willen zitten om te lezen, gewoon alles te lezen. De bovenste planken waren zo hoog, dat er twee kleine bibliotheekladders waren, die via een koperen rail de hele kamer rondliepen.

In het gedempte licht van de bureaulamp tuurde ik naar

de ruggen van de boeken. Sommige boeken hadden helemaal geen titel, andere waren weggesleten, er waren er ook met zilveren of gouden opdruk, en bij sommige waren de titels gewoon met een viltstift op de rug geschreven. Een of twee keer zag ik een boek waarvan de titel alleen zichtbaar werd als ik heel dichtbij kwam: dan lichtte hij flauwtjes op, als een hologram; keek ik nog een keer, dan was hij verdwenen.

Ik besefte dat ik weg hoorde te gaan. Dit was kennelijk een privé-vertrek van Selene; zonder haar toestemming behoorde ik hier niet te zijn. Maar kon ik dan niet snel een of twee boeken bekijken?

Had ik daar eigenlijk tijd voor? Ik keek op mijn horloge. Tien voor halfacht. We zouden over een klein halfuur pas naar de bioscoop vertrekken. Er was toch geen mens die mij de komende vijf minuten zou missen; ik kon altijd zeggen dat ik op de wc was geweest...

Er hing een zware atmosfeer in de kamer, vol magie. Het zat overal; ik ademde het in en het vibreerde onder mijn voeten als ik liep.

Bevend las ik de boektitels. Eén hele boekenkast bevatte blijkbaar boeken met recepten: voor bezweringen, voor voedsel dat magie versterkt en voedsel dat geschikt was voor de verschillende feestdagen. In de kast ernaast stonden boeken over hoe je bezweringen en rituelen moest creëren. Sommige van die boeken zagen er heel oud uit, met dunne kaften, die al aan het vergaan waren, en die ik niet durfde aanraken. Toch verlangde ik ernaar hun vergeelde bladzijden te lezen.

Terwijl ik rondkeek naar de rijkdom aan magie die in dit vertrek was opgeslagen, moest ik aan de Rowanwands denken, die erom bekendstonden dat ze hun kennis bewaarden en geheimhielden. Zou Selene Belltower een Rowanwand zijn? Cal had gezegd, dat zijn moeder en hij niet wisten van welke clan ze afstamden, maar misschien gaf deze bibliotheek toch een aanwijzing. Ik vroeg me af hoe ik de hand op deze boeken kon leggen. Zou Selene ze aan me uitlenen? Mocht Cal ze lenen?

De boeken in de volgende kast hadden het opschrift: *Zwarte Kunst*, *Het gebruik van Zwarte Magie*, *Bezweringen van het Kwaad*, er was zelfs een boek dat heette: *Het oproepen van geesten.* Het leek gevaarlijk om dat soort boeken zelfs maar in huis te hebben en ik vroeg me af waarom Selene ze had. Ik kreeg koude rillingen en plotseling was ik er nog veel minder gerust op dat ik in de bibliotheek was. Ik maakte aanstalten om weg te gaan, maar toen zag ik een smalle vitrine met glazen etages, die van onderaf verlicht waren. Op marmeren schaaltjes lagen handenvol kristallen en stenen van allerlei soort en kleur. Ik zag bloedsteen, tijgeroog, lapis lazuli, turkoois. Ook edelstenen lagen er, geslepen en gepolijst.

Onvoorstelbaar, dat iemand zulk materiaal tot zijn beschikking had; het idee dat Selene deze kamer binnen kon gaan en alles wat er voor welke vorm van bezwering dan ook nodig was, zó voor het grijpen had – verbluffend gewoon.

Dit was de kennis waar ik naar hongerde; dit was waar ik voor moest werken, ik wist het. De toekomst die mijn ouders voor mij hadden gedroomd, mijn vroegere, halfrijpe plannen om wetenschapper te worden – die gedachten leken nu rookgordijnen, die me alleen maar zouden afleiden van mijn echte werk: een machtige heks worden, zo machtig als ik maar kon.

Ik wist heel goed dat ik weg moest gaan, maar ik kon

me niet losscheuren. Ik blijf nog vijf minuutjes, zei ik tegen mezelf, toen ik door de kamer naar de andere boekenkasten liep. O, hier had je de heksenkringen, zag ik. De ene plank na de andere met Boeken der Schaduwen. Ik haalde er één tussen uit en sloeg het open. Ik had het gevoel dat ik ieder moment door de bliksem kon worden getroffen.

Het was een zwaar boek. Ik legde het op de rand van Selenes bureau. De bladzijden waren vergeeld en gehavend, ze verpulverden bijna onder mijn aanraking. Het was een heel oud boek – één aantekening dateerde uit 1502! Maar het was óf gecodeerd, óf in een andere taal geschreven en ik wist absoluut niet hoe ik het moest ontcijferen. Ik zette het boek terug.

Ik moest nu toch echt naar de anderen toe. Ik begon een excuus te bedenken voor mijn verdwijning. Was het aannemelijk als ik zei dat ik verdwaald was geraakt?

Ik liep opzij naar de deur en botste tegen een bibliotheekladder op. Zonder te weten waarom klom ik erop. Helemaal boven aan was de geur van stof, oud leer en papier dat verging, sterker. Ik hield de ladder vast en boog me dichter naar de boeken toe, om in het vage licht iets te kunnen lezen. *Heksenkringen in het oude Rome. Theorieën omtrent Stonehenge. Rowanwand en Woodbane: vanaf de prehistorie tot nu.*

Ik wist wel dat er niet genoeg tijd was om alles te lezen, om hier te blijven hangen en te proeven en te verslinden, wat ik zo hevig verlangde. Ik voelde me gemarteld door de wetenschap dat deze boeken hier stonden en toch niet van mij waren. Een razende honger werd in me wakker, een begerig verlangen naar informatie, leren, inzicht.

Met mijn vingertoppen streek ik over de boekruggen en

bleef hangen bij degene die moeilijker te lezen waren. Op een van de bovenste planken vond ik een donkerrood boek, zonder titel, tussen twee hoge, dikke boeken, over de vroege Schotse geschiedenis. Toen ik langs de rug ervan ging, tintelden mijn vingers. Ik streek er opnieuw langs, heen en weer. Tinteltintel. Met een grijns pakte ik het ertussenuit. Het was te donker om de titel te kunnen lezen, dus klom ik naar beneden en nam het boek mee naar Selenes bureau.

Onder de bureaulamp sloeg ik het voorzichtig open bij de titelpagina. Er stond *De Nauwe Poort*, geschreven in een mooi, vloeiend handschrift. Ik wachtte even; het bloed hamerde in mijn oren. 'De Nauwe Poort'. Dat was de heksenkring van mijn biologische moeder.

Ik sloeg de bladzijde om en zag op de binnenzijde een opdracht staan:

Dit boek geef ik aan mijn stralendlichte vuurfee, Bradhadair, op haar veertiende verjaardag. Welkom bij 'De Nauwe Poort'. In liefde, van Mathair.

Mijn hart stond stil en de adem in mijn longen verstarde tot ijs. Bradhadair, de Wicca-naam van mijn moeder, had Alyce me verteld. Dit was haar Boek der Schaduwen. Maar hoe kon dat? Het was na de brand toch verloren gegaan? Kon er nog een andere Bradhadair zijn geweest en een andere 'Nauwe Doorgang'?

Met trillende handen begon ik de aantekeningen door te kijken. Ongeveer twintig pagina's verder las ik: 'Het hele dorp Ballynigel liep uit voor Beltane. Ik was te oud om mee te dansen rond de meiboom, maar de jongere meisjes deden het wel en ze zagen er heel lieflijk uit. Ik zag Angus

Bramson bij de fietsen op de loer liggen en naar me kijken zoals hij altijd doet. Ik deed net of ik hem niet zag. Ik ben pas veertien en hij is al zestien!

Maar goed, we hebben een prachtige Beltane-viering gehad en daarna ging ma ons voor in een geweldige cirkel bij de stenen rotsen. – Bradhadair.'

Ik probeerde te slikken, maar had een gevoel alsof ik stikte. Ik sloeg nog meer pagina's om, naar het einde toe. Daar waren de aantekeningen niet meer ondertekend met Bradhadair, maar met M.R.

Dat waren mijn eigen initialen. En ze stonden ook voor Maeve Riordan. Mijn moeder.

Het overrompelde me en deed me duizelen. Ik liet me in de bureaustoel van Selene zakken. Hij piepte. Het was alsof ik in een tunnel terechtkwam en mijn hoofd leek te zwaar voor mijn nek. Ik herinnerde me een oefening van lang geleden bij de meisjespadvinders, rolde achteruit met de bureaustoel en stak mijn hoofd tussen mijn knieën. Ik probeerde diep adem te halen om mezelf te kalmeren.

Terwijl ik in deze weinig elegante houding ondersteboven hing om niet flauw te vallen, werd ik gebombardeerd door een spervuur van gedachten waar ik geen raad mee wist. Maeve Riordan. Dit was het Boek der Schaduwen van Maeve Riordan. Het boek dat voor me lag, het boek dat al tot me sprak nog voor ik het had aangeraakt, had aan mijn biologische moeder toebehoord. Mijn biologische moeder, die zestien jaar geleden nog maar, in een stadje twee uur hiervandaan, verbrand was.

En Selene Belltower had haar Boek der Schaduwen in bezit. Hoe kwam dat?

Ik ging rechtop zitten. Snel las ik her en der wat passages; ik las de aantekeningen van mijn moeder, die van een pas ingewijde, meisjesachtige veertienjarige veranderde in een tiener die de liefde leerde kennen, en vervolgens in een vrouw die rond haar tweeëntwintigste door een hel ging, toen ze merkte dat ze zwanger was van een kind dat niet gepland was. Van mij.

Mijn blik werd wazig van hete tranen en ik bladerde terug naar het begin van het boek, waar het schrift licht was, meisjesachtig en vol verwondering en vreugde over de magie.

Natuurlijk was dit boek van mij. Natuurlijk zou ik het vanavond meenemen. Daar was geen twijfel aan. Maar hoe kwam het dat Selene Belltower het in haar bibliotheek had? En waarom had ze het er nooit over gehad, of het aan mij gegeven, ze wist immers wat en wie ik was? Zou het mogelijk zijn dat ze niet meer wist dat ze het had?

Ik veegde de tranen uit mijn ogen en bladerde de pagina's door. Ik las hoe de bezweringen van mijn moeder steeds ambitieuzer werden, steeds verder reikten, dat haar liefde dieper werd en meedogender.

Dit was mijn geschiedenis, mijn achtergrond, mijn oorsprong. Hier stond het allemaal, op deze met de hand geschreven bladzijden. In dit boek zou ik alles ontdekken wat er te weten viel over wie ik was en waar ik vandaan.

Ik keek op mijn horloge. Kwart voor acht. O, god! Ik was hier al langer dan twintig minuten binnen. En nu was het tijd om te gaan. De anderen waren vast en zeker naar me op zoek.

Hoe moeilijk ik het ook vond, ik begon het boek te sluiten. Hoe smokkelde ik dit het huis uit?

Toen ging de geheime deur naar de bibliotheek open. Een straal licht viel vanuit de hal in het vertrek en ik keek op. Daar stonden Cal en Selene me aan te staren, terwijl ik daar achter Selenes bureau zat, met een opengeslagen boek voor me.

En ik besefte dat ik een onvergeeflijke overtreding had begaan.

De heksenkring

1.
Geheimen

4 mei, 1978

Vandaag heb ik Ma voor het eerst geholpen met het trekken van een cirkel voor De Nauwe Poort. Later word ik zelf hogepriesteres. Dan leid ik kringen, zoals zij. Er komen nu al mensen bij me voor magische formules en elixers, en dat terwijl ik nog maar zeventien ben! Ma zegt dat het komt doordat ik de paranormale vermogens en de kracht van de Riordans in me heb, net als mijn grootmoeder. Mijn moeder is een zeer machtige heks, machtiger dan wie ook bij De Nauwe Poort. Ze zegt dat ik nog meer macht zal krijgen.

En wat dan? vraag ik me af. Wat ga ik dan doen? Onze schapen gezond maken? Ons land vruchtbaarder maken? Onze pony's genezen als ze kreupel zijn?

Ik heb zoveel vragen. Waarom zou ik zoveel macht bezitten, de macht om bergen te verzetten? In het Boek der Schaduwen van mijn oma staat dat we onze magie alleen hier, in dit dorp, op deze plek op het platteland mogen gebruiken, ver weg van andere grotere plaatsen en steden. Is dat zo? Misschien heeft de Godin een bestemming voor me, maar ik zie hem niet.

— Bradhadair

Die naam bleef even, als een zwart insect, voor mijn ogen in de lucht hangen. Bradhadair! Ofwel mijn biologische moeder, Maeve Riordan. Ik hield haar Boek der Schaduwen in handen. Zij was er op haar veertiende mee begonnen, toen ze voor het eerst deelnam aan de heksenkring van haar moeder. Haar Wicca-naam, Bradhadair, was Gaelic, wat 'vuurmaakster' betekent. En hier zat ik dan de woorden te lezen die zij eigenhandig had opgeschreven.

'Morgan?'

Er ging een schok van schrik door me heen en ik keek op.

Daar stonden mijn vriend, Cal Blaire, en zijn moeder, Selene Belltower, in de deuropening van de geheime bibliotheek, hun gestalten donker afgetekend tegen het licht uit de gang. Hun gezichten waren lege maskers, verhuld door de schaduw.

De adem stokte in mijn keel. Ik was zonder toestemming de kamer binnengegaan. Ik had niet alleen Cal en onze andere vrienden laten wachten, ik had een privé-vertrek in Selenes huis betreden. Ik had het recht niet in deze kamer te zijn en deze boeken te lezen. Dat wist ik best. Mijn gezicht werd vuurrood van schaamte.

Maar ik kon er niets aan doen. Ik verlangde er zo wanhopig naar, meer te weten te komen over Wicca, over mijn biologische moeder. Ik was per slot van rekening nog niet zo lang geleden achter een paar heel vreemde geheimen gekomen: ik was geadopteerd en mijn echte moeder, een machtige heks, was vermoord, omgekomen in een brand in een schuur. Maar er waren nog zoveel onbeantwoorde vragen overgebleven. En nu had ik Maeve Riordans Boek der Schaduwen gevonden; haar eigen boek met magische formules, gedachten en dromen. De sleutel tot haar innerlijke leven. Als de antwoorden die ik zocht ergens waren, dan toch zeker hier, in dit boek. Onbewust – ondanks het feit dat ik iets verkeerds had gedaan – klemde ik het steviger vast.

'Morgan?' herhaalde Cal. 'Wat doe je hier? Ik ben je overal aan het zoeken.'

'Het spijt me,' zei ik snel. Terwijl ik om me heen keek, vroeg ik me af hoe ik moest uitleggen dat ik me hier bevond. 'Eh...'

'De anderen zijn al naar de film,' onderbrak Cal me met een harde klank in zijn stem. 'Ik heb gezegd dat we hen zouden proberen in te halen, maar het is nu te laat.'

Ik keek op mijn horloge. Acht uur. Het was minstens twintig minuten rijden naar de bioscoop en de film begon om kwart over acht. Ik slikte. 'Het spijt me echt,' zei ik, 'maar ik ben gewoon...'

Selene kwam verder de kamer in. Voor het eerst zag ik gespannen rimpels op haar jeugdige gezicht dat zoveel overeenkomst had met dat van Cal. 'Morgan, dit is een privé-vertrek. Hier trek ik me terug. Hier mag niemand komen, behalve ikzelf.'

Nu werd ik nerveus. Haar stem klonk kalm, maar ik voelde de ingehouden woede erin. Zat ik nu serieus in de problemen? Ik stond op vanachter haar bureau en sloot het boek. 'Ik... ik begrijp dat ik hier niet mag komen en dat was ook niet mijn bedoeling. Maar ik liep door de gang en ik viel plotseling tegen deze deur aan. Hij ging open, en toen ik eenmaal binnen stond, kon ik niet meer ophouden met rondkijken. Het is zo'n meesterlijke bibliotheek...' Mijn stem viel weg.

Selene en Cal staarden me aan. Ik kon hun ogen niet lezen en ook helemaal niets oppikken van wat er in hun hoofden omging, wat me nog nerveuzer maakte. Ik had niet gelogen, maar ik had ook niet het hele verhaal verteld. Ik had geprobeerd Sky Eventide en Hunter Niall te ontlopen, de twee Engelse heksen, die vanavond hier waren om deel te nemen aan een van Selenes cirkels. Op een of andere onverklaarbare manier vervulden deze twee gasten van Selene mij met afschuw en toen ik hen door de gang had horen aankomen, wilde ik me voor ze verbergen – en tuimelde uiteindelijk deze geheime bibliotheek binnen. Het was per ongeluk gebeurd.

Zo is het ook, dacht ik, het *was* per ongeluk gebeurd. Niets om je voor te schamen. Ik was trouwens niet de enige die iets had uit te leggen. Ik had ook een paar vragen voor Selene.

Ik hoorde mezelf zeggen: 'Dit is het Boek der Schaduwen van Maeve Riordan.' Mijn stem klonk scherp en luid in mijn oren. 'Waarom hebt u het in bezit? En waarom hebt u mij niet verteld dat u het in bezit hebt? Jullie weten allebei dat ik dingen over haar aan de weet probeer te komen. Ik bedoel... dachten jullie, dat ik iets wat van haar is geweest niet graag had willen zien?'

Cal leek verbaasd te zijn en keek zijn moeder aan.

Selene stak haar hand uit en sloot de deur achter zich, zodat we nu alle drie in de geheime kamer waren. Niemand die door de gang liep, zou de bijna onzichtbare naad van de gesloten deur opmerken. Ze trok haar mooie wenkbrauwen op en kwam naar me toe.

'Ik weet dat je meer over je moeder te weten wilt komen,' zei ze. De gouden lichtkring van de lamp leek haar gezicht zachter te maken. Ze keek naar het boek. 'Hoeveel heb je al gelezen?'

'Niet zoveel.' Ik stond gespannen op mijn lip te bijten.

'Heb je dingen gelezen die je verrasten?'

'Niet echt.' Ik hield haar in de gaten.

'Welnu, een Boek der Schaduwen is heel persoonlijk,' zei Selene. 'Er worden geheimen in onthuld, dingen die je niet verwacht. Ik heb gewacht met het je te vertellen, omdat ik weet wat erin staat. Ik wist niet zeker of jij al zover was dat je het kon lezen.' Haar stem ging over in gefluister. 'Ik weet nog steeds niet of je er al klaar voor bent, maar daarvoor is het nu te laat.'

Mijn gezicht verstrakte. Ik mocht dan een privé-vertrek van haar huis zijn binnengedrongen, ik had wel het recht om dingen over mijn moeder te weten. 'Maar dat is toch niet aan u om te beslissen,' sprak ik tegen. 'Ik bedoel, ze was *mijn* moeder. Haar Boek der Schaduwen behoort mij toe. Zo hoort het te gaan: je geeft het door aan je kinderen. Het *is* van mij.'

Selene knipperde met haar ogen bij die stoere taal van mij. Ze keek weer naar Cal, maar deze keek mij aan. Opnieuw tintelden mijn vingers toen ze over de versleten leren kaft gleden.

'Dus, waarom hebt *u* het?' herhaalde ik.

'Het is heel toevallig in mijn bezit gekomen,' zei Selene. Er gleed even een glimlach over haar gezicht. 'Hoewel heksen meestal niet in toeval geloven, uiteraard. Ik verzamel Boeken der Schaduwen, dat is mijn hobby. Zoals je ziet, verzamel ik eigenlijk alle boeken die met hekserij te maken hebben.' Ze wees met een elegant handgebaar naar de boekenplanken in de kamer. 'Ik heb contact met verscheidene boekhandelaren, voornamelijk in Europa. Zij hebben een doorlopende order om me alles toe te sturen wat ze aan belangwekkende boeken hebben – alle Boeken der Schaduwen, in wat voor staat ze zich ook bevinden. Ze fascineren me. Ik neem ze overal mee naartoe en zet ze in mijn privé-studeerkamer, zoals ik hier ook heb gedaan toen we afgelopen zomer verhuisden. Ze geven me inzicht in de menselijke kant van ons werk. Het zijn dagboeken, verslagen van experimenten; het zijn de geschiedenissen van mensen. Ik heb meer dan tweehonderd Boeken der Schaduwen. Dat van Maeve Riordan is er maar één van.'

Ik wachtte tot ze hier uitvoeriger op zou ingaan, maar dat deed ze niet. Het antwoord klonk vreemd voyeuristisch – vooral uit de mond van een hogepriesteres, iemand die altijd zo in contact was met de gevoelens van de mensen. Waarom had ze niet in de gaten dat het boek van Maeve Riordan niet een van de vele Boeken der Schaduwen was? Voor mij in ieder geval niet.

Mijn aanvankelijke schuldgevoel en zenuwachtigheid maakten plaats voor boosheid. Selene had mijn moeders eigen woorden zitten lezen. Op dat moment kwam Cal naar me toe en legde zijn hand op mijn schouder. Hij wreef er zachtjes overheen, waarmee hij leek te zeggen dat hij aan mijn kant stond, dat hij het begreep. Waarom kon zijn moeder dat niet? Vond zij me nog te veel een kind om met mijn moeders geheimen om te gaan?

'Waar hebt u *dit* Boek der Schaduwen vandaan?' drong ik aan.

'Van een dealer in Manhattan,' zei Selene. Alweer was het moeilijk haar toon te doorgronden. 'Hij had het van iemand anders gekocht – iemand zonder referenties, die het misschien wel had gestolen, of het ergens in een tweedehands boekwinkel had gevonden.' Ze haalde haar schouders op. 'Ik heb het ongeveer tien of elf jaar geleden ongezien gekocht. Toen ik het opensloeg, drong het tot me door dat het van diezelfde jonge heks was, over wie ik had gelezen dat ze niet ver hiervandaan bij een brand was omgekomen. Het is een heel bijzonder Boek der Schaduwen, niet alleen omdat het van Maeve is.'

'Ik neem het mee naar huis.' Alweer stond ik versteld van mijn eigen doortastendheid.

Een tijd lang hing er een zware stilte. Mijn hart begon weer te jagen. Ik had de moeder van Cal nog nooit uitgedaagd. Eigenlijk had ik nog nooit een volwassene uitgedaagd... en zij was een machtige heks. De ogen van Cal flitsten tussen ons heen en weer.

'Natuurlijk, kindje,' zei Selene ten slotte, 'het is van jou.'

Stilletjes ademde ik uit. Selene liet erop volgen: 'Nadat Cal me je verhaal had verteld, wist ik al dat ik het je op een dag zou geven. Als je na het lezen ervan vragen hebt, of ergens mee zit, hoop ik dat je er met me over komt praten.'

Ik knikte. 'Dank u wel.'

Tegen Cal zei ik: 'Weet je, ik wil eigenlijk het liefst gewoon naar huis.' Mijn stem trilde.

'Oké,' zei Cal. 'Ik breng je weg. Laten we onze jassen gaan pakken.'

Selene deed een stap opzij om ons door te laten. Ze bleef in de studeerkamer achter, waarschijnlijk om rond te kijken of ik nog meer had aangeraakt of onderzocht. Ik kon het haar niet kwalijk nemen. Ik wist niet wat ik ervan moest denken. Het was niet mijn bedoeling geweest misbruik te maken van haar vertrouwen, maar de beloning viel niet te loochenen. Ik was in het bezit gekomen van het intieme verslag van het leven van mijn biologische moeder, in haar eigen handschrift. Wat voor mysteriën er ook in stonden, ik kon ze aan. Dat wist ik. Ik *moest* wel.

Cal kneep in mijn schouder toen we door de gang liepen en dat stelde me gerust.

Buiten zwiepte de novemberwind door mijn haren en ik veegde ze uit mijn gezicht. Cal maakte zijn auto open en ik stapte in. Ik rilde van de koude leren zitting en stak mijn handen diep in mijn zakken. Het Boek der Schaduwen zat in mijn dichtgeritste binnenzak, tegen mijn borst gedrukt.

'Straks gaat de verwarming wel werken,' zei Cal. Hij draaide het contactsleuteltje om en drukte op de knopjes op het dashboard. Zijn knappe gezicht was een silhouet in het donker. Toen draaide hij zich naar me toe en streek met zijn hand, die verrassend warm was, over mijn wang. 'Gaat het?' vroeg hij.

Ik knikte, maar ik was er niet zo zeker van. Ik was hem dankbaar voor zijn bezorgdheid, maar ik werd volkomen in beslag genomen door het mysterie van het boek en ik voelde me nog steeds niet op mijn gemak over wat er zojuist was voorgevallen met Selene.

'Ik probeerde echt niet te spioneren of stiekem rond te sluipen,' zei ik tegen hem. Dat klopte, maar nu ik het voor de tweede keer zei, klonk het nog minder overtuigend.

Hij keek naar me toen hij met de Explorer de weg opreed. 'Die deur is magisch verzegeld,' zei hij peinzend. 'Ik moet mam nog altijd toestemming vragen om naar binnen te kunnen – ik ben er zelf nooit in geslaagd om de deur open te krijgen. En neem maar van mij aan dat ik het geprobeerd heb.' Zijn grijns was een witte flits in het donker.

'Dat is raar.' Ik fronste mijn voorhoofd. 'Ik bedoel, ik heb niet eens geprobeerd om die deur te openen – hij ging vanzelf open en ik viel bijna.'

Cal gaf geen antwoord. Hij had zijn aandacht bij de weg. Misschien probeerde hij uit te vinden hoe ik daar binnen was gekomen en vroeg hij zich af of ik magie had gebruikt. Maar dat had ik niet, niet bewust althans. Misschien was het voorbestemd dat ik in die bibliotheek kwam, om het boek van mijn moeder te vinden.

Het sneeuwde nu. Het viel tegen de voorruit, maar bleef niet liggen. Morgen zou het weg zijn. Ik popelde om thuis te zijn en naar boven te rennen, naar mijn kamer, om te lezen. Om een of andere reden keerden mijn gedachten terug naar Sky Eventide en Hunter Niall. Ik mocht hen allebei op het eerste gezicht niet, met hun priemende blik, verwaande Engelse accent en de manier waarop ze naar Cal en mij keken.

Maar waarom? Wie waren ze? Waarom leken ze zo belangrijk? Ik had Sky maar één keer eerder gezien, een paar dagen geleden, op de begraafplaats. En Hunter – Hunter verontrustte me op een manier die ik niet kon verklaren. Ik zat er nog steeds over na te denken, toen Cal bij mij de oprit opreed en de motor afzette.

'Zijn je ouders thuis?' vroeg hij.

Ik knikte.

'Gaat het wel? Wil je dat ik mee naar binnen ga?'

'Nee hoor, dat hoeft niet,' zei ik, maar ik waardeerde het aanbod. 'Ik denk dat ik mijn bed in duik en ga lezen.'

'Oké. Luister, ik ben de hele avond thuis. Bel me als je wilt praten.'

'Dank je,' zei ik, en ik stak mijn armen naar hem uit.

We omhelsden elkaar en bleven een poosje zitten zoenen. De tederheid spoelde alle verwarring en onzekerheid na de confrontatie met Selene weg. Eindelijk maakte ik me met tegenzin los en opende het portier van de auto.

'Dank je wel,' zei ik nog eens. 'Ik bel je nog.'

'Oké. Pas goed op jezelf.' Hij glimlachte naar me en reed pas weg nadat ik binnen was.

'Hoi!' riep ik. 'Ik ben er weer!'

Mijn ouders zaten in de woonkamer televisie te kijken. 'Je bent vroeg,' zei mam met een blik op de klok.

Ik haalde mijn schouders op. ''We hebben de film gemist,' legde ik uit, 'en toen heb ik besloten om naar huis te gaan. Nou, ik ben boven, hoor.' Ik vluchtte naar mijn kamer, gooide mijn jas neer en liet me op mijn bed ploffen. Toen pakte ik een exemplaar van *Scientific American* en legde het naast me, voor het geval ik het Boek der Schaduwen plotseling moest bedekken. Mijn ouders en ik hadden een ongemakkelijke wapenstilstand bereikt – over Wicca, mijn biologische moeder en alle bedriegerij. Het was beter die niet te verstoren. Ik wilde niet gedwongen worden om pijnlijke dingen uit te leggen.

Maeve Riordans eigen woorden, dacht ik.

Met trillende handen opende ik mijn moeders Boek der Schaduwen en begon te lezen.

2.
Picketts Road

Wat moet ik schrijven? De innerlijke druk wordt steeds heviger. Mijn hoofd bonst ervan. Tot voor kort wilde ik altijd doen wat ik moest doen. Nu scheiden die twee wegen zich voor het eerst. Ze bloeit als een orchidee: ze transformeert van een heel gewone plant in iets ontzettend moois, een bloem die erom schreeuwt geplukt te worden.

Die gedachte verontrust me op een of andere manier. Ik weet dat het goed is, dat het noodzakelijk is en dat het van me wordt verwacht. En ik weet ook dat ik het zal doen, maar ze blijven me zo opjagen. Niets gaat zoals ik het me had voorgesteld. Ik heb meer tijd nodig om haar aan me te binden, om me geestelijk en emotioneel met haar te verenigen, zodat ze de dingen door mijn ogen ziet. Ik merk zelfs dat ik het een fijn idee vind me met haar te verenigen. De Godin lacht me vast uit.

Wat het werk betreft, ik heb bij Hellorus een andere interpretatie gevonden, waarin hij beschrijft hoe je de wil van Eolh kunt ombuigen door onder een eik te gaan zitten. Dat wil ik binnenkort uitproberen.

— Sgàth

Op zaterdagochtend sprong ik niet bepaald fris uit mijn bed. Ik had tot in de kleine uurtjes in Maeves Boek der Schaduwen liggen lezen. Ze was ermee begonnen toen ze veertien was. Ik kon er niet achter komen wat Selene bedoelde met de dingen waarmee ik problemen zou kunnen hebben. Afgezien van onuitsprekelijke woorden in het Gaelic en een heleboel formules en recepten had ik niets gevonden dat vreemd of verontrustend was. Ik wist dat Maeve Riordan en Angus Bramson, mijn echte ouders, bij een brand waren gedood nadat ze naar Amerika waren gekomen. Ik wist alleen niet waarom. Misschien dat dit boek het zou verklaren. Ik las langzaam. Ik wilde elk woord proeven.

Toen ik eindelijk wakker werd en op de tast naar beneden ging, zaten mijn ogen nog halfdicht van de slaap. Ik stommelde naar de koelkast voor een Cola Light en begon net aan een paar ontbijtrepen, toen mam en Mary K. binnen suisden. Samen waren ze een frisse neus gaan halen in de koude novemberlucht.

'Poe!' zei mam. Haar neus was rood. Ze sloeg haar gehandschoende handen tegen elkaar. 'Het is vinnig koud!' Ze kwam naar me toe en gaf me een zoen. Ik deinsde verschrikt terug toen haar ijskoude haren mijn gezicht raakten.

'Maar wel mooi,' voegde Mary K. eraan toe. 'De sneeuw begint te smelten en alle eekhoorns en vogels zitten op de grond voedsel te zoeken.'

Ik rolde met mijn ogen. Sommige mensen zijn 's morgens veel te opgewekt. Niet normaal gewoon.

'Over eten gesproken,' zei mam die haar handschoenen uittrok en tegenover me ging zitten. 'Kunnen jullie vanmorgen samen naar de supermarkt gaan? Ik moet om halfelf een huis tonen en alles is zo'n beetje op.'

Ik haalde me mijn agenda voor de geest. Ik had niets. 'Ja hoor,' zei ik. 'Heb je een lijstje?'

Mam pakte haar boodschappenlijstje van de koelkast en begon er dingen bij te schrijven. Mary K. stopte de laatste bagel in het broodrooster. De telefoon ging en ze wervelde erheen om op te nemen.

Cal, dacht ik, en mijn hart begon sneller te kloppen. Er spoelde een geluksgevoel over me heen.

'Hallo?' zei Mary K., opgewekt en buiten adem tegelijk. 'O, hoi. Ja, ze is er. Momentje.'

Ze gaf me de telefoon en vormde met haar mond: 'Cal.'

Dat wist ik al. Vanaf het ogenblik dat ik Wicca en Cal had ontdekt, had ik steeds geweten wie er belde. 'Hoi,' zei ik in de hoorn.

'Hoe gaat het?' vroeg hij. 'Je hebt zeker de hele nacht liggen lezen?'

Of hij me ook kende! 'Ja... ik wil er met je over praten,' zei ik. Ik was me heel erg bewust van de aanwezigheid van mijn moeder en Mary K., vooral omdat Mary K. met haar hand tegen haar hart klopte en zwijmelgebaren naar me maakte. Ik trok een geïrriteerd gezicht.

'Goed, dat vind ik leuk,' zei Cal. 'Heb je zin om vanmiddag naar "Practical Magick" te gaan?'

'Practical Magick' was een winkel met Wicca-benodigdheden in het eerstvolgende dorp, Red Kill. Het was een van mijn favoriete plekken om een paar vrije uurtjes door te brengen. 'Ja, graag,' zei ik. Mijn frons ging over in een glimlach. Al mijn zintuigen werden wakker.

'Ik kom je wel afhalen. Om een uur of halftwee?'

'Oké, tot straks dan.'

Ik hing op. Mijn moeder liet haar krant zakken en keek me over haar leesbril aan.

‘Wat is er?’ zei ik opgelaten, met een brede grijns op mijn gezicht.

‘Gaat het allemaal goed met Cal?’ vroeg ze.

‘Hmm,’ zei ik. Ik voelde mijn wangen rood worden. Het was zo gek om met mijn ouders over mijn vriendje te praten – vooral omdat hij degene was die me met Wicca kennis had laten maken. Ik had altijd alles met mam en pap kunnen bespreken, maar Wicca was een deel van mijn leven dat zij er het liefst voorgoed uit wilden hebben. Daardoor was er een muur tussen ons ontstaan.

‘Cal lijkt me erg aardig,’ deed mam een opgewekte poging om me op mijn gemak te stellen en tegelijkertijd naar informatie te hengelen. ‘En hij is beslist een knappe jongen.’

‘Mm... ja, hij is ook heel aardig. Ik ga even douchen,’ mompelde ik. ‘We gaan boodschappen doen.’

En weg was ik.

‘Oké, eerste halte, koffieshop,’ commandeerde Mary K. een halfuur later. Ze vouwde mams boodschappenlijstje op en stak het in haar jaszak.

Ik stuurde Das Boot – mijn massieve, oude auto, die wel wat weg had van een onderzeeër – naar de parkeerplaats van het kleine winkelcentrum, het enige in Widow’s Vale dat kon bogen op een zaak waar je behoorlijke koffie kon drinken. We schoten de auto uit naar het café, waar het rook naar koffie en gebak. Ik keek naar het bord en probeerde een keus te maken uit een koffie verkeerd en koffie van de dag. Mary K. hing over de vitrine en keek vol verlangen naar de moorkoppen. Ik keek of ik genoeg geld had.

‘Neem maar, als je wilt,’ zei ik. ‘Ik trakteer. En doe er ook maar één voor mij.’

Ik kreeg een flitsende glimlach van mijn zus en weer viel het me op dat ze er zoveel ouder uitzag dan veertien. Sommige meisjes van veertien zijn nog zo slungelig, half volgroeid, kinderen nog. Mary K. niet. Zij was slim en rijp. Voor het eerst in lange tijd bedacht ik dat ik blij mocht zijn met zo'n zusje, ook al hadden we niet hetzelfde bloed.

De deurbel rinkelde en Bakker Blackburn kwam binnen, gevolgd door zijn oudere broer, Roger, die vorig jaar eindexamen had gedaan en nu op Vassar zat. Ik schoot in een kramp. Mary K. zette grote ogen op en wendde snel haar blik af.

'Hoi, Mary K., Morgan,' mompelde Bakker. Hij meed mijn blik. Hij haatte me natuurlijk. Ongeveer een week geleden had ik hem op ondubbelzinnige wijze ons huis uitgetrapt, toen ik hem bij Mary K. aantrof. Hij had haar op haar bed klem gelegd en was praktisch bezig haar te verkrachten. En hij zal wel gedacht hebben dat ik een *alien* was, omdat die ondubbelzinnige manier inhield dat ik hem een oplawaai gaf met knetterend blauw heksenvuur – zonder dat het de bedoeling was, overigens. Ik wist tot op heden nog niet hoe ik dat gedaan had. Ik stond voortdurend versteld van mijn eigen vermogens.

Mary K. knikte Bakker toe. Ze wist blijkbaar niet goed wat ze zeggen moest.

'Hé, Roger,' zei ik. Hij was twee jaar ouder dan ik, maar Widow's Vale is een klein plaatsje, waar iedereen elkaar kent. 'Hoe gaat het ermee?'

Roger haalde zijn schouders op. 'Niet slecht.'

Bakker kon zijn ogen niet van Mary K. afhouden.

'Laten we maar gaan,' zei ik, en ik ging op weg naar de deur.

Mary K. knikte, maar ze had geen haast om me naar

buiten te volgen. Misschien wilde ze stiekem weten of Bakker iets zou zeggen. En ja hoor, daar kwam hij al aan.

'Mary K.,' begon hij te bedelen.

Ze keek hem aan, maar draaide zich om en haalde me zonder een woord te zeggen in. Ik was opgelucht. Ik wist dat hij sinds Het Incident op zijn knieën voor haar kroop en ik kon merken dat Mary K. inbond. Ik vreesde dat ik haar naar hem zou terugdrijven als ik me té scherp over hem uitliet, dus hield ik mijn mond. Maar ik had me voorgenomen dat ik het aan mijn ouders en aan iedereen die ik kende zou vertellen, als ik ook maar het flauwste vermoeden kreeg dat hij zich opnieuw aan haar opdrong.

En dat zou Mary K. me nooit vergeven, bedacht ik, toen we in de auto stapten.

Ik startte Das Boot en reed de straat op. Toen ik over het liefdesleven van Mary K. nadacht, kwam ik bij dat van mezelf uit. Ik moest glimlachen en kon er niet meer mee ophouden. Was Cal mijn muìrn beatha dàn? De Wicca-term voor zielsverwant, levenspartner? Hij scheen dat te denken. Die mogelijkheid bezorgde me een rilling over mijn rug.

In de supermarkt sloegen we ontbijtrepen en andere levensbehoeften in. Bij de afdeling frisdrank tilde ik een paar gezinspakken Cola Light per twaalf stuks in het karretje. Mary K. stapelde er pretzels en chips bovenop. Verderop op de plank stonden dozen met zachte toffees, Brees favoriete snoep.

Bree. Ooit mijn beste vriendin.

Ik slikte. Hoe vaak hadden Bree en ik geen dozen toffees meegesmokkeld naar de bioscoop? En hoeveel van die dozen hadden we niet in het donker liggen leeg smikkelen, als we bij elkaar logeerden en onze diepste geheimen aan elkaar vertelden? Het was nog steeds bizar dat we vijanden waren, dat onze vriendschap was verbroken, omdat zij Cal wilde en hij mij wilde. In de afgelopen weken had ik er zó naar verlangd met haar te kunnen praten over de dingen die ik had ontdekt. Bree wist niet eens dat ik geadopteerd was. Zij dacht nog altijd dat ik een Rowlands van geboorte was, net als Mary K. Maar Bree deed nu krengerig tegen me, en ik deed koel tegen haar. Nou ja. Voorlopig kon ik er toch niets aan doen. Het leek me beter om niet stil te blijven staan bij iets wat toch niet te veranderen was.

Mary K. en ik rekenden af bij de kassa en gingen de auto inladen. Toen ik instapte, moest ik een geeuw onderdrukken. Het grauwe, sombere weer leek mijn energie weg te zuigen. Ik wilde naar huis om een dutje te doen voordat Cal kwam.

'Laten we Picketts Road nemen,' zei Mary K. die de autoverwarming haar kant op liet blazen. 'Het is een omweg, maar het is er zo mooi.'

'Dan nemen we Picketts Road,' zei ik, en ik sloeg af. Ikzelf had ook een voorkeur voor deze route. Hij was heuvelachtig en slingerde, en er stonden niet veel huizen. Men hield hier paarden en hoewel de bomen kaal waren, lagen er nog steeds kleurige bladeren op de grond, als de patronen van een Oosters tapijt.

Verderop stonden twee auto's langs de weg geparkeerd. Ik kneep mijn ogen samen. Ik herkende ze. Het waren de witte jeep van Matt Adler en de gedeukte zwarte Peugeot van Raven Meltzer... Ze stonden vlak achter elkaar op een weg die maar weinig werd gebruikt. Dat was vreemd. Ik had nooit gemerkt dat ze zelfs maar met elkaar spraken. Ik keek rond, maar zag geen van beiden.

'Boeiend,' mompelde ik.

‘Wat?’ vroeg mijn zusje die aan de zenderknop van de radio draaide.

‘Dat waren de jeep van Matt Adler en de Peugeot van Raven Meltzer.’

‘Nou en?’

‘Ze zijn niet eens bevriend.’ Ik haalde mijn schouders op. ‘Wat doen hun auto’s hier?’

Mary K. tuitte haar mond. ‘Misschien hebben ze iemand vermoord en zijn ze het lijk aan het begraven.’

Ik trok een grijns naar haar. ‘Het is alleen nogal vreemd, dat is alles. Ik bedoel maar, Matt is de vriend van Jenna, en Raven...’ Raven kan het niet schelen of iemand de vriend van een ander is, maakte ik mijn zin zwijgend af. Raven pakt jongens, verslindt ze en spuugt ze weer uit.

‘Ja, maar ze zitten toch ook bij dat Wicca-gedoe van jou, niet?’ Mary K. klapte het zonnescherm naar beneden, om in het spiegeltje te kijken hoe ze eruitzag. Ze wilde me zeker niet recht aankijken. Ze had me heel duidelijk laten merken dat ze niets ophad met dat ‘Wicca-gedoe’, zoals ze het noemde.

‘Raven zit niet meer in onze kring,’ zei ik. ‘Zij en Bree zijn hun eigen coven begonnen.’

‘Omdat jij en Bree niet meer met elkaar praten?’ vroeg ze rechtstreeks. Ze bleef in de spiegel kijken.

Ik beet op mijn lip. Ik had mijn familie nog niet veel verteld over Bree en Cal. Ze hadden natuurlijk wel gemerkt dat Bree en ik niet meer met elkaar omgingen en dat Bree niet meer tien keer op een dag aan de telefoon hing. Ik had wat gebromd dat Bree het druk had met een nieuw vriendje en tot nu toe had niemand me er echt op aangesproken.

‘Voor een deel,’ verzuchtte ik. ‘Ze dacht dat ze verliefd was op Cal. Maar hij wilde verkering met mij. Dus toen besloot Bree me te laten stikken.' Het deed me pijn om dat hardop uit te spreken.

'En jij koos voor Cal,' zei mijn zusje, maar het klonk vergevensgezind.

Ik schudde mijn hoofd. 'Het is niet zo dat ik Cal de voorkeur gaf bóven haar. Het komt er in feite op neer dat zij hem eerder boven mij verkoos. Trouwens, ik heb niet tegen Bree gezegd dat ze uit mijn leven moest verdwijnen of zo. Ik wilde gewoon vriendinnen blijven.'

Mary K. klapte het scherm weer op. 'Ook al hield ze van jouw vriendje.'

'Ze dácht dat ze van hem hield.' Ik werd stekelig. 'Maar ze kende hem helemaal niet. Nog steeds niet. Bovendien, je weet hoe zij is met jongens. Zij vindt het spannender om achternagezeten te worden en te veroveren dan dat ze een langdurige verkering wil. Een wegwerprelatie. En Cal wilde geen verkering met haar.' Ik zuchtte opnieuw. 'Het is ingewikkeld.'

Mary K. haalde haar schouders op.

'Vind jij dat ik geen verkering met Cal mag hebben, alleen maar omdat Bree hem wilde hebben?' vroeg ik. Ik omklemde het stuur zo vast dat mijn knokkels er wit van waren geworden.

'Nee, dat nou ook weer niet,' zei Mary K. 'Ik vind het alleen sneu voor Bree. Nu is ze jou én Cal kwijt.'

'Ze doet anders ontzettend krengerig tegen me,' snoof ik. Ik was vergeten hoe erg ik Bree een paar minuten geleden nog had gemist. 'Dus is ze er niet echt kapot van.'

Mary K. staarde uit het raam. 'Misschien is ze wel zo'n kreng, omdat ze niet weet hoe ze haar verdriet anders moet uiten,' mompelde ze afwezig, terwijl ze naar de kale bomen keek die voorbijgleden. 'Als jij al twaalf jaar mijn beste vriendin was en je liet me zakken voor een vriendje dat je net hebt ontmoet, zou ik misschien ook een serpent worden.'

Ik gaf geen antwoord. Houd je erbuiten, dacht ik. Alsof mijn zus van veertien enig benul had. Zij liet zich in met een klojo als Bakker Blackburn, nota bene.

Maar diep vanbinnen vroeg ik me af of ik zo geïrriteerd was, omdat Mary K. gelijk had.

3. Woodbane

Litha, 1998

In deze tijd van het jaar voel ik me vooral triest. Triest en kwaad. Een van de laatste cirkels die ik met mijn vader en moeder heb gevierd, was met Beltane, acht jaar geleden. Toen was ik acht, Linden was zes en Alwyn nog maar vier. Ik weet nog dat wij drieën bij de andere kinderen zaten, de zoons en dochters van de covenleden. De warmte van mei probeerde voorzichtig binnen te komen, om de kou en de sombere nattigheid van april te verdrijven. De volwassenen liepen rond onze meiboom. Ze lachten en dronken wijn. Wij kinderen dansten en weefden onze linten door elkaar, en we haalden de magische energie naar ons toe in dat pastelkleurige net.

Ik voelde de magie in mezelf en in alles. Wat was ik ongeduldig. Ik wist niet hoe ik de tijd tot aan mijn veertiende jaar moest doorkomen, wanneer ik als volwaardig heks kon worden ingewijd. Ik zie nog hoe de zonsondergang mijn moeders haar in een gloed zette. Zij en pap omhelsden en kusten elkaar, en iedereen lachte. De andere kinderen en ik kreunden en bedekten onze gezichten met onze handen. Maar we deden maar alsof we ons geneerden. Vanbinnen danste de levenskracht. De lucht was één en al leven. Alles gloeide en zwol op van licht, betovering en geluk.

En zeven weken later, nog vóór Litha, waren mam en pap weg – verdwenen, spoorloos, zonder iets tegen ons, de kinderen, te zeggen. En mijn leven was voorgoed veranderd. Mijn geest verschrompelde, kwijnde weg en raakte vervormd.

Nu ben ik een heks en bijna volwassen. Maar innerlijk voel ik me nog steeds armzalig en verwrongen van geest, al heb ik later de waarheid gehoord. Ik ben nog altijd woedend – in zekere zin zelfs meer dan ooit. Zal dat altijd zo blijven? Dat weet wellicht alleen de Godin.

– Giomanach

Na de lunch was ik in mijn kamer bezig mijn lange haren te vlechten, toen ik Cals aanwezigheid voelde. Er kwam een glimlach op mijn gezicht. Ik zette mijn antennes uit en voelde mijn ouders in de woonkamer, mijn zusje op het toilet, en toen Cal die dichterbij kwam. Het kriebelde. Tegen de tijd dat ik een elastiekje om mijn vlecht had gedaan, belde hij aan. Ik vloog mijn kamer uit, de trap af.

Mam deed open.

'Hallo, Cal,' zei ze. Ze had hem één keer eerder gezien. Toen kwam hij me bezoeken nadat Bree tijdens gym zo ongeveer mijn neus had gebroken met een volleybal. Ik voelde hoe ze hem met die bekende blik van een moeder taxeerde.

'Dag, mevrouw Rowlands,' zei Cal met een ontspannen glimlach. 'Komt Morgan – o, daar is ze al.' We keken elkaar met een malle grijns aan. Ik kon niet verbergen hoe fijn ik het vond hem te zien, zelfs niet voor mijn moeder.

'Ben je voor het avondeten terug?' Mam kon het niet laten me nog gauw een zoen te geven.

'Ja,' zei ik. 'En daarna ga ik naar Jenna.'

‘Oké.’ Mam haalde diep adem en glimlachte toen weer naar Cal. ‘Veel plezier.’

Ik wist dat ze zich heel erg moest inhouden om niet aan Cal te vragen of hij voorzichtig wilde rijden, en daarin slaagde ze goed, moet ik zeggen. Ik wuifde naar haar en liep snel naar Cals auto.

Hij stapte in en startte de motor. ‘Wil je nog steeds naar “Practical Magick”?’ vroeg hij.

‘Ja.’ Ik ging lekker achterover in mijn stoel zitten. Mijn gedachten gingen meteen terug naar de vorige avond, toen ik Maeves Boek der Schaduwen had gevonden.

Zodra we uit het zicht van ons huis waren, zette Cal de auto langs de kant en boog zich naar me toe om me te kussen. Ik ging dicht tegen hem aan zitten, voorzover dat mogelijk was met die kuipstoeltjes, en hield hem stevig vast. Het was zo vreemd. Ik had altijd op Bree en mijn familie kunnen rekenen voor steun en houvast. Maar Bree was uit mijn leven verdwenen, en mijn familie en ik zochten nog altijd naar een manier om te leren omgaan met het feit dat ik geadopteerd was. Als Cal er niet was geweest... nou ja, daar kon ik maar beter niet aan denken.

‘Alles oké?’ Hij kuste opnieuw mijn gezicht. ‘Geen problemen met het Boek der Schaduwen?’

‘Nog niet.’ Ik schudde mijn hoofd. ‘Maar het is heel bijzonder. Ik leer zoveel.’ Ik zweeg even. ‘Je moeder is toch niet kwaad dat ik het heb meegenomen, hè?’

‘Nee, ze weet dat het jou toebehoort. Ze had het je moeten zeggen.’ Hij trok een spijtige glimlach. ‘Mam is er zo aan gewend de touwtjes in handen te hebben, weet je. Ze leidt haar coven. Ze is hogepriesteres. Ze helpt mensen altijd met het oplossen van hun problemen en met andere dingen. En soms doet ze net alsof ze de hele wereld moet beschermen. Of iemand dat nou wil of niet.'

Ik probeerde het te begrijpen en knikte. 'Dat snap ik wel. Ik vind alleen dat het haar zaak niet is. Of misschien ook wel, maar het is in de allereerste plaats *mijn* zaak.'

Cal keek lichtelijk verbaasd, maar hij lachte droogjes. 'Je bent me er één,' zei hij. 'Meestal drommen de mensen om mijn moeder heen. Iedereen is heel erg onder de indruk van haar macht en haar vermogens. Ze gooien al hun problemen eruit en ze willen zo dicht mogelijk bij haar zijn. Ze is het niet gewend dat mensen haar tegenspreken.'

'Maar ik mag haar heel graag,' zei ik, bezorgd dat ik me te scherp had uitgelaten. 'Ik bedoel, dat ik...'

'Nee, het is oké,' onderbrak hij me. 'Het is wel verfrissend. Je wilt op je eigen benen staan en dingen zelf doen. Je bent een persoonlijkheid. Dat maakt je ook zo interessant.'

Ik wist niet wat ik zeggen moest en bloosde een beetje.

Cal trok mijn vlecht onder mijn jas vandaan. 'Ik ben dol op je haar,' mompelde hij, terwijl hij keek hoe de vlecht door zijn handen gleed. 'Heksenhaar.' Toen trok hij een scheve grijns en liet de auto weer optrekken.

Ik wist dat ik nu vuurrood moest zijn. Toch ging ik achteroverzitten. Ik voelde me gelukkig en sterk en onzeker tegelijk. Mijn ogen dwaalden naar buiten. Er waren donkere wolken komen opzetten. Ze dreven traag langs de hemel, alsof ze tot een besluit probeerden te komen wanneer ze hun sneeuwlading zouden dumpen. Tegen de tijd dat we in Red Kill aankwamen, lieten ze hun grote natte vlokken los. Ze bleven in klompjes overal aan vastplakken.

'Daar gaan we dan,' zei Cal en hij zette zijn ruitenwissers aan. 'Welkom, Koning Winter.'

Ik glimlachte. De vallende sneeuw en de zwiepende ruitenwissers maakten de stilte in de auto op een of andere manier nog vrediger. Ik was zo blij hier te zijn, samen met Cal. Ik had het gevoel alles aan te kunnen.

'Er is iets wat ik je al eerder had willen zeggen,' zei ik. 'Ik ben laatst achter Bree aangegaan, omdat ik alles met haar wilde uitpraten.'

Cal keek me even van opzij aan. 'O ja?'

Ik knikte. 'Maar het is er niet van gekomen. In plaats daarvan heb ik een ontmoeting gezien van haar en Raven met Sky Eventide.'

Hij maakte een onwillekeurige beweging met zijn hand en keek me opnieuw aan. Hij fronste zijn voorhoofd. 'Sky?'

'Ja, die blonde heks die ik gisteravond bij je moeder zag.' Die hele mooie, dacht ik, met een vreemde steek van jaloezie. Al wist ik dat Cal van me hield en dat hij mij had *gekozen*, toch voelde ik me onzeker, vooral als er mooie meisjes in de buurt waren. Dat kwam omdat hij zo knap was, met zijn gouden ogen en zijn lange, volmaakte gestalte. En ik... nou ja, volmaakt was ik bepaald niet, met mijn platte voorgevel en mijn grote neus. Dat kon je niet echt volmaakt noemen.

'Maar goed, ik zag dus Sky, met Raven en Bree.' Ik schoof mijn gevoelens van onzekerheid opzij. 'Ik wed dat zij de bloedheks is die ze in hun coven hebben.'

'Hmm,' zei Cal. Hij staarde op de weg alsof hij ingespannen nadacht. 'Nou ja, dat zou ook best eens kunnen.'

'Deugt zij... niet?' vroeg ik, bij gebrek aan een beter woord. 'Ik bedoel, ik kan merken dat jij haar en Hunter ook niet mag. Zijn ze, ik weet het niet, van de duistere kant?' Ik struikelde over mijn woorden. Wat klonk dat melodramatisch.

Cal lachte geschrokken. 'Duistere kant? Jij kijkt te veel films. Wicca kent geen duistere kant. Het is gewoon een grote cirkel. Alle magie maakt deel uit van die cirkel. Jij, en ik, de wereld, Hunter, Sky, alles. We zijn allemaal met elkaar verbonden.'

Ik keek bedenkelijk. Dat leek me nogal vreemd, als je bedacht hoe woedend hij naar Hunter en Sky had gekeken. 'Gisteravond leken jullie elkaar niet erg te mogen,' hield ik vol.

Cal haalde zijn schouders op. Hij sloeg af naar de hoofdstraat van Red Kill en begon langzaam te rijden, op zoek naar een parkeerplaats. Na een korte stilte zei hij eindelijk: 'Soms kom je mensen tegen die je gewoon tegen de haren in strijken. Ik heb Hunter een paar jaar geleden ontmoet en... wij kunnen elkaar gewoon niet uitstaan.' Hij lachte alsof het niets om het lijf had. 'Ik word enorm pissig van hem, en dat is wederzijds. Dat klinkt niet erg heksachtig, dat weet ik ook wel. Maar ik vertrouw hem niet.'

'Hoe bedoel je dat? Als mens of als heks?'

Cal zette de auto in een parkeerhaven en zette de motor af. 'Daar zit geen verschil tussen.' Zijn ogen stonden afstandelijk.

'Maar hoe zit dat dan met die grote cirkel?' kon ik niet nalaten te vragen. 'Als je met elkaar verbonden bent, hoe kun je dan zo nijdig op iemand zijn?'

'Het is gewoon...,' begon hij, en schudde toen zijn hoofd. 'Laat maar zitten. Laten we het over iets anders hebben.' Hij opende zijn portier en stapte de sneeuw in.

Ik deed mijn mond open, en weer dicht. Ik vond het belangrijk om erover door te praten. Hunter en Sky hadden een diepe indruk op me gemaakt en ik kon er niet achter komen waarom. Maar als Cal het hierbij wilde laten, kon ik daarmee leven. Er waren ook dingen die ik niet met hem wilde bespreken. Ik sprong de auto uit en sloeg het portier dicht. Daarna holde ik achter hem aan.

'Wat jammer dat je verder niets van je moeder hebt,' merkte Cal op, toen we naar het knusse winkeltje liepen. We stopten allebei ons gezicht in onze jas, als beschutting tegen de kou. 'Zoals de wapens van haar coven, de athame, de staf, je moeders gewaad. Het zou geweldig zijn om die dingen te hebben.'

'Dat is zo,' was ik het met hem eens, 'maar ik neem aan dat die spullen allang verdwenen zijn.'

Cal deed de zware glazen deur van 'Practical Magick' open en ik ging snel naar binnen. De warme lucht vol kruidige geuren kwam ons tegemoet. We stampten de sneeuw van onze schoenen en ik trok mijn handschoenen uit. Met een blij gezicht begon ik naar de boektitels op de planken te kijken. Ik was zo dol op deze winkel. Ik zou hier de hele dag kunnen blijven lezen. Ik keek even naar Cal. Hij was ook bezig de ruggen van de boeken te lezen.

Alyce en David, de twee medewerkers van de winkel, stonden achterin zachtjes met klanten te praten. Mijn ogen gingen onmiddellijk van David – met zijn korte grijze haar, zijn ongewoon jeugdige gezicht en zijn priemende donkere ogen – naar Alyce. Met Alyce voelde ik de eerste keer dat ik haar ontmoette meteen een band. Het was Alyce die me het verhaal van mijn echte moeder had verteld; hoe haar coven volledig was uitgeroeid. Van Alyce had ik gehoord dat Maeve en mijn vader naar Amerika waren gevlucht en zich in Meshomah Falls, een plaatsje ongeveer twee uur hiervandaan, hadden gevestigd. Hier in Amerika hadden ze de magie en de hekserij afgezworen en waren ze op zichzelf gebleven. Toen werd ik geboren en na zeven maanden ter adoptie weggegeven. Vlak daarna waren ze in een schuur opgesloten en was de schuur in brand gestoken.

'Heb je dit al gelezen?' onderbrak Cal mijn gedachten. Hij pakte een boek van een plank in de buurt van de kassa. De titel luidde: *Magische tuinen.* 'Mijn moeder heeft het. Zij gebruikt het heel vaak.'

'O ja?' Dat boeide me en ik pakte het aan. Ik herinnerde me niet dat ik het in de bibliotheek van Selene had zien staan. Maar daar stonden honderden boeken. 'O, dit is fantastisch,' mompelde ik, terwijl ik het doorbladerde. Er stond in hoe je een kruidentuin moest aanleggen om hem optimaal te laten gedijen, het hoogste potentieel uit je geneeskrachtige planten te halen en uit de planten die je gebruikte bij bezweringen. 'Dit is exact wat ik wil gaan doen...'

Ik brak mijn zin af. Helemaal aan het einde van het boek was een hoofdstuk met de titel: 'Formules om vijanden tegen te werken.' Het begon onaangenaam te prikken in mijn nek. Wat hield dat precies in? Kon je de magie van planten gebruiken om mensen kwaad te doen? Dat voelde niet goed. Anderzijds moest een heks misschien ook de negatieve mogelijkheden van kruidenmagie kennen – om zich ertegen te beschermen. Ja. Dergelijke kennis was misschien wel een cruciaal onderdeel van de grote cirkel van Wicca waarover Cal het zojuist nog had gehad.

Zachtjes pakte Cal het boek van me af en stak het onder zijn arm. 'Je krijgt het van me,' zei hij, en hij gaf me een kus. 'Als voorafje, voor je verjaardag.'

Ik voelde mijn ongerustheid overspoeld worden door een golf van blijdschap. Ik was pas over acht dagen jarig en blij verrast dat Cal er nu al aan dacht.

We begonnen de winkel door te lopen. Ik was hier nog nooit met Cal geweest en hij wees me op verborgen schatten die ik nog niet eerder had opgemerkt. Eerst bekeken we de kaarsen. Alle kleuren hadden verschillende eigenschappen. Cal vertelde me welke kaarsen bij welke rituelen werden gebruikt. Mijn hoofd tolde bij al die namen. Ik had nog zoveel te leren.

Daarna keken we naar een serie kleine schalen. Bij Wicca gebruiken ze die om zout in te doen, of andere rituele substanties, zoals water of wierook. Cal vertelde dat hij en Selene, toen ze nog in Californië woonden, een hele zomer bezig waren geweest met het verzamelen van oceaanwater dat ze lieten verdampen zodat het zout overbleef. Zij bewaarden het zout en hadden het een jaar lang gebruikt om hun cirkels mee te zuiveren.

Vervolgens kwamen we bij de koperen klokjes die helpen bij het opladen van energievelden tijdens een cirkel. Cal wees me ook op de magisch geladen stoffen, garens en inkt. Dit waren gewone gebruiksvoorwerpen, maar ze waren getransformeerd. Net als ik, dacht ik. Ik moest bijna hardop lachen van plezier. Overal zat magie in. Een heks met veel kennis kon letterlijk alles gebruiken om een bezwering kracht bij te zetten. Ik had al eerder glimpen van dit soort kennis opgevangen, maar nu Cal erbij was – die het me werkelijk liet zien – leek het echter, toegankelijker en veel opwindender.

En overal waren boeken: over runen, over de stand van de sterren en hun invloed op je bezweringen, over de geneeskrachtige kant van de magie, over het versterken van je macht. Cal wees verscheidene boeken aan waarvan hij vond dat ik ze moest lezen. Maar die had hij zelf ook en kon ik dus van hem lenen.

'Heb je al een magisch gewaad?' vroeg hij plotseling. Hij wees naar een gewaad van diepblauwe zijde dat aan een rek achter in de winkel hing. De stof was als water, zo vloeiend.

Ik schudde mijn hoofd.

'Ik vind dat we tegen de tijd dat Imbolc nadert, moeten beginnen met het dragen van gewaden tijdens de heksenkring,' zei hij. 'Ik zal het er met de anderen over hebben. Een gewaad is altijd beter dan je gewone kleren om magie in te beoefenen. Je draagt het alleen als je bezig bent met magie. Het blijft dus vrij van al die schelle vibraties in je dagelijkse leven. En het zit comfortabel, praktisch.'

Ik knikte. Ik streek met mijn hand over de stof van de verschillende gewaden. De variatie was verbazingwekkend. Sommige waren effen, andere waren beschilderd of er waren magische symbolen en runen op genaaid. Maar ik zag niet één gewaad waarvan ik het gevoel kreeg dat ik het absoluut wilde hebben, hoewel ze allemaal heel mooi waren. Maar dat maakte niet uit; Imbolc was pas eind januari. Ik had nog ruim voldoende tijd om er een uit te zoeken.

'Draag jij een gewaad?' vroeg ik.

'Hmm,' zei hij. 'Als ik een cirkel met mijn moeder doe, of alleen. Die van mij is wit, van echt zwaar linnen. Ik heb hem al een paar jaar. Ik zou hem altijd wel willen dragen,' voegde hij er met een grijns aan toe. 'Maar daar zijn de mensen in Widow's Vale nog niet aan toe, denk ik.'

Ik lachte bij de gedachte dat hij doodgemoedereerd in een lang wit gewaad de drogist van Schweickhardt binnenstapte.

'Soms worden gewaden van generatie op generatie doorgegeven,' vervolgde Cal. 'Net als de wapens. En soms weeft men de stof zelf en zet men het gewaad zelf in elkaar. Dat is net als met alle andere dingen – hoe meer je erover nadenkt en hoe meer energie je ergens in steekt, hoe meer magische energie erin wordt opgeslagen en hoe meer het helpt om je te concentreren als je een bezwering doet.'

Ik begon het te begrijpen, hoewel ik besefte dat ik nog heel wat tijd kwijt zou zijn aan het mediteren, voordat ik dit kon gaan toepassen in mijn eigen magische handelingen.

Cal stak over naar de andere kant van het middenpad en pakte daar iets van een hoge plank. Het was een athame, een ceremoniële dolk, van ongeveer vijfentwintig centimeter lang. Het lemmet was van zilver en zo helder gepoetst dat het wel een spiegel leek. In het zilveren heft waren rozen gegraveerd. Op de verbinding van het heft en het lemmet zat een doodskop.

'Mooi, hè?' mompelde Cal.

'Waarom zit er een doodskop op?' vroeg ik.

'Om ons eraan te herinneren dat leven en dood vlak naast elkaar bestaan,' zei hij zachtjes. Hij draaide het om in zijn vingers. 'Er is duisternis in het licht, er is pijn in de vreugde en er zitten doornen aan de rozen.' Dat klonk plechtig en ernstig. Ik huiverde.

Toen keek hij me aan. 'Misschien is er wel iemand zo gelukkig dat ze hem voor haar verjaardag krijgt.'

Ik trok een hoopvol gezicht en hij lachte.

Het begon al laat te worden en ik moest naar huis. Cal ging betalen. Hij kocht een paar groene kaarsen, wat wierook en het boek over tuinieren voor mij. Ik voelde de ogen van Alyce op me gevestigd.

'Neem jij niets?' vroeg ze op haar vriendelijke manier.

Ik schudde mijn hoofd.

Ze aarzelde en wierp even een blik op Cal. 'Ik heb iets waarvan ik vind dat je het moet lezen,' zei ze tegen me. Met een verrassende bevalligheid voor zo'n klein, mollig vrouwtje liep ze achter de toonbank vandaan naar de afdeling met boeken. Haar lavendelkleurige rokken ruisten. Ik keek Cal met nieuwsgierig opgetrokken wenkbrauwen aan. Alyce kwam terug met een eenvoudig, donkerbruin boek dat ze me overhandigde.

'*Woodbane, feit en fictie*' las ik hardop. Er liep een koude rilling over mijn rug. Woodbane was de duistere clan van de zeven oude heksenclans. Ze waren berucht om hun streven naar macht tegen elke prijs. Het waren de slechteriken. Ik keek haar verbluft aan. 'Waarom zou ik dat moeten lezen?' vroeg ik.

Alyce keek me recht in de ogen. 'Het is een interessant boek dat afrekent met de mythevorming rond de Woodbanes,' zei ze, terwijl ze het bedrag aansloeg. 'Het is nuttig voor iedereen die de hekserij bestudeert.'

Ik wist niet wat ik daarop moest zeggen. In plaats daarvan trok ik mijn portemonnee, telde het geld uit en schoof het over de toonbank. Ik vertrouwde Alyce. Als zij vond dat ik dit moest lezen dan zou ik dat doen. Tegelijkertijd werd ik me ervan bewust dat Cal gespannen was. Hij was niet boos, maar wel hyperalert. Hij sloeg Alyce gade, vervolgens mij en leek van alles tegen elkaar af te wegen. Ik sloeg mijn arm om zijn middel en gaf hem een geruststellend kneepje.

Hij glimlachte.

'Tot kijk, Alyce,' zei ik, 'en bedankt.'

'Graag gedaan,' antwoordde ze. 'Tot kijk, Morgan. Tot kijk, Cal.'

Met mijn twee nieuwe boeken onder de arm liep ik naar de deur – één boek dat ik wilde lezen, én eentje dat ik niet wilde lezen. Toch zou ik ze allebei lezen. Hoewel ik amper twee maanden bezig was met het bestuderen van hekserij had ik al een waardevolle les geleerd: dat alles twee kanten had. Ik zou goed én kwaad moeten aanvaarden, plezier én ongemak, geestdrift én angst. De roos mét zijn doornen.

Cal duwde de deur open en de belletjes rinkelden.

Toen bleef hij zó plotseling staan dat ik tegen hem op botste.

'Oef,' zei ik, en ik probeerde mijn evenwicht te bewaren. Ik gluurde langs hem heen.

Toen zag ik waarom hij opeens was gestopt.

Het was Hunter Niall. Hij zat op zijn hurken op straat naar de onderkant van Cals auto te kijken.

4. Magische bezwering

Litha, 1990

Ik ben heel erg bang. Vanochtend werd ik wakker van gehuil. Alwyn en Linden stonden in mijn kamer te huilen, omdat ze papa en mama niet konden vinden. Ik werd kwaad en ik zei dat ze nu toch geen baby's meer waren. Ik zei ook dat papa en mama gauw zouden terugkomen. Ze waren vast even naar het dorp, om iets te halen wat we nodig hadden.

Nu is de avond gevallen en we zijn nog steeds alleen. Ik heb niets gehoord van onze buren en ook niet van de coven van papa en mama. Toen ben ik naar het huis van Siobhan gegaan, en naar Caradog Owen, helemaal in Grasmere, om te vragen of zij wisten waar papa en mama waren. Maar er was niemand thuis.

En er is nog iets. Toen ik mijn bed opmaakte, vond ik papa's lueg onder mijn kussen – de steen die hij gebruikt om in te schouwen. Hoe is die daar terechtgekomen? Hij bergt hem altijd veilig op, samen met zijn magische wapens. Ik mocht hem zelfs nooit aanraken. Hoe komt hij dan onder mijn kussen? Ik heb hier een heel naar gevoel over...

Papa zei altijd dat, als hij en mama er niet zijn, ik de baas in huis ben. Het is mijn taak om op mijn broertje en zusje te passen. Maar ik ben nog geen man, zoals hij. Ik ben pas acht. Het duurt nog jaren voordat ik zelf een heks ben. Wat moet ik doen als er moeilijkheden zijn?

Als er nu eens iets met hen is gebeurd? Ze hebben ons nog nooit eerder alleen gelaten. Heeft iemand hen meegenomen? Worden ze ergens gevangen gehouden?

Ik moet gaan slapen, maar dat kan ik niet. Laten Alwyn en Linden maar voor mij slapen. Ik moet sterk zijn voor hen.

Papa en mama zullen gauw terugkomen. Vast en zeker. Dat weet ik.

Godin, breng ze thuis.

— Giomanach

Alsof hij voelde dat wij eraan kwamen, stond Hunter snel op. Zijn groene ogen waren dik en bloeddoorlopen. Zijn gezicht zag bleek van de kou en er zaten sneeuwvlokken op zijn pet. Afgezien van zijn rode ogen leek hij uit marmer gehouwen – stil en op een of andere manier gevaarlijk. Waarom zat hij onder de auto te kijken? Nog belangrijker, waarom vond ik hem zo bedreigend? Ik wist de antwoorden niet, maar als bloedheks wist ik wel dat ik op mijn intuïtie moest afgaan. Ik rilde in mijn jas.

'Wat doe jij daar, Niall?' wilde Cal weten. Zijn stem klonk zo zacht en vast dat ik hem nauwelijks herkende. Ik keek hem aan en zag dat hij zijn kaken opeengeklemd hield en zijn handen tot vuisten had gebald.

'Ik zit je grote Amerikaanse slee te bekijken,' zei Hunter. Hij snufte en haalde een zakdoek uit zijn jaszak. Hij is zeker verkouden, dacht ik, en ik vroeg me af hoe lang hij hier buiten in de sneeuw had gezeten.

Cals ogen flitsten langs de Explorer, heen en weer, van bumper tot bumper, alsof hij hem scande op iets wat er niet op hoorde.

'Hallo, Morgan,' bromde Hunter. Met die walgelijk nasale stem klonk deze groet als een belediging. 'Interessant gezelschap heb je.'

De vallende sneeuw voelde koud aan op mijn hete wangen.

Ik stopte mijn boeken onder mijn andere arm en staarde Hunter aan. Wat raar, waar maakte hij zich druk om?

Hunter kwam op het trottoir staan. Cal draaide zich om en keek hem aan. Hij ging tussen mij en Hunter in staan. Mijn held, dacht ik. Maar een deel van mij bespeurde nog steeds een tastbare angst. Hunter trok een dreigend gezicht en zijn jukbeenderen kwamen zo scherp naar voren dat de sneeuwvlokken er vanaf leken te glijden.

'Cal leert je dus de geheimen van Wicca?' vroeg hij. Hij leunde nonchalant tegen de motorkap van de auto. Cal verloor hem geen seconde uit het oog. 'Hij heeft natuurlijk wel flink wat geheimen van zichzelf, nietwaar?'

'Ga nou maar weg, Niall,' zei Cal fel.

'Nee, ik denk het niet,' antwoordde Hunter kalm. 'Ik denk dat ik nog even blijf. Wie weet, kan ik Morgan nog een paar dingen bijbrengen.'

'En wat mag dat wel betekenen?' vroeg ik.

Hunter haalde zijn schouders op.

'Blijf uit mijn buurt,' commandeerde Cal.

Hunter bleef met een vage glimlach staan en stak zijn handen in de lucht, alsof hij wilde laten zien dat hij ongewapend was. Cal keek van hem naar de auto. Ik had nog nooit meegemaakt dat Cal zo kwaad was en op het punt stond zijn zelfbeheersing te verliezen. Het was om bang van te worden. Hij leek net een tijger die klaarstond voor de sprong.

'Er is iets wat jij moet weten, Morgan,' merkte Hunter op. 'Cal is niet de enige bloedheks hier. Hij doet graag alsof hij heel wat is, maar eigenlijk stelt hij niet veel voor. Op een dag zul je dat beseffen. En ik wil erbij zijn om dat mee te maken.'

'Loop naar de hel,' zei Cal giftig.

'Luister, jij *kent* mij niet eens,' zei ik luid tegen Hunter. 'Jij weet helemaal niets van mij. Houd dus je mond en laat ons met rust!' Ik stampte kwaad naar de auto. Maar toen ik rakelings langs Hunter liep, werd ik in mijn maag getroffen door een energiegolf die me misselijk maakte – zó heftig dat ik naar adem snakte. Hij doet iets magisch met me, dacht ik paniekerig en ik tastte naar de hendel van het portier. Maar hij had niets gezegd en niets zichtbaars gedaan. Ik knipperde hevig met mijn ogen.

'Alsjeblieft, Cal,' fluisterde ik, en mijn stem trilde, 'laten we gaan.'

Cal staarde nog steeds naar Hunter alsof hij hem wilde verscheuren. Zijn ogen gloeiden en zijn huid leek wit te worden.

Hunter staarde terug, maar ik voelde zijn concentratie afbrokkelen. Hij wankelde even. Toen herstelde hij zich.

'Alsjeblieft, Cal,' herhaalde ik. Ik wist dat er iets met me was gebeurd. Ik had het heet, ik voelde me vreemd en ik verlangde er hevig naar hier weg te komen, thuis te zijn. Mijn stem scheen Cal opmerkzaam te hebben gemaakt op mijn gemoedstoestand, want hij wendde eventjes zijn ogen van Hunter af. Ik staarde hem smekend aan. Ten slotte haalde hij de sleuteltjes uit zijn zak, liet zich in de auto glijden en maakte mijn portier open.

Binnen in de auto stortte ik in en sloeg mijn handen voor mijn gezicht.

'Tot ziens, Morgan!' riep Hunter.

Cal liet de motor gieren en zette hem met zo'n vaart in zijn achteruit dat Hunter onder de sneeuw- en ijsspetters werd bedolven. Ik keek tussen mijn vingers door en zag Hunter daar staan. Hij had een uitdrukking op zijn gezicht waaruit ik niet wijs kon worden. Was het... woede? Nee. De sneeuw dwarrelde om hem heen, terwijl hij ons bleef nakijken.

Vlak bij mijn huis drong het in een flits tot me door.

Die uitdrukking op zijn gezicht was er een van honger.

5. Dagda

Beltane, 1992

Ik heb zin om alles en iedereen een lel te verkopen. Ik haat mijn leven, ik haat het leven bij oom Beck en tante Shelagh. Niets is meer hetzelfde sinds papa en mama twee jaar geleden verdwenen. En dat wordt het ook niet meer.

Linden is vandaag van de ladder van oom Beck gevallen. Zijn knie ligt open. Ik moest de wond schoonmaken en verbinden. Hij huilde de hele tijd. Ik heb papa en mama vervloekt terwijl ik daarmee bezig was. Ik vervloekte hen, omdat ze bij ons zijn weggegaan en hun taak aan mij hebben overgelaten. Waar zijn ze naartoe gegaan? Waar? Oom Beck weet het, maar hij wil het niet zeggen. Hij zegt dat ik daar nog niet aan toe ben. Tante Shelagh zegt dat hij het beste met me voorheeft. Maar het kan toch niet goed zijn dat je de waarheid niet kent? Ik haat oom Beck.

Toen ik eindelijk klaar was, trok ik een gek gezicht en Linden lachte door zijn tranen heen. Daarna voelde ik me heel eventjes iets beter. Blijdschap duurt nooit erg lang. Dat heb ik wel geleerd. Het zou goed zijn als Linden dat ook leert.

— Gìomanach

Toen ik me 's avonds in mijn kamer stond om te kleden om naar Jenna Ruiz te gaan voor de cirkel kwam mijn moeder binnen. 'Gaan jullie naar de film?' vroeg ze, en ze begon automatisch de stapel met afgekeurde kleren op mijn bed netjes te leggen.

'Nee,' zei ik, en ik liet het daarbij. Als het Wicca betrof, was zwijgen het beste. Ik draaide met een kwaad gezicht voor de spiegel rond. Ik zag er weer eens hopeloos uit. Ik rukte de badkamerdeur open en gilde: 'Mary K.!' Het is niet verkeerd om een trendbewuste zus te hebben.

Ze verscheen direct.

Ik stak mijn armen uit. 'Help!'

Ze nam me met haar warmbruine ogen kritisch op en schudde haar hoofd. 'Alles uittrekken,' commandeerde ze.

Ik gehoorzaamde als een mak schaap. Mam trok een grimas.

Terwijl Mary K. door mijn kast woelde, probeerde mam meer informatie van me los te peuteren. 'Zei je dat je naar Jenna ging? Komt Bree ook?'

Ik wachtte even met antwoord geven. Zowel Mary K. als mam was vandaag over Bree begonnen. Dat verbaasde me niet echt – ze was jarenlang zo ongeveer deel van het meubilair geweest –, maar ik vond het heel naar om over haar te praten. 'Ik denk het niet,' zei ik ten slotte. 'Alleen onze gebruikelijke groep komt. Weet je dat ik nog nooit bij Jenna thuis ben geweest?' Wat een doorzichtige poging om van onderwerp te veranderen!

Mary K. gooide me een huidstrakke broek toe en ik wurmde me erin.

'We zien Bree nooit meer,' merkte mam op, toen Mary K. in haar eigen kamer verdween.

Ik knikte en voelde dat mam naar me keek.

‘Hebben jullie ruzie gehad?’ vroeg ze op de man af.

Mary K. kwam terug met een geborduurde katoenen trui.

‘Zoiets ja,’ zei ik met een zucht. Ik had echt geen zin om het erover te hebben. Niet nu. Ik trok mijn sweatshirt uit en deed de trui aan. Tot mijn verbazing paste hij uitstekend. Ik ben langer en dunner dan Mary K., en zij heeft de ronde boezem van mam geërfd. Adoptiemam, welteverstaan. Zou Maeve Riordan dezelfde bouw hebben gehad als ik?

‘Hebben jullie ruzie over Wicca?’ ging mijn moeder, subtiel als een botte bijl, verder. ‘Houdt Bree niet van Wicca?’

‘Nee, dat is het niet.’ Ik trok mijn haar uit de trui en bekeek mijn nieuwe uiterlijk. Het was een hele verbetering en mijn stemming werd er iets beter door. ‘Bree zit ook bij Wicca.’ Met een zucht zwichtte ik voor mams verhoor. ‘Eigenlijk hebben we ruzie om Cal. Zij wilde verkering met hem, maar hij wilde verkering met mij. En nu haat ze me.’

Mam viel even stil. Mary K. staarde naar de grond.

‘Wat jammer,’ zei mam toen. ‘Het is zo verdrietig als vriendinnen ruzie krijgen om een jongen.’ Ze lachte lief, wat me op mijn gemak stelde. ‘Meestal zijn die jongens het niet waard.’

Ik knikte. Er zat een brok in mijn keel. Ik wilde niet meer over Bree praten. Het deed me te veel verdriet. Ik keek op de klok. ‘Ik wou dat het niet zo was gegaan. Trouwens, ik ben aan de late kant. Ik moet weg.’ Het kwam er gespannen uit. ‘Dank je, Mary K.’ Ik zoende in de lucht naast mams wang – en even later was ik de trap af en de deur uit. Ondertussen trok ik rillend van de kou mijn jas aan.

Na een paar tellen begon het verdriet om Bree alweer weg te ebben. Ik had een kriebelig gevoel van verwachting. Het was weer kringavond.

Jenna woonde niet ver bij me vandaan in een klein Victoriaans huis. Het was op een charmante manier vervallen, met een overwoekerde tuin. Het schilderwerk bladderde af en één luik miste een scharnier.

Toen ik de treden naar de veranda opliep, werd ik begroet door een kat die miauwde en kopjes langs mijn benen gaf.

'Wat doe jij hierbuiten?' fluisterde ik, terwijl ik aanbelde.

Jenna deed meteen open. Haar wangen bloosden, haar blonde haren waren naar achteren gebonden en ze was één en al glimlach.

'Hoi, Morgan!' zei ze. Toen keek ze naar de kat die zich naar binnen wurmde. 'Hugo, ik zei toch dat het buiten koud was! Ik heb je geroepen, maar je luisterde niet. Nu zijn je pootjes koud.'

Ik moest lachen en keek rond, om te zien wie er al waren. Nog geen Cal, maar dat wist ik natuurlijk al. Ik had zijn auto niet zien staan en zijn aanwezigheid niet gevoeld. Robbie bekeek Jenna's stereoapparatuur, compleet met een echte draaitafel. Bij de haard lag een rommelige stapel oude grammofoonplaten.

'Hé,' zei hij.

'Hoi,' antwoordde ik. Ik stond versteld van het huis van Jenna. Zij was een van de populairste meiden van school en absoluut modern, net als Mary K., maar het huis leek uit de jaren zeventig van de vorige eeuw te stammen. De meubels waren comfortabel en versleten. Voor alle ramen hingen planten, waarvan sommige nodig water moesten hebben. Overal leek er stof en kattenhaar te liggen. En hondenharen, voegde ik er bij mezelf aan toe, toen ik twee bassethonden op een hondenbed in de hoek van de eetkamer zag snurken. Geen wonder dat Jenna astma heeft, dacht ik. Ze zou in dit huis in een luchtdichte bel moeten leven om frisse lucht te krijgen.

'Wil je ook?' vroeg Jenna, en ze gaf me een beker warme, heerlijk gekruide cider. Op het moment dat ik een slok nam, ging de bel.

'Hoi,' zei Sharon Goodfine. Ze schudde haar dikke, zwartleren jas uit en hing hem over de trapspijl. 'Hugo! Haal het niet in je hoofd!' riep ze, toen de kat omhoog reikte en met zijn dikke witte pootjes tegen de jas begon te tikken. Zij was hier zeker eerder geweest.

Sharon werd gevolgd door Ethan Sharp, nogal koud gekleed in zijn dunne, gebleekte werkjasje. Ze gaf hem een beker cider. 'Het schijnt jou volkomen te ontgaan dat je je moet kleden naar de temperatuur,' plaagde ze hem.

Hij grijnsde haar toe en wekte vaag de indruk stoned te zijn, ook al wist ik dat hij niet meer rookte. Ze glimlachte terug en ik probeerde niet met mijn ogen te rollen. Wanneer kregen ze nu eens in de gaten dat ze elkaar aardig vonden? Ze lagen nu alleen maar heel kinderachtig op elkaar te hakketakken.

De volgende die binnenkwam, was Cal. Mijn hart maakte een sprongetje. Ik was nog steeds geschokt door dat incident met Hunter bij 'Practical Magick'. Cal en ik hadden op de terugweg nauwelijks een woord gewisseld. Nu ik hem zag, voelde ik me een stuk beter, en toen hij me aankeek, kon ik zien dat hij me had gemist.

'Morgan, kan ik je even spreken?' vroeg hij, en hij bleef

aarzelend bij de deur staan. Hij hoefde er niet 'alleen' bij te zeggen; dat kon ik aan zijn gezicht wel zien.

Ik knikte en liep verbaasd naar hem toe.

'Wat is er?' vroeg ik.

Hij draaide zijn rug naar de woonkamer en pakte een kleine steen uit zijn zak. Het was een gladde, ronde, grijze steen, ongeveer zo groot als een pingpongbal. Er stond in zwarte inkt een rune op. Ik had over de runen gelezen en herkende hem meteen. Het was Perth, de rune voor het onthullen van verborgen zaken.

'Dit heb ik in de ophanging van mijn auto gevonden,' fluisterde Cal.

Ik keek met een ruk op en zei geschrokken: 'Heeft Hunter...?' Ik maakte mijn zin niet af.

Cal knikte.

'Wat houdt dat in?' vroeg ik.

'Dat houdt in dat hij smerige trucjes uithaalt om ons te bespioneren,' bromde hij. Hij stopte de steen terug in zijn zak. 'Maar het is niet iets om je zorgen over te maken. Als het al iets bewijst, is het dat hij niet veel macht heeft.'

'Maar...'

'Maak je geen zorgen,' zei Cal met een geruststellende glimlach. 'Eigenlijk vraag ik me af waarom ik erover ben begonnen. Het stelt niet veel voor. Echt niet.'

Toen hij de zitkamer inliep om de anderen gedag te zeggen, kon ik voelen dat hij niet helemaal eerlijk tegen me was. Daarvoor had ik mijn verhoogde waarneming niet nodig. Hij maakte zich wel degelijk ongerust over Hunters trucje, in ieder geval tot op zekere hoogte.

Wat wil die Hunter toch? vroeg ik me opnieuw af. Wat wil hij van ons?

Het was al negen uur, het tijdstip waarop we meestal beginnen. We dronken cider, Robbie draaide platen. Ik probeerde de steen te vergeten en keek naar de huisdieren, wat me rustig maakte. De honden lagen te snurken en te draaien in hun slaap, de katten vroegen stilletjes om aandacht door langs onze benen te strijken. Het drong tot me door dat Matt, de vriend van Jenna, de enige was die nog ontbrak. Jenna zat de hele tijd op de grote staande klok in de hal te kijken. Naarmate de minuten verstreken, leek ze zich steeds ongemakkelijker te voelen.

Haar ouders kwamen binnen om gedag te zeggen. Ze maakten zich totaal niet druk over het feit dat wij een heksenkring gingen houden. Wat prettig, om je niet druk te hoeven maken of je ouders kwaad werden, dacht ik. Zij gingen boven televisie kijken en ze wensten ons een leuke avond.

'Ik ga nu toch maar met de cirkels beginnen,' zei Cal uiteindelijk. Hij opende zijn tas en ging op de grond zitten. 'We geven Matt nog tien minuten.'

'Het is niets voor hem om te laat te zijn,' bromde Jenna. 'Ik heb hem op zijn mobiel gebeld, maar die ging meteen over op de voicemail.'

Opeens herinnerde ik me dat ik Matts auto had zien staan, naast die van Raven. Was dat vanochtend? Het was een lange dag geweest. Ik onderdrukte een geeuw en ging op de versleten groene bank in de woonkamer zitten, om te zien hoe Cal te werk ging.

'Wat doe je?' vroeg ik. Meestal trok hij een eenvoudige, volmaakt ronde cirkel met zout. Als we daarbinnen stapten, sloot hij hem af en zuiverde hij hem met aarde, lucht, vuur en water. Maar vanavond was de cirkel anders.

'Dit is ingewikkelder,' legde Cal uit.

Geleidelijk kwamen ook de anderen kijken. Hij trok cirkels binnen cirkels en liet in elke cirkel een opening. Er waren nu drie geometrisch perfecte cirkels, waarvan de grootste elke beschikbare centimeter in de woonkamer van Jenna in beslag nam.

Op de vier windstreken van de cirkels tekende Cal een rune met krijt, en ook in de lucht. Man, de rune voor gemeenschappelijkheid en onderlinge afhankelijkheid; Dag, het symbool voor de dageraad, ontwaken en helderheid; Ur, voor kracht; Tyr, voor overwinning in de strijd. Cal noemde ze op tijdens het tekenen, maar gaf er geen uitleg bij. Voor we ernaar konden vragen, vloog de voordeur open en kwam Matt binnenstormen. Hij maakte een voor zijn doen onverzorgde en verstrooide indruk.

'Hallo, allemaal. Sorry dat ik te laat ben. Autopech.' Hij hield zijn hoofd naar beneden en keek niemand aan. Jenna keek eerst bezorgd en daarna verbijsterd naar hem, terwijl hij zijn jas uitgooide en kwam kijken wat Cal deed. Ze aarzelde even. Toen liep ze naar hem toe en pakte zijn hand. Hij glimlachte kort, maar schonk verder geen aandacht aan haar.

'Oké. Laat iedereen in de cirkels komen. Dan sluit ik ze af,' instrueerde Cal.

Dat deden we. Ik stond tussen Matt en Sharon in. Ik probeerde in de kring nooit naast Cal te gaan staan – ik wist uit ervaring dat dat te veel was om onder controle te houden. Sharon en Matt waren veilig.

'Vanavond gaan we aan onze persoonlijke doelen werken,' vervolgde Cal die nu ging staan. Hij gaf Ethan een schaaltje zout en vroeg hem de cirkel te zuiveren. Daarna verzocht hij Jenna de wierook, die lucht symboliseert, aan te steken, en Sharon om het voorhoofd van iedereen aan te raken met een druppel water uit een bijpassende schaal. Er brandde een vuur in de haard van de woonkamer, en dat gebruikten we uiteraard voor het vuur. Terwijl ik keek naar iedereen – met elkaar verbonden voor hetzelfde doel – voelde ik de vermoeidheid van me af glijden. Deze cirkel gaf op een of andere manier een speciaal gevoel, was belangrijker, geconcentreerder.

'Tijdens onze ademhalingsoefening,' zei Cal, 'wil ik dat ieder van jullie zich concentreert op de eigen persoonlijke doelen. Denk na over wat je van Wicca wilt en wat jij Wicca te bieden hebt. Probeer het zo simpel en zo zuiver mogelijk te houden. Geen dingen als "ik wil een nieuwe auto".'

We lachten.

'Meer in de trant van "ik wil geduldiger zijn, of ik wil eerlijker zijn, of ik wil moediger zijn". Denk na wat dat voor je betekent en hoe Wicca jou kan helpen het te bereiken. Nog vragen?'

Ik schudde mijn hoofd. Er waren zoveel dingen die ik wilde verbeteren. Ik stelde me mijzelf voor als een vriendelijk iemand met zelfvertrouwen – open en eerlijk en gevend: een wandelend reclamebord voor Wicca. Geen gevoelens van boosheid, jaloezie en hebzucht. Ik zuchtte. Dat was wel héél ambitieus. Misschien wel té.

'Pak elkaar bij de hand en laten we beginnen met onze ademhalingsoefening,' zei Cal.

Ik pakte de handen van mijn buren. Die van Matt was nog koel van buiten. Sharons armbanden rinkelden tegen mijn pols. Ik begon langzaam en diep adem te halen, en probeerde al het negatieve en de spanning van de afgelopen dag uit mijn lichaam te laten stromen en zo veel mogelijk positieve energie in te ademen. Bewust ontspande ik elke spier, te beginnen met het topje van mijn hoofd, tot beneden aan toe. Binnen enkele minuten voelde ik me kalm, geconcentreerd en in een meditatieve staat, waarin ik me maar half bewust was van mijn omgeving. Dat was goed.

'Denk nu aan je doelen.' De stem van Cal leek van overal te komen. Ongevraagd begonnen we in een kring te lopen, eerst langzaam, daarna sneller en soepeler. Ik opende mijn ogen en terwijl we rond wervelden zag ik de kamer van Jenna wazig worden in een reeks wilde, donkere vegen. De haard markeerde onze rondjes. Ik keek naar het vuur en voelde de warmte, het licht en de kracht ervan.

'Ik wil opener zijn,' hoorde ik Sharon mompelen, alsof het op de wind kwam aandrijven.

'Ik wil gelukkig zijn,' zei Ethan.

Er viel even een stilte en daarin dacht ik na over wat ik wilde. Toen zei Jenna: 'Ik wil liever zijn.'

Ik voelde hoe de hand van Matt de mijne omklemde en hij zei: 'Ik wil oprecht zijn.' Het klonk aarzelend en gekweld.

'Ik wil sterk zijn,' fluisterde Cal.

'Ik wil een goed mens zijn,' zei Robbie – en ik dacht: dat ben je al.

Ik was de laatste. Ik kon de seconden voelen wegtikken. Ik wist nog steeds niet waaraan ik het hardst moest werken. Maar de woorden leken als vanzelf uit mijn mond te ploffen en hingen in de lucht als rook van een veenbrand: 'Ik wil mijn macht verwezenlijken.'

Zodra ik het had gezegd, ging er een elektrisch geladen stroom door de kring, zoals de wind die een touw laat zwiepen. Ik werd erdoor opgeladen, zodat ik het gevoel kreeg dat ik kon vliegen of boven de aarde kon dansen.

Er kwam een lied over mijn lippen, een lied dat ik, voorzover ik me herinnerde, nog nooit ergens had gehoord of gelezen. Ik had geen idee wat het betekende, maar ik liet het uit me stromen, zoals mijn wens uit me was gestroomd.

An di allaigh an di aigh
An di allaigh an di ne ullah
An di ullah be nith rah
Cair di na ulla nith rah
Cair feal ti theo nith rah
An di allaigh an di aigh

Ik zong het voor mezelf, eerst heel zachtjes, daarna luider. Ik hoorde hoe mijn stem een mooi klankpatroon in de lucht weefde. De woorden klonken oeroud, in het Gaelic. Er sprak iemand door me heen. Ik verloor mezelf erin, maar ik was niet bang. Ik was extatisch en wierp mijn armen in de lucht en wervelde rond binnen in onze kring, en de coven draaide in een baan om me heen. Planeten rond een stralende ster – en die stralende ster was ik. Zilveren regen druppelde op mijn hoofd en maakte me tot een godin. Mijn haren raakten los uit hun keurige vlecht en stroomden met me mee, terwijl ze het licht van het vuur opvingen. Ik was almachtig, alwetend en alziend – een godin. Het drong tot me door dat die woorden een formule waren geweest, een heel oude formule, eentje die macht aanriep.

Het had deze avond macht naar me toe geroepen.

'Nu laten we het indalen.'

De stem was van Cal. Zijn woorden leken weer van overal en tegelijkertijd van nergens te komen. In antwoord op zijn bevel begon ik langzamer te draaien en kwam zweverig tot stilstand. Ik was oud als de tijd zelf. Ik was elke vrouw die ooit onder de maan had gedanst om magie te verkrijgen, iedere godin die het leven, de dood en de vreugde en de smart daartussenin vierde.

Plotseling flitste het gezicht van Hunter Niall voor mijn geest, met zijn superieure, verwaande grijns. Kijk naar mij, Hunter! wilde ik schreeuwen. Kijk naar mijn macht! Ik kan me meten met jou en met elke andere heks!

En opeens, zonder waarschuwing, werd ik heel bang en was ik niet meer de baas over mezelf. Zonder dat Cal het me hoefde te vertellen, ging ik onmiddellijk voorover op de houten vloer van de kamer liggen, met mijn handen plat op de grond naast mijn schouders, om de energie te aarden. Het hout was warm en glad onder mijn wang en de energie stroomde over en om me heen als water.

Langzaam, heel langzaam begon ik weer normaal adem te halen. De angst zakte weg, werd minder, en ik merkte dat iemand mijn rechterhand pakte.

Ik knipperde met mijn ogen en keek op. Het was Jenna.

'Alsjeblieft,' zei ze, en ze legde mijn hand op haar borstbeen. Ik begreep dat ik haar moest helpen. Een week geleden had ik energie in haar laten stromen en daarmee haar astma verlicht. Maar ik had nu vast niet meer genoeg kracht over om iets te doen. Toch sloot ik mijn ogen en concentreerde me op het licht... wit, genezend licht. Ik balde het samen in mezelf en zond het door mijn arm en hand in Jenna's beklemde longen. Ze ademde diep in en gaf een kreetje, toen ze de warmte voelde.

'Dank je wel,' mompelde ze.

Ik lag nu op mijn zij en zag dat iedereen naar me stond te staren. Ik was weer het middelpunt van de aandacht. Verlegen trok ik mijn hand weg. Ik vroeg me af hoe het toch kwam dat ik een minuut geleden nog als vanzelfsprekend in mijn eentje voor de ogen van iedereen stond te dansen, terwijl ik me nu gegeneerd en verlegen voelde. Waarom kon ik die geweldige gevoelens van kracht niet vasthouden?

Matt legde zijn handen op Jenna's schouders, de eerste keer dat hij echt aandacht aan haar besteedde sinds hij was binnengekomen. Hij hijgde een beetje van de inspanning van de dans.

'Heeft Morgan je geholpen met ademhalen?' vroeg hij.

Jenna knikte en er kwam een blije glimlach op haar lippen.

Cal kwam naast me op zijn hurken zitten en legde zijn hand op mijn heup.

'Is alles in orde?' Hij klonk opgewonden, ademloos.

'Eh... ja, hoor,' mompelde ik.

'Waar kwam dat lied vandaan?' vroeg hij, terwijl hij mijn haren van mijn schouders streek. 'Wat heeft het gedaan?'

'Ik weet niet waar het vandaan kwam, maar het leek macht op te roepen,' zei ik.

'Het was heel mooi,' zei Jenna.

'Behoorlijk hekserig, wel,' zei Sharon.

'Het was in ieder geval cool,' zei Ethan.

Ik keek naar Robbie, en hij keek terug met een soort warme tevredenheid op zijn gezicht. Ik glimlachte naar hem. Ik was volmaakt tevreden tot die stemming abrupt werd verbroken door nageltjes aan de achterkant van mijn benen.

'Au!' mopperde ik.

Ik kwam half overeind en zag een donzige, driehoekige kop van een jonge, grijze kat.

Hij miauwde als groet en ik moest lachen.

Jenna grinnikte. 'O, sorry. Een van onze poezen heeft twee maanden geleden jongen gekregen. Wij proberen ze nu kwijt te raken. Wil iemand nog een katje?' grapte ze.

Ik pakte hem op. Hij keek me aandachtig aan, met een wereld aan kattenwijsheid in zijn blauwe babyogen. Hij was effen grijs en kortharig, hij had een bolle buik en een dun, kort staartje dat recht overeind stond als een uitroepteken. Hij miauwde recht in mijn gezicht en stak zijn poot uit om tegen mijn wang te tikken.

'Hallo,' zei ik, en ik dacht meteen terug aan het katje uit Maeves Boek der Schaduwen. Hij had Dagda geheten. Ik staarde verwonderd naar Jenna's kat en wist opeens dat hij voor mij bestemd was, en ook dat dit de perfecte manier was om de avond te beëindigen.

'Hallo,' zei ik zachtjes. 'Je naam is Dagda en je gaat met mij mee, om bij ons te komen wonen. Is dat goed?'

Hij miauwde nog eens. Ik was meteen verkocht.

6.
De communie

Imbolc, 1993

Er is een Zoeker gekomen. Hij kwam twee dagen geleden aan en heeft een kamer genomen boven de pub in Goose Lane. Hij heeft gisteren een hele tijd met oom Beck zitten praten. Oom Beck zegt dat hij met iedereen gaat praten en dat we allemaal heel eerlijk moeten zijn. Maar ik mag die man niet. Zijn huid is wit, hij glimlacht niet en als hij me aankijkt, zijn zijn ogen net twee zwarte gaten. Ik krijg het ijskoud van hem.

— Giomanach

'Een rat!' gilde Mary K. de volgende ochtend recht in mijn gezicht. Niet de allerprettigste manier om wakker te worden. 'O god, Morgan, een rat! Niet bewegen!'

Natuurlijk bewoog ik wel, en de kleine Dagda ook. Hij kroop dicht tegen me aan, legde zijn oortjes plat en ging gehurkt liggen. Maar hij was toch dapper genoeg om flink tegen Mary K. te blazen. Ik sloeg mijn arm beschermend om hem heen.

Mam en pap kwamen met grote ogen mijn kamer binnenhollen.

'Het is geen rat,' zei ik met een kraakstem van de slaap en ik schraapte mijn keel.

'O, nee?' vroeg pap.

Ik ging rechtop zitten. 'Het is een jonge kat,' zei ik volstrekt overbodig. 'De poes van Jenna heeft jongen gekregen en die probeert ze te slijten. Ik heb er een genomen. Mag ik hem houden? Ik betaal zijn eten, zijn kattenbak en alles,' liet ik erop volgen.

Dagda kwam op vier pootjes overeind en keek nieuwsgierig naar mijn familie. En alsof hij wilde bewijzen hoe schattig hij wel was, deed hij zijn bekje open en begon te miauwen. Iedereen smolt onmiddellijk. Ik verborg mijn glimlach.

Mary K. kwam op bed zitten en stak vriendelijk haar hand uit. Dagda baande zich behoedzaam een weg over mijn dekbed en likte aan haar vinger. Mary K. giechelde.

'Hij is wel erg lief,' zei mijn moeder. 'Hoe oud is hij?'

'Acht weken,' zei ik. 'Oud genoeg om bij zijn moeder weg te kunnen. Dus het is goed?'

Mam en pap keken elkaar aan.

'Morgan, een kat kost meer dan alleen eten en een kattenbak,' zei mijn vader. 'Ze moeten gevaccineerd worden, gecontroleerd worden...'

'Gesteriliseerd worden,' voegde mam eraan toe.

Ik grinnikte. 'Gelukkig hebben we een dierenarts in de familie,' verwees ik naar de vriendin van mijn tante Eileen. 'Ik heb trouwens geld opzij gelegd van het werk dat ik afgelopen zomer heb verdiend. Ik kan het allemaal betalen.'

Mam en pap haalden allebei hun schouders op en glimlachten toen.

'Dan vind ik het goed,' zei mam. 'Na de kerk kunnen we

misschien naar de winkel gaan om de spullen te halen die hij nodig heeft.'

'Hij heeft honger,' verkondigde Mary K. die hem tegen haar borst hield. Ze sprong meteen overeind en holde de kamer uit. Ze hield hem in haar arm als een baby. 'Er is nog wat kip van gisteren. Ik zal hem daarvan wat geven.'

'Geef hem geen melk,' riep ik haar achterna, 'dat is niet goed voor zijn buikje...'

Blij leunde ik achterover in mijn kussen. Dagda was een officieel lid van ons gezin geworden.

Het was de op een na laatste zondag voor Thanksgiving, dus had men de kerk versierd met gedroogde bladeren, vuurdoorntakken met felrode bessen, dennenappels, en roestkleurige chrysanten in potten. Er hing een mooie, warme en gastvrije sfeer. Ik bedacht dat het leuk zou zijn om met Thanksgiving zulke natuurlijke versiering te gaan zoeken voor thuis.

Op een of andere manier – zeker doordat ik nog steeds niet goed wist hoe ik Wicca met mijn kerkbezoek moest combineren – voelde ik een vreemde afstand tot alles wat er om me heen gebeurde. Ik ging staan toen dat van me werd verwacht, ik knielde op het juiste moment, ik volgde in het gebed en zong de liederen mee. Maar ik deed het zonder deel uit te maken van de gemeente. Ik liet mijn gedachten ongebreideld dwalen.

Er was een ijl, winters zonnetje doorgebroken. De sneeuw van gisteren was voor het grootste deel weggesmolten en de gebrandschilderde ramen van de kerk gloeiden met vurig rood, diepblauw, heldergroen en kristalachtig geel. Er hing een flauwe geur van wierook en terwijl ik dieper in mezelf wegzonk, voelde ik het gewicht van de mensen om me heen. Hun gedachten en continue hartslag begonnen bij me binnen te komen. Ik haalde diep adem en deed mijn ogen dicht, om mezelf ervoor af te sluiten.

Pas toen ik hen uit mijn waarneming had gebannen, opende ik mijn ogen weer. Ik voelde me vredig en vol blijheid. De muziek was prachtig en de woorden van de preek waren ontroerend. Alles leek tijdloos en traditioneel. Dit waren niet de ruwe bast, de aarde en het zout van Wicca, en ook niet het aarden van energie en de werking van formules. Maar het was mooi op zijn eigen manier.

Ik stond automatisch op toen het tijd was voor de communie. Ik liep achter mijn ouders en zusje aan naar de reling voor het altaar. De hoge altaarkaarsen brandden helder en ze weerkaatsten in het koperwerk en het donkere, gladgewreven hout. Ik knielde op het platte kussen dat geborduurd was door het vrouwengilde. Een paar jaar geleden had mijn moeder zelf zo'n kussen gemaakt.

Ik wachtte met gevouwen handen, terwijl Vader Hotchkiss de wijn voor iedereen apart zegende. Ik voelde me vredig en zag ernaar uit om naar huis te gaan waar Dagda was, om in het Boek der Schaduwen van Maeve te lezen en om onderzoek te doen naar de runen. Toen Cal gisteravond in de lucht rond onze cirkel runen had getekend, leek dat de energie op een heel nieuwe manier te richten. Ik hield van runen en wilde er meer over weten.

Naast me nam Mary K. een slokje van de wijn. Ik ving een vleugje van de fruitige geur op. Nu was ik aan de beurt. Vader Hotchkiss stond voor me en veegde de grote zilveren bokaal af met een linnen doek.

'Dit is het bloed van onze Heer Jezus Christus,' mompelde hij. 'Drink dit in zijn naam, tot uw verlossing.'

Ik stak mijn hoofd naar voren om een slokje te nemen.

Geheel onverwacht wankelde Vader Hotchkiss mijn richting uit. De beker gleed uit zijn handen en viel met een metalige klank op de witmarmeren vloer. Vader Hotchkiss greep de houten reling vast die tussen ons in stond.

Ik legde mijn hand op de zijne en keek hem onderzoekend aan. 'Is alles in orde met u, Vader?'

Hij knikte. 'Neem me niet kwalijk, mijn kind. Ik gleed uit. Heb ik op je kleren gemorst?'

'Nee, hoor.' Ik keek naar beneden en er was inderdaad geen wijn op mijn jurk gekomen. Diaken Carlson haastte zich naar ons toe om een andere gewijde bokaal te brengen en Vader Hotchkiss deed een stapje opzij.

Mary K. bleef met een onzeker gezicht op me staan wachten. Ik zat nog steeds geknield en bleef maar kijken naar de donkerrode wijn die over het witte marmer stroomde, gehypnotiseerd door het kleurcontrast.

'Wat gebeurde er nou?' fluisterde Mary K. 'Gaat het?'

Toen drong het tot me door. Was ik het geweest die Vader Hotchkiss had laten struikelen? Ik snakte naar adem en sloeg mijn hand voor mijn mond. Zou er, te midden van al mijn gedachten aan Wicca, een kracht zijn geweest die besloot dat ter communie gaan niet zo'n goed idee was? Ik zette grote ogen op en kwam snel overeind. Mary K. liep terug naar de bank waar onze ouders zaten. Ik liep achter haar aan.

Nee, dacht ik, het was maar toeval. Het heeft niets te betekenen.

Maar vanbinnen zei een lief heksenstemmetje: Toeval bestaat niet. Alles heeft een betekenis.

Maar *wat* had het te betekenen? Dat ik niet meer ter

communie moest gaan? Dat ik helemaal moest stoppen met naar de kerk gaan? Ik keek naar mijn moeder die naar me glimlachte, zonder zich bewust te zijn van de verwarring die door me heen raasde. En daarvoor was ik dankbaar.

Ik kon me niet voorstellen dat ik de kerk uit mijn leven zou bannen. Katholiek zijn maakte deel uit van wat ons gezin bij elkaar hield. Het was een deel van *mij*. Misschien moest ik maar een tijdje niet meer ter communie gaan, totdat ik erachter was gekomen wat het allemaal te betekenen had. Ik kon toch nog wel naar de kerk gaan? Ik kon toch nog wel meedoen? Of niet?

Ik ging met een zucht naast Mary K. zitten. Ze keek me aan, maar zei niets.

Met elke deur die Wicca voor me opende, bedacht ik, leek een andere deur dicht te gaan. Ik moest op een of andere manier een balans zien te vinden.

Na de lunch bij de Widow's Diner gingen we bij de supermarkt langs. Ik kocht een kattenbak en een schep, een pak kattenbakkorrels en een zak kattenvoer. Mam en pap droegen geld bij voor een paar kattenspeeltjes. Mary K. kocht wat kattensnoep.

Dat ontroerde me intens en ik omhelsde hen, midden op de dierenafdeling.

Natuurlijk merkten we, toen we thuiskwamen, dat Dagda een plasje op mijn donzen dekbed had gedaan. Hij had ook een deel van mams varenplant opgegeten en weer uitgekotst op het tapijt. Vervolgens had hij blijkbaar in een krabrazernij zijn kleine, maar uiterst destructieve nageltjes gescherpt aan de armleuning van paps gemakkelijke stoel.

Nu lag hij te slapen op een kussen, opgerold als een wollige slak.

'God, wat is het toch een *dotje*,' zei ik hoofdschuddend.

7. Symbolen

Ik heb vanavond een beschermingsritueel moeten doen. Ik heb de Godin aangeroepen en runentekens op de vier windstreken geplaatst: Ur, Sigel, Eoh en Tyr. En ik heb met een gouden ring om ijzeren spijkers in de vier hoeken begraven. Vanaf nu draag ik ook een malachiet bij me, als bescherming.

Er is een Zoeker gekomen.

Maar ik ben niet bang. De eerste klap is al uitgedeeld en de Zoeker is erdoor verzwakt. En terwijl de Zoeker zwakker wordt, wordt mijn liefde sterker en sterker.

-Sgàth

Op maandag waren Mary K. en ik te laat op school. Ik had tot diep in de nacht in Maeves Boek der Schaduwen liggen lezen. Mary K. was laat naar bed gegaan vanwege een openhartig en zeer pijnlijk gesprek met Bakker. Dus versliepen we ons allebei. We meldden ons bij de administratie en kregen een waarschuwingsstrookje, onze schoolversie van de gele kaart.

De gangen waren leeg toen wij ieder onze kastjes opzochten en naar onze huiswerklokalen gingen. Mijn hoofd duizelde van alles wat ik had gelezen. Maeve hield van de kruidenkennis van Wicca. Haar Boek der Schaduwen stond vol lange passages over het magische gebruik van planten – hoe ze werden beïnvloed door de tijd van het jaar, de hoeveelheid regen, de stand van de sterren, de maanfasen. Ik vroeg me af of ik van de Brightendales afstamde, de clan die de grond bewerkte om zijn genezende kracht.

In het studielokaal liet ik me achter mijn bureau glijden. Gewoontegetrouw keek ik naar Bree, maar ze deed alsof ze me niet zag. Het irriteerde me dat het me nog steeds verdriet deed. Je moet haar vergeten, dacht ik. Ik had ergens gelezen dat het ongeveer half zo lang duurt om over een hechte vriendschap heen te komen als de vriendschap zelf had geduurd. In het geval van Bree zou ik over zes jaar nog steeds verdriet om haar hebben.

Ik dacht aan Dagda en hoe lief Bree hem zou vinden. Zij had heel veel van haar kat Smokey gehouden en was er kapot van geweest, toen hij twee dagen na haar veertiende verjaardag was doodgegaan. Ik had haar geholpen hem in de achtertuin te begraven.

'Hé, heb je je verslapen?' vroeg mijn vriendin Tamara Pritchett zachtjes achter haar tafel naast me. Wij zagen elkaar nog maar zelden, leek het, nu Wicca zoveel van mijn tijd opslokte.

Ik knikte en begon mijn boeken en notitieblokken klaar te leggen voor de ochtendlessen.

'Je hebt het grote nieuws gemist,' ging Tamara verder. Ik keek op. 'Ben en Janice hebben vaste verkering. Vriendje en vriendinnetje.'

'Echt waar? Wat cool.' Ik keek naar de andere kant van het lokaal, waar de tortelduifjes in kwestie naast elkaar zaten. Ze praatten zachtjes en keken elkaar stralend aan. Ik was blij voor hen. Maar ik voelde ook afstand. Ook zij waren vrienden die ik de afgelopen week nauwelijks had gezien.

Ik voelde iets prikken. Toen ik opkeek, zag ik dat Bree haar donkere ogen op mij had gevestigd. Ik schrok van haar felle gezicht. Toen knipperden we allebei met onze ogen en was het over. Zij keek een andere kant op en ik wist niet zeker of ik het me had verbeeld. Het bracht me van mijn stuk. Cal zei wel dat Wicca geen duistere zijde kende, maar een cirkel had toch ook tegenoverliggende zijden? En als één kant goed was, hoe zat het dan met de andere kant? Sky had ik al niet gemogen, zodra ik haar zag. Wat deed Bree dan met haar?

De bel voor de eerste les ging. Ik was chagrijnig, alsof ik hier niet op mijn plek was. Jaloers dacht ik aan Dagda die thuis kattenkwaad aan het uithalen was.

Tijdens Amerikaanse literatuur begon het te regenen; een naargeestige, gestage regen die op het punt stond over te gaan in natte sneeuw. Mijn oogleden voelden zwaar aan. Ik had niet eens tijd gehad voor een Cola Light en ik kreeg visioenen van mijn bed. Even overwoog ik Cal te halen en er tussenuit te knijpen, om samen alleen naar huis te gaan. We konden in mijn bed gaan liggen en in het Boek der Schaduwen van Maeve lezen en over magie praten...

Het was heel verleidelijk. Rond de lunchpauze werd ik heen en weer geslingerd, hoewel ik nog nooit had gespijbeld. Alleen de wetenschap dat mam af en toe midden op de dag thuiskwam, weerhield me ervan het idee te opperen toen ik Cal zag.

'Heb je hier een lunch genomen?' vroeg hij, toen hij het dienblad zag dat ik op de lunchtafel liet glijden. We keken elkaar aan. Even duidelijk als de regen hoorde ik de woorden *ik heb je vanochtend gemist* in mijn hoofd.

Ik glimlachte, knikte en ging tegenover hem zitten, naast Sharon. 'Ik heb me verslapen, dus ik had geen tijd om thuis iets klaar te maken.'

'Hoi, Morgan,' zei Jenna die haar korenblonde haar over haar schouder duwde. 'Weet je dat ik steeds moet denken aan de woorden die je laatst uitsprak. Dat was zo bijzonder, ik kan het maar niet vergeten.'

Ik haalde mijn schouders op. 'Ja, het is vreemd. Ik weet niet waar ze vandaan kwamen.' Ik draaide de dop van mijn flesje frisdrank. 'Ik heb ook nog geen tijd gehad om er onderzoek naar te doen. Op het moment zelf vond ik ze op een formule lijken waarmee je macht oproept, maar zeker weten doe ik het niet. De woorden klonken heel oud.'

Sharon glimlachte onzeker. Ze maakte haar bekertje soep open en pakte een knapperig broodje. 'Ik vond het een beetje eng, eerlijk gezegd,' mompelde ze. 'Wel mooi, hoor, maar ook griezelig. Dat er woorden uit je mond komen die je zelf niet eens kent.'

Ik keek naar Cal. 'Heb jij ze herkend?'

Hij schudde zijn hoofd. 'Eh, nee. Maar toen ik er later over nadacht, meende ik wel dat ik ze eerder had gehoord. Ik zou willen dat ik de cirkel op band had opgenomen. Dan had ik het voor mam kunnen afspelen en kunnen horen of zij wist wat het was.'

'Hartstikke cool. Je spreekt in tongen,' grapte Ethan. 'Net als dat meisje uit de *Exorcist*.'

Ik perste mijn lippen op elkaar. 'Heel fijn, hoor,' zei ik. Robbie moest lachen.

Cal keek me even geamuseerd aan. 'Wil je ook een stukje?' Hij gaf me een stuk van zijn appel.

Zonder erbij na te denken nam ik een hap. Wat smaakte dat heerlijk. Ik keek ernaar. Het was gewoon een stukje appel. Maar lekker stevig, zoet en vol sap.

'Dit is een *fantastische* appel,' zei ik verbaasd. 'Hij is volmaakt. Het is de über-appel.'

'Appels hebben heel veel symboliek,' zei Cal, 'vooral Godinsymboliek. Moet je kijken.' Hij pakte zijn zakmes en sneed zijn appel opnieuw door, maar nu overdwars, in plaats van in de lengte. Hij hield één helft omhoog. 'Een pentagram,' zei hij, en hij wees op de vorm van het klokhuis. Het was een vijfpuntige ster binnen in de appel.

'Wauw,' zei ik.

'Schitterend,' zei Matt. Jenna keek hem even aan, maar hij keek niet terug.

'Alles heeft een betekenis,' zei Cal luchtig, en hij nam een hap van de appel. Ik keek hem scherp aan, want het herinnerde me aan wat er gisteren in de kerk was gebeurd.

Aan de andere kant van de kantine zag ik Bree zitten, met Raven, Lin Green, Chip Newton en Beth Nielson. Ik vroeg me af of Bree het naar haar zin had in haar nieuwe groep... mensen over wie ze destijds praatte als over junkies en slampampers. Haar oude club – Nell Norton, Alessandra Spotford, Justin Bartlett en Suzanne Herbert – zat aan een tafel bij het raam. Die dachten vast dat Bree gek was geworden.

'Hoe zou hun heksenkring zaterdag zijn verlopen?' bromde ik, half tegen mezelf. 'Die van Bree en Raven. Robbie, weet jij dat? Heb je Bree gesproken?'

Robbie haalde zijn schouders op en stopte het laatste stukje van zijn pizza in zijn mond.

'Het is heel goed gegaan,' zei Matt afwezig. Toen knipperde hij met zijn ogen en trok een rimpel in zijn voorhoofd, alsof hij niet verwacht had iets te zullen zeggen.

Jenna keek hem aan. 'Hoe weet jij dat?' vroeg ze.

Matt begon lichtelijk te blozen. Hij gaf een ruk met zijn schouders en bestudeerde aandachtig zijn lunch. 'Eh, ik heb tijdens Engels met Raven gepraat,' zei hij ten slotte. 'Ze had het cool gevonden.'

Jenna bleef Matt strak aankijken. Toen begon ze haar dienblad op te ruimen. Weer dacht ik eraan terug dat ik Matts auto en die van Raven langs de kant van de weg had zien staan. Terwijl ik me afvroeg wat dat kon betekenen, hoorde ik een paar tafels verderop Mary K. lachen. Ze zat met haar vriendin Jaycee bij Bakker. Jaycees oudere zusje, Brenda, en nog een stel vrienden zaten er ook bij. Mary K. en Bakker keken elkaar diep in de ogen. Ik schudde mijn hoofd. Hij had haar weer voor zich gewonnen. Maar hij moest wel oppassen.

'Wat ga jij vanmiddag doen?' vroeg Cal na schooltijd op de parkeerplaats. Het regende vrijwel niet meer en er stond een gure wind.

Ik keek op mijn horloge. 'Afgezien van wachten op mijn zus? Niets. Ik moet voor het avondeten zorgen.'

Robbie zigzagde tussen een paar auto's door in onze richting. 'Wat is er met Matt aan de hand?' riep hij. 'Hij doet zo raar.'

'Ja, dat vind ik ook,' zei ik. 'Alsof hij het wil uitmaken met Jenna, maar ook weer niet. Daar lijkt het althans op.'

Cal glimlachte. 'Ik ken hem niet zo goed als jullie,' zei hij, en hij sloeg zijn arm om me heen. 'Doet Matt dan zo anders?'

Robbie knikte. 'Niet dat we hartsvrienden zijn of zo, maar hij lijkt nogal uit zijn doen. Meestal is hij heel rechtdoorzee en goed bij de les.'

'Dat is ook zo,' was ik het met hem eens. 'Het lijkt erop dat hij heel andere dingen aan zijn hoofd heeft.' Ik wilde over die auto's beginnen, maar vond dat te veel op roddelen lijken. Ik wist ook niet zeker of dat iets te betekenen had. Waren Bree en ik nog maar close, dacht ik plotseling. Zij zou het verschil hebben gemerkt.

'Morgan!' riep Jaycee. 'Mary K. vraagt of ik jou wil zeggen dat ze met Bakker meerijdt.' Jaycee wuifde en liep met een dansende blonde paardenstaart door.

'Verdomme!' Ik maakte me van Cal los. 'Ik moet naar huis.'

'Wat is er dan? Wil je dat ik meega?' vroeg Cal.

'Dat zou heel fijn zijn,' zei ik dankbaar. Prettig om een bondgenoot te hebben voor het geval Bakker weer het huis moest worden uitgetrapt.

'Tot kijk, Robbie,' riep ik, en ik haastte me naar mijn auto. Verdorie, Mary K, dacht ik. Hoe kun je zo dom zijn?

8.
Muirn beatha dàn

Ostara, 1993

Tante Shelagh vertelde me dat ze ooit iemand heeft gezien die de braigh omgelegd kreeg. Ze was toen als meisje op bezoek bij haar oma in Schotland. In dat dorp was een heks die toverdranken, amuletten en formules verkocht om er kwaad mee te berokkenen. Tijdens een zomer dat tante Shelagh daar was, kwam de Zoeker.

Shelagh zei dat ze 's nachts wakker werd van geschreeuw en gehuil. Het hele dorp liep uit om te zien hoe de Zoeker de kruidenvrouw wegvoerde. In het maanlicht had Shelagh de zilveren braigh zien schitteren om de polsen van de kruidenvrouw. Ze zag ook hoe hij in het vlees brandde. De Zoeker nam haar mee en niemand heeft haar ooit teruggezien, hoewel men fluisterde dat ze in Edinburgh op straat leefde.

Shelagh denkt dat die vrouw nooit meer in staat is geweest magie te beoefenen, ten goede of ten kwade. Ik weet dus ook niet hoe lang ze zo heeft willen verder leven. Shelagh zei ook dat één blik op die kruidenvrouw met de braigh om voldoende was om haar te laten zweren nooit haar macht te gaan misbruiken. Het was iets verschrikkelijks, zei ze. Verschrikkelijk om te zien. Ze vertelde mij dat verhaal afgelopen maand, toen de Zoeker hier was. Maar hij heeft niemand meegenomen, en het is weer rustig in onze coven.

Ik ben blij dat hij weg is.

— Giomanach

Ik reed zo snel mogelijk naar huis, rekening houdend met het feit dat het spekglad was op de weg. De temperatuur bleef maar dalen en het was ellendig koud. Het soort kou dat je verkilt tot op het bot en waarin Widow's Vale gespecialiseerd schijnt te zijn.

'Ik dacht dat Mary K. met Bakker had gekapt, na wat er is gebeurd,' zei Cal.

'Dat was ook zo,' mopperde ik. 'Maar hij heeft gesoebat om hem terug te nemen. Het was allemaal een vergissing geweest en het speet hem zo. Het zou nooit meer gebeuren, blablabla.' Ik klonk schel van boosheid.

Lichtelijk slippend draaide ik de oprit op. De auto van Bakker stond voor het huis. Ik sloeg het portier dicht en liep krakend het pad op – en zag toen Mary K. en Bakker samen ineengedoken op de stoep zitten bibberen. Ze zagen letterlijk blauw van de kou.

'Wat doen jullie daar?' riep ik met een golf van opluchting.

'Ik wilde op jou wachten,' bromde Mary K. In stilte bejubelde ik haar gezonde verstand.

'Kom op dan maar,' zei ik, terwijl ik de voordeur openduwde. 'Maar jullie blijven beneden.'

‘Oké,’ mompelde Bakker half bevroren. ‘Als het maar warm is.’

Cal begon warme cider voor ons vieren te maken, terwijl ik buiten bleef om zout te strooien op het pad en de oprit, zodat mijn ouders geen problemen zouden hebben als ze thuiskwamen. Ik was blij toen ik naar binnen kon, en zette de thermostaat van de verwarming hoog. Toen liep ik naar de keuken. Het was vandaag mijn beurt om het eten klaar te maken. Ik waste vier aardappelen, prikte er met een vork in en zette ze in de oven.

‘Hé, Morgan, kunnen we niet héél eventjes naar boven?’ probeerde Mary K., met haar mok in haar handen. ‘Al mijn cd’s liggen in mijn kamer.’

Ik blies in mijn cider om hem af te koelen. Sinds ik Cal kende, dronk ik het bij bakken. Je kreeg het er heerlijk warm van als het koud was.

Ik schudde mijn hoofd. ‘Jammer maar helaas,’ zei ik. ‘Jullie blijven beneden. Anders krijg ik straks op mijn donder van mam.’

Mary K. zuchtte. Toen brachten zij en Bakker hun spullen naar de tafel in de eetkamer en begonnen als brave Hendriken hun huiswerk te maken. Of deden in ieder geval alsof.

Toen mijn zus weg was, bewoog ik met mijn linkerhand deasil boven mijn cider en fluisterde: ‘Verkoel het vuur.’ Toen ik daarna een slok nam, was het precies goed. Ik straalde. Wat heerlijk om een heks te zijn!

Cal grijnsde en zei: ‘En wat nu? Moeten wij ook beneden blijven?’

Ik liet mijn gedachten gaan over alle aanlokkelijke mogelijkheden als ik niet deed wat ik predikte, maar verzuchtte toen: ‘Ik denk het wel. Mijn moeder gaat door het lint als ik met zo'n slechte jongen naar boven ga wanneer ze niet thuis is. Ik bedoel maar, jij hebt waarschijnlijk maar één ding in je hoofd, en zo.'

'Ja,' lachte Cal, en hij trok zijn wenkbrauwen op. 'En ik kan je wel zeggen dat het iets heel prettigs is.'

Dagda trippelde de keuken binnen en begon te miauwen.

'Hé, mannetje,' zei ik zachtjes. Ik zette mijn cider op het aanrecht en pakte hem op. Hij begon luidkeels te spinnen, zijn lijfje trilde ervan.

'Hij mag wel naar boven,' merkte Cal op, 'en hij is ook een jongen.'

Ik grijnsde. 'Ze vinden het absoluut niet erg als *hij* met me naar bed gaat.'

Cal kreunde. Ik droeg Dagda naar de huiskamer en ging op de bank zitten. Cal kwam naast me zitten en ik voelde de warmte van zijn been tegen het mijne. Ik glimlachte naar hem, maar zijn gezicht stond ernstig. Hij streelde mijn haar en liet zijn vinger langs mijn kin strijken.

'Wat is er aan de hand?' vroeg ik.

'Je verbaast me voortdurend,' zei hij onverwachts.

'Hoezo?' Ik aaide Dagda over zijn zachte, driehoekige kopje. Spinnend begon hij mijn benen te kneden.

'Je bent heel anders dan ik dacht,' zei hij. Hij sloeg zijn arm over de rugleuning van de bank en boog zich naar me toe, alsof hij mijn gezicht en mijn ogen in zijn geheugen prentte. Wat keek hij serieus. Wat moest ik hiervan denken?

'Hoe had je dan gedacht dat ik zou zijn?' vroeg ik. 'Saai? Een doetje?' Ik rook de waslucht van zijn schone overhemd. Ik zag ons al languit op de bank liggen zoenen. Dat konden we doen. Mary K. en Bakker zaten in de andere kamer en zouden ons niet storen. Maar ik werd opeens weer onzeker, toen ik eraan dacht dat ik al bijna zeventien was, dat hij de eerste jongen was met wie ik ooit verkering had gehad en die me ooit had gekust.

Er kwamen lachrimpeltjes bij zijn goudkleurige ogen en hij tikte zachtjes met zijn vinger tegen mijn lippen. 'Nee, natuurlijk niet,' zei hij. 'Maar je bent zo sterk. Zo boeiend.' Hij trok even een rimpel in zijn voorhoofd alsof hij er spijt van had dat hij dat had gezegd. 'Ik bedoel, meteen toen ik je leerde kennen vond ik je al interessant en mooi en zo. Ik kon direct merken dat je een gave had voor de heksenkunst. Ik wilde dicht bij je komen. Maar je blijkt zo veel meer te zijn. Hoe beter ik je leer kennen, hoe meer je als mijn gelijke voelt, als een echte partner. Zoals ik al zei: Mijn muìrn beatha dàn. En dat is gewoon iets geweldigs.' Hij schudde zijn hoofd. 'Zo heb ik me nog nooit gevoeld.'

Ik was sprakeloos. Ik keek naar zijn gezicht en stond er nog altijd versteld van hoe mooi ik het vond en wat voor gevoelens hij in me wakker maakte. 'Kus me,' hoorde ik mezelf ademloos zeggen. Hij boog zich naar me toe en drukte zijn lippen op de mijne.

Na een paar tellen begon Dagda ongeduldig op mijn schoot te draaien. Cal lachte, schudde zijn hoofd en liet me toen los, alsof hij besloot verstandig te zijn. Hij pakte een vel papier en een pen uit zijn boekentas en gaf die aan mij.

'Laat eens kijken hoe jij de runen schrijft,' zei hij.

Ik knikte. Het was niet net als zoenen, maar het was wel magisch, en dat lag er vlakbij. Ik begon uit mijn hoofd de vierentwintig runen te tekenen. Er waren er nog meer, dat wist ik, maar die dateerden uit een latere tijd. Deze vierentwintig werden als de basisrunen beschouwd.

'Fehu,' zei ik zacht, terwijl ik een verticale streep tekende met twee lijnen die aan de rechterkant schuin naar boven staken. 'Voor rijkdom.'

'Wat nog meer?' vroeg Cal.

'Voorspoed, toename, succes,' bedacht ik. 'Dingen die goed aflopen. En dit is Eoh, voor bescherming.' Ik tekende een rune die leek op het Mercedes-logo op zijn kop. 'Dit is een heel positieve. En dit is Gifu, wat staat voor geschenk of partnerschap. Ruimhartigheid. Het versterkt vriendschappen of andere relaties. Het is de vereniging van de Godin en de God.'

'Heel goed,' knikte Cal.

Ik ging door tot ik ze allemaal had getekend, met een lege ruimte voor de onbekende rune, het symbool voor het verborgene, iets wat je niet mocht weten: gevaarlijke of schadelijke kennis, een weg die je niet moest inslaan. In runensets wordt hij gerepresenteerd door een blanke steen.

'Dit is geweldig, Morgan,' fluisterde Cal. 'Doe nu je ogen dicht en denk aan de runen. Laat je vingers boven het papier dwalen en stop als je voelt dat je moet stoppen. Kijk dan bij welke rune je bent gestopt.'

Dit soort dingen vond ik heerlijk. Ik sloot mijn ogen en liet mijn vingers vlak boven het papier zweven. Eerst voelde ik niets. Ik concentreerde me en probeerde alles buiten te sluiten, behalve datgene waarmee ik bezig was. Ik sloot me af voor het gefluister van Mary K. en Bakker in de eetkamer, het getik van de koekoeksklok die mijn vader had gemaakt van een bouwpakket, het zachte gesuis van de oven.

Ik weet niet hoe lang het duurde voordat ik me realiseerde dat mijn vingertoppen indrukken begonnen op te nemen. Ik voelde zachtheid als van een veertje, koele steen, warm geprikkel... waren dit de beelden van de runen? Ik liet me dieper in de magie wegzakken en verloor mezelf in zijn macht. *Daar.* Ja, daar was een plek waar ik de sterkste gewaarwording had. Elke keer als mijn vingers erover gingen, riep het. Ik liet mijn hand zakken, zodat hij op het papier bleef rusten en opende mijn ogen.

Mijn vingers lagen op de rune die Yr heette. Het symbool van de dood.

Ik fronste mijn voorhoofd. 'Wat betekent dat nou?'

'Hm,' zei Cal. Hij keek naar het papier en hield zijn hand onder zijn kin. 'Yr kan op veel verschillende manieren worden geïnterpreteerd. Het wil niet zeggen dat jij, of iemand die je kent, doodgaat. Het kan het einde van iets betekenen en het begin van iets nieuws. Een of andere grote verandering, niet noodzakelijkerwijs een slechte.'

De dubbele vishaak van de Yr-rune glansde donker op het witte papier. Dood. Het belang van een einde. Het leek een voorteken. Een griezelig voorteken. Er joeg een stoot adrenaline door me heen en mijn hart begon ervan te bonzen.

Opeens hoorde ik de achterdeur opengaan.

'Hallo?' klonk de stem van mam. 'Morgan? Mary K.?' Er klonken voetstappen in de eetkamer. Mijn concentratie vervluchtigde.

'Hallo, schat,' zei ze tegen Mary K. Na een korte stilte zei ze: 'Hallo, Bakker. Mary K., is je zuster thuis?' Ik wist precies wat ze bedoelde: potverdikkie, je bent hier toch niet alleen met een jongen, hè?

'Ik ben hier.' Ik stak het papier met de runen in mijn zak. Cal en ik kwamen de huiskamer uit. De ogen van mam flitsten over ons heen. Ik kon onmiddellijk de gedachten door haar hoofd zien jagen. *Mijn dochters, alleen thuis, met twee jongens.* Maar we zaten allemaal beneden, we hadden onze kleren aan en Mary K. en Bakker zaten in ieder geval aan de tafel in de eetkamer. Ik zag dat mam zich voornam niet ongerust te zijn.

'Staan er aardappelen in de oven?' zei ze snuffelend.

'Jep,' zei ik.

'Denk je dat we er puree van kunnen maken?' vroeg ze. 'Ik heb Eileen en Paula te eten gevraagd.' Ze stak een folder omhoog. 'Ik heb een paar heel leuke huizen voor hen in de aanbieding.'

'Cool, zeg,' zei ik. 'Ja, hoor, we kunnen ze pureren. Dan hebben we wel genoeg. Ik maak ook hamburgers; er is volop.'

'Heel fijn. Dank je, schat.' Mam ging naar boven om zich om te kleden.

'Ik ga maar eens,' hoorde ik Bakker met tegenzin zeggen. Mooi zo, dacht ik.

'Ik ook,' zei Cal. 'Bakker, kan ik van jou een lift krijgen, terug naar school? Daar staat mijn auto nog.'

'Geen probleem,' zei Bakker.

Ik liep met Cal mee naar buiten en we omhelsden elkaar op de veranda. Hij zoende me in mijn nek en zei: 'Ik bel je zo nog wel. Maak je niet van streek vanwege de Yr. Het was maar een oefeningetje.'

'Oké,' fluisterde ik terug, maar ik wist niet goed wat ik ervan moest denken. 'Bedankt, dat je bent meegegaan.'

Tante Eileen was er het eerst. 'Hallo!' zei ze. Ze kwam binnen en deed haar jas uit. 'Paula heeft gebeld, om te zeggen dat ze een paar minuutjes later is, vanwege een chihuahua met een moeilijke bevalling, of zoiets.'

Ik lachte enigszins opgelaten naar haar in de hal. We hadden elkaar niet meer gesproken sinds ik haar twee weken geleden tijdens het avondeten nogal bot had gevraagd waarom ze had verzwegen dat ik geadopteerd was. Nu ik haar weer zag, geneerde ik me een beetje, maar ik wist zeker dat mam met haar had gepraat en haar van alles op de hoogte had gehouden.

'Hoi, tante Eileen,' zei ik. 'Eh...ik, het spijt me dat ik de vorige keer zo'n scène heb getrapt. Je weet wel.'

Als antwoord pakte ze me vast en omhelsde me stevig. 'Het is goed, lieverd,' fluisterde ze. 'Ik snap het best. En ik neem het je helemaal niet kwalijk.'

We lieten elkaar los en glimlachten even naar elkaar. Tante Eileen zou alles weer goedmaken. Toen keek ze langs me heen en haar adem stokte. Ze wees dringend naar mijn vaders luie stoel, waar een grijs kontje met staart onder de afhangende bekleding uitstak.

Ik moest lachen en pakte Dagda eronder vandaan.

'Dit is Dagda,' zei ik, en ik kriebelde hem achter zijn oortjes, 'mijn nieuwe kat.'

'O, hemeltjelief,' zei Eileen. 'Sorry hoor, maar ik dacht even dat het een rat was.'

'Jij zou toch beter moeten weten,' grapte ik, terwijl ik hem op de stoel terugzette. 'Je hebt nota bene verkering met een dierenarts.'

Tante Eileen lachte ook. 'Ja, dat weet ik wel, hoor.'

Vlak daarop kwam Paula binnen. Haar zandkleurige haar zat verwaaid en haar neus was rood van de kou.

'Hoi,' begroette ik haar. 'Alles goed met de chihuahua?'

'Prima. Ze is de trotse moeder van twee puppies!' Ze gaf me een zoen. 'Ach! Wat een mooi katje is dat!' zei ze, toen ze Dagda op de stoel van pap in de gaten kreeg.

Ik straalde. *Eindelijk!* Hier was iemand, die wist wat een juweel Dagda was. Ik had de nieuwe vriendin van tante Eileen altijd al graag gemogen, maar nu was het me echt duidelijk dat ze perfect bij elkaar pasten. Misschien was Paula wel Eileens muìrn beatha dàn.

Toen ik daaraan dacht, moest ik glimlachen. Iedereen verdiende iemand. Maar niet iedereen was zo gelukkig als ik, natuurlijk. Ik had Cal.

9. Vertrouwen

De magie doet zijn werk, zoals ik wel wist. Ik ben niet meer zo bang voor de Zoeker. Ik denk dat ik de sterkste van ons twee ben, zeker met de macht van de anderen achter me.

Binnenkort word ik één met mijn liefste. Ik snap dat het dringend is, maar toch zou ik graag willen dat ze het aan mij overlaten, om het op mijn manier en in mijn tempo te doen. Eigenlijk zou ik het de laatste tijd steeds liever voor mijzelf willen doen. Maar de timing moet exact goed zijn. Ik durf haar niet af te schrikken. Er staat te veel op het spel.

Ik heb de oude teksten over de liefde en de vereniging gelezen. Ik heb zelfs mijn favoriete passage uit het *Lied van de Godin* overgeschreven: 'Geluk schenken aan jezelf en aan anderen, is mijn ritueel. Jezelf en anderen liefhebben, is mijn ritueel. Eer je lichaam en je geest met vreugde en hartstocht. Door dat te doen, vereer je mij.'

— Sgàth

'Ik hoop dat je beseft dat je Bakker niet kunt vertrouwen,' zei ik de volgende ochtend tegen Mary K. Ik probeerde niet al te neerbuigend te klinken, maar het kwam er wel zo uit.

Mary K. gaf geen antwoord en bleef uit het raampje van de auto kijken. Alles lag onder de rijp, met kanten, poedersuikerachtige patronen.

Ik reed langzaam en probeerde de kuilen met zwarte, hard bevroren plassen op de weg te omzeilen. Mijn adem kwam als mist uit mijn mond.

'Ik weet wel dat hij er echt spijt van heeft,' ging ik verder, ondanks het strakke gezicht van mijn zusje. 'En ik geloof best dat hij om je geeft. Maar ik vertrouw zijn temperament niet.'

'Dan moet je maar niet met hem omgaan,' bromde Mary K.

In mijn hoofd gingen alarmbelletjes af. Ik zat hem te bekritiseren en dus verdedigde ze hem. Ik zat exact te doen waarvoor ik zo bang was: haar dichter naar hem toe drijven. Ik haalde diep adem. Godin, geef raad, zei ik stilletjes.

'Weet je,' zei ik, toen we een paar straten bij school vandaan waren. 'Je hebt vast gelijk. Het zal wel eenmalig zijn geweest. Maar jullie hebben er toch over gepraat?' Ik wachtte het antwoord niet af. 'En het spijt hem. Ik ga er ook vanuit dat het niet meer gebeurt.'

Mary K. wierp me een argwanende blik toe, maar ik bleef met een neutraal gezicht naar de weg kijken.

'Dat *is* ook zo,' zei Mary K. 'Het spijt hem. Hij vindt het heel erg. Hij had me nooit pijn willen doen. En nu weet hij dat hij naar me moet luisteren.'

Ik knikte. 'Ik weet dat hij om je geeft.'

'Dat doet hij ook,' zei Mary K.

Haar zelfverzekerdheid was flinterdun. Het ging me ontzettend aan het hart. Wat had ik hieraan een hekel. Misschien klopte het allemaal wel wat ik zo-even had gezegd. Maar ik kon het niet helpen dat ik bang was dat Bakker opnieuw zou proberen Mary K. te dwingen tot iets wat ze niet wilde.

Als hij dat deed, zou het hem duur komen te staan.

Ik was vroeg genoeg op school om Cal te zien voordat de bel ging. Hij wachtte me op bij de oostelijke ingang, waar onze coven bij goed weer altijd samenkwam.

'Hé,' zei hij met een zoen, 'kom mee, we hebben een nieuw plekje gevonden, waar het warmer is.'

Binnen liepen we langs de trap naar de eerste verdieping en gingen een hoek om. Daar was de trap die naar de kelder van het gebouw leidde. Er kwam nooit iemand, behalve de conciërge. Nu zaten Robbie, Ethan, Sharon en Jenna daar op de treden te praten en te lachen.

'Morganita,' zei Robbie die mij die bijnaam al in de vijfde klas had gegeven. Ik had hem in jaren niet meer gehoord en ik moest erom glimlachen.

'We hadden het net over je verjaardag,' zei Jenna.

'O!' zei ik verrast. 'Hoe weten jullie dat?'

'Ik heb het ze verklapt,' zei Robbie die sinaasappelsap dronk uit een kartonnen pak.

'Hoe gaat het eigenlijk met Dagda?' vroeg Jenna.

Ik kon haar even niet zien, toen Matt met zijn lange, in zwarte jeans gestoken benen naar beneden kwam en op de tree boven haar ging zitten. Ze glimlachte flauwtjes naar hem, maar reageerde niet toen hij haar over haar schouder wreef.

'O, geweldig,' zei ik enthousiast. 'En hij groeit zo snel!'

'Dus je verjaardag is het komende weekend?' vroeg Sharon.

'Zondag,' zei ik.

'Laten we zaterdag dan een speciale verjaardagscirkel houden,' zei Jenna. 'Met een taart en alles.'

Sharon knikte. 'Dat lijkt me leuk.'

'Ehm, ik kan zaterdag niet,' bromde Matt. Hij streek met een hand door zijn dikke zwarte haar en sloeg zijn ogen neer.

We keken hem allemaal aan.

'We hebben iets met de hele familie,' liet hij erop volgen, maar zijn woorden klonken hol.

Wat kan hij slecht liegen, dacht ik, toen ik Jenna naar hem zag staren.

'Kunnen we die verjaardag niet een andere keer vieren?' vroeg Robbie. 'Ik zit net te denken dat ik het ook niet erg zou vinden om de kring van zaterdag een keer over te slaan.'

'Waarom?' vroeg ik.

'Bree zit achter me aan om een keer naar een van haar cirkels te komen,' gaf Robbie toe. Ik stond paf van die eerlijkheid van hem – niet op een nare manier –, maar ik voelde me weer enorm kwaad worden op Bree. Robbie haalde zijn schouders op. 'Ik wil niet bij hun coven, maar ik vind het niet zo'n slecht idee om eens naar een cirkel van hen te gaan, om eens te peilen wat ze doen.'

'Een beetje spioneren dus?' vroeg Jenna, maar op zachte toon.

Robbie haalde opnieuw zijn schouders op. Zijn haar viel over zijn voorhoofd. 'Ik ben nieuwsgierig,' zei hij. 'Ik geef om Bree. Ik wil weten wat ze doet.'

Ik moest slikken en dwong mezelf ermee in te stemmen. 'Ik denk dat het een goed idee is,' zei ik. Het was ongelooflijk dat Bree mensen van onze coven probeerde af te troggelen. Aan de andere kant was ik blij dat Robbie een oogje in het zeil wilde houden, om er zeker van te zijn dat ze geen gekke dingen deed.

'Ik weet het niet,' zei Cal. Hij ging verzitten en strekte zijn benen uit naar de treden onder hem. 'Continuïteit is een heel belangrijk punt bij Wicca. Het heeft ermee te maken dat je in contact komt met de dagelijkse dingen, de cyclus van het jaar, het draaien van het wiel. Door elkaar iedere zaterdag te ontmoeten en je daaraan te houden, maak je er deel van uit. Het is niet iets wat je naar believen kunt overslaan.'

Matt staarde naar de grond. Maar Robbie keek Cal rustig aan.

'Ik snap wat je bedoelt,' zei Robbie, 'en ik ben het met je eens. Maar ik doe het niet alleen voor mezelf, en het is ook niet omdat ik me lui voel of liever naar de wedstrijd ga kijken. Ik wil weten wat er in de coven van Bree gebeurt. Dit is de manier om erachter te komen.'

Ik was onder de indruk van Robbies kalme houding en het zelfvertrouwen dat hij uitstraalde. Zijn acne en zijn bril waren verdwenen na de geneeskrachtige bezwering die ik voor hem had gedaan. Innerlijk scheen er ook iets genezen te zijn, wat niets met mijn magie te maken had. Jarenlang was hij een nogal onhandige stoethaspel geweest. Hij had nu nieuwe krachtbronnen aangeboord en was hij volkomen zichzelf. Dat was fantastisch om te zien.

Cal zweeg een tijdje. Hij en Robbie zaten elkaar op te nemen. Een maand geleden zou ik nooit gedacht hebben dat Robbie tegen zo'n sterk iemand als Cal opkon. Nu leken ze niet veel voor elkaar onder te doen.

Ten slotte knikte Cal. 'Oké. Het is geen ramp als we een pauze inlassen. Omdat we maar met ons zevenen zijn, wordt het een wat onevenwichtige cirkel als er twee niet komen. Laten we zaterdagavond maar vrij nemen, dan zien we elkaar de week daarop weer.'

'En dan doen we op dié dag Morgans verjaardagstaart,' zei Robbie met een glimlach naar mij.

Sharon schraapte haar keel. 'Ehm... dit zal wel niet het goede moment zijn om te zeggen dat ik de week daarop in Philadelphia zit, vanwege Thanksgiving.'

Cal lachte. 'Nou, dan moeten we er maar het beste van maken. Het is altijd lastig rond de feestdagen, als iedereen dingen met de familie heeft gepland. Hoe zit het met jou, Matt? Kun jij de volgende week?'

Matt knikte automatisch. Ik vroeg me af of hij wel had gehoord wat Cal zei. De bel ging en we stonden allemaal op. Jenna stak haar hand in die van Matt en keek hem aan. Hij zag er witjes en gespannen uit. Wist ik maar wat er aan de hand was.

Toen ik naar het huiswerklokaal ging, stroomden de gangen snel vol met leerlingen. Cal trok aan de mouw van mijn jas.

'Komende zaterdag kunnen wij samen een verjaardagskring houden, alleen met ons tweeën,' fluisterde hij in mijn oor. 'Dat is de goede kant ervan.'

Ik rilde van genot en keek naar hem op. 'Wat fantastisch!'

Hij knikte. 'Ik zal iets heel speciaals bedenken.'

In het huiswerklokaal ontdekte ik dat Tamara absent was. Ze was verkouden, vertelde Janice me. Iedereen was verkouden de laatste tijd, zo leek het.

Bree was er ook niet, althans dat dacht ik, voordat ik haar buiten de deur van de klas zag staan. Ze ging helemaal in het zwart gekleed en droeg felle, donkere make-up, zoals

Raven. Het verborg haar van nature mooie gezicht en maakte haar in zekere zin anoniem, alsof ze een masker droeg. Het gaf me een onbehaaglijk gevoel. Ze stond buiten zachtjes met Chip Newton te praten. Ze kwamen allebei binnen en gingen zitten.

Ik slikte. Chip was een leuke jongen en hij leek me heel aardig. Hij was ook briljant in wiskunde – veel beter dan ik, en ik ben tamelijk goed. Chip was ook de beste dealer van de school. Vorig jaar moest Anita Fleming naar het ziekenhuis na een overdosis Seconal die ze van hem had gekregen. Daardoor was ik me gaan afvragen, hoe aardig hij in werkelijkheid was.

Wat moet je met hem, Bree? vroeg ik me in stilte af. En waarmee is je coven bezig?

Later die ochtend, toen ik in de toiletten op de eerste etage was, hoorde ik de stem van Bree en daarna die van Raven buiten mijn wc-hokje. Snel trok ik mijn voeten op en zette ze schrap tegen de deur, zodat niemand kon zien dat het hokje bezet was. Ik had op dat moment geen zin om met die twee geconfronteerd te worden, zodat ze zich weer vrolijk om me konden maken.

'Waar komen we bij elkaar?' vroeg Raven. Ik hoorde Bree in haar tasje ritselen en ik zag voor me dat ze er een lippenstift uit opdiepte.

'Bij Sky thuis,' antwoordde Bree. Mijn interesse was gewekt. Ze hadden het vast over hun nieuwe coven.

'Wat cool, hè, dat ze een eigen huis hebben,' zei Raven. 'Ik bedoel maar, ze zijn niet veel ouder dan wij.'

Ik haalde stilletjes adem en luisterde aandachtig naar hun stemmen.

'Ja,' zei Bree. 'Wat vind je van hem?'

'Hij is hot, joh,' zei Raven, en ze lachten. 'Maar ik ben helemaal weg van Sky. Ze weet alles. Ze is zo cool, ze heeft zo ontzaglijk veel macht. Ik wil net zo worden.' Nog meer geritsel. Toen draaide een van hen de kraan open.

'Ja,' zei Bree. 'Vond je niet vreemd, wat zij zaterdag zei?'

'Niet echt,' zei Raven. 'Ik bedoel, alles heeft een lichte en een donkere kant, toch? Daar moeten we aan denken.'

'Ja.' Bree klonk serieus en ik vroeg me af waarover Sky het in godsnaam had gehad. Trok Sky hen mee in de richting van zwarte magie? Of toonde ze hen alleen maar een deel van het grote wiel van Wicca, zoals Cal had gezegd?

'Jij hebt die haar toch?' vroeg Raven.

'Ja,' zei Bree. Nu klonk ze bijna terneergeslagen. Ik kon dit gesprek absoluut niet volgen. Wat voor haar?

'Wat is er nou?' wilde Raven weten. 'Sky beloofde toch dat er niemand kwaad zou worden berokkend.'

'Weet ik wel,' bromde Bree. 'Het is gewoon..., ik heb die haar in een oude kam gevonden.'

'Er gebeurt *niets* met Morgan,' onderbrak Raven haar.

'Daar heb ik het ook niet over,' zei Bree vinnig. 'Over haar maak ik me geen zorgen.'

Ik kreeg ogen als schoteltjes en beet op mijn lip om niet naar lucht te happen, toen alles op zijn plaats viel. Bree had het over *mijn* haar. Niet te geloven, zeg. Ze gaf achter mijn rug om een haar van mij aan een vreemd meisje – een heks!

Dat kon maar één reden hebben: Sky wilde een haar van me hebben om macht over me te krijgen. Waarom deed Bree hieraan mee? Geloofde ze echt dat Sky niet van plan was mij kwaad te doen? Waarom zou ze *anders* mijn haar willen hebben?

Of wilde Bree me kwaad doen? vroeg ik me met een ellendig gevoel af.

'We hebben meer mensen nodig,' merkte Raven midden in de stilte op.

'Ja. Nou, Robbie komt. En misschien krijgen we Matt ook zover.'

Raven lachte. 'Ja. Matt. O god, ik sta te trappelen om het gezicht van Thalia te zien als Robbie binnenkomt. Ze bespringt hem waarschijnlijk onmiddellijk.'

Ik fronste mijn wenkbrauwen. Wie was Thalia?

'Denk je?' vroeg Bree.

'Ze heeft het pas uitgemaakt met haar vriendje en ze is op jacht,' zei Raven. 'En Robbie ligt intussen behoorlijk in de markt. Ik zou er niets op tegen hebben om hem zelf aan de haak te slaan.'

'Hè, Jezus, Raven,' zei Bree.

Raven lachte opnieuw en ik hoorde dat er een tas werd dicht geritst. 'Geintje. Misschien.'

Stilte. Ik hield mijn adem in.

'Wat?' vroeg Raven, toen de deur openging.

'Thalia is zijn type niet,' zei Bree, terwijl de geluiden van de gang de toiletruimte binnendrongen.

'Als zij hem wil, dan is ze zijn type wel.'

De deur ging weer dicht. Met een plof liet ik de adem uit mijn longen ontsnappen. Ik ging staan en beefde als reactie. Dus Sky manipuleerde Bree. Ze probeerden inderdaad Matt en Robbie bij onze coven weg te jatten en hen zover te krijgen dat ze zich bij hen aansloten. En Sky had een eigen huis, waar ze bijeenkwamen. Woonde ze daar met Hunter? Was hij degene die Raven hot vond? Dat kon zijn, maar Raven vond elke vent die ademhaalde hot. En ze kenden iemand die Thalia heette en die Robbie zou bespringen. Om een of andere reden was Bree niet erg enthousiast over dat idee. Net zomin als over het overhandigen van mijn haar aan Sky. Maar die aarzelende houding was een schrale troost.

Ik vond het allemaal afschuwelijk, wat ik zojuist had gehoord. Erger nog, ik was bang geworden.

10. Het magische zicht

Het begint hier behoorlijk hectisch te worden, en niet alleen vanwege de Zoeker. Er zijn veel mensen op bezoek geweest. Velen van hen heb ik nog nooit gezien, maar er zijn er ook die ik me nog herinner van over de hele wereld – Manhattan, New Orleans, Californië, Engeland, Oostenrijk. Ze komen en gaan ieder moment. Ik kom continu in kluitjes mensen in kamers tegen die met de hoofden bij elkaar zitten te praten, te debatteren of magie te beoefenen. Ik weet niet precies wat er allemaal gaande is, maar het is wel duidelijk dat onze ontdekking hier heel wat heeft teweeggebracht. En de cirkels! We houden er nu bijna iedere dag één. Ze zijn heel krachtig en stimulerend, maar ik ben er de volgende dag wel moe van.

– Sgàth

Na school wilde ik met Cal praten over wat ik had gehoord, maar hij was al weg. Hij had een briefje op mijn kastje achtergelaten, waarop stond dat hij naar huis moest om vrienden van zijn moeder te ontmoeten. Voorlopig zat ik dus in mijn eentje met mijn vragen over Bree en Raven en hun coven. Zelfs Mary K. ging niet met me mee naar huis. Op het moment dat ik in Das Boot stapte, kwam ze aanrennen om te zeggen dat ze naar Jaycee ging.

Ik knikte en wuifde haar na, maar kon geen glimlach forceren. Ik wilde niet alleen zijn met zoveel problemen aan mijn hoofd.

Gelukkig kwam Robbie naar de auto slenteren. 'Wat ga je doen?' vroeg hij.

Ik hield mijn hand boven mijn ogen vanwege de bleke novemberzon, en keek hem aan. Moest ik hem nu wel of niet vertellen wat ik op mijn hart had? Ik besloot het niet te doen. Het was te gecompliceerd. In plaats daarvan zei ik: 'Ik denk erover om naar Butler's Ferry park te gaan, om dennenappels en dergelijke te verzamelen voor Thanksgiving.'

Robbie dacht even na. 'Dat lijkt me leuk,' zei hij. 'Vind je het gezellig als ik meega?'

'Absoluut,' zei ik, en ik maakte het portier aan de andere kant open.

'En, krijgen jullie familie op bezoek met Thanksgiving?' vroeg hij.

Ik knikte en reed de uitrit af. Toen trapte ik Das Boot op zijn staart. 'De ouders van mijn moeder, de broer van mijn vader en zijn gezin. En iedereen die hier woont. Het diner is dit jaar bij ons thuis.'

'Wij gaan naar mijn oom en tante,' zei Robbie, weinig enthousiast. 'Daar gaan ze zitten schreeuwen bij het *football* op de televisie. Het eten is waardeloos, mijn vader en oom Stan worden stomdronken en gooien vervolgens alle remmen los.'

'Nou, dat doen ze ieder jaar,' probeerde ik wat humor in

deze niet zo vrolijke toestand te brengen. Robbie had me dit wel eens eerder verteld en het stemde altijd erg treurig. 'Dus je kunt het haast een traditie noemen.'

Hij lachte, terwijl ik Milton Pike opreed. 'Dat kun je wel zeggen. Traditie is goed. Dat heb ik bij Wicca geleerd.'

Even later stopte ik op de parkeerplaats van Butler's Ferry park en zette de motor af. Ik pakte een hengselmand uit de achterbak. De zon deed, ondanks de kou, zijn uiterste best om te schijnen en liet de verschrompelde bladeren onder onze voeten glinsteren. De bomen waren kaal en leken net sculpturen. De hemel was weids en bleekblauw. De vredigheid van deze plek maakte zich van me meester en kalmeerde me. Ik was plotseling blij dat ik hier met Robbie, die ik al zo lang kende, was.

'Zijn er nog kruiden of zo in deze tijd van het jaar?' vroeg Robbie.

Ik schudde mijn hoofd. 'Niet veel. Ik heb in mijn veldgids gekeken. Misschien komen we iets tegen, maar ik reken er niet op. Ik zal tot het voorjaar moeten wachten. Dan kan ik planten in het wild gaan verzamelen en met mijn eigen tuin beginnen.'

'Vreemd hè, dat jij zoveel macht hebt in Wicca,' zei Robbie plotseling. Maar het was niet onaardig of als een ondervraging bedoeld.

Even hield ik mijn adem in en overwoog hem alles te vertellen wat ik de afgelopen maand over mezelf te weten was gekomen. Robbie wist niet eens dat ik geadopteerd was. Maar ik kon het gewoon niet. Hij was al zo lang mijn vriend. Hij had me horen klagen over mijn familie en hij had mij altijd beschouwd als een van hen, een Rowlands. Ik kon de emotionele reactie, die ik zou hebben als ik het hele verhaal *weer* moest vertellen, niet aan. Ooit zou ik het hem vertellen. We waren té close met elkaar om zo'n enorm geheim te hebben. Maar vandaag niet.

'Ja, dat is wel zo,' zei ik ten slotte, en ik hield mijn stem luchtig. 'Ik bedoel, het is verbazingwekkend. Wie had dat nou verwacht?'

We grinnikten naar elkaar en ik vond een mooie dennentak op de grond, met drie volmaakte appeltjes eraan. Ik stopte ook om een paar eikentakjes op te rapen, waaraan nog wat verdroogde blaadjes zaten. Ik ben dol op de vorm van eikenbladeren.

'Het heeft alles veranderd,' mompelde Robbie die een mogelijk geschikte tak oppakte en hem aan mij gaf. Ik pakte hem aan en legde hem bij de andere in de mand. 'De magie, bedoel ik. Het heeft je leven totaal veranderd. En je hebt mijn leven ook totaal veranderd.' Hij wees naar de huid van zijn gezicht. Even voelde ik een steek van schuld. Ik had alleen een kleine, geneeskrachtige bezwering willen uitproberen om de acne te laten verdwijnen, waardoor zijn gezicht vanaf de zevende klas ontsierd werd. Maar die bezwering was doorgegaan met hem te perfectioneren. Hij had zelfs geen bril meer nodig. Het hield me af en toe nog steeds bezig.

'Ja, dat denk ik ook,' zei ik zachtjes. Ik boog me naar een kleine, donzige klimplant die tegen een boom groeide, om hem beter te bekijken. Er zaten felrode, verwelkte blaadjes aan.

'Niet aankomen,' zei Robbie. 'Die is giftig.'

Ik lachte geschrokken. 'Fijne heks ben ik.' We glimlachten naar elkaar, terwijl het begon te schemeren in het stille bos om ons heen. 'Ik ben blij dat ik alleen met jou ben,' vervolgde ik. 'Ik weet dat jij niet denkt dat ik een volslagen idioot ben.'

Robbie knikte, maar zijn glimlach verdween. Hij beet op zijn lip.

'Wat is er?' vroeg ik.

'Mis je Bree?' vroeg Robbie opeens.

Ik staarde hem aan en wist niet wat ik zeggen moest. Ik wist wel hoe hij zich voelde: wij liepen hier en hadden het fijn, net zoals vroeger, maar nu was Bree er niet bij om te delen in de pret.

'Ik ben verliefd op haar, weet je,' zei hij.

Mijn mond viel open. Wauw. Ik had zo mijn vermoedens gehad over zijn gevoelens voor haar, maar nooit gedacht dat ze zó sterk waren. En ik had niet verwacht dat hij het er zomaar zou uitgooien.

'Eh, ik heb wel gemerkt dat je dol op haar bent,' gaf ik verlegen toe.

'Nee, het is meer dan dat,' zei Robbie. Hij wendde zijn gezicht af en gooide een eikel de bosjes in. 'Ik ben verliefd op haar. Volslagen gek op haar; altijd geweest ook. Al jaren.' Hij schudde zijn hoofd en glimlachte. Ik keek even steels naar hem. Alle gevoel van spijt dat ik zijn gezicht had genezen, verdween. Ik had iets goeds gedaan. Hij was knap, zelfverzekerd en had nu gladde, krachtige kaken. Hij leek wel een model.

'Al jaren?' vroeg ik. 'Dat wist ik niet.'

Hij haalde zijn schouders op. 'Ik wilde niet dat je het wist. Niemand mocht het weten. Bree al helemaal niet. Zij gaat altijd voor die domme, goed uitziende types. Ik heb gezien hoe ze met de ene na de andere zak omging en ik besefte dat ik geen enkele kans maakte.' Zijn glimlach verdween. 'Weet je dat ze me erover vertelde toen ze ontmaagd was?' Hij draaide zich naar me om. In het afnemende zonlicht glinsterde er iets in zijn blauwgrijze ogen. Hij schudde nog eens zijn hoofd en op zijn gezicht was te zien dat die herinnering hem pijn deed. 'Ze was zo gelukkig en opgewonden. Het allerbeste op koffie verkeerd na, zei ze. En ook nog met die *loser* van een Akers Rowley.'

Ik fronste mijn voorhoofd. 'Ik weet het. Akers was een lul. Het is heel erg, Robbie.'

'Heb je me de laatste tijd een beetje gevolgd?'

'Je ziet er fantastisch uit,' zei ik meteen. 'Je bent een van de knapste jongens van school.'

Robbie lachte. Even klonk hij weer als die oude onhandige, verlegen jongen van destijds. 'Dank je. Maar, eh, denk je dat ik nu een kans heb?'

Ik beet op mijn lip. Wat een beladen vraag. Geheel afgezien van het feit dat Bree misschien aan zwarte magie deed, was het heel vreemd om haar en Robbie als een stel voor me te zien. Ze waren al zo lang bevriend. 'Dat weet ik niet,' zei ik na een tijdje. 'Ik weet niet hoe Bree jou ziet. Het zou kunnen dat ze je meer als een broer beschouwt. Je kent haar eigenlijk te goed om haar te kunnen betoveren. Of andersom.' Ik trok een grijns. 'Niet magisch bedoeld, hè?'

Robbie knikte en schopte met zijn laarzen door de bladeren. Hij had rimpels in zijn voorhoofd.

We liepen dieper het bos in. We hadden nog maar twintig minuten voor het donker werd, dus moesten we gauw terug.

Ik stak mijn arm door de zijne. 'Er is nog iets,' zei ik. Ik vond dat ik hem moest waarschuwen, zodat hij voorbereid zou zijn. 'Vandaag hoorde ik Bree en Raven over hun nieuwe coven praten.'

Ik vertelde hem in het kort wat ik in de toiletten had gehoord, maar liet het gedeelte over mijn haar eruit. Dat was iets wat ik zelf, met hulp van Cal, moest afhandelen. Trouwens, ik wist niet eens zeker wat dat met die haar te betekenen had. Ik wilde niet dat Robbie zich nog meer verscheurd zou voelen tussen Bree en mij. Tegelijkertijd wilde ik ook niet dat ze hem gebruikte.

'Ja, ik weet dat ze nieuwe leden willen rekruteren,' gaf hij toe. 'Maak je geen zorgen. Ik ben daarin niet geïnteresseerd. Ik ga er alleen heen om te zien wat er gebeurt.'

Nu ik hier met Robbie in het bos liep, leken mijn gedachten over Bree en Raven en hun coven een beetje paranoïde. Ze wilden een eigen coven. Nou, en? Dat hoefde toch niet verkeerd of slecht te zijn? Het was gewoon anders, een extra spaak in het wiel. En die haar... ach, wie weet waar dat over ging? Sky had hen verteld dat er niemand kwaad werd gedaan en zij schenen haar te vertrouwen. Maar het allerbelangrijkste was dat ik Bree niet als een slecht iemand kon zien. Ze was zo lang mijn beste vriendin geweest. Ik zou het zeker hebben geweten als ze niet helemaal spoorde. Nietwaar?

Ik schudde mijn hoofd. Dit was te moeilijk om over na te denken. Toen herinnerde ik me nog iets dat ik hen had horen zeggen. 'Ken jij iemand die Thalia heet?' vroeg ik aan Robbie. 'Zij zit in de coven van Bree en Raven.'

Hij dacht na en schudde zijn hoofd. 'Misschien is ze een vriendin van Raven.'

'Nou, mijn informanten zeggen dat zij jou wil inpakken.' Ik zei het als grapje, maar het kwam er op een nogal sombere toon uit.

Robbie klaarde op. 'Uitstekend,' zei hij.

Ik lachte en gaf hem onder het lopen een por in zijn zij.

'Kijk wel uit, hè?' zei ik na een poosje. 'Met Bree, bedoel ik. Ze valt nogal op jongens die ze kan domineren. Jongens die ze kan intimideren en die precies doen wat zij wil. En dat duurt niet lang.'

Robbie hield zijn mond. Ik hoefde hem dat allemaal niet te vertellen; dat wist hij al.

'Als Bree nou om je kon geven zoals jij verdient,' vervolgde ik, 'was het geweldig. Maar ik wil niet dat je wordt gekwetst.'

'Dat weet ik,' zei hij.

Ik kneep een beetje harder in zijn arm. 'Veel geluk,' fluisterde ik.

'Dank je,' glimlachte hij.

Ik dacht heel even aan liefdesformules, liefdesdrankjes, en of zoiets nou werkte. Maar Robbie brak in mijn gedachten in, alsof hij ze kon lezen.

'Haal het niet in je hoofd, je er magisch mee te bemoeien,' waarschuwde hij.

Ik veinsde gekwetstheid. 'Natuurlijk niet! Ik zou denken dat ik al genoeg had gedaan...'

Robbie lachte.

Opeens bleef ik stokstijf staan en trok aan zijn arm. Hij keek me vragend aan. Ik hield mijn vinger tegen mijn lippen. Met mijn ogen zocht ik de bossen af. Ik zag niets, maar mijn zesde zintuig zei me dat er iemand was. Twee zelfs. Ik kon ze voelen. Maar waar waren ze?

Even later hoorde ik gedempte stemmen.

Zonder nadenken lieten we ons allebei achter een grote zwerfkei langs het pad vallen.

'Je hebt het mis. Ik wil het niet,' zei iemand.

Robbie en ik keken elkaar met grote ogen aan. Het was de stem van Matt.

'Doe niet zo raar, Matt. Natuurlijk wil je het wel. Ik zie toch hoe je naar me kijkt.'

Dat was Raven. Ze probeerde Matt te verleiden. Het klopte allemaal precies. Ik herinnerde me hoe ze zijn naam in het toilet had gezegd en hoe ze erbij had gelachen.

Zonder iets te zeggen gluurden Robbie en ik over de kei. Ongeveer zes meter bij ons vandaan stonden Matt en Raven tegenover elkaar. De zon begon nu snel te dalen en het werd kouder. Raven ging dichter bij hem staan en er speelde een lachje om haar lippen. Er kwam een frons op zijn gezicht en hij deed een stap achteruit, maar botste daarbij tegen een boom. Ze drukte zich tegen hem aan, van borst tot knieën.

'Houd op,' zei hij zwakjes.

Raven sloeg haar handen om zijn nek en ging op haar tenen staan om hem te kussen.

'Stop daarmee,' herhaalde hij, maar dat klonk net zo krachtig als het miauwen van Dagda. Hij weerstond haar vijf volle seconden, toen sloeg hij zijn armen om haar heen, hield zijn hoofd schuin en trok haar dicht tegen zich aan. Naast me liet Robbie zijn gezicht in zijn handen zakken. Ik bleef nog even met open mond naar hen kijken. Toen Matt de jas van Raven los ritste en die van hem open knoopte, kon ik het niet langer aanzien. Robbie en ik gingen met onze rug tegen de steen zitten. Ik hoorde een zacht gekreun en kromp in elkaar. Dit was te gênant voor woorden.

Robbie kwam dichter naar me toe en fluisterde in mijn oor: 'Denk jij dat ze het gaan doen?'

Ik trok een grimas. 'Ik weet het niet. Ik bedoel maar, het is hier bar koud.'

Robbie snoof gesmoord. Toen begon ik te giechelen. We bleven een paar tellen diep weggedoken op onze mouwen zitten bijten. We stikten haast van de lach. Uiteindelijk moest Robbie toch kijken. 'Ik kan niet veel zien,' klaagde hij zachtjes. 'Het is te donker onder de bomen.'

Ikzelf wilde niet kijken, hoewel ik alles heel duidelijk zou kunnen zien. Mijn nachtzicht was enorm versterkt. Ik kon nu heel gemakkelijk in het donker kijken, alsof alles van binnen uit verlicht was. Ik had in een boek over hekserij zelfs een verwijzing naar dat vermogen gevonden: het heette het magische zicht.

'Ik geloof niet dat ze het doen,' fluisterde Robbie die zijn ogen samenkneep. 'Het lijkt er meer op dat ze hevig aan het zoenen zijn. Ze staan nog steeds rechtop.'

'Dank de God en de Godin,' bromde ik.

Ik hoorde de stem van Matt. 'We moeten hiermee ophouden. Jenna...'

'Vergeet Jenna toch,' mompelde Raven verleidelijk. 'Ik wil jou. Jij wilt mij. Je wilt bij mij in de coven zijn.'

'Nee, ik...'

'Matt, houd nou op met je ertegen te verzetten. Geef je eraan over, dan kun je mij hebben. Wil je me niet?'

Hij kreunde gesmoord. Nu was het mijn beurt om mijn handen voor mijn gezicht te slaan. Ik wou dat ik Matt op een of andere manier kon tegenhouden. Natuurlijk vond ik hem ook een ontzettende lul.

'Je wilt mij écht wel,' lokte Raven. 'En ik kan jou geven wat je wilt. Wat Jenna niet voor je kan doen. Wij kunnen samen magie beoefenen, heel sterke magie, in mijn coven. Je wilt echt niet meer bij Cal zitten. Dat is een *control freak*.'

Ik verstijfde en trok een kwaad gezicht. Wat wist zij in godsnaam over Cal?

'In onze coven kun je doen wat je wilt,' ging Raven verder. 'Niemand houdt je tegen. En je kunt bij mij zijn. Kom op...'

Ravens stem had nog nooit zo lief en vleiend geklonken. Er liep een rilling over mijn rug, maar niet van de kou.

'Ik kan het niet,' antwoordde Matt met een gekwelde stem. We konden hun voetstappen in de gevallen bladeren horen. Gelukkig liepen ze bij ons vandaan.

'Ik heb een bevroren kont,' fluisterde Robbie. 'Laten we hier weggaan.'

Zo stil en snel als we konden haastten we ons terug over het pad naar Das Boot. Zonder een woord te zeggen gooide ik mijn mand met versiering in de kofferbak en sprongen we in de auto.

'Dat was raar,' bromde Robbie uiteindelijk en hij blies op zijn handen.

Ik knikte en draaide het contactsleuteltje om. 'Nu weten we waarom hij zo vreemd doet,' zei ik, terwijl ik de verwarming aanzette. Ik trok een grijns. 'Raven geilt op hem.'

Robbie lachte niet en mijn eigen gezicht verstrakte ook. Dit was niet leuk. Totaal niet. Het was kwetsend. Ik reed met Das Boot de parkeerplaats af.

'Doen we er iets aan?' vroeg ik. 'Ik heb medelijden met Jenna. Ik vind het zelfs zielig voor Matt. Hij is gewoon... de weg kwijt.'

'Denk jij dat Raven hem op een magische manier manipuleert?' vroeg Robbie.

Ik schudde mijn hoofd. 'Dat zou ik niet weten. Ze is geen bloedheks. Het zou iets anders zijn als ze al jaren bij Wicca zat en meer in contact was met haar innerlijke vermogens. Maar dat zie ik nog niet echt. Tenzij Sky iets met haar heeft gedaan, waardoor ze in staat is iets met Matt uit te halen...'

'Ik neem aan dat seks al voldoende betovering is,' merkte Robbie droogjes op.

Ik dacht aan wat ik had gevoeld in die paar keren dat Cal en ik dicht tegen elkaar aan hadden liggen vrijen. Hoe ik ervan in vervoering was geraakt en hoe ongeveer alles vaag was geworden, behalve hij.

'Ja,' mompelde ik. 'Maar wat gaan we doen?'

Robbie dacht na. 'Ik weet het niet. Ik zie mezelf geen confrontatie aangaan met een van beiden. Het is eigenlijk ook niet onze zaak. Als je het Cal eens vertelde? Het is zíjn coven die ze uit elkaar proberen te drijven. Vertel hem wat je op school hebt gehoord.'

Ik knikte met een zucht. 'Een goed idee.' Ik beet op mijn lip. 'Robbie, dank je wel dat je me hebt verteld wat je voor Bree voelt. Ik ben blij dat je me in vertrouwen neemt. En ik vertel het aan niemand. Maar wees wel... voorzichtig, oké?'

Robbie knikte. 'Dat beloof ik.'

11.
De Raad

De avond vóór Samhain, 1995

Na het ritueel van Samhain houden mijn neven en nichten een gekostumeerd feest. Ik ga als de Dagda, de Heer van de Hemel en Hoge Koning van de Tuatha de Denann. Ik neem mijn panfluit mee voor de muziek, mijn staf voor de magie en een boek voor de kennis. Het wordt leuk. Ik heb Linden en Alwyn geholpen met hun kostuums, en we hebben heel wat afgelachen.

Ik zag mijn nicht Athar achter een boom in de tuin zoenen met Dave MacGregor. Toen ik haar ermee plaagde, verzegelde ze mijn mond, zodat ik niet kan kletsen. Ik ben al twee dagen op zoek naar de tegenformule.

Volgend jaar doe ik mijn inwijding en ben ik een heks. Dan is het wachten voorbij. Ik heb nu wel lang genoeg gestudeerd. Het lijkt wel alsof ik, sinds ik hier ben, niets anders heb gedaan dan studeren. Tante Shelagh is niet zo kwaad, maar oom Beck is een slavendrijver. En Linden en Alwyn maken het me nog moeilijker, doordat ze constant aan me hangen en achter me aanhollen met vragen die ik maar moeilijk kan beantwoorden. Mijn geest tolt voortdurend rond, als een wiel dat draait.

Het meest denk ik nog aan mam en pap. Waar zijn ze? Waarom hebben ze ons in de steek gelaten? Ik heb zoveel verloren – mijn familie, mijn vertrouwen. De woede zal nooit overgaan. Nog een jaar en dan hoor ik de waarheid. Nóg een reden dat ik niet kan wachten tot ik word ingewijd.

– Giomanach

'Ik heb gisteravond geprobeerd je te bellen,' zei ik tegen Cal. Ik drukte mijn gezicht tegen zijn warme jas. De koude lucht die over de parkeerplaats woei, streek door mijn haar. Ik rilde ervan. Hij wreef over mijn rug.

Straks zou de ochtendbel gaan, maar ik had nu geen zin om Cal met de anderen te delen. Ik wilde Matt en Jenna ook niet zien. Ik was op van de zenuwen, zowel door de bizarre gebeurtenissen van gisteren als door de akelige droom die ik vannacht had. Ik droomde van een donkere wolk, als een zwerm zwarte insecten, die achter me aanzat en me verstikte. Ik werd bezweet en bevend wakker, en pas tegen de ochtend sliep ik weer in. Een uurtje later kwam Mary K. me wekken.

'Ik weet het,' fluisterde Cal. Hij kuste me op mijn slaap. 'Ik heb je boodschap gehoord. Maar ik was te laat thuis om je terug te bellen. Was het belangrijk? Ik dacht dat je me wel een telepathische boodschap zou sturen als je me echt nodig had.'

Ik sloeg mijn armen stevig om zijn middel. 'Het is gewoon... een heleboel onzin waar ik met je over wilde praten.'

'Zoals?'

Ik aarzelde. We stonden tegenover de school tegen zijn auto geleund. Het voelde bijna alsof we onder ons waren, maar het was niet privé genoeg. Ik keek om me heen, om me ervan te vergewissen dat we alleen waren. 'Nou, ten eerste hoorde ik in het toilet een gesprek tussen Bree en Raven. Ze hadden het erover dat ze wilden proberen Matt en Robbie zover te krijgen dat ze bij hun coven komen. Ik denk dat ze ons willen splijten. Sky is hun leider. Ze komen bijeen in haar huis, waar dat ook moge zijn. Toen zei Bree iets over haren van mij die ze aan Sky zou geven. Ik ben nogal... ik ben me helemaal wild geschrokken,' biechtte ik op. 'Wat wil Sky met mijn haar?'

Cal kneep zijn gouden ogen tot spleetjes. 'Ik weet het niet, maar ik ben wel van plan om erachter te komen.' Hij haalde diep adem. 'Maak je geen zorgen. Niemand zal jou kwaad doen, Morgan. Niet zolang ik in de buurt ben.'

Ik stond er versteld van hoe ik me getroost voelde door zijn woorden. Het was alsof er een last van mijn schouders werd getild.

'Er is nog meer,' vertelde ik. 'Later waren Robbie en ik in het park, en daar hebben we Matt en Raven uitgebreid zien zoenen.'

Cal trok zijn wenkbrauwen op. 'O,' zei hij.

'Ja. Volkomen toevallig, hoor. Robbie en ik liepen te wandelen om dennenappels en zo te verzamelen, en toen zagen we dat Raven Matt letterlijk klemzette om hem ertoe te brengen dat hij zou breken met Jenna en zich bij hun coven zou aansluiten.'

'Man, man.' Cals gezicht betrok. 'Dus jullie hadden gelijk. Matt gedraagt zich vreemd en nu weten we waarom.'

'Jep.'

Er kwam een peinzende trek op zijn gezicht. 'En Sky is de leider van hun coven? Dat moet wel, want jij hebt haar met Bree en Raven zien praten.'

Ik knikte. Toch kon ik niet anders dan me afvragen... als Sky de coven leidde, wat deed ze dan bij Cal en Selene thuis en waarom deed ze mee aan een cirkel van Selene, op diezelfde avond dat ik het Boek der Schaduwen van Maeve vond? Was zij een soort Wicca-spion? Wist Selene dat Sky een eigen coven had? En maakte dat wat uit? Mijn hoofd tolde. Er was zoveel wat ik niet begreep, zoveel wat ik moest uitzoeken.

Op dat moment hoorden we in de verte de bel van het huiswerklokaal gaan. We kreunden allebei. De lessen hadden vandaag niet mijn prioriteit.

Met de armen om elkaar heen sjokten we over het dode bruine gras naar de school. 'Ik moet hierover nadenken,' zei Cal. 'Het ligt voor de hand dat ik met Sky ga praten. Maar ik zal ook overwegen of ik met Raven of Matt, of met allebei, moet praten.'

Ik knikte. Voor een deel voelde ik me een klikspaan, maar bovenal was ik opgelucht dat Cal het wist. Ik dacht erover zelf met Matt te gaan praten, in de wetenschap dat Cal alle grotere kwesties, zoals die met Sky, voor zijn rekening zou nemen.Toen we de stenen trap naar de achteringang op liepen, kneep ik hem ten afscheid even in zijn hand. Ja, ik zou met Matt gaan praten. Hij was een vriend en nog steeds lid van onze cirkel. Ik was het hem verschuldigd.

'Matt?' riep ik door de gang. 'Heb je even?'

Het was na lunchtijd en bijna tijd om naar de klas te gaan. Mijn slaapgebrek begon me op te breken. Mijn voeten voelden loodzwaar aan. Ik zou er heel wat voor overhebben om me ergens te kunnen oprollen en een dutje te doen. Maar dit was de eerste mogelijkheid om met Matt te praten, en die liet ik me niet ontglippen.

'Wat is er, Morgan?' vroeg Matt. Hij bleef met een gesloten, afstandelijk gezicht voor me staan, zijn handen in zijn zakken.

Ik haalde diep adem en besloot met de deur in huis te vallen. 'Ik heb jou en Raven gisteren gezien,' zei ik onomwonden. 'In Butler's Ferry park.'

Matt sperde zijn ogen open en staarde me aan. 'Eh... waar heb je het over?'

'Kom,' zei ik rustig. Ik trok hem naar de kant van de gang, zodat we konden praten zonder dat langslopende leerlingen ons konden horen. Ik dempte mijn stem. 'Ik bedoel dat ik jou en Raven heb *gezien*, in het park. Ik weet dat ze jou wil overhalen om naar haar coven over te stappen. Ik weet dat je met haar aan het rotzooien bent.'

'Ik rotzooi niet met haar!' hield Matt vol.

Hierop gaf ik geen antwoord. Ik trok alleen mijn wenkbrauwen op.

Hij sloeg zijn blik neer. 'Ik bedoel, zo ver zijn we niet gegaan,' bromde hij. Eindelijk gaf hij het toe. 'Jezus, ik weet niet wat ik moet doen.'

Ik haalde mijn schouders op. 'Maak het uit met Jenna als je verkering met Raven wilt.'

'Maar ik wil geen verkering met Raven,' zei Matt. 'Ik wil niet bij hun coven. Het punt is... ik heb haar altijd een stuk gevonden, weet je.' Hij schudde met zijn hoofd alsof hij het helder wilde krijgen. 'Waarom vertel ik je dit allemaal?'

Er kwam een stel eerstejaars voorbij. Ook al waren ze maar twee jaar jonger dan ik, ze leken in een totaal andere wereld te leven. Zij behoorden tot de wereld van school, huiswerk en jongens. De wereld van Mary K. Niet mijn wereld.

‘Waarom wil zij dat je bij hun coven komt?’ vroeg ik.

‘Ze hebben meer mensen nodig, geloof ik,’ antwoordde Matt. Wat klonk hij ellendig. ‘In het begin kwamen er veel mensen, maar die zijn er allemaal mee gestopt of eruit geschopt. Er waren er nogal wat die het niet serieus namen.’

‘Maar waarom *jij*?’ drong ik aan.

Hij snoof. ‘Ik denk niet dat het echt om mij gaat. Ik ben niemand. Ik ben gewoon maar een warm lijf.’

‘Jij bent ook een deel van onze coven,’ zei ik zachtjes. Enerzijds wilde ik hem troosten, aan de andere kant kon ik hem zijn nek wel omdraaien. ‘Wat ga je nou doen?’ vroeg ik. Ik sloeg mijn armen over elkaar en probeerde niet al te streng te kijken.

‘Ik weet het niet.’

Ik zuchtte. ‘Misschien moet je er met Cal over praten,’ opperde ik. ‘Misschien kan hij je helpen je gedachten op een rijtje te krijgen.’

Matt leek daar niet zo zeker van. ‘Misschien,’ twijfelde hij. ‘Ik zal erover nadenken.’ Hij keek me aan. ‘Ga je het tegen Jenna zeggen?’

Ik schudde mijn hoofd. ‘Nee. Maar ze is niet achterlijk. Ze weet dat er iets aan de hand is.’

Hij lachte afwezig. ‘Ja. We hebben al vier jaar verkering. We kennen elkaar zo goed. Maar we zijn amper achttien.’ Na die woorden zette hij zich af tegen de muur en liep naar zijn klas, zonder nog een keer om te kijken.

Terwijl ik hem nakeek, dacht ik aan wat hij had gezegd. Bedoelde hij dat hij zich te jong aan Jenna gebonden had en andere meisjes wilde leren kennen? Toen ik hierover nadacht, kwam er een versje in mijn hoofd op. Ik zei de woorden heel zachtjes op:

'Help hem zijn levenspad te zien,
Help hem de waarheid in te zien.
Hij is hier de jager niet,
Maar laat hem ook het wild niet zijn.'

Ik schudde mijn hoofd en liep naar mijn eigen klas. Wat was dit nu weer? Wie zal het zeggen. Bij dit soort dingen werd geen gebruiksaanwijzing meegeleverd.

Die middag, toen Mary K. en ik van school thuiskwamen, stond er een grijze auto voor ons huis geparkeerd. Ik dacht er niet verder bij na. Er stond wel vaker een auto voor ons huis geparkeerd. Hij zou wel van een van mijn moeders cliënten zijn. Dus liep ik achter mijn zusje aan het pad op.

'Morgan?'

Ik draaide me meteen om bij het horen van die stem. Hunter Niall stapte de auto uit.

'Wat is dat voor een lekker ding?' vroeg Mary K. die één wenkbrauw optrok.

Ik keek haar woest aan. 'Ga naar binnen,' commandeerde ik. Mijn hart begon te bonzen. 'Dit handel ik wel af.'

Mary K. grijnsde naar me. 'Ik sta te trappelen om er *alles* over te horen.' Ze sprong de treden van de veranda op en stampte het ijs van haar Doc Martens. Toen ging ze naar binnen.

'Hallo, Morgan.' Hunter kwam dichterbij. Hoe lukte het hem toch om een simpele begroeting te laten klinken als een dreigement? vroeg ik me af. Zijn verkoudheid leek erger te zijn geworden. Zijn ogen waren rood en hij praatte heel erg door zijn neus.

'Wat wil je?' Ik moest slikken. Ik dacht aan die akelige droom van vannacht, met dat overweldigende gevoel dat ik gesmoord werd en die donkere wolk die achter me aanzat.

Hij hoestte. 'Ik wil met je praten.'

'Waarover?' Ik slingerde mijn rugzak op de veranda en verloor hem niet uit het oog. Ik hield zijn handen, zijn mond en zijn ogen in de gaten, alles waarmee hij iets magisch kon uitspoken. Mijn hart sloeg op hol en mijn keel zat dicht. Ik wenste vurig dat Cal opeens zou komen aanrijden. Ik overwoog hem een gedachteboodschap te sturen – een heksenbericht. Toen realiseerde ik me dat ik me gewoon moest omdraaien en naar binnen moest gaan. Ik kon dit zelf wel af. Het was helemaal niet nodig om met Hunter te praten.

Maar om een of andere reden bleef ik staan toen hij dwars over ons grasveld aan kwam lopen. Hij liet zwarte voetafdrukken achter in de half gesmolten sneeuw. Hij was nu zo dicht bij dat ik kon zien dat zijn bleke huid volkomen gaaf was en dat hij een paar sproeten op de brug van zijn krachtige neus had. Zijn groene ogen stonden koud.

'Ik wil het over *jou* hebben, Morgan,' zei hij. Hij duwde zijn leren pet naar achteren. Er staken een paar plukjes blond haar onderuit. 'Je weet niet wat je doet met Cal,' deelde hij resoluut maar terloops mee, alsof hij aankondigde dat het vier uur was, en dus theetijd.

Ik schudde mijn hoofd en merkte dat ik kwaad werd. 'Je weet helemaal niet...'

'Daar kun jij niets aan doen,' onderbrak hij me. 'Het is allemaal nieuw voor je.'

De boosheid kwam vanuit mijn maag opzetten en ging over in razernij. Met welk recht deed hij zo neerbuigend tegen me?

Hunter keek me doordringend aan. 'We kunnen niet

van je verwachten dat je weet wie Cal en zijn moeder zijn,' zei hij. 'Dat neemt niemand je kwalijk,' voegde hij eraan toe.

'Wát neemt niemand me kwalijk?' wilde ik weten. 'Waar heb je het over? Ik *ken* je niet eens. Hoe haal je het in je hoofd lelijke dingen te zeggen over mensen die ik ken en om wie ik geef?'

Hij haalde zijn schouders op. Zijn houding was zo kil als de lucht om ons heen. 'Je begeeft je in iets dat veel groter en duisterder is dan jij je kunt voorstellen.'

Mijn woede ging over in sarcasme. Hunter haalde werkelijk het ergste in me naar boven.

'O, houd op, houd op.' Ik deed mijn best om verveeld te klinken. 'Je maakt me bang, hoor.'

Zijn gezicht verstrakte en hij kwam dichter bij me staan. Mijn maag kneep samen en de adrenaline gierde door mijn bloed. Ik weerstond de aandrang me om te draaien en het huis in te vliegen.

'Cal liegt tegen je,' sneerde Hunter. 'Hij is niet wat je denkt dat hij is. Hij niet en zijn moeder ook niet. Ik ben hier om je te waarschuwen. Wees niet dom en kijk me aan!' Hij wees naar zijn opgezette ogen en zijn rode neus. 'Vind jij dit normaal? Want dat is het niet. Ze gebruiken magie tegen me...'

'Is het heus?' onderbrak ik hem. 'Wil je me wijsmaken dat ze iets tegen je ondernemen? Doe me een lol, zeg!'

Wie *was* die gozer? Dacht hij nu werkelijk dat ik zou geloven dat Cal en Selene hem met zwarte magie verkouden hadden gemaakt? Of was hij een paranoïde gek? Misschien moest ik medelijden met hem hebben, maar dat kon ik niet opbrengen. Ik was alleen maar furieus. Ik wilde hem uit alle macht een duw geven, hem slaan en schoppen. Ik was nog nooit zo kwaad geweest. Niet op mijn ouders, niet op Bree, zelfs niet op Bakker. Ik draaide me om en wilde naar binnen gaan.

Hunter schoot naar voren en nam mijn arm in een pijnlijke greep. Razend, omdat ik me klemgezet voelde, trok ik mijn vingers samen en sloeg hem hard op zijn hand. Er sprong een knetterende blauwe flits uit mijn hand, zodat hij een schok kreeg. Hij liet me meteen los en keek me geschrokken aan.

'Dus dát is het,' fluisterde hij, terwijl hij over zijn hand wreef. Hij knikte verbaasd. 'Dat is de reden waarom hij jou nodig heeft.'

'Sodemieter nou maar op!' riep ik. 'Of wil je dat ik je echt pijn doe?'

Toen zei Hunter honend: 'Je wilt zeker laten zien wat voor machtige Woodbane je bent?'

De tijd leek stil te staan.

'Het klopt,' fluisterde hij. 'Ik ken je geheim. Ik weet dat je een Woodbane bent.'

'Jij weet helemaal niks,' kon ik nog net fluisterend uitbrengen.

'Maeve Riordan,' zei hij schouderophalend. 'De Nauwe Poort. Het waren allemaal Woodbanes. Doe maar niet alsof je het niet weet.'

'Je liegt!' siste ik. Een heel akelig gevoel begon in me te borrelen, als in een kokende ketel. Ik vroeg me af of ik zou gaan overgeven.

Er ging een flits van verbazing over zijn gezicht die onmiddellijk in argwaan overging. 'Je kunt het niet verbergen,' zei hij, meer geërgerd dan arrogant. 'Je kunt niet net doen alsof het er niet is. Je bent een Woodbane, Cal is een Woodbane en jullie spelen met vuur. Maar daar gaat een eind aan komen. Je hebt een keus en hij ook. Ik ben hier, om ervoor te zorgen dat je de juiste keus maakt.'

Wegwezen, zei ik tegen mijn lichaam en mijn voeten. Naar binnen. Vooruit, verdomme nog aan toe! Maar ik stond als aan de grond genageld.

'Wie ben je?' vroeg ik. 'Waarom doe je me dit aan?'

'Ik ben Hunter,' zei hij met een wolfachtige grijns die mijn adem deed stokken. Hij leek wel een gevaarlijk roofdier. 'Het jongste lid van de Internationale Raad van Heksen.'

Ik hijgde snel en oppervlakkig, alsof ik de dood zelf in de ogen keek.

'Ik ben de broer van Cal.'

12. De toekomst

Ik dank de God en de Godin voor haar. Wat een openbaring is zij, iedere keer opnieuw. Toen ik de taak kreeg toegewezen haar te begeleiden, had ik geen idee dat het meer zou worden dan een oefening in macht. Ze blijkt zoveel meer te zijn dan dat. Ze is een vogel in het wild: even teer, maar in het bezit van een enorme kracht. Als ik te snel handel, wordt ze bang en vlucht ze van me weg.

Voor het eerst van mijn leven zit er een zwakke plek in mijn wapenrusting, en dat is mijn liefde.

— Sgàth

Ik rende de hard bevroren treden van ons huis op en stormde de deur door. Hunter zou me heus niet achternakomen, wist ik. In huis was het heerlijk warm en knus en ik holde bijna snikkend van opluchting de trap op en mijn kamer in. Ik had genoeg tegenwoordigheid van geest om mijn deur op slot te draaien. Toen Mary K. een minuutje later aanklopte, riep ik: 'Ik kom zo beneden.'

'Oké,' antwoordde ze.

Het duizelde in mijn hoofd. Het eerste wat ik deed, was naar de badkamer hollen om mijn gezicht in de spiegel te bekijken. Ik was nog steeds dezelfde, ondanks de gejaagde blik in mijn bruine ogen en de schrik op mijn wit weggetrokken gezicht. Had Hunter gelijk? Was ik een Woodbane?

Ik wierp me op mijn bed en trok het Boek der Schaduwen van Maeve onder mijn matras vandaan. Toen begon ik de pagina's om te slaan. Ik had de aantekeningen al eerder doorgebladerd en her en der wat gelezen, maar ik werkte me er hoofdzakelijk langzaam doorheen, om ieder woord en elke formule te overdenken en te laten bezinken. Zo verdiepte ik mijn kennis en ook de enige band met de vrouw die mij ter wereld had gebracht.

Toch duurde het niet lang voor ik had gevonden wat ik zocht. Het stond in het gedeelte waar Maeve nog onder de naam Bradhadair schreef. Er stond heel nuchter: 'Ondanks het bloed van de Woodbanes in onze aderen heeft de clan van De Nauwe Poort besloten geen kwaad te doen.'

Met de kracht van een golf die breekt op het strand kwamen de woorden van Selene weer boven: 'Ik weet wat erin staat. Ik weet niet of je er al aan toe bent om het te lezen.'

Selene wist dat Maeve een Woodbane was. Plotseling werden mijn ogen naar een klein boek op mijn bureau getrokken – het boek over de Woodbanes dat Alyce van 'Practical Magick' me had willen laten lezen. Dan... wist Alyce het dus ook? Hunter wist het? Hoe kwam het dat iedereen het wist, behalve *ik*? Wist Cal het? Hoe kon dat?

Maar Hunter was een leugenaar. Ik voelde hoe de woede als een donderwolk kwam opzetten. Hunter had ook gezegd dat hij een broer van Cal was. Ik dacht terug. Cals vader was hertrouwd en Cal had halfbroers en halfzusters in Engeland. Maar daar kon Hunter er niet één van zijn –

die was van dezelfde leeftijd als Cal.

Leugens. Allemaal leugens.

Maar waarom was Hunter hier? Was hij naar Amerika gekomen om met mijn geest te rommelen? Misschien was hij Cals halfbroer wél. Wilde hij Cal om een of andere reden te grazen nemen. En viel hij mij aan, om Cal te raken. Als dat zijn bedoeling was, slaagde hij daar verdomd goed in.

Ik kreeg een afschuwelijke hoofdpijn van dit alles. Ik sloot het boek en trok Dagda in mijn armen. Ik bleef naar zijn zachte, slaperige gespin zitten luisteren, tot Mary K. riep dat het avondeten klaar was.

De vegetarische stoofschotel die Mary K. in elkaar had geflanst, was nauwelijks te eten. Ik had trouwens geen trek. Ik moest antwoorden hebben.

Ik ontweek de vraag die Mary K. me in verband met Hunter toefluisterde, beloofde dat ik haar later zou helpen met de afwas en vroeg aan mijn ouders of ik naar Cal mocht. Gelukkig vonden ze het goed.

Toen ik met Das Boot van huis wegreed, begon het weer te sneeuwen. Natuurlijk was ik nog steeds overstuur door alles wat Hunter had gezegd, maar ik probeerde mijn rijgedrag er niet onder te laten lijden. De ruitenwissers schoven de sneeuw met wijde bogen van de voorruit en mijn koplampen verlichtten de duizenden vlokjes die uit de lucht kwamen dwarrelen. Het was mooi, stil en eenzaam.

Woodbane. Als ik vanavond thuiskwam, zou ik het boek gaan lezen dat Alyce me had gegeven. Maar eerst moest ik Cal spreken.

Op de lange, U-vormige oprit van Cals huis zag ik de gouden Explorer staan en nog een auto. Een kleine, groene auto die ik niet kende. Ik ploeterde door de versgevallen sneeuw en voelde het kraken onder mijn klompen. De brede stenen traptreden waren sneeuwvrij gemaakt en met zout bestrooid. Ik liep ze snel op en belde aan.

Wat ging ik zeggen als Selene opendeed? De laatste keer dat ik haar had gezien, was in haar privé-bibliotheek, en daar had ik eigenlijk een boek van haar gepikt. Aan de andere kant kwam dat boek mij rechtens toe. En ze *had* het goedgevonden dat ik het hield.

Er ging een aantal seconden voorbij. Geen beweging daarbinnen, althans, niets wat ik kon horen. Ik kreeg het koud. Misschien had ik eerst moeten bellen. Ik drukte nog eens op de bel en schakelde toen mijn antennes in om te kijken wie er thuis was. Maar het huis was een fort. Ik kreeg geen antwoord. Toen ging mij een licht op: Ze hadden het huis zelf magisch beveiligd.

Sneeuwvlokken verzamelden zich op mijn lange haren, alsof ik een kanten schoudermantel droeg die langzaam wegsmolt op mijn wangen en oogleden. Ik belde nog een keer aan en begon me onzeker te voelen. Misschien hadden ze het druk. Misschien hadden ze bezoek. Misschien hadden ze een cirkel, hielden ze zich met magie bezig of hadden ze een feestje... Eindelijk ging de hoge, zware, houten deur open.

'Morgan!' zei Cal. 'Ik heb je helemaal niet voelen aankomen. Je ziet er verkleumd uit. Kom er gauw in.' Hij liet me snel de hal binnen en streek met zijn hand over mijn koude, vochtige haar. Ik deinsde terug toen ik lichte voetstappen achter hem hoorde. Ik keek op en zag dat het Sky Eventide was.

Toen ik haar zag, knipperde ik met mijn ogen. Ze had een gesloten uitdrukking op haar gezicht. Was ik ergens midden in gevallen? Had Cal haar hier laten komen om haar te vragen naar haar coven en mijn haar? Ik keek of ik iets van irritatie zag, of hij op zijn hoede was, maar hij leek ontspannen en op zijn gemak.

'Ik had eerst moeten bellen,' zei ik, terwijl ik van Cal naar Sky keek. 'Het was niet mijn bedoeling jullie te storen.'

Vertel maar eens wat ik verstoord heb, dacht ik, terwijl Sky haar zware leren jas pakte. Ze zag er mooi en exotisch uit. Naast haar voelde ik me zo opwindend als een bruine veldmuis. De jaloezie begon te steken. Zou Cal haar aantrekkelijk vinden?

'Het geeft niet,' zei Sky, terwijl ze haar jas dicht ritste. 'Ik stond op het punt weg te gaan.' Met haar zwarte ogen keek ze onderzoekend in die van Cal en ze hield zijn blik vast. 'Denk eraan wat ik heb gezegd,' zei ze, zonder op mij te letten. Die woorden leken een dreiging in te houden, maar Cal lachte.

'Je maakt je veel te druk. Kalm aan,' zei hij opgewekt. Zij keek hem alleen maar aan.

Ik keek haar na toen ze de deur opende en vertrok. Ze nam niet eens de moeite om gedag te zeggen. Er was iets vreemds aan de hand en ik moest weten wat het was.

'Wat ging dat over?' vroeg ik recht op de man af.

Cal schudde zijn hoofd en bleef glimlachen. 'Ik ben haar vandaag tegen het lijf gelopen en zei toen dat ik met haar wilde praten over haar plannen met haar coven. Ze kwam hierheen, maar het enige wat ze wilde, was een boodschap van Hunter overbrengen,' zei hij. Hij hielp me uit mijn jas en hing hem over een stoel met een hoge rugleuning. Toen pakte hij mijn hand en wreef hem, zodat de kou eruit ging. 'Ik probeerde je een paar minuten geleden te bellen, maar de telefoon was in gesprek.'

'Dan zal er wel iemand aan de lijn zijn.' Ik trok een frons in mijn gezicht. Probeerde hij van onderwerp te veranderen? 'En wat voor boodschap had Sky voor je?'

'Ze kwam me waarschuwen,' was het simpele antwoord. Nog altijd met mijn hand in de zijne ging hij me voor door een donkere, dubbele, houten deur die toegang gaf tot een grote salon. Er brandde een hoog vuur in een enorme stenen haard, met een uitnodigende, donkerblauwe bank ervoor. Cal ging zitten en trok me naast zich.

'Waarschuwen?' drong ik aan.

Hij zuchtte. 'Het komt erop neer dat Hunter me te grazen wil nemen. Sky kwam vertellen dat ik moet oppassen. Dat is het.'

Ik tuurde peinzend in het vuur. Meestal werd ik rustig van de warmte en de gloed van vlammen, maar nu niet. 'Waarom wil Hunter je te grazen nemen?'

'Dat is eh... nogal persoonlijk,' aarzelde Cal.

'Maar waarom kwam Sky je waarschuwen? Ze staat toch aan zijn kant?'

'Sky weet niet wat ze wil,' antwoordde Cal cryptisch. Hij had zich een tijdje niet geschoren en de donkere stoppeltjes op zijn gezicht maakten hem ouder. Sexy ook. Hij zweeg een tijdje en kwam toen dichter bij me zitten, zodat ik zijn warmte voelde van mijn schouder tot mijn heup. De herinnering aan hoe het was om naast hem te liggen en hem hartstochtelijk te kussen, hoe het voelde om door hem te worden gestreeld en hem zelf te strelen, golfde door me heen. Maar ik mocht me niet laten afleiden.

'Wie *is* Hunter?' vroeg ik.

Cal trok een gezicht. 'Ik wil niet over hem praten,' zei hij.

‘Hij was vandaag bij mij.’

‘Wat?’ Ik zag aan Cals ogen dat het hem schokte. En ik zag nog iets. Bezorgdheid, misschien. Hij maakte zich ongerust over *mij*.

‘Wat is de Internationale Raad van Heksen?’ vroeg ik door.

Cal ging een eindje bij me vandaan zitten en zuchtte toen gelaten. Hij leunde achterover tegen de bank en knikte. ‘Je kunt me maar beter alles vertellen,’ zei hij.

‘Hunter kwam bij mij thuis en vertelde me dat ik een Woodbane ben,’ zei ik. Als bij een dijkdoorbraak stroomden de woorden uit mijn mond. ‘Hij zei dat *jij* ook een Woodbane bent en dat hij je broer is. En dat ik me in een gevaarlijke situatie stort en dat hij bij de Internationale Raad van Heksen zit.’

‘Niet te geloven,’ kreunde Cal. ‘Wat is dit erg. Ik ga ervoor zorgen dat hij je voortaan met rust laat.’ Hij leek zijn gedachten even te ordenen. ‘Die Internationale Raad van Heksen is niet meer dan dat: heksen van over de hele wereld die bij elkaar komen. Het is een soort bestuur, maar wat ze nou precies besturen, is niet duidelijk. Het zijn een soort dorpsoudsten, maar dat dorp bestaat uit alle heksen van de wereld. Ik denk dat er zo’n zevenenzestig landen in vertegenwoordigd zijn.’

‘Wat doen ze?’

‘In vroegere tijden beslechtten ze geschillen over land, oorlogen tussen clans en kwesties waarbij magie tegen anderen werd gericht,’ verklaarde Cal. ‘Tegenwoordig stellen ze hoofdzakelijk richtlijnen op over het juiste gebruik van magie en proberen ze de magische kennis te consolideren.’

Ik schudde mijn hoofd. Ik snapte er niets van. ‘En Hunter maakt daarvan deel van uit?’

Cal haalde zijn schouders op. 'Dat beweert hij. Ik denk dat het niet waar is, maar wie weet? Wellicht heeft de Raad een groot gebrek aan leden.' Hij lachte even. 'Hij is in de eerste plaats een tweederangs heks met grootheidswaan.'

'Dat kun je wel zeggen, ja,' mompelde ik, toen ik terugdacht aan zijn bewering dat zijn verkoudheid het resultaat van een bezwering was. Dat was zó belachelijk dat ik alle andere dingen die hij had gezegd misschien ook maar moest vergeten. Op een of andere manier kon ik dat niet.

Cal keek even naar me. 'Heeft hij gezegd dat je een Woodbane bent?'

'Ja,' zei ik stijfjes. 'Toen ben ik naar binnen gegaan en heb het in Maeves Boek der Schaduwen opgezocht. Ik *ben* een Woodbane. Alle leden van De Nauwe Poort waren Woodbanes. Wist je dat?'

Cal gaf niet direct antwoord. In plaats daarvan leek hij te overwegen wat ik had gezegd. Hij keek in het vuur. 'En hoe voel jij je daaronder?' vroeg hij toen.

'Rot,' antwoordde ik naar waarheid. 'Ik zou er trots op zijn geweest een Rowanwand te zijn, wat dan ook. Maar een Woodbane... het is net alsof je ontdekt dat je voorouders allemaal bajesklanten of ander tuig zijn geweest. Erger nog. Veel erger.'

Cal keek me lachend aan. 'Nee, zo is het niet, liefste van me. Zo erg is het lang niet.'

'Hoe kun je dat nou zeggen?'

'Het is heel simpel,' zei hij met een grijns. 'Het is tegenwoordig niet meer van belang. Ik zei je al, men is vooringenomen tegenover de Woodbanes, maar daarmee negeren ze al hun goede eigenschappen, zoals kracht, loyaliteit, macht, het streven naar kennis.'

Ik staarde hem aan. 'Wist jij dan niet dat ik een Woodbane was? Ik ben er zeker van dat je moeder het weet.'

Cal schudde zijn hoofd. 'Nee, ik wist het niet. Ik heb het boek van Maeve niet gelezen en mam heeft het niet met me besproken. Luister, het is niet erg om te weten dat je een Woodbane bent. Het is beter dan helemaal niet te weten tot welke clan je behoort of dat je tot een vuilnisbakkenras hoort. Ik heb altijd gevonden dat de Woodbanes negatief werden bekritiseerd – een soort revisionisme, weet je.'

Ik keek weer naar het vuur. 'Hij zegt dat jij ook een Woodbane bent,' fluisterde ik.

'Wij weten niet wat we zijn,' zei Cal bedaard. 'Mam heeft er veel onderzoek aan besteed, maar het is onduidelijk. Maar als we het zouden zijn, zou het je dan kunnen schelen? Zou je dan niet van me houden?'

'Natuurlijk zou het me niet kunnen schelen.' De vlammen knetterden levendig en ik legde mijn hoofd op Cals schouder. Overstuur als ik was geweest, begon ik me nu beter te voelen. Ik schopte mijn schoenen uit en strekte mijn kousenvoeten uit naar het vuur. Het was heerlijk warm aan mijn tenen. Ik zuchtte, want ik had nog meer vragen.

'Waarom zegt Hunter dat hij je broer is?'

Cals ogen werden donker. 'Mijn vader is hogepriester en hij heeft veel macht. Hunter wil ook zo zijn. En hij *is* de zoon van de vrouw met wie mijn vader is getrouwd, nadat hij mijn moeder heeft verlaten. We zijn dus in ieder geval stiefbroers.'

Ik slikte en trok een pijnlijk gezicht. 'Ai,' mompelde ik. 'Sorry.'

'Ja, het spijt mij ook. Ik wou dat ik hem nooit had ontmoet.'

'Hoe hebben jullie elkaar leren kennen?' vroeg ik voorzichtig.

'Op een congres, twee jaar geleden,' antwoordde Cal.

Ik moest erom lachen omdat het me verraste. 'Een heksencongres?'

'Hmm.' Cal glimlachte vaag. 'Daar ben ik Hunter tegengekomen en heeft hij me verteld dat we broers waren, met maar zes maanden leeftijdsverschil. Wat erop neer zou komen dat mijn vader met opzet een andere vrouw zwanger heeft gemaakt, terwijl mijn moeder zwanger was van *mij*. Daarom haatte ik Hunter. Daar wil ik nog steeds niet aan. Wat Hunter ook beweert, ik zeg dat zijn vader een ander is, niet mijn vader. Ik kan het niet accepteren dat die klootzak van een vader van me zoiets heeft gedaan.' Hij sloeg zijn arm om me heen en ik legde mijn kin op zijn borst. Ik luisterde naar zijn regelmatige hartslag en keek slaperig in het vuur.

'Is dat de reden waarom Hunter zo doet?'

'Dat denk ik, ja. Op een of andere manier is hij... ik weet het niet, volkomen verknipt. Het zal wel met zijn kindertijd te maken hebben. Ik weet dat ik hem niet moet haten – het is niet zijn schuld dat mijn vader er zo'n zootje van heeft gemaakt. Maar hij kwam zowat klaar toen hij vertelde dat mijn vader ook zijn vader is. Alsof hij ervan genoot om me te kwetsen.'

Teder streelde ik Cals golvende haar. 'Dat is wel heel erg,' zei ik.

Cal grinnikte quasi-zielig. Ik wilde hem troosten, zoals hij mij zo vaak had getroost. Ik begon hem zachtjes te kussen, in een poging hem liefde te geven waarvan hij zeker kon zijn. Hij begon haast te spinnen van welbehagen en trok me dichter tegen zich aan.

‘Waarom was Hunter die avond hier in het huis van je moeder, toen ze de cirkel hield?’ vroeg ik zachtjes, toen ik stopte om adem te halen.

‘Hij wil graag contact met ons houden,’ zei Cal sarcastisch. ‘Ik weet niet waarom. Soms denk ik dat hij het fijn vindt om mam en mij te herinneren aan het feit dat hij bestaat. Het ons als het ware onder de neus wil wrijven.’

Ik rilde. ‘Gatverderrie, wat walgelijk. Ik heb helemaal geen medelijden met hem. Ik kan hem niet uitstaan en het is vreselijk wat hij jullie aandoet. Als hij zo doorgaat, moet hij oppassen.’

Cal grinnikte. ‘Mmm, zalig, als je zulke stoere taal uitslaat.’

‘Ik meen het,’ zei ik. ‘Ik schiet mijn heksenbliksem op hem af. Zó hard dat hij niet weet wat hem overkomt.’ Ik trok mijn vingers krom en stond versteld van de gewelddadigheid van mijn eigen gevoelens.

Cals glimlach werd nog breder, maar hij zei: ‘Laten we het over iets anders hebben.’ Hij gaf me een kus en keek me toen aan. ‘Ik heb een vraag. Hoe staat het met je studieplannen?’

Ik trok verbaasde rimpels in mijn voorhoofd en dacht na. ‘Daar ben ik nog niet uit,’ zei ik. ‘Ik denk er al een tijdje over om me aan te melden bij de Technische Hogeschool in Massachusetts. Om in ieder geval iets met techniek en wiskunde te gaan doen.’

‘Knapperd,’ plaagde Cal teder.

‘Waarom wil je dat weten?’ vroeg ik. Dit leek zo absurd normaal, na al dat gedoe over de Internationale Raad van Heksen en oeroude magische clans.

‘Ik heb over onze toekomst zitten nadenken,’ zei hij. Het klonk nogal onomwonden en relaxed. ‘Ik overweeg volgend jaar naar Europa te gaan, om een jaartje te gaan reizen. En ik heb ook bedacht om, als ik terugkom, een huisje voor ons te gaan zoeken, en dan kunnen we naar dezelfde school gaan.'

Ik zette grote ogen op van de schok. 'Bedoel je... *samenwonen*?' fluisterde ik.

'Ja, samenwonen,' zei hij met een halve grijns, alsof hij sprak over samen huiswerk maken of naar de bioscoop gaan. 'Ik wil bij je zijn.' Hij keek me diep in mijn ogen. 'Geen mens heeft me ooit zo willen beschermen als jij.'

Ik begon alleen al bij de gedachte snel adem te halen. Ik pakte hem lachend beet en gooide hem achterover op de bank met de bedoeling om hem te zoenen, maar we kwamen met een bons op de grond terecht.

'Au,' zei Cal, en hij wreef over zijn hoofd. Hij glimlachte naar me en ik kuste hem. Precies op dat moment viel mijn blik op een oude grootvaderklok. Mijn stemming zakte. Het begon al laat te worden. Mam en pap zouden zich ongerust maken.

'Ik moet weg,' zei ik met tegenzin.

'Er komt een dag dat je niet meer weg hoeft,' beloofde hij.

Ik deed mijn jas aan en smolt bijna van geluk, toen Cal me uitliet. Ik voelde zelfs niets van de kou tot ik bijna thuis was.

13. De duistere kant

Litha, 1996

Tot nu toe was mijn leven als de winter, maar gisteravond, tijdens mijn inwijding, brak de lente door. Het was één en al magie. Tante Shelagh en oom Beck leidden het ritueel. De wijzen van de coven stonden om me heen. Ik werd geblinddoekt en kreeg wijn te drinken. Ze stelden me op de proef en ik gaf de antwoorden zo goed als ik kon. Met de blinddoek voor trok ik een cirkel, tekende de runen en sprak mijn bezweringsformules uit. De warmte van de zomeravond werd verjaagd door een koude wind die vanaf de Noordzee kwam opzetten. Iemand hield de scherpe punt van een dolk tegen mijn rechteroog en beval me naar voren te lopen. Ik probeerde me te herinneren of ik ooit covenleden met kapotte ogen had gezien. Omdat dat niet het geval was, zette ik een flinke stap naar voren en de scherpe punt verdween.

Ik zong helemaal alleen in het donker mijn inwijdingslied. Ik voelde de magie in alle hevigheid komen opzetten. Al zingend struikelde ik over de ruwe heide van de kaap en voelde hoe ik door magie werd gedragen. Groot en machtig werd ik, en ik barstte bijna van vreugde en kennis. Toen namen ze me de blinddoek af en was de inwijding voltooid. Ik was een heks, een volwassen man in de ogen van de heksengemeenschap. Er werd wijn gedronken en ik omhelsde iedereen. Zelfs oom Beck. Hij omhelsde mij ook en zei dat hij trots op me was. Mijn nicht Athar plaagde me, maar ik heb alleen maar teruggelachen. Later ben ik achter Molly F. aangegaan en ik heb haar een echte kus gegeven. Ze duwde me van zich af en dreigde ermee het aan tante Shelagh te vertellen.

Vermoedelijk was ik nog niet zo'n volwassen man als ik wel dacht.

— Giomanach

Toen ik vrijdagochtend wakker werd, schoten er flarden van nare dromen, als gescheurde banieren, door mijn hoofd. Ik rekte me een paar keer uit om me ervan los te maken – en ze vervaagden. Ik heb geen idee meer wat de inhoud ervan was. Er bleven geen beelden of duidelijke emoties hangen, waaruit ik iets had kunnen opmaken. Ik wist alleen dat het akelig was geweest.

Ik had gisteravond te lang in het Boek der Schaduwen van Maeve en het boek over de Woodbanes, dat Alyce me had gegeven, liggen lezen. Het was nog steeds heel vreemd voor me om te weten dat Maeve mijn echte moeder was, en ook nog een Woodbane. Ik had me mijn hele leven al enigszins anders gevoeld dan mijn familie en me afgevraagd hoe dat kwam. Het gekke was dat, nu ik mijn afstamming kende, ik me veel meer een Rowlands voelde dan een Ierse heks.

Met één blik uit mijn raam zag ik dat het koud en afschuwelijk weer was. En ik lag lekker knus in mijn bed, met dat aanbiddelijke, jonge katje, dat zo heerlijk lag te slapen, naast me. Ik piekerde er niet over om eruit te komen.

'Schiet nou eens op, Morgan!' schreeuwde Mary K. over haar toeren. Direct daarop stormde ze mijn kamer binnen en trok aan mijn dekbed. 'We hebben nog maar tien minuten om op school te komen en het sneeuwt, dus ik kan niet op de fiets! Sta nou op!'

Verdorie nog aan toe, dacht ik, en ik zwichtte. Op een dag zou ik toegeven aan het verlangen om thuis te blijven.

We haalden nog net de laatste bel. Ik glipte haastig de klas binnen op het moment dat mijn naam werd afgeroepen.

'Aanwezig!' hijgde ik ten overvloede, en ik liet me op mijn stoel zakken. Onder de spottende blik van Tamara pakte ik mijn borstel en begon mijn haren te ontwarren. Aan de andere kant van het lokaal zat Bree met Chip Newton te kletsen. Ik dacht aan Sky en Raven, aan hun coven en dat Sky hen over de duistere kant had verteld. Ik had nog steeds geen duidelijk beeld van wat de duistere kant was, behalve wat vage alinea's in een van mijn Wicca-boeken. Ik zou er meer onderzoek naar moeten doen en het boek uitlezen dat Alyce me over de Woodbanes had gegeven. Cal had gezegd dat de duistere kant op zich niet bestond, dat er alleen een Wicca-cirkel bestond. Misschien moest ik het aan Alyce vragen.

Ik keek heel even naar Bree, alsof ik met één blik op haar kon weten wat ze aan het doen was, of wat ze dacht. Ik had altijd in één oogopslag kunnen zien wat er met haar aan de hand was – en haar ook kunnen vertellen wat er met mij aan de hand was. Nu niet meer. We spraken nu een andere taal.

Het was een rare dag.

Op school wilde Matt me niet aankijken. Jenna leek nerveus. Met Cal was alles prima, uiteraard. We wisten allebei dat we een nieuw stadium van intimiteit hadden bereikt. We hadden plannen voor de toekomst gemaakt. Als we elkaar zagen, moesten we glimlachen. Hij was een baken van licht voor mij. Robbie was monter als altijd. Het was boeiend om te zien hoe meisjes, die nooit enige notitie van hem hadden genomen, nu hun best deden om met hem in gesprek te komen, naast hem te lopen en hem te bestoken met vragen over het huiswerk, schaakproblemen en het soort muziek waar hij van hield. Ethan en Sharon draaiden nog steeds flirterig om elkaar heen.

Toch was ik de hele dag ongedurig. Ik had niet genoeg slaap gehad en er ging te veel in mijn hoofd om. In de klas kon ik niet opletten. Ik bleef maar bezig met wat ik in het boek van Maeve had gelezen. Dan schoten mijn gedachten weer terug naar dat bizarre gedrag van Hunter. En vervolgens naar Cal en mij, zoals we bij hem thuis voor de haard hadden gelegen. Ik was zo vol liefde voor hem. Waarom kon ik me niet concentreren? Het was nodig dat ik alleen was, beter nog, met Cal samen – om te mediteren en mijn energie te richten.

Na school bleef ik bij Cals auto wachten. Hij stond met Matt te praten en ik vroeg me af waar ze het over hadden. Matt keek ongemakkelijk, maar hij knikte. Cal leek hem een beetje gerust te stellen. Mooi. Maar ik hoopte ook dat hij Matt zou zeggen dat het absoluut *niet* cool was om achter Jenna's rug met Raven te rotzooien.

Toen zag Cal mij. Hij kwam meteen op me af en sloeg zijn armen om me heen, waardoor hij me klemzette tegen zijn auto. Ik zag Nell Norton jaloers kijken toen ze langsliep. Lekker puh.

'Heb je iets te doen?' vroeg ik. 'Kunnen we samen iets afspreken?'

'Was het maar waar.' Hij pakte een handvol haar en kuste me op mijn voorhoofd. 'Mam heeft mensen van buiten op bezoek en ze wil me met hen laten kennismaken. Het zijn mensen van haar oude coven in Manhattan.'

'Hoeveel covens heeft ze wel niet gehad?' vroeg ik nieuwsgierig.

'Hm, eens kijken,' zei Cal en hij begon binnensmonds te tellen. 'Acht, geloof ik. Ze richt ergens een coven op, zorgt ervoor dat ze sterk worden. Daarna leidt ze een nieuwe leider op en als ze er klaar voor zijn, trekt ze verder.' Hij glimlachte naar me. 'Ze is een soort Wicca-zendeling.'

Ik lachte. Cal kuste me opnieuw en stapte in zijn auto. Ik liep naar Das Boot. Er kwam een kleine bestelbus naast me rijden en het raampje ging naar beneden. 'Ik ga met Jaycee mee!' riep Mary K.. Ze zwaaide en ik zwaaide terug. Ik zag Robbie in zijn auto wegrijden. Verderop stapte Bree in haar BMW. Ik zou wel eens willen weten waar ze naartoe ging, maar ik had niet de emotionele en fysieke energie om achter haar aan te rijden.

In plaats daarvan reed ik naar Red Kill.

Toen ik bij 'Practical Magick' binnenstapte, rook het er naar dampende thee en brandende kaarsen. Voor het eerst sinds ik die morgen uit bed was gekropen, voelde ik me ontspannen.

Even bleef ik bij de deur staan om warm te worden. Ik voelde hoe mijn borst ruimer werd en mijn vingers ontdooiden. Mijn haar was een beetje vochtig van de sneeuw en ik schudde ze uit. David stond bij de kassa en keek op. Hij glimlachte niet, maar nam me heel aandachtig op.

Toch gaf hij me het gevoel dat hij blij was om me te zien. Misschien was ik eindelijk aan hem gewend, want het leek net alsof ik een oude vriend zag. Er was niet onmiddellijk een band tussen ons geweest, zoals met Alyce. Ik wist niet zo goed waarom. Maar misschien begon ik eroverheen te komen.

'Hallo, Morgan,' zei hij. 'Hoe gaat het met je?'

Ik schudde met een vermoeide glimlach mijn hoofd. 'Ik weet het niet.'

David knikte. Hij verdween door een deuropening met een gordijn achter de toonbank. Ik zag daar een kleine, volgestouwde kamer met een haveloos tafeltje en drie stoelen, een roestige tafelkoelkast en een kookplaat met twee branders. Er begon een theeketel te fluiten. Vreemd, dacht ik, had hij op een of andere manier geweten dat ik zou komen?

'Volgens mij kun je wel een kop thee gebruiken,' riep hij.

'Heerlijk!' zei ik uit de grond van mijn hart en ik besloot de vriendschap die hij me leek te bieden aan te nemen. Ik stopte mijn handschoenen in mijn zakken en keek de winkel rond. Er was verder niemand. 'Is het een stille dag?' vroeg ik.

'Er zijn vanochtend wat klanten geweest,' antwoordde David vanachter het gordijn, 'maar vanmiddag is het rustig. Ik vind het wel prettig zo.'

Ik vroeg me af of ze hier wel voldoende geld mee verdienden.

'Eh, wie is de eigenaar van deze zaak?' vroeg ik.

'Eigenlijk mijn tante Rose,' zei David. 'Ze is al heel oud en komt hier niet meer zo vaak. Ik werk hier al jaren – dan weer wel, dan weer niet, vanaf het moment dat ik van college kwam.' Ik hoorde lepeltjes in mokken rinkelen. Even later stak hij zijn hoofd door het gordijn en duwde het opzij. Hij had twee dampende mokken in zijn handen. Dankbaar pakte ik er één aan en snoof de ongewone geur ervan op.

'Wat is dit voor thee?'

David grinnikte en nam een slok uit zijn eigen mok. 'Zeg jij het maar.'

Ik keek hem onzeker aan, terwijl hij wachtte. Was dit een test? Met een ongemakkelijk gevoel sloot ik mijn ogen en snoof diep. De thee had verscheidene geuren die een zoet geheel vormden en waarvan ik er geen een kon identificeren.

'Ik weet het niet,' zei ik.

'O, jawel,' moedigde David rustig aan. 'Luister er maar naar.'

Opnieuw deed ik mijn ogen dicht, ademde in en liet de wetenschap varen dat het gewoon thee in een mok was. Ik concentreerde me op de geur en op de eigenschappen die met de damp meekwamen. Langzaam ademde ik in en uit, maakte mijn gedachten stil en liet mijn spanningen los. Naarmate ik stiller werd, werd ik meer onderdeel van de thee. Voor mijn geestesoog zag ik de zachte damp in kringetjes opstijgen en oplossen in een zuchtje wind.

Spreek tot mij, dacht ik, toon me je aard.

Toen zag ik, in mijn geest, hoe de damp begon te kronkelen en zich in vier stromen splitste, als een fijne draad die wordt uiteengerafeld. Bij de volgende ademhaling was ik in een wei. Het was er zonnig en warm, en ik stak mijn hand uit naar een volmaakt ronde roze bloem. Het zware aroma prikkelde mijn neus en ik baadde me in haar schoonheid.

'Roos,' fluisterde ik.

David zweeg.

Ik volgde de tweede dampkolom. Ik zag dat hij uit de grond werd opgegraven. De zwarte aarde kleefde nog aan de ruwe huid. Hij werd gewassen en geschild en toen het gele vruchtvlees werd afgeschraapt, kwam een scherpe lucht vrij.

'O, het is gember,' knikte ik.

De derde kolom kwam uit rijen laag groeiende, zilvergroene planten vol paarse bloemen. Ik had nog nooit zoveel bijen boven planten zien zoemen, alsof ze een levende mantel van insecten vormden. Een hete zon, zwarte aarde en het aanhoudende gezoem vervulden me met een dromerige tevredenheid.

'Lavendel.'

De laatste draad van de damp had een houtige geur, niet zo bekend en ook minder mooi. Het was een laag groeiende plant met rimpelige blaadjes en een slanke stengel met kleine bloemen. Ik kneusde wat blaadjes in mijn hand en rook eraan. Het rook naar aarde en ook anders, haast onaangenaam. Vermengd met de drie andere geuren vormde het een prachtig, uitgebalanceerd geheel. Het voegde kracht toe aan de zoetigheid en temperde de sterke gemberlucht.

'Ik zou zeggen, glidkruid,' aarzelde ik, 'maar ik weet het niet zeker.'

Ik opende mijn ogen en zag dat David me observeerde.

'Heel goed,' knikte hij. 'Zeer goed zelfs. Glidkruid is een vaste plant. De bloeiende stengels helpen om spanning te verlichten.'

Intussen was de thee een beetje afgekoeld en ik nam een slok. Ik proefde de eigenlijke smaak niet eens zozeer, maar was me meer bewust van het drinken van de verschillende essenties. Ik liet me erdoor verwarmen en liet hun genezende eigenschappen van kalmte en rust tot me doordringen. Ik ging op een kruk bij de toonbank zitten. Zonder enige waarschuwing kwamen alle onopgeloste kwesties in mijn leven opzetten, zodat ik weer het gevoel kreeg dat ik stikte. Matt en Jenna, Sky, Bree, Raven, Hunter, het feit dat ik een Woodbane was, Mary K. en Bakker... het overweldigde me. Alleen met Cal ging het goed.

'Soms lijkt het alsof ik helemaal niets meer weet,' hoorde ik mezelf eruit flappen. 'Ik wil dat de dingen gewoon open zijn. Maar mensen en dingen hebben zoveel verschillende lagen. Zo gauw je er een hebt leren kennen, komt de andere naar boven en begin je weer opnieuw.'

'Hoe meer je leert, hoe meer je moet leren,' was David het bedaard met me eens. 'Zo is het leven. Zo is Wicca. Zo ben jij ook.'

Ik keek hem aan. 'Wat bedoel je?'

'Jij dacht jezelf te kennen, maar toen ontdekte je het ene na het andere. Dat verandert de manier waarop je naar jezelf kijkt en hoe je anderen met betrekking tot jezelf ziet.' Het klonk heel nuchter.

'Bedoel je dat iedereen dat heeft, of ik in het bijzonder?' vroeg ik voorzichtig.

Buiten gaf de zwakke namiddagzon de strijd op en vervaagde achter een grijze wolkenbank. Ik kon de reuzengedaante van Das Boot voor de ingang van de winkel zien staan. Hij was bedekt met minstens twee centimeter sneeuw en hagel.

'Iedereen is zo,' zei hij met een glimlach, 'maar ik heb het vooral over jou.'

Ik knipperde met mijn ogen, want ik begreep het niet helemaal. David had ooit gezegd dat ik een heks was, die net deed alsof ze dat niet was.

'Denk je nog steeds dat ik net doe alsof ik geen heks ben?' vroeg ik.

Het scheen hem niet te deren dat ik wist wat hij had gezegd. 'Nee.' Hij zocht even naar de juiste woorden. Hij keek me aan met een vaste blik in zijn donkere ogen. 'Het is eerder zo dat je jezelf niet duidelijk laat zien, omdat je nog niet zeker weet wie en *wat* je bent. Ik heb mijn hele leven geweten dat ik een heks ben – al tweeëndertig jaar. En ik heb ook altijd geweten...' hij zweeg weer, alsof hij een besluit nam, en zei toen zachtjes: '...dat ik een Burnhide ben. Dat is niet wie ik ben, maar wát ik ben. Ik ben vanbinnen hetzelfde als vanbuiten. Bij jou is dat anders in die zin dat je kortgeleden pas hebt ontdekt...'

'Dat ik een Woodbane ben?' onderbrak ik hem.

Hij staarde me aan. 'Ik wilde eigenlijk zeggen "dat je een heks bent", maar je weet intussen dat je een Woodbane bent. Je bent nog maar net begonnen met te ontdekken wat dat voor *jou* betekent. Het is dus vrijwel onmogelijk aan de buitenwereld te laten zien wat het voor *hen* zou moeten betekenen.'

Ik knikte. Ik begon het te snappen. 'Alyce heeft me eens verteld dat jullie allebei heksen naar het bloed waren, maar dat jullie je eigen clan niet kennen. Jij bent dus een Burnhide?'

'Ja. De Burnhides hadden zich vooral in Duitsland gevestigd. Mijn familie komt daarvandaan. Wij zijn altijd Burnhides geweest. Voor de meeste overgeërfde heksen is de clan waar ze bij horen een persoonlijke zaak. Er zijn zoveel mensen die alle kennis van hun clan zijn kwijtgeraakt dat de meesten tegenwoordig zeggen dat ze hun clan niet weten, totdat ze iemand goed genoeg kennen.'

Ik vond het heel fijn dat hij me vertrouwde. 'Ik ben dus

een Woodbane,' zei ik opgelaten.

David grinnikte zonder enige vooringenomenheid. 'Het is goed te weten wat je bent,' zei hij.

Ik nam weer een slok thee.

'Bestaan er manieren om clans te identificeren?' vroeg ik na een tijdje. 'Ik heb gelezen dat de Leapvaughns vaak rood haar hebben.'

'Dat is niet zo heel betrouwbaar,' antwoordde David. De telefoon ging en hij hield even zijn hoofd schuin om zich te concentreren. Hij nam niet op. In het achterkamertje hoorde ik het antwoordapparaat aanslaan.

'De Burnhides hebben bijvoorbeeld donkere ogen en veel van hen worden vrij vroeg grijs.' Hij wees naar zijn eigen zilverkleurige haar. 'Dat wil niet zeggen dat elke donkerogige, grijsharige persoon een Burnhide is, en ook niet dat alle Burnhides er zo uitzien.'

Er kwam ineens iets bij me op. 'En dit dan?' vroeg ik, en ik stroopte mijn mouw op om hem de moedervlek aan mijn rechterarm te laten zien. Mijn behoefte om te weten woog zwaarder dan mijn schaamte.

'Ja, dat is de athame van de Woodbanes,' zei David nuchter. 'Dat is ook zoiets. Niet iedereen van jullie heeft dat.'

Het was best schokkend om zo heel terloops te vernemen dat ik mijn hele leven al gemerkt was geweest, gemerkt met het symbool van een clan, en dat ik dat nooit had geweten.

'En hoe zit het met die... Internationale Raad van Heksen?' vroeg ik, na een reeks van gedachten.

De koperen belletjes boven de deur rinkelden en er kwamen twee meisjes van ongeveer mijn leeftijd binnen. Onwillekeurig schakelde ik mijn verhoogde waarneming in en voelde dat het geen magische meisjes, maar heel normale meisjes waren. Ze liepen langzaam de winkel door, fluisterden, lachten en bekeken alle artikelen.

'Dat is een onafhankelijke raad,' zei David zacht. 'Hij is in het leven geroepen om alle moderne clans te vertegenwoordigen. Er zijn er vele honderden die niet verbonden zijn met een van de zeven huizen. De voornaamste functie ervan is toezicht houden en soms de illegale toepassing van magie te bestraffen. Dat is magie die wordt aangewend om macht over anderen te verkrijgen, bijvoorbeeld, of om zich te mengen in het leven van anderen, zonder dat deze het weten of het ermee eens zijn. Magie die wordt gebruikt om kwaad te doen.'

Ik fronste mijn voorhoofd. 'Een soort Wicca-politie dus.'

David trok zijn wenkbrauwen op. 'Er zijn er die zo over de Raad denken.'

'Hoe weten zij of iemand magie gebruikt om de verkeerde redenen?' vroeg ik. Achter ons hadden de meisjes de boekenafdeling verlaten en stonden nu 'óó' en 'áá' te roepen bij al die mooie, handgemaakte kaarsen die de winkel in voorraad had. Ik wachtte tot ze bij de kaarsen in de vorm van een penis kwamen.

'O, mijn god,' fluisterde de een. Ik grijnsde.

'Er zijn heksen in de Raad die zich er specifiek op toeleggen dergelijke mensen op te sporen,' legde David uit. 'Wij noemen hen Zoekers. Het is hun taak om gevallen van zwarte magie of misbruik van macht te onderzoeken.'

'Zoekers?' zei ik.

'Ja. Wacht even. Ik kan je nog meer over hen vertellen.'

David kwam achter de toonbank vandaan en liep langs de boeken. Hij stopte even bij een plank en pakte toen een oud, versleten boek. Hij bladerde er al in voor hij bij me terug was. 'Hier,' zei hij, 'moet je horen.'

Ik keek naar hem toen hij begon te lezen en dronk ondertussen van mijn thee.

'"Tot mijn droefenis moet ik zeggen dat er lieden zijn die zich niet voegen naar de wijze doelstellingen van de Hoge Raad. Er bestaan clans die zich willen afzonderen, die aan geheimhouding doen en die zich isoleren van hun medeheksen. Zeker, men mag een clan niet bekritiseren omdat deze haar eigen kennis behoedt. We zijn het er allen over eens dat de bezweringsformules, historie en rituelen van een clan hun eigen werkterrein uitmaken. Maar wij zien dat het in de huidige tijd verstandig is om ons te verenigen, om zo veel mogelijk met elkaar te delen en een maatschappij te creëren, waarin wij volledig kunnen participeren en met anderen van onze soort gezamenlijk onze erediensten kunnen houden. Dit is het doel van de Internationale Raad van Heksen."'

Hij zweeg een ogenblik en keek mij van opzij aan.

'Dat klinkt als iets heel goeds,' zei ik.

'Ja,' zei hij, maar hij had een vreemde klank in zijn stem. Zijn blik ging terug naar de onderkant van de pagina. '"Men kan niet anders dan twijfels hebben ten aanzien van degenen die weigeren samen te werken, die dit doel tegenwerken en magie beoefenen die door de Raad wordt afgekeurd. In het verleden hebben dergelijke afsplitsingen tallozen in het verderf gestort. Er ligt weinig kracht in afzondering en weinig vreugde in het beoefenen van magie die niet is gesanctioneerd. Dat is de reden waarom wij Zoekers hebben."'

Er was iets in de manier waarop hij het woord Zoekers uitsprak, waardoor ik een koude rilling kreeg. 'En wat doen die Zoekers precies?' drong ik aan.

'"Zoekers zijn leden van de Raad die zijn geselecteerd om heksen op te sporen die onze grenzen overschrijden,"' las hij verder. '"Zij zijn gevolmachtigd om op te treden tegen heksen die de Raad actief tegenwerken en die zichzelf of anderen kwaad berokkenen. Het is beter dat wijzelf, van binnen uit, toezicht op onze mensen houden, om te voorkomen dat de wereld er opnieuw toe overgaat ons van buiten af hun controle op te leggen."' David sloot het boek en keek me weer aan. 'Aldus Birgit Fallon O'Roark. Zij was hogepriesteres van de Hoge Raad, van de jaren twintig tot zestig van negentiende eeuw.'

Mijn thee werd koud. Ik dronk het in één teug op en zette de mok op de toonbank. 'Wat doen de Zoekers als zij heksen vinden die zich tegen de Raad verzetten?'

'Dan leggen ze hen meestal een banspreuk op,' zei David. Hij keek gekweld en zijn stem klonk gespannen, alsof het hem pijn deed om die woorden uit te spreken. 'Dan kunnen ze hun magie niet meer gebruiken. Er zijn dingen die je kunt doen, zoals kruiden of mineralen, die ze moeten innemen... daarna kunnen ze niet meer bij hun innerlijke magie komen.'

Het leek alsof er een koude wind over me heen streek. Mijn maag draaide om. 'Is dat erg?' vroeg ik.

'Dat is *heel* erg,' zei David met nadruk. 'Een magiër te zijn en niet meer bij je magie kunnen komen, dat is alsof je stikt. Alsof je levend begraven bent. Erg genoeg om iemand gek te maken.'

Ik moest aan Maeve en Angus denken die jaren in Amerika hadden geleefd en hun magische vermogens hadden afgezworen. Hoe hadden ze dat kunnen verdragen? Wat had het met hen gedaan? Ik dacht aan de droom waarin ik stikte – dat was ondraaglijk geweest. Had hun dagelijkse leven zonder Wicca er zo uitgezien?

'Maar als je je macht misbruikt, komt er vroeg of laat een Zoeker op je af,' zei David. Hij schudde zijn hoofd en het was alsof hij tegen zichzelf praatte. Zijn gezicht leek ouder te worden, getekend door herinnering. Ik wilde het liever niet weten.

Buiten was het donker. Ik vroeg me af wat voor bezoek Cal had en of hij me straks nog zou bellen. Zou Hunter echt lid van de Raad zijn? Hij leek me eerder zo'n kwalijke heks waar de Raad juist een Zoeker op zou afsturen.

En, dacht ik, zouden Maeve en de rest van De Nauwe Poort met succes de duistere kant hebben afgezworen? Liet de duistere kant zich eigenlijk wel afzweren?

'Bestaat er een duistere kant?' Ik aarzelde de woorden uit te spreken en voelde David terugdeinzen.

'O, jawel,' zei hij zachtjes, 'er bestaat een duistere kant.'

Ik slikte en dacht aan Cal. 'Iemand heeft me verteld dat er geen duistere kant bestond – dat Wicca in zijn geheel een groot wiel was en dat alles met elkaar verbonden was, dat alles deel uitmaakte van hetzelfde. Dat zou betekenen dat er niet twee verschillende kanten waren, zoals licht en duisternis.'

'Dat is ook waar.' David leek diep na te denken. 'Wij zeggen wit, als we het hebben over magie die ten goede wordt aangewend, en zwart als we de magie bedoelen die wordt gebruikt om kwaad te doen. Heel algemeen gesteld.'

'Dus dat zijn twee verschillende dingen?' drong ik aan.

Langzaam ging David met zijn vinger over de rand van zijn mok. 'Ja, ze zijn verschillend, maar niet tegenovergesteld. Vaak liggen ze vlak naast elkaar, of zijn ze gelijk aan elkaar. Dat heeft te maken met filosofie en hoe mensen handelingen interpreteren. Het heeft te maken met de geest van de magie, met de wil en de intentie.' Hij keek naar me op en glimlachte. 'Het zit erg ingewikkeld in elkaar. Dat is ook de reden waarom wij ons hele leven moeten blijven studeren.'

'Kun je zeggen dat iemand die aan de zwarte kant opereert slecht is en dat je bij hem uit de buurt moet blijven?'

David zag er weer gepijnigd uit. 'Dat kan. Maar dat is niet het totaalbeeld. Zijn er heksen die hun magie voor de verkeerde doelen gebruiken? Ja. Zijn er heksen die met opzet anderen kwaad doen voor eigen winstbejag? Ja. Moeten sommige heksen worden gestopt? Ja. Maar meestal is het niet zo simpel.'

Niets bij Wicca was simpel, leek het. 'Ik geloof dat ik maar eens naar huis moet gaan,' zei ik, en ik schoof mijn mok over de toonbank naar hem toe. 'Dank je voor het gesprek en de thee.'

'Graag gedaan,' zei David. 'Je kunt altijd komen praten, als je dat wilt. Alyce en ik maken ons wel eens ongerust over je.'

'Over mij?' vroeg ik. 'Waarom?'

Davids mondhoeken krulden even omhoog in een glimlach. 'Omdat je midden in je groeiproces zit,' zei hij vriendelijk. 'Het zal niet eenvoudig zijn. Misschien heb je hulp nodig. Dus voel je vrij ons erom te vragen.'

'Dank je,' zei ik opnieuw. Ik voelde me gerustgesteld, maar begreep nog steeds niet precies wat hij bedoelde. Ik wuifde even en verliet 'Practical Magick'. Ik liep naar mijn auto. De banden kwamen even in een slip toen ik achteruitreed, maar ik was algauw onderweg naar Widow's Vale. Mijn koplampen verlichtten iedere unieke, magische sneeuwvlok.

14. Schouwen

Litha, 1996

Vanochtend vroeg zaten oom Beck en ik op de rand van het klif. We keken naar de zon die opkwam, mijn eerste zonsopkomst als heks, en hij vertelde mij de ware toedracht van de verdwijning van pap en mam.

Al die jaren dat ze verdwenen zijn, heb ik bij elke bocht in de weg tegen mijn tranen gevochten en mezelf voorgehouden dat ik niet kinderachtig moest zijn en niet moest toegeven aan mijn verdriet. Maar vandaag moest ik huilen en dat is vreemd, want er wordt nu van me verwacht dat ik een man ben. Toch huilde ik. Om hen, maar nog het meest om mezelf – om al mijn verspilde woede. Ik weet nu dat oom Beck zeer goede redenen had om de waarheid voor me te verzwijgen, dat mam en pap moesten verdwijnen om mij, Linden en Alwyn te beschermen. Dat hij slechts één keer iets van hen heeft vernomen, twee jaar geleden. Dat hij zelfs niet heeft geprobeerd hen door middel van schouwen te vinden.

En ik weet ook waarom.

Ik weet nu ook wat ik met mezelf aan moet, waar ik naartoe ga, wat ik ga worden. Het is heel mal, maar mijn naam zegt het al. Ik ga degenen opjagen die mijn familie uit elkaar hebben gerukt. En ik zal niet stoppen voor ik de *Yr* met hun bloed op hun gezichten heb geschreven.

— Gìomanach

Ik was nog maar drie kilometer van huis, toen ik de koplampen achter me zag. Eerst was er helemaal niets, geen enkele andere auto te zien, maar toen ik een bocht nam, schenen die lampen plotseling in mijn achteruitkijkspiegel. Ze verblindden me en ze vulden mijn auto, alsof hij van binnen uit werd verlicht. Ik kneep mijn ogen tot spleetjes en trapte een paar keer op de rem, maar degene die achter me zat, ging me niet voorbij en dimde ook zijn lampen niet. Ze kwamen zelfs dichterbij.

Ik minderde vaart en seinde dat hij niet zo dicht achter me moest blijven hangen. Maar die andere auto bleef aan mijn bumper kleven. Ik begon lichtelijk kwaad te worden. Wie zat me zo op mijn hielen? Een of andere grappenmaker, zo'n vervelende blaag in de auto van zijn pa? Ik gaf gas, maar de andere auto ging ook harder rijden. Mijn banden slipten een beetje toen ik weer een bocht nam. De ander deed me na en ik begon zenuwachtig te worden. Mijn ruitenwissers klikten heen en weer – op het ritme van mijn hartslag – en veegden de vallende sneeuw weg. Ik zag geen andere lichten op de weg. We waren alleen.

Oké. Dit was foute boel. Ik had verhalen over autodieven gehoord... maar ik zat in een Valiant '71, zeg. Hoeveel ik ook van hem hield, ik betwijfelde of iemand hem met geweld van me zou willen stelen, en al helemaal niet midden in een sneeuwbui. Wat was dit dan voor idioot?

Mijn ogen schoten naar de achteruitkijkspiegel. De koplampen boorden zich in mijn pupillen. Ik probeerde de zee van paarse vlekken voor mijn ogen weg te knipperen. De boosheid ging over in angst. Ik kon amper iets zien in het donker... alleen maar die lampen die met de seconde feller leken te worden. Om een of andere reden kon ik de motor van die andere auto niet horen. Het leek wel…

Magie.

Het woord gleed mijn gedachten binnen als een slang.

Ik beet op mijn lip. Misschien zat er helemaal geen auto achter me. Misschien waren die lampen de manifestatie van een magische kracht. Plotseling herinnerde ik me weer levendig dat Hunter Niall onder de Explorer van Cal had staan koekeloeren en dat Cal me die steen met de runeninscriptie had laten zien. Hunter had al eens eerder geprobeerd magie tegen ons te gebruiken. Als hij dat nu weer deed, ditmaal met mij?

Naar huis, dacht ik. Ik moest maken dat ik thuiskwam. Ik deed mijn spiegel omhoog, zodat het licht me niet verblindde. Ik moest nog ongeveer twee kilometer afleggen voor ik bij mijn straat was. Best ver, eigenlijk. 'Shit,' bromde ik, en mijn stem trilde een beetje. Met mijn rechterhand trok ik runentekens op mijn dashboard: Eoh voor bescherming, Ur voor kracht en Raido voor reizen...

De lichten leken nu nog feller in mijn spiegel te schijnen. Met mijn linkerhand rukte ik onwillekeurig aan mijn stuur. Opeens voelde ik hobbels onder mijn wielen en voordat ik het besefte, gleed ik opzij in de richting van een diepe afwateringsgreppel. *Godin!* schreeuwde ik in stilte. De angst en adrenaline schoten door mijn lijf als een bos onzichtbare pijlen. Ik klemde mijn handen om het stuur, maar kreeg de auto niet meer onder controle. Het zware gevaarte van Das Boot slipte met gierende banden over het gladde wegdek.

De volgende seconden verstreken in slowmotion. Met een afgrijslijk gekraak ramde de neus van de auto een hoop ijs en sneeuw. Ik schoot naar voren en hoorde mijn koplamp breken. Toen was het stil. De auto bewoog niet meer. Ik bleef een paar tellen als verlamd zitten, niet in staat me te verroeren. Ik was me alleen nog bewust van mijn eigen ademhaling: een snel, onregelmatig gehijg.

Goed, sprak ik mezelf ten slotte toe, je bent niet gewond geraakt.

Toen ik mijn hoofd optilde, meende ik heel even nog twee rode achterlichten in de nacht te zien verdwijnen.

Ik kneep mijn ogen samen. Het was dus tóch een echte auto geweest.

Met een trillende zucht zette ik de motor af. Ik gooide het portier open en hees mezelf Das Boot uit. Wat niet zo eenvoudig was, gezien de vreemde kanteling die hij had gemaakt. Het was moeilijk om me te concentreren, maar ik riep mijn magische gezichtsvermogen op en tuurde in de richting waarin de auto was verdwenen. Het enige wat ik zag, waren de bomen, de slapende vogels en de flauwe lichtgloed van nachtdieren.

De auto was weg.

Ik bleef tegen mijn portier geleund staan, ademde zwaar en balde mijn vuisten in mijn zakken. Al was ik er tamelijk zeker van dat die lampen niet magisch waren geweest, de angst werd er niet minder om. Iemand had me van de weg gereden. Das Boot zat hopeloos vast in de greppel. Er kwam een brok in mijn keel. Ik stond op het punt in tranen uit te barsten en beefde als een riet. Wat was er aan de hand? Ik dacht aan de runen die ik op het dashboard had getrokken voordat ik het ongeluk kreeg. Nu trok ik ze nog een keer in de koude lucht om me heen. Eoh, Ur en Raido.

De snelle bewegingen hielpen me tot bedaren te komen, in ieder geval voldoende om te kunnen nadenken over wat me te doen stond.

Er zat niet veel anders op dan de rest van de weg naar huis te lopen. Ik had geen mobiele telefoon, en kon dus niemand te hulp roepen. En ik had bepaald geen zin om in mijn eentje in het donker, op deze bevroren, eenzame weg te blijven wachten.

Ik manoeuvreerde het portier aan de kant van het stuur weer open, viste mijn rugzak uit de auto en sloot Das Boot zorgvuldig af. Ik schudde mijn hoofd. Het zou een ellendige, lange wandeling naar huis worden. Terwijl ik mijn rugzak op mijn schouders hees, werden de sneeuwvlokken om me heen gedempt verlicht. Ik hoorde het zwakke gebrom van een motor. Ik draaide me om en zag langzaam een auto komen aanrijden... uit dezelfde richting waarin de lichten waren verdwenen.

De golf van opluchting die ik had gevoeld bij de mogelijkheid dat ik werd gered, verdween toen de auto op nog geen vier meter afstand stopte. De koplampen waren lang niet zo fel, maar volgens mij was dit dezelfde wagen. Misschien had degene achter het stuur besloten om te keren en zijn werk af te maken, of…

Mijn maag kneep samen. Dat kenteken, het rooster van de lichtbruine BMW... Ik had ze al herkend voordat het raampje van de passagierszitplaats openging. Het was de auto van Bree.

Bree keek naar buiten vanachter het stuur. Haar ogen waren zwart omlijnd, haar huid was bleek en volmaakt. Even zeiden we niets en keken elkaar aan. Hopelijk zag ik er niet zo verwilderd en gehavend uit als ik me voelde. Ik wilde kracht uitstralen.

‘Wat is er gebeurd, Morgan?’ vroeg ze.

Ik deed mijn mond open en meteen weer dicht. Ik kneep mijn ogen samen toen er een afschuwelijke gedachte door mijn hoofd schoot. Kon Bree degene zijn geweest die me de greppel in had gereden?

Het was mogelijk. Er waren geen andere auto’s op de weg. Ze had een eindje verderop kunnen keren en terugrijden, om te zien wat er met me was gebeurd. Maar... Bree? Zou zij me kwaad willen doen?

Weet je nog wat je in de wc hebt gehoord, klonk een stemmetje in me. Ze heeft je haar aan een heks gegeven. Houd dat in gedachten.

Misschien was alles definitief veranderd. Misschien gaf Bree helemaal niets meer om me. Of misschien had Sky Eventide haar ertoe aangezet – als een stunt om me te laten schrikken, zoals Sky haar ook had gedwongen haren van mij aan haar te geven. Wel honderd gedachten trommelden tegen mijn schedeldak. Ze wilden eruit, wilden haar toeroepen: O, god, Bree, laat je niet in de maling nemen! Ik maak me zorgen om je. Ik mis je. Het is zo dom wat je doet. Het spijt me. Ik moet met je praten. Weet je niet wat me is overkomen? Ik ben geadopteerd. Ik heb écht heksenbloed en ik ben een Woodbane. Het spijt me van Cal...

‘Morgan?’ vroeg ze weer, met een diepe rimpel in haar voorhoofd.

Ik schraapte mijn keel. ‘Ik ben geslipt op een glad stuk.’ Ten overvloede wees ik naar Das Boot.

‘Is alles in orde met je?’ vroeg ze stijfjes. ‘Heb je je bezeerd?’

Ik schudde mijn hoofd. ‘Ik ben ongedeerd.’

Ze gaf me een knipoog. ‘Zal ik je naar huis brengen?’

Ik haalde diep adem, maar schudde mijn hoofd. Ik kon

niet in haar auto stappen. Niet als zij degene kon zijn die me van de weg had gereden. Ook al was het nauwelijks te geloven dat ik zulke vreselijke gedachten had over iemand die ooit mijn beste vriendin was geweest, durfde ik het risico niet te nemen.

'Weet je het zeker?' drong ze aan.

'Ik red me wel,' mompelde ik.

Zonder nog iets te zeggen draaide ze haar raampje weer omhoog en reed weg. Ik merkte dat ze langzaam optrok, om me niet onder de sneeuw en de modder te spatten.

Met pijn in mijn hart liep ik naar huis.

Mijn ouders maakten zich ontzettend druk om me, wat heel prettig was. Ik vertelde hen dat ik op een glad wegdek was gaan glijden, wat in zekere zin ook klopte. Het gedeelte over die andere auto achter me liet ik weg. Ik wilde hen niet ongeruster maken dan nodig was. Ik belde de Wegenwacht en sprak met hen af dat ze Das Boot die avond zouden ophalen en naar mijn huis zouden slepen. Ik besloot ter plekke om voor Kerstmis een mobieltje te vragen.

'Weet je zeker dat je niet meegaat naar de Chinees?' vroeg mam, nadat ze zich ervan had vergewist dat ik was ontdooid. Mijn ouders hadden met tante Eileen en Paula afgesproken om langs een aantal huizen in buurt te rijden die te koop stonden, en daarna ergens te gaan eten. Ze zouden pas laat thuiskomen. Mary K. was bij Jaycee en ik wist zeker dat ze daarna met Bakker had afgesproken.

'Nee, bedankt,' zei ik. 'Ik blijf hier wel op de sleepwagen wachten.'

Mam gaf me een zoen. 'O, ik ben zo blij dat je in orde bent. Je kunt zo gemakkelijk gewond raken,' zei ze, en ik sloeg mijn armen om haar heen. Dat was waar, besefte ik.

Ik had ernstig gewond kunnen raken. Als het op een ander deel van de weg was gebeurd, had ik in een drie meter diep ravijn terecht kunnen komen. Opeens zag ik Das Boot van een steile rots vallen en in vlammen uiteenspatten – ik kromp in elkaar.

Nadat mam en pap weg waren, zette ik een pan water op voor de diepvriesravioli. Ik pakte een Cola Light en de telefoon ging. Ik wist dat het Cal was.

'Hallo,' zei hij. 'We houden even pauze. Wat ben je aan het doen?'

'Ik maak avondeten.' Het was ongelooflijk. Ik voelde me nog steeds een beetje bibberig, hoewel de klank van Cals stem wonderen deed. 'Ik eh, heb een ongelukje gehad.'

'Wat?' Zijn stem klonk scherp van bezorgdheid. 'Is alles met je in orde?'

'Niets bijzonders, hoor,' hield ik me flink. 'Ik ben alleen van de weg af geraakt en in een greppel terechtgekomen. Ik zit te wachten tot de sleepauto Das Boot komt thuisbrengen.'

'Echt? Waarom heb je me niet gebeld?'

Ik glimlachte en voelde me gelijk een stuk beter. Ik gooide een hoeveelheid ravioli in het water. 'Ik moest er even van bijkomen, denk ik. Ik mankeer niets, alleen mijn auto is beschadigd. En ik wist dat je het druk had.'

Hij zweeg een ogenblik. 'Als er weer eens iets gebeurt, moet je me meteen bellen,' zei hij.

Ik lachte. Als het een ander was, zou ik hebben gezegd dat hij niet zo moest overdrijven. 'Ik zal het niet meer doen.'

'Kon ik maar naar je toe komen.' Het klonk gefrustreerd. 'Maar we zijn hier een cirkel aan het doen en die gaat zo beginnen. Rottige timing. Het spijt me.'

'Het is prima. Maak je niet te veel zorgen.' Ik zuchtte en roerde in de pan. 'Weet je, ik...' Ik maakte mijn zin niet af. Ik stond op het punt hem te vertellen dat ik Bree had gezien, dat ik zo vreselijk bang was geweest en dat ik haar verdacht, maar ik deed het niet. Ik kon het niet verdragen die wond open te rijten en alle pijnlijke gevoelens weer boven te laten komen.

'Je, wat?' vroeg Cal.

'Niets,' bromde ik.

'Weet je het zeker?'

'Ja.'

Hij zuchtte ook. 'Nou, oké. Ik moet maar eens ophangen. Mam is bezig met haar voorbereiding. Ik weet niet hoe laat het gaat worden. Het kan zijn dat ik je straks niet meer kan bellen. Je weet dat we niet opnemen tijdens een cirkel, dus je kunt mij ook niet meer bellen.'

'Dat is goed, hoor,' zei ik. 'Tot morgen.'

'O ja, morgen,' zei Cal. Hij klonk wat opgewekter. 'De beroemde dag voor je verjaardag. Ja ja, ik heb grootse plannen voor morgen.'

Ik lachte. Wat voor plannen zou hij hebben gemaakt? Toen maakte hij een mal zoengeluid door de telefoon en we hingen op.

Alleen en in stilte at ik mijn avondeten. Het was heerlijk rustig, zo in mijn eentje, ik hoefde niets te zeggen. Ik zag in de woonkamer een mand vol brandhout bij de open haard staan. Na een paar minuutjes had ik een flink vuurtje aangemaakt. Ik ging het Boek der Schaduwen van Maeve halen en ermee op de bank zitten. Mams eenmalige poging om te haken had geresulteerd in een foeilelijke wollen sprei met de omvang en het gewicht van een dode muilezel. Ik trok hem over me heen. Even later was Dagda tegen de zijkant van de bank geklauterd en stond vrolijk en hard spinnend op mijn knieën te dansen. Hij begon me met zijn scherpe nageltjes te kneden.

'Hé, schattebout,' zei ik, en ik krabbelde hem achter zijn oortjes. Hij nestelde zich op mijn schoot en ik begon te lezen.

'6 juli, 1977

Vanavond ga ik in het vuur schouwen. Mijn magische zicht is goed en de magie is sterk. Ik heb een keer water gebruikt, maar het was moeilijk om iets te zien. Ik vertelde het aan Angus en hij lachte me uit. Hij vond me maar een onhandige meid. Misschien had ik ook nog water over rand van de schaal laten klotsen. Hij plaagde me, dat weet ik wel, maar ik heb het nooit meer gedaan.

Vuur is anders. Het vuur opent deuren waarvan ik niet eens wist dat ze er waren.'

Vuur.

Dat woord rolde door mijn hoofd en ik keek op van de bladzij. Mijn biologische moeder had gelijk. Vuur *was* anders. Ik hield al van vuur sinds ik klein was: de warmte, de hypnotische roodgouden gloed van de vlammen. Ik hield zelfs van het lawaai dat een vuur maakt als het droog hout verteert. Het klonk me als lachen in de oren – opwindend en angstaanjagend tegelijk, in zijn hongerige eetlust en gretige vernietigingsdrang.

Mijn ogen dwaalden naar de brandende houtblokken. Ik ging voorzichtig verzitten om Dagda niet te storen, hoewel hij waarschijnlijk door alles heen zou slapen. Met mijn gezicht naar de vlammen gekeerd, liet ik mijn hoofd achterover tegen de bank rusten. Ik legde het Boek der Schaduwen opzij. Ik voelde me honderd procent op mijn gemak.

Ik besloot een poging te doen om te schouwen.

Eerst liet ik alle gedachten die door mijn hoofd cirkelden één voor één los. Bree die me aankeek toen ik in de sneeuw langs de kant van de weg stond. Hunter. Zijn gezicht raakte ik moeilijk kwijt – en toen ik het voor me zag, werd ik kwaad. Steeds weer zag ik hem, als een silhouet tegen een loodgrijze hemel, en zijn ogen leken de Ierse velden te reflecteren. De arrogantie straalde van hem af.

Mijn oogleden vielen trillend dicht. Ik ademde langzaam in en uit. De spanning verdween uit iedere vezel van mijn lichaam. Terwijl ik me voelde wegzakken in een heerlijke concentratie werd ik me steeds sterker bewust van mijn directe omgeving: Dagda's hartje dat snel klopte terwijl hij sliep, de extatische vreugde van het vuur dat het hout verslond.

Ik opende mijn ogen.

Het vuur was getransformeerd in een spiegel.

Daar, in de vlammen zag ik mijn eigen gezicht dat terugkeek: mijn lange bruine haar en het katje op mijn schoot.

Wat wil je weten? fluisterde het vuur me toe. Zijn stem kraakte en siste – verleidelijk en toch vluchtig, en ebde weg in vinnige rookkrullen.

Ik begrijp er helemaal niets van, antwoordde ik. Mijn gezicht was sereen, maar mijn stille stem schreeuwde het uit van frustratie. *Ik begrijp er helemaal niets van.*

Toen werd er in het vuur een gordijn van vlammen weggetrokken. Ik zag Cal. Hij liep door een graanveld dat even goudkleurig was als zijn ogen. Hij maakte een weids gebaar met zijn hand. Hij zag er prachtig, goddelijk uit. Het leek alsof hij mij het hele veld als geschenk aanbood. Toen kwamen Sky en Hunter achter hem aanlopen, hand in hand. Hun gebleekte lichtheid was mooi en elegant op zich, maar plotseling kreeg ik een afschuwelijk gevoel van gevaar. Ik sloot mijn ogen alsof het daardoor zou weggaan.

Toen ik ze weer opendeed, merkte ik dat ik door een bos liep dat zo dichtbegroeid was dat er nauwelijks licht tot op de grond doordrong. Mijn blote voeten waren heel stil op de rottende bladeren. Weldra zag ik gestalten in het bos staan, verborgen tussen de bomen. Een van hen was Sky en ze draaide zich met een glimlach naar me om. Haar witblonde haar gloeide als het aureool van een engel. Toen wendde ze zich tot degene die achter haar stond. Het was Raven, geheel in het zwart gekleed. Sky boog zich naar haar toe en kuste Raven teder. Ik knipperde verrast met mijn ogen.

Daarna stroomden onsamenhangende beelden door elkaar heen. Ze gleden door mijn bewustzijn en waren slecht te volgen. Robbie die Bree kuste... mijn ouders die toekeken terwijl ik wegliep, terwijl de tranen over hun gezichten stroomden... Tante Eileen met een baby in haar armen.

En daarna, alsof die film was afgelopen en er een nieuwe filmrol begon te draaien, zag ik een wit houten huisje, iets achteraf gelegen op een glooiend stukje grond tussen bomen. Gordijnen wapperden uit de open ramen. Er lag een keurig onderhouden tuin met hulststruiken en chrysanten voor het huis.

Ietsje verder, aan de zijkant, stond Maeve Riordan, mijn biologische moeder.

Ik hield mijn adem in. Ik herkende haar uit een ander visioen dat ik had gehad, een visioen waarin ze mij als baby vasthield. Ze glimlachte en wenkte me. Ze zag er jong en grappig uit, in haar kleding uit de jaren tachtig. Achter haar lag een grote, vierkante tuin met kruiden en groenten die barstten van gezondheid. Ze draaide zich om en liep naar het huis. Ik volgde haar langs de zijkant, waar een smal pad liep dat het huis van het grasveld scheidde. Ze draaide zich om en keek me opnieuw aan. Toen knielde ze en wees onder het huis.

Ik raakte in de war. Wat was dit? Toen ging heel in de verte een telefoon. Hoewel ik mijn concentratie probeerde vast te houden, begon het tafereel te vervagen. Mijn laatste beeld was dat van mijn echte moeder, onvoorstelbaar jong en lieftallig. Ze wuifde me gedag.

Ik knipperde met mijn ogen en mijn adem ging met horten en stoten.

Het geluid van de telefoon klonk nog steeds in mijn oren. Wat was er aan de hand? Er gingen verscheidene seconden voorbij, voordat ik me realiseerde dat het *onze* telefoon was, niet een telefoon in mijn visioen. Nu waren alle beelden verdwenen. Ik was weer alleen in ons huis – en er belde iemand op.

15. Aanwezigheid

Oom Beck heeft me gisteravond geslagen. Vandaag heb ik een blauw oog en een gebarsten lip. Het ziet er behoorlijk indrukwekkend uit. Ik ga de mensen vertellen dat ik dit heb opgelopen bij het verdedigen van Athars eer, of wat daarvan nog over was.

Twee jaar geleden heeft oom Beck, tijdens zonsopgang op de dag na mijn inwijding, verteld waarom mijn vader en moeder waren verdwenen. Hoe mam bij het schouwen de zwarte wolk had zien aankomen en hoe deze haar bijna had gedood, rechtstreeks via het visioen. En hoe hun coven werd uitgeroeid, vlak nadat zij waren ontsnapt en ondergedoken. Ik herinner me alle heksen van de coven nog. Ze waren als ooms en tantes voor me. Toen ze dood waren, zijn Linden, Alwyn en ik bij Beck en Shelagh, Athar, Maris en Siobhan gaan wonen.

Sindsdien probeer ik erachter te komen wat die zwarte wolk is, die kwade macht die de coven van mijn ouders heeft geëlimineerd en hen heeft gedwongen zich te verbergen. Ik weet dat het iets te maken heeft met de Woodbanes. Pap is — of was — een Woodbane. De laatste keer dat ik in Londen was, ben ik alle oude boekhandels afgegaan waar ze occulte boeken verkopen. Ik heb de Kring van Morath bezocht, waar ze heel veel van de oude geschriften hebben bewaard. Ik heb twee jaar lang gelezen en gezocht. Uiteindelijk stonden Linden en ik gisteravond op het punt de duistere kracht op te roepen, om informatie te verkrijgen. Sinds de inwijding van Linden, vorige maand, zanikt hij aan mijn hoofd om hem te laten helpen. Ik kon geen nee zeggen, het zijn immers ook zijn ouders. Misschien wil Alwyn over twee jaar, wanneer ze is ingewijd, met ons samenwerken. Ik weet het niet.

Oom Beck vond ons, in het moeras, anderhalve kilometer van huis. Wij waren nog niet eens zo ver op dreef met het ritueel, toen oom kwam aanstormen. Hij zag eruit als een reus, en was verschrikkelijk woedend. Hij brak door onze cirkels heen, trapte onze kaarsen en ons vuur uit en sloeg de athame uit mijn hand. Ik heb hem nog nooit zo kwaad gezien. Hij sleurde me aan mijn kraag overeind alsof ik een hond was, en niet zestien jaar en even lang als hij.

'Het kwaad aanroepen! Ben jij gek geworden!' gromde hij. Linden sprong overeind. 'Ellendig stuk vreten! Acht jaar lang heb ik je gevoed, je onderwezen, je onder mijn dak laten slapen. Nu zit je hier de zwarte krachten op te roepen en breng je je broer op het verkeerde pad?' Toen gaf hij me zo'n dreun dat ik tegen de grond sloeg als een marionet zonder touwtjes. Die kerel heeft vuisten als mokers.

We hebben ruzie gemaakt. We zijn verschrikkelijk tegen elkaar tekeergegaan, maar uiteindelijk begreep hij wat ik wilde. En ik begreep van hem dat hij me nog liever doodmaakte dan dat hij toeliet dat ik dit deed. En als ik Linden er opnieuw bij zou betrekken, zou ik ander onderdak moeten zoeken. Hij is een goed mens, mijn oom, en een goede heks ook, hoewel we vaak botsen. Mam is zijn zuster, en ik weet nu dat hij er ook naar verlangt om het kwaad recht te zetten dat haar is aangedaan. Net als ik. Het verschil is dat ik bereid was daarvoor de grens te overschrijden, en Beck niet.

— Gìomanach

'Hallo?' zei ik in de hoorn. Ik realiseerde me dat ik geen indruk had gekregen wie het was. Dat was meestal wel zo voordat ik opnam.

Stilte.

'Hallo?' zei ik weer.

Klik. Gezoem van de kiestoon.

Oké. Ik weet ook wel dat mensen voortdurend een verkeerd nummer bellen. Maar om een of andere reden werd ik heel nerveus van deze anonieme beller, misschien omdat ik nog midden in de beelden, emoties en gewaarwordingen van het vuurschouwen zat. Alle horrorfilms die ik ooit had gezien, spookten door mijn hoofd: *Scream, Halloween, The Exorcist, Fatal Attraction, Blair Witch.* Mijn enige gedachte was: iemand is aan het controleren of ik thuis ben. En dat was ik. Alleen.

Ik belde het nummer dat mij had gebeld. Niets. Eindelijk vertelde een vrouwelijke computerstem dat het nummer geblokkeerd was.

Op van de zenuwen gooide ik de hoorn op de haak. Toen begon ik het huis door te rennen. Ik deed de voor- en achterdeur op slot, ook de deur naar de kelder. Ik sloot ramen af die in mijn herinnering nooit waren gesloten. Was ik gestoord bezig? Het maakte me niet uit. Liever gestoord en veilig dan redelijk en dood. Ik deed alle buitenlichten aan, in plaats van alleen de gedempte gele lamp op de veranda aan de voorkant.

Ik kon niet zeggen waarom ik zo bang was, maar mijn

eerste schrik groeide weldra uit tot pure paniek. Ik pakte mijn betrouwbare honkbalknuppel uit de rommelkast, sloot die deur af, pakte Dagda op en ging op een holletje naar mijn kamer, waarbij ik telkens over mijn schouder keek. Misschien was het de nasleep van het ongeluk, maar mijn handen waren klam en ik haalde gejaagd adem. Ik deed mijn kamerdeur op slot en ook de deur die van de badkamer naar die van Mary K. leidde.

Ik ging op mijn bed zitten, kneep mijn handen samen en ontspande ze weer. Cal, was het enige wat ik kon denken. Cal, help me, ik heb je nodig. Kom naar me toe.

Ik stuurde de boodschap de nacht in. Cal zou hem krijgen. Cal zou me redden.

De minuten tikten voorbij en hij kwam niet. Hij belde niet eens op om te zeggen dat hij onderweg was. Ik dacht erover hem op te bellen. Toen herinnerde ik me dat hij had gezegd dat ze gedurende een cirkel niet opnamen.

Heeft hij mijn boodschap niet gekregen? dacht ik, volslagen over mijn toeren. Waar is hij?

Ik probeerde mezelf tot bedaren te brengen. Straks kwamen pap en mam thuis. Mary K. ook. Trouwens, het was maar een telefoontje. Een verkeerd nummer. Misschien was het Bree die belde om haar excuses te maken, maar het niet had aangedurfd.

Maar waarom zou het nummer van Bree geblokkeerd zijn? Het kon iedereen zijn. Een of andere puber met puistjes die een streek wilde uithalen en die door zijn moeder was betrapt, voordat hij iets had kunnen zeggen. Of een telemarketer...

Rustig maar, rustig maar, droeg ik mezelf op. Haal diep adem.

Een lichte prikkeling maakte dat ik rechtop ging zitten.

Ik zette mijn buitenzintuiglijke waarnemingsvermogen op scherp en speurde, zo goed als ik kon. Toen wist ik wat het was. Er was iemand aan de rand van ons terrein. Angst sijpelde als brandende lava door me heen.

'Blijf hier,' fluisterde ik volkomen debiel tegen Dagda.

Geluidloos kroop ik naar mijn verduisterde raam en tuurde de tuin in. Toen ik naar buiten keek, gingen alle buitenlichten uit. *Shit.* Wie zat er met zijn handen aan?

Ik kon de bladeren van de struiken zien, de schaduw van een uil die een duikvlucht maakte, de ijspegels die aan onze schutting hingen.

Toen zag ik ze: twee gestalten.

Ik kneep mijn ogen tot spleetjes en gebruikte mijn magische oog om hun gezichten te zien. Om een of andere reden kon ik die niet scherp waarnemen. Dat was niet erg, want heel even brak het nachtelijke wolkendek, zodat de bijna halve maan tevoorschijn kwam. Hij scheen op heel licht, glanzend haar en toen wist ik wie het was: Sky Eventide. Degene met wie ze was, droeg een donkere gebreide muts en was te lang om Raven of Bree te kunnen zijn. Hunter. Ik wist zeker dat het Hunter was.

Waar was Cal?

Ik zag hen vanuit mijn gehurkte houding op de grond in de schaduwen van het huis oplossen. Toen ik hen niet meer kon zien, deed ik mijn ogen dicht en probeerde hen met mijn verhoogde waarneming te volgen. Ik voelde dat ze langzaam langs de buitenrand van ons huis liepen. Af en toe bleven ze staan. Zouden ze proberen binnen te komen? Mijn vingers sloten zich om de knuppel, ook al wist ik dat die niets kon uitrichten tegen heksen in het volle bezit van hun macht. En Sky en Hunter waren bloedheksen.

Wat wilden zij? Wat waren ze aan het doen?

Op dat moment drong het tot me door. Natuurlijk, ze legden een bezwering over mijn huis, over mij. Ik herinnerde me weer dat ik had gelezen hoe Maeve en haar moeder, Mackenna Riordan, een bezwering over mensen hadden gelegd. Daarvoor moesten ze meestal om een huis, een persoon of een plek heen lopen. Als je iets in magie hult, verander je het.

Sky en Hunter waren *mij* aan het omhullen met magie.

Ze liepen kringetjes om mijn huis en ik kon hen niet tegenhouden – ik had zelfs geen idee wat ze aan het doen waren. Het was vast een van hen geweest die daarnet had gebeld, om er zeker van te zijn dat ik thuis was. Misschien hadden ze mijn oproep aan Cal wel geblokkeerd. Misschien kwam hij helemaal niet...

Ik keek naar Dagda, om te zien of hij nerveus of bang was, of hij de vibraties van gevaar en magie oppikte.

Hij lag te slapen, met zijn bekje een beetje open, zijn blauwe ogen dicht. Zijn ribbetjes deinden op en neer in de langzame ademhaling van de slaap. En dat noemden ze *animal magick*! Chagrijnig keek ik weer uit het raam. De schimmige gestalten waren niet meer te zien, maar nog steeds aanwezig. Ik voelde me ontzettend alleen en ging op de grond zitten wachten. Het was het enige wat ik kon doen.

Driemaal liepen Sky en Hunter om het huis. Ik hoorde en zag niets, maar ik voelde hen. Ze waren er.

Een halfuur later voelde ik ze weggaan. Ik voelde ook dat ze een cirkel achter zich sloten en dat ze nog een laatste straal van magie uitzonden, naar het huis en naar mij... Even later hoorde ik het zachte gebrom van een motor, dat langzaam wegstierf in de straat. De buitenlichten begonnen te knipperen en gingen weer aan, maar ik was beslist niet van plan om naar buiten te gaan en te kijken wat ze hadden gedaan. Nee. Ik bleef waar ik was.

Ik liep met mijn honkbalknuppel in mijn hand naar beneden en ging tv kijken, tot de sleepwagen met Das Boot kwam opdagen. Enkele minuten later kwamen mam en pap thuis. Ik holde naar mijn slaapkamer voordat ze binnenkwamen. Ik voelde me té gemangeld om normaal tegen hen te kunnen doen.

Cal was helemaal niet gekomen.

'Hallo, liefje,' zei mam, toen ik de volgende ochtend de keuken binnen stommelde. 'Lekker geslapen?'

'Hmm.' Ik stevende regelrecht op de koelkast af, voor mijn Cola Light. Dat jokte ik. Ik had helemaal niet lekker geslapen. Ik had onrustig liggen dommelen en vluchtige dromen gehad. Beelden uit het vuur, en de schim van Sky en van wie er nog meer over ons had grasveld gelopen. Ten slotte had ik het maar opgegeven om nog te slapen. Ik keek naar de keukenklok. Het was pas halfnegen. Ik wilde Cal bellen, maar daarvoor was het nog te vroeg, zeker op zaterdagochtend.

'Heeft er iemand plannen voor vandaag?' vroeg pap die zijn krant opvouwde.

'Jaycee en ik gaan naar de Northgate Mall,' zei Mary K. 'Vandaag begint de uitverkoop voor Thanksgiving.' Ze was nog in pyjama en stond te klungelen met een pak ontbijtrepen.

'Ik ga voorbereidingen treffen voor morgen,' zei mam. Ze wierp me een betekenisvolle glimlach toe. 'Morgan, wil je dit jaar een ijstaart?'

Ik dacht er opeens aan dat ik morgen jarig was. Wauw. Tot nu toe had ik altijd vol verlangen uitgekeken naar mijn verjaardag, maanden van tevoren al. Natuurlijk had ik er tot nu toe ook geen idee van gehad dat ik een geadopteerde bloedheks van de Woodbane-clan was. Ook was ik in voorgaande jaren nooit door andere heksen gestalkt. Er was wel het een en ander veranderd.

Ik knikte en dronk van mijn Cola. 'Chocoladecake als ondergrond en schaafijs met pepermuntsmaak er bovenop,' liet ik mam weten, en ik vermande me tot een glimlach.

'En wat wil je morgenavond eten?' vroeg ze, bezig met het maken van een lijstje.

'Lamskoteletjes met munt, gepofte aardappelen, verse doperwten en salade,' ratelde ik. Hetzelfde verjaardagsmenu dat ik altijd wilde. Het troostte me op een of andere manier. Dit was mijn huis, mijn gezin, wij gingen mijn verjaardag vieren – net als altijd.

'Heb je het vanavond druk?' vroeg mam, en ze keek een andere kant op. Ze wist dat ik op zaterdagavond meestal een kring had.

'Ik heb een afspraak met Cal,' zei ik.

Ze knikte en liet het daar gelukkig bij.

Zodra ik me had aangekleed, ging ik naar buiten en liep om het huis heen. Voorzover ik kon merken, waren er geen effecten van een magische bezwering te voelen. Wat natuurlijk heel goed een *onderdeel* van de bezwering kon zijn. Langzaam liep ik het hele huis rond. Ik zag geen tekenen van wat dan ook. Er was geen heksenspray op het huis gespoten en er hingen geen dooie beesten aan de bomen. Ik wist best dat die tekenen heel wat subtieler zouden zijn dan dat.

Griezelig genoeg vertoonde de besneeuwde grond geen voetsporen, hoewel het niet meer had gesneeuwd sinds mijn bezoekers er waren geweest. Ik zocht en ik zocht, maar ik zag geen enkel spoor dat er iemand in onze tuin was geweest – behalve ikzelf, nu. Ik schudde mijn hoofd met een frons. Was het allemaal een illusie geweest? Had het deel uitgemaakt van het schouwen? In hoeverre kon ik mijn eigen waarnemingen vertrouwen? Maar de beelden die ik had gezien, stonden me zo helder voor de geest, de dingen die ik zag, de geluiden en de geuren die het vuurschouwen hadden begeleid.

Vooral Maeve herinnerde ik me heel goed, zoals ze glimlachend bij haar huis stond en wees.

Maeve had in Meshomah Falls gewoond, twee uur hiervandaan. Ik keek op mijn horloge en ging naar binnen om Cal te bellen.

'Wat is er met je auto gebeurd?' vroeg Robbie een halfuur later, toen we in Das Boot zaten. De auto deed het gelukkig nog, hoewel de rechterkoplamp verbrijzeld was en er een enorme deuk in de voorste bumper zat. Toen ik Cal belde, was hij er niet. Selene zei dat hij boodschappen aan het doen was en dat ze wist niet precies wanneer hij zou thuiskomen. Op een of andere manier kalmeerde het gesprek met Selene me. Ik dacht erover haar te vragen of hij mijn heksenboodschap had gekregen, maar mam was in de kamer, en ik wilde het niet te berde brengen waar ze bij was. Ik zou het later wel aan Cal vragen.

Gelukkig was Robbie wel thuis, een gelukkige tweede keus voor het ritje dat ik van plan was te gaan maken.

'Ik ben gisteravond in een greppel gereden,' zei ik met een grimas. 'Geslipt, op het bevroren wegdek.' Ik zweeg over de lichten die ik had gezien. Daarover praatte ik alleen met Cal. Wat er ook aan de hand was, ik wilde Robbie er niet bij betrekken.

'Jemig,' zei Robbie. 'Mankeer je zelf niks?'

'Nee. Maar ik moet de koplamp laten repareren. Een heel gedonder.'

Toen ik bij zijn huis wegreed, vouwde Robbie de kaart open op het dashboard. Het klaarde snel op en ik hoopte dat de zon over niet al te lange tijd zou doorbreken. Het was nog altijd koud, maar de sneeuw en het ijs smolten langzaam weg. De straten waren nat. In de goten liep het smeltwater weg.

'Je moet zoeken naar een plaatsje dat Meshomah Falls heet. Het ligt naar het noorden, vlakbij de Hudson,' zei ik tegen hem, terwijl ik afsloeg in de richting van de snelweg. 'Het is ongeveer twee à tweeënhalf uur rijden.'

'Oké,' zei hij, en hij zocht met zijn vinger de kaart af. 'Ik heb het al. Je moet Route 9 naar het noorden hebben, tot Hookbridge Falls.'

Na een korte stop om te tanken en een voorraadje junkfood in te slaan, gingen we op weg. Bree en ik maakten altijd tochtjes, dagtrips naar een winkelcentrum, naar een coole plek om een eind te wandelen, of naar zo'n kleine kunstenaarskolonie. Dan voelden we ons zo vrij, niet te stuiten gewoon. Ik probeerde maar geen herinneringen op te halen, want die vervulden me nu alleen maar met verdriet.

'Wil je ook chips?' vroeg Robbie, en ik groef met mijn hand in de zak.

'Heb je al met Bree gepraat?' vroeg ik hem, niet in staat aan iets anders denken. 'Over je gevoelens?'

Hij schudde zijn hoofd. 'Ik heb een soort poging gedaan, maar het kwam niet echt ter sprake. Ik zal wel te laf zijn.'

'Nee, dat ben je niet,' zei ik, 'maar zij kan behoorlijk ongenaakbaar zijn.'

Hij haalde zijn schouders op. 'Weet je dat Bree ook naar jou vraagt?' zei hij.

'Wat bedoel je?'

'Jij vraagt steeds naar haar, maar zij vraagt ook steeds naar jou. Niet dat ze iets aardigs over jou zegt. Jullie zeggen allebei heel onaardige dingen over elkaar, maar zelfs een volslagen idioot heeft in de gaten dat jullie elkaar missen.'

Mijn gezicht voelde stijf aan, terwijl ik uit het raam keek.

'Ik vind dat je dat moet weten,' voegde hij eraan toe.

De daaropvolgende negentig kilometer zeiden we niets meer – tot het bord met de afslag Hookbridge Falls. Tegen die tijd was het opgeklaard en de lucht was zo blauw als hij in weken niet meer was geweest. De warmte van de zon op mijn gezicht monterde me op. Het was net alsof we op avontuur waren.

Robbie raadpleegde de kaart. 'Hier moeten we van de weg af en in oostelijke richting, via Pedersen. Dat leidt rechtstreeks naar Meshomah Falls.'

'Oké.'

Een paar minuten nadat we de snelweg hadden verlaten, zag ik het bord met Meshomah Falls, New York.

Er liep een rilling over mijn rug. Hier was ik geboren.

Ik reed langzaam door Main Street en staarde naar de huizen. Meshomah Falls had veel weg van Widow's Vale, maar het was niet zo oud en ook niet zo heel Victoriaans. Het was best een aardig plaatsje en ik kon begrijpen waarom Maeve en Angus hadden besloten hier te gaan wonen. Ik reed zomaar een zijstraat in en ging nog langzamer rijden om ieder huis goed te bekijken. Robbie zat naast me kauwgom te kauwen en mee te tikken met de radio.

'Ga je me nog vertellen waarom we hier zijn?' grapte hij.

‘Eh...’ Wat moest ik zeggen? Ik was van plan geweest het af te doen als een plezierritje, een kans om er tussenuit te zijn en iets leuks te doen. Maar daarvoor kende Robbie mij te goed. ‘Ik vertel het je straks wel,’ fluisterde ik. Ik voelde me onzeker en kwetsbaar. Als ik hem een deel van het verhaal vertelde, moest ik hem alles vertellen – en ik moest het zelf allemaal nog op een rijtje zien te krijgen.

‘Ben je hier al eerder geweest?’ vroeg Robbie.

Ik schudde mijn hoofd. De meeste huizen waren eenvoudig, maar geen ervan was direct te herkennen als het huis dat ik in mijn visioen had gezien. Het werden er nu minder en ze stonden verder uit elkaar We reden het dorp weer uit. Wat deed ik hier in godsnaam? begon ik me af te vragen. Hoe had ik in vredesnaam kunnen denken dat ik het huis van Maeve zou herkennen? En als ik het wonder boven wonder zou vinden, wat dan? Dit idee was gewoon stompzinnig...

Daar was het.

Ik stond meteen op de rem. Das Boot kwam gierend tot stilstand. Robbie keek me woedend aan. Maar dat merkte ik nauwelijks. Het huis uit mijn visioen. Het huis van mijn moeder. Daar stond het. Vlak voor mijn neus.

16. Schuilplaats

12 januari, 1999

Ik ben blijkbaar ziek geweest.

Tante Shelagh zegt dat ik zes dagen bewusteloos ben geweest. Ik heb liggen ijlen, zegt ze, en ik heb hoge koorts gehad. Zelf heb ik het gevoel dat ik morsdood ben. Ik herinner me niet eens wat er met me is gebeurd. En niemand zegt iets. Ik begrijp er helemaal niets van.

Waar is Linden? Ik wil mijn broer zien. Toen ik vanmorgen wakker werd, zaten er acht heksen uit Vinneag, die genezingsrituelen hielden, om mijn bed. Ik hoorde Athar en Alwyn in de gang snikken. Toen ik vroeg of ze binnen mochten komen om met me te praten, keken de heksen uit Vinneag elkaar alleen maar heel ernstig aan en schudden toen hun hoofd. Waarom niet? Ben ik zó ziek? Of is het iets anders? Wat gebeurt er? Ik moet het weten, maar niemand vertelt me iets en ik voel me zo slap als een dweil.

— Gìomanach

Het huis stond aan de rechterkant van de weg. Toen ik door het raampje aan Robbies kant keek, was het alsof er opeens een koel windje langs mijn gezicht streek. Ik zette de auto aan de kant van de weg.

De muren waren niet langer wit, maar geschilderd in een bleke koffiekleur met donkerrode accenten. De keurige tuin voor het huis was weg, evenals de grote kruiden- en moestuin aan de zijkant. In plaats daarvan stonden er rododendronstruiken die de ramen aan de voorkant op de begane grond aan het zicht onttrokken.

Ik bleef stil zitten om de aanblik van deze plek in me op te nemen. Dit was het. Dit was het huis van Maeve, en mijn eigen huis gedurende de eerste zeven maanden van mijn leven. Robbie zat naar me te kijken, maar hij zei niets. Er stonden geen auto's op de oprit. Er was geen enkel teken dat er iemand thuis was. Ik wist niet wat ik moest doen. Nadat er een aantal minuten was verstreken, keek ik Robbie aan en haalde diep adem.

'Ik heb je iets te vertellen,' begon ik.

Hij knikte, met een sombere uitdrukking op zijn gezicht.

'Ik ben een heks naar het bloed, zoals Cal een paar weken geleden al zei. Maar mijn ouders zijn dat niet. Ik ben geadopteerd.'

Robbie zette grote ogen op, maar bleef zwijgen.

'Ik werd geadopteerd toen ik acht maanden oud was. Mijn echte moeder was een bloedheks uit Ierland. Haar naam was Maeve Riordan en ze woonde in dat huis.' Ik wees uit het raam. 'Haar coven in Ierland werd uitgeroeid, en zij en mijn biologische vader zijn naar Amerika ontsnapt. Ze vestigden zich hier. Eenmaal hier, hebben ze gezworen nooit meer aan magie te doen.'

Ik haalde opnieuw diep en trillerig adem. Het verhaal klonk als een goedkope film, en nog een hele slechte ook.

Maar Robbie knikte me bemoedigend toe.

'In ieder geval,' vervolgde ik, 'kregen ze mij toen. Daarna is er iets gebeurd – ik weet niet wat – en heeft mijn moeder me ter adoptie gegeven. Vlak daarna zijn zij en mijn vader in een schuur opgesloten en verbrand.'

Robbie knipperde met zijn ogen en werd een beetje wit om zijn neus. 'Jezusmina,' zei hij zachtjes en hij wreef over zijn kin. 'En wie was je vader?'

'Zijn naam was Angus Bramson. Hij was ook een heks, uit dezelfde coven in Ierland. Ik geloof niet dat ze getrouwd waren.' Ik zuchtte. 'Dat is dus de reden waarom ik zo sterk ben in Wicca, waarom die bezwering die ik voor je deed, werkte en waarom ik zoveel energie kan sturen tijdens een cirkel. Het komt doordat ik een afstammeling ben van een bloedlijn van heksen die honderden of duizenden jaren teruggaat.'

Robbie bleef me een hele tijd zitten aankijken. 'Ik ben verbijsterd,' mompelde hij eindelijk.

'Vertel mij wat.'

Hij glimlachte meelevend. 'Het zal bij jou thuis wel een gekkenhuis zijn geweest, de afgelopen tijd.'

Ik lachte. 'Dat kun je wel zeggen. We zijn allemaal helemaal door het lint gegaan. Mijn ouders hebben me al die zestien jaar nooit verteld dat ik geadopteerd was. Terwijl mijn hele familie en al hun het vrienden wisten. Ik was... echt kwaad.'

'Dat wil ik geloven,' bromde Robbie.

'En ze wisten hoe mijn echte ouders om het leven zijn gekomen en dat er hekserij in het spel was. Nu zijn ze ontzettend ongerust omdat ik aan Wicca doe. Ze vinden het doodeng. Ze willen niet dat mij iets overkomt.'

Robbie zat met een zorgelijk gezicht op zijn lip te bijten.

'Weet niemand waarom je ouders zijn omgekomen? Ze zijn toch vermoord, nietwaar? Ik bedoel, het was geen zelfmoord of een ritueel met slechte afloop?'

'Nee. De schuur was aan de buitenkant afgesloten. Maar ze moeten wel ergens bang voor zijn geweest, want ze hebben mij vlak voordat ze stierven, laten adopteren. Ik kan er niet achter komen waarom het is gebeurd, of wie het kan hebben gedaan. Ik heb het Boek der Schaduwen van Maeve, en zij schrijft daarin dat ze, sinds ze naar Amerika waren gekomen, helemaal geen magie meer hebben beoefend...'

'Hoe ben je aan je moeders Boek der Schaduwen gekomen?' onderbrak hij me.

Ik zuchtte opnieuw. 'Dat is een lang verhaal, maar Selene Belltower had het, en ik heb het bij haar gevonden. Het zijn allemaal heel vreemde toevalligheden.'

Robbie trok zijn wenkbrauwen op. 'Ik dacht dat toeval niet bestond.'

Ik keek hem geschrokken aan. Je hebt absoluut gelijk, dacht ik.

'Waarom zijn we hier?' vroeg hij.

Ik aarzelde. 'Ik had vannacht een droom... ik bedoel, ik had een visioen. Eigenlijk heb ik geschouwd, in het vuur.'

'Jij hebt geschouwd?' Robbie ging verzitten. Er kwamen rimpels in zijn voorhoofd. 'Je bedoelt dat je hebt geprobeerd om informatie te verkrijgen, zoiets als informatie langs magische weg?'

'Ja,' gaf ik toe. Ik bleef een tijdje in mijn schoot zitten staren. 'Ik weet het. Jij denkt dat ik dingen doe die ik nog niet behoor te doen. Maar ik denk dat ik dat wel mag. Het is geen echte bezwering of iets dergelijks.'

Robbie bleef zwijgen.

Ik schudde mijn hoofd en keek weer uit het raam. 'Maar goed, ik zat gisteravond dus in het vuur te kijken en ik zag allerlei vreemde beelden en taferelen. Het meest realistische, het meest duidelijke was dit huis. Ik zag Maeve buiten staan en naar de onderkant wijzen. Ze wees en ze glimlachte. Alsof ze me wilde laten zien dat er iets onder dit huis...'

'Wacht even,' viel Robbie me in de rede. 'Even voor de duidelijkheid. Je had een visioen, daarom zijn we nu hier, en je wilt onder dat huis kruipen?'

Ik moest er bijna om lachen. Dit klonk niet bizar meer, dit klonk absoluut krankzinnig. 'Nou ja, als je het zo wilt stellen...'

Hij schudde zijn hoofd, maar hij glimlachte ook. 'Weet je zeker dat dit het huis is?'

Ik knikte.

Hij zei niets.

'Vind je me een idioot, omdat ik hierheen ben gegaan?' vroeg ik. 'Vind jij dat we moeten omkeren en naar huis gaan?'

Hij aarzelde. 'Nee,' zei hij toen. 'Als jij dat visioen hebt gehad toen je aan het schouwen was, is het zinvol om te kijken of het klopt. Als je daar tenminste onder wilt kruipen.' Hij keek me van opzij aan. 'Of... wil je soms dat *ik* eronder kruip?'

Ik glimlachte naar hem en klopte op zijn arm. 'Nee, dank je. Het is heel lief van je, maar dat hoeft niet. Dat kan ik beter doen. Al heb ik geen idee waarnaar ik moet zoeken.'

Robbie keek weer naar het huis. 'Heb je een zaklantaarn bij je?'

'Natuurlijk niet,' zei ik met een grijns. 'Dat zou al te bestudeerd zijn, vind je niet?'

Hij lachte, terwijl ik uit de auto stapte en mijn jas dicht ritste. Ik aarzelde heel even voordat ik de klink van het tuinhekje opendeed en het pad op liep. Binnensmonds fluisterde ik: 'Ik ben onzichtbaar, ik ben onzichtbaar, ik ben onzichtbaar,' voor het geval er iemand uit een van de huizen ernaast keek. Het was een truc die Cal me had geleerd, maar die ik nog nooit had uitgeprobeerd. Hopelijk werkte het.

Aan de linkerkant van het huis, voorbij de verwaarloosde rododendrons, vond ik de plek waar ik Maeve in mijn visioen had zien staan. Er was een opening tussen de lage bakstenen fundering en de vloersteunen. De opening was niet meer dan vijftig centimeter hoog. Ik keek om naar de auto. Robbie stond ertegen aangeleund, voor het geval hij me te hulp moest schieten. Ik glimlachte en stak mijn duimen op. Hij glimlachte geruststellend terug. Ik had geluk met zo'n goede vriend.

Ik ging op mijn hurken zitten en keek onder het huis. Ik zag niets dan dikke, zwarte duisternis. Mijn hart bonsde luid, maar mijn antennes pikten geen mensen boven of om me heen op. Straks vond ik daar nog lijken en brokkelige knekels. Of ratten. Ik zou over de rooie gaan als ik op een rat stuitte. Ik zag mezelf al gillend en krijsend onder het huis vandaan proberen te komen. Het had geen zin om te wachten. Mijn magische zicht zou me gidsen. Ik kroop op mijn knieën naar binnen. Zodra ik me onder het huis had gewurmd, stopte ik om mijn ogen te laten wennen.

Na een tijdje zag ik een heleboel troep dat flauw opgloeide: oud isoleerschuim, een stokoude gootsteen met aangekoekt vuil, oude pijpen en brokken metaalplaat. Ik manoeuvreerde me voorzichtig tussen deze wirwar door, keek rond en probeerde een idee te krijgen van waar ik naar zocht. Ik voelde het koude vocht door mijn jeans dringen. Ik nieste. Het was hier vochtig. Vochtig en muf.

Weer knaagden er gedachten in mijn hoofd: Waarom was ik hier? Waarom had Maeve gewild dat ik hier kwam? Denken, denken! Kon het iets zijn wat met het huis zelf te maken had? Ik keek naar boven of ik runen of sigils onder aan de vloersteunen kon zien. Het hout was oud, vies en zwart geworden. Ik zag niets. Ik liet mijn blik van de ene naar de andere kant gaan en begon me een ongelooflijke sukkel te voelen.

Wacht eens. Daar was iets... ik knipperde heel snel met mijn ogen. Iets meer dan vier meter voor me uit, naast een stenen heipaal, daar was iets. Iets magisch. Wat het ook was, ik kon het meer voelen dan zien. Ik kroop naar voren en bukte mijn hoofd voor de waterpijpen en telefoonkabels. Op een bepaalde plek moest ik op mijn buik onder een rioolbuis door schuiven. Als ik hier weer uitkwam, zou ik er verschrikkelijk uitzien – ik voelde mijn haren over de grond slepen en verwenste mezelf dat ik ze niet had opgestoken.

Eindelijk was ik erdoorheen geglipt en kon ik weer normaal kruipen. Ik moest niesen en veegde mijn neus aan mijn mouw af. Daar! Tussen twee steunbalken, praktisch verscholen achter de heipaal, lag een doos. Om erbij te komen moest ik mijn arm om de paal heen strekken. De steunen blokkeerden mijn weg.

Behoedzaam reikte ik ernaar. De lucht rondom de doos voelde dik aan, als een soort doorzichtige gel. Ik duwde er met mijn vingertoppen doorheen en voelde ijskoud metaal. Met mijn tanden op elkaar geklemd probeerde ik hem van de grond los te krijgen. Maar hij gaf niet mee. En in die onhandige houding kon ik geen kracht zetten om hem los te wrikken. Opnieuw gaf ik er een ruk aan. Ik haalde mijn vingers open aan het roestige, gebutste oppervlak. Maar het had geen effect. Hij zat muurvast.

Ik had zin om te gaan gillen. Daar zat ik dan, op handen en knieën in de modder, onder een vreemd huis. Ik was hierheen *geroepen* – en ik was hulpeloos. Ik leunde naar voren, tuurde met samengeknepen ogen naar de doos en concentreerde me tot het uiterste. Daar, in het deksel gegraveerd en nauwelijks zichtbaar onder het stof van jaren, stonden de initialen M. R., Maeve Riordan. Voor mij waren ze zo duidelijk alsof ze door de zon werden beschenen.

Ik begon snel te ademen. Dit was het. Dit was de reden, waarom mijn moeder me hier naartoe had gestuurd. Hij was voor mij bedoeld – deze doos die hier bijna zeventien jaar verborgen had gelegen.

Plotseling flitste een herinnering door mijn hoofd aan die dag, nog niet zo lang geleden, vlak nadat we allemaal voor het eerst hadden kennisgemaakt met Wicca. Er was een blad op Ravens hoofd gevallen en ik had het boven haar hoofd laten zweven door middel van gedachtekracht. Het was niets meer dan een opwelling geweest om haar terug te pakken, omdat ze gemeen tegen me had gedaan. Nu kreeg het een diepere betekenis. Als ik een blad kon laten bewegen, kon ik dan ook iets zwaarders laten bewegen?

Ik sloot mijn ogen en concentreerde me. Ik maakte mijn geest leeg. Al mijn gedachten stroomden weg als water door de afvoer. Ik strekte opnieuw mijn hand en raakte de stoffige doos met mijn vingertoppen aan. Ik had nog maar één gedachte: Wat ooit aan mijn echte moeder had toebehoord, behoorde nu mij toe. De doos was van mij. Ik moest en zou hem hebben.

Toen sprong hij in mijn handen.

Mijn ogen gingen wagenwijd open en ik glimlachte. Ik had het gedaan! Bij de Godin, ik had het gedaan! Ik klemde de doos onder een arm en kroop zo snel als ik kon naar buiten. Het zonlicht leek overdreven fel en de lucht te koud. Ik moest ervan knipperen en kwam met verkrampte spieren overeind. Toen stampte ik met mijn voeten en veegde mijn jas zo goed mogelijk schoon. Daarna ging ik er als een haas vandoor.

Een man van middelbare leeftijd liep over het trottoir in de richting van het huis. Hij sleepte een dikke tekkel aan een riem achter zich aan en kreeg mij in het oog, op het moment dat ik vanachter het huis kwam aanlopen. Hij hield zijn pas in en bleef met een scherpe blik vol argwaan staan.

Ik verstijfde een moment en mijn hart ging tekeer. Ik ben onzichtbaar, ik ben onzichtbaar, ik ben onzichtbaar, slingerde ik hem met zo veel mogelijk gedachtekracht toe.

Een ogenblik later leek zijn blik waziger te worden. Hij keek een andere kant op en begon weer te lopen.

Wauw! dacht ik opgetogen. Wat werd ik sterk!

Robbie, die nog steeds bij Das Boot stond, had alles gadegeslagen. Zonder iets te zeggen opende hij het achterportier en ik zette de doos zachtjes op de achterbank neer. Daarna liet hij zich soepel achter het stuur glijden, ik stapte in, en weg waren we. Ik bleef achteromkijken en zag het huis kleiner worden, tot we een bocht namen. Toen was het uit het zicht verdwenen.

17. Schat

14 januari, 1999

Ik kan weer rechtop zitten. Vandaag heb ik wat bouillon gedronken. Iedereen loopt op zijn tenen om me heen. Oom Beck kijkt naar me met een kilheid in zijn ogen zoals ik nog nooit heb gezien. Ik vraag steeds naar Linden, maar niemand geeft antwoord. Ze hebben vandaag eindelijk Athar bij me gelaten. Ik pakte haar hand en vroeg het ook aan haar, maar ze keek me alleen maar aan, met haar diepe, donkere ogen. Vervolgens lieten ze Alwyn bij me, maar zij snikte en klemde mijn hand vast, tot ze haar weer weghaalden. Ik besefte dat ze bijna veertien is – nog drie maanden verwijderd van haar inwijding.

Waar is Linden? Waarom komt hij niet bij me?

De hele week lopen er leden van de Raad het huis in en uit. Er hangt een web van angst om me heen. Maar datgene waarvoor ik zo bang ben, durf ik niet bij naam te noemen. Het is te gruwelijk.

– Giomanach

'Wat zit er in die doos?' vroeg Robbie na een paar minuten. Hij keek even naar me. Er zat spinrag in mijn haar. Ik was vies en stonk naar schimmel en aarde.

'Ik weet het niet,' zei ik. 'Maar de initialen van Maeve staan erop.'

Robbie knikte. 'Laten we naar mijn huis gaan,' zei hij. 'Mijn ouders zijn er niet.'

Dat vond ik goed. 'Bedankt dat je wilt rijden,' zei ik.

Er leek geen einde te komen aan de rit naar Widow's Vale. De zon daalde even na kwart voor vijf achter de horizon en het laatste halfuur reden we door het kille donker. Ik wilde de doos dolgraag openmaken, maar voelde ook dat het in een absoluut veilige omgeving moest gebeuren. Robbie parkeerde Das Boot voor het kleine, verwaarloosde huis van zijn ouders. Zolang ik Robbie kende, hadden ze hun huis nooit geschilderd, het pad gerepareerd of wat dan ook aan het onderhoud ervan gedaan. Het grasveld voor het huis lag er slordig bij en moest nodig gemaaid worden. Dat was Robbies taak, maar hij had er een hekel aan. Het leek zijn ouders niets te kunnen schelen.

Het was nooit prettig om hier te komen. Daarom zaten wij meestal met ons drieën in het huis van Bree, onze favoriete plek, of in mijn huis, de tweede favoriete plek. Het huis van Robbie moest worden gemeden. Dat wisten we allemaal. Maar op dit moment voldeed het prima.

Robbie deed de lampen aan, waardoor de huiskamer met zijn smerige vloer werd verlicht. Er hing hier altijd een oude kooklucht en een stank van sigarettenrook.

'Waar zijn je ouders?' vroeg ik, toen we door de gang naar Robbies kamer liepen.

'Ma is bij haar zuster en pa is op jacht.'

'Gadver,' zei ik. 'Ik herinner me nog dat ik een keer bij

jullie kwam en dat er een hert aan de boom in je voortuin hing.'

Robbie lachte. We kwamen langs de kamer van zijn oudere zusje Michelle. Zij zat op college en haar kamer werd gehandhaafd als een soort heiligdom, voor het geval ze thuiskwam. Michelle was het lievelingetje van zijn ouders en ze deden geen moeite om dat te verbergen. Robbie had daardoor geen hekel aan haar gekregen. Michelle en Robbie waren dol op elkaar en erg aan elkaar gehecht. Ik ving een glimp op van een ingelijste schoolfoto van hem op haar plank. Hij was afgelopen jaar gemaakt. Zijn gezicht was bijna niet te herkennen. Zijn huid was overdekt met acne en zijn ogen gingen schuil achter zijn bril.

Robbie maakte licht. Zijn kamer was niet half zo groot als die van Michelle. Het was meer een soort grote kast. Er was net genoeg ruimte voor zijn lits-jumeaux dat bedekt was met een oude Mexicaanse deken. Weggestopt in een hoek stond een grote ladekast met boekenplanken erboven. De planken stonden vol boeken, de meeste ervan paperbacks, en ze waren allemaal gelezen.

'Hoe gaat het met Michelle?' vroeg ik, terwijl ik de doos voorzichtig op zijn bed zette. Ik was zenuwachtig en nam er de tijd voor om mijn jas los te knopen.

'Prima. Ze denkt erover om zich weer op de lijst van studentendecanen te laten zetten.'

'Goed van haar. Komt ze met de kerst thuis?' Mijn hart begon weer te bonken, maar ik probeerde mezelf tot bedaren te brengen. Ik ging op het bed zitten.

'Ja.' Robbie grijnsde. 'Wat zal ze verrast zijn als ze mijn gezicht ziet.'

Ik keek hem even van opzij aan. 'Ja,' zei ik slechts.

'Zeg, maak je dat ding nou nog open?' vroeg hij, en hij

ging aan de andere kant van het bed zitten.

Ik slikte en wilde niet toegeven hoe gespannen ik was. Als er nu eens iets akeligs in zat? Iets vreselijks of...

'Wil je dat ik het doe?' vroeg hij.

Ik schudde snel mijn hoofd. 'Nee... nee. Ik doe het wel.'

Ik pakte de doos op. Hij was vijftig bij veertig centimeter, en tien centimeter hoog. Aan de buitenkant bladderde het metaal af. De doos was gesloten met twee metalen klemmen die bijna helemaal vastgeroest zaten. Robbie sprong overeind en rommelde op zijn bureau, op zoek naar een schroevendraaier. Hij gaf hem aan mij en met ingehouden adem wrikte ik hem onder het deksel en drukte de klemmen open. Het deksel zei 'plop' en ik kon mijn vingers eronder krijgen.

'Wauw!' riepen Robbie en ik tegelijkertijd, toen ik hem open had.

De buitenkant van de doos mocht dan versleten en verroest zijn, de binnenkant was niet aangetast door de tijd of de elementen. Vanbinnen glansde hij zilverkleurig. Het allereerste wat ik zag, was een athame. Ik pakte hem op. Hij lag zwaar in de hand en zag er zeer antiek uit, met een van ouderdom versleten zilveren lemmet en een ivoren heft, waarin ingewikkelde Keltische knopen waren gesneden; zeer verfijnd en onmiskenbaar ambachtelijk vervaardigd. Dit was geen fabrieksproduct. Toen ik hem omdraaide, zag ik dat in het lemmet zelf rijen initialen, wel achttien paar, waren gegraveerd. De allerlaatste waren M. R., en die daarboven waren ook M. R.

'Maeve Riordan,' zei ik, toen ik de initialen aanraakte. 'En Mackenna Riordan, haar moeder. Mijn grootmoeder. En ik.' Er stroomde een enorme blijdschap door me heen. 'Het is van mijn familie op mij overgegaan.' Dit gaf me zo'n diep gevoel van verwantschap en continuïteit dat ik straalde van genoegen. Ik legde de athame voorzichtig op Robbies bed.

Daarna pakte ik een bundeltje met diepgroene zijde op. Toen ik het omhooghield, viel het in de plooien van een gewaad.

'Cool,' zei Robbie, en hij raakte het zachtjes aan.

Ik knikte vol bewondering. Het gewaad was gemaakt in de vorm van een grote rechthoek, met een opening voor het hoofd en knopen van zijde, om de schouders bij elkaar te houden.

'Het lijkt wel een toga,' zei ik, terwijl ik hem voor me hield. Ik knipoogde toen ik Robbies vragende gezicht zag. Ik zou het gewaad wel aantrekken – maar thuis, achter gesloten deuren.

Het borduurwerk zat vol Keltische knopen, draken, pentagrammen, runen, sterren en gestileerde planten in zilver- en gouddraad. Het was een waar kunstwerk. Ik kon me voorstellen hoe trots Maeve moest zijn geweest toen ze hem van haar moeder erfde en hem voor de eerste keer droeg bij het leiden van een cirkel. Voorzover ik wist, was Mackenna nog altijd de hogepriesteres van De Nauwe Poort, toen deze werd geëlimineerd.

'Dit is ongelooflijk,' zei Robbie.

'Ik weet het,' zei ik. 'Ik weet het.'

Ik vouwde het gewaad netjes op en legde het opzij. Vervolgens vond ik vier zilveren schalen, weer met Keltische symboliek erin gegraveerd. Ik herkende de runen van lucht, vuur, water en aarde en ik begreep dat mijn moeder deze schalen voor haar cirkels had gebruikt.

Toen pakte ik een staf, gemaakt van zwart hout. In de schacht waren dunne lijnen van bladgoud en bladzilver geslagen. De punt was bezet met een grote kristallen bol. Onder de bol was de staf rondom bezet met vier kleine rode stenen. Waren dat echte robijnen? vroeg ik me af.

Onder dit alles lagen er op de bodem van de doos nog verscheidene brokken kristal en andere stenen, een veer en een zilveren ketting met een claddagh-symbool eraan: twee handen die een hart vasthouden en een kroontje erboven. Grappig was dat. Mam – mijn adoptiemoeder – had ook een claddagh-ring. Pap had haar die op hun zilveren bruiloft, afgelopen jaar, gegeven. De ketting voelde zwaar en warm aan in mijn handen.

Ik liet mijn blik over al deze magische gebruiksvoorwerpen gaan. Wat een kostbare schat, wat een rijkdom. En het was van mij, mijn ware erfenis, vol van magie, mysterie, macht. Ik liep over van vreugde, maar op een manier die ik nooit aan Robbie zou kunnen uitleggen... op een manier die ik voor mezelf niet eens kon verklaren.

'Twee weken geleden had ik nog niets van mijn echte moeder,' hoorde ik mezelf zeggen, 'en nu heb ik haar Boek der Schaduwen en dit alles. Ik bedoel maar, dit zijn dingen die zij zelf heeft vastgehouden en gebruikt. Ze zitten vol van haar magie! En ik heb ze! Dit is verbijsterend.'

Robbies ogen waren heel groot geworden, maar hij schudde zijn hoofd: 'Wat écht verbijsterend is, is dat je ze hebt ontdekt door te schouwen,' zei hij zacht.

'Ik weet het, ik weet het.' De opwinding joeg door mijn aderen. 'Het leek wel alsof Maeve had besloten me te bezoeken en me deze boodschap te geven.'

'Dat is behoorlijk hekserig,' vond Robbie. 'Zei je niet dat ze niet meer aan magie deden, toen ze in Amerika waren?'

Ik knikte. 'Dat maakte ik op uit haar Boek der Schaduwen. Maar ik heb het nog niet helemaal uit.'

'Maar ze had toch alles meegenomen hierheen? Om het niet te gebruiken? Dat moet wel heel moeilijk zijn geweest.'

'Ja,' zei ik. Een onverklaarbaar gevoel van onbehagen begon mijn blijdschap te overschaduwen. 'Het zal wel onverdraaglijk voor haar zijn geweest om haar magische wapens achter te laten, ook al kon ze die niet meer gebruiken.'

'Ze wist misschien dat ze een kind zou krijgen,' opperde Robbie, 'en heeft gedacht dat ze haar spullen te zijner tijd zou kunnen doorgeven. Dat heeft ze ook gedaan.'

Ik haalde mijn schouders op en dacht na. 'Het is mogelijk,' zei ik. 'Ik weet het niet. Misschien verklaart ze het in haar boek.'

'Zou ze hebben gedacht dat het veiliger was als ze ze niet gebruikte,' peinsde Robbie hardop. 'Misschien zou het gebruik ervan haar identiteit en haar locatie op een of andere manier hebben verraden.'

Ik staarde naar hem en toen weer naar al die spullen. 'Dat zou best eens kunnen,' zei ik langzaam. Het onbehagen groeide. Met een somber gezicht vervolgde ik: 'Het is misschien nog steeds gevaarlijk om deze dingen te hebben. Misschien moet ik ze niet aanraken – of moet ik ze terugleggen.'

'Ik zou het niet weten,' zei Robbie. 'Maeve heeft je laten zien waar je ze kon vinden. Ze schijnt je niet te hebben gewaarschuwd, of wel?'

Ik schudde mijn hoofd. 'Nee. In mijn visioen voelde het allemaal positief. Geen enkel teken van waarschuwing.' Ik legde het gewaad behoedzaam terug in de doos, gevolgd door de staf, de athame en de vier kleine schalen. Toen deed ik het deksel dicht. Ik moest hierover beslist met Cal praten, en met Alyce en David, meteen de volgende keer dat ik ze zag.

'Vanavond heb je dus een afspraak met Cal?' vroeg Robbie met een grijns. 'Die gaat hiervan flippen.'

Het opgewonden gevoel kwam terug. 'Ik weet het. Ik kan niet wachten om te horen wat hij zal zeggen. Nu we het er toch over hebben, ik moet weg. Ik moet nodig onder de douche.' Ik beet op mijn lip en aarzelde. 'Ga je vanavond naar de kring van Bree?'

'Ja,' zei Robbie heel kalm. Hij stond op en liep terug door de gang. 'De bijeenkomst is bij Raven thuis.'

'Hmm.' Ik trok mijn jas aan en opende de voordeur. Ik hield de doos stevig onder mijn arm geklemd. 'Zul je voorzichtig zijn? En hartstikke bedankt dat je vandaag met me bent meegegaan. Dit had ik zonder jou niet gekund.' Ik boog me naar Robbie toe en gaf hem een dikke zoen. Hij klopte me een beetje verlegen op mijn rug. Toen glimlachte ik, zwaaide naar hem, en liep naar mijn auto.

De magische uitrusting van mijn moeder, dacht ik, toen ik motor startte. Ik had nu dezelfde magische instrumenten in bezit die door mijn biologische moeder, haar moeder en haar moeders moeder enzovoorts, waren gebruikt. Misschien al wel honderden jaren lang... als de initialen op de athame alle hogepriesteressen van De Nauwe Poort vertegenwoordigden. Ik had nu een gevoel van verbondenheid, een familiegeschiedenis – iets waarvan ik wist dat ik het tot voor kort op een of andere manier altijd had gemist. Ik wou dat ik naar Ierland kon gaan om hun coven en hun dorp te onderzoeken en erachter te komen, wat zich daar werkelijk heeft afgespeeld. Misschien dat het er nog eens van zou komen.

18.
Sigils

22 januari, 1999

Ik weet het nu. Linden, mijn broer van nog maar net vijftien jaar oud, is dood. Godin, help me, ik ben helemaal alleen, op Alwyn na. En ze zeggen dat ik hem heb vermoord.

Als ik naar de woorden kijk die ik net heb opgeschreven, kan ik het niet bevatten. Linden is dood, en ik word beschuldigd van de moord op Linden.

Ze zeggen dat mijn proces binnenkort begint. Ik kan niet denken. Mijn hoofd doet de hele tijd pijn en mijn lichaam weigert alle eten. Ik ben bijna dertien kilo afgevallen. Ik kan mijn ribben tellen.

Mijn broer is dood.

Als ik hem zag, zag ik het gezicht van mam. Hij is dood, en ik krijg er de schuld van, hoewel ik zoiets absoluut niet gedaan zou hebben.

— Gìomanach

Toen ik thuiskwam, was er niemand. Daar was ik blij om, want op de terugweg van Robbie had ik een idee gekregen, en dat wilde ik in alle rust kunnen testen.

Eerst was het zaak om voorzorgsmaatregelen te treffen. Ik pakte een kruiskopschroevendraaier uit pa's gereedschapskist in de rommelkast. Toen bracht ik de doos met Maeves magische voorwerpen naar de overloop op de eerste verdieping. Daar schroefde ik de klep van de verwarmingsventilator los, haalde hem van de muur en zette de doos in de ventilatorschacht. Als de klep er weer op geschroefd was, zou hij volstrekt onzichtbaar zijn. Dat wist ik, want ik had deze plek al jaren in gebruik als geheime opbergplaats – ik had er mijn eerste dagboek verstopt en ook Mary K.'s lievelingspop, na een enorme ruzie.

Voordat ik de ventilatorschacht afsloot, pakte ik de athame, die prachtige, antieke athame met mijn moeders initialen erop. Ik vond het geweldig dat mijn initialen dezelfde waren als die van haar en mijn grootmoeder. Ik liet mijn vingers zachtjes over het gesneden heft gaan en nam vervolgens de athame mee naar beneden.

Een week eerder was ik online op zoek gegaan naar informatie over Wicca. Daarbij was ik op een oud artikel gestuit, geschreven door een vrouw die Helen Vuurdochter heette. Ze beschreef daarin het traditionele hekseninstrumentarium en de toepassing ervan. De athame, zo zei het artikel, was verbonden met het element vuur. Hij werd gebruikt om energie te richten, symboliseerde verandering en bracht die ook teweeg. Hij werd tevens gebruikt om licht te geven en verborgen dingen aan het licht te brengen.

Ik trok mijn jas aan, ging naar buiten het kille schemerdonker in en sloot de voordeur achter me. Met een snelle blik op de straat vergewiste ik me ervan dat niemand me in de gaten hield. Met de athame voor me uit als een metaaldetector begon ik om het huis te lopen. Ik ging met het oeroude lemmet over de vensterbanken, de deuren, de overnaads aangebrachte betimmering aan de zijkant, overal waar ik maar bij kon.

Het eerste runenzegel trof ik aan op de leuning van de veranda, aan de zijkant. Met het blote oog was er niets te zien, maar toen ik er met de athame overheen ging, gloeide de rune flauw op, met een blauwachtig, etherisch licht. Mijn keel werd dichtgeknepen. Daar was het dus – het bewijs dat Sky en Hunter hier gisteravond magisch bezig waren geweest. Ik trok met mijn vingers lijntjes na. Perth. Dat stond voor het openbaren van verborgen dingen.

Ik haalde diep adem en probeerde kalm en rationeel te blijven. Perth. Nou ja, dat zei nog niets over hun plannen. Ik zou verder moeten zoeken.

Terwijl ik het hele huis rondging, gloeiden er steeds meer runen op onder het lemmet van de athame. Dag, voor ontwaken en helderheid. Eoh, het paard, wat verandering betekende. Odil, voor geboorterecht, erfenis. Toen vond ik, op het hout vlak onder het raam van mijn slaapkamer, de rune waarvoor ik zo bang was. De dubbele vishaak: de Yr.

Ik staarde ernaar en ik had het gevoel alsof de lucht uit mijn longen werd gewrongen. Yr, de doodsrune. Cal had me verteld dat het niet altijd een dood betekende – dat het een ander soort belangrijk einde kon inhouden. Ik probeerde troost te putten uit die mogelijkheid. Maar het was niet gemakkelijk om mezelf daarvan te overtuigen.

Op dat moment voelde ik mijn magische voelhorentjes tintelen. Er was iemand in de buurt. Iemand die naar me keek.

Ik draaide me snel om en tuurde in het vage winterse duister. Een enkele straatlantaarn wierp een lichtkring net buiten onze tuin. Maar ik kon geen schimmige gestalte, geen glimpje beweging ontwaren, zelfs niet toen ik mijn magische oog inschakelde. Ook voelde ik de aanwezigheid niet langer. Had ik het me verbeeld? Voelde ik dingen die er niet waren?

Ik wist het niet. Ik wist wel dat ik geen seconde langer in mijn eentje buiten wilde blijven. Ik draaide me om, vloog het huis in en draaide de deur achter me op slot.

Tegen de tijd dat Cal me kwam afhalen, was ik alweer zover gekalmeerd om opgewonden te kunnen zijn over mijn bijzondere verjaardagsfeestje.

'Wat is er anders aan je?' vroeg Cal, toen ik de voordeur dichttrok. Hij glimlachte verbaasd. 'Je ziet er anders uit. Je ogen staan anders.'

Ik knipperde verleidelijk met mijn oogleden. 'Ik heb make-up op,' zei ik. 'Mary K. heeft me eindelijk te pakken. En ik dacht, ach, waarom ook niet? Het is een speciale gelegenheid.'

Lachend pakte hij mijn arm en samen liepen we naar zijn auto. 'Je ziet er prachtig uit, maar denk niet dat je het voor mij moet doen.' Hij maakte mijn portier open en liep toen om naar zijn kant.

'Heb je mijn boodschappen gekregen?' vroeg ik, toen hij de motor startte.

Hij knikte. 'Mam zei dat je had gebeld.' Hij had het niet over de heksenboodschap. 'Jammer dat ik je gemist heb. Ik moest een paar boodschappen doen.' Hij liet zijn wenkbrauwen op en neer wippen. 'Geheime boodschappen, als je voelt wat ik bedoel, jarige Job.'

Ik glimlachte eventjes, maar ik zat te popelen om hem te vertellen over de gebeurtenissen van het afgelopen etmaal. 'Ik heb een nogal hectische dag gehad, zonder jou. Eigenlijk *twee* hectische dagen.' Ik zakte wat dieper weg in mijn jas.

'Wat is er dan gebeurd?' vroeg hij.

Toen ik mijn mond opendeed, kwam alles als een waterval naar buiten rollen: de koplampen achter me, waardoor ik mijn auto in puin reed, het vuurschouwen, Sky en Hunter bij mijn huis, gisteravond. Cal vuurde de ene na de andere blik op me af, soms verbluft, dan weer geschokt of bezorgd. Toen kwam ik met het klapstuk op de proppen: de vondst van Maeves magische wapens.

'Heb je jouw moeders magische wapens gevonden?' schreeuwde hij. De auto begon te slingeren. Ik vroeg me even af, of het nu dezelfde kant opging als met Das Boot. Maar gelukkig sloegen we al af naar zijn oprit.

Ik gooide met een grijns mijn handen in de lucht. 'Ik kan het zelf nog niet geloven.'

Hij zette de motor af en bleef verbaasd naar me zitten staren. 'Heb je ze meegebracht?' vroeg hij gretig.

'Nee,' bekende ik. 'Ik heb ze achter de klep van de ventilatorschacht verstopt. Toen ik wegging, was pap net bezig een wandcontactdoos in de gang te repareren, dus kon ik er niet bij.'

Cal keek me geamuseerd en samenzweerderig aan. 'In de ventilatorschacht,' herhaalde hij. Ik kon niet anders dan met hem mee lachen. Een tamelijk idiote bergplaats voor een stel magische voorwerpen, als je erover nadacht.

'Nou ja, maakt niet uit. Je kunt ze me morgen ook laten zien,' zei hij, en ik knikte.

'Wat vind jij van dat ongeluk?' vroeg ik.

'Ik weet het niet.' Hij schudde zijn hoofd. 'Het kan een of andere lijpo zijn geweest die haast had. Maar als je zo bang bent geweest – en ik vind wel dat je op je intuïtie moet vertrouwen – moeten we daarbij vraagtekens zetten.' Er kwam een harde blik in zijn ogen, leek het, maar toen versmolt zijn gezicht weer tot een bezorgde glimlach. 'Waarom heb je me dat gisteravond niet verteld? En dat van Hunter en Sky bij je huis?'

'Ik heb je een telepathische boodschap gestuurd,' vertelde ik hem. 'Maar je kwam niet. Ik vroeg me af of Sky hem geblokkeerd kon hebben.'

Cal trok een geërgerd gezicht en sloeg zichzelf voor zijn kop. 'Nee, dat is het niet geweest. Ik weet exact wat het was. Mam en ik hadden een heel sterke, magische verzegeling gedaan voordat we met de cirkel begonnen, voor het geval mensen als Sky of Hunter zouden proberen bij ons binnen te dringen. Dat zou je boodschap geblokkeerd kunnen hebben. Jemig, dat spijt me ontzettend. Het is niet bij me opgekomen dat je me misschien zou proberen te roepen.'

'Het is al goed,' zei ik. 'Er is me niets overkomen.' Ik huiverde bij de herinnering aan de angst van gisteravond. 'Althans, niets blijvends.'

We stapten uit. Rillend van de kou holden we samen de stoep op.

Daar kwamen we Selene tegen die juist op dat moment wegging. Ze was gekleed in een zwartfluwelen mantel die helemaal tot op de grond reikte. Ze droeg glinsterende paarse amethisten om haar nek en in haar oren. Ze zag er weer verbluffend mooi uit, zoals altijd.

'Prettige avond, lieverds van me,' glimlachte ze. Ze geurde verrukkelijk, wat me een indruk gaf van rijkdom en volwassenheid. Daarbij vergeleken kwam mijn eigen vleugje patchouli naïef en hippieachtig over – meisjesachtig bijna.

'Wat ziet u er mooi uit,' zei ik welgemeend.

'Dank je wel, jarige Job. Jij ook.' Ze trok zwarte handschoenen aan. 'Ik ga naar een party.' Ze keek Cal veelbetekenend aan. 'Ik ben pas laat terug, dus gedraag je een beetje.'

Ik geneerde me, maar Cal lachte ontspannen. Terwijl Selene vertrok, klommen wij de trap op naar de tweede verdieping, waar zijn kamer was.

'Eh, wat denkt je moeder dan dat we gaan doen?' vroeg ik nogal dom. Mijn voetstappen werden gedempt door het dikke tapijt op de treden.

'Ik neem aan dat ze denkt dat we gaan vrijen,' zei Cal. Te oordelen naar de toon waarop hij dat zei, was het alsof hij het had over een potje Mens-erger-je-niet. Hij schonk me een terloopse glimlach en ik viel bijna van de trap.

'Eh – zal ze niet... je weet wel, boos worden?' Ik deed mijn uiterste best om rustig te praten, maar dat mislukte jammerlijk. De ouders van al mijn vriendinnen zouden een rolberoerte krijgen, bij de gedachte dat hun kinderen zoiets onder hun dak deden. Nou, die van Jenna misschien niet. Maar al die anderen wel.

'Nee,' zei Cal. 'Bij Wicca heeft vrijen niet hetzelfde stigma als bij andere religies. Het wordt als een viering van de liefde en het leven beschouwd – een erkenning van de God en de Godin. Het is mooi. Iets bijzonders.'

'O.' Het bloed joeg door mijn aderen. Ik knikte en deed een poging zelfverzekerd te lijken.

Cal deed de deur achter zich dicht. Toen trok hij me naar zich toe en kuste me. 'Het spijt me zo dat ik gisteravond niet bereikbaar voor je was,' fluisterde hij dicht tegen mijn lippen. 'Ik word de laatste tijd wel erg in beslag genomen door het werk van mijn moeder. Maar ik ga ervoor zorgen dat ik voortaan meer tijd voor jou heb.'

Ik vlijde mijn armen om zijn nek. 'Mooi zo,' zei ik.

Hij hield me eventjes vast, maar maakte zich toen zachtjes uit mijn armen los en pakte een doosje lucifers van het nachtkastje bij zijn bed. Terwijl ik toekeek, stak hij alle kaarsen in zijn kamer aan, tot er overal kleine vlammetjes brandden. De kaarsen stonden op de schoorsteenmantel, boven op boekenkasten, in kaarsenhouders op de grond; er hing zelfs een ouderwetse, ijzeren kaarsenkroon aan het plafond. Toen hij het elektrische licht uitdeed, waren we gehuld in een cocon van vuur. Het was dromerig, mooi en romantisch.

Vervolgens liep Cal naar zijn donkerhouten bureau, waar een fles sprankelende cider stond, naast een schaal met volmaakt gave, rode aardbeien en een schaal met dipchocola. Hij schonk twee glazen cider in en bracht mij er één.

'Dank je wel,' zei ik blij, 'wat heerlijk is dit.' De sterachtige bubbeltjes van de lichtgouden cider tintelden in mijn keel.

Hij kwam naast me zitten en we dronken van onze cider. 'Wat wil ik graag de magische wapens van Maeve zien,' zei hij, terwijl hij het haar langs mijn slaap streelde. 'De historische waarde alleen al – het lijkt wel of je de graftombe van koning Toet hebt geopend.'

Ik lachte. 'De Wicca-versie van de tombe van Toet, dan. Trouwens, ik had er één ding uitgelaten, en dat heb ik bij me.' Ik zette mijn glas op het nachtkastje, sprong overeind en liep naar mijn jas. Ik pakte de athame uit het borstzakje. Ik had hem in een zakdoek gewikkeld. Zonder iets te zeggen gaf ik hem aan Cal en ik keek naar zijn gezicht, toen ik me weer naast hem nestelde.

'Godin,' fluisterde hij, toen hij hem uitpakte. Zijn ogen schitterden en er speelde een begerige glimlach om zijn lippen. 'O, Morgan, wat is dit schitterend!'

Ik moest lachen om zijn enthousiasme. 'Ik weet het. Is het niet fantastisch?'

Hij streek met zijn vingers over de initialen die in het lemmet waren gegraveerd. 'Morgen,' zei hij afwezig. Toen keek hij me aan. 'Morgen,' zei hij iets krachtiger, 'krijg ik een drukke dag. Allereerst ga ik Hunter en Sky opzoeken en hen zeggen dat ze jou verdomme met rust moeten laten. Daarna moet ik naar jouw huis om al hun sigils te verwijderen, als me dat lukt. En vervolgens ga ik zitten kwijlen bij je moeders magische voorwerpen.'

'Nou, dat is een heerlijk vooruitzicht,' lachte ik. 'Heel fijn.'

Hij lachte ook en kwam tegen me aan zitten, om te zoenen en cider te drinken. Magisch, dacht ik, terwijl ik hem dromerig aanstaarde.

Cal kuste me opnieuw en keek me aandachtig aan. Toen knipperde hij met zijn ogen en liet me los.

'Cadeautjes!' zei hij, en hij wees. Het duurde even voor ik de stapel prachtig ingepakte geschenken zag die op een tafel tegen de muur op me lagen te wachten.

'Wat heb je nou gedaan?' vroeg ik, en ik bracht mijn hand naar mijn keel, waar het zilveren pentagram van hem warm op mijn huid lag. Dat was het allereerste wat hij me had gegeven, en ik koesterde het daarom.

Hij trok een grijns en stond op om de cadeaus naar het bed te brengen, waar hij ze op de matras voor me uitspreidde. Ik nam nog een slokje cider en zette het glas op het nachtkastje.

Eerst kreeg ik een rechthoekige doos. Ik begon het papier eraf te halen.

'Dit is nu een beetje overbodig geworden,' zei hij.

Ik begon breeduit te glimlachen. In de doos lag de zilveren athame die we bij 'Practical Magick' hadden gezien, die met de versiering van rozen en een doodskop. Ik keek hem aan.

'Hij is prachtig,' zei ik, terwijl ik er met mijn vingers overheen gleed.

'Je kunt hem als reserve gebruiken,' zei hij vrolijk, 'of als taartmes. Of als briefopener.'

'Dank je wel,' fluisterde ik.

'Ik wilde dat jij hem kreeg,' zei Cal. 'Volgende.'

Hij hield een klein doosje omhoog en ik hield mijn adem in toen ik het openmaakte. Er lagen prachtige zilveren oorbellen in, met goudkleurige tijgerogen. De stenen leken zó op de ogen van Cal dat ik er even naar moest kijken, gewoon om te vergelijken.

'Wat zijn ze mooi.' Ik schudde mijn hoofd.

'Doe ze in,' moedigde hij me aan, 'dan is het net alsof ik altijd bij je ben.' Hij streek mijn haren naar achteren om mijn oorlelletjes te ontbloten.

Ik hield de oorbellen vast en wist niet wat ik moest zeggen.

'Je hebt geen gaatjes in je oorlelletjes,' zei Cal verbaasd.

'Klopt,' mompelde ik spijtig. 'Mam heeft mij en Bree, toen we twaalf waren, een keer meegenomen om het te laten doen, maar ik durfde niet.'

'Ach, Morgan, het spijt me,' lachte hij. 'Dat is mijn schuld. Niet te geloven dat ik het nog niet had gezien. Ik had iets anders voor je moeten kopen. Geef maar – ik zal ze ruilen voor iets anders.'

'Nee!' zei ik, en ik sloot het doosje weer. 'Ik vind ze heel mooi – het mooiste wat ik ooit heb gezien. Ik wilde al een tijdje gaatjes laten prikken, en dit is mijn inspiratie.'

Cal keek me even taxerend aan, maar hij scheen het te accepteren. 'Hm, goed dan.' Hij knikte naar het volgende cadeautje.

Dat was een mooi gebonden boek met illustraties over het creëren van bezweringen. Het bevatte een beknopte geschiedenis over hoe bezweringsformules tot stand zijn gekomen en een hoofdstuk vol met voorbeelden. Hoe je ze moet toepassen en hoe je ze een persoonlijk karakter kunt meegeven voor je eigen specifieke situatie.

'O, dit is geweldig,' zei ik enthousiast, toen ik het doorbladerde. 'Dit is perfect.'

'Ik ben blij dat je het mooi vindt,' grijnsde hij. 'We kunnen er wel een paar doen als je wilt, om te oefenen.'

Ik knikte gretig als een kind, en hij lachte opnieuw.

'En tot slot...' zei hij, terwijl hij me een vrij grote doos aanreikte.

'Nog meer?' Ik kon het haast niet geloven. Ik vond dat hij me wel erg verwende. In de doos lag een gebatikte blouse in gedempte tinten lavendel, paars en pruimkleur. Hij zag eruit als de ondergaande zon tijdens een storm. Ik staarde ernaar en raakte de stof met mijn vingers aan. Ik nam de kleuren in me op en kon als het ware de donder horen rollen en de regen horen vallen.

'Ik vind hem heel erg mooi,' zei ik, en ik boog naar hem toe om hem te omhelzen. 'Ik vind het allemaal even prachtig. Dank je wel voor al deze dingen.' Mijn keel zat dicht van emotie. Opnieuw had ik dat gevoel van verbondenheid, van pure tevredenheid. 'Dit zijn de mooiste verjaardagscadeaus die ik ooit van iemand heb gekregen.'

Cal lachte lief naar me en even later lag ik in zijn armen op het bed. Ik hield zijn hoofd stevig vast en strengelde mijn vingers door zijn haren toen we elkaar kusten.

'Houd je van me?' fluisterde hij bij mijn mond. Ik knikte overweldigd en hield hem heel dicht tegen me aan. Ik wilde nog dichter bij hem zijn.

De cider, de kaarsen overal om ons heen, de lichte geur van wierook, het gevoel van zijn gladde huid onder mijn handen – het was alsof hij een liefdesbetovering om me heen weefde, waarvan ik dromerig werd en vervuld van een hevig lichamelijk verlangen. En toch... en toch. Ik had het andere eind van het touwtje tussen ons nog steeds in handen. Ondanks mijn liefde voor hem, ondanks de donkere golf van verlangen die hij in me opwekte, voelde ik hoe ik mezelf inhield.

Onder het zoenen besefte ik tot mijn verbazing dat ik nog niet zover was om me totaal aan hem te geven. Ook al waren we waarschijnlijk *mùirn beatha dàns*, ik was er nog niet klaar voor om tot het uiterste te gaan met vrijen, en me lichamelijk en geestelijk helemaal met hem te verenigen. Ik kende er de reden niet van, maar ik moest op mijn gevoel afgaan.

'Morgan,' zei Cal zachtjes. Hij kwam op één elleboog overeind en keek me aan. Wat was hij toch ontzettend mooi, de allermooiste man die ik ooit had gezien. Zijn wangen bloosden, zijn mond was donkerrood van het kussen. Hunter en hij konden gewoon geen broers zijn, dacht ik vaag – en ik vroeg me af hoe Hunter in mijn hoofd was gekomen. Hunter was gemeen en gevaarlijk, een leugenaar.

'Kom,' zei Cal met een hese stem en hij streelde over mijn middel door mijn zwarte trui heen.

'Eh...'

'Wat is er?' fluisterde hij.

Ik ademde uit en wist niet wat ik moest zeggen. Hij legde één been over me heen en krulde zijn arm onder mijn rug, zodat ik lekker dicht tegen hem aan lag. Hij wreef met zijn neus in mijn hals en schoof met zijn hand via mijn middel omhoog tot net onder mijn borst. Dat gaf een ongelooflijk heerlijk gevoel en ik dwong mezelf eraan toegeven, om me te laten meevoeren op de golf van gevoelens, naar een nieuwe ervaring. Morgen werd ik zeventien, het was er het moment voor. Maar ik kon het op een of andere manier gewoon niet...

'Morgan?' Er lag een vraag in zijn stem en mijn ogen schoten naar hem toe. Hij streek het haar uit mijn gezicht. 'Ik wil met je vrijen.'

19.
Een cirkel van twee

Ze pushen me om me met haar te verenigen. En dat wil ik ook. Godin, wat wil ik dat graag! Ze is een vlinder, een bloem die ontloken is, een donkere robijn, geslepen uit een stoffige steen. En ik kan haar nóg prachtiger maken. Ik kan haar in vuur en vlam zetten, zodat haar macht uitstraalt naar iedereen om haar heen. Ik kan haar onderwijzen, ik kan haar helpen om bij magie te komen die heel diep in haar zit. Samen zullen we niet te stoppen zijn.

Wie had ooit gedacht dat dit kon gebeuren? Op het eerste gezicht zou je niet zeggen dat er een tijgerin in haar sluimert. Ze verslindt me met haar liefde, haar standvastigheid maakt me nederig, haar schoonheid en macht maken me hongerig.

Zij zal de mijne zijn. En ik de hare.

— Sgàth

Ik staarde Cal aan. Ik hield van hem, maar ik was volkomen de kluts kwijt.

'Ik dacht dat je ook wilde,' zei hij zacht.

Ik knikte. Dat was ook zo – tenminste, voor een deel. Maar wat mijn hersens wilden en wat mijn lichaam wilde, waren twee verschillende dingen.

'Als je je druk maakt om de anticonceptie, daarvoor zorg ik,' zei hij. 'Ik zou je nooit willen kwetsen.'

'Dat weet ik wel.' Ik voelde dat de tranen kwamen opzetten. Ik drong ze terug, met veel wilskracht. Wat een afgang was dit, en ik wist niet waarom.

Cal rolde bij me vandaan. Hij legde zijn arm over zijn voorhoofd en keek me aan. 'Wat is het dan?' zei hij.

'Ik weet het niet,' fluisterde ik. 'Ik wil het wel, maar ik kan het niet. Ik ben er nog niet klaar voor.'

Met zijn andere hand pakte hij de mijne en hield hem vast. Afwezig streek hij met zijn duim over mijn handpalm. Ten slotte kwam hij overeind en ging met gekruiste benen voor me zitten. Ik ging tegenover hem zitten.

'Ben je nu kwaad?' vroeg ik.

Hij glimlachte een beetje zuur. 'Ik overleef het wel. Het is in orde. Maak je geen zorgen. Ik...' Hij maakte zijn zin niet af.

'Het spijt me,' zei ik verdrietig. 'Ik weet niet wat er mis is met mij.'

Hij boog zich naar me toe en duwde mijn haar uit mijn nek om me daar een kus te geven. Ik huiverde bij de warmte van zijn lippen. 'Met jou is helemaal niets mis,' fluisterde hij. 'We hebben onze hele toekomst nog voor ons. We hebben geen haast. Ik ben er zodra je er wel klaar voor bent.'

Ik slikte en vreesde dat ik zou gaan huilen als ik mijn mond weer opendeed.

'Luister,' zei hij, terwijl hij de spanning uit mijn nek masseerde, 'laten we een cirkel doen. Geen gewone cirkel, maar zoiets als een gezamenlijke meditatie. Dat is ook een manier om dicht bij elkaar te zijn. Oké?'

Ik knikte. 'Oké,' perste ik eruit.

Ik stak mijn handen naar hem uit en we hielden elkaar losjes vast, met de knieën tegen elkaar. We sloten allebei onze ogen en begonnen systematisch alles buiten te sluiten: de emoties, de gewaarwordingen, het besef van de buitenwereld. Ik geneerde me dat ik niet met hem naar bed wilde, maar liet dat gevoel bewust los. Het was haast alsof ik het van me af zag vallen. Mijn ogen prikten niet meer en mijn keel ontspande zich.

Geleidelijk aan begon onze ademhaling synchroon te lopen en langzaam en kalm te worden. Ik mediteerde bijna iedere dag en raakte gemakkelijk in een lichte trance. Ik merkte niet meer dat ik Cal aanraakte. We voelden ons één, ademden als één, en dreven als een eenheid naar een plaats waar diepe vrede en rust heersten. Dat luchtte op.

Ik werd me bewust van de kracht van Cals geest die zich met de mijne verbond, wat heel opwindend en intiem was. Het was heel bijzonder dat we dit konden delen. Ik dacht aan alle niet-heksen in de wereld die waarschijnlijk nooit in staat zouden zijn een dergelijke intimiteit met hun geliefde te voelen. Ik ademde lang uit, met een zucht van tevredenheid.

Tijdens de meditatie voelde ik Cals gedachten. Ik las de intensiteit van zijn hartstocht, voelde zijn verlangen naar mij en ik kreeg er kippenvel van. Ik voelde hoe hij mijn magische kracht bewonderde en ook zijn enthousiasme om me vooruit te laten gaan – sterker en sterker te worden, even sterk als hij. Ik probeerde mijn eigen gedachten met hem te delen, maar ik wist niet of hij ook in mijn geest keek. Ik bracht mijn verlangens en hoop voor onze toekomst tot uiting. Ik probeerde in golven van pure emotie over te brengen wat ik voelde, op een manier die woorden niet konden zeggen.

Ten slotte dreven we weer uiteen, als twee blaadjes die los van elkaar op de aarde vielen. Ik gleed weer in mezelf terug en we bleven zo een poosje naar elkaar zitten kijken. Dit was een verbondenheid, zo hecht als ik nog nooit met een ander mens had gevoeld. Ik wist het. Maar die wetenschap gaf me ook een gevoel van kwetsbaarheid en maakte me nerveus.

'Vond je het fijn?' vroeg ik, om de sfeer een beetje minder geladen te maken.

Hij glimlachte. 'Ik vond het geweldig.'

Ik bleef hem nog een tijdje aankijken, liet me wegzinken in zijn ogen, genoot van de stilte en de gloed van de kaarsen. Vaag werd ik me bewust van het tikken van een klok in de buurt. Ik keek op.

'O, mijn god! Is het al één uur?' snakte ik naar adem.

Cal keek ook en grinnikte. 'Hmm. Moet je op een bepaalde tijd terug zijn?'

Ik klom van het bed. 'Officieel niet,' zei ik, terwijl ik op zoek ging naar mijn schoenen. 'Maar ze verwachten wel dat ik bel als het later wordt dan twaalf uur. En als ik nu bel, maak ik ze allemaal wakker, natuurlijk.' Snel legde ik mijn cadeaus op een stapeltje. De athame van Maeve stopte ik weer in mijn jas. We renden naar beneden. Er ging een steek van verlangen door me heen. Ik wilde *hier* blijven, bij Cal, in de warme knusheid van zijn kamer.

Een koude wind blies in mijn gezicht toen we de voordeur uitliepen.

'Jasses,' kreunde ik, en ik trok de kraag van mijn jas dichter om mijn nek.

Met gebogen hoofd holden we naar de Explorer van Cal.

‘Misschien moeten we toch je ouders maar bellen om te zeggen dat je blijft slapen,’ stelde hij ondeugend voor.

Ik moest lachen toen ik eraan dacht hoe dat bij pap en mam zou overkomen. Ik legde voorzichtig mijn mooie verjaardagsgeschenken op de achterbank. Toen ik op het punt stond voorin te stappen, bleef ik staan door het geluid van een auto die kwam aanrijden. Ik keek naar Cal. Hij kneep zijn ogen samen en maakte een alerte, gespannen indruk. Hij had zijn hand op het portier aan de andere kant.

‘Is dat je moeder?’ vroeg ik.

Cal schudde zijn hoofd. ‘Dat is haar auto niet.’

Ik tuurde met samengeknepen ogen naar de naderende koplampen en gebruikte mijn heksenzicht. Mijn hart sloeg over. Het was een grijze auto. De auto van Hunter.

Hij stopte vlak voor ons.

‘O, god, wat komt hij hier doen?’ kreunde ik. ‘Het is één uur in de nacht!’

‘Weet ik het,’ zei Cal kortaf. ‘Maar ik heb nog een appeltje met hem te schillen.’

Hunter liet zijn motor lopen, toen hij uitstapte en naar ons toe kwam. In het schijnsel van de koplampen was hij alleen een silhouet, maar ik kon zien dat zijn groene ogen ernstig stonden. Zijn verkoudheid leek over te zijn. Zijn adem was net witte rook.

‘Hallo,’ zei hij geaffecteerd. Alleen dat stemgeluid was al tenenkrommend. ‘Kijk eens aan, daar zijn jullie allebei. Dat treft wel heel slecht.’

‘Hoezo?’ vroeg Cal met een zachte stem. ‘Was je van plan ook op mijn huis runensigils te plaatsen, net als bij Morgan?’

Een glimp van verrassing ging over Hunters gezicht.

'Dus dat weet je?' Hij verlegde zijn aandacht naar mij.

Ik knikte koeltjes.

'Wat weet je nog meer?' vroeg Hunter. 'Wat Cal van jou wil, bijvoorbeeld? Wat jij voor hem betekent? Weet jij eigenlijk wel wat er écht achter zit?'

Ik keek hem woest aan en probeerde een vernietigende opmerking te bedenken. Maar mijn enige gedachte was weer: Waarom kwelt hij ons zo?

Naast mij balde Cal zijn vuisten. 'Ze kent de waarheid. Ik houd van haar.'

'Nee,' verbeterde Hunter hem, 'de waarheid is dat je haar *nodig* hebt. Je hebt haar nodig, omdat ze een ongekende, nog niet aangeboorde macht bezit. Je hebt haar nodig, zodat je haar macht kunt gebruiken om de Hoge Raad over te nemen. Daarna kun je beginnen met het één voor één elimineren van de andere clans. Jij bent ook een Woodbane, en ik moet toegeven dat de andere clans gewoon niet goed genoeg zijn.'

Mijn ogen schoten naar Cal. 'Waar heeft hij het over? Jij bent toch geen Woodbane, of wel?'

'Hij ijlt,' bromde Cal, en hij keek Hunter met louter minachting aan. 'Hij bedenkt en roept van alles om mij te kunnen treffen.' Cal sloeg zijn arm om me heen. 'Zet maar uit je hoofd dat jij ons uit elkaar kunt drijven,' zei hij. 'Ze houdt van mij en ik houd van haar.'

Hunter lachte. Het klonk als glas dat kapot sprong.

'Wat een onzin,' zei hij fel. 'Ze is je lichtende staf – de laatste afstammeling van De Nauwe Poort, de voorbestemde hogepriesteres van een van de machtigste clans van de Woodbanes. Dringt dat tot je door? De Nauwe Poort heeft de zwarte magie afgezworen! Morgan zou absoluut niet instemmen met wat jij wilt!'

'Hoe weet *jij* wat ik wel en niet zou doen?' schreeuwde ik, furieus, omdat hij over mij praatte alsof ik er niet bij was.

Cal schudde zijn hoofd. 'Dit heeft geen enkele zin,' zei hij. 'Wij zijn samen, en daartegen kun je niets doen. Ga terug naar waar je vandaan komt en laat ons met rust.'

Hunter grinnikte zachtjes. 'O nee. Ik vrees dat het daarvoor al veel te laat is. De Raad zou het me nooit vergeven als ik Morgan in jouw klauwen achterliet.'

'Wat?' krijste ik. Bemoeide de Raad zich met wie ik omging, potverdorie! Ik *kende* de Raad nauwelijks. Hoe kwam het dat ze zoveel van me wisten?

'Jij zou moeten weten wat vergeven is,' snauwde Cal. 'De Raad heeft het je nooit helemaal vergeven, hè, dat je je broer hebt gedood? Je probeert het nog steeds goed te maken, nietwaar? Je probeert nog steeds te bewijzen dat het jouw schuld niet was.'

Ik staarde die twee aan. Ik had geen idee waarover Cal het had, maar zijn stem joeg me schrik aan. Hij klonk als een vreemde.

'Loop naar de hel,' grauwde Hunter, en zijn lichaam spande zich.

'Bij Wicca doen we niet aan de hel,' fluisterde Cal.

Hunter kwam naar ons toe. Zijn gezicht stond strak van woede. Opeens dook Cal de auto in en griste uit de stapel cadeaus de athame die hij me had gegeven had. Mijn hart sloeg volkomen op hol. Dit gebeurt niet echt, dacht ik in paniek. Dit kan onmogelijk echt zijn. Roerloos keek ik toe hoe Cal bij me vandaan liep. Hunter keek van hem naar mij en weer terug.

'Moet je mij hebben?' daagde Cal Hunter uit. 'Moet je mij hebben, Hunter? Kom me dan maar halen.' Daarna draaide hij zich om en rende de donkere bossen in die aan hun privé-terrein grensden. In een oogwenk was hij uit het zicht verdwenen, verscholen in de duisternis tussen de bomen.

Met verwilderde ogen zocht Hunter de rand van het bos af.

'Jij blijft hier!' commandeerde hij mij, en vloog weg, achter Cal aan.

Ik bleef een ogenblik staan. Toen rende ik hen achterna.

20.
De Zoeker

12 februari, 1999

Ik kan nu met ondersteuning door de kamer lopen. Maar ik ben nog zwak, heel zwak.

Morgen begint mijn proces.

Ik heb telkens opnieuw mijn verhaal verteld. Wat ik me ervan herinner, althans. Ik werd 's nachts wakker en zag dat Linden er niet was. Ik volgde zijn spoor naar de hei en trof hem daar aan, midden in een ritueel waarbij hij een 'taibhs', een duistere macht, aan het oproepen was. Daarover hadden wij het afgelopen jaar gesproken, toen we op zoek waren naar antwoorden in verband met onze ouders. Maar ik had Linden niet aangeraden dat te doen en ik zou het ook nooit hebben goedgevonden als hij zou proberen in zijn eentje het kwaad te bezweren.

Ik zag Linden staan, met zijn armen omhoog gestrekt en een blik van grote vreugde op zijn gezicht. De zwarte taibhs kwam op hem toe en ik rende erheen. Zonder magie kon ik niet door de cirkel heen komen. Ik moest de macht dus doorbreken. Verder herinner ik me alleen nog die nachtmerrie dat ik bij Linden probeerde te komen en dat hij in mijn armen in elkaar zakte toen ik hem vond; dat we omhuld werden door een geest die ons verstikte. We werden overweldigd en waren niet meer in staat om adem te halen. Toen zakten we op de koude grond in elkaar voor de omhelzing van de dood.

Vervolgens werd ik in mijn bed bij oom Beck en tante Shelagh wakker. Er zaten heksen om me heen te bidden voor mijn genezing. Ik was zes dagen bewusteloos geweest.

Ik weet dat ik mijn broer niet heb vermoord. Ik weet wel dat mijn zoektocht naar een manier om het kwaad recht te zetten dat mijn familie is aangedaan de oorzaak is geweest van zijn dood. Ik kan hiervoor ter dood worden veroordeeld. Afgezien van het feit dat ik weet dat Alwyn verdriet om me zou hebben, zou ik dat verwelkomen, want voor mij is het hier geen leven meer.

— Giomanach

Toen ik bij de rand van het bos kwam, begon het weer te sneeuwen. In de tijd dat Cal en ik binnen hadden gezeten, was de lucht betrokken. Dikke, donkere wolken verduisterden nu de maan en de sterren.

'Verdomme,' fluisterde ik. Cal had Hunter kennelijk weggelokt om mij te beschermen, maar hij kon toch niet verwachten dat ik bleef toekijken om te zien wat er ging gebeuren? Ik wist niet wat er tussen die twee gaande was. Ik wist alleen dat ik het Hunter nooit zou vergeven als hij Cal kwaad deed.

Het waren dichte bossen met veel wildgroei en kreupelhout. Het was onmogelijk om er snel doorheen te rennen. Ik liep tegen een laaghangende tak op en bleef staan. Ik had geen idee waar Cal en Hunter waren gebleven. Het was pikdonker en ik trilde eventjes. Ik moest langzaam ademhalen, om mijn aandacht te concentreren en te richten. Ik balde mijn vuisten, ontspande ze weer en kneep mijn open dicht. 'Eén, twee, drie.' Ik ademde in en weer uit.

Even later deed ik mijn ogen open en merkte dat ik over mijn magische zicht beschikte. Ik kon zien. De bomen waren donkere, rechtopstaande silhouetten. Ik zag de omtrekken van het kreupelhout. Enkele nachtdieren en vogels, die geen winterslaap hielden, lichtten op met een bleekgele gloed. Oké. Ik zocht het terrein af en pikte heel eenvoudig het ruwe spoor op dat Hunter en Cal hadden achtergelaten. De grond was daar verschoven en verstoord, en er waren twijgjes geknapt.

Ik volgde hun spoor zo snel als ik kon. Mijn voeten en mijn neus waren ijskoud en de vallende sneeuw maakte de omgeving bleek. Langzaam drong een vaag ritmisch gebeuk tot me door. Het was niet het bloed in mijn aderen. Toen daagde het me. Natuurlijk, Selene en Cal woonden aan de rand van het dorp en hun huis lag praktisch aan de Hudson. De rivier stroomde recht voor me uit. Ik versnelde mijn pas, pakte de bomen vast om mezelf voort te duwen en struikelde vloekend over de stenen.

'Je wordt gesommeerd om met mij mee te gaan!'

Dat was de stem van Hunter. Ik bleef stilstaan om te luisteren – rende toen verder en kwam uit op een smalle strook zonder bomen die parallel liep aan de rivier. Hunter stond met zijn rug naar de rand van het klif. Cal, die mijn athame voor zich uit hield, liep op hem af. Ik ging onder in een draaikolk van angst en verwarring.

'Cal!' schreeuwde ik.

Ze draaiden zich allebei om, maar er viel in de sneeuw en de duisternis niets van hun gezicht af te lezen.

'Blijf daar!' beval Cal mij, en zijn hand schoot uit. Met een schok merkte ik dat ik abrupt werd tegengehouden, alsof ik tegen een muur liep. Hij had me met een banformule gebonden.

Het volgende moment slingerde Hunter een magische lichtbal naar hem toe, waardoor de athame uit Cals hand werd geslagen. Cals mond viel open. Ik kon me nauwelijks voorstellen dat dit echt was, dat dit mijn werkelijke leven was, en niet gewoon een filmdoek met gecomputeriseerde *special effects.* Hunter sprong bij de rand vandaan, boven op Cal die naar het mes toe krabbelde. Ik probeerde naar voren te lopen, maar het leek alsof ik was ingepakt in een dikke wollen deken. Mijn benen waren van steen. En die twee lagen in de versgevallen sneeuw over elkaar heen te rollen, licht haar en zwart haar dat oplichtte in het donker van de nacht.

'Houd op!' schreeuwde ik zo hard ik kon, maar ze letten niet op mij.

Cal drukte Hunter tegen de grond, balde zijn vuist en sloeg hem in het gezicht. Hunters hoofd schoot opzij. Er stroomde een helder straaltje bloed uit zijn neus. Die rode kleur in de sneeuw deed me denken aan de gemorste communiewijn, afgelopen zondag, en ik huiverde. Dit was foute boel. Dit mocht niet gebeuren. Deze mate van woede en lang gekoesterde haat druiste in tegen de magie. Ik moest hen uit elkaar halen.

Ik verzamelde al mijn kracht, stelde me voor dat ik door een eierschaal heen brak en probeerde me uit de banformule van Cal te bevrijden. En ja, nu kon ik me bewegen. Een eindje verderop zag ik de athame liggen en ik pakte hem – op hetzelfde moment waarop Hunter Cal van zich afduwde. We krabbelden alle drie tegelijk en zwaar hijgend overeind.

'Morgan, ga hier weg!' schreeuwde Hunter me toe, maar

hij verloor Cal geen moment uit het oog. 'Ik ben een Zoeker. Cal moet zich voor de Raad verantwoorden.'

'Luister niet naar hem, Morgan!' antwoordde Cal. Ik zag vlekken van Hunters bloed op zijn vuist. 'Hij is jaloers op alles wat ik heb. Hij wil me kwaad doen. Hij zal jou ook kwaad doen!'

'Dat lieg je,' snauwde Hunter kwaad. 'Cal is een Woodbane, Morgan. In tegenstelling tot Maeve heeft hij de zwarte magie niet afgezworen. Ga hier alsjeblieft weg!'

Cal draaide zich naar me om en ving mijn blik met zijn vurige, gouden ogen. Er kwam een wollig gevoel in mijn hoofd op en ik knipperde met mijn ogen. Hunter zei iets, maar dat kwam heel gedempt bij me door. De tijd leek te vertragen. Wat was er met me aan de hand? Ik zag hulpeloos toe hoe Hunter en Cal met gloeiende ogen in hun witte, keiharde gezichten om elkaar heen draaiden.

Hunter zei weer iets en zwaaide met zijn arm die langzaam door de lucht leek te fladderen. Zijn stem klonk als het diepe gegrom van een dier. Heel zacht kwamen ze tegen elkaar aan – alsof het een was gechoreografeerd – en Hunter trof Cal met zijn vuist vol in de maag. Cal klapte dubbel. Ik kreeg een schok, maar zat gevangen in een nachtmerrie en was niet bij machte het gevecht te stoppen. Ik klemde de athame tegen mijn borst en voelde een heet plekje bij mijn keel. Het was het pentagram, en ik raakte het warme zilver aan. Maar ik kon niet bij hen komen.

Cal richtte zich weer op. Hunter haalde opnieuw uit, maar sloeg mis. Toen gaf Cal Hunter een trap in zijn knieholte, waardoor hij tegen de grond smakte. Het bloed op zijn gezicht maakte vlekken in de sneeuw.

Hunter kwam wankel overeind en wierp zich boven op Cal.

Er flitsten herinneringen door mijn hoofd. Hunter, die me zei dat Cal een Woodbane was. Hunter, in het donker bij mijn huis. Hunter, met zijn hatelijke, sarcastische manier van doen.

Ik herinnerde me hoe Cal me had gekust en aangeraakt, me de magie had laten zien. Hoe hij me had geleerd mezelf te aarden tijdens de cirkels. De geschenken die hij me had gegeven. Ik dacht aan Bree die, zo lang geleden alweer, in haar auto langs de kant van de weg tegen me had zitten schreeuwen. Sky en Hunter. Die beelden maakten me ondraaglijk moe. Ik wilde alleen nog maar in de sneeuw liggen en in slaap vallen. Ik zakte door mijn knieën en voelde dat er een glimlach op mijn lippen kwam. Slapen, dacht ik. Het kon niet anders dan magie zijn, maar het scheen niet uit te maken.

Voor me uit rolden Cal en Hunter over de grond in de richting van de rivier.

'*Morgan.*'

Zachtjes, als op een sneeuwvlok, dreef mijn naam naar me toe. Een fractie van een seconde zag ik Cals ogen. Ze staarden me smekend aan. Toen zag ik dat Hunter Cal op de grond had gedrukt en hem met een knie op zijn borst in bedwang hield. Hij bond de handen van Cal met een zilveren ketting, terwijl Cal kronkelde van de pijn.

'*Morgan.*'

Ik ving een scherpe flits van de pijn op, waardoor ik naar adem snakte, naar mijn borst greep en voorover in de sneeuw viel. Toen ik snel met mijn ogen knipperde, leek mijn hoofd opeens helder te worden.

'*Hij is bezig me dood te maken. Help me, Morgan!*'

Ik kon de woorden niet horen, maar ik voelde ze in mijn hoofd. Ik zette me op één hand af en stond op.

'Het is over voor jou,' hijgde Hunter kwaad, terwijl hij de zilveren ketting aantrok. 'Ik heb je te pakken.'

'Morgan!' Cals kreet sneed door de besneeuwde nacht en mijn lethargie. Ik moest iets doen, vechten. Ik hield van Cal, ik had aldoor van hem gehouden. Ik kwam met grote moeite op de been, alsof ik een heel lange tijd had geslapen. Ik had geen plan en was geen partij voor Hunter. Op dat moment bedacht ik dat ik de athame, de athame van mijn verjaardag, nog in mijn hand had. Zonder erbij na te denken slingerde ik hem zo hard als ik kon naar Hunter toe en zag hoe hij in een glinsterende boog door de lucht zeilde.

De dolk kwam met een siddering in Hunters hals terecht, toen viel hij. Hunter gaf een schreeuw en sloeg zijn hand tegen de wond. Er spoot bloed uit, fel papaverrood bloed. Had ik dat gedaan?

Op hetzelfde moment trok Cal zijn knieën op en schopte Hunter zo hard als hij kon van zich af. Met een verbaasde kreet wankelde Hunter achterover en hij verloor zijn evenwicht. Hij hield nog altijd zijn hand tegen de wond in zijn hals gedrukt. Toen gaf ik een gil van ontzetting, want Hunter viel voor mijn ogen met stuntelige bewegingen over de rand van het klif.

Met stomheid geslagen staarde ik in de leegte.

'Morgan, help me!' schreeuwde Cal, waardoor ik opschrok. 'Haal dit van me af! Het brandt! Haal het van me af!'

Verdoofd haastte ik me naar Cal en trok aan de zilveren ketting die in een lus om zijn polsen zat. Ik voelde het alleen maar een beetje tintelen toen ik hem aanraakte, maar ik zag dat er rauwe, rode brandblaren en striemen op de huid van Cals polsen zaten, waar de ketting hem raakte.

Toen ik hem had losgemaakt, gooide ik de ketting op de grond en kroop naar de rand van het klif. Ik zou gaan overgeven als ik het lichaam van Hunter daar beneden op de rotsen zou zien liggen, maar ik dwong mezelf toch te kijken. Ik dacht erover om het alarmnummer te bellen en naar beneden te klimmen, en probeerde me te herinneren wat ik tijdens mijn EHBO-cursus over hartmassage had geleerd.

Maar ik zag niets. Alleen een heleboel rotsen en het grauwe turbulente water.

Cal kwam op me af wankelen. Ik keek hem aan. Hij was één en al ellende; bleek, hol en zwak. 'Godin, hij is al weg,' mompelde Cal. 'Hij moet in het water zijn gevallen en door de stroom...' Hij ademde zwaar. Zijn donkere haar was nat van de sneeuw en er zat bloed in.

'We moeten iemand bellen,' zei ik zacht, en ik stak mijn hand naar hem uit. 'We moeten iemand inlichten over Hunter. En we moeten je polsen verzorgen. Denk je dat je thuis kunt komen?'

Cal schudde alleen maar met zijn hoofd. 'Morgan,' zei hij met een gebroken stem, 'je hebt me gered.' Met vingers die opgezet waren van de klap die hij Hunter had gegeven, raakte hij teder mijn wang aan en zei: 'Jij hebt me gered. Hunter wilde me doden, maar jij hebt me beschermd, zoals je zei dat je zou doen. Ik houd van je.' Hij kuste me en zijn lippen waren koud en smaakten naar bloed. 'Ik houd meer van je dan ik ooit had kunnen beseffen. Vandaag begint onze toekomst echt.'

Wat moest ik daarop zeggen? Er tolden geen gedachten meer door mijn hoofd. Ze waren totaal verdwenen. Mijn hoofd was één grote leegte. Ik sloeg mijn arm om hem heen en hij begon terug te hinken door het bos. Ik kon niet anders dan aldoor achteromkijken naar de rand van de rotsen. Het werd me te veel – al deze gebeurtenissen. Ik hield mijn aandacht gericht op mijn voeten. Mechanisch bewoog ik me voort en voelde dat Cal met een deel van zijn gewicht op me leunde. Zo ploeterden we uitgeput door de sneeuw.

Opeens herinnerde ik me dat het 23 november was.

Hoe laat zou het zijn? Erg laat, besefte ik. Ik was op 23 november, om zeventien over twee in de ochtend geboren. Officieel was ik al zeventien. Ik moest slikken. Dit was de eerste dag van mijn achttiende jaar. Wat zou de dag van morgen brengen?